김석범 대하소설

火山島

김환기 · 김학동 옮김

보고사

차례

제8장

1

　이방근은 아침에 경찰서로 전화를 걸어 정세용 경무계장의 출근을 확인하자, 그를 만나기 위해 집을 나섰다. 아홉 시를 조금 지났으니, 이방근으로서는 이른 아침의 외출이었다. 그보다 먼저, 그가 막 잠에서 깬 아침 일곱 시경, 외과의사 고원식이 전화를 걸어와, 급한 부탁이 있어서 지금 당장 방문하고 싶다고 했다. 그리고 일부러 본인이 찾아왔다가 방금 전에 돌아간 참이었다.

　고원식의 이야기에 의하면, 어젯밤 늦게 처남 부부가 잠자리에 들었을 때, 들이닥친 몇 명의 '서북'에게 폭행을 당하고, 처남은 그들에게 끌려갔다는 것이었다. 국민학교 직원회의에서 학교의 총선거추진 사업 협력에 반대하는 발언을 했다고 일방적으로 단정하면서, 한 사람이 자신의 호주머니에서 '5월 단독선거 반대' 전단지를 꺼냈다. 그리고는 그것을 가택수색에서 압수한 것으로 인정하라고 강요하여 다툼이 벌어졌는데, 장롱과 벽 틈에 끼어 있던 구일본군 보병의 단검이 나온 것이 문제가 되었다. 올해 들어서면서, 3월 폭동설이 나도는 한편, 총포 및 도검법 위반을 단속하는 새로운 포고령이 내려져 있었다. 일제강점기의 무기나 그와 유사한 것은 모두 경찰에 신고하라는 것이었지만, 거기에 응하는 이들은 거의 없었다. 특히 농촌지역에서는 그런 것이 있으면 신고하기는커녕, 모두 부락민들의 자위조직인 민위대(民衛隊)에 흡수되어 버리는 실정이었다. 따라서 '무기'가 발견되었다는 사실은 서청에게 걸려들지 않았더라도 충분히 경찰의 손에 넘길 만한 법적 근거가 되는 셈이었다. 그러나 '서북'에게 끌려가기보다는 차라리 처음부터 경찰의 단속망에 들어가는 편이 나았을 것이다. "경찰에 붙잡히면 그래도 희망이 있지만, 테러단에 끌려가면 숙은 것으로 생각하라"는 말은, 해방 이듬해인 1946년, 아직 '서북청년회'가 조직되기 전부터 남한에 널리 퍼져 있었다. 다행히 아내 쪽은 연행을 면했지만, 그들은 "저항하면 때려죽여!"라고 외치면서 사랑하는 사람이 돌아오길 원한다면 애국자금을 준비해 두라는 등의 말을 남긴 채 남편을 끌고 가 버렸다. 내출혈로 안면이 시퍼렇게 멍이 들고 상처를 입은 처남댁이 한밤중에 위험을 무릅쓰고 고원식을 찾아와 사정을 이야기했다는 것이다.

고원식은 이방근이 '신세기'에서 '서북'을 두들겨 팼을 때, 전치 1개월의 진단서를 끊어 달라는 그들의 부당한 요구를 뿌리치고 일주일밖에 써 주지 않은 앙갚음으로 처남을 노린 게 아닌가 하는 걱정을 했다. 그러나 이것은 놈들의 상투적인 수법이었다. 활동자금을 얻기 위해 자주 사용하는 수법이었던 것이다. 그리고 그런 폭력 행위는 빨갱이를 퇴치하고 조국을 적화망국(赤化亡國)으로부터 지키기 위한 애국활동이기도 했다.

그밖에도 경찰비(警察費)라든가 애국단체 후원금과 같은 명목으로 우익단체의 폭력적인 강제 모금이 행해졌고, '서북'의 졸개들이 집집마다 찾아다니며 필요도 없는 물건을 터무니없는 값으로 떠안기고는, 불만을 표시하면 애국단체에 비협력적인 '빨갱이'라고 트집을 잡았다. 최근에도, 소쿠리에 가득한 썩은 달걀을 시중가격의 몇 배나 되는 값으로 식당에 팔아먹으려는 것을 거절한 식당 노파가 발길질을 당하여 쓰러지자, 놈들은 일부러 소쿠리째 바닥에 떨어뜨려 깨진 달걀 값을 변상시킨 일도 있었다. 당국에 호소해 보았자, '서북'이 경찰을 지배하여 한통속이 된 상황에서는 어쩔 도리가 없었다.

고원식의 부탁이라는 것은 이방근이 그 '서북'의 '폭행사건'을 타협으로 원만히 해결한 것을 알고 있었기 때문에, 이번 일의 해결에도 힘을 좀 써 줄 수 없겠느냐는 것이었다. 이방근은 마음이 내키지 않았다. 원래 이런 일에 관련되는 것을 좋아하지 않는 성격에다가, '서북' 패거리들에게 '얼굴을 판다'는 것 자체에 화가 치밀었다. 그러나 얼굴이 통하느냐 마느냐의 문제는 둘째 치고라도, 그의 부탁을 거절할 수도 없었다. 고원식은 일본 도쿄에서 병원을 개업하고 있는 형 하타나카의 과거 동료일 뿐 아니라, 이른바 '집안'끼리 친밀한 사이이기도 했고, 또 의사이면서도 좀 독특한 술꾼이자 편벽한 성격이 개인적으로 이방근의 마음에 들었기 때문이다. 게다가 경우에 따라서는 며칠씩이나 감금당한 채 심한 폭행과 고문을 당하기 때문에 가급적이면 빨리 손을 쓰는 편이 좋았다. 고원식의 말대로 일전의 진단서 문제가 그들을 자극한 것도 틀림없었다. 경찰이나 '서북'에는 '기합대(氣合隊)'라는 고문 전문가들이 있었다. 어쨌든 이방근은 승낙을 한 뒤, 고원식을 진찰시간 전에 돌려보내고는 먼저 경찰서의 정세용에게 전화를 걸었던 것이다.

이방근이 관덕정 광장으로 가다가 도중에 있는 북국민학교 옆까지 왔을 때, 봄방학으로 한산한 담장 너머 교정에서 군가와 군대식으로 행진하는 발소리가 들려왔다. 가죽 밑창을 댄 군화가 아니라, 분명 고무 밑창을 댄 부드러운 발소리였지만, 그래도 제법 큰 울림으로 텅 빈 운동장 사방에 메아리치듯 퍼졌다. 학교 옆을 지나 교문 앞길까지 왔을 때, 이방근은 마침 교문으로 나오는 행진부대의 선두와 마주쳤다. 과거의 히틀러 청소년단처럼 푸른 제복의 무리는 '족청(族靑, 조선민족청년단)'이었다. 사열종대로 3, 40명이 군가 사이에, 추진하라, 제헌국회의원 총선거를! 조국의 역사에 영광을! 이라는둥, 아직 선거운동이 시작되지도 않았는데 구호를 외치며 시내로 몰려 나갔다. 서울에 본부를 두고 군대식 훈련소를 갖춘 '민속지상(至上)' '국가지상'의 우익단체였지만, 폭력지상주의를 취하지 않는 점이 '서북'이나 '대동청년단(大同靑年團)'과는 달랐다.

젊은 무리의 행진 뒤에 바싹 붙어서 관덕정 광장으로 나온 이방근은, 벚나무 가로수가 꽃망울을 터뜨리기 시작한 도청 구내로 들어가, 경찰서 현관이 있는 오른쪽으로 향했다.

접수창구를 통하여 경무계장실에 들어가자, 막 열린 문 쪽으로 향긋한 커피 냄새가 흘러넘치듯 풍겨 왔다. 정세용이 변함없이 자신이 직접 내린 모닝커피를 마시고 있는 중이었다. 자택에서도 이미 잠자리에서 일어난 직후나 식사 후에 한 잔을 마시고 왔을 것이다. 이 남자는 도대체 하루에 커피를 몇 잔이나 마시는 걸까.

"방금 조회가 막 끝난 참인데, 어때, 자네도 한잔하겠나?"

정세용이 책상 앞에 의자를 바싹 대고 앉은 이방근에게 말했다. 여느 때와 다름없이 나직한 목소리였다.

"……글쎄요. 음, 한 잔 주십시오."

"호오, 별일이 다 있군."

정세용이 급사에게 커피를 끓여 오라고 일렀다.

"전화로 간단히 말씀드린 일입니다만, 어떻습니까. 중재의 중재가 되는 셈인데, 형님께서 '서북'에 전화라도 넣어 주시지 않겠습니까." 이방근은 담배를 꺼내려고 상의 호주머니에 넣었던 오른손을 그대로 둔 채 말했다. 본인이 담배를 피우지 않기 때문에, 재떨이를 놓아두지 않았던 것이다.

"고외과라고 했지. 일전의, 후후, 이방근 '폭행상해 사건'의 진단서를 뗀 병원이구만."

"예, 그렇습니다. 1개월을 요구했는데 일주일을 써 준 의사죠." 이방근은 상대의 감정을 밖으로 드러내지 않는 냉정한 표정에 떠오른 미소에 답하듯 웃으며 말했다. "좀 전에는 전화였기 때문에 자세히 말하지 못했지만, 꽤나 지독하게 굴었던 모양입니다……."

"그걸로 충분해, 그 이상 말할 필요는 없겠지. 연행당한 사실이 있으면 돼. 연행당한 이상, 그럴 만한 혐의가 있다고 보면 돼. 방근이, 미리 말해 두지만, '서북'은 반공 투쟁의 최전선에 서서 우리와는 독립된 경찰권을 행사하고 있기 때문에, '서북'에서 이쪽으로 용의자를 넘겨주지 않는 한, 경찰이 참견할 입장이 아니라는 거야. 공산분자의 단속도 각각 역할을 달리하고 있다는 건 자네도 잘 알고 있을 텐데."

"경찰권은 아니지요." 이방근은 상대의 상투적인 말투가 거슬렸다. "그들이 특권을 휘두르고 있는데도, 경찰 쪽에서 경찰권을 행사하지 않는 것이겠지요……."

"방근, 말을 조심해야 돼." 정세용의 단아하고 표정을 읽을 수 없는 얼굴에 꿈틀하고 파도가 일었다. "그건 아니야. 자네 인식이 잘못돼 있어. 자넨 경찰을 비난하러 온 것은 아니겠지. 여기는 내 집이 아니고, 경찰서 안이라는 사실을 염두에 두고 말해 주게."

"그렇군요, 알겠습니다. 핫하아, 제가 그만 깜박했습니다. 그런 이야기는 그만두죠. 형님 말대로, 경찰에 불평을 하러 온 것도 아니고, 그럴 마음도 없습니다. 하물며 정세용 경무계장님께는 더욱 그렇지요. 오늘은 경찰이라기보다 경무계장인 형님 개인에게 부탁을 드리러 온 거니까요……. 어쨌든 일전의 재판 건에서도 형님이 중재역을 맡아 주셨고 해서, 구체적으로 어떻게 해야 좋을지, 그 해결방법을 의논하러 왔습니다."

이방근은 미소를 띤 채, 유리창을 등지고 앉은 상대방의 침착하고 차가운 눈빛을 시선 끝에 의식하면서 말했다. 직무에서는 비정하고 냉혹한 면이 있지만, 친척간의 관계에서는 꽤 고풍스럽고 유교석인 예의를 중시하며 인간미가 있는 남자였다. 이방근은 실제로 의논을 하러 왔을 뿐, 이제 와서 '서북' 때문에 정세용과 이러니저러니 말다툼을 할 필요는 조금도 없었다. 경찰권의 행사……. 경찰이 불법을 단속한다는 것은 이 나라에서는 고전적인 해석이었고, 가장 두드러지는 불법 행위자로서의 공산분자, 즉 '빨갱이' 앞에서는 모든 것이 정의로 변했다.

등 뒤에서 노크 소리가 나더니 문이 열리고 급사가 커피를 가져왔다.

"……자네의 재판 사건을 타협으로 해결한 건 상책이었어. 아주 잘된 일이지. 상대방도 만족하고 있으니 말야. 음, '서북'에게 상해를 입히고 유치장에서 하룻밤 지내는 걸로 끝나는 법은 없으니 말일세. 아니 아니야, 그때는 미안했네. 부하가 일처리가 서툴러서 말이지, 내가 있었다면 자네가 단 하룻밤도 유치장에서 지내지는 않았을 거야." 정세용은 이방근이 협상에 응한 것을 몹시 만족하고 있어서, 지금까지도 그랬지만, 새삼 강조하듯 똑같은 말을 되풀이했다. "그런데, 어떻게 할 참인가. 자네가 직접 찾아가겠다는 것인가. 해결방법이라고 해봤자, 그건 자네도 잘 알고 있는 일이야. 굳이 나에게 물어볼 필요도 없잖아."

"돈이군요."

"나는 자네가 갈 필요는 없다고 생각하는데." 정세용은 팔짱을 끼면서 가볍게 고개를 끄덕였지만, 이방근의 말에는 대답하지 않았다. "애국자금을 낼 마음만 있다면, 연행당한 본인의 의사로도 끝나는 일이고, 자네에게 부탁한 고 선생이 가도 되는 일이야. 자넨 당사자가 아니니까, 일부러 고생할 필요까진 없지 않나. 그런 일에는 되도록 얼굴을 내밀지 않는 편이 좋을 거야. 물론, 가겠다면 전화는 해 두지."

"어찌 됐든, 형님께 의논하러 왔으니까 부탁을 드려야겠습니다. 약속해 버린 일이라 어쩔 수 없습니다……."

"호, 호오, 그런 기특한 말을 자네에게 들을 줄은 몰랐군. 하기야 자넨 자신의 일이라면 이렇게까지 하지도 않겠지. 협상건도 실은 내 편에서 자네한테 부탁한 거나 마찬가지니까 말일세. 어쨌든 섣불리 끼어들지 않는 편이 좋아."

정세용은 잔에 남은 커피를 한 모금 마시고 나서, 책상 위의 전화를 들고 교환대를 통해 '서북'을 호출했다. 바로 상대편에 연결되었는지 정세용은 여느 때와 마찬가지로 침착하게 이야기를 시작했다. 마지막으로 전화를 받은 사람은 아무래도 서북청년회 회장인 모양이었다. 이방근은 앞에 놓인 커피 잔을 손에 들고 세 모금 마셨다. 설탕을 적게 넣어 상당히 썼지만 감칠맛이 있었다. 이방근은 커피를 별로 좋아하지 않았다. 거의 마시지 않는다고 하는 편이 옳을 것이다. 작년 가을, 이 섬에서 처음으로 칠성다방이 문을 열었지만, 할 일이 없으면서도 이 섬에서 유일한 다방에는 거의 가지 않았다. 커피보다도 할 일 없는 자들이 다방에 진을 치고 있는 그 분위기가 싫었기 때문이다. 어쨌든 그 다방 커피보다 이쪽 커피가 맛있다는 것은 정세용의 말대로 사실이었다. 그렇다 하더라도, 술도 담배도 입에 대지 않는 이 남자를 끌어당기는 커피의 매력은 무엇일까. 맛인가, 기호에 의한 습관일까. 혹은 미각을 뛰어넘은 일종의 취미인지도 모른다. 경찰이나 '서북'이 소주병으로 병나발을 불며 고문한다는 건 널리 알려진 사실이지만, 이방근은 문득, 정세용이 커피 잔을 조용히 입에 대면서 그 차가운 눈으로 고문 현장을 지켜보고 있는 모습을 상상해 보았다. 소주병으로 병나발을 부는 것보다 더 음산한 느낌을 주었다.

정세용이 전화를 끝내고는, 상대가 내방을 기다린다고 전했다. 어젯밤 연행한 남자는 분명히 거기에 있는데, 그 사람과 이방근이 어떤 관계냐고 물었다 한다. 전화로 정세용이, 당사자보다 고외과 의사와 아는 사이라고 말한 것은 그 질문에 대한 대답이었던 모양이다.

이방근은 답례를 하고 곧 자리에서 일어섰다. 정세용이 전화를 하고 있는 사이에, 이방근은 2, 3일 전에 강몽구가 집에 들른 것을 아버지가 알고 있었던 사실에 관하여 정세용에게 물어볼까 하다가 그만두었다. 아버지는 정세용에게 들었다고 말했지만, 지금 이 자리에서 일부러 강몽구 이름을 꺼내어 캐물을 필요는 없었다.

"……여동생이 서울에서 돌아와 있지."

정세용이 이방근을 따라 의자에서 일어나며 말했다.

"예."

"우리 집에도 놀러 오라고 좀 전해 주게. 너무 모르는 척하면 세용 오빠가 섭섭하게 생각한다고 말이지."

"어제, ……아니, 그저께야 돌아왔으니까, 조만간 놀러 갈 겁니다. 그럼 세용 형님, 실례하겠습니다. 아침 일찍부터 번거롭게 해 드려 죄송합니다."

"지금부터 고외과에 가나."

"예, 그리고 나서 '서북' 사무실에 갈 겁니다."

"조심해. 아버지께도 안부 전해 드리고."

아버지에게 안부를—정세용은 언제나 이 인사말을 잊지 않는다. 아버지 이태수가 이 일을 알면 또 한숨을 쉴 것이다. 조심하라고……? 꽤나 정감이 담긴 말인데, 경무계장으로서가 아니라 친척인 정세용으로서의 말이 분명했다. 경찰서를 나온 이방근은 관덕정 광장을 가로질러, 영화관 앞거리를 남쪽으로 올라가 고외과의원으로 향했다. 돈문제에 관한 한, 당사자가 아닌 이방근이 나설 자리가 아니었다. 고원식 자신이 간다면 이야기는 구체적으로 진행되겠지만, 이제 와서 물러설 수도 없었고, 그럴 생각도 없었다.

고원식은 환자를 내버려 둔 채 이방근을 맞아들였는데, 경찰서에 들러 경무계장과 만나고 온 얘기를 하자, 몹시 미안해하며 함께 가겠다고 말했다. 그러나 저쪽에는 이방근이 가는 것으로 되어 있었고, 병원을 비우면서까지 지금 당장 동행할 필요는 없었다. 고원식이 '서북'과의 협상을 양해만 하면 되는 일이었다. 그리고 그런 의미에서는 이방근이 얼굴을 내미는 편이 일이 더 순조롭게 진행될 게 분명했다. 조심해라……라니, 무슨 뜻으로 한 말일까. 어쨌든 대단한 일은 아니다.

'서북' 사무실은 일단 관덕정 광장까지 되돌아가, 다시 동쪽 길로 빠져나가야 한다. 신작로를 동문거리 쪽으로 나가도 되지만, 이방근은 트럭이나 지프 따위가 흙먼지를 일으키며 달리는 그 신작로를 피하여 이발소 모퉁이에서 C길로 들어섰다. '서북' 사무실이 있는 건물은 일찍이 일본인이 경영하던 사카무라(坂村) 여관으로, 해방 후에는 인민위원회와 민주단체가 사무실로 사용했고, 2, 3백 명을 수용할 수 있는 2층의 큰 방은 각종 집회 장소로 이용되었다. 그것을 지금은 '서북'이 차지하였는데, 사무실은 밀실처럼 여러 개의 방을 만들어 놓은 1층에 있다고 했다. 사무실 외에는 전부 '서북'들의 단체생활을 위한 합숙소로 이용되고 있었다. 물론 이방근은 '서북' 사무실로 바뀐 이후로는 안을 들여다본 적이 없었다. 조심해……. 단신으로 폭력단의 소굴에 뛰어드는 듯한 약간의 불안감이 없지는 않았지만, 과연, 조심하라고 말한 것은, 말조심을 해라, 언쟁을 하지 말라는 뜻인지도 모른다.

사정이 얽혀 있는 시골 카바레 '신세기' 앞을 지나, 동문길 쪽으로 통하는 도로를 오른쪽으로 돌아가자, 예전의 사카무라 여관이 나왔다.

단층건물 및 초가집들과 나란히 서 있는, 상당히 큰 여관식 이층건물에 가까이 다가가자, 금방 '서북'임을 알 수 있는 졸개 서너 명이, 정확히 말하면 네 명이 진을 치고 있는 것이 보였다. 그중 하나는 늘 휴대하는 곤봉을 장난삼아 휘두르고 있었는데, 마침내 그쪽을 향해 가고 있는 이방근의 모습을 확인한 그들은 갑자기 움직임을 멈추고 우뚝 섰다. 순간, 그들의 자세는 예각적인 날카로움을 띠고 이쪽을 위협했다. 이방근으로서도 긴장감이 피부 위를 차갑게 어루만지며 달리는 것을 느꼈다. 그들은 이방근이 '서북' 사무실에 찾아온 것을 직감하고 있었다. 그것을 알 수 있었다. 한 덩어리가 된 그들의 시선은 맹금의 눈처럼 번뜩였다. 사냥감을 노리듯 방문객을 맞이하고 있었다. 커다란 벽, 아니 크레바스 같은 틈새, 같은 민족이면서 북에서 온 그들과 남쪽 끝인 이 섬에 사는 사람들은 이민족처럼 느껴지기도 했다. 그것은 남북의 지역적인 차이나 섬에 대한 본토 사람의 지방적 경멸에서 유래된 것이 아니었다. 무엇보다도 '빨갱이 소굴'이라는, 제주도에 대한 이해가 결여된 그들의 증오심에서 생겨난 어쩔 수 없는 인식의 차이였다. 북에 대한 그들의 철저한 증오심과 복수심을 만족시킬 수 있는 '대체'로서의 제주도가 있었다. 그것은 '서북'에 있어서 '제2의 모스크바·제주도에 진격해 온 멸공대'로서의 '사명감'을 뒷받침하고 있었다. 게다가 섬 전체에 8백여 명이 배치되어 있다는, 사나운 흉한이라고 불러야 할 그들 대부분이 일부 간부를 제외하고는 문맹이었다. 취조할 때에도, 사람의 성인 김(金)이나 이(李), 박(朴)이라는 문자도 쓰지 못했다. 겨우 1, 2, 3, 4……라는 숫자를 대용한다. '이(李)' 대신 '이(二)', '오(吳)' 대신 '오(五)', 그리고 '공(孔)'이라면 '공(0)'이라고 쓰는 식이다. 이러한 그들이 멸공애국을 외치며 경찰과 함께 반공전선의 최전방에 선다. 따라서 어떻게든 트집을 잡아 보통의 읍내나 마을의 무고한 사람을 연행하는 일이 끊임없이 일어난다. 그리고는, 너 빨갱이 편이지, 알고 있는 비밀을 자백해, 남로당 조직에 대해서 알고 있는 걸 몽땅 자백해, 모르는 일이라도 어쨌든 자백하라는 식으로 추궁한다. 만약 자백하지 않으면, 스스로가 '빨갱이'라고 할 때까지 때린다. 만약 이미 '빨갱이'라면 더 이상 '빨갱이'가 아닐 때까지 때린다. 뭔가 말장난을 하는 것 같지만, 이것은 꾸며낸 우스갯소리가 아니다. 이렇게 해서 희생자가 나와도 '빨갱이'의 죽음은 인간의 죽음이 아니었다. 이러한 사태에 대하여 이성(理性)은 어떻게 대처하면 좋단 말인가.

건물 앞까지 온 이방근은 '서북청년회 제주도지부'라는 나무로 된 간판을 천천히 훑어보고 나서, 왜인지는 몰라도 곤봉을 허리에 차는 대신 손에 들고 서 있는 사내에게 말을 걸었다.

"댁은 서북청년회 사람이요?"

"오오……?"

당연하지 않느냐는 식의 대답이었다.

그때 건물에서 서른 가까이 돼 보이는 검은 양복을 입은 남자가 나와서, 졸개들에게 길을 비키라고 턱으로 지시하고는, 이방근을 안으로 안내했다. 허리에 권총을 차고 있었다. 앞장선 남자는 벽을 따라 어두컴컴한 통로로 들어갔다. 남자를 따라 한동안 가다가 오른쪽으로 뚫린 복도로 구두를 신은 채 올라가, 다시 두세 번 모퉁이를 돌았다. 낡은 마룻바닥을 삐걱거리게 만드는 복수의 구둣발 소리가 날카롭게 울렸다. 도중에 지나친 두세 개의 방에서는 '서북'으로 보이는 무리들이 빈둥거리고 있었고, 고구마 소주임에 틀림없는 냄새가 변소 냄새와 뒤섞여 빛이 충분히 닿지 않는 주위의 공기에 녹아들어 있었다.

남자는 구석진 곳에 있는 그럴싸한 방 앞에 멈춰 서서 노크를 했다. 문이 열리고 네 평쯤 되는 방으로 들어선 순간, 이방근의 감각은 거대한 크레인에 움켜잡혀 빠져 버릴 것 같은 삼엄한 분위기에 휩싸였다. 정면의 책상에 앉은 회장인 듯한 남자 양 옆으로 벽을 따라 열명가량의 건장한 '서북'들이 대비태세를 갖춘 부동의 자세로 우뚝 서 있었던 것이다. 그것은 방문객을 환영하기 위한 예의가 아니라, 일종의 시위임에 분명했다. 부회장인 마완도의 모습은 보이지 않았다. 회장 옆에 있는 두세 명은 복장으로 보아 간부였고, 나머지는 점퍼나 낡은 양복 따위에 운동화를 신은 모습으로, 당장이라도 사냥감에게 달려들어 무자비한 폭력을 휘두를 것 같은 무리들이었다. 그러나 입구에 나타난 이방근의 커다란 체구와 침착한 태도가 주위를 압도한 것은 분명했고, 방 안의 공기에 일종의 중화작용을 일으켰는지도 몰랐다. 이방근은 자신에게 집중된 주위의 날카로운 시선이, 이상하게도 볼과 등, 그리고 피부를 꿰뚫는 힘을 갖고 있지는 못하다고 느꼈다. 창문을 등진 책상 옆에 로커와 금고 따위가, 문 옆에 가죽 소파가 있는 것을 보면, 이 방은 이른바 고문 전용의 방은 아닌 모양이었다. 심문은 다른 방에서 이루어지고 있을 것이다. 벽에는 이승만과 남한 점령군 미국 사령관인 하지 중장의 사진이 걸려 있었고, '멸공보국(滅共報國)' '결사멸공애국(決死滅共愛國)' '민족정기고수(民族正氣固守)' '제헌국회의원총선거절대추진' '매국노적구타도(賣國奴赤狗打到)' 등의 구호가 즐비하게 붙어 있었다.

책상에 앉은 서른 네댓, 이방근보다 두세 살 많아 보이는 남자는 넥타이를 매고 머리를 칠 대 삼으로 갈라 포마드를 점잖게 발라 넘기고 있었다. 커다란 얼굴은 단정했지만, 코가 작고 입술이 얇았다. 남자는 의자에서 일어나 이방근을 맞았다. 그리고 가까이 다가온 손님에게 손을 내밀어 악수를 청했다. 이방근은 손을 내밀었다. 남자는 상대에게 손을 맡기는 듯한 악수를 했는데(어머니 제삿날 밤, 마완도와 처음 만났을 때, 자기 쪽으로 끌어당기듯 악수를 한 것과는 달랐다), 태도는 신사적이었다.

"혼자 오셨군요. 자아, 저쪽으로 갑시다."

남자는 의자를 떠나 소파 쪽으로 옮겼다. 두 사람이 마주 앉자, 간부 한 사람만 덩그렇게 남기고 기세 좋게 방을 나갔다.

남자는 큼지막한 회장 명함을 꺼내어 이방근과 교환하면서, 경찰서 경무계장으로부터 용건을 듣고 양해한 일이니, 당사자에 대한 취조가 끝나는 대로 집에 돌려보내겠다며 말을 꺼냈다. 이방근이 고개를 끄덕이자 상대방도 고개를 끄덕인 뒤 두 사람 모두 담배를 피웠다. 이방근은 문득, 무슨 취조냐고 되물으려다 그만두었다. 조심해……, 과연 이곳은 그럴 장소가 아니다. 그저 '빨갱이'에 대한 일방적인 심문과 폭력만이 존재하는 장소인 것이다.

"나는 이 선생을 알고 있습니다. 이전부터 말이죠."

회장인 함병호는 이방근이 찾아온 용건에 대한 이야기는 간단히 끝내고 화제를 돌렸다.

"나는 악명 높은 난봉꾼이라서 말이죠." 이방근이 말했다. "그 '선생'이라는 말을 빼주실 수 없겠습니까?"

"겸손하시군요……. 우리만큼 '악명'이 높지는 않겠지요. 이 선생은 최고 인텔리인데다, 실력자입니다. 그러고 보면, 일전의 사건으로 오히려 이 선생과 가까워진 것 같군요. 아시다시피, 아랫사람들은 오로지 애국충정에 불타고는 있지만, 농사꾼 출신의 일자무식한 까막눈이라서 좌우지간 교양이 없어서 말이죠. 주의는 주고 있습니다만, 이전과 같이 실례되는 일을 저질러 버려서 죄송스럽게 생각하고 있습니다. 그런데 이 선생이 타협으로 해결하자고 제의해 온 점에도 감동했습니다……."

……내가 타협을 제의했다? 음, 상대방에게는 이야기가 그렇게 돼 있나 보군. 방에 남아 있던 선글라스를 낀 간부는 창가의 의자에 앉아 이쪽을 가만히 지켜보고 있었다. 마치 감시하듯 거리낌 없이 의식적인 눈초리였다. 상의 옷자락이 열려 있는 상태로 보아 둘 다 허리에 권총을 차고 있다는 것을 짐작할 수 있었다. 이방근의 머릿속에 하나의 새로운 방이 떠올라 이 방과 겹쳐지고, 다른 광경이 방 안 가득히 펼쳐졌다. 이 방은 아니지만, 어딘가에 있는 이것과 비슷한 밀실이다. 조금 전과 마찬가지로 열 명 남짓한 '서북'이 '빨갱이'를 빙 둘러싼 가운데 심문이 진행된다. 바로 폭력을 휘둘러 반쯤 죽여 놓으려는 졸개들을 말리며, '서북' 중에서도 학교를 나온 '유식'한 남자가 상대편 인간을 보면서 대화로 심문을 시작한다. 당신은 훌륭한 공산주의자일 겁니다. 안 그렇습니까. 당신은 유식한 사람입니다. 어떻습니까, 공산주의에 대해 한번 이야기를 해 봅시다. 그러니까……. 유도심문과 도발을 거듭하면서, 사상과 그 배경을 캐내려는 심문이 계속된다. 갑자기 때리는 소리. 이어서 집단구타와 비명 소리. 이 빨갱이 자식, 귀머거리가 됐나, 벙어리가 됐나, 자백을 해! 빙 둘러선 검은 그림자가 덤벼들어 때리고 차고 구둣발로 턱을 걸어찬다. 반신불수의 상태. ……당신, 무사히 돌아가고 싶다면 10만 원을 준비하시오. ……이 자식, 얻어맞기 싫거든 돈을 만들어 와, 애국자금을 만들어 오라고!……. 어젯밤에도 고원식의 처남을 둘러싸고 이런 관경이 계속되었을 게 틀림없었다. 금액은 상대에 따라 달라지지만, 폭력을 휘두른 뒤에는 돈과 교환을 약정하며 석방이 결정된다. 돈은커녕 거꾸로 매달아 보았자 코피조차 나오지 않을 만큼 가난한 사람은 놈들을 식당에라도 데려가서 마시게 해야 한다. 그것도 열 명 단위로 식당을 점령하게 되는데, 고구마 넝쿨처럼 줄줄이 다른 팀이 교대로 나타나

굶주린 배를 채우기 때문에, 일단 '서북'에게 끌려갔다 하면 빚을 내서라도 그들의 뒤치다꺼리를 하지 않으면 안 되었다.

"……그런데 이 선생의 반공이론이 대단하다는 얘기를 경무계장한테 들었습니다."

함병호가 잡담 끝에 말했다.

"반공이론? ……저의."

"그렇습니다. 공산당의 개인의 자유를 부정하는 독재 전체주의에 대하여 사회적으로뿐만 아니라(사회과학적이라는 말을 하고 싶었겠지), 깊은 철학적 통찰력을 가진 비판에는 계발되는 바가 많다고 들었습니다. 우리도 이 선생께 여러 가지로 배우고 싶습니다."

"핫핫하, 농담은 그만두십시오. 그렇지 않습니다. 정세용 계장이 뭐라고 말했는지는 모르지만, 그 말은 별로 정확하지 않은 것 같군요. 게다가 나는 반공이론을 운운할 만큼 그런 일에 흥미나 관심이 있는 사람도 아니고, 또 반공주의자도 아닙니다."

이방근은 상대방의 얼굴을 똑바로 쳐다보며 아무렇지도 않다는 듯이 말했다. 어설프게 반공을 이야기하기보다는, 오히려 이런 말을 던져서 기선을 제압하는 편이 나을 것이다. 그러지 않으면 이야기가 너무나 꿰맞추는 것 같아서, 진실성이 결여되는 법이다.

"호오……." 함병호는 상대방의 속마음을 살피는 듯한 웃음을 띠며, 아까부터 손에 들고 있던 외제 라이터를 만지작거리며 말했다. "이거 흘려들을 수 없는 말씀을 하시는군요. 과연 이 선생답습니다. 우리 앞에서 그렇게 확실히 말씀하실 수 있는 사람은 드뭅니다. 좀처럼, 아니 거의 없지요. 그렇게 딱 잘라 말씀하시니, 그러면 이 선생은 공산주의자입니까 하고 묻고 싶어질 정도입니다."

"나는 솔직히 말한 것뿐입니다. 그런데 회장님은 정말로 나를 공산주의자로 생각해서 그런 말씀을 하시는 건가요, 그렇지는 않겠지요. 어떻습니까? 내가 공산주의자로 보입니까. 무엇이든 교조적으로 흑과 백, 둘로 나누어 보려고 하는 점은 회장님 쪽이나 공산당이나 비슷한지 모르겠습니다. 나는 공산주의자도 아니라는 의미에서, 반공주의자도 아니라고 말한 겁니다."

창가의 선글라스가 헛기침을 했다. 방 밖의 복도가 삐걱거리며, 가죽 밑창이나 고무 밑창을 댄 신발소리가 뒤섞여 들려왔다. 이방근은 함병호와 마주 앉아 있으면서도, 아까부터 어디선가 고문을 당하는 비명 소리가 들려오지 않나 하고 귀를 기울이고 있었다. 뒤쪽에서 개가 계속 짖어 대고 있었지만, 일단 여기에 끌려온 사람이 무사히 나갈수 있을지 어떨지 걱정하는 것도 무리는 아닐 것이다. '손님'으로 찾아온 이방근조차도, 느긋한 자세를 취하는 한편으로 방이나 건물 공기의 흔들림에 피부감각이 민감하게 반응하는 것을 의식하고 있었다.

"범죄에도 유죄와 무죄가 있듯이, 흑과 백을 판단하는 것은 당연하지 않습니까. 더구나 우리나라와 같은 상황에서는 더욱 그렇겠지요. 방금 반공주의자가 아니라고 하셨는데, 그럼 이 선생은 공산주의에 대해 어떻게 생각하십니까?"

"핫하아, ……설마 함 회장님이 나를 심문하려는 건 아니겠지요."

"잠깐만 기다려 주십시오. 나도 별로 성미가 느긋한 편은 못 되지만, 이 선생은 상당히 성미가 급하신 분 같군요. 나는 경찰서의 경무계장으로부터 이 선생이 대단한 반공이론가라고 들었기 때문에, 내심 존경심을 품고 여러 가지 이야기를 여쭈어 배우고 싶었던 겁니다. 여기오셔서 뭔가 기분이라도 상하셨습니까. 이 선생……."

"그럴 리가 있겠습니까. 나는 본래 그런 관심 없는 이야기는 잘 하지 못해서 마음이 내키지 않습니다."

"우리 '서북'은 공산주의의 실체를 이 두 눈으로 보고 몸으로 체험했기 때문에, 그 누구보다도 잘 알고 있습니다." 함병호는 이방근을 무시하고 일방적으로 말을 시작했다. "남한의 공산주의자들은 공산 정권하의 이북 실정도 모르고, 그저 사상, 사상만 가지고 법석을 떨고 있습니다. 열병이나 마찬가지지요. 열이 식은 눈으로 이북사회를 실제로 보면 알게 됩니다. 애당초 이북에서는 이렇게 자유롭게 이야기를 할 수 없습니다. 이남에서는 공산주의자들이 잘난 체하고 떠들어대지만, 이북에는 반공주의 같은 것은 존재하지 않습니다. 반공주의자, '반혁명분자'는 총살입니다. 북에서 파업이나 데모를 할 수 있을까요. 빨갱이들은 북한에서는 못하는 일을 남쪽으로 가져와 소동을 일으켜, 우리나라와 민족의 운명을 위기에 빠뜨리고 있습니다. 해방 후에 이북 놈들이 개인의 자유를 빼앗고, 폭력으로 토지와 재산을 수탈, 공산당에 찬성하지 않는 자는 죄도 없는데 모조리 투옥하여, 무서운 공산독재 공포사회를 만들었습니다. 월남한 이북 출신인 우리들이 서북청년회를 결성하여, 우리나라의 국시(國是)인 반공전선의 선두에 서서 투쟁하고 있는 것은, 우리나라를 적화망국으로부터 지키고, 안정된 민주주의 국가를 건설하기 위해서라는 것을 이 선생도 아시겠지요. 빨갱이 놈들은 우리나라가 소련 연방의 일부가 되어도 상관없다고 생각하는 러시아의 앞잡이로, 소련에 우리나라를 팔아먹는 족속들입니다(이방근은 상대방의 이야기에 고개를 끄덕이고 있었다. 조심해……. 깊이 빠져들면 안 된다. 말끝마다 우리나라, 우리나라가 나온다. 이 땅도 그들에게 있어서 우리나라라면, 제주도민에게는 우리나라가 없는 셈이다). 따라서 반공이념을 조직적으로나 사상적으로 더 한층 견고하게 강화시키는 것이 국가적으로도 민족적으로도 긴급한 요청입니다. 나는 많은 사람들과 공산주의 문답을 해 왔지만, 오늘은 이렇게 우연히 만난 기회에 공산주나 그 밖의 여러 가지 일에 대하여 이 선생의 의견을 들을 수 있으면 좋겠다고 생각한 겁니다."

함병호는 한쪽 손바닥으로 계속 만지작거리고 있던 라이터를 찰칵 하는 소리를 내며 불을 켠 뒤 한동안 타오르는 불꽃을 바라보고 나서 껐다. 그리고는 생각을 바꾼 듯이 담배를 입에 물고 다시 라이터를 울려 불을 붙였다.

"공산주의는 내 성미에 맞지 않습니다만, 본래 나는 일체의 주의(主義)라는 것을 인정하지 않는 인간이라서 말이죠. 아니, 그보다는 두더지처럼 굴속에서 혼자 살고 있는 인간이라서, 만사에 흥미도 관심도 없습니다. 그래서 자랑할 만한 이야기는 결코 아니지만, 취생몽사(醉生夢死), 그날 하루를 술을 마시며 보내는 것으로 만족하고 있는 인간입니다."

"굴속에서……?"

"지하실 굴속이 아니라, 내 안에 있는 굴을 말합니다."

"하하하, 그 굴을 말하는군요. 그 굴속에서 산단 말이죠. 이야기가 좀 어려워졌습니다만, 일체의 주의를 인정하지 않는다면, 우리 '서북'의 이념과 활동에 대해서도 마찬가지라는 말인가요."

"글쎄요. 나는 이제 슬슬 실례할 때가 되었습니다만, 코페르니쿠스적 전환이라는 것은 16세기에 천동설이 지동설로 뒤집어진 우주인식에 있어서의 대사건을 말하는 것이지요. 그래서 갑자기 우주가 넓어졌습니다. 우리가 어릴 때 서당에서 훈장 어른에게 대나무 회초리로 종아리를 맞아 가며 배웠던 '천자문'의 서두에 '천지현황(天地玄黃) 우주홍황(宇宙洪荒)……'이 나옵니다만, 그 우주홍황의 우주와는 달리, 지금은 우주에 여러 소우주가 있고, 지구는 몇백 몇천억 개의 별 가운데 하나에 불과하다는 것을 알고 있습니다. 그렇지 않습니까, 지구가 그렇게 크게 보일까요……."

"이 선생. 그건 무슨 이야기입니까?" 함병호가 이방근의 말을 가로막았다. 갑작스러운 '코페르니쿠스적 대전환'에 어안이 벙벙하여, 라이터를 만지작거리는 것도 잊고 있었다. "코페르니쿠스는 알고 있습니다만, 그게 지금까지 하던 이야기와 무슨 관계가 있습니까?"

"함 회장님, 내 이야기를 한번 들어주십시오. 나는 우주 앞에서 두려워 떨고 있습니다. 코페르니쿠스뿐만 아니라 우주의 넓이는 인도의 석가모니도 설법하셨습니다. 불교에서 말하는 삼천세계는 일 곱하기 천 곱하기 천, 또 자승 곱하기 천으로 10억 세계의 우주가 됩니다. 그리고 수천만 겁(劫)의 영겁의 시간, 우리는 그 속의 중생, 저쪽에 날개 소리를 내며 날아다니는 한 마리의 파리, 바닥을 기는 한 마리의 개미도 그 중생입니다. 그리고 하나의 파란 풀잎, 아름다운 장미꽃……." 이방근은 갑자기 사람이 변한 것처럼 달변가가 되어 떠들어 댔다. ……나는 도대체 왜 이런 말을 시작한 것일까. 아니, 잠깐만, 조금만 더 이야기하자. "몇억 광년의 별빛이 이제야 겨우 지구에 도달합니다. 그 별이 몇억 광년 전인 그때 소멸해 버렸는지도 모르는데 이제야 도달하는 것입니다. 1광년이란 빛이 1년 동안 가는 거리, 핫하아, 인간은 아침부터 밤까지 별만 세고 살아도 수백 년이 걸리기 때문에, 늙어 죽을 때까지 다 셀 수도 없습니다. 1분은 60초, 한 시간은 육육은 36이니까 3천6백 초, 하루는 몇 초인지 아십니까? 금방은 알 수가 없지요. 언젠가 계산해 본 적이 있는데, 하루가 약 8만6천4백 초, 1년이면 대략 3천만 초, 10년이면 3억 초……, 천 년이면 3백억 초……(상대방은 사람을 탐색하듯 가만히 듣고만 있었다. 다시 손바닥으로 라이터를 만지작거리기 시작한다. 너무 장난치지 말자. 아니, 열심히 하고 있는 거야. 이방근은 넓은 이마에 땀이 번지는 것을 느꼈다), 나는 취생몽사,

굴속에서 이런 바보 같은 일만 생각하고 있습니다. 천 년, 3백억 조가 있어도 우주의 별을 다 셀 수가 없습니다. 1초에 별 하나씩 센다고 해도……. 그런데 뭘 그렇게 아득바득 살아갈 필요가 있겠습니까. 웃후후, 나는 그저 자신의 굴속에 틀어박혀 있으면 만족합니다. 먹는 것에, 즉 의식주를 걱정하지 않습니다. ……그렇다 해도 이 지구는 멋집니다. 아마 지구는 우주의 몇억, 몇천 억의 별들 가운데 생물이 살기에 가장 적당한 환경의 별인지도 모르니까요. 우주의 생성 발전의 결과로서 생물이 존재하는 것이니까, '만물의 영장'인 인간은 살아가는 것이 전부임에도 불구하고, 자살하는 점이 또한 인간의 인간다움, 훌륭함이라고 할 수 있지요. 가장 멋진 것을 부정할 수 있다는 말입니다. 그러나 나는 자살론자는 아닙니다. 인간, 때가 되면 죽는다, 뭘 그리 악착같이 살 필요가 있겠습니까. 나에게 주의(主義)가 무슨 소용 있습니까. 별 하나를 셀 수 있는 1초의 시간만 한 가치도 없습니다. 별 말입니다. 하나의 별. 그래서 나는 일체의 주의를 인정하지 않는다고 말한 겁니다. 그러니까, 말하자면 이건 나의 공산주의에 대한 생각에도…… 아니, 애당초 공산주의자는 이런 쓸데없는 것을 생각하지 않는 법이지요. 나는 그들 앞에서 이런 이야기를 한 적은 없지만, 그들이 들으면 큰 소리로 웃으며 나를 미친 사람으로 취급할 겁니다. 물론 내 정신은 말짱합니다만."

"……"

이방근은 겨우 말을 끊고, 손가락에 끼운 채로 있던 담배를 입에 물었다. 조금 어이가 없어 보이는 함병호가 검고 큰 손에 들고 있던 라이터를 켠 뒤 말없이 불을 내밀었다. 금방 말이 나오질 않는 모양이었다. 무슨 이야긴지 횡설수설하는 바람에 이해를 하지 못한 것이 분명했다. 그것도 그럴 것이, 이방근 자신도 무슨 소리를 했는지 잘 알지 못했기 때문이다. 그냥 입에서 나오는 대로, 앞뒤 맥락도 없이, 게다가 이런 자리에 어울리지 않고 통하지도 않는 내용의 이야기를 했던 것이다. 아니, 어울리지는 않는다는 것은 어느 정도 이방근의 진심이 담겨 있다는 뜻이었지만, 전혀 관계가 없는 곳에서 관계없는 인간을 상대로 이야기했던 것이다. 상대방을 어리둥절하게 만들려는 일종의 연극이었지만, 스스로도 그 흐름에 휩쓸린 것은 사실이었다. 따라서 그만큼 진실성을 띤 박진감이 있었다고 할 수 있다.

함병호는 복잡하고 엄격한 표정을 짓고 있었다. 그는 담배를 계속 피우다가 커다란 철제 재떨이에 천천히 비벼 껐다. 그리고 재떨이에서 시선을 들어 올린 그의 얼굴에는 노기가 없었다. 그는 이방근의 이야기를 장난기 섞인 연극이라 생각했을지도 모르지만, 어쨌든 바로 화난 기색을 보이지는 않았다. 그런 면에서는 비록 '서북'이라 해도 과연 회장답다고 할 만했다. 더구나 상대가 상대였다. 어쩌면 이방근의 연극을 무슨 광기의 표현으로 받아들였을지도 모른다. 어찌 됐건 장난기 섞인 종잡을 수 없는 이야기를 한 것만은 분명했고, 그에 대해 화를 내지 않는 것은 기특한 일이라고 할 수밖에 없었다. 선글라스를 낀 남자는 도중에 잠깐 자리를 비워 방을 나갔을 뿐, 끈기 있게 창가의 의자에 계속 앉아 있었다.

"이 선생 이야기는 어려워서 우리 같은 평범한 사람은 이해하기가 곤란하군요." 함병호는 당혹감이 섞인 쓴웃음을 소심한 사람처럼(자칫 이런 사람이 잔혹해지기 쉽다) 작은 코와 입가에 머금고 있었다. "왜 이 선생이 그런 우주론이니 자살론이니 하는 철학적인 이야기를 꺼냈는지는 모르지만(함병호는 일부러 '론' 자를 붙여서 그럴듯하게 말했다. 그 정도의 내용은 이해한다는 뜻인가), 우리의 애국사업과는 별로 관계가 없는 이야기군요. 우리나라의 현 시국에 있어서 가장 중요한 문제는 무엇보다도 한 단계 높은 반공이념의 확립과 투쟁, 민주국가의 건설이라는 것은 명백한 사실입니다. 이 선생, 그렇지 않습니까. 그러기 위해서는 먼저, 제1회 제헌국회 의원총선거를 민족의 독립과 운명을 걸고 강력히 추진하여, 성공시키지 않으면 안 됩니다. 우리나라 역사상 최초의 신성한 총선거를 반대하는 놈들은 매국노 이외에 아무것도 아닙니다. 우리 서북청년회는 스스로 새로운 조국 건설의 전위대를 맡는 영광을 짊어지고 있습니다. 일부러 여기까지 와 주신 이 선생께서 그 점에 대해 이해해 주신다면, 오늘 처음 만난 의의는 대단히 크고, 나는 또 그것을 기대하고 있습니다."

함병호는 계속해서, 경무계장이 전화로 부탁한 일은 잘 처리할 것이니 맡겨 주길 바라며, 밤 여덟 시까지는 돌려보내겠다고 약속했다. 협상 금액은 3만 원. 함병호는 앞으로도 이 선생과 아버님이신 이 사장님의 협력을 부탁한다는 것으로 말을 맺고는, 자리에서 일어난 이방근과 함께 일어나 다시 자신의 손을 내밀었다. 이방근은 악수를 하고 나서 방을 나왔다. 선글라스가 현관까지 이방근을 전송해 주었다.

밖으로 나오자, 정오가 되기 전의 밝은 햇살이 눈부시게 이마를 눌러 왔다. 마치 빛이 금속성인 것처럼 무겁게 느껴졌다. 뭔가 좁은, 몸하나 겨우 빠져나갈 정도의 구멍을 기어 나온 것처럼 약간 피곤할 뿐, 해방감은 없었다. 구멍은, 요란하게 삐걱거리는 어두컴컴한 복도를 걸어 나온 '서북'의 건물 그 자체는 아니었다. 좌우지간 두꺼운 공기층에라도 감싸인 듯한, 아니, 눈에는 보이지 않는 무언가에 끼인 듯한, 그런 투명한 구멍의 감각이었다. 갑자기 이방근은 놀란 듯 멈춰 서서, 자신의 내부를 들여다보았다. 한순간, 슬픔과도 같은 감정이 목구멍 밑의 근육을 흔들며 내달렸다. 그러나 이미 흔적도 없었다. 뭐야, 이건…… 이방근은 혼자 웃으며 걷기 시작했지만, 결코 유쾌한 기분이 아닌 것은 사실이었다. 그러나 그것과 사람을 놀리듯 스쳐 지나간 슬픔의 감정은 별개일 것이다. 슬픔의 감정⋯⋯. 그는 사람의 통행이 눈에 띄기 시작한 C길로 나와 관덕정 광장 쪽으로 향했다. 가능하면 이대로 곧장 광장을 빠져나가 고외과에 가는 편이 상대에겐 좋겠지만 마음이 내키지 않았다. '서북'과 주고받은 이야기를 바로 보통의 일반인과 만나 반복하고 싶지 않았던 것이다. 직접 얼굴을 마주하지 않고도 전화로 끝낼 수 있는 일이었다. 오후 여덟 시에 '서북' 사무실로 처남을 데리러 갈 것, 일주일 안에 애국자금 3만 원을 내라고 전하기만 하면 된다. 3만 원. 고원식이 직접 갔다 해도, 그 이하로는 결코 내려가지 않았을 것이다.

이방근은 상점의 유리문 속을 스쳐 지나가는 자신의 양복 차림을 보고는 아무 생각 없이 손으로 넥타이를 매만졌다. 말하자면 '서북' 사무실에 가기 위해 맨 것이나 마찬가지였다. 왜 '서북'에 가는데 넥타이를 맸는가. 타인의, 고원식의 대리로 갔기 때문이었다. 아니, 넥타이를 맸건 말았건 신경 쓸 건 없다. 아침 아홉 시 조금 지나 집을 나와 경찰서로 향했고, 거기서 고외과에 들렀다가 '서북' 사무실로, 그리고 집으로. 약 세 시간 남짓한, 이것이 오늘 그가 한 일이었다. ⋯⋯자네는 당사자가 아니니까. 그런 일에는 되도록 얼굴을 내밀지 않는 편이 좋아, 아침에 정세용이 한 말이지만, 음, 분명히 그 말에도 일리가 있었다. 고원식 대신에 얼굴을 내밀고, '서북'과 바라지도 않는 대면을 하고 온 것이나 마찬가지니까. 따뜻한 한낮의 햇살이 한껏 부드러워 빛의 무게는 느낄 수 없었지만, 몸을 감싼 구멍의 감각은 되살아났다. ⋯⋯구멍, 구멍, 구멍. ⋯⋯나를 감싼 구멍, 내 안의 구멍. 경찰서 문이 보이는 관덕정 광장으로 나온 이방근은 정세용에게도 나중에 전화로 이야기하기로 마음을 고쳐먹고 집 쪽으로 발길을 돌렸다. 그때 오른쪽 모퉁이의 전봇대에 두세 장 더덕더덕 붙어 있는 포스터가 눈에 띄었다. 가까이 가 보니, 붙인 지 얼마 안 되었는지 풀기도 채 마르지 않았다. "제헌국회의원 총선거추진 시국대강연회, 남국민학교 강당, 3월 30일 오후 여섯 시, 주최 대한독립촉성국민회 제주도지부 운운……" 남국민학교라면 고원식의 처남이 근무하고 있는 학교였다. 그가 연행된 것은 어쩌면 이 강연회 개최와 관계가 있었는지도 모른다. 몇 명인가의 강연자 가운데, 이승만이 주재하는 국민회 소속으로 출마할 예정인 최상화의 이름이 보였다. 명백히 선거추진이라는 이름을 빌린 사전 선거운동이었다. 그도 그럴 것이, 아직 선거인 등록도 시작되지 않았고, 지난 28일에 시작된 입후보자 등록마감은 내달 4월 16일로 되어 있었기 때문이다. 평소에는 이런 것에 눈길도 주지 않는 이방근이었지만, 오늘은 묘하게 시선이 끌리는 대로 멈춰 선 채 반쯤 마른 포스터를 보고 있었다. 갑자기 이방근은 등 뒤에서 누군가가 다가오는 기척과 함께 부르는 소리에 뒤를 돌아보았다.

"아니, 양 동무 아닌가. ……언제 돌아왔나?"

"아침 배로 돌아왔습니다만, 뭘 그렇게 열심히 보고 계십니까. 평소답지 않게." 양준오가 웃으며 말했다. 그는 이번 달 25일 자로 제주도 군정청 재무국 통역을 그만두고, 4월 1일부터 도지사 비서 격인 경리과장에 취임하기로 되어 있었는데, 휴일을 이용해 본토로 여행을 떠났던 것이다. "나중에 댁에 들를 생각이었는데요. 지금은 도청 가는 길입니다. 오늘이 29일 월요일이고, 내일…… 글피인 1일부터 도청의 신참직원이 되는 겁니다."

"그래, 그랬었지. 4월 1일부터 도청 경리과장님으로 영전하는군. 내가 도지사의 부탁으로 자네를 '설득'하고 또 '추천'까지 해 놓고도, 으흠, 그만 깜박하고 있었어. 이거 정말 미안하네."

"잊어버린다고 큰일 날 일도 없습니다. 게다가 또 생각이 나겠지요. 한 지사를 만나러 가는 길인데, 함께 가 보시지 않겠습니까. 이 형이 가시면 한 지사도 기뻐하실 겁니다."

"음, 오늘은 마음이 내키지 않아."

이방근은 담배를 꺼내 불을 붙인 뒤 한 모금 빨았다. 갈림길 모퉁이였기 때문에, 두 사람은 그래도 선 채 이야기를 계속했다.

"무슨 일이 있으시군요."

"음, 그래……. 지금 '서북' 사무실에 갔다가 오는 길일세."

"'서북' 사무실에?"

"어젯밤에 고외과 처남이 잡혀가는 바람에, 그래서 고원식 대신 가서 돌려보내겠다는 약속을 받고 오는 길인데, 그게 좀 묘한 기분이 드는군. 옛날 도쿄에 있을 때, 아는 사람 장례식 때문에 두세 번 화장장에 간 적이 있는데, 그 냄새가 갑자기 되살아난 것 같단 말이야, '서북' 사무실을 나오자마자……. 핫, 핫하아, 묘한 일이야."

"매장을 하는 나라에 살고 있는 사람이 화장장의 냄새를 생각해 내다니. 후후, 아마 당사자인 '서북'들도 맡아보지 못한 냄새일 겁니다. 냄새라는 것도 생각해 낼 수는 있지만, 그게 감각적으로 되살아난다는 것은 말이죠, 이 형이 피곤해서 그럴 겁니다."

"자네는 심술궂어. 요즘은 나만 보면 곧바로 피곤하지 않느냐고 물으니 말야. 그렇게 신경 쓰지 않아도 되네. 도청에 가지 않는 건 결코 그 때문이 아닐세. 자네야말로 긴 여행으로 피곤하겠구만. 나는 집에 있을 테니, 나중에 들러 주게."

"그럼 나중에 들르겠습니다."

두 사람은 헤어졌다.

이방근은 등 뒤 광장 쪽에서 들려온 커다란 확성기 소리에 돌아보니, 국민회의 트럭이 내일 있을 강연회를 선전하면서 스쳐 지나갔다. 트럭 위에서 떠들고 있는 열 명 남짓한 청년 중의 절반이 아침에 본 민족청년단의 푸른 제복을 입고 있었다. 이제 슬슬 선거추진 운동도 격렬해질 것 같았다.

2

이방근이 엮여 들어간 사태는 어지럽게 움직이기 시작한 것 같았다. 이방근은 격렬한 공기의 흐름과 같은 그 움직임에 자신의 몸이 서서히 휘말려 드는 것을 피부로 느끼고 있었다. 그리고 그대로 계속 휘말려 들 것 같은 예감까지 들었다. 유달현이 매일같이 전화를 걸어오는 것도 그랬지만, 무엇보다 '해방구' 즉 지하조직 지구에 들어갈 기회가 갑자기 생겼던 것이다. 결과적으로 상대편 공작에 넘어가게 된 것인지, 아니면 남승지 앞에서 여동생 유원이 아무 생각 없이 한 말이 계기가 되었든지 간에, 조직 측의 갑작스런 승인이 떨어졌다. 며칠간인가, 일주일 아니면 열흘 뒤의 일이라고 막연히 생각하고 있었는데, 이틀 만에 이야기가 결정되어 재빨리 연락이 온 것은 조금 의외였다. 게다가 그것이 모레 31일로 일시까지 지정되어 있었던 것이다.

소파에 파묻혀 오랫동안 자고 있는 사이에, 어느 틈엔가 전혀 예측하지 못했던 장소로 끌려온 듯한 느낌마저 드는 사태의 움직임이었다. 혹은 자는 척하면서, 소파의 위치가 제멋대로 움직이고 있음에도 자신의 몸을 맡기고 있었는지도 모른다. 어쨌든 뭔가 미지의 문이 열린 듯한 사태 앞에서, 이방근은 선택의 여지를 잃고 수세적인 입장에 몰린 모양새가 되었던 것이다. 설사 남승지의 다소 강요적인 행동에 밀린 형태로 자신을 맡겼다 해도 그랬다. 남승지에 대한 이방근의 대답은 분명 '생각해 보겠다'는 식의 애매한 것이었지, '해방구'에 가겠다고까지는 말하지 않았다. ……뭐라고? 그렇다 하더라도, 이건 좀 너무 빠른 것 같은데. 게다가 여동생과 함께 가도 상관없다니. 그래, 나혼자만 가도 좋다고? 하지만 가능하면 둘이서 오라는 거겠지. 핫하아, 이거 어떻게 하면 좋을까. 여동생은 무척 기뻐하겠지만 말야. 설마 이제 와서 여동생에게 아무 말 없이 혼자 갈 수도 없고……. 이방근은 조금 어이없는 표정을 숨기지 않은 채 웃으며 말했지만, 그래도 남승지에게 당했다는 기분은 들지 않았다. 오히려 일시를 일방적으로 지정해 온 데 대하여, 밀려드는 보람 같은 것을 느끼며, 그럼 한번가 볼까 하고 무거운 엉덩이를 들어 올렸던 것이다.

이방근이 집에 돌아온 뒤, 오후에 양준오가 들렀고, 저녁에는 진찰을 마친 고원식이 처남을 데리러 가는 데 필요한 요령 같은 것을 알고 싶다며 찾아왔다. 낮에 이방근으로부터 간단한 전화연락만 받았기 때문에, '서북' 사무실의 모습 등을 구체적으로 묻고 싶었던 것이다. 2, 3일 내로 성내에 다시 와야 한다는 말을 남기고 어제 아침에 떠났던 남승지가 찾아온 것은 그 뒤였다. 그는 여동생이 없는 곳에서, 지하조직 지구 출입이 승인되었다는 것을 알렸지만, 왜 그렇게 빨리 결정되었는지 그 이외의 말은 전혀 언급하지 않았다. 입이 무거웠다. 밤늦게 그는 양준오의 하숙집으로 갔다.

다음날 정오가 조금 지나 유달현이 찾아왔다. 그는 미리 전화를 걸어왔지만, 더 이상 그의 방문을 거절할 필요는 없었다. 유달현은 이방근의 집에 찾아올 때는 뭔가의 필연성 같은 분위기를 띠고 있다……,

그러한 느낌으로 그는 찾아왔다. 아니, 늘 그렇듯이 숭요한 이야기를 전하기 위해 온다고 했다. 그런 그의 입을 억지로 틀어막을 필요는 없었다. 말하게 내버려 두면 된다. 그냥 내버려 두면 되는 것이다.

유달현은 서재로 올라오자, 주위에 아무도 없는데도 문을 닫고 나서 소파에 이방근과 마주 앉았다. 그리고는 앞으로 일주일 이내에 '무장봉기'가 결행될 것이라고 말을 꺼내, 집주인을 놀라게 했다.

"일주일……, 음, 일주일 이내라고 유달현 동무는 말했는데. 어험……." 이방근은 가벼운 헛기침을 했다. "너무 갑작스럽군. 왜 그렇게 급하냐고 묻는 것도 촌스러운 일이겠지만, 일주일 이내라면 2, 3일 뒤로 다가왔다고도 생각할 수 있겠어. 안 그런가."

거짓말은 아닐 것이다. 이방근은 '해방구'에 들어가는 날짜가 내일 31일로 지정된 것과 봉기의 급박한 움직임 사이에, 억지로 갖다 붙이는 것인지도 모르지만, 뭔가 부합되는 듯한 기분이 들었다. 어쨌든 이것은 일주일이라는 테두리 안으로 과녁을 좁힌, 상당히 정확한 시간이라는 것은 틀림없었다.

"2, 3일 안에 일어나지는 않겠지만, 일주일 이내라고는 말할 수 있네." 유달현은 이방근의 놀라는 기색에 안심한 듯, 자신감이 담긴 미소를 띠며 말했다. "이제는 정말 안심했네. 이것으로 드디어 내가 자네 마음에 드는 이야기를 할 수 있게 된 것 같은 기분이 드는군. 기쁘네. 물론 이건 모두 자네를 동지로서 믿고 있으니까 하는 이야기지만."

"아니, 내가 고맙구만." 이방근은 마른 느낌이 드는 입술을 핥으며 침을 꿀꺽 삼켰다. 그리고는 잠시 있다가, 그런데…… 하고 말을 이었다. "어떻게 되는가, 유달현 동무, 이런 걸 함부로 물어도 될지 모르겠지만, 무장봉기가 일어났을 때 성내 지구의 움직임은 어떻게 되는가?"

"후후후……." 유달현은 담배 연기를 크게 내뿜고 나서 이방근의 엄한 시선을 피하며 말했다. "미안하지만, 그건 모른다고 말할 수밖에 없네. 그 이유는 잘 알고 있겠지. 우선 확실한 것은 일주일이라는 것이네. 좀 더 확실한 날짜는 다시 알려 줄 작정이지만(상대방의 표정 이면에 교활한 웃음이 떠오르는 것을 이방근은 놓치지 않았다), 그때가 어쩌면 결행 하루 전날이 될지도 모르지. 어쨌든 이로써 목전에 다가왔다는 것만은 알 수 있을 거야. 이건 거짓말이 아닐세. 그건 믿어 주겠지."

"음, 그렇군…… 그럴 테지. 핫, 핫하, 정말 자네 말대로야. 핫, 핫하아……."

이방근은 상대방에게 정면으로 반격당한 느낌이 들었지만, 자신도 모르게 소리를 내어 웃었다. 계속 웃었다. 뭐가 그렇게 우습냐며 상대방도 조심스럽게 따라 웃는다. 이방근은 웃으면서 담배를 한 대 집어 들고 불을 붙였다. 일주일간의 시한폭탄, 분명히 충격적인 일이었지만, 꽤나 거드름을 피우고 있다. 이 자는 어젯밤에 남승지가 성내에 온 걸 모르는 걸까. 어쩌면 벌써 남승지를 만났는지도 모른다. 그리고 '무장봉기'의 날짜는 남승지의 연락으로 전달받았을 가능성도 있었다.

유달현은 다 탄 담배를 재떨이에 비벼 끄더니, 다시 담배 한 대에 불을 붙여 계속 피웠다. 잠시 뜸을 들이기 위해서가 아니라, 담배 맛을 음미하기라도 하듯 맛있게 피웠다. 유달현은 앞으로 일주일이라는, 마치 제비뽑기 같은 불확실한 정보를 제공함으로써, 이방근의 자유를 조종할 수 있는 유리한 입장에 서게 된 자신을 의식하고 있었다. 그리고 그는 '무장봉기'와는 관계없이 '그 선의 동지'와 오늘 밤 꼭 만나 달라며 화제를 바꾸었다. 어젯밤 배로(그렇다면 부산발 연락선일 것이다) 이곳에 도착해서 지금 성내에 머물고 있다고 했다.

"……음. 일주일 이내라. 이건 뭐 종잡을 수 없는 숫자로군. 게다가 늦어도 7일이라는 시한폭탄이 달린……. 오늘이 30일, 내일이 31일,

4월 1, 2, 3, 늦어도 4월 4, 5일까지는 이 섬에서 몽기가 일어난다는 말이로군……. 사형수의 고통은 자신의 죽음이 사전에 확정되고 예정표에 쓰여 있어서, 말하자면 자신의 죽음을 확실히 자각할 수밖에 없는 것인데 말이야……."

"이 동무는 방금 내가 한 말을 듣고 있었나?"

유달현이 대답을 재촉하듯 말했다.

"물론, 들었네. 어젯밤 배로 사람이 왔다는 이야기 아닌가."

"그렇지. 이방근 동무, 나는 동무를 동지로서 신뢰하여 지금까지 무장봉기에 관해 계속 이야기를 해 왔네. 그리고 조직의 관계자 이외에는 알 수가 없는 일주일간이라는 중대한 기밀을, 자네를 신뢰하고 또 존경하기 때문에 전해 주었네. 나는 경찰이나 권력에 정보를 팔고 있는 게 아닐세(으흠, 이방근은 속으로 중얼거렸다. 왜 일부러 이런 말투를 쓰는 걸까). 정의와 혁명을 위해서라는 건 자네도 충분히 알고 있겠지. 그런데 자네는 사형수의 형 집행 이야기를 꺼내어 화제를 돌리는군. 눈앞에 다가온 무장봉기, 이건 폭동일세. 우리 혁명의 폭발이자, 전진의 거대한 첫걸음이 될 것이네. 이 사회의 근본으로부터 혼란과 붕괴를 불러일으키는 것이네. 혼란은 우리에게 질서이자 영광이고, 적에게는 죽음을 의미하지. 이방근 동무는 적이 아닐세. 우리의 혁명 동지라네. 따라서 제주도라는 섬 하나의 문제가 아닐세. 혁명의 수행을 위해 우리는 전체적인 총사령을 필요로 하네. 전체 조선 혁명의 입장에서 그 동지는 지금 성내에 와 있다네. 꼭 만나 주게. 꼭 만나 주지 않으면 안 되네."

"음, 생각해 보겠네. 그렇게 갑자기 말을 꺼내니 곤란하군."

이방근은 바꿔 낀 팔짱을 가슴 높이까지 들어 올리며 고개를 천천히 가로저었다.

"곤란해? 이보게, 방근 동무, 생각해 보겠다니, 이건 사나흘이나 일주일 뒤의 이야기가 아닐세. 앞으로 몇 시간밖에 남지 않았다네. 게다가 나는 이제 곧 돌아가야 하고." 유달현은 상대방에게 다가가듯이 소파의 엉덩이를 움직여, 이보게, 어떻게든 해 달라고 애원하는 표정으로 말했다. "급하다고 말하지만 그런 게 아니지 않는가. 전부터 몇 번이나 자네에게 말했지 않나. 전화로도 사람이 온다고 말했었네. 만나서 당장 어떻게 하라는 것은 아닐세. 그저 만나 주기만 하면 돼. 내체면을 세우기 위해서라도 꼭 만나 줬으면 하네. 자네는 만날 의무가 있어."

"의무? ……"

"그래, 의무가 있다네."

"……그렇구만, 의무라는 거지."

이방근은 웃었다.

"그렇다네, 과연 이방근 동무는 이해가 빨라."

'일주일 이내'라는 불확실한 시간이기는 했지만, 그것은 유달현의 말대로 '동지로서', 그리고 '신뢰'하기 때문에 털어놓은 정보인 것만은 틀림없었다. 그의 말대로 돈을 받고 파는 것이 아니었다. 그러나 조건이, 구체적으로는 우선 '그 선의 동지'를 만나 달라는 조건이 제시되어 있었다는 것을 인정하지 않으면 안 될 것이다. 이방근이 스스로 정보의 제공을 부탁한 것은 아니었지만, 그러나 정보는 처음부터 지금까지 유달현에 의해 제공되었고, 또한 이방근은 그것을 받아들였던 것이다. 그리고 최근 한 달간, 눈에는 전혀 보이지 않는 그 '무장봉기'의 접근이 이방근에게 적지 않은 영향을 준 것은 부정할 수 없었다. 아니, 그를 '굴속'에서 끌어내는 역할까지 했다고 할 수 있었다. 모든 사회적인 일에 무관심한 태도를 취해 온 이방근은 이제 적어도 자신을 둘러싼 제주도의 무장봉기에 의한 정세의 격동을 예측할 수 있게 됨으로써 일단은 자유로워졌다고 할 수 있었다. 그 대가를 유달현이 요구하고 있는 것이다. 정보를 '떼어먹고 도망'가서는 안 된다는 것이다. 그것이 바로 의무였다.

　이방근은 오늘 밤 그 사람을 만날 것인지 안 만날 것인지 확답도 하지 않은 채 자리에서 일어나 변소에 갔다. ……만나도 그만 안 만나도 그만인 일이었다. 그렇다고 만나야 하는 것인가. 만난다면 상대방의 요구대로 오늘 밤이다. 내일은 '해방구'에 가지 않으면 안 된다. 여동생과 동행할 것인가 말 것인가. 그것조차도 결정을 내리지 못하고 있었다. 아니, 조직에서 내려진 승인조차 아직 여동생에게 전하지 않았다. 상대방의 자유이긴 하지만, 그 미지의 남자는 일부러 바다를 건너와 실제로 이 성내에 있다는 것이다. 게다가 그 이야기는 지금까지 유달현으로부터 되풀이하여 들어 온 것도 사실이었다. ……실제로 그 녀석은 '무장봉기'를 알려 줌으로써 지난 한 달 동안 나를 멋대로 휘둘러 왔지만, 내가 그 덕분에 자유를 얻은 것은……, 음, 바보가 되지 않을 수 있었던 것은 틀림없는 사실이었다. 방으로 돌아가면 대답을 하지 않으면 안 될 것이라고 생각하면서 변소에서 나왔을 때, 대문 옆 쪽문에서 부엌이가 손님을 응대하고 있는 게 보였다. 그런데 툇마루에 선 이방근 쪽으로 힐끗 시선을 던진 것은, 놀랍게도 강몽구였다. 분명히 강몽구였다. 순간, 가슴이 덜컹 내려앉는 소리를 들으면서, 이방근은 안뜰로 내려가 대문 쪽으로 걸어갔다. 음, 이거 곤란하게 됐군…… 얼굴을 마주친 이상 집에 없다고 따돌릴 수도 없었다. 상대가 낌새를 알아차리고 있음에도 불구하고 당당하게 집에 없다며 따돌릴 경우도 있겠지만, 지금 강몽구 앞에서 그럴 수는 없었다. 응접실로 안내하여 기다리게 하는 것도 부자연스러울 것이다. 아니, 그

전에, 지금 문을 열어 둔 서재에서는 안뜰을 지나가는 강몽구의 모습이 보인다. 그렇다고, 서재로 안내하여 유달현과 마주하게 하는 것도 바람직한 일이 못되었다. 이방근이 대문에 다가갔을 때는 이미 노타이의 낡은 양복 차림을 한 강몽구가 그 작고 다부져 보이는 몸을 안뜰에 들여놓고 있었다. 두 사람은 서로 인사를 하며 악수를 나누었는데, 그 순간 이방근은 마음을 굳혔다. 그리고 그는 유달현이 있음에도 아랑곳하지 않고 서재로 손님을 안내했던 것이다. 마음이 내키지 않는 탓도 있었겠지만, 두 사람이 얼굴을 마주하는 상황에 왠지 묘한 예감 같은 게 느껴지는 것이 이상했다.

실은 O중학교의 유달현이 와 있다고 말하자 강몽구는, 호오, 그렇습니까, 선객이 있는데 방해가 되지 않을까요, 라고 말했지만, 달리 유달현을 피하려는 기색은 없었다. 그러나 갑작스러운 강몽구의 출현에 유달현은 몹시 놀라고 당황한 모양이었다. 둘만의 비밀이야기를 하고 있을 때, 게다가 이방근과 강몽구의 관계를 집요하게 캐내려 하던 바로 그 강몽구와 딱 마주쳤으니 놀라는 것도 무리는 아니었다. 어쩔 수 없었다고는 하지만, 우연하게 진행된 듯한 두 사람의 만남에는 이방근의 심술궂음, 한번 두 사람을 대면시켜 봐야겠다는 마음의 움직임이 작용하고 있었다. 유달현은 본능적으로 그것을 눈치 챈 듯, 반사적으로 증오감을 드러내며 이방근을 노려보기까지 했다.

"아이고, 이, 이게 어떻게 된 일입니까?"

유달현은 경련을 일으키듯 기묘하게 웃는 표정으로 두 사람을 번갈아 바라보았다. 그것은 강몽구에 대한 인사이면서 동시에 이방근에 대한 항의이기도 했다.

"유 선생, 이거 우연이군. 성내에 온 김에 잠시 인사차 들렀는데, 방해가 안 되려나 모르겠군."

"괜찮습니다. 서로 모르는 사이도 아니잖습니까."

이방근이 말했다.

"인사라뇨……?"

유달현은 강몽구와 악수를 나누고 같은 소파에 나란히 앉았지만, 별 상관도 없는 그 말에 느닷없이 큰 소리를 지르며 묘한 반응을 보였다.

"내가 여기에 인사차 들른 게 이상한가? 세상에는 내가 모르는 사람은 없는데, 핫핫하."

강몽구가 웃으며 말했다.

"저는 그런 말을 하고 있는 게 아닙니다. 그러니까. 어느 틈에 이방근 동무와 아는 사이가 되었는지, 그걸 몰라서 말이죠."

"이 형과는 친구 사이나 마찬가지라 할까. 핫하아, 무엇보다도 경찰서에서 구린 밥을 함께 먹은 사이니까."

"경찰? ……일본의……."

유달현은 '서북' 사건으로 연행된 이방근이 성내 경찰서 유치장에서 강몽구와 만난 것을 알고 있으면서도, 순간적으로 뭔가 착각을 일으킨 모양이었다. 조금 침착성을 잃고 있었다.

"일제 때가 아니라, 바로 일전의 이야기라네……."

강몽구는 화제를 낚아채듯, 음, 그게 지난달 언제였더라……라는 식으로, 웃으면서 이방근과 유치장에서 만났던 일을 이야기하기 시작했다. 이야기 그 자체보다도 갑자기 어색해진 방 안 분위기를 누그러뜨리려는 속셈이었을 것이다. 유달현은 이방근과의 중요한 이야기를 저지당한 불만과 초조감 때문인지 표정이 불쾌하게 흔들리고 있었다. 그의 입장에서 보면, 강몽구는 침입자가 될 것이다. 조금 지나자 부엌이가 차를 내왔다. 안뜰에서 봄의 상쾌하고 부드러운 바람까지 불어

들어, 방 안 가득히 강몽구의 거리낌 없는 웃음소리를 퍼뜨렸다. 좀 전까지 유달현이 만들어 내고 있던 밀실 같은 분위기는 어딘가로 날아가 버린 느낌이었다.

"강몽구 씨는 계속 여기에 있을 겁니까?"

"이제 막 왔으니까, 왜 그러나?"

"아니, 그냥 물어본 것뿐입니다만, 전 다른 볼일이 있어서……."

"몽구 씨, 맥주라도 한잔하시겠습니까?"

이방근이 부엌이를 문간에 세워 둔 채 새로 온 손님에게 물었다.

"헤헤, 이 동무, 자넨 무슨 농담으로 하는 말인가?" 유달현이 강몽구의 대답을 가로채서는, 우리에겐 그런 게 필요 없다는 투로 말했다. "결혼식도 아니고, 요즘 같은 때 대낮부터 술 같은 건 마시지 않네. 애당초 그럴 시간도 없고. 나도 아까부터 필요 없다고 거절하지 않았나. ……음, 나는 앞으로 10분 정도 밖에 시간이 없네."

필요 없다고 거절했다? 뭘……? 이방근은 유달현에게 술을 권한 적이 없었다. 정신이 번쩍 들게 만드는, 매우 짧은 시간에 거짓말을 둘러대는 솜씨에, 이방근은 어지간한 분노쯤은 사그라질 정도로 감탄했다.

유달현은 담배를 입에 물고 불을 붙였지만, 오른쪽 옆에 앉은 강몽구가 마침 담배를 꺼내는 것을 곁눈으로 보고서도, 아직 타고 있는 성냥불을 재떨이에 떨어뜨렸다. 강몽구가 천천히 성냥을 켜서 담배에 불을 붙인 뒤 연기를 토해 냈다. 유달현은 이방근 앞에서 강몽구에게 일종의 허세를 부리고 있었다. 강몽구는 적어도 제주도 당 조직의 부위원장이고, 유달현은 성내 지구 책임자였으므로, 조직상으로는 상대가 위에 있을 터였다. 그러나 두 사람 모두 이방근 앞에서는 조직원이라는 내색을 하지 않았다.

"마시면 또 어떤가. 자네한테 말한 게 아닐세. 몽구 씨는 마실 거야."

이방근은 미소를 지으며 그렇게 말하고 나서, 턱으로 부엌이에게 지시했다. 부엌이가 물러갔다.

"으—음. 그렇군, 나는 괜찮네, 나는. 하지만 자네는 강몽구 씨를 잘 알고 있는 모양인데, 우리는(우리라는 복수로 말했다. 그것이 이방근의 귓불을 문질러 작은 소리를 냈다) 자네 입장과는 다르네."

"핫핫하, 맥주 한두 병 마신다고 별일이 있겠나. 목을 축이는 정도니까, 한잔하고 가면 돼."

강몽구가 말했다.

"술은 술을 부릅니다. 지금부터 일로 바쁘게 돌아다녀야 하는데, 대낮부터 당치도 않습니다. 전 그럴 시간이 없습니다. 이제 곧 여기를 나가야만 합니다. 일입니다, 일…… 여러 가지로 말이죠, 학교의 일이라든가 여러 가지로. 맥주라도 한잔 마시면서 천천히 있고 싶지만, 분 단위로 시간에 쫓기고 있습니다. 흔들릴 때는 원칙으로 돌아간다……." 유달현은 손목시계를 들여다보고 나서 말을 이었다. "게다가 뭡니까. 외나무다리에서 원수를 만난 격이니, 여기서 한 사람이 물러나는 편이 좋을 것 같군요, 그렇습니다. 후후후후, 저는 바쁩니다. ……음, 이 동무, 나는 이쯤에서 실례해야겠는데, 저어, 잠깐만 시간을 내주지 않겠나. 5, 6분이나 7, 8분이면 돼. 강몽구 씨는 계속 여기 있을 거 아닌가. 그럼 나중에 또 들르겠네. 가능하면 나중에 말일세."

유달현은 그렇게 말하고, 탁자 위에 놓아두었던 자신의 담배를 상의 주머니에 넣으며 몸을 일으켰다. 7, 8분……. 아까 하던 이야기를 계속하고 싶으니, 잠시 귀를 빌려 달라는 것인가 보다. 어쨌든 오늘 밤에라도 '그 선의 동지'와 만날 약속을 해 버린다면 시간을 허비하지 않게 된다. 이방근은 탁자 주위의 공기가 험악하게 움직이는 것을 느끼면서 소파에서 일어나, 강몽구에게 한마디 양해를 구하려 했다.

"유 선생." 강몽구가 이방근을 물리치듯이 말했다. "잠깐 앉으시게. 사람의 인사라는 건 그런 게 아니야. 좋지 않아."

"제가 뭘 어쨌다는 겁니까. ……저는 지금 바쁘니까요."

유달현의 표정은 굳어 있었다.

"자신이 모른단 말인가. 이방근 동무에게라도 물어보면 알겠지만, 사람이 그러는 게 아니야."

유달현은 반사적으로, 이 동무…… 하면서 이방근에게 물어보려는 자세를 취했다. "이 동무, 내 태도가 뭔가 좋지 않았나?"

"이보게, 그만두게나. ……그런데 유 선생은 방금 무슨 말을 한 건가, 외나무다리에서 원수를 만나다니, 도대체 무슨 비유인가. 핫하."

"외나무다리? ……그야 비유일세. 직접적인 사실을 가리키고 있는 건 아니지. 이 동무, 안 그런가?"

유달현은 소파 옆에 우뚝 선 채 탁자를 내려다보며 말했다. 다시 소파에 앉은 이방근은 대답을 하지 않았다. 그리고 말없이 눈앞에 있는 두 사람의 대화를 지켜보고 있었다.

"핑계는 그만두게. 이방근 동무의 집이 외나무다리고, 후후후, 거기서 딱 마주친 우리는 적이라는 말이군. 비유라고 무슨 말이든 해도 좋다는 건 아닐 텐데. '개 같은 자식'이란 말도 비유인가? 경찰 놈들에게는 들어맞는 비유겠지만, 그 반대라면 말이 안 되지. 같은 말이라도 쓰는 장소에 따라 가치가 결정되는 법이야. 그리고 자리를 떠난다 해도 좀 더 부드럽게 해야지."

"저는 바빠서요. 거짓말이 아닙니다. 눈앞에 있는 이 동무에게 물어보시면 압니다."

"바쁜 건 알고 있지만, 그래 가지고서야 일을 혼자서 다 하고 있는 것 같은 모양새 아닌가, 핫하. 일, 일이라면 이 댁의 이방근 선생도 여러 가지로 있을 거야. 때로는 잠시 숨을 돌리며 가게나."

"안 됩니다. 전 지금 급합니다."

"그렇다면 할 수 없지만, 마치 성적주의 같구만, 핫하아."

"성적주의? ……성적주의가 뭡니까?"

유달현이 소리를 질렀다. 원래 저음이라서 소리는 짧게 들렸지만, 노기가 느껴졌다.

"유달현 동무에게는 그런 구석이 있어. 일제 때의 잔재 같은 게 말야……."

"일제 때의 잔재라니……."

유달현이 표정을 확 바꿨다. 그것은 공격하려는 찰나 기세가 꺾여 버린 순간의 표정으로, 그는 같은 장소에 우뚝 선 채 마음은 이미 주눅이 들어 있었다. 그러나 그는 집게손가락으로 강몽구를 가리키며 한 걸음 다가서더니, 일제 때의 잔재가 무슨 말이냐고 따졌다. 일제 때의 잔재가 없는 사람이 어디 있느냐. 우리의 모든 민족이 일본 제국 주의로 인한 역사적 편파성을 짊어지고 있고, 그에 대한 청산과 극복을 위해 각자가 투쟁하고 있는데, 뭐가 일제 때의 잔재란 말이냐. 당신은 얼마나 훌륭했느냐……. 그러나 이방근 앞이라는 체면상 따질 수밖에 없는 유달현의 자세에는 박력이 결여되어 있었다. 그만큼 강몽구의 말에는 독이 있었다. 일제 때의 잔재 운운……. 그 의미는 둘째 치고라도 이 자리에는 어울리지 않는 비약이라고 할 수밖에 없었다. 그러나 한동안 잠자코 있던 강몽구는 상대가 삿대질을 하며 규탄하는 듯한 태도에 비위가 상했는지, 소파에 앉은 채로 유달현을 향해, 협화회(協和會) 시절에 하던 버릇은 그만둬! 라고 호통을 쳤다. 이것은 보다 구체적이었다. 이방근은 생각지도 않은 강몽구의 태도에 놀랐다. 협화회 시절……. 협화회 시절의 무슨 버릇인지는 모르겠지만, 그것은 일제 때의, 그리고 '황국신민화 단체'에서 했던 충성경쟁을 가리키고 있는 것만은 틀림이 없었다. 해방 전의 유달현의 아픈 전력을 건드리는 말이었다. 분위기가 그렇게 만들었다고는 하지만, 분명히 폭언이라 할 만했다. 너무 당돌했다.

"협화회……? 헤헤헤, 협화회가 어쨌다는 겁니까? 물론 나는 협화회의 존재를 긍정하지는 않습니다. 그러나 당시의 재일동포를 위해 공헌한 개인적인 역할을 간과하고, 이상하게 협화회와 나를 결부시키려 하는 것은 악질적인 책동이고, 나에 대한 인간적인 모욕입니다. 강제 연행된 동포들이 일하고 있는 탄광 같은 노동현장에 나가서, 일본말을 모르는 그들의 이야기를 듣고, 처우개선과 위생관리 등의 교섭을 했습니다. 일본말을 가르치는 강습회도 조직해야 했습니다. 일본인은 할 수 없는 이런 일들이 얼마나 힘든 일인지, 또 조선인 노동자에게 얼마나 큰 도움이 되었는지, 당신은 모릅니다. 사물의 일면밖에 보지 못하고 있습니다." 유달현의 몸은 가늘게 떨리고 있었지만, 그는 굳건히 마음을 다잡고 핏기가 사라진 입술에 엷은 미소를 띠며, 저어, 이 동무……라고, 이방근을 향해 호소하듯 말했다. "난 돌아가겠네. 급해서 말일세. 이 동무, 잠깐 저기까지 와 주지 않겠나."

"유달현 동무, 진정하고 거기 좀 앉게나."

자리에서 일어난 이방근이 유달현에게 다가가 어깨를 가볍게 두드렸지만, 상대는 그것을 뿌리치고 방을 나갔다. 이방근은 유달현을 따라 툇마루로 나왔다. 툇마루 저쪽에서 부엌이가 쟁반에 맥주 세 병과 안주 접시 등을 담아 들고 오는 중이었다. 지금까지 어디에 있었는지 새끼 고양이 흰둥이가 방울목걸이를 요란하게 울리며 부엌이의 검은 지맛자락에 석낭히 휘삼긴 재 따라온다. 새끼 고양이시반 온몸으로 휘감기면서도 주인의 걸음을 방해하지 않았다. 아니, 걸어가는 주인의 팔랑거리는 치맛자락에 장난치듯 달라붙어 따라가는 것이 즐거운 모양이었다.

강몽구가 안뜰을 등진 소파에서 일어나 툇마루에 있는 유달현에게 다가가더니, 좀 어색한 웃음을 지으며, 아무래도 내가 실언을 한 모양이군, 농담 삼아 한 말이었는데, 그만 실언을 하고 말았네, 자아, 안으로 들어가서 맥주 한잔 마시고 가는 게 어떤가, 하고 말을 걸었다. 부엌이가 탁자 위를 정리한 뒤 음식 등을 늘어놓고 있었다. 잔이 세 개였다. 이방근도 강몽구와 같은 말을 하며 달랬지만, 유달현은 볼일이 있다며 듣지 않았다. 그리고는, 응접실에 사람이 없다면 거기를 잠깐 빌려 이야기하고 싶다면서, 자신이 앞장서서 이방근을 응접실 쪽으로 데려갔다.

유달현은 응접실로 들어가자 방구석에 우뚝 선 채 갑자기, 저래가지고서야 어떻게 조직의 간부란 말인가, 이 동무는 저런 인간을 공산주의자로 믿고 있나, 그는 학식도 없는 촌사람이야, 게다가 일제강점기의 일은 해방 직후의 단계에서 조직적으로 총괄이 끝난 문제이기 때문에, 동지에 대한 중상과 모욕은 중대한 조직규율 위반이야……라고 말을 쏟아 냈다. 그리고는 무엇 때문에 자네를 찾아왔느냐, 뭔가 관계가 있지 않느냐, 그야말로 따지듯이 집요하게 캐물었다. 이방근은 쓴웃음을 지었다. 그는 이 순간 자신을 착각하고 있는 게 아닐까. 아니, 이방근 쪽이야말로 그를 심문자, 심문할 권리를 가진 인간으로 착각할 것만 같았다. ……무엇하러 왔느냐, 성내에 온 김에 아는 사람 집에 들러 봤겠지. ……관계라니, 무슨 관계 말인가? 자넨 나에 대해 어느 정도는 알고 있지 않은가?

"정말이지? 믿어도 되겠지."

"좀 적당히 하게나. 난 내 문제가 아닌 일엔 일일이 신경 쓸 수 있는 인간이 아니란 말야."

유달현은 이방근으로부터 언질이라도 받은 것처럼 이야기를 끝내자, 오늘 밤 아무래도 '그 선의 동지'를 만나 주어야겠다고 억지를 부렸다. 방금 전에 말다툼의 원인이 강몽구를 방에 들여보낸 이방근에게 있기라도 한 것처럼, 마치 그 화풀이라도 하려는 듯한 기세로 이야기를 밀어붙였다. 그러다가도 느닷없이 강몽구가 자기를 매도하던 말에 대한 분한 감정이 섞여 나온 것인지, 이 동무, 제발 부탁이니 만나 주게……하고, 거의 애원조로 말했다.

이방근은 거의 기계적으로 상대의 요구에 응했다. 그리고 밤 열 시에 유달현의 하숙집으로 가겠다는 약속을 했다. 그렇게 돼 버렸다. 간단히 밀려 버린 형국에서 그렇게 된 것이었다. 이전에 이방근은 분명히 거절한다고 딱 잘라 말한 바 있었으므로, 유달현이 대단한 양보를 얻어낸 결과가 되었다. 기분이 다시 좋아진 유달현은 집주인의 손을 굳게 잡고 나서 돌아갔다.

손님을 밖으로 내보내고 안뜰로 돌아온 이방근은 후우- 하고 깊은 한숨을 내쉬었다. 두 사람의 분쟁이라고 한다면 과장이 될 것이다. 그러나 조직과 관계없는 사람 앞에서 당원끼리 옥신각신하는 것을 보고 있자니 기분이 묘했다. 강몽구의 말은 본인도 인정했듯이 분명 실언이었지만, 그것을 대하는 유달현 선생……. 난질난질하게 태도가 분명치 못하고, 그리고 일부러 꾸며낸 듯한 언동을 하는, 여자와 같은 구석이 있었다. 흐흥……, 이방근은 서재 쪽으로 걸어가면서 자신도 모르게 콧소리를 내고 웃었다.

두 사람은 필요 없게 된 컵 하나를 탁자 구석으로 밀어 놓고 서로 가볍게 맥주를 따라 수며 마셨다. 강봉구의 봄에서는 격렬한 노동이나 운동을 방금 끝내고 온 듯한 땀 냄새가 풍겼다. 그러고 보니 그는 낡은 헝겊신을 신고 있었는데, 교통수단을 이용하지 않고 줄곧 걸어 왔는지, 신발에 먼지가 하얗게 덮여 있었다. 그러나 피곤해 보이지는 않았다. 퉁방울눈이 번쩍번쩍 빛나고 있었다.

"몽구 씨의 좀 전에 한 말은 좀 지나쳤습니다."

이방근이 비난하는 어투로 말했다.

"유 동무한테 한 이야기 말이로군. 그래, 그래, 맞는 말이야…… 내가 좀 탈선을 했네. 잘못했어. 문득, 일전에 만난 이 동무의 형님이 생각나서 말이지. ……그래서 무심코 말이 잘못 나왔다고나 할까."

"제 형님이라면……하타나카 말입니까?"

"그렇지, 하타나카 의원 말일세. 용근 씨라고 했던가. 도쿄의 댁에 찾아갔을 때, 유 동무 이야기가 나왔는데 말이지. 유 동무가 전쟁 전에 아사가야에 살고 있을 무렵부터 잘 아는 사이였던 모양이야. 그래서 여러 가지 이야기가 나왔지. 당시에 민족의식을 갖지 못하고 있었다는 본인의 자기비판적인 이야기도 했다네. 동생인 자네를 칭찬하면서 말일세. 동생의 영향을 많이 받았다는 말도 하더군. 정말 훌륭하신 형님이야. 일본인이 되었다고 해서 경멸하면 안 되네. 유 동무는 그때 내선일체 운동의 열성분자로서 경시청으로부터 표창을 받은 일이 있는 모양이야. 일본에서 협화회 일에 관계하고 있었다는 건 알고 있었지만, 경시청으로부터 표창까지 받았다는 사실은 그때 처음 알았지. ……음, 이 정도로 해 둘까. 시대가 시대였으니 말야. 그런 것을 일일이 후벼 내다가는 그야말로 일할 수 있는 사람이 아무도 없게 돼 버릴 테니까. 그렇다 하더라도 맥주 한 모금 정도는 마시고 가도 좋을 텐데 말야. 괜한 허세를 부려서 무얼 하겠나. ……일전에 왔을 때 양산을 빌려 갔었는데, 가져온다는 걸 깜박하고 말았군. 여기저기 돌아다니다 보니 그렇게 되었네."

"……아, 용케도 잊지 않고 기억하시는군요. 저는 까맣게 잊고 있었습니다. 그건 계속 잊고 계셔도 괜찮습니다."

이방근은 웃으며 말한 뒤 두 번째 맥주병 마개를 땄다. 강몽구가 잔을 두세 번 입에 갖다 대면, 맥주 한 병쯤은 눈 깜짝할 사이에 사라져 버렸다.

이방근도 유달현의 과거에 대해서는 조금 알고 있었지만, 하타나카와의 관계도 있고 해서 화제로 삼지는 않았다. 다만 지금도 역시 마음에 걸리는 것이 있었다. 아니, 방금 전에 바로 이 자리에서 튀어나온 그 불쾌한 말이 잠들어 있던 감정을 자극하여 일깨웠던 것이다. 불쾌한 기분이 들었다. 협화회에서 동포를 위해 헌신했다는 그 말에 드러나 있듯이, 일제강점기의 반민족적인 행위를, 시대가 바뀐 지금은, 동포를 위해 진력한 애국적인 행위였다고 자기 합리화하는 근성이 아직도 고쳐지지 않고 있었던 것이다. 조선 본토에서 노동자로 징용된 일본어도 모르는 동포를 위해 자신들이 얼마나 많은 노력을 했는가 하는 이야기는 이전부터 듣고 있었다. 과거의 '황국신민'으로서의 열성분자는 지금도 열성분자였다. 그것은 좋다고 하자. 그러나 그 변명이 너절하다. 그를 밖으로 내보내고 안뜰을 걸어오면서, 흥…… 하고 코웃음을 친 것은 아마 그 이미지가 머리를 스친 자극 때문이었을 것이다. 그러나 응접실 구석에 우뚝 서서, 오늘 밤 그 선의 인간과 제발 만나 달라고 목멘 소리로 애원하던 유달현의 모습은 어떤가. 남들은 보지 못했을 그의 일면이었지만, 이방근은 거기에서 그것이 비천함을 드러낸 것이라 해도 어떤 인간다움이 느껴졌다.

"그런데 이 동무, 어제 남승지가 여기 들렀는가?"

"남승지'? 예에……."

"그럼 연락이 되었다는 말이군. 전달사항은 이해했겠지."

이방근은 고개를 끄덕였다. '해방구'에 들어가는 일을 말하고 있었다.

"내일 갈 수 있다는 거지."

"예, 벌써 시간과 장소가 일방적으로 결정되어 있으니까요. 핫, 하아, 안 그렇습니까. 가지 않을 수 없게 됐다고나 할까요."

"여동생과 둘이서?"

"아니, 여동생에게는 아직 아무 말도 하지 않았습니다."

"여동생도 꼭 데려와 주시게. 이방근 동무의 여동생일세. 우리는 전적으로 신뢰하고 있네. 기꺼이 환영하겠네. 이 동무, 내가 고맙다는 인사를 하고 싶군."

"뭐가 고맙다는 말씀입니까. 인사는 오히려 제가 해야지요."

이방근은 웃으며 말했다.

"이 동무가 우리 요청에 응해 준 거나 마찬가지 아닌가. 이방근 같은 사람에게는, 흐음, 다른 사람도 아닌, 우리 유치장 동지인 이 동무에게는 꼭 찾아와 주기를 바라고 있었네. 여기저기 충분히 돌아다닐 수는 없겠지만, 이 동무의 그 눈으로 봐 주기만 하면 되네. 여동생에게 이 고향 섬의 참모습을 보여 주고 싶네. 현실의 움직임을 몰라서는 안 되겠지. 그리고 서울에 돌아가면, 더욱 세상을 보는 시야가 넓어질걸세. ……아니, 나는 이제 그만하겠네……. 이제 됐어, 마개를 따지 마시게. 핫핫하. 나도 여러 가지 일이 바빠서 말이야. 적당히 좋은 기분이라네. 낮술은 빨리 취하거든……."

강몽구는 맥주를 두 병 이상 따지 못하게 했다.

여동생 유원이 돌아온 모양이다. 계모 선옥과 함께 볼일을 나갔다가 함께 돌아온 것이다. 지금은 계모와 뜻이 잘 맞는 듯했다. 기쁜 일이다. 무엇보다도 아버지가 기뻐하신다. 이런 것이 '원만한 가정'의 큰 축이 된다. 음, 어쩌면 내일 이맘때는 여동생도 나와 함께 어딘가의 '해방구'에 있게 될 것이다. 무엇보다도 아버지가 가장 두려워하고 있는 곳에 여동생이 간다……. 어떻게 할까. 이방근의 가슴속에서 삐걱거리는 중얼거림이 들렸다.

"어머나, 오빠 있는 곳에 손님이 계시네."

"그렇수다."

안뜰에서 나와 있는 부엌이의 목소리였다. 응접실 앞 툇마루 근처에서 새끼 고양이의 울음소리와 방울이 흔들리는 투명하고 아름다운 소리가 들렸다. 여동생이 새끼 고양이의 이름을 부르면서 급히 안뜰을 건너갔다.

"여동생이구만, 아름다운 목소리야. 핫핫핫, 승지가 좋아하는…… 음, 이런 말을 하면 오빠에게 꾸지람을 듣겠지. 나도 만나 보고 싶군. 내일 꼭 함께 와서, 그때 소개해 주기 바라네."

"가능하면 그렇게 하겠습니다."

이방근은 웃으며 말했다. 가능하면, 가능하면…… 이것이 문제다. 완전히 아버지를 배반하게 될 것이다. 아니, 나 혼자 가는 것도 아버지 입장에서 보면 배반이다.

강몽구는 잔에 남은 맥주를 두꺼운 입술에 대고 천천히 흘려 넣은 뒤 입맛을 다시며 담배 한 대를 피워 물더니 맛있게 연기를 토했다. 그는 말없이 두세 번 천천히 담배를 빨아들였다. 그리고는 조금 깊은 생각에 잠긴 듯한 표정을 누그러뜨리며, 이 동무…… 하고 말을 꺼내더니 재떨이에 담뱃재를 떨어뜨렸다.

"이 동무, 일전에 내가 일본에서 돌아온 다음날 여길 들렀었지. 그때 이 동무에게 우리 조직에 대한 협력을 부탁하면서, 무장봉기 이야기를 했을 것이네. 이런 숭대한 일을 '것이네'라고 표현하는 것이 좀 이상한가. 어쨌든 이야기했었네. 이 동무는 그때, 언제쯤 결행할 예정이냐고 나한테 물었었지. 으흠, 나는 잊지 않고 똑똑히 기억하고 있다네. 나는 가난한 농부의 자식이라 학교도 변변히 다니지 못했지만, 기억력은 좋게 타고난 편이거든⋯⋯(강몽구는 일단 말을 끊고 침을 꿀꺽 삼켰다. 이방근은 입가에 미소를 띠고, 소파에 커다란 몸을 가만히 묻고 있었지만, 그 눈이 도전하듯 빛을 발했다). 4월 3일⋯⋯, 오늘 그 날짜를 알려 주겠네. 내달 3일이나 4일 양 일 중에 결행되겠지만, 어느 날이 될지는 아직 정해지지 않았네. 어쨌든 앞으로 4, 5일 안에 인민이 봉기하여 투쟁이 시작된다는 말일세."

"4월 3일, 4일⋯⋯."

이방근은 중얼거리듯이 말했다. 4월 3일, 4일⋯⋯, 찌―잉 하는 강렬한 금속성 마찰음이 두개골 안쪽을 스치고 지나가는 소리가 들렸다. 유달현이란 놈, 알고서 그랬건 모르고서 그랬건, 얼렁뚱땅 나를 속여 먹었군.

이방근은 소파 등받이에 기댔던 몸을 간신히 일으켜, 옆에 있는 맥주병을 들고 마개를 땄다. 그리고는 비어 있던 강몽구의 잔에 술을 따르고 나서 자신의 잔도 마저 채웠다. 이번에는 강몽구도 아무런 말을 하지 않았다.

"말할 것도 없이, 기밀 유지는 승리의 중요한 담보가 되네." 강몽구는 막 따른 맥주를 얼른 한 모금 마시고 말했다. "결행 날짜는 조직의 일부밖에 모르는 기밀이라, 내일 가게 될 마을에서도 알고 있는 사람은 아무도 없네. 모처럼 함께 오는데 미안하지만, 여동생에게는 비밀로 해야 될 거야."

"그건 약속하겠습니다." 이방근은 고개를 끄덕였다. "그런데 단도직입적으로 묻겠습니다만, 이 성내에서도 봉기가 계획되어 있습니까……."

"으—음……." 강몽구는 문제가 구체적으로 좁혀졌기 때문인지, 잠시 우물거렸다. "그렇구만, 지금으로서는 성내 자체의 봉기는 없다고 할 수 있네. 그러나 아직 제주도 전체의 최종적인 작전 계획이 세워지지 않았기 때문에 알 수는 없지만, 농촌지역에서 성내로 진격하는 것은 작전상 당연히 생각할 수 있겠지. 이 섬에서 일어난 민중봉기의 역사를 보면 모두 그렇게 돼 있어. 이재수(1901년의 민란 지도자)의 난 때도 마지막에는 성내에서, 옛날에는 성벽이 있었으니까, 소화(昭和) 초기까지만 해도 남아 있었지. 그래, 어쨌든 성내 민중이 안에서 성문을 열고 민군(民軍)을 맞아들였다네. 안 그런가. 그걸 염두에 둬야 할 것이고, 그 이상은 나도 군사부 담당이 아니라 모른다네."

"그렇군요……. 몽구 씨, 여러 가지로 알려 주셔서 감사합니다."

이방근은 솔직히 그렇게 생각했다.

"어쨌든 가족분들은 말이야, 무엇보다 당일에는 성내 바깥으로 나가지 않도록 하는 편이 좋을 거야. 어느 마을에서 봉기가 일어날지 모르니까."

"……"

이방근은 말없이 고개를 끄덕이고는 맥주잔을 쭉 들이켰다. 액체의 흐름이 덩어리가 되어, 한순간 목구멍을 깎아 내리듯 뱃속으로 떨어졌다. 전신에 차가운 소름이 잔물결처럼 서서히 퍼져 가는 것을 느끼면서, 이방근은 가볍게 몸서리를 쳤다. 그리고 그것이 일종의 이상한 감동으로 변했다가 전신에서 사라졌다.

"그런데 제3자인 구경꾼 같은 질문을 해서 죄송합니다만, 그 싸움의 승산은 있을까요."

이방근 자신으로서도, 이건 좀 지나쳤구나 하는 생각을 하면서 물었다.

"──" 강몽구는 무슨 소리를 하는 것이냐는 듯이 웃기만 할 뿐 아무 대답도 하지 않았다. "이 동무. 처음부터 지는 싸움을 할 바보가 어디 있겠나. 하지만 뭐랄까, 왜 우리가, 이 섬 사람들이 무기를 들고 싸우는지 동무는 아직 모르는 모양이군. 우리의 생활을 지키기 위해, 이 제주도 민중의 생활과 생명을 지키기 위해 달리 어떤 방법이 있는지, 이방근 선생의 의견을 듣고 싶네. 물론 우리는 조선 혁명을 하는 걸세. 일제의 속박에서 해방된 독립 조선을 혁명하는 것이네. 우린 아직 진정한 해방도 독립도 하지 못했으니까. 그러나 같은 혁명이라 해도, 제주도의 경우는 사정이 다르다네. 최초의 인민유격전, 남한에서 최초의 무장봉기를 하는 것이지. 그대로 무기를 들고 전선에 나간다는 것이고, 그리고 서로 죽이는 거니까, 싸움에 진다는 건 이쪽이 죽임을 당한다는 것이네. 안 그런가. 아니, 지금 이대로라면 섬사람들은 '서북' 밑에서 숨도 제대로 쉬지 못하고 있으니까, 결국에는 우리가 '서북' 놈들에게 죽임을 당하겠지. 파업이나 데모 같은 걸로 뭘 할 수 있겠나. 무엇보다, 지금은 파업도 데모도 할 수가 없네. 안 그런가. 어찌하면 좋겠는가. '서북'이나 경찰 놈들 밑에서 죽으면 그만인가. 이방근 동무의 의견을 꼭 듣고 싶구만."

"……"

이방근은 대답하지 않았다. 당장 뭐라고 대답할 말이 없었다. '서북'……, 강몽구가 이야기의 전제로 삼고 있기 때문이기도 하지만, '5월단선(單選) 분쇄'라든가 '미 제국주의 타도'라는 말은 나오지 않았다. 몇 번이나 '서북'이라는 말이 강한 어조에 실려 입에 오르자, 봉기의 대상이 바로 '서북'인 듯한 인상까지 주었다. '결사멸공보국', '매국노

적구(赤狗)타도'……, '서북' 사무실의 벽 가득히 즐비하게 붙어 있던 슬로건. 이승만과 하지 중장의 사진. 그 밑에 앉아 있던 함병호 '서북' 회장의 두루뭉술한 커다란 얼굴. 지는 싸움은 하지 않는다지만, 과연 승산이 있는가. 이방근으로서는 뜬구름을 잡는 것처럼 전혀 알 수가 없었다. '서북'만이라면 문제는 없었다. '서북' 뒤에 있는 경찰, 군대, 미국…. 게다가 여기는 섬이었다. 모르겠다. 그러나 봉기를 할 바에는 승산 있게 만들지 않으면 안 되었다.

강몽구는 곧 돌아갔다. 성내에 와서 여기로 직행했는데, 아직 들를 곳이 있다고 했다. 세 시가 지나 있었다.

4월 3일이나 4일에 무장봉기를 일으킨다……, 어찌 된 일일까. 이미 정해진 날짜에 하나의 행동을 일으키는 것으로, 너무나 명백한 일이었지만, 그럼에도 불구하고 어찌 된 일일까 하는 생각이 솟아오른다. 사태의 국면이 손톱을 세워 이제야 이방근을 움켜잡으려 하는 모양이었다. 그 손톱은 강몽구의 손가락에 달린 손톱처럼 두껍고 튼튼하며 농민이나 노동자의 형태를 띠고 있었다. '5월단선'을 앞에 둔 4월 봉기. 그렇다 해도 강몽구는 왜 거리낌 없이 조직의 중대한 기밀을 이야기한 것일까(그것은 소곤소곤 마치 엄청난 비밀이라도 털어놓는 듯한 느낌을 주는 유달현과는 달랐다). 그리고 이를 증명이라도 하듯 '해방구'로 안내한다. 하하, 이야기가 너무 잘 진행되는 거 아니냐고 한다면, 분명히 그랬다. ……이 동무는 우리의 요청에 응해 준 거나 마찬가지야, 특별히 응한 기억이 없는데도 강몽구는 그렇게 말했다. '해방구'에 안내하겠다는 제의를 했고, 이쪽이 그 제의에 응한 셈이 된다. 그럴 것이다. 조직의 기밀을 알려 줌으로써 뭔가의 보답 조건으로 삼으려 하는 것은 유달현의 방식과 아주 닮아 있었다. 그것이 조직의 논리라는 것이다. 그러나 그럼에도 불구하고, 역시 유달현의 경우와는 크게 다른 것이 묘한 일이었다. 이것이 무언가에 빠져들어 가는 자의 감정이라고 한다면, 그럴지도 모른다.

밤, 이방근은 식사를 마치고 여동생을 방으로 불렀다. 그리고 내일 아침 '해방구'에 가는데 너도 가고 싶으면 함께 가도 좋다고 말했다. 유원으로서는 그야말로 갑작스러운 '사건'이었다. 그것도 불쑥 말해 봤을 뿐인 몽상의 세계 속의 일이었기 때문에, 그녀는 놀라움의 표정을 밝게 빛내며 즉석에서 응했다. 가도 괜찮은 거냐고 몇 번씩 다짐을 하면서 응했다. 믿을 수 없었던 것이다.

이방근은 여동생에게, 물론 입 밖에 내서는 안 되며, 집안사람들에게는 오빠와 함께 시골 친구 집에라도 놀러 간다고 말해 두도록 단단히 일렀다.

여동생을 데려가서 어쩔 것인가. 여동생에게 말은 했지만, 이방근은 왜 데려가는 것인지 결론을 내리지 못하고 있었다. 여동생에게는 비밀로 하고 혼자서 갈까 하는 생각도 해 보았지만, 그것도 좀스런 일이었다. 결국, 마침 갈 곳이 생겼는데, 여동생도 함께 가고 싶다고 해서 데려가는 방식이 되는 건가. 그럴지도 모른다. 그러나 왜 데려가는지도 모른 채, 이방근답지 않게, 무언가 운명적인 것에 끌려가듯 여동생을 자신의 행동의 길동무로 삼으려 하고 있는 것만은 사실이었다.

이방근은 티셔츠에 양복 상의를 걸치고 열 시 조금 전에 집을 나섰다. 유달현의 하숙집으로 가야만 했다. 낮에 유달현은 나중에 다시 오겠다며 돌아갔지만, 오지 않았다. 밤 열 시의 약속을 확인하는 전화가 왔을 뿐이다. 밖은 완연한 봄으로, 푸른 나무와 꽃향기가 녹아든 밤공기가 부풀어 오르듯 풍겨 왔다. 이방근은 밤길을 걸으며 문득, 봉기하는 날은 따뜻할 거야, 무르익은 봄기운이 한창인 날일지도……라는 생각을 했다. 모든 섬이, 해변에서 산에 이르기까지 꽃들의 화려

한 색깔로 뒤덮여 부풀어 오른다. 하늘이 부풀어 오르고, 바다가 부풀어 오르고, 여자들이 부풀어 오른다. 그리고 피다. 피 냄새, 따뜻한 봄바람이 실어오는 피 냄새가 부풀어 오른다.

'그 선의 동지'란 대체 누굴까. 낮에는 강몽구를 만났고, 지금은 그 선의 남자를 만나러 간다. 이방근은 양극에 서 있는 자신을 느꼈다. 그러나 그는 흔들리지 않았다. 어느 쪽이나 자신의 의지와는 상관없이 이루어진 하나의 국면이었다. 그러나 응했으므로 의지가 작용할 것이다. 그리고 언젠가 그 '의지'를 강요당할 것이다. 언젠가가 아니라, 눈앞의 일인지도 모른다. 그러나 이방근은 흔들리지 않았다. 그는 의지를 작용시키지 않고 있었던 것이다.

관덕정 광장까지 나와 남문길로 막 접어들고 있을 때, 이방근은 전방으로부터 열 명 남짓한 일단의 무리가 그다지 넓지 않은 길을 일렬로 가득 메우고 다가오는 것을 보았다. 이방근은 길 한가운데에서 오른쪽으로 몸을 비켜, 완만한 비탈길을 올라갔다. 그 사람들은 아버지 이태수와 국회의원 입후자인 최상화 등의 일행이었다. 십여 미터 앞 어슴푸레한 가로등 불빛을 받고 있던 무리 속에서 이방근은 재빨리 아버지의 얼굴을 보았던 것이다. 이방근은 문득 생각이 났는데, 오늘 밤 남국민학교에서 있었던 국민회 주최의 총선거추진 시국강연회를 끝내고 돌아가는 길인 모양이었다. 최상화는 연사 중의 한 사람이었을 것이다.

이방근이 상대를 무시하고 걸어가자, 재미있게도 도중에 그 무리가 왼쪽으로 대열을 허물어뜨리며 몰려가는 것이, 아무래도 이쪽의 통행을 위해 길을 비켜 주고 있는 모양이었다. 이방근을 알아챈 것이다. 그러나 이방근은 모르는 체 최상화도 섞여 있는 그 무리를 스쳐 지나가려 했다.

"안녕하세요, 이방근 씨 아니십니까……."

젊은이 하나가 말을 걸어왔다.

"아이고, 안녕하십니까."

이방근은 아버지를 보지 못한 척 상대방의 말을 가볍게 흘려 넘기며 그대로 지나갔다. 실제로 밤길에서 열 명 남짓한 사람들의 얼굴을 일일이 알아볼 수는 없다. 게다가 애당초 아버지와 밤거리에서 우연히 마주칠 때 흔히 있는 일이지만, 서로 말을 걸지 않았다. 아버지도 지금 아들이 일부러 자신을 무시하고 있다는 것을 알고 있음에 틀림없었다.

유달현의 하숙집에 도착하자 열 시가 조금 지나 있었다. 쪽문으로 나온 유달현을 따라 그 좁은 방으로 들어갔을 때, 이방근은 이유도 없이 움찔하는 자신이 우스웠다. 낡은 점퍼를 입고 날카로운 눈초리와 모난 얼굴을 한 남자가 미동도 하지 않고 들어온 이방근을 말없이 올려다보고 있었다. 순간 어디선가 본 적이 있는 사람이라는 생각이 들었다. 앉은키가 제법 큰, 아니, 앉아 있어서 잘 알 수 없었지만, 원래 키가 큰 편인지도 모른다. 마치 기둥처럼 등을 꼿꼿이 펴고 앉은 마흔 살가량의 빈틈없는 얼굴의 남자였다. 고양이등인 이방근과는 그 자세부터가 대조적인 인상을 주었다.

어디선가 보았다고 생각한 것은 착각이었다. 움찔했던 것은, 낡은 점퍼와 다박수염을 기른 그 풍채가 이방근의 의표를 찔렀기 때문인지도 모른다. 그러나 이방근이 상대방의 복장까지 상상하면서 온 것은 아니었다. 남자는 이방근을 맞아 천천히 상대 못지않게 큰 몸집을 일으키더니, 굳은 악수를 하고서 이방근에게 자리를 권했다. 세 사람은 두 평 반 남짓한 좁은 방에 재떨이를 둘러싸고 앉았다. 철제 재떨이는 커다란 꽃잎 모양을 하고 있었다. 이제는 불을 때지 않는 온돌이 서늘해서 좋았다.

남자가 자신은 족제비 모피를 파는 행상인 박갑삼이라고 소개하자 (박갑삼이 본명이라고는 할 수 없었다), 이방근은 상대의 뜻하지 않은 풍채를 이해하게 되었다. 그러고 보니 이 방에 어울리지 않는 낡아 빠진 가죽 트렁크가 구석에 놓여 있는 것은 행상용인 모양이었다. 벽에 걸려 있는, 엿장수가 쓰고 다닐 듯한 낡은 사냥모자도 그런 용도임에 틀림없었다. 박갑삼은 마침내 날카롭고 억제된 목소리로, 자신은 남로당 중앙특수부에 소속되어 있는데, 오늘 서울 시절부터 동지였던 유달현 동지를 통하여 이방근 동지를 만날 수 있게 돼 기쁘고, 이를 위해 시간을 내주어 감사드린다고 말했다. 서울 시절부터 동지 운운하는 말에 유달현은 만족한 모양이었다. 그는 미소를 띤 채 고개를 끄덕이고 있었다.

"어떻습니까, 요즘에 건강은 좋으십니까? 가족분들도."

"······예에."

이런 자리와는 관계가 없는 일종의 겉치레적인 말이었는데, 이방근은 기계적으로 대답했다.

"무엇보다도 건강이 모든 것의 자본이지요. 당중앙은 이 동지의 건강에 깊은 관심을 갖고 있습니다······."

이런 인사말은 흔히 고압적이고 일방적인 느낌을 주는 법이다. 이방근은 좀 불쾌했지만 말없이 듣고 있었다. 말을 선택하고, 헛기침 하나에도 의미가 있는 것처럼 필요 이상의 말은 전혀 하지 않는 장중한 느낌을 주는 행상인 차림의 박갑삼의 태도. 그리고 옆에 대기하듯이 앉아 있는 유달현. 한밤중의 비밀회합인 탓도 있겠지만, 약한 촉광의 붉은 불빛 아래, 행상인 박의 이야기가 주문 같은 울림을 띠면서 방 안에 뭔가 밀교적인 분위기를 감돌게 하는 듯했다. 그것은 일종의 위압삼아서 느끼게 했나. 흙벽과 온돌의 마른 흙냄새, 그리고 좁은 방 안을 가득 채우면서 장지문 틈 쪽으로 천천히 움직여 가는 담배 연기도 의미가 있어 보였다.

행상인 박은 당중앙 특수부가 어떤 성격의 것인지, 그리고 거기에 어떤 자격으로 소속되어 있는지도 설명하지 않고, 이방근이 과거에 서울에서 관계하고 있던 좌익계 출판사를 언급하면서, 일제강점기의 옥중생활과 함께 그 투쟁경력에 경의를 표한다고 말했다. 투쟁경력이라는 말이 이방근을 자극했다.

"나에게 투쟁경력이라고 할 만한 것은 없으니, 초면에 실례합니다만, 그런 말은 나를 불쾌하게 만듭니다. 그런 이야기는 더 이상 하지 말아 주십시오."

이방근은 무거운 위압감을 밀어내듯이 말했다.

"이방근 동무, 그런 식으로 말하면 안 되네." 유달현이 낭패한 듯 두 사람을 번갈아 보면서 말했다. "사실이 그렇잖은가. 이방근 동무는 일제강점기에 싸웠던 투사일세. 박 동지의 말씀은 이방근 동무의 경력을 높이 평가한다는 것이야. 그에 대한 실례란 말이네."

"어쨌든 나는 그런 이야기를 좋아하지 않는다고 말했을 뿐이야. 남이 아니라 내 자신과 관련된 일이지 않나."

"박 동지, 이 동무는 지난 일에 대해 언급하는 걸 싫어합니다." 유달현이 말했다. "……하지만 이방근 동무, 이건 전혀 의미가 다르다네. 당중앙, 당중앙이 자네를 신임하고 있다는 말일세. 투쟁경력을 평가하고 있는 거야. 명예로운 일로 생각하지 않으면 안 되네."

이방근은 순간, 누가 평가해 달라고 누가 부탁이라도 하더냐고 호통을 칠까 하다가 꾹 눌러 참았다. ……잘 부탁하네. 내 체면을 좀 세워 주게나. 좀 전에 쪽문을 들어섰을 때, 유달현이 소맷자락을 잡아

끌며 애원하던 말이 생각났던 것이다. 유달현은 어쩌면 제멋대로 꾸며낸 이야기를 행상인 박에게 했을지도 모르지만, 그것은 이방근과는 아무 상관도 없는 일이었다. 어쨌든 박갑삼의 이야기를 들어 보자, 당분간 듣는 역할을 견지해야겠다고 생각했다. 당중앙…… 당중앙 특수부, 눈에 보이지 않는 이 막연한 것. 정말인가, 이 남자는? 그렇군요……라면서 말을 시작한 옆자리의 박갑삼을 바라보는 이방근의 눈이 날카롭게 빛났다.

"그렇군요, 이방근 동지의 의향은 알겠습니다." 이방근의 태도에 조금 의표를 찔린 듯한 박갑삼이 말했다. "그것이 왜 이방근 동지의 비위를 상하게 하는지 초면인 나로서는 이해되지 않습니다만, 지금 한 이야기는 당중앙이 이 동지를 신뢰하고 있다는 증거로서 말한 것이니, 이방근 동지의 말과는 상관없이 당중앙의 동지에 대한 신뢰와 평가에는 변함이 없습니다."

그리고 5월단선이 강행되더라도 대세는 남북합작에 의한 통일정부 수립의 실현을 향해 확실히 진전될 것이라며 말을 계속했다. 또한 혁명 활동의 원칙으로서 비합법 투쟁과 합법 투쟁의 양면작전이 필요하며, 특히 조직이 비합법적으로 지하에 있는 현재 상황에 있어서는, 합법적인 문화단체나 대중조직에 의한 투쟁과 동시에, 그중에서도 언론기관을 통한 대중에 대한 선전선동 공작이 남한에서 점점 중요해질 것이라는 점, 그리고 구체적인 문제로서, 당 조직은 비밀리에 몇 개의 합법적인 출판사와 통신사를 장악하고 있는데, 다시 이번에 서울에서 매력적인 격일간(조만간 일간으로 이행한다) 상업지를 발간할 계획이라고 말했다.

이방근은 말없이 상대의 이야기를 듣고 있었다. 이런 종류의 이야기는 대개 그 내용이 뻔했다. 눈에 보이지 않는 그 당중앙이 뭐든지

간에, 아마 비밀특별당원이라는 영예와 동시에 자금 협력을 요청할 게 분명했다. 아니나 다를까, 박갑삼은 마침내 이야기를 꺼냈다. 새로운 사업에 대한 자금의 일부 조달과(구체적인 액수는 나오지 않았지만, 일부의 자금이라 해도 상당한 금액이 될 것이다), 그리고 뜻밖에도 10월에 발간할 계획인 그 신문의 부편집장으로 영입하고 싶다는 것이었다.

신문 발행과 부편집장 운운하는 이야기는 유달현도 금시초문인 듯, 순간적으로 놀란 듯한 묘한 표정을 지었다.

"그렇다네, 이방근 동지, 지금 박 동지가 말씀하신 것은 조선 전체의 혁명사업 수행에 큰 담보가 되는 것이라네. 제주도에만 국한된 문제가 아니라는 것을 알 수 있을 거야. 조선 혁명에 대한 끝없는 헌신과 애국심의 발로, 이 얼마나 명예로운 일인가. 게다가 창간 당초부터 자네는 부편집장이라는 중책을 맡게 되는 걸세……."

"유 동무, 잠시 입 좀 다물어 주지 않겠나." 이방근은 자신의 신경이 날카로워져 있구나 하는 생각을 하면서 유달현의 말을 가로막았다. 스스로가 '무장봉기'를 사람들에게 이야기해 놓고, 요즘에는 자꾸만 제주도만의 문제가 아니라 전 조선 혁명의 문제 운운하며 강조하는 것이 마음에 들지 않았다. "나는 지금 막 이야기를 들었을 뿐이 아닌가. 나는 유달현 동무, 자네와의 약속대로 오늘 밤 여기에 왔고, 그리고 박갑삼 씨와도 만났네, 그렇지 않나. 판단은 내가 할 것이네. …… 아니면, 지금 이 자리에서 바로 대답을 해야 된단 말인가?"

"물론 그런 건 아닐세. 박 동지, 안 그렇습니까? 지금 당장 답을 얻으려고 한 말은 아니네. 중대한 임무에 관한 일이니, 내일이라도 다시한 번 나와 만나 대답해도 되고……."

"유 동지, 잠깐만 기다려 보시오."

박갑삼이 기둥처럼 꼿꼿이 앉은 자세를 유지한 채 말했다.

"예."

"물론, 지금 이 자리에서 이방근 동지의 즉답을 바라는 것은 아닙니다만, 당중앙으로서는 동지의 혁명적 견지에 선 긍정적인 대답이 있을 것으로 전제하고 있는 만큼, 그에 걸맞게 이 동지에 대한 조직적인 배려도 준비하고 있습니다. 먼저 부편집장이라는 직책도 그중 하나지만, 조직적인 배려와 동시에 우리는 이방근 동지의 애국심에 호소하여 협력을 요청하고자 합니다. 즉 이 동지는 무엇보다도 일을 하지 않으면 안 된다는 겁니다. 조국의 독립과 혁명을 위해 일할 의무가 있습니다. 조국과 당은 이 동지를 신뢰하고, 이 동지에게 일을 맡겨, 이 동지의 능력 발휘를 요구하고 있습니다. 이방근 동지를 필요로 하고 있다는 말입니다. 그걸 알아야 합니다. 물론 이방근 동지의 정치적 생명은 동지의 과거 투쟁경력을 포함하여, 당이 존재하는 한 앞으로 영원히 보장할 겁니다. 우리 당은 조국과 함께 영원하리라 믿습니다. 지금 한 말은 현명한 이방근 동지에게는 사족이 될지도 모르겠지만, 그것을 전제로 판단하시어 긍정적인 대답을 주시기 바랍니다. 나는 진심으로 그걸 기대하고 있습니다."

"……"

이방근은 양 어깨가 무거운 것에 내리 눌리는 느낌이 들었다. 당과 '조국'의 신뢰를 받고 있다는 것은 영광된 일이겠지만, 그렇다 하더라도 상당히 일방적인 생각이라고 하지 않을 수 없었다. 조국, 당은 곧 조국이라는 이야긴데, 이 얼마나 추상적인 말인가. 박갑삼의 이야기는 조직의 절대적인 권위 같은 것을 전제로 하고 있었다. 그것은 일종의 강요였다. 게다가 조직적인 배려라는 말을 통해 알 수 있듯이 일종의 '거래'이기도 했다.

이방근은 '당중앙의 신뢰'에 감동보다는 혐오감이 앞섰다. 억지로 밀어붙이는 면에 있어서는 강몽구와 닮은 점이 있었지만, 그에게는 혐오감이 느껴지지 않았다. 박갑삼은 관료적인 냄새까지 풍겼다. 그러나 그 개인과 당의 사업을 혼동해서 생각할 이방근은 아니었다. 단순한 감동이나 혐오감을 판단 자료로 삼지는 않는다. 그럴 수가 없는 남자인 것이다.

이방근은 말없이 담배를 피우고 있었다. 침묵이 조금씩 굳어지면서 계속되었다. 박갑삼이 담배 연기에 숨이 막혔는지 두어 번 기침을 했다. 유달현이 바로 일어나 뒤쪽의 장지문을 열고 잠시 환기를 시켰다. 담배 연기로 흐려졌던 공기가 눈에 띄게 맑아졌다.

유달현이 장지문을 닫고 자리로 돌아오자, 박갑삼이 말했다. "이방근 동지, 서두를 필요는 없습니다. 그런데 어떻습니까. 내 이야기는 물론 당중앙의 뜻입니다만, 내일로 벌써 3월도 끝입니다. 4월에라도 한번 서울로 올라와 주면 고맙겠습니다만. 그때 간부 동지들과도 만나 주었으면 합니다."

"4월……, 음, 글쎄요."

이방근은 이도저도 아닌 애매한 대답을 했다. 4월…… 4월이 된 다음이라……. 4월이면 제주도는 물론 이 나라 정세에 중대한 국면을 초래할 사건이 폭발하지 않는가. 그러나 박갑삼은 '4월 무장봉기'를 알고 있을 터인데, 전혀 안중에도 없다는 듯한 어투로 말했다. 섬뜩한 것이 등줄기를 타고 어떤 위화감을 불러일으켰다. 무장봉기, 내가 이 섬 사람이라서 '무장봉기'에 휘둘리고 있는 건가. 이것이 중앙의 지방 문제에 대한 감각의 차이라는 것인가.

"이방근 동무, 박 동지의 말씀은 자네에게는 매우 영광된 일이라고 생각하네."

"그런데 말일세, 유 동무, 내가 만일 거절한다면 어떻게 되나." 이방근은 머릿속에서, 부탁하네, 내 체면을 좀 세워 주게, 제발 부탁하네……라고 손 꼭 잡고 달라붙는 유달현의 손을 느꼈지만 뿌리치듯 말했다. "물론, 지금 여기서 즉답을 하자는 것은 아니지만."

"뭐라고? 거절을 해?" 유달현이 괴성을 질렀다. "거절하다니, 뭘 말인가. 동무는 지금 제정신으로 그런 소리를 하고 있나. 무엇보다 즉답을 할 게 아니라면, 그렇게 말할 필요가 없지 않은가. 후후후, 무슨 말을 하는 건가. 도대체 이방근 동무가 그걸 거절하고 혁명의 길에서 벗어난다니 믿을 수 없는 일일세. 그리고 나와의 약속과도 달라……."

유달현의 얼굴은 거의 새파랗게 질려 있었다. 나와의 약속과도 달라……. 뭔가 특별히 약속한 기억도 없었지만, 그 말을 반박할 필요도 없었다. 설사 약속을 했다 하더라도, 그것을 취소하는 일도 있기 마련이다.

"흐음, 유달현 동지, 그렇게 성급하게 굴다니, 그야말로 동무 자신이 속단할 일은 아닌 것 같소. 조직의 사업에 대한 동지의 열성은 잘 알고 있소. 나 역시 이방근 동지를 오늘 처음 만났을 뿐이오. 서두를 건 없소. 혁명의 길은 멀고도 험난한 거요. 그러나 민주기지 북한에서의 혁명사업이 증명하고 있듯이, 역사는 반드시 우리 혁명 편에, 인민 편에 승리를 가져다줄 것이오. 나는 이방근 동지의 예지에 기대를 걸고 있소……."

박갑삼은 오른손을 뻗어 이방근의 두꺼운 어깨를 가볍게 두드렸다. 그리고는 처음으로 가벼운 웃음을 보이며, 문제의 골자는 지금까지 이야기한 바와 같지만, 내일이라도 다시 이야기를 나눠 보고 싶다고 말했다.

3

　제대로 잠을 이루지 못한 채 눈을 떴다. 어젯밤에 부탁해 둔 대로 여동생이 깨워 주었는데, 여덟 시였다. 아홉 시 반 버스를 타지 않으면 안 된다. 첫닭이 우는 소리를 듣고 나서 잠이 들었지만, 특별히 많은 고민이 있었던 것도 아니었다. 잠을 청하려고 가볍게 소주를 마셨는데, 아직 눈꺼풀이 열려 있는 사이에 취기가 날아가 버렸다. 그리고 다시 가벼운 취기를 불러오기 위해 잔을 기울이다가, 마침내 방 안인지 어딘지 분간할 수 없는 어둠 속에서 바람 소리를 쫓으며 잠든 모양이었다.

　어젯밤에는 행상인 박을 만났고, 오늘은 '해방구'에 들어간다. 그러나 행상인 박과 만나고 난 지금도 이방근은 흔들리지 않고 있었다. 흔들린다고 한다면, 요람에서 흔들리고 있는 어린애 같은 느낌이랄까. 그러나 움직이고 있는 느낌, 오랜만에 움직이고 있는 느낌이었다. 자신이 나서서 움직이고 있는 것인지, 뭔가에 쫓겨 움직이는 것인지는 차치하더라도 움직이는 것은 사실이었고, 그것이 유쾌했다. 자신의 의지보다도 몸이 스스로 리듬을 쫓아 움직이고 있는 느낌이 수면 부족으로 머릿속에 생긴 구름을 걷어 냈다. 이방근은 긴 코털 서너 개를 한꺼번에 잡아 뽑는 순간, 콧물과 함께 나온 요란한 재채기로 잠을 몰아내고, 잠자리에서 일어났다.

　이방근은 아홉 시 반 버스에 맞추어 여동생과 함께 집을 나섰다. 집안 식구들에게는 성산포 친구네 집에 가는 김에 소풍이라도 다녀올 예정인데, 하룻밤 묵을지도 모른다고 말해 두었다. 서울에서 돌아온 여동생을 데리고 오랜만에 남매가 사이좋게 놀러 간다니, 조금이나마 행선지를 의심하는 사람은 없었다. 두 사람 모두 평상복 차림으로 집을 나섰다. 여동생은 하얗고 긴소매의 블라우스에 감색 스커트, 거기다 작은 손가방을 들었다. 오빠는 점퍼를 걸쳤고, 둘 다 운동화를 신고 있었다.

한밤중에 바람이 불기 시작했지만, 대수롭지 않은 일이었다. 이 섬에서는 며칠이나마 바람이 없는 편이 신기한 일이기 때문이다. 하늘은 맑게 개고 부는 바람도 따뜻했다. 신작로를 달리는 낡은 버스의 창문으로 보이는 바다는 하얀 삼각파도를 해안에 밀어붙이고 있었다.

성내에서 버스로 약 40분. 하차한 곳은 조천면(朝天面) 면사무소가 있는 T리에서 동쪽으로 두 번째 마을인 K리로, 이방근도 알고 있는 마을이었다. 신작로 양쪽에는 먼지투성이가 된 작은 가게도 몇 채 늘어서 있었다. 단층 기와지붕에 돌로 벽을 쌓아 올린 의원이 있었고, 면사무소는 없었지만 경찰지서도 있었다. 기와지붕의 민가도 다른 마을보다 비교적 많아서, 섬에서는 이른바 부촌으로 불리는 마을이었다. 길가 초가집 앞에 놓인 기다란 평상에 앉은 마을 사람들이 소리를 지르며 장기에 열을 올리고 있었다. 주위를 몇 명의 마을 사람이 둘러싸고 제각기 목소리를 높여 질타를 하거나 환성을 지른다. 한 걸음 물러선 한 사람이 손에 든 하얀 사발로 막걸리를 마시고 있었다. 그곳은 길가의 주막으로 아침이 이른 마을 사람들의 휴식처이기도 했다. 열 시를 지났을 뿐인데 해는 중천에 떠 있었고, 흰 옷을 입은 노인이 길가에서 햇볕을 쬐며 입에 문 장죽 끝으로 아까운 듯 연기를 조금씩 내뿜고 있었다. 마치 노인의 가냘픈 호흡처럼. 아직 음력 4월 말경까지는 농한기가 계속되기 때문에, 게으름뱅이 남정네들은 부지런한 여자들에게 부업이나 일체의 노동을 떠맡긴 채 가장 태평한 나날을 보내는 시기였다. 각 집안의 뜰이 눈이라도 내린 것처럼 새하얗게 보였는데, 그것은 절간(切干)고구마였다. 고구마를 얇고 동그랗게 썰어 햇볕에 말린 뒤 알코올 원료로 팔았는데, 알코올은 성내의 주정 공장에서 만들어졌다.

해변 쪽에서 마을길을 올라온 물 긷는 여자들이 물허벅의 물을 찰랑거리며 신작로를 가로질러 묵묵히 윗마을 쪽으로 들어갔다. 두 사람은 신작로를 따라 곧장 동쪽으로 걸어갔다. 마을 변두리에 다다르자 길은 바다 쪽으로 나 있었고, 태양에 흰 모래가 눈부시게 반짝이는 아름다운 해변이 보였다. 용암으로 된 암반이 많은 이 섬의 해안에서는 보기 드물게 넓은 모래사장 중의 하나로, 해수욕하기에도 적당한 곳이었다. 그 앞의 바다는 정어리가 많이 잡히는 어장이어서, 반쯤 마른 정어리 냄새와 썩기 시작한 냄새가 바람에 실려 왔다.

아침부터 막걸리를 마시며 장기를 구경하고 있는 풍경. 정어리 냄새에 섞인 미역 따위의 코를 찌르는 해산물 냄새. 집집마다 들려오는 돼지 울음소리. 해녀들이 바위 근처에서 모닥불을 피워 몸을 녹이는 모습……. 겉으로 보기에는 별다를 게 없는 어촌 풍경이었다. '해방구'라고는 해도 외관은 여느 마을이나 마찬가지로 특별한 것이 없지 않은가. 외부의 눈에는 보이지 않는 내부에서 무언가가 움직이고 있다는 건데, 그곳에는 지역적인 해방행정 지구로서의 인민의 권력기구가 확립되어 있지는 않았다. 이방근은 강몽구가 나중에 해안 부락에도 안내하고 싶다고 말했던 것을 생각해 냈다. 어딘지는 모르지만, 그 해안 부락에는 '해방구'적인 성격을 지니고 있을 터였다.

두 사람은 이윽고 마을 변두리로 나와, 국민학교 건물 근처의, 바다와는 반대 방향인 오른쪽으로 보이는 작은 길로 들어섰다. 검은 돌담을 둘러친 돌멩이와 흙덩이뿐인 밭 사이로 난 길을 저 멀리에 아직도 눈을 이고 있는 한라산을 정면으로 바라보며 걸었다. 한라산의 모습이 성내에서 볼 때와는 상당히 각도가 달랐기 때문에, 보다 예각적이고 능선도 아름답게 보였다. 푸른 하늘에 선명하게 솟아올라 정상까지 전부 볼 수 있는 한라산의 모습에 여동생은 멋지다며 탄성을 질렀다.

돌맹이가 많은 시골길을 1킬로쯤 걸어가자, 지형은 점차 완만한 비탈길로 바뀌었다. 길과 지형은 울퉁불퉁하고 작은 기복을 반복하면서도 전체적으로는 완만한 비탈을 이루며 펼쳐진 평지에 중산간 부락을 만들고, 다시 서서히 솟아올라 한라산 자락의 광대한 고원지대를 이루고 있는 곳곳에 산간 부락을 형성하고 있었다.

시골길을 여자들이, 섬의 풍습에 따라 흰 수건으로 머리에 두르고 외출할 때 짐을 넣고 다니는 대바구니를 등에 짊어진 채 다가오고 있었다. 서너 명이 잠시 멈춰 서듯 스쳐 지나갔는데, 얼굴이 둥근 한 여인이 상냥한 미소를 지으며, 어디 성내 쪽에서라도 오시는 거냐고 지나가는 인사말을 건넨다. 이방근도 여동생도 그렇다고 웃는 얼굴로 대답하고, 댁들은 성내에라도 가시는 길이냐고 말을 받았다.

"예, 그렇수다. 성내에 가는 사람도 있고, T리의 시장에 가는 사람도 있수다."

"여동생인가보우다. 살결도 희고 예쁜 사람이우다. 안녕히 가십서, 발걸음을 조심합서."

"안녕히 가세요."

남매가 뒤를 돌아보며 대답했다.

주위는 온통 푸르른 보리밭으로, 바람에 파도처럼 흔들리는 아직 키가 작은 보리 잎이 스치는 소리와 함께 짙은 냄새가 몸을 감쌌다. 가까운 소나무 숲에서 날카로운 울음소리와 함께 요란한 날갯짓을 하며 꿩이 날아올라 숲 저편으로 사라지자, 보리밭에서 종달새가 날아올랐다. 산천단에 가는 도중에도 그랬지만, 여기저기서 종달새가 지저귀며 하늘을 향해 날아오르고 있었다. 여동생은 길가의 잡초 속에 핀 금잔화를 따보기도 하고, 생명의 희망을 찬양하듯 무한한 하늘을 향해 솟구치는 종달새의 상승에 환호성을 지르거나 혼자 콧노래를 부르기도 하면서, 넓은 자연 속에서 오빠와 함께하는 먼 나들이를 즐기고 있는 것 같았다.

이방근은 버스 안에서도 그랬지만, 하품을 몇 번이나 되풀이하며 여동생을 웃게 만들었다. 아아…… 하고 너무 큰 소리를 내며 하품을 했던가, 결국에는 유원이 오빠를 나무랐다.

"오빠, 이제 그만 좀 해요."

"으─응, 이건 저절로 나오는 거야. 하품 정도는 봐줘야지. 오빤 잠이 부족해. 하품이란 게 억지로 노력한다고 나오는 건 아니야."

"하지만 너무 지나치게 하잖아요. 턱 빠지겠어요. 이렇게 멋진 봄날에 시골길을 걸으면서 하품만 하다니……. 저어기, 저쪽 밭의 돌담 위에서 까마귀가 웃고 있어요, 커다란 부리, 오빠처럼 크게 열린 '얼굴', '얼굴'이라니. 게다가 오빠는 그러면 안 돼요. 만일 내가 동생이 아니라 애인이었다고 해도 하품 같은 게 나왔을까…… 무슨 말인지 알겠죠, 정말로 실례라고요."

"그렇지는 않을 거야. 나는 나오지 않더라도 억지로라도 할 거야. 왜 그래, 너, 정말로 화난 거야?"

여동생은 바람을 막으려고 머리에 연두색 스카프를 두르고 있었는데, 야무진 느낌을 주는 표정의 얼굴이 아름다웠다. 여동생이 하얀 이를 내보이며 웃는 얼굴로 오빠의 말에 대답했다. 그런데 어찌 된 일인지 이방근이 심술을 부리려 한 것도 아닌데, 다시 한 번 바보같이 묘한 표정으로 눈을 감고 최대한 입을 벌린 채 하품을 했다.

"야, 이방근."

유원이 마치 손아래 동생에게 복수라도 하는 것처럼 오빠의 한쪽 팔을 힘껏 꼬집자, 그 조금 잔인한 통증에 이방근은 펄쩍 뛰어올랐다.

"아프잖아, 이 바보야."

"다시 한 번 꼬집어 주겠어!"

이방근이 장난삼아 도망치자, 유원이 뒤따라가 오빠를 잡는다. 열 살 이상이나 차이가 나는 남매가 잠시 동심으로 돌아가 장난을 쳤지만, 이방근을 잡는 순간 하아―하아― 숨을 헐떡이며 매섭게 노려보는 그 진지한 눈빛은 여동생인 동시에 여자의 눈이었다. 이방근은 흠칫 놀랐다. 이마에 땀이 밴 채 밝게 웃는 여동생은 의식하고 있지는 않겠지만, 그것은 여자의 눈부신 빛을 지닌 눈이었다.

시간은 열 시 반이 지나고 있었다.

"다음 마을에서 열한 시에 약속을 했다면, 이제 곧 도착하는 건가요? 그런데 어디에도 마을 같은 건 안 보이잖아요, 오빠."

여동생이 자신의 손목시계를 들여다보고 나서 이마의 땀에 손수건을 대며 말했다.

"피곤하니?"

이방근이 담배를 한 대 피우면서 말했다.

"아니, 괜찮아요. 아직 한 시간도 걷지 않은 걸요, 오빠가 잠이 모자라 피곤하겠어요."

"오빠 걱정은 안 해도 되는데, 다음 마을에서 남승지를 만난 뒤 다시 산간 부락 쪽으로 한참 올라가야 돼."

"괜찮아요."

주위에는 밭과 들판과 숲만이 있을 뿐, 멀리 바라보아도 마을의 모습은 보이지 않았다. 유원은 도중에 방목하는 소가 열 마리쯤 한 줄로 늘어서서 좁은 길로 우르르 몰려들었을 때 비명과 함께 오빠의 팔에 매달리는 능, 꽤 슬겁게 오빠의 실농부가 되어 주었지만, 역시 긴장하고 있는 듯했다.

"그런 곳에 지하조직이 있어요?"

"음, 아무리 훌륭한 네 오빠라 할지라도 그것까진 몰라. 가 봐야 알지."

이방근이 웃으며 말했다.

이윽고 초라한 초가집들이 띄엄띄엄 서 있는 작은 마을에 이르렀을 때, 맞은편에서 다가오는 아무래도 남승지인 듯한 청년이 모습을 드러냈다.

"저기 봐요, 저기 승지 씨예요, 이쪽으로 오고 있어요."

유원이 이제 살았다는 듯이, 그리고 불과 2, 3일 전에 만났음에도 그리웠다는 듯이 큰 소리로 말했다. 가까이 다가온 작업복 차림의 청년은 분명 남승지였다. 열한 시를 15분쯤 지나고 있었기 때문에 마을 밖으로 마중을 나온 모양이었다.

"아이고, 이런 불편한 곳까지 용케도 약속시간에 맞춰 오셨군요. 고생 많으셨습니다."

"자네야말로 고생이 많네. 여기까지는 별로 고생이랄 것도 없었어. 앞으로 한참 더 가야 한다면 시간 약속을 지키기는 어려울 거야."

이방근은 남승지와 악수를 했다. 이상하게도 성내에서 만났을 때와는 달리 아주 자연스럽게 나오는 악수였다. 남승지는 이방근과 악수를 한 분위기를 타고 유원에게도 손을 내밀었다. 그녀는 조금 긴장된 미소를 지으며 남승지의 손을 잡고, 서로 고생했다는 말을 나눈 뒤, 둘 다 눈부신 듯한 표정으로 손을 놓았다.

"몽구 씨는?"

멈춰 서자 갑자기 땀이 배어 나오는 것을 손수건으로 닦으며 이방근이 말했다.

"바로 저 집에 있습니다."

세 사람이 마을로 들어가자, 길모퉁이에 설치되어 있는 마을 공동의 맷돌방앗간 근처에서 땅딸막한 강몽구가 안짱다리로 걸어 나왔다. 이방근 남매를 굳은 악수로 환영하고는, 처갓집이라며 맷돌방앗간 옆의 초라한 농가로 손님을 안내했다. 예순을 넘은 노부부와, 강몽구의 처남이 되는 아들 부부가 살고 있었다. 아무리 처가라고 하지만, 마을 사람이 아닌 강몽구와 남승지가 이렇게 당당히 모습을 내보이는 것은, 이 근처에도 벌써 조직의 힘이 충분히 미치고 있기 때문일 것이었다.

이방근은 여기서 물을 한 사발 마시고 잠시 쉬었다가 곧 출발하기로 했다.

식사를 권했지만 먹을 마음이 나지 않았다. 조와 보리뿐인 시골의 밥이라서 그런 것이 아니었다. 아직 배가 고프지 않았던 것이다. 그렇다면 도중에 배가 고플 경우를 대비한다면서, 직사각형의 도시락용 대바구니에 보리밥과 김치, 마늘종장아찌, 말린 생선, 그리고 삶은 고구마를 넣었다. 4인분이라 양이 꽤 많았다. 이것을 남승지가 배낭처럼 등에 짊어지고 간다고 했다.

그런데, 먼저 목을 축이려고 물을 청했을 때, 여동생도 마찬가지였지만 이방근은 성내의 수돗물이나 해안 부락의 맑은 용천수를 마시던 습관에서 거의 벗어나지 못했다.

사발에 떠온 물은 탁하고 흙냄새가 나는 데다, 먼지라고 생각하던 게 장구벌레였는데, 그녀석이 코밑의 물속에서 꼬리를 흔들며 헤엄을 치고 있었다. 이방근은 순간 망설이는 자신을 깨닫고 정신이 번쩍 들었는지 그 물을 다 마셔 버렸다. 장구벌레 한 마리가 뱃속으로 들어간 셈이지만, 탁한 물을 마시는 것쯤은 아무렇지도 않은 일이다. 다만 여기까지 와서 수돗물을 마실 요량으로 있던 자신을 이방근은 부끄러워했다. 마찬가지로 물을 청했던 유원은 물그릇을 받아 든 순간, 당황하며 혐오스러운 표정까지 떠올리고 있었다. 그리고는 오빠가 물을 마시고 나자, 어쩔 수 없다는 듯이 눈을 거의 감다시피 하고는 두 모금쯤 마셨다. 아마 한 모금이라도 더 마셨다면 토해 버렸을 것이다.

이 주변 마을에서는 특별한 일이 없는 한 해변 마을까지 물을 길어가지는 않았다. 하천 대부분이 건천으로 지하수가 되었다가 지반이 부드러운 해안지대에서 용천으로 솟아났기 때문에, 해안 부락 이외의 촌락은 어디나 물이 귀해서, 빗물이나 마을의 저수지 물을 음료수로 사용하고 있었다. 따라서 한 사발의 물도 귀중한 것이었다.

이방근도 그것을 모르는 것이 아니었다. 이 섬에 사는 사람에게 상식에 속하는 것을 그가 모를 리 없었다. 그러나 깜박 잊고 있었던 것이다. 장구벌레가 들끓는 마시는 물, 그것은 이미 성내에 사는 그의 생활감각 밖으로 벗어나 있었다. 물만이 아니었다. 매일 하는 식사도 그랬다. 성내의 주민이라 하더라도, 아침부터 저녁까지 흰 쌀밥을 상에 올리는 집은 아주 한정되어 있었다. 보리나 조가 반쯤 섞이거나, 시골과 마찬가지로 쌀밥이 아닌 경우도 많았다. 성내를 벗어난 그런 시골에서는 흰 쌀은 '고운 쌀'이고, 흰 쌀밥은 '고운 밥'이어서, 설날이나 제삿날, 추석과 같은 명절 외에는 먹지 않는다. 평소에는 보리와 조, 피 등을 먹는데, 이방근의 생활은 이 섬의 일반적인 생활상과는 크게 동떨어진 것이었다.

이방근은 마을을 출발한 뒤에도 혀를 적시던 흙냄새 나는 탁한 물맛을 되살리며, 등줄기를 뭔가로 쾅 얻어맞은 느낌에서 헤어나지 못했다. 물그릇을 받아 들었을 때의 아무렇지도 않게 여겼던 이 일은, 수면이 부족했던 이방근의 눈을 번쩍 뜨게 만든 사건이었다. 처마가 기울고 흙벽이 허물어지기 시작한 농가, 맨발의 아이들, 보잘것없는 식사……. 유원도 계속된 서울생활로 완전히 도회지 사람이 돼 있어서, 남매 모두 섬사람이면서도 생활감각은 섬사람의 것이 아니었다.

무장봉기……, 음, 무장봉기란 말이지……. 산간 부락으로 향하는 일행 속에서 이방근은 남승지가 짊어진 대바구니를 바라보며 마음속의 중얼거림을 들었다. 마을 하나를 지나쳐 이렇게 걷고 있자니, 며칠 뒤로 다가왔다는 '무장봉기'를 실감할 수 있을 것 같았다. 무장봉기는 장구벌레가 들끓는 물을 마시고, 조밥과 고구마를, 아니 조와 고구마 줄기로 죽을 쑤어 먹는 섬사람들이 일으키는 것이다. 그들은 여차할 때 들고 일어난다. 매일같이 낮잠을 자고 맛있는 음식을 먹는 자의 의도와는 상관없이 그들은 일어난다.

네 사람은 한라산 기슭을 향해 계속 걸었다. 한라산은 아직 저 멀리 아득히 우뚝 솟아 있고, 산기슭 여기저기에 솟아 있는 오름이라 불리는 측화산들도 손바닥 안에 들어갈 정도의 크기로밖에 보이지 않았다. 해안으로부터 아까 지나쳐 온 봉조마을까지는 3킬로가 조금 안 되었고, 거기서 다시 1킬로쯤 걸어온 이 언저리에서는 지형이 점차 높아지고 있는데도, 한라산은 여전히 저 멀리로 우뚝 선 채 움직이지 않았다. 뒤돌아보니 저 멀리 반짝이는 바다가 보이고, 해안에서 수백 미터 정도 높이의 나지막한 기생화산들의 정상이 수평선 아래로 보일 만큼 높은 지대까지 올라와 있었다. 섬의 지형이 동서로 긴 타원형을 이루고 있어서, 동쪽 끝의 이 언저리는 성내에서 한라산 기슭을 향해 올라갈 때의 경사와는 달리, 완만한 편이었다. 그것이 서서히 웅대한 슬로프를 형성하며 산록으로 밀고 올라갔다.

한라산 기슭에 가장 가까운 산간 부락인 다리촌에 가려면, 점차 험해지는 산길을 몇 번이나 넘어 앞으로도 6, 7킬로를 더 가야만 했다.

그러나 목직시는 다리촌이 아니있다. 거기까지 가려면 해가 지물이 버려서, 익숙지 않은 걸음으로는 무리라고 했다. 그도 그럴 것이다. 다리촌은 해발 4, 5백 미터의 광대한 분지에 있는 비교적 큰 산간 부락이지만, 이방근은 가 본 적이 없었다. 나이 든 노인들 중에는 섬사람이면서도 평생 바다를 보지 못하고 죽는 사람도 있다는 마을이었다. 겨울철에는 2미터 가까이 쌓인 눈에 갇히는 경우도 있기 때문에, 외부와의 왕래는 거의 불가능해진다. 그래서 과거 일제강점기부터 주재소의 일본인 경찰도 거기까지는 1년에 몇 번밖에 가지 못했다. 강몽구의 말투로 미루어 볼 때, 그 마을은 이미 완전히 조직의 영향권 아래에 들어와 있었고, 무장봉기를 위한 근거지로 돼 있는 모양이었다.

강몽구는 앞으로 2킬로만 올라가면 태흘촌에 도착하니까, 일단 거기까지만 가기로 하고, 가능하면 해가 떨어지기 전에 해안 부락인 Y리로 내려가자고 했다.

햇볕이 내리쬐었다. 바람에 땀이 말라 기분이 상쾌했지만, 그 위를 한낮의 태양이 쨍쨍 내리쬐었다. 유원의 하얀 얼굴이 벌써 햇볕에 그을려 발그레해졌다. 두 사람은 모자를 쓰고 오지 않은 것을 후회했지만, 남승지가 자신의 밀짚모자를 벗어 유원에게 쓰라고 말하고는, 그녀가 턱 끈의 길이 조절을 못 해 애를 먹자, 옆으로 다가가서 끈을 조여 주었다.

길은 고원의 기복을 오르내리며 계속되었고, 때로는 돌투성이의 좁은 길을, 풀덤불 속을, 작은 언덕 샛길을, 또는 마른 개울처럼 깊게 패인 길을 네 사람은 위쪽을 향해 계속해서 걸어갔다.

남승지는 도중에 지팡이 대신 마른 나뭇가지 하나를 주어들고 있었다. 풀덤불을 지날 때는 독사가 나온다고 유원에게 겁을 주면서, 자신이 앞장서서 마른 나뭇가지로 풀덤불을 쑤시거나 주위의 풀을 쳐서 쓰러뜨리며 나아갔다. 이 섬에는 뱀이 전설이나 민담에도 등장하고, 사신(蛇神)으로서 민간신앙의 대상이 될 만큼 뱀이 많았는데, 이제 슬슬 겨울잠에서 깨어난 독사들이 따뜻한 햇볕에 이끌려 땅 위를 기어다닐 계절이었다. 길이 험해서 발을 헛디딜 위험이 있을 때는, 남승지가 약간 머뭇거리는 기색을 보이긴 했지만 그래도 재빠르게 유원의 손을 잡아 주었다. 오빠와 단둘이었다면, 울퉁불퉁한 길에서 넘어지려고 할 때 오빠의 손을 찾았을 것이다. 이방근은 여동생을 신경 쓰지 않고 되도록 젊은 두 사람에게서 떨어져 강몽구와 나란히 걸었다. 그것이 자연스럽기도 했다.

강몽구와 나란히 걷는다고는 해도 이방근은 지금 그에게 어딘가로 이끌려 가고 있었다. 그는 고원의 바람을 맞으며 문득, 대체 뭘 위해 이 길을 걸어가고 있는 걸까 하고 생각했다. 난 그저 이렇게 강몽구를 따라간다. 아니, 남승지조차도 지금은 날 데려가고 있는 것이다. 강몽구가, 그리고 점심용 대바구니를 짊어진, 토착민의 생활감각이 몸에 밴 듯한 모습의 남승지가 갑자기 커다랗게 보였다.

도중에 외출용 대바구니를 등에 짊어진 젊은 여자 세 명을 만나, 아니, 이런 곳에……라며 이방근은 놀랐지만, 여자들은 지나가면서 강몽구와 그리고 남승지와도 인사를 나누었다.

"윗마을에 별일 없지요."

강몽구가 말했다.

"예—."

"조심들 하시오."

"예—."

그녀들이 멀어져 갔다.

"이런 곳에서 만나다니……, 저 사람들과는 아는 사입니까?"

이방근이 놀란 듯이 말했다.

"좀 전에 방근 동무와 여동생이 들렀던 봉조마을 사람들일세. 여성 동맹원들이야, 지하조직의." 강몽구가 말했다.

"으음, ……그러니까, 저 여인들은 산에 보낼 식량을 가져왔다가 돌아가는 길이라네. 무슨 말인가 하면, 해안 부락에서 모은 보리 등의 식량을 밤사이에 해안 부락 여자들이 봉조마을 같은 중산간 부락까지 가져오면, 이번에는 봉조마을에 모인 식량을 다시 윗마을까지 릴레이 식으로 운반하는 거지. 그걸 다시 산 쪽으로 옮긴다네. 대개는 밤에 운반하는데, 경계할 필요가 없을 때는 낮부터 작업을 하지. 아래에 있는 봉조마을까지는 이따금 순경이 두세 명씩 짝을 이뤄 찾아오니까. 하지만 그 이상은 놈들도 올라오지 못해."

"음, 그렇군요, 여자들이 그런 일을 하는군요. ……경찰이라도 지서에서 멀리 떨어진 오지 부락까지는 그렇게 간단히 갈 수 없겠지요. 괜히 길을 잃었다가 몰매를 맞아도 어쩔 수 없겠네요."

"몰매 정도가 아니야. 살해당할 거야. 앗핫하아……."

강몽구의 웃음소리가 고원의 공기를 커다랗게 울렸다. 솔개가 상공을 맴돌면서 유유히 산 쪽을 향해, 마치 인간을 산간 부락으로 안내하듯 날고 있었다. 좀 있다가 날아 돌아와서는 다시 산 쪽으로 날아갔다.

네 사람은 작은 골짜기 주변에 내려가, 거기서 식사를 하기로 했다. 먼저 유원이 오아시스라도 발견한 것처럼 환성을 지르며 달려 내려갔다. 모두 차가운 물을 마시고 시냇물로 얼굴을 씻었다. 유원도 목이 말랐는지, 하얀 두 손을 계곡에 담그고는 몇 번이나 물을 퍼올리다가 반짝반짝 빛나며 떨어지는 물을 입에 댔다.

차갑고 맑은 물이 뱃속을 자극하자, 갑자기 배에서 꼬르륵 소리를 내기 시작했다. 대바구니에서 나온 것은 세숫대야만 한 낡은 알루미

늪 함지에 담긴 보리밥과 삶은 고구마였는데, 놋쇠 숟가락 네 개가 들어 있었다. 다 함께 함지를 둘러싸고 앉아 숟가락으로 떠먹으면 되는 것이다. 들일을 나온 농부들과 같은 식사풍경이었다. 반찬은 마늘 종장아찌로, 섬사람이라면 누구나, 이방근도 매일 같이 먹는 것이었다. 그 외에 김치 등도 있었지만, 오랜만에 먹는 보리밥은 뜻밖에도 맛있었다. 무엇보다도 꽤 먼 길을 걸은 뒤에 하늘을 머리에 이고 야외에서 하는 식사라서 즐거웠다. 이것이 생활이라는 것인지도 모른다……. 이방근에게는 오랜 동안 해 보지 못한 일이었다.

"여동생은 유원이라고 했지요, 좋은 이름이군요. 입에 맞을지 어떨지 모르지만, 때로는 섬사람들이 먹는 식사도 해 보셔야죠. 그러지 않으면 세상 돌아가는 걸 알 수 없답니다."

강몽구가 웃으면서, 이걸 먹어야 한다는 식으로 강요하듯 말했다.

"예, 저는 고구마를 좋아해요. 그렇죠, 오빠……." 유원은 강몽구의 말을 얼버무려 넘기며, 전혀 싫은 기색 없이 말했다.

"그래……."

이방근은, 그래……인지 뭔지 입속으로 우물거리며 고개를 끄덕였지만, 여동생이 고구마를 좋아하는 건지 어떤지, 왠지 우스꽝스러운 느낌이 드는 여동생의 말에 확실히 대답할 자신이 없었다.

유원은 작은 고구마 한 개를 집어 들고, 얇은 껍질을 솜씨 좋게 벗기면서 먹었다. 고구마를 다 먹자, 이번에는 숟가락을 손에 들고 밭에 나온 농부(農婦)처럼 다른 사람들과 함께 함지박에 담긴 보리밥을 맛있게 떠먹었다. 아까 봉조마을에서 탁한 물을 마실 때와 같은 표정은 이제 없었다. 이방근은 내심 안도하며 여동생을 바라보았다.

식사를 끝내고 나서 그녀는 풀밭 위에 운동화를 벗어 놓고는 두 다리를 쭉 뻗고 쉬었다. 스타킹을 신은 발가락 끝이 땀으로 더러워지고,

양쪽 발 모두 구멍이 뚫려 귀여운 엄지발가락이 보이고 있었다. 어머나, 이게 무슨 일이야, 벌써 찢어졌어……라며 그녀는 혼자서 조그맣게 소리를 질렀다. 그러나 발이 아프지 않느냐고 물어도 괜찮다고 대답하면서, 정말 괜찮은 듯 전혀 아픈 표정을 짓지 않았다. 이방근은 '해방구'에 들어가는 것과 관련하여 여동생과 상의를 한 것은 아니었지만, 그녀는 흥미 삼아 오빠와 함께 왔으면서도, 역시 긴장된 그 나름대로 마음의 준비가 돼 있는 모양이었다. 길을 왕복하려면 앞으로도 멀었지만, 도중에 우는 소리나 하지 않을까 하고 걱정하고 있었던 만큼, 여동생의 명랑한 태도가 기특했다.

잠깐 쉬고 나서 곧 출발했다. 한 시간 남짓 걸어 평탄한 평지에 들어서자, 여기저기 숲처럼 우거진 나무 그늘에 농가가 점점이 흩어진 마을이 보였다. 길가에 만들어진 가축용 웅덩이에 버드나무 그림자가 비치고 있었고, 소와 말이 사이좋게 네 발을 담근 채 물을 마시고 있다가, 외부인의 기척에 고개를 쳐들고 수상하다는 듯이 이쪽을 쳐다보는 모습이 마치 인간과 흡사해서 유쾌했다.

"이방근 동무."

강몽구가 질문하듯 말했다.

"예……, 무슨 일이십니까?"

"여기서 바라볼 때, 마을 입구 언저리에 뭔가 색다른 것을 느끼지 못했나?"

"……"

이방근의 눈앞에는 어디나 똑같은 아담한 농촌의 모습이 있을 뿐이고, 소와 말이 함께 웅덩이에 있는 한가로운 풍경도 별로 신기한 것이 아니었다. 오빠 옆에 서 있는 유원도 진지한 표정으로 마을 입구 언저리를 바라보았다.

"음, ……뭐가 있습니까?"

이방근이 되물었다.

"잘 모르겠나, 후후. 그게 특징이지. 금방 눈치를 채면 안 되지. 저 길 보게나. 마을 입구의 제일 가장자리에 있는 집의 헛간이 보이지, 헛간 지붕 너머로 대나무 하나가 서 있잖은가, 지금 바람에 조금 흔들리고 있는데."

"예."

"저건 단순한 대나무가 아니야. 신호라네, 지금 마을 안은 안전하다는 신호지. 무슨 말인가 하면, 외부에서 조직의 연락 등의 임무를 띠고 이 마을로 들어올 경우에, 만에 하나 마을에 경찰들이 와 있다든가 위험할 때는 지금 똑바로 서 있는 저 대나무를 비스듬히 눕혀 놓거나, 끝 부분을 조금 꺾어 놓거나 해서 외부에 신호를 보내는 걸세. 지금은 위험하니까 마을에 접근하지 말라고 말일세. 핫핫핫. 낮에는 멀리서도 잘 보이니까. 어디에나 망보는 사람이, 돌담 사이 구멍에서도 눈을 반짝이고 있다네. 그밖에도 신호 방법이 여럿 있는데, 그 일은 대개 여자나 아이들이 맡아서 하고 있지. 아까 봉조마을에 두 사람이 왔을 때도 눈치 채지 못했겠지만, 대나무가 똑바로 서 있었다네. 산간 부락까지는 경찰들도 좀체 오지 않지만, 해안에 가까운 마을에서는 신호가 매우 중요한 역할을 하고 있어."

"으흠……, 그렇군요. 저 대나무가 신호라……."

이방근은 손가락에 끼운 담배에 불을 붙이는 것도 잊고, 감탄하여 고개를 끄덕였다. ……눈치 채지 못했겠지만, 아까 지나온 마을에서도 대나무가 똑바로 서 있었다……, 음.

강몽구는 마을 입구에 서 있는 대나무 신호를 설명했을 뿐, 그 마을에는 들어가지 않았다. 가축용 웅덩이 옆을 지나 마을 밖 보리밭을 따라 고갯길을 올라갔다. 그때 어디선가 쇠를 두드리는 듯한 금속성 소리가 들려왔다. 그것은 간헐적으로 투명한 울림을 반복했다. 잘못 들은 것이 아니었다. 분명 마을 안에서 나는 소리였다.

"몽구 씨, 저어, 이 마을에 대장간이 있습니까?"

이방근이 물었다.

"대장간? 아아, 저 소리 말이군. 저건 대장간은 아니지만, 어쩌면 그것과 비슷하다고 할 수도 있겠지. 마을 사람이, 그러니까, 창을, 쇠 창을 만들고 있는 중이라네."

"쇠창?"

"그래, 무기 말이야."

"무기, ……그렇군요, 무기를 만든단 말이죠."

이방근이 당황한 기색으로 강몽구에게 대답하고 옆에 서 있는 여동 생을 돌아보니, 그녀는 신기하다는 표정으로 뭔가를 탐색하려 하고 있었다. 그녀는 오빠와 함께 '해방구'에 들어가면서도 목전에 다가온 무장봉기를 모르고 있었다.

"우리는 언제 적과 충돌하게 될지 몰라. 적의 공격에는 반격하지 않 으면 안 되고. 그러기 위해서는 늘 만반의 준비를 갖추어 두질 않으면 안 된다네."

강몽구는 이방근을 보고 말했지만, 사실 그 말은 '무장봉기'를 모르 고 있을 유원에게 에둘러 한 말이었다. 앞으로 며칠만 지나면 유원도 이 말의 의미를 충분히 실감하게 될 것이다. 그러나 그 며칠 동안, '봉기'가 결행될 때까지 기밀을 누설해서는 안 된다. 남매라고는 해도, 이런 경우에 유원을 이방근과 똑같이 취급할 수는 없었다.

"나중에 형편이 닿으면 마을에 들러 보기로 하자구." 강몽구가 말을 계속했다. "민중의 무기란 그런 걸세. 옛날부터 내려오는 민중봉기의 전통을 따르고 있는 거지. 제대로 된 쇠창이나 죽창을 만드는 기술을 가진 사람이 대대로 있기 마련이거든. 쇠창뿐 아니라 죽창도 만들고 있는데, 그건 쇠창보다 만들기가 간단해서, 후후, 간단하다고는 해도 이것 역시 고도의 기술이 필요해서 말이야. 그냥 대나무 끝을 깎아 뾰쪽하게 만들기만 하면 되는 게 아니야. 저녁에라도 해안 부락에 가면 죽창 만드는 현장을 구경할 수 있을 걸세. 그게 쇠창처럼 손이 많이 가는 대장일은 아니기 때문에, 대나무가 많은 해안 부락에서 만들고 있다네. 쇠창의 경우에는 좌우지간 소리가 온 마을에 울려 시끄럽기 때문에, 아무래도 산속의 안전한 곳이 아니면 안심하고 만들 수가 없거든……."

창의 쇠로 된 부분은 30센티가 조금 안 되는 양날로, 산 모양으로 된 양쪽 면의 한가운데에 팔(八) 자 형의 홈을 새긴다고 한다. 거기에 1미터쯤 되는 자루를 붙이고, 자루에는 어깨에 걸 수 있도록 끈을 단다는 것이었다. ……무엇 때문에 홈을 새기는 걸까. 이방근은 만들고 있는 현장을 직접 눈으로 보는 것보다도 말로 설명을 듣는 편이 왠지 모르게 생동감이 느껴졌다.

고개를 넘자, 오른쪽 보리밭 저편으로 바람에 몸부림치듯 흔들리고 있는 대나무 숲이 보였다. 대나무 숲에서 나는 수런거리는 소리는 바람 탓이었지만, 그 소리만이 아니라 이상한, 인간의 외침 소리 같은, 일순간 가슴을 섬뜩하게 만드는 기묘한 소리가 그쪽에서 흘러왔다. 지금이 밤이었다면, 그 소리는 불길하게 커진 저승에서 흘러오는 비명처럼 들렸을지도 모른다.

그러나 대나무 숲 맞은편의 휴한지까지 가서 알게 됐지만, 기묘한 그 술렁거림은 아무것도 아닌 착각에 지나지 않았다. 휴한지에서는 수십 명의 청년들이 군사훈련을 하고 있었다. 그 소리가 바람의 장난으로 와삭거리는 대나무 숲 소리에 섞여 늘었던 모양이다.

　이방근은 군사훈련 현장을 미소를 띠며 바라보면서도, 설마 내 신경이 둔해져 버린 건 아니겠지 하고 생각했다. 현장에 마주 서자, 서재의 소파 위에서 만들어진 감각으로는 다룰 수 없는 한낮의 태양이 내리쬐는 기묘한 세계로, 게다가 광대한 산록의 경사면에서 한조각 구름처럼 어디론가 증발해 버릴 것만 같은 감각에 휩싸이며 사뿐히 들어가는 느낌이었다. 하늘도 산의 빛깔도, 그리고 대나무 숲이나 보리밭의 푸르름도 또렷이 입체적인 색깔로 떠올라, 마치 만들어 놓은 느낌이었다.

　"오빠, 무슨 훈련을 하고 있는 모양인데, 뭘 하고 있는 걸까요."

　대나무 숲을 돌아 휴한지가 보이기 시작하자 여동생이 작은 목소리로 말했다. 이방근도 작업복 차림과 한복 차림이 뒤섞인 집단의 움직임을 보았을 때 깜짝 놀라며, 아, 저건 군사훈련이구나 하고 생각했지만, 입 밖에는 내지 않았다.

　"저건 군사훈련일세. 아직도 총 같은 화기가 충분하지 않아. 그래서 아무래도 쇠창이나 죽창이 필요한 상황이야. 조만간 적으로부터 좀 건네받아야 되겠지. 그게 유격전이라는 거지."

　유원의 말을 재빨리 알아들은 강몽구가 옆에서 이방근에게 말했다. 이방근은 말없이 고개를 끄덕였다.

　"이봐, 용배ー, 자네 어딜 보고 있나, 여길 봐!"

　훈련장에서 들려오는 고함 소리였다. 불의의 방문객, 아니 아름다운 도시 여성의 출현에 젊은이들의 시선이 벗어났다 해도 무리는 아니었다. 웃음소리가 일었다.

　"군사훈련이라고요?"

　유원이 밀짚모자로 그늘진 얼굴에 약간 놀라는 표정을 지으며 말했다. 아마 무엇을 위한 군사훈련이냐고 되묻고 싶었을 게 분명했다. 그러나 되돌아본 오빠의 말없이 훈련하는 모습을 바라보고 있는 태도에 주눅이 들었는지, 그 이상 아무 말도 하지 않았다.

국민학교 운동장만 한 휴한지에서 1분대씩 2열로 늘어서서 분열행진을 하고 있는 그룹도 있고, 집총훈련으로 포복전진을 하고 있는 그룹도 있었다. 총이라고는 해도 진짜 총을 가지고 있는 것은 지도원뿐이었고(구일본군의 38식 보병총이었다), 대원들은 쇠창으로 대신하고 있었다.

포복전진은 양손으로 총 대신 쇠창을 들고서, 팔꿈치와 무릎으로 자갈과 돌멩이가 많은 잡초가 돋아난 휴한지를 기어가야 했다. 하나 둘 하나 둘 하는 구령에 맞추다가, "엎드려!"라는 호령이 떨어진다. 그리고 다시 포복전진을 반복했다. 똑바로 전진하기도 했고 곡선을 그리며 전진하다가 이윽고 휴한지 밖으로 벗어나 버렸다. 얼굴이 흙먼지로 인해 눈과 코도 구별 못 할 만큼 더러웠고, 옷은 먼지투성이였다. 그같이 어정쩡한 자세로는 진짜 총을 들었다간 20미터도 전진하지 못한다며 분대장이 호통을 쳤다. 낙오자나 자세가 나쁜 대원이 나오면, 전원이 다시 한 번 훈련을 반복했다. 상당히 엄격한 훈련이었지만 포복전진이 끝나자, 모두 일어나 옷에 묻은 흙먼지를 털어 내고는 땀투성이가 된 얼굴에 하얀 이를 드러내며 밝게 웃었다. 17, 8세 정도의 소년도 보였다. 개중에는 일어나자마자 바로 휴한지를 뜀박질로 한 바퀴 돌면서 넘치는 기운을 과시하는 청년도 있었다.

이미 섬의 각 작전 지구에 따라 한라산 기슭 요소요소에서 이루어지고 있는 군사훈련은 각기 규모도 다르고, 중대로 편성된 합동훈련을 실시하는 경우도 있었다. 훈련을 맡은 사람들은 과거 일본군에 소집되었던 학도병 출신의 제주도 청년이라고 했다. 일본군에 강제로 징

집되었다가 돌아온 학도병 청년들이 다시 총을 늘고 자기 고향과 소국의 해방을 위해 목전에 다가온 게릴라 봉기의 선두에 서 있는 셈이었다. 이방근은 자신의 무지에 내심 고통의 신음을 내고 있었다. 생각해 보면, 해방 후 섬으로 돌아온 학도병 출신 중에는 국민학교 후배이거나 다른 연줄로 알고 있는 사람도 있었다. 그들은 어느 틈엔가 성내나 이웃 마을에서 아무런 소식도 없이 모습을 감춰 버렸다. 물론 육지로 이주했든가 일본으로 밀항했을 수도 있었겠지만, 그렇다 하더라도 아무런 말도 없이 가 버린, 그렇게 납득하기 힘든 그런 사람들도 있었던 것이다. 좌익계 조직의 비합법화로 인한 탄압이 심해진 작년 후반기부터 그런 행방불명자가 나오기 시작했다. 그들이 이미 게릴라 봉기에 대비하여 산에 들어갔다고는 단정할 수 없었지만, 그렇지 않다고도 말할 수 없었다. 이방근은 지금 현실적으로 산간 부락에서 이루어지고 있는 군사훈련의 한 장면을 실제로 목격하자, 충격인지 감동인지 종잡을 수 없는 어떤 감정의 물결이 천천히 몸의 내부로 파도치듯 넘실대는 것을 억제할 수 없었다. 3년 전 여름까지만 해도 10만 대군이라고 일컬어지는 일본군이 오키나와 함락 후의 결전에 대비한다며 이 섬에 몰려들어 섬과 함께 자폭하는 '옥쇄(玉碎)'를 도모하려 했지만, 지금은 섬 주민들이 스스로를 지키기 위해 고향 땅을 전쟁터로 삼아 일어서려 하고 있었다. 그 게릴라 대원의 대부분은 해방 후에 일본에서 돌아온 청년들이 섞인 섬의 젊은 남녀들이었다.

"이 동무, 저길 좀 보게……."

강몽구가 아까부터 말이 없는 이방근을 향해 휴한지 끝의 돌담 언저리에서 특이한 모양의 구보와 도약운동 등을 반복하고 있는 그룹을 가리키며 말했다. 이방근 역시 그 평범하지 않은 구보와 도약의 방식에 이끌려 이상하다고 생각하던 참이었다.

"예에, 저기 돌담을 뛰어넘는 훈련 말씀이죠? 저도 아까부터 색다른 방식의 달리기를 하고 있다는 생각을 하며 보고 있었습니다. 마치 운동회에서 펼치는 색다른 종목의 달리기 같습니다."

이방근은 휴한지에 들어오고 나서 처음으로 입을 열었다.

"가까이 가 보자구."

"예……."

강몽구는 앞장서서 걷기 시작했다. 네 사람은 훈련에 방해가 되지 않도록 멀찌감치 돌아 휴한지 끝의 돌담까지 간 뒤 훈련현장에서 10미터쯤 떨어진 곳에서 멈춰 섰다.

구보와 도약훈련을 하고 있는 사람들은 모두 한복 차림의 젊은이들이었다. 옛날 의병처럼 위아래 모두 한복 차림인 사람도 있었고, 낡은 작업복 상의와 한복바지를 입고 있는 사람도 있었다. 멀리서 볼 때는 깊이 쌓인 눈 위라도 달리듯 느릿느릿 뭔가에 발목 잡힌 것처럼, 도저히 구보라고 할 수 없는 우스꽝스러운 느낌이 들었는데, 그들은 바지 자락에 모래를 잔뜩 채워 넣은 채 달리고 있었던 것이다. 바지 자락에 모래를 넣고 발목 언저리를 끈으로 묶으면, 발걸음이 마치 쇠 구두라도 신은 것처럼 뜻대로 움직여지지 않는다. 그런 상태로 걷는다. 모래를 적당히 증감시켜 조정하면서도 점차 모래의 양을 늘려간다. 처음에는 발이 무거워서 마음대로 걸을 수 없지만, 점차 걸을 수 있게 된다. 그리고 천천히 달린다. 머지않아 달릴 수 있게 된다. 이번에는 바지에 모래를 채워 넣은 채 훈련용 낮은 돌담을 뛰어넘는 훈련을 한다. 말하자면 일종의 색다른 장애물 달리기라고 해도 좋았다. 물론 돌담에 무거운 발이 걸려 고꾸라지거나 다치기도 하지만, 점차 익숙해지면 2, 30센티 높이의 사각 돌을 하나씩 더 쌓아 올린다. 그리고 마지막에는 그들은 바지 자락에서 모래를 전부 털어 낸 원래 상태로 보통

높이의 돌담을 뛰어넘는다. 그때는 1미터에서 1미터 반이나 되는 놀담을 가볍게, 도약력이 뛰어난 동물처럼 훌쩍 뛰어넘을 수가 있게 된다. 도약만이 아니다. 구보라 하더라도 모래주머니를 발목에 매달고 단련한 다리의 움직임은 야생동물처럼 탄력 있고 민첩했다. 모래를 털어 낸 뒤에는 마치 발에 날개라도 돋친 것처럼 몸이 가벼워진다는 것이었다. 이런 식이라면 소위 '둔갑술'도 익힐 수 있다는 말이 될 것이다. 강몽구에게 들을 필요도 없이, 어딜 가나 돌담투성이에다 산지가 많은 제주도 지형에 알맞은 훈련 방식이라는 것도 납득이 갔다.

강몽구는 게릴라 대원들과 이야기를 나눠보겠냐고 물었지만, 이방근은 미소를 띤 채, 호의는 고맙지만 괜찮다며 사양했다. 지금은 강몽구와 남승지만으로도 충분했다. 훈련에 땀을 흘리고 있는 그들을 멀찍이서 그저 바라보는 것만으로도 좋았다. 눈앞에 있는 사람들의 움직임은 현실임에 틀림없었지만, 밝은 햇빛과 반짝이는 공기의 막을 통해 바라보는 그 움직임은, 마치 영화를 보고 있는 듯한, 혹은 야외극장의 무대에서 인간이 움직이고 있는 듯한 비현실적인 느낌이었다. 지금 그들에게 다가가 악수를 한다면, 순식간에 무대 공간의 균형이 깨지면서, 그들이나 혹은 자신 쪽이 훌쩍 사라져 버릴지도 모른다. 지금은 도저히 그들과 이야기할 마음이 나지 않았다. 주위의 광경만이 아니라, 몸속까지 하얗게 바랜 듯한 느낌이 주위를 적셨다. 남승지도 별로 말이 없었지만, 지금은 젊은 그가 차분하게 이방근이 동요하는 모습을 지켜보고 있는 듯했다. 가족을 일본에 둔, 이 섬에서는 뿌리 없는 풀과도 같은 그가 뿌리를 내린 것처럼 침착했다. 그에 비하면 이방근은 이 산간 부락까지 와서 조금 당황스러워하고 있었다. 남승지는 이방근의 마음속에서 그와 대등했다.

이방근은 여기에 와서야 비로소, 일전에 남승지와 산천단에서 우연히 만나 돌아오는 길에, 그의 조금 고집스럽다고 느껴지던 교조적인 발언을 이해할 수 있을 듯했다. 회의(懷疑)는 의식의 산물이지, 행동의 산물은 아니다. 남승지는 이미 움직이고 있는 행동 속으로, 즉 '실천' 속으로 몸을 들이밀고 있었다. 거기에 회의의 여지 따위는 없을 것이었다.

"몽구 씨, 어떻습니까, 이 정도로 해 두고 슬슬 가시지 않겠습니까."

이방근은 안내역인 강몽구가 해야 할 말을 대신했다.

"가자구?" 키 작은 강몽구가 이방근을 올려다보며 되물었지만, 곧 상대방의 말에 따랐다. "음, 그렇군. 이런 건 한번 보면 아는 거니까. 다만, 저 동무들과 직접 이야기를 나눠보는 게 좋을 것 같다고 생각했는데, 대체로 인텔리라는 사람들은 대중노선을 모르니까 말일세. 아니, 오늘은 이 동무 마음이 내키지 않는 모양이니, 그럼 슬슬 산을 내려가 볼까. 날이 저물기 전에 산길을 내려가는 편이 좋겠지."

"사람들을 만나 직접 이야기하지 않는다고 오해하진 마십시오. 저는 예를 들어, 취재를 허락받은 신문기자도 아니고, 또 '전선위문(戰線慰問)'을 와 한마디 할 수 있는 높은 사람도 아니니까요. 전 그저 지나가는 구경꾼이나 마찬가지입니다."

"구경꾼이란 말은 좋지 않구만. 아무려면 어떤가. 이 동무는 성내에서 왔으니까 조심스럽기도 하겠지만, 융통성 없이 너무 생각을 많이 하는군, 아니, 여기서 잠시만 기다려 주게, 곧 돌아올 테니까."

강몽구는 휴한지의 훈련 현장을 향해 앙가발이 걸음으로 걸어갔다. 땅딸막한 체구를 좌우로 흔들며 걷는 걸음걸이 그 자체가 왠지 사람을 안심시켰다. 그는 소대장급의 간부인 듯한, 구일본군 전투모를 쓰고 견장이 없는 낡은 군복을 입은 청년과 서서 이야기를 하다가 이내 돌아왔다. 시간은 오후 세 시를 지나고 있어서, 지금부터 출발해도 해안 부락인 Y리에는 저녁 무렵에나 도착할 것이었다. 네 사람은 바람에 수런거리는 대나무 숲을 지나 아까 왔던 고갯길로 접어들었다.

총 대신 쇠창을 이용한 포복전진, 모래를 바지 자락에 채워 넣고 뛰는 도약…… 이제 이것으로 쇠창을 만드는 현장도, 그리고 Y리의 죽창 만드는 현장도 굳이 볼 필요가 없게 되었다. 한라산 기슭까지 아직도 상당한 거리가 있는 이 고원 마을까지 온 것만으로도 모든 것을 알아 버린 기분이었다. 이방근은 이제 고개 아래에 있는 태흘촌이나 해안 부락인 Y리에 들리지 않고 성내로 돌아가도 상관없을 것 같았다. 이대로 Y리까지 간다 해도 그것은 해안지대의 '해방촌'에 들어가고 싶기 때문이 아니라, 성내로 빨리 돌아가고 싶지도 않고 또한 돌아갈 필요도 없기 때문이었다.

그래, 역시 그들과 이야기할 필요는 없었다. 훈련 현장에는 반 시간도 머물지 않았지만, 그걸로 충분했다. 한 달 전에 서재 소파에서 유달현에게 처음 들었던 '무장봉기'가 우여곡절을 거치면서 비로소 구체적으로 뒷받침된 것이었다. 그때의 충격이 관념적인 것이었다고 한다면, 지금은 충격이라고 할 만한 것조차 되지 못했다. 눈앞에 우뚝 치솟은 한라산처럼, 여기저기 흩어져 있는 오름, 그리고 고원의 기복처럼, 거기에 있는, 이방근의 생각 밖에 있는 현실이었다. 이 돌처럼 분명한 사실. 이방근은 관념이 아닌 육체가 그 힘에 꽉 옥죄이는 것만 같았다.

눈에는 눈을, 이에는 이를, 폭력에는 폭력을…… 포복전진하는 양손에 움켜잡은 총 대신의 쇠창이 발하는 빛이 총보다 더욱 생생하고 불길한 느낌을 주었다. 그 창날에는 몇 개나 되는 줄 같은 홈이 파여 있다고 했다. 외적에 대비하기 위한, 옛날부터 내려오는 전통적인 쇠창 제조법에 따른 것이라고는 하지만, 섬 주민들로 하여금 이런 것들을 만들게 하는 힘은 대체 무엇일까. '서북'이나 경찰이라 하더라도 동족임에 틀림없다. 아니, 민족의 피가 동족을 의미하지는 않는다. 그것은 환상이라고 해야 할 것이다. 이미 많은 피가 이 섬을 포함한 남한 전역에서 미군의 후원으로 뿌려진 게 사실이었다. 그들은 외적 미군의 동맹자. 자위와 자활을 위해 창의 양날에 홈이 새겨졌다. ……지금 상태로도 섬 주민들은 '서북' 밑에서 숨을 죽이고 있고, 결국에는 우리가 '서북'에게 살해당한다고 생각했다. 파업이나 데모로 무엇을 할 수 있겠는가. 무엇보다 파업이나 데모를 할 수가 없다. 어떻게 하면 좋단 말인가. '서북'이나 경찰 놈들 밑에서 죽으면 되는 건가……강몽구의 말이었다. 총 같은 근대적 무기가 부족하기 때문이기는 하지만, 이미 살육이 되풀이되고 있는 상황에서, 억압에 대한 공포와 분노, 그리고 원한의 힘이 창을 만들게 했다. 칼과 마찬가지로 육체를 파고드는 감각이 직접 창 자루를 꽉 움켜쥐고 있는 손목과 몸의 내부로 전해지는 창을 만들게 했다. 그리고 마을 가득히 종소리처럼 울려 퍼지는 쇠망치 소리가 마을 사람들의 투쟁의 정신을 무장시키고 있었다.

"이방근 동무, 어떤가. 마을에 들러 쇠창을 만드는 현장을 보기로 할까. 지금은 한숨 돌리고 있는 모양인데, 잠깐 들렀다가 곧 마을을 떠나기로 하세."

고갯마루에 선 강몽구가 말했다. 왼쪽으로 태흘촌의 모습이 보였다. 한 시간쯤 전까지 주위의 공기를 진동시키며 울리던 쇠망치 소리가 사라져, 마을은 죽은 듯이 고요했다. 그러나 마을 바깥으로 향한 몇 갠가의 눈은 돌담 구멍에서 빛나고 있을 것이었다. 아니, 산천단 입구에서 만난 망보는 아이와 같지는 않겠지만, 이 마을 변두리 어딘가에는 이미 또 다른 파수꾼이 서 있는지도 모른다. 마을 입구의 농가에 세워진 신호용 대나무가 쉽게 눈에 띄었다. 똑바로 선 모습 그대로였다. 이방근은 저설로 웃음이 새어 나와 입가에 미소를 시켰나. 농가에 아무렇지도 않게 세워진 대나무 하나, 이것은 일종의 새로운 발견이라 해도 좋았지만, 어디서 빛나고 있는지 알 수 없는 눈, 눈, 눈빛에 이방근은 한편으로 으스스한 느낌마저 들었다.

"음, 그렇군요. 모처럼 여기까지 왔으니, 잠깐 들러 보기로 할까요."

이방근은 보든 안 보든 상관없다는 생각을 하면서 말했다. 여기까지 온 것만으로도 충분했고, 더 이상 확인할 필요는 없었다. 이방근은 강몽구를 따라 고개를 내려간 뒤 마을로 들어갔다.

4

마을의 대장간은 농가의 헛간을 개조해서 사용하고 있었는데, 방금 전에 들리던 쇠망치 소리가 거짓말처럼 인적을 찾아보기 힘들었다. 그러나 풀무가 달린 흙으로 만든 불 꺼진 풍로에는 아직 열기가 남아 있었고, 쇠를 달군 뒤에 코를 찌르는 강한 금속성 냄새가 좁은 대장간에 가득했다. 망치와 집게 같은 담금질 연장 옆에 창날 모양을 한 쇳조각이 여러 개 뒹굴고 있었는데, 담금질이 아직 끝나지 않은 모양이었다. 그러한 조각들은 보랏빛이 감도는 검고 윤기 있는 색으로 구워져 있었다. 아직 갈지 않았지만 완성품에 가까운 것도 있었다. 그것은 강몽구가 말한 대로 산 모양을 한 양쪽 면에 각각 십여 개의 홈이 끌 같은 도구로 새겨져 있었다. 손가락으로 쓰다듬어 보니 까칠까칠한 느낌의 날 끝이 날카롭기는 해도 상당히 엉성했다.

유원도 오빠와 함께 조심조심 홈이 새겨져 거의 완성된 창날을 만져 보았다. 그녀는 몇 개인가를 손에 들고 만져 보면서 그 생생함에 압도 당하지 않겠다는 듯이, 고집스럽고 오만하게 굳은 표정으로 입술을 깨물고 있었다. 분명 무슨 말을 하고 싶은 충동과 마음속의 의문이 있을 텐데도, 그런 마음의 움직임을 감추기라도 하듯 말이 없었다.

강몽구가 마을 사람과 인사를 끝내자, 일행은 마을을 출발했다. 뜨겁게 달궈진 쇠를 두드려 날을 만드는 공정을 천천히 지켜보려면 적어도 한 시간은 기다려야 했다. 시각은 세 시 반이었다. 해가 저물 때까지 해안 부락에 도착하려면 시간이 없었다. 강몽구가 Y리에 가기로 했기 때문이었다. 그것은 단순히 이방근 일행을 안내하기 위해서만이 아니라, 조직의 아지트가 있는 마을인지라 강몽구 자신이 가야 할 일이 있었다.

돌아가는 길은 내리막이라서 편했다. 해안 평야지대까지 이어진 내리막 경사는 완만했지만, 여기와는 약 백 수십 미터 이상 차이가 날 것이었다. 피곤한 다리 근육이 점점 뻐근해져도, 시간은 올라올 때보다 훨씬 빨라졌다. 해는 슬슬 기울어지기 시작했고, 고원에 부는 바람은 많이 가라앉았지만, 서늘하고 차가운 느낌이었다. 태흘촌에서는 아직도 밤이 추워서 온돌을 땐다고 했다.

봉조촌에 도착한 강몽구는 마을 변두리에서 오전에 이방근과 유원이 왔던 K리 쪽 길이 아니라, Y리로 비스듬히 동쪽으로 난 지름길을 택하기로 했다. Y리는 K리에서 동쪽으로 두 번째 마을이었다. 그러나 Y리로 나 있는 지름길은 K리까지의 거리보다 두 배 가까이 되었고, 걷기 힘든 시골길이었다. 조금 멀리 돌아가더라도 일단 K리까지 나가서, 신작로를 동쪽으로 걷는 편이 편했다. 다행히 버스가 지나간다면 말할 것도 없었다. 그러나 모두 함께 신작로를 걸어가는 것도, 버스를 타는 것도 남의 눈에 띄기 쉽기 때문에 되도록 피하지 않으면 안 된다. 역시 시골길을 걷는 편이 나을 것이었다.

그런데 봉조촌까지 왔을 때, 아무래도 유원의 발이 아프기 시작한 모양이었다. 산길에 익숙한 강몽구나 남승지는 아무렇지도 않았지만, 돌투성이인 험한 시골길을 벌써 6, 7킬로나 걸었으니 아픈 것도 무리는 아니었다. 게다가 앞으로도 계속 걸어야만 했다.

남승지는 강몽구의 처가에 들러 대바구니를 돌려주고 왔다. 유원은 괜찮다며 Y리까지의 길을 함께 가겠다고 했지만, 그렇게 무리할 필요는 없었다. 만약 도중에 지쳐서 주저앉기라도 한다면, 불빛 하나 없는 밤길에서 오히려 다른 사람들의 짐이 되어 버린다. 그래서 만일의 경우를 생각하여 두 조로 나누어, 이방근 남매는 K리까지의 내리막길을 그대로 가 거기서 버스를 타기로 했다. 동쪽으로 가는 마지막 버스가 여섯 시 10분경에 있으니까, 그걸 타면 한 정거장인 Y리까지 10분이면 도착한다. 남승지가 Y리에서 그 버스를 기다리기로 하고, 각각 다른 길로 들어섰다.

이방근 남매는 오전에 왔던 같은 길을 따라 K리로 향했다. 유원은 헤어질 무렵 남승지에게 돌려줄 때까지 줄곧 밀짚모자를 쓰고 있었으나, 그래도 그 하얀 얼굴의 피부는 가볍게 그을려 붉어져 있었다. 그녀는 도중에 두세 번 길가에 주저앉아 운동화를 벗고, 땀이 밴 발에 바람을 쏘이며 잠깐씩 쉬곤 했지만, 걷지 못할 정도로 근육이 땅기거나 아픈 것은 아니었다.

"있잖아요, 오빠, 이런 걸 물어봐도 돼요?"

보리밭 돌담을 등지고 앉은 유원이 찢어진 스타킹 구멍으로 비어져 나온 엄지발가락을 손가락으로 만지작거리며 말했다.

"이런 게 뭔데? 그렇게 물으면 알 수가 없지. 너답지 않구나."

"오늘 중산간 부락에 갔잖아요. 지금은 돌아가는 길이고 여러 가지 일이 있었지만, 고개 너머 대나무 숲 근처에서 군사훈련을 했잖아요. 강몽구 씨는 그게 군사훈련이라고 했는데…….”

“음, 그건 그렇지, 일종의 군사훈련이지.”

“난 모르겠어요, 계속 혼자 생각하면서 왔는데, 왜 군사훈련을 하고 있는지 말이에요. 쇠창을 만들고 있었는데, 그걸로 정말 사람을 죽이는 거 아닌가요? 죽창도 만들고 있다면서요.”

유원은 휴한지에서 청년들의 군사훈련을 직접 눈으로 본 것이 큰 충격인 모양이었다. 그녀는 ‘해방구’에 들어간다고 기뻐하며 오빠를 따라나섰지만, 그것은 어디에 있는지 알려지지 않은 지하조직 지구에 들어간다는 것이었지, 그것이 그 이상의 무엇을 의미하는 것인지에 대한 구체적인 이미지를 가지고 있었던 것은 아니었다. 애당초 그 이미지를 가질 수도 없었지만, 느닷없이 군사훈련이라는 이해하기 어려운 사태에 직면하자 당황했던 것이었다. 갑자기 말이 없어지고, 같은 또래인 남승지에게도 의문을 캐묻지 않았던 것은 마음의 충격이 그만큼 컸기 때문일 것이다.

유원은 왜 마을 여자들이 산으로 식량을 운반하고, 그리고 쇠창 같은 무기를 만드는지, 왜 섬의 청년들이 산에 모여들어 군사훈련을 하고 있느냐며 오빠에게 추궁하듯 물었다.

당연하지만 대답하기 어려운 질문이었다. 적어도 ‘무장봉기’에 대해 예비지식을 가지고 있던 이방근조차도 지난 몇 시간 사이에 상상을 초월하는 사태에 맞닥뜨렸기 때문에, 거기에 충분히 대응할 수가 없었다. ‘무장봉기’를 모르는 유원이 군사훈련을 목격하고, 거기에서 아직 듣지 못한 어떤 의미를 찾아내려 하는 것은 당연했다. 게다가 강몽구는 며칠 뒤로 예정된 무장봉기에 대해서는 언급하지 않았지만, 마치 자신이 한 말의 효과를 부추기듯이 이야기했던 것이다.

"음, 오빠도 잘 모른다."

이방근은 담배 연기를 크게 토해 내면서, 대답도 되지 않은 답변을 했다.

"모르다니……, 그럼 오빠는 그런 것도 모르고, 승지 씨 등과 함께 그 산속까지 갔다 온 거예요?"

"말하자면, 그럼 셈이지."

"……" 유원은 그게 무슨 말이냐는 듯 실망이 담긴 어이없는 표정으로 오빠를 돌아보았는데, 추궁하듯 계속 말했다. "그럼 오빠는 군사훈련을 보고 무슨 생각을 했어요?"

"조직이라는 건 말이지, 지하로 들어가게 되면 만일의 경우에 대비하여 그런 훈련을 하는지도 몰라. 어쨌든 불법화돼서 지하로 쫓겨 들어갔으니까, 경찰 등의 무력에 의해 탄압을 받고 있을 거야. 그런 경우를 대비한 자기방어의 조치인지도 모르지. 그래서 그럴 거야."

"하지만 섬 곳곳에서 군사훈련을 하고 있잖아요. 산간 부락에선 무기를 만들기도 하고, 경찰과 그렇게 큰 충돌이 일어난다는 거예요, 우리가 모르는 무슨 사건이라도 일어나는가 봐요. 그러면 미국이 잠자코 있지 않을 텐데……."

"핫하, 바보 같기는. 솔직히 말해서 오빠도 너와 마찬가지로 오늘에야 비로소 여러 가지 일을 견문했지만, 너까지 괜한 걱정을 할 필요는 없어. 어쨌든 너도 이 오빠도 까맣게 몰랐던 일이 지금 섬에서, 여러 마을에서 일어나고 있다는 거야. 조만간 의문은 풀리겠지, 그래, 앞으로 며칠만 지나면 나에게 무슨 정보가 들어올지도 몰라. 그땐 알려 줄게. 알려 주고말고. 으—응, 당연한 거지, 핫하아, 넌 오빠와 비밀행동을 함께했으니 말이야. 자아, 가 보자. 절대로, 입이 찢어져도 남에게 말해선 안 돼. 그리고 Y리에 가서도 잠자코 보기만 해."

이방근은 여동생의 어깨를 가볍게 두드리고 일어섰다. 그녀는 스커트의 흙먼지를 털고 나서, 먼저 걷기 시작한 오빠를 따라와 나란히 섰다.

"괜찮아?"

"예, 괜찮아요."

왜 나는 여동생을 데려왔을까……? 이방근은 마음속에서 위장을 콕콕 찌르는 듯한 속삭임을 들었다. 앞으로 며칠만 지나면 모두 알게 될 일이다. 그게 현실, 누구나 다 알게 될 현실이다. 그때 그녀의 충격은 이미 무대 뒤의 한 장면을 보았던 만큼 훨씬 더 생생해질 것이다. 이태수…… 아버지의 얼굴이 머리를 스쳤다. 안 돼, 안 돼……. 이방근은 갑자기 산간 부락에 울려 퍼지던 쇠를 담금질하는 투명한 금속성 소리가 뇌리에서 되살아나는 것을 들었다.

"음, 그런데, 넌 언제부터 학교에 가냐?"

"4월 10일, 토요일부터예요. 어차피 수업은 그 다음 주 월요일부터나 시작하겠죠. 그러니까 11일 일요일까지 돌아가면 돼요."

"음, 10일이라, 그건 좀 늦은데……."

이방근은 무심코 중얼거렸는데, 이때 갑자기, 여동생을 봉기가 일어나기 전에 서울로 돌려보내는 편이 낫겠다는 생각이 머릿속을 뜨겁게 관통했다. 그리고 난 뒤의 머릿속의 공간에, 나는 왜 여동생을 여기까지 데려왔을까……? 하는 두서없는 의문이 부풀어 올랐다.

"왜 그래요?"

유원이 경계하는 시선을 오빠에게 돌리며 되물었다.

"아니, 아무것도 아니야. 왠지 그런 느낌이 들었을 뿐이야."

"이상하네요, 오빠는 언제나 우리 학교가 개학이 너무 이르다고 말했잖아요……."

"별일 아니야, 말이라는 어쩌다 뉘앙스가 바뀌어 나오는 경우도 있는 법이야. 일일이 그런 것까지 신경 쓸 필요는 없어."

이방근은 여동생의 말을 가로막았다.

"오빠가 언제부터 기분파가 됐는지 모르겠네. 오빠가 말한 건 뉘앙스가 다르다든가 그런 게 아니에요……."

"이제 됐어. 그 정도로 끝내자."

이방근은 불쾌했다. 두 사람은 말없이 걸었다. 눈앞에 다가오는 저녁 무렵의 바다는 남빛으로 거무스름하게 물들며 점점 빛을 잃어 가다가, 망망한 수평선을 아득히 먼 하늘 속으로 감추고 있었다.

K리에 도착한 것은 다섯 시 반경이었다. 지면을 덮기 시작한 땅거미 속에서 신작로가 희뿌옇게 떠올라 보였다. 여섯 시 10분까지는 아직 시간이 있었다. Y리까지는 한 정거장이지만 걸어가면 한 시간은 족히 걸리기 때문에 버스를 기다리기로 했다. 유원에게는 계속해서 한 시간을 걷는다는 것은 무리였다. 두 사람은 신작로를 서쪽으로, 아침에 버스를 내렸을 때 상점이 늘어서 있던 곳을 향해 걸어갔다. 아직 간조기라서 여전히 물허벅을 짊어진 여자들의 모습이 보였다. 만조기가 되면 해안의 용천(涌泉)은 바닷물에 덮혀 버렸다. 이윽고 밤이 되면, 별이나 달이 뜨지 않는 한 통행인은 초롱이나 회중전등을 가지고 다녀야 했다. 헤드라이트를 번쩍이는 트럭이 경적을 울리며 쏜살같이 달려가자, 휘말려 올라간 모래 먼지가 사람을 휘감았다.

두 사람이 버스정류장 근처에 다다랐을 때, 이방근은 어슴푸레한 황혼 속에서 이상한 걸음걸이를 하고 있는 땅딸막한 남자의 뒷모습에 시선이 끌렸다. 어색하게 몸을 흔들며 걷는 걸음걸이로 절름발이라는 것을 알 수 있었지만, 그때 이방근은 바로 그 남자가 부스럼영감이라고 직감했다.

이방근은 큰 걸음으로 다가가면서, 부스럼영감, 하고 뒤에서 말을 걸었다. 더러워진 흰 한복을 입고 보따리를 든 그 모습은 틀림없는 부스럼영감이었다.

노인은 깜짝 놀라 돌아봄과 동시에, 절고 있는 다리 쪽의 어깨를 축 늘어뜨린 채 멈춰 섰다. 갑자기 불렀음에도 역시 주인의 목소리라는 것을 알아챈 것이다.

"아이구, 서방님 아니십니까요……." 노인은 외쳤지만, 곧 이방근을 뒤따라온 유원의 모습을 보자, 아아…… 하고 놀라 소리를 지르며 몇 발자국 뒤로 물러섰다.

"아니 이건, 유원 아가씨도 함께……."

노인의 조금 과장된 태도는 천한 자가 귀인 앞을 피하려는 듯한 모습이었지만, 받아들이기에 따라서는 오빠보다도 여동생 쪽을 무서워하고 있다는 인상을 줄 수도 있었다.

"어마나, 부스럼영감이잖아. 웬일이에요. 이런 곳에서……."

"헤헤헤, 맞습니다요, 부스럼영감입니다요. 아가씨는 건강하시지요……."

"부스럼영감, 핫핫, 그렇게 도망치지 않아도 되잖아. 이런 곳에서 만날 줄은 몰랐는걸."

이방근은 노인에게 다가가 그 낮은 어깨에 손을 얹고 말했다. 반백의 짧은 머리카락을 한 머리에서, 그리고 몸 전체에서 이상한 냄새가 피어올랐다. 여전히 긴 장죽은 보따리에 찔러 넣고 있었다. 노인은 그 추한 용암 덩어리 같은 얼굴을 들고, 눈꺼풀은 쳐져 묘하게 젖은 눈으로 옛 주인을 올려다보았다. 마치 개가 주인을 바라보는 것처럼.

"어디서 오는 길인가? 아니면 이 마을에 머물고 있었나?"

"아니요, 그렇지 않습니다요. 오늘 하루 종일 걸려서 성산포 저쪽에 있는 마을에서 줄곧 걸어온 참입니다요. 그전에는 한라산 너머 서귀포에 있었습니다요."

"정말로 성산포 너머에 있는 마을에서 걸어왔어요? 부스럼영감은 다리가 불편하잖아요." 유원이 말했다.

"저는 절름발이긴 해도 다리 하나가 아예 없는 외다리는 아닙니다요. 한쪽 다리가 좀 짧을 뿐이지, 두 다리가 제대로 달려 있습죠. 게다가 태어날 때부터 절름발이라, 조금도 불편한 건 없습니다요."

"부스럼영감은 유머가 있네요, 오빠."

유원이 감탄한 듯한 말투로 말했다.

"음, 용케도 여기서 만났는데, 그동안 어떻게 지냈나."

"헤헤헤, 그야 뭐, 제가 하는 일은 뻔합지요. 날품팔이 머슴을 해서 그날을 먹고 지낼 수만 있다면, 그걸로 만족합니다요. 이 늙은 당나귀는 힘든 일이라면 아직 젊은 당나귀한테 지지 않습죠(늙은 당나귀라는 것은 이방근의 계모인 선옥이 붙여 준 별명이었다). 그리고 옛날에 배운 부스럼 치료법이 있습니다요. 시골에서 좀처럼 낫지 않는 종기를 치료해 주면, 그 대가로 이따금 용돈도 담배 한 갑이라도 들어오니까, 걱정할 필요 없습니다요. 전에 성내에 있을 때는 부스럼 치료가 잘 되지 않았습죠. 헷헤헤, 신식 외과라는 병원이 몇 개나 있어서 말입죠, 그건 제 장사의 원수나 마찬가지입니다요. 비싼 돈을 받아먹으며 말입죠."

부스럼 치료법이란 곪을 대로 곪은 악성 종기에 입술을 대고, 고름과 그 중심 덩어리를 빨아 내는 일종의 민간요법이었다. 노인의 부스럼영감이라는 별명은 거기서 유래한 것이었다.

"음, 잠시만 기다려 봐……."

이방근은 길가에 우뚝 선 채 신작로의 주위를 둘러보았다. 황혼이 보라색 연무처럼 끼어 있고, 상점의 더러워진 유리문에 희미하고 노란 남폿불이 비치고 있었다.

"저쪽 주막으로 가서 잠시 앉자구."

이방근은 아침에 버스를 내렸을 때 선술집 앞에서 마을 사람들이 장기를 두던 것을 생각해 냈다. 어쨌든 버스정류장으로 가서 시간을 확인해 두지 않으면 안 된다.

"아이구, 서방님, 그건 안 됩니다요. 하인이 서방님과 함께하다가는 옛날 같으면 목이 날아갈 겁니다요. 그건 절대로 안 될 일이구만요. 그건 안 됩니다요. ……서방님은 이제 성내로 가시게요?"

"그렇지는 않아. 좀 볼일이 있어서 이 근처까지 왔는데, 이제 다시 동쪽으로 가야 돼."

"아아, 그러시면, 성내에는 언제 돌아가시려고요?"

"내일은 돌아가야지. 얘긴 나중에 하기로 하고, 자아 가자구. 시간이 없어."

그러나 노인은 그 자리에서 움직이지 않았다. 꽁무니를 빼듯이 땅바닥에 주저앉는 것을 이방근이 옛 주인의 위엄을 세우며 꾸짖었지만, 막무가내로 움직이려 하지 않았다. 유원이 상냥하게 말을 걸어도 움직이려 하지 않았다. 마치 늙은 당나귀처럼 고집스러운 데가 있는 노인이었지만, 지금은 단순히 고집을 피우려는 게 아니었다.

이방근은 길가에 몇 개쯤 놓여 있는 돌담용으로 쪼개 놓은 돌 위에 걸터앉았다. 노인은 이방근을 가운데 두고 그 왼쪽에 조심스레 앉았다. 이방근은 점퍼 호주머니에서 꺼낸 담배를 노인에게 권했지만, 받으려 하지 않았다. 이방근은 자신의 담배에 먼저 불을 붙이고, 송구스러워하는 노인에게 담배 한 대를 쥐어 주었다. 노인은 보따리에서 긴 담뱃대를 꺼내더니, 손가락으로 담배를 3분의 1쯤 잘라 대통에 꽂고는 한쪽 팔로 담뱃대를 받쳐 들고 입에 물었다. 그리고는 팔을 긴 담뱃대 끝까지 뻗어 불을 붙이고는 천천히 맛있게 빨았다. 놀 위에 삼시 앉아 있자니, 땀이 싹 가시고 바다 냄새를 머금은 바람이 시원함을 더해 주었다.

"이제는 어디로 가나. 성내 쪽으로 가는 중인가?"

"오늘 밤은 옆 마을인 T리로 가서 잘 겁니다요. 그리고 내일이든 모레든, 오랜만에 성내에 가 볼 작정입죠. 제가 서방님께 작별인사를 드리러 찾아뵈었을 적에, 한 달만 지나면 성내에 돌아오겠다고 말씀 드렸는데요. 그 후로 벌써 한 달이 지났습니다요. 하지만 지금 여기서 서방님을 만났고, 게다가 유원 아가씨까지 뵈었으니, 이젠 성내까지 갈 필요도 없을 것 같은 기분입니다요……."

"그런 법이 어디 있나. 지금은 갈 길이 바빠서 천천히 이야기할 수 없지만, 내일은 돌아가니까, 2, 3일 내로 집에 들러 주게. 음, 그렇구만, 그 후로 벌써 한 달이나 됐구만."

한 달이 지났던 것이다. '신세기'에서 '서북'과의 폭력 사건으로 유치장에서 하룻밤을 잔 뒤에 집에 돌아왔을 때 노인이 찾아왔었다. 그리고 이미 선옥에게 쫓겨났던 노인은 인사를 끝내자마자 행선지도 말하지 않고 떠나 버렸다. 지금도 이방근은 확실히 기억하고 있는데, 성내에는 언제 돌아올 작정이냐고 묻자, 자신은 돌아갈 곳이 없는 인간이라고 말했었다. ……그래서 말인뎁쇼, 갈 곳밖에 없는 인간이라서, 가는 곳이 곧 내 집입니다요. 하지만 그러고 보면, 서방님 계신 곳이 내가 돌아갈 곳인지도 모릅니다요. 전 성내에 돌아올 생각은 없지만, 성내는 서방님이 계시는 곳이니까요……, 그래서 한 달만 지나면 돌아오고말고요……. 유달현이 집으로 찾아와, "우린 무장봉기 하네"라고 말한 것도 '신세기'에서의 사건이 있었던 바로 그날 저녁이었다. 그로부터 약 한 달, 산간 부락에서 돌아오는 길에 성내 쪽으로 가고 있는 부스럼영감을 우연히 만나다니…….

얼마 지나지 않아 저 멀리에서 버스의 헤드라이트로 생각되는 불빛이 보이자, 이방근은 일어나서 노인에게 얼마간의 돈을 억지로 쥐어 주었다. 그리고 꼭 집에 들르라고 이른 다음, 오늘 밤 여기서 만난 일은 아무한테도 말하지 말라고 다짐을 하였다. 버스는 예정된 시간보다 10분 정도 일찍 왔는데, 타고 내리는 손님이 없을 때는 정차하지 않고 그대로 통과해 버렸다. 따라서 미리 여유를 가지고 버스를 기다리지 않으면 그냥 지나치는 경우가 많았다. 그 반대로 늦는 일도 많았다.

이미 근처에서 기다렸던 것으로 보이는 남승지가 두 사람을 내려준 버스가 떠나자 마중하러 나타났다. 저녁 무렵이라고는 해도 이미 밤이 가까워 주위는 꽤 어두웠다. 반짝이는 별빛이 보였다. Y리는 K리와는 달리 신작로 옆으로 시커먼 돌담과 함께 경작지가 펼쳐져 있었고, 마을은 바다 쪽으로 한동안 걸어가야만 했다.

Y리는 이방근이 알고 있는 마을이었다. 아는 사람도 있고, 전에 몇 번 와 본 적도 있었지만, 강몽구가 안내해 준다는 해안 부락의 '해방구'가 바로 Y리라는 데에는 놀랄 수밖에 없었다. 해녀가 많고 반농반어의 전형적인 해안 마을로서, 어디서나 흔히 볼 수 있는 평범한 마을이었다.

어두운 발밑을 조심하면서 대나무 숲과 소나무 숲 옆길을 지나 마을 입구에 이르렀을 때, 남승지가 집의 돌담 쪽을 가리키며, 저 돌담 위에는 아무것도 없지요, 라는 이상한 말을 했다.

"응? 아무것도 안 보이는 것 같은데, 돌담 외에는…….."

"예, 그렇습니다, 그 아무것도 없는 것이 바로 어서 들어오라는 신호입니다."

"아무것도 없는 게 신호? 어서 들어오라는 뜻이라…… 후후."

낮에 말이 나왔던 대나무 신호는 밤에는 보이지 않으니까 아무런 도움이 안 된다고 남승지가 말했다. 밤에 연락하러 들어올 때는 마을 입구까지 바싹 접근하여 위험 유무를 살핀다. 위험할 때는 집 돌담 위에 짚단을 슬쩍 올려놓는다. 아주 어두운 밤이 아닌 한, 하얀 짚단은 10미터 앞에서도 보인다고 했다. 그때는 마을에 발을 들여놓아서는 안 되는 것이었다.

짚단이나 대나무 신호. 너무 소박한 느낌이 들었지만, 이것이 민중의 지혜가 아닐까. 이 소박함을 비웃어서는 안 된다. 그 뒤에는 민중의 번뜩이는 수많은 눈이 있어서, 그것이 힘이고 무서운 것이다. 이방근은 고원 공기의 압박감이 몸에 되살아나는 느낌이 들었다.

세 사람은 서동(西洞)의 송한의원 집으로 갔다. 마을로 들어가서 조금 지나자, 낮은 초가지붕 너머로 불어오는 바람에 실려 파도 소리가 들려왔다. 바로 옆 돼지우리에서 돼지 울음소리가 났다. 그때 어디선가 여자들의 노랫소리가, 일하면서 부르는 노랫소리가 느긋하고 애절한 곡조에 실려 들려왔다.

……찧을 만한 방아를 모두 찧어도
부르지 않은 노래는 셀 수가 없다네……
방아 찧는 절굿공이와 배 젓는 노는 같아서
잡고 일어서면 슬픈 노래가 나온다네……

이어 이어
이어도라고 말하지 마라
이어도라고 하면 눈물이 난다
이어도 하라 방아를 부지런히 찧어서

저녁이나 밝은 때 하라…….

　방아를 찧을 때나 맷돌을 돌릴 때 부르는 노래인데, 아마 맷돌을 돌리면서 부르고 있을 것이었다. 두 사람이 손으로 작은 맷돌을 돌리며 곡물을 위에 뚫린 구멍으로 집어넣는다. 저녁 시간도 잊은 듯 노래를 부르며 일을 계속한다. 이 섬의 노동요가 대부분 그러하듯이, 이 노래도 부녀자들의 가혹한 노동의 괴로움과 슬픔을 읊은 것이었다. 여자들의 어깨 위에 노동만이 지워져 있는 게 아니었다. 지금은 춘궁기라서 얼마 남지 않은 저장 식량으로 여름 보리를 수확할 때까지 견디지 않으면 안 되었다. 보잘것없는 식사라도 하루 세 끼를 챙겨 먹기가 어려웠다. 손으로 맷돌을 돌리는 것은 이미 마을 방앗간에서 찧은 보리를 다시 한 번 찧어 한 톨을 반으로 쪼개기 위해서였다. 그러면 곡식의 양도 늘어난다. 즉 그만큼 식량을 절약할 수 있게 되는 것이다. 게다가 마을 사람들은 그 부족한 곡식을 모아 산으로 운반한다.
　이방근 남매는 강몽구 등과 함께 송진산 한의사 댁에서 저녁을 먹었다. 송진산은 보통사람의 두 배는 됨직한 커다랗고 붉은 얼굴을 한 쉰 살 남짓 돼 보이는 남자로, 너그러운 성품인 것 같았다. 송진산은 자신의 집 뒤뜰에 있는 헛간을 민위대의 죽창 제조장으로 제공하고 있었다.
　그는 이방근을 멀리서 온 귀한 손님이라며 환영했다. 덧붙여 그는 죽창 제조는 성내는 물론 다른 마을에서도 좀체 볼 수 없는 광경이니 천천히 구경해 달라, 죽창은 어디서나 만들 수 있는 게 아니라서 마을의 자랑거리지요……라면서 크게 웃었는데, 듣기만 해도 기분이 좋았다.
　여덟 시경, 강몽구 등과 함께 뒤뜰 헛간을 찾아갔을 때는 이미 노인을 포함한 몇 명의 마을 사람들이 석유등잔 아래서 죽창 만드는 공정을 진행하고 있었다. 노인들이 많은 것은 밤 열두 시 무렵까지 일을 하다가, 그 뒤에는 젊은이들과 교대하기 때문이라고 했다.

헛간 문을 열었을 때 후텁지근하고 이상한 냄새가 코를 찔렀다. 그것은 가마솥에서 끓고 있는 기름 냄새로, 마지막 공정인 담금질을 위한 것이었다. 죽창을 완성하는 데는 마지막 담금질이 필요했다. 청죽(靑竹)의 잔가지를 쳐내는 일과 마디를 대패질하는 일. 그리고 1미터 반쯤 되는 길이에 비스듬히 잘라 날을 세우는 일. 이방근 남매가 인사를 하고 구경하는 동안, 마을 사람들은 농담 섞인 잡담을 나누면서도 일손을 쉬지 않았다.

이방근은 낮에 강몽구가 죽창 제조는 결코 간단한 일이 아니라고 했던 말을 납득할 수 있었다. 죽창 제조의 '명인(名人)'이 있다고 했는데, 무슨 일이든 손으로 하는 작업에는 그 나름의 기술이나 솜씨가 필요할 것이다. 한 손으로 청죽을 지면에 세우듯이 잡고, 날이 잘 선 도끼로 단숨에 자른다. 단번에 자르지 않으면 자른 자리의 날이 서지 않을 뿐 아니라, 도끼날이 대나무 살에 파고들어가 이가 빠지곤 한다. 무엇보다 잘라낸 끝과 경사면을 모두 날카롭게 세우기 위해서는 도끼를 두 번 내리쳐서는 안 된다.

이방근은 나중에 실제로 죽창을 담금질하는 장면을 보았을 때는 숨이 막히면서 감동까지 느꼈다. 펄펄 끓는 가마솥의 기름 속에 죽창 끝을 순간적으로 담그는 일인데, 하얀 연기가 확 피어오르면 그것을 얼른 기름 솥에서 꺼내야만 한다. 그러지 않으면 타서 눌어붙거나 하여 날이 약해져 버린다. 담금질이 끝난 죽창은 한 자루씩 날 끝을 몇 번이나 땅에 쿡쿡 찔러 테스트를 한다. 이미 쇠 날처럼 단단해진 날 끝은 쉽게 부러지거나 이가 빠지지 않았다.

이방근은 죽창을 들고 기름으로 누렇게 변색되어 번들거리는 날 끝에 손가락을 대 보았는데, 그것은 면도날의 감촉과 다를 바가 없었다. 유원은 죽창에 손을 대거나 하지 않고, 거의 숨을 죽이다시피 지켜만 보았다.

이방근은 바로 헛간을 나왔다. 어느 틈엔지 뒤편 대나무 숲 위로 밝은 달이 나와 있었다. 달빛이 흘러내린 숲 속이 연무라도 낀 것처럼 흐리게 보였다. 강몽구가 볼일로 잠깐 자리를 떠났지만, 이방근은 바다에 가 보고 싶다는 생각을 했다. 너무 어두우면 돌아다닐 수 없겠지만, 달빛에 의지해서 바다에나 가 보자. 펄펄 끓는 기름 냄새로 후텁지근하고 숨이 막히는 헛간에서 벗어나 바다로 가 보자. 이방근은 남승지에게 의향을 물어본 다음 여동생과 함께 마을 해안으로 나갔다. 길바닥에 울퉁불퉁한 그림자가 또렷이 보일 만큼 밝은 달빛이 발밑을 푸르스름하게 내리고 있었다.

점차 가까워지는 파도 소리를 들으며 이방근은, 나는 여동생을 왜 데려왔을까 하고 생각했다. 그것은 뭔가 분명치 않은 후회의 쓴 즙을 마시는 듯한 자신에 대한 의문이었지만, 이렇게 셋이서 밤의 시골길을 걷고 있자니, 어쩌면 여동생과 남승지를 만나게 하기 위해 데려왔을지도 모른다는 생각이 들지 않는 것도 아니었다. 으흠, 설마⋯⋯. 그러나 이방근은 지금도 여전히, 한번 그들을 단둘이만 있게 해 주고 싶다고 생각한 적이 있는 것은 사실이었다. 성내에 온 남승지가 이따금 유원을 만난다 해도, 둘이서 밖으로 산책을 나갈 수 있는 것도 아니었고, 또 그럴 상황도 아니었다. 아니, 나는 남승지를 만나게 하려고 여동생을 여기까지 데려왔는지도 모른다. 음, 만일 그렇다면, 이 얼마나 다 차려서 대령한 밥상 같은 의도적인 '사랑'이란 말인가.

이방근도 그리고 남승지와 유원도 말이 없었다. 파도 소리, 바람 소리, 그리고 사신들의 발소리에 행선시를 내맡기듯 묵묵히 걸어갔다. 도중에 두세 명의 민위대인 듯한 청년들이 암호를 물었지만, 아무 일 없이 시야가 탁 트인 밤 바닷가로 나왔다. 해안은 작은 만으로 되어 있었고, 용암 덩어리로 만들어진 암벽 해안에 넘칠 듯 만조의 바다가 밀려와 있었다. 밀려오는 파도가 해안으로 넘쳐 길을 적신다. 작은 낚싯배와 뗏목이 서로 연결된 채 만의 바다로 쏟아지는 달빛과 함께 흔들리고 있었다. 만의 파도는 잔잔했지만, 용암을 쌓아 만든 방파제 에는 상당히 큰 파도가 밀려와 부서지고, 달빛에 은색으로 빛나는 물 보라를 날렸다.

"아름다운 달밤이네요……, 성내 부두보다 훨씬 아름다워요. 밝은 전등 불빛이 전혀 없어서 아름다운 거예요."

해안가에 선 유원이 바다를 똑바로 바라보며 혼잣말처럼 중얼거렸 다. 달빛에 하얗게 비친 블라우스 위로 부풀어 오른 가슴이 청결했다.

"물이 빠져야 드러난 바위 위를 걸을 수 있을 텐데. ……유원 동무, 좀 더 뒤로 물러서지 않으면 파도에 발이 젖습니다."

남승지가 유원의 말에 고개를 끄덕이면서 말했다.

"승지 씨, 저쪽에 섬이 보이네요……."

"다려섬이라고 합니다. 작은 무인도인데, 어장이에요. 헤엄을 쳐서 갈 수도 있죠."

"헤엄을 쳐서……, 달밤에 바다를 헤엄치는 것도 멋있겠네요."

시선을 집중시키자 앞바다에 섬의 모습이 어슴푸레 보였다. 달빛 을 반사한 밤바다는 깊고 넓게 펼쳐져 있었다. 바로 발밑으로 찰싹 찰싹 밀려오는 파도, 방파제의 용암에 온몸으로 부딪쳐 산산이 부서 지는 커다란 파도. 해조음 같은 파도 소리와 함께 아득히 먼 저편에 서 들려오는 환청이 이어, 이어, 이어도 하라, 라며 이방근의 고막을 조용히 두드렸다. 조금 전 맷돌을 돌리는 노래와는 다른, 해난(海難)의 노래, 연부(戀夫)의 노래였다. 이어, 이어, 이어도 하라……. 강남을 가려거든 햇님을 보고 가라, 이어도까지가 절반 길이라 한다. 이어도란 말은 말고서 가라, 말하지 않고 가면 사람들이 웃는다, 이어도란 말은 말고서 가라, 이어도 하면 눈물이 난다……. 이어, 이어, 이어도 하라…….

"승지 동무는 '이어도'를 알고 있나?"

"이어도? 예, 이야기는 들었지만, 가사도 잘 모릅니다."

"바다의 노래야. 이것도 섬 여자들의 노래, 바다에서 남편을 잃은 슬픔의 노래지. 바다를 두려워하고, 저주하고, 바다에 기도하는 노래라고 할 수 있어. ……저쪽으로 가서 잠시 앉자구."

"예, 그러죠. 저 바위 쪽으로 갈까요? 아, 저기 앉을 만한 곳이 있군요."

"유원아, 너도 가야지. 뭘 보고 있어? 환상의 이어도는 그렇게 가까이에는 있진 않아."

이방근은 마치 환상의 섬처럼 밤바다에 어렴풋이 떠오른 다래군도 쪽을 멍하니 계속해 바라보고 있는 여동생을 향해 말했다. 여기저기 도깨비불처럼 반짝이며 깜박이는 것은 밤낚시를 하는 등불일 것이다. 아득히 먼 바다 저편의 이어도는 일찍이 저와 같이 모호한 모습으로 떠올라 뱃사람들을 유혹하고, 뱃사람들과 함께 환상처럼 사라져 버렸는지도 모른다.

"예ー, 난 무슨 이어도 같은 건 생각하고 있지 않지만, 그래도 오빠, 이어도가 그렇게 먼 곳에 있을까요?"

"뭐라고? 그렇게 먼 곳에 있다니? 으흠, 그게 무슨 소리냐."

이방근은 여동생의 말에 허를 찔린 듯한 기분이 들어 깜짝 놀랐지만, 그 감정의 파문이 퍼져감에 따라, 어떤 기억이 눈앞에 있는 밤바다에 조각배처럼 떠오르는 것을 보았다.

"이어도는 바로 가까이에 있을지도 몰라요. 내가 서 있는 발밑에, 그리고 이 섬 자체가 이어도일지도……. 산 너머 저 하늘 멀리 행복이 있다고 사람들이 말하는……이라는 시가 있잖아요. 행복을 찾아갔지만, 결국 '나'는 눈물을 흘리며 돌아왔고요. 거기에는 행복이 없었어요. 산을 넘고 또 산을 넘어 훨씬 더 먼 곳에 가야만 행복이 있다는 이야기를 '나'는 듣게 되죠."

"후후, 이거 놀랐는걸. 그건 깨달은 인간이 하는 말이야."

이방근은 암반이 펼쳐져 있는 해안을 걸으며 자못 감탄한 듯한 어투로 말했다. 세 사람은 동쪽 방파제에 이어져 있는 바위 쪽으로 걸어갔다.

"그렇게 남의 이야기를 농담으로 돌리지 마세요. 좋든 나쁘든 모두 오빠의 영향 때문이잖아요. 승지 씨, 글쎄 그게 그렇다니까요."

"존경하는 사람의 영향을 받는 건 좋은 일이라고 생각하는데요."

남승지가 말했다.

"나쁜 영향까지 받고 있다구요."

"좋은 영향만 바라는 건 너무 이기적인데요." 남승지가 웃으며, 그런데 말이죠, 라는 말로 화제를 돌렸다. "방금 오빠께서 이어도 노래에 대해 얘길 하셨잖아요. 뭔가 이어도라는 가공의 섬이 있다는 이야기를 들은 적은 있어요. 저는 좀 부끄러운 이야기지만, 제주도에 살면서도 잘 모르고 있었습니다. 저어, 방근 씨, 그게 뭔가요? 그 이어도라는 건……."

"부끄러울 건 없네. 어릴 때 일본에 갔으니, 모르는 것도 무리가 아니지." 이방근은 달빛에 그늘져 한결 늠름해 보이는 남승지의 얼굴을 바라보며 말했다. "그런데, 내가 왜 이어도 이야기를 꺼냈을까. 음, 어두운 바다와 마주하고 있는 탓인지도 모르겠군……. 벌써 6, 7년 전이나 되는 일제강점기에, 그래, 태평양전쟁이 일어나던 해 여름이 었는데, 오늘처럼 달 밝은 밤에 작은 배를 타고 바다에 나가, 이어도 노래를 부르고 나서 바다에 뛰어들어 죽은 남자가 있었지. 내 소학교 때 친구였는데 말야……."

"바다에 뛰어들어 죽었다면, 그건 자살 아닙니까."

남승지는 야광충처럼 빛나는 이방근의 눈을 보고는 이유도 없이 움찔하면서 되물었다.

"그래, 조난당해 죽은 게 아니라 자살이야. 그것도 이어도 노래를 부르면서 말이지……. 홍씨 성을 가진 폐병 환자에다 화가 지망생이 었는데, 조국의 독립을 바라고 있던 열렬한 민족주의자였지. 그런데 그 친구가 산천단에 있는 작은 마을에서 요양할 겸 머물며 거의 사람 얼굴만 그리다가, 어느 날 산을 내려와 친구와 둘이서 밤바다에 배를 띄웠다네. 뱃놀이를 한다면서 말일세. 밤바다 위에서 둘이 이야기를 나누고, 이어도 노래를 그야말로 열창했다고나 할까, 가슴을 도려내 듯 애절하기 짝이 없는 곡조에 실어 노래를 부르고 나더니, 갑자기 바다에 몸을 던졌다는 걸세, 예고도 없이 말야. 나는 서대문형무소를 나와, 전에 살던 도쿄에 신변 정리를 하러 갔을 때였지. 특이한 사람 이야. ……음, 모르겠어, 그게 그 친구의 유언이었는지도. 이제 그만 하자구. 이어도 이야기로 그 친구가 생각났는데, 그러니까, 이어도라 는 건 말이지, 가공의 섬인데, 그 노래에는 유래가 있다네. 물론 전설 이니까, 역사적 사실과는 거리가 있겠지. 어쨌든 그곳에는 아무도 가 본 적이 없고 본 적도 없는, 그리고 거기에 간 사람은 다시는 돌아오 지 못한 환상의 섬이라네……."

고려시대, 몽골에 침략당한 탐라는 13세기를 사이에 누고 약 백 년 동안 그 지배를 받아왔다. 김통정(金通精)이 이끄는 삼별초군이 탐라를 최후의 근거지로 삼아 항전하다가 끝내 패배함으로써 시작된 원나라의 지배는 가혹하기 그지없었다.

　원나라의 지배하에 놓인 당시의 탐라는 매년 섬의 토산물을 원나라에 공물로 바치지 않으면 안 되었다. 공물을 실은 배는 섬의 남서쪽에 있는 대정현(大靜懸) 모슬포(慕瑟浦)에서 출항하여 중국의 산둥 지방으로 향했다. 그리고 언제부턴가 대정의 강(姜) 씨라는 사람이 해상운송대리업자가 되어 매년 수 척의 큰 배를 제공했다. 공물을 가득 실은 배는 황해를 건너 아득히 먼 중국으로 향했는데, 이상하게도 공물선은 단 한 번도 무사히 섬에 돌아온 적이 없었다. 그런데 그 무렵, 항로 중간에 '이허도(離虛島)', 즉 이어도라는 섬이 있다는 이야기가 널리 퍼져 있었다. 이 섬은 탐라인이 섬 밖으로 배를 타고 나갈 때면 반드시 들러야 된다는 섬으로, 나갈 때나 들어올 때 이 섬까지만 무사히 도착하면 일단은 항해의 안전이 보장된다고 믿고 있었다. 그러나 그것은 이제까지 아무도 가 본 적이 없는 섬, 중국과 탐라 사이의 바다 위에 있다는 것 말고는 어디에 있는지도 모르는 섬이었다. 그러자 어느 해인가 선주인 강 씨는 직접 공물선을 타고 산둥 지방을 향하여 배를 띄웠지만, 그도 결국 섬에 돌아오지 못했다. 혼자 남게 된 늙은 아내는 불귀의 객이 된 남편을 그리워하며, 환상의 섬 이어도를 향하여, 아아, 이어도여, 이어도여……로 시작되는 즉흥의 노래를 만들어 통곡의 슬픔을 노래했다. 해난 사고로 남편을 잃은 같은 처지의 과부들이 이 비통한 노래를 듣고 함께 눈물을 흘리고, 함께 노래했다. 이윽고 애절하기 그지없는 곡조의 '이허도요(離虛島謠)'는 섬의 부녀자들에게 퍼져 널리 불리게 되었다…….

세 사람 모두 용암을 평평하게 닦아 방파제로 이어진 길을 만들어 놓은 바위에 와 있었다. 해수가 닿는 바위에 완만한 파도가 밀려와 하얗게 거품이 일고, 방파제에 커다란 파도를 밀어붙이며 불어오는 바닷바람이 어쩐지 서늘했다. 해변에 서면 무슨 이유에선지 밤하늘을 수놓은 별의 반짝임이 훨씬 가까워 보였다. 세 사람은 바위 위에 앉았다. 한가운데 앉은 이방근이 말을 계속했다.

　"음, 그래, 방금 자네가 말했듯이, 이어도는 오랜 역사의 시간과 더불어 제주도 사람의 꿈을 키워 주는 꿈의 섬, 즉 이상향이 되었지만, 그것이 이 세상에 있는 것 같으면서도 없다는 게 재미있어. 지금까지 아무도 거기까지 간 적이 없지만, 거기에 도착했다 하더라도 아무도 아직까지 그곳에서 돌아오지 않은 섬, 즉 악마의 섬이 되겠지. 매년 원나라까지 공물을 보내느라 계속 착취당해 온 섬사람들의 원한도 그 꿈에 담겨 있겠지만, 동시에 환상의 섬, 행복과 이상의 섬으로서 천 년 가까이 섬사람들의 마음에 계속 살아 숨쉬며, 그들의 꿈과 모험을 부추겨 왔던 셈이지. 그리고 그 뒤에 남겨진 사람들 속에서 불행과 슬픔의 노래가 생겨났겠지. 그럼에도 불구하고 이어도를 찾아 바다의 모험을 계속했을 것이고. 핫, 하하, 도대체 이어도는 어디에 있을까, 하는 현대적인 의미 부여가 생겨난 모양이야. 조금 전에 유원이가 깨달은 사람처럼 말을 해서 좀 놀랐는데, 투신자살한 이어도 남자는 자기 내부에 이어도가 있다고 말한 뒤 죽었다더군. 조국의 독립을 끝까지 기다리지 못하고 스스로가 이어도의 꿈에 빠져서 죽은 것이지. 이어도, 그것은 있으면서도 없는 것, 없으면서 있는 것이라 해야겠지. '색즉시공(色卽是空), 공즉시색(空卽是色)'이라고나 할까. 참으로 유토피아의 현대적인 해석이야……."

이어도 사나 이어도 사나
떼구름 피어오르는 바다로 배가 간다
이어도 사나

이어도 사나 이어도 사나
내 사랑하는 님은 이어도에 갔나
이어도 사나

이어도 사나 이어도 사나
돛을 편 저 배는 이어도에 가는가
이어도 사나……

유원이 시를 읊듯 억양을 붙여 '이어도' 가사를 읊조렸다. 말의 리듬과 목소리의 울림이 아름다웠다.

"으—음, 대단하네요……."

남승지가 감탄하여 박수를 쳤다.

"오호, 그래, 바로 그거야. 이어, 이어, 이어도 하라가 아니야. 그건 훨씬 뒤에 생긴 새로운 가사지. 그렇다면, 그 새로운 가사로 다시 한번 불러보지 그래. 어때, 한번 불러 봐."

이방근이 말했지만, 그녀는 고개를 저었다.

"멜로디가 슬퍼요. 오빠 친구가 밤바다에서 이어도를 부르며 돌아가셨잖아요. 게다가 이어도 노래를 들으면, 어두운 바다 저편에서 용신(龍神)이 커다란 배처럼 큰 파도를 일으키며 헤엄쳐 와요. 그리고 우리들을 데려가 버릴 거예요……."

"이런 바보, 어두운 바닷가에서 쓸데없는 말을 하면 정말로 용신이 나온단 말이야. 핫하, 그리고는 너만 데려가 버릴 거야."

이방근은 여동생에게 겁을 주고 웃으며 일어나더니, 담배에 불을 붙인 뒤 말없이 방파제 쪽으로 걸어갔다.

"저어, 유원 동무." 남승지가 이방근의 뒷모습에서 시선을 돌려 왼쪽에 있는 유원을 보더니, 마치 멀리 있는 사람을 부르듯이 말했다. 이방근이 앉아 있던 가운데 자리가 비었기 때문에, 유원과의 거리는 단숨에 1미터나 벌어져 버린 듯한 느낌이었다. "방금 유원 동무의 오빠한테서 이어도 노래의 유래를 듣고 고향의 역사에 대해 많은 공부가 되기도 했지만, 그 아무도 간 적이 없는 곳, 그리고 가도 돌아온 적이 없는 악마의 섬이라는 해석이 재미있더군요. 정말로 가 본 사람이 없는 것인지, 도착은 한 것인지 알 수는 없지만 말입니다……. 물론 그걸 따질 필요는 없겠지요. 저어, 유원 동무." 남승지는 반복해서 유원을 부르듯 말했다. 목소리는 자연히 커졌지만, 그의 눈에는 두 사람 사이에 공간을 만들어 놓은 채 주인이 없는 바위의 모습이 얄밉게 보였다. "좀 전에 이어도는 먼 곳에 있는 게 아니라 바로 저기에, 어쩌면 발밑에 있는 이 섬이 이어도일지도 모른다고 말했는데, 저도 그와 똑같이 생각했어요. 현실의 문제로서, 환상의 섬은 이 제주도가 되어 원점으로 되돌아온 거죠. 그리고 여기에서 혁명을 일으키는 겁니다. 새로운 사회를 건설하기 위해서 혁명을 합니다. 방금 전의 이야기를 들으면서 저 같은 사람도 일본에서 이어도를 찾기 위해 여기에 왔는지도 모른다는 생각이 들더군요. 이어도를 바다 밖에서 찾을 게 아니라, 이 섬 안에서 찾는 겁니다. 유원 동무의 말을 재탕하는 것 같습니다만, 이 섬에 이어도를 만든다……, 음, 그렇지 않을까요. 전 그렇게 해석하고 싶습니다."

남승지는 무슨 굉장한 발견이라도 한 것처럼 진지하게 말했다. 목소리가 떨리고, 복구멍 아래에서 당혹스럽게 울렸다.

"재탕이라니요, 그렇지는 않아요." 유원이 대답했다. 그 목소리가 멀리서 울려오는 것처럼 들렸다. 여전히 1미터의 거리가 좁혀질 것 같지 않았다. "저는 승지 씨와는 달라요. 좀 더 주관적인 마음의 문제라고 생각해요. 하지만 일본에서 이어도를 찾아왔다는 말은 멋진 비유예요. 당신은 로맨티스트예요……."

"아니, 그렇지 않습니다."

남승지는 상대의 말을 가로막았다. 로맨티스트——, 리얼리스트도 마음에 안 들지만, 이 말도 마음에 들지 않는다.

"아니에요. 제 말이 맞아요. 당신은 이상주의자인 걸요. 보세요, 이어도를 찾아 일본에서 여기까지 왔잖아요."

유원은 망설이지 않고 잘라 말했지만, 입가에 머금은 미소 때문에 하얀 이가 살짝 빛났다.

"음, 뭐 그렇게 생각하면 그렇지만……."

남승지가 고개를 끄덕였다. 희미하고 엷은 달빛의 막을 통하여 두 사람의 시선이 마주쳤다. 1미터나 떨어져 있는데도 검은 눈동자의 움직임이 뚜렷이 보였다. 남승지는 빨려들 것 같아서 자신도 모르게 상반신을 일으키려 했다. 하지만 바위 위에 놓인 엉덩이가 꼼짝도 하지 않았다. 거리를 좁히려고 애를 쓰면 쓸수록 움직이지 않았다.

"그래요. 그리고 이어도를 혁명적으로 해석하는 것도 승지 씨답고 멋있다고 생각해요. 이어도 이야기를 듣고, 금방 그것을 현실의 혁명에 겹쳐서 생각할 수 있으니 말예요. 그리고 혁명을 위해 몸을 던져 일할 수 있으니까요. 그런 승지 씨가 부러워요. ……도대체 우리의 생활은 뭘까요. 예를 들면 우리 가족의 생활 말이에요. 혜택받았다는 것……. 낮에 봉조촌에서 흙냄새 나는 탁한 물을 마지못해 마시거나,

대바구니에 든 도시락의 고구마를 먹기도 했지만, 여러 가지로 생각해 봤어요. 우리의 생활은 무엇인가 하고……. 조국이 영원히 둘로 분열되려 하고 있는 와중에, 그리고 많은 사람이 희생되고 있는 이때에, 우리들의 생활이라는 것이……."

이방근은 방파제에 서서 드넓은 밤바다를 바라보고 있었다. 파도 소리가 수런거리고, 그의 머리 위를 지나, 이어도, 이어도 사나, 바닷바람이 이어도를 실어왔다.

두 사람은 한동안 이야기를 계속했다. 이렇게 유원과 함께 밤의 해변에 앉아 이야기를 나누고 있는 것이 남승지에게는 믿기 어려운 현실이었다. 오늘 낮 그녀와 산간 부락에서 만나 함께 돌아온 길의 연장이었고, 그 시간이 만들어 낸 분명한 사실이라는 것을 알면서도, 마치 꿈같은 비현실적인 감각에 사로잡혀 있었다. 그녀와 이야기를 나누고 있는 동안에도 자꾸만 마음이 밖으로 고개를 쳐들고 나와서는, 방금 들은 환상의 이어도처럼 밤의 해변 전체가 사라져 버리지는 않을까 하고 주변을 주의 깊게 둘러보고 있었던 것이다.

그때로부터 약 한 달, 일본을 향하여 이 마을을 떠나, S리 방파제에서 밀항선을 탔을 때, 그 전날 밤 서울로 떠난 유원을 얼마나 생각했던가. 내가 여러 가지로 유원을 생각하듯, 그녀도 날 생각하고 있을까 하는 생각을 곱씹으며. ……바다, 일본까지 왕복했던 바다, 강몽구가 권총을 빼들고 짐의 절반을 버리게 하여 겨우 침몰을 면했던 거친 바다. 찰싹찰싹, 조용히 물가에 밀려오는 파도 소리. 방파제 밖에서 들리는 바다의 너울과 파도가 부서지는 소리……. 머리카락을 가볍게 흩날리며 볼을 스치고 가는 바닷바람. 어딘가 멀리서 들려오는 개 짖는 소리……, 개 짖는 소리에 남승지는 흠칫 놀라서 눈을 떴지만, 아니, 눈을 뜨고 깜짝 놀랐지만, 어느 틈엔지 자신도 모르게 눈을 감고 있었다. 게다가 바로 옆 바위에 앉아 있던 유원이 사라진 게 아닌가.

남승지는 정말로 꿈에서 깨어난 것처럼 벌떡 일어섰다. 방파제 위에도 아까까지 서 있던 이방근의 모습도 보이지 않는다. 도대체 어찌된 일일까. 설마 이어도의 환상은 아니겠지. 그는 섬뜩하게 차가운 것이 등줄기를 타고 달리는 것을 느끼면서, 두세 걸음 그 자리에서 벗어났다. 그때, 3, 4미터 앞 바위 그늘에서 무언가 하얀 것이 움직이는 것을 보았다. 반갑게도 그것은 달빛을 반사하고 있는 하얀 블라우스를 입은 유원의 등이었다. 그녀는 물가에 서서히 파도를 밀어 올리며 차오르는 바닷물에 한 손을 담그고 있었다. 손을 감싸는 밤의 차가운 바닷물의 감촉을 마음껏 즐기고 있는 모양이었다. 그리고 물에 담근 손을 좌우로 움직여 물을 천천히 가르거나 손가락을 팔랑거리며 물과 장난치고 있는 듯했다. 달빛이 비치는 물속에서 흔들리는 하얀 손이 아름다운 물고기의 움직임처럼 보였다. 남승지가 다가오는 기척에 그녀는 돌아보았다. 유원은 한 손을 바위 모퉁이에 올려놓고 있었는데, 자칫 발이라도 미끄러지면 금방 바다로 떨어져 버릴 듯했다. 얕은 곳이라고는 해도 밀물 때라 제법 깊었다.

"유원 동무, 너무 앞으로 나가면 위험합니다."

남승지가 말을 걸었다.

"괜찮아요, 여긴 평평하니까. 아까 내 발밑 바위틈에서 작은 게가 기어 나와 여기까지 왔어요. 승지 씨는 '심사숙고', 눈을 감고 있었잖아요(심사숙고, 눈을 감고 있었다. 이거 부끄럽기 짝이 없군, 남승지는 얼굴을 붉혔다). 그래서 여기까지 살그머니 게 뒤를 추적해 온 거예요. 그랬더니 게는 물속으로 슬쩍 들어가 버리고 말았지만, 물고기가 떼를 지어 수면 바로 아래서 헤엄치고 있는 거예요……, 어머나, 또 물고기가 헤엄을 치네, 아직도 자지도 않고 달빛에 반짝반짝 빛나며 헤엄치는 모습이 물 위에서도 잘 보여요……."

유원은 젖은 손으로 수면을 가리키며 말했다.

"음, 여기서도 물고기가 헤엄치는 게 보이는군요. 유원 동무가 거기 있으니까 가까이 다가오는 거예요. 자지도 않고……."

"왜요?"

"……" 촌스럽고 심술궂은 질문, 아니 감미로운 도발이다. 그러나 남승지는 순간적으로 말문이 막혔다. 할 말이 없는 것은 아니다. 말은 마음속에서 반응하면서도 입까지 올라오지 않았다. "아름다우니까"라는 한마디의 말이. "글쎄, 왜일까요, ……음-, 물고기들에게 물어보세요, 헤헤헤……."

"물고기에게 내 말이 통한다면 물어보고 싶어요. 승지 씨가 한 말이 정말이냐고, 그리고 그 이유가 뭐냐고 말예요. 승지 씨는 부끄럼장이인가 봐요."

"그럴까요. 사실은 그렇지도 않습니다. ……방근 씨는 어디에 갔을까요?"

"그리고 딴청을 잘 부리는 것 같아요. 오빠는 저기 있잖아요. 방파제에……."

"어디? 방파제에는 없어요."

"저기 돌 위에 누워서 별을 바라보고 있어요."

"예?"

그러고 보니 바위와 이어져 있는 방파제 언저리에 하늘을 보고 누워 있는 사람의 모습이 보였다.

"아니, 저런 곳에 누워 있었군. 유원 동무, 이제 슬슬 올라오는 게 좋아요. 한눈을 팔다가 발이라도 미끄러지면 위험하니까요."

남승지는 문득 그녀가 있는 움푹 파인 바위 그늘로 내려가고 싶은 충동을 느끼면서 말했다. 그녀가 이쪽을 올려다보았는데, 푸르스름한 달빛에 대리석처럼 빛나는 그 아름다운 얼굴이, 승지 씨도 이리로 내려오지 않을래요? 하고 불렀다면, 자신이 한 말과는 반대로 전혀 주저하지 않고 물가로 내려갔을 것이다. 그러나 그녀는 천천히 몸을 일으켰다. 바위에 손을 짚어 몸을 지탱하면서 조심스럽게 허리를 들어 올려 남승지를 실망시켰다.

"발밑이 젖어 있으니 조심하세요."

남승지는 그녀의 손을 잡아 주려고 다가가면서 말했다. 유원이 서 있는 바닥은 꽤 평평했지만, 만조의 파도가 천천히 밀려올 때마다 넘치는 바닷물로 젖어 있어서, 몸의 균형을 잃으면 운동화의 고무창이 미끄러질지도 몰랐다. 유원이 물가를 등지고 안전한 발판을 찾아 움푹 파인 바위 그늘에서 올라오기 시작했을 때, 남승지는 순간적으로 2미터 반쯤 되는 비탈을 달려 내려가, 비명을 지르며 휘청거리는 그녀의 몸을 옆에서 끌어안듯이 받았다. 그녀의 젖은 운동화 고무창이 미끄러져 하마터면 바위에서 굴러떨어질 뻔했던 것이다. 위기의 순간이었다. 발을 헛디뎠다면 반듯이 드러누운 자세로 바다에 떨어졌을 것이다. 순간, 두 다리를 버티고 선 남승지의 가슴에 완전히 상반신을 안긴 그녀도 그리고 그도 마치 몸이 굳어진 것처럼 꼼짝도 하지 않았다. 얼이 빠져 있었는지도 모른다. 아니, 그것은 단 몇 초간의 위험을 벗어난 순간의 반사적인 정지에 불과했다. 그녀의 탄력 있는 몸이 갑갑하다는 듯이 움직이고, 제정신이 돌아온 남승지는 놀라서 자신의 몸에서 그녀의 몸을 천천히 밀어내더니, 얼른 그녀의 손을 꽉 잡고 바위 위로 끌어올리듯 함께 올라갔다.

그녀의 바닷물에 젖은 손의 감촉이 묘하게 생생하게 느껴졌다. 그녀의 이지(理智)나 의지와는 정반대의 느낌으로, 육감적이라고까지 생각될 만큼 생생한 감촉을 지닌 손이었다. 낮에 봉조촌에서 마중 나와 악수했을 때의 부드럽고 공기처럼 보송보송하던 감촉과는 전혀 달랐다. 바닷물에 담가 차가워진 손이 열을 내며 욱신거리고 있는 것 같았다. 바위 위로 올라왔을 때, 남승지는 격한 가슴의 고동으로 숨결이 거칠어졌다. 식은땀이 솟아나고, 꽉 잡은 채로 계속 있고 싶었던 유원의 손을 놓은 뒤 그의 손이 저리듯 아파왔다. 아무래도 유원의 손에서 느끼던 열과 욱신거리는 통증을 그 자신의 그것과 착각한 것인지도 몰랐다.

"승지 씨, 미안해요, 정말 미안해요."

유원이 밝은 목소리로 말했다.

남승지는 별일 아니라는 듯한 그녀의 밝은 목소리가 조금은 불만스러웠다. 남승지는 그녀의 손이 빠져나간 뒤 자신의 손바닥에 축축하게 달라붙은 소금기를 느끼며 방파제 쪽을 바라보았다.

"오빠는 아직도 누워 있어요. 뭘 하고 있는지 모르겠어요."

방파제 위에는 아까와 똑같은 사람의 그림자가 보였다.

5

이방근은 정오를 지나 여동생을 데리고 성내로 돌아왔다. 4월 1일이었다. '봉기'는 이제 결정적으로 모레, 4월 3일 오전 두 시를 기하여 제주도 전 지역 14개 지서에 대한 습격이 결행된다는 이야기를 아침에 강몽구로부터 들었다. 물론 기밀에 속하는 일이라 자세히 알 수는 없었지만, 일전에 강몽구가 성내에 왔을 때의 이야기와는 달리, 성내도 봉기의 대상이 된다는 것은 의외였다(의외라고는 할 수는 없었다. 작전상 가능하다면 당연히 해야 할 일이었다). 다만, 공격 대상은 제주경찰서와 그 상급 기관인 제주검찰청으로 한정하여, 완전무장을 하고 트럭 두 대에 나누어 탄 국방경비대로 하여금 점령 접수토록 할 계획이지만, 다른 기관에는 일절 손을 대지 않는다는 것이었다.

실제로 3월 말에 제주도당 부위원장 겸 조직부장인 강몽구를 비롯한 조직 간부들의 비밀회의가 한라산 관음사에서 거듭되었다. 그곳에는 게릴라 담당 지휘자인 군사부장 김성달과 그 밖의 당 간부, 그리고 군대 내의 세포조직에서 파견된 모슬포 주둔 국방경비대 제9연대 제3대대 현상일 중위 등이 모여, 4월 3일에 봉기를 결행하기로 최종적으로 결정하고, 군대로부터의 무기 및 탄약 공급 등에 관해서도 협의가 이루어졌다. 강몽구가 일본에서 가져온 구일본군 무기 매장 지역 약도는 현지에서 대조해 본 결과 전혀 도움이 되지 않았고 여태 그 장소를 찾지 못했기 때문에 근대무기는 여전히 부족했다. 당연한 것이지만, 나중에는 게릴라전을 전개하면서 동시에 적의 무기를 탈취하는 방법도 취해야 할 것이었다.

도대체 앞으로 남은 이틀 동안에 무엇을 할 수 있단 말인가? 이방근은 거의 절망적인 기분에 사로잡혔다. 왜냐하면, 그는 4·3봉기라는 결정적인 순간이 눈앞에 다가오자, 결코 숭고하지도 않고 사회정의도 아닌, 아주 하찮은 세속적인 일에 구애되는, 게다가 약간의 패닉 현상을 보이고 있는 자신을 느꼈던 것이었다. 즉 가족에게 무관심하던 평소와는 다른 자신을 발견한 것이다. 아버지와 여동생을 어떻게 할 것인가……. 여동생을 봉기에 직면하지 않게 하려면, 오늘이나 내일 밤 배로 서울에 돌려보내지 않으면 안 된다. 도대체 무엇 때문에 일부러 '해방구'에 데려가기도 하고, 게다가 남승지를 만나게 했을까. 가능하다면, 아버지도 그렇다, 아버지와 일주일쯤 본토에 여행이라도 떠나는 것이 좋을 것이다. 그러나 아버지에 대한 이런 생각은 이내 자신도 놀랄 만큼 추한 면을 내포한 센티멘털한 것이었다.

성내로 들어와 서행하는 버스 창문을 통해 이방근은 행상인 차림의 한 남자를 보았다. 아니, 행상인이 아니었다. 깜짝 놀라 커다랗고 낡은 트렁크를 든 남자의 사냥모자 그늘에 가려진 얼굴을 다시 한 번 바라보았다. 마치 오래된 일이라도 생각해 내는 듯한 느낌으로 기억을 되살려 보니, 버스에서 내려다본 행상인은 변장한 박갑삼이었다. 이방근은 겨우 이틀 전 밤에 박갑삼과 함께 만났던 유달현을 생각해 냈다. 아무래도 그와 결말을 지을 때가 다가온 것 같았다. 그는 오늘 찾아올 것이다. 아마 어제도 전화를 걸고, 집으로 직접 찾아왔을 것이 틀림없다. 어제도 만나고 싶어 했지만, 볼일이 있다며 거절했기 때문이다.

집에 도착하자, 예상대로 유달현에게서 어제도 오늘 아침에도 전화가 있었고, 어젯밤에는 직접 찾아와서 부엌이에게 행방을 집요하게 캐물었다고 했다. 서방님, 유 선생님은 꼭 형사 같은 사람이우다. 말이 없고 남을 평하지 않는 부엌이가 덧붙였다. 경계하라는 뜻일 것이다. ……이 동무, 지옥까지도 함께 쫓아간다는 명언이 있는데, 난 자네 뒤에 붙어서 절대로 떨어지지 않을 걸세. 그저께 밤, 다음에 또 만나자는 요구를 거절하고 돌아오려 할 때, 대문 밖까지 따라 나온 유달현이 뱉은 말이었다. 아마 틀림없이 그 녀석은 찾아올 것이다. 날 협박하러 찾아온다. 그러나…….

이방근은 집에 돌아오자마자 여동생을 시켜서, 오빠가 의논드릴 일이 있다고, 오늘은 다른 곳에 들르지 마시고 곧장 돌아오시래요, 라는 전화를 아버지에게 걸게 했다. 직접 본인에게 한 것은 아니었지만,

아버지에게 자신의 의사를 전달한 것은 전에 없던 일이었다. 일반적으로는 왜 본인이 직접 전화를 하지 않느냐고 꾸지람을 하는 것이 당연하지만, 아버지 이태수는 딸이 대신 건 그 전화에 응했다. 며칠 전에 아들로부터 '의논할 일'이 있다는 이야기를 들었을 뿐 구체적인 이야기는 아직 나오지 않았지만, 이태수가 이것을 계기로 아들과의 대화에 얼마간 기대를 걸고 있는 것은 사실이었다.

어떻게 '의논할 일'에 대한 이야기를 꺼낼 것인가. '의논할 일'이란 다른 게 아니라, 국회의원 후보인 최상화의 추천인을 그만두게 만드는 것이었다. 가능하면 모레에 일어날 봉기 전에, 오늘 밤에라도 의사 표시를 하고 물러설 필요가 있었다. 경찰로 표적이 한정되어 있다고는 하지만, 성내도 봉기의 대상이 되어 있는 판에, 전황에 따라 이태수 개인도 어떻게 될지 알 수 없는 일이다. 과연 아버지만의 문제일까, 그 가족은……? 무장봉기가 어떻게 전개되든 간에, 섬 전체가 동란 상태에 빠지는 건 불을 보듯 뻔한 일이었다.

이방근은 목욕탕에 들어가 어제 이후로 쌓인 땀과 먼지를 씻어 내고는, 서재 소파에서 혼자 맥주를 마시며, 앞으로 이틀 동안 무엇을 해야 할 것인지 생각하고 있었다. 거의 그것만을 생각하고 있었다. 아버지와 '의논할 일'. 그리고 여동생을 서울로 돌려보내기 위해 어떤 조치를 취하지 않으면 안 된다. 방학은 앞으로도 열흘쯤 남아 있지만, 일정을 앞당겨 서울로 보낼 만한 이유를 찾을 수가 없었다. 꾸며내기도 어려울 것 같았다. 이유가 없어도, 억지로 돌아가라고 하면 돌아갈 것이다. 돌아간다. 이유는 나중에 알려 줄 테니까 지금은 잠자코 돌아가라고 명령하면, 유원은 오늘 밤에라도 서울로 떠날 것이다. 떠나겠지만, 그런데 말이다, 왜 그렇게까지 해야 되는가 말이다……

그런데 소파에 여느 때처럼 가만히 앉아 있자니, 이방근은 아무래도 몇 시간 전부터 자기 마음의 움직임이 이상해졌다는 생각이 들기 시작했다. 돌아오자마자 아버지에게 전화를 걸게 한 것을 성급했다고는 생각지 않았지만, 무엇보다 그 충동적인 방식이 문제였다. 무엇 때문에 앞으로 이틀이라는 시간을 정해 놓고 번민하는 것인가. 생각해 보면, 뭔가 혼자서 괜스레 초조해하고, 보이지 않는 그림자에 엉덩이를 쿡쿡 찔리고 있는 것처럼 느껴지는 게 우스웠다. 방 안을 혼자서 한참동안 빙빙 돌았는데, 이 침착하지 못한 초조함은 어디에서 오는 것인가. 아니, 초조함 그 자체가 이유나 마찬가지였다. 이제 와서 산천단 동굴에 사는 목탁영감의 흉내를 낼 것도 아니고, 또 목적 없이 떠도는 부스럼영감을 생각할 것도 없지만, 남은 이틀 동안 무엇을 해야 한단 말인가. 이틀 동안 해야 할 일은 아무것도 없었다. 왜 여동생을 억지로 섬 밖에 내보내려 하는가. 이틀 뒤에 다가올 천재지변의 현실을 보여 주는 게 두려운 것인가. 아니면 사고를 당할까 봐 두려워서 피난을 시키는 것일까. 공격의 대상이 될 자들이 은밀하게 봉기와 자신들에게 닥쳐올 위험을 감지하게 된다면, 은밀한 피난 소동이 벌어져 많은 사람이 섬을 탈출할 것이다. 그러나 지금 당장은 조용하다. 밤처럼 조용하다. 강풍도 그치고 날씨도 좋고, 바다가, 산이 조용하다. 아무도 모르고 있으니까, 이틀 후 새벽 두 시까지의 현실은 아주 조용할 것이다. 나는 약삭빠른 쥐새끼처럼 먼저 냄새를 맡은 덕분에, 한발 먼저 가족들을 밖으로 내보내려 하고 있다. 여동생도, 그리고 아버지도 섬 밖으로 나간다는 난센스. 연극 같은 난센스.

넥타이 차림의 유달현이 찾아온 것은 세 시가 지나서였다. 학교에서 돌아오는 길이라고는 했지만, 수업도 없는데 가방을 들고 있었다. 이방근이 부엌이와 여동생에게, 유달현이 오면 안내하라고 일러두었다. 그래서일까 그는 기분 좋게 안뜰로 들어섰다. 전화도 없이 직접 찾아온 것도 예상대로였다. 그 녀석은 찾아온다, 전화도 하지 않고 찾아올 것이다……, 그래, 유달현은 찾아왔다. 서로 간에 약속된 것처럼 전화를 하지 않고 찾아온 것은, 집을 비운 현장에 밀고 들어오는 억지스러움 때문이라기보다는, 이방근이 자신을 쫓아내지 못할 것임을 알고 있었기 때문이다.

유달현은 이방근과 정면으로 맞서 다투지는 않는다. 이방근에게 매도당했다 하더라도, 그는 주인에게 얻어맞으면 오히려 더욱 바싹 다가와 배를 드러내고 벌렁 드러눕는 개나 고양이처럼 교묘하게 상대방의 공격을 피하는 자세가 몸에 배어 있었다. 설사 지금 이방근이 돌아가! 하고 호통을 쳐 봤자, 그는 씩 웃든가, 혹은 실쭉해진 사람을 얕보는 듯한 엷은 미소를 지을 뿐, 돌아가지는 않을 것이다.

이방근은 귀찮기도 했고, 이런 기회에 그를 맞아들여 결말을 지어야 할 필요도 있었다. 한 달이나 전부터 시작된 '무장봉기'에 대한 정보제공(찔끔찔끔 변죽을 울리듯이 조금씩 정보를 흘렸고, 포섭 공작을 위한 거래와 일종의 협박을 교묘히 섞은 잰 체하는 분위기의 연속이었다)은 고맙고 유용하기도 했다. 그러나 그 이상의 것은 아니었다.

유달현이 전화를 하지 않고 찾아온 것은 그만큼 마음에 각오한 바가 있다는 증거이기도 했다. 서재 앞 안뜰에 들어선 그는 웃고 있었지만, 안색이 별로 좋지 않고 눈이 움푹 들어간 것이, 그제께 밤에 만났을 때보다 피곤해 보였다.

"어서 오게, 유달현 동무."

툇마루에 선 이방근이 웃는 얼굴로 말했다.

"야아, 잘 있었나, 이방근 동무. 자네를 만나는 게 지사를 만나는 것보다 열 배나 더 어려워서, 정말 오랜만인 것 같은 느낌일세. 오늘은 기분이 좋아 보이는군."

"그런가, 어쨌든 고맙네. 자아, 어서 올라오게, 유 동무."

이방근은 우울하고 초조한 마음 한구석에 남아 있던 묘하게 들뜬 기분을 살려 상냥하게 말했다.

"그러면 그렇지……. 대낮부터 혼자서 한잔하고 있었는가. 고고한 철학자 같아서 부럽기 그지없구만." 구두를 벗고 툇마루에 올라온 유달현은 부엌이가 서재 탁자 위의 맥주병 따위를 치우고 있는 것을 보고 말했다.

"가볍게 한잔했는데, 자네도 맥주 한잔하겠나?"

"당치도 않네." 유달현은 안색을 바꾸듯이 한 손을 크게 내저으며 말했다. "나는 차 마실 시간조차 없네(흐음, 여전히 남들보다 바쁘다는 건가). 원래 대낮부터 술 마시는 취미는 없고, 게다가 밤에도 혼자서는 전혀 마시지 않네. 술은 역시 벗과 함께 만들어 내는 분위기 속에서 마셔야 하는 법일세. 이 동무는 계속 마시게나, 나는 신경 쓰지 말고. 난 차 한 잔만 마실 수 있다면 그걸로 충분하네……."

이방근을 따라 서재에 들어온 유달현은 주의 깊게 미닫이를 닫고 나서, 안뜰을 등진 소파에 주인과 마주 앉았다.

"하룻밤 묵어가며 어딜 그렇게 좋은 곳에 다녀왔나. '두문불출', 칩거하며 지내던 자네가 별일도 다 있구나 하는 생각을 했다네. 그러나 섬사람들에게는 새삼스럽게 구경할 만한 것도 없을 텐데 말이야. 아차차, 나라는 인간은 도대체 눈치가 없어서 탈이야. 자네가 너무 기분이 좋아 보여서 그만 깜박 잊고 있었는데, 미리 전화도 하지 않고 직접 찾아온 걸 미안하게 생각하네, 정말일세. 이 동무의 밝은 얼굴을 보고 안심해 버렸다네. 마치 어머니의 웃는 얼굴을 본 아이의 심정이 되었다고나 할까."

유달현은 피곤해 보이는 것치고는 상당히 익살스럽게 행동할 수 있는 여유를 지니고 있었다.

"시시한 얘기는 그만두게. 그런 소리를 하는 게 지겹지도 않나."

이방근은 탁자 위의 나전세공으로 검게 옻칠을 한 담뱃갑에서 담배 하나를 꺼내 물며 말했다.

"특별히 자네가 어머니라는 말은 아닐세. 그냥 비유를 해 본 것이네. 지금 내가 전화도 없이 찾아온 건 나름대로 필연성이 있다네. 아니, 난 언제나 자네가 나를 끌어당기는 필연성 때문에 이 집을 찾아오지……. 어제는 세 번이나 전화를 했다네. 오늘 아침에도 전화를 했고. 어젯밤에는 직접 찾아왔단 말일세. 이미 댁의 충실한 부엌이로부터 제대로 보고를 들었겠지만. 더 이상 멋대로 전화를 하기가 무서워졌다네. 그건 그렇고, 자네는 어딜 갔다 왔나?"

유달현의 가느다란 눈 전체가 사람을 탐색하는 듯한 교활한 빛에 젖어들었는데, 그 순간 드러나 표정이 천박해 보였다. 게다가 그 눈의 표정에 박자를 맞추듯, 옆에 놓아둔 가방 옆구리를 가볍게 두드리고 있는 오른손의 움직임이 왠지 싫었다.

"그러니까, 집에 돌아온 여동생을 데리고 오랜만에 친척 집을 돌고 온 참일세."

"……친척, 친척이라고 했나. 자네 집 부엌이는 친구 집에 간다는 식으로 말을 하던데……."

"그래, 친구나 친척이나 결국 마찬가지야, 안 그런가. 나는 어디든지 가네. 가고 싶으면, 집에도 들리지 않고 곧장 서울까지도 가 버릴지 모르네. 내가 찾아가는 곳이 친구든 친척이든 유 동무에게 무슨차이가 있단 말인가, 이보게, 대답 좀 해 보게. 자네는 더 이상 남을탐색하는 듯한 태도는 그만두게나. 기분 나쁘니까."

"뭐? 탐색하다니……. 그게 무슨 말인가. 이 동무는 이제 슬슬 짜증이 나기 시작하는 모양이군. 이상하게 오해하진 말게나, 자네……."

차를 끓여 온 부엌이에게 이방근은 다른 손님이 오더라도 안내하지 말라고 일렀다. 유달현은 이방근의 말에 일일이 고개를 끄덕이며 만족해했다.

유달현은 차를 홀짝이면서, 중학교 1학년에 처자식을 거느린 청년 셋이 있는데, 그들이야말로 혁명을 이끌어 갈 중추가 되지 않으면 안 된다느니 하면서, 아무 상관도 없는 이야기를 잠시 늘어놓았다. 그러다가 이윽고 얼굴에서 미소가 사라지고 엄숙한 표정을 짓더니, 오늘 밤 시간을 내달라며 본론으로 들어갔다. 오늘 밤 그저께 밤과 같은 장소에서(유달현의 방을 말하는 것이었지만, 그는 그런 식으로 표현했다) 토의를 할 것이라고 했다.

"오늘 밤 토의에서 박 동지가 이방근 동무에 대한 이해를 깊게 한 다음 서울로 돌아가, 서둘러 당중앙에 반영시킨 뒤 사업 준비에 착수하지 않으면 안 되네. 내일 밤 출발이니까, 아무래도 오늘 밤이 아니면 곤란하네."

"뭐라고, 내일 밤? 내일 밤에 섬을 떠난다니……."

이방근은 반사적으로 조금 엉뚱하게 큰 소리를 냈다. 내일 밤, 봉기 전날 밤에 섬을 떠난다는 게 무슨 말인가.

"내일 밤이 어떻게 됐다는 건가?"

"아니, 별일 아니네." 이방근은 소파 등받이에 몸을 천천히 기댄 뒤 다리를 바꿔 꼬며 말했다. "왠지 내일 돌아가는 건 너무 빠르다는 생각이 들어서."

"그러니까 오늘 밤은 꼭 와 주지 않으면 곤란하네."

"오늘 밤은 집에 일이 있어서 밖에 나갈 수 없는 형편일세. 그리고 말했지 않은가. 나는 거절한다고……, 내가 응하기 어렵다는 건 자네도 알고 있을 게 아닌가.

"후후후, 정말이지 이 동무는 막판에까지도 그렇게 나를 초조하게 만들 셈인가. 그저께 밤에도 박동지가 직접 이야기했듯이, 멋지고 대단한 일이 아닌가. 자네 같은 유능한 애국인사가 이 일을, 혁명사업에 참가하기를 거절한다면, 도대체 다른 사람은 어떻게 되나? 이미 개략적인 절차도 진행되고 있다네. 이 동무, 자네 제정신인가? 더할 나위 없이 좋은 일을 거절하다니……. 음, 그리고 말일세, 오늘 밤 회합은 박동지의 지시라네. 그의 지시는 중앙의 뜻을 대변하는 것일세. 당중앙 말일세. 자넨 박 동지 말대로 서울로 가는 게 좋아. 다음엔 거기서 다시 박 동지를 만나게 될 걸세."

"그 지시라는 게, 도대체 뭔가. 그게 나를 구속할 수는 없을 텐데. 유 동무에 대한 지시일지는 몰라도, 나에 대한 지시는 아닐 테니 말이야."

"헤헤헤, 이 동무도 참 곤란한 사람이야. 자넨 이따금 사람이 완전히 변한 것처럼 사리 분별력이 없어져 버린다니까. 이 동무는 지금이 어떤 시기인 줄 모르나. 이 한순간, 한순간이……. 자네도 알고 있다시피, 당장이라도 눈앞에서 인민대중의 쌓이고 쌓인 원한과 분노가 폭발하여 혁명의 불꽃으로 타오르고, 낡은 사회질서가 뒤집어질 판이야. 게다가 박 동지는 고맙게도 벌써부터 조직원과 동등하게 자네를 대하고 있단 말일세."

"핫, 핫하, 잠깐만 기다려 주게." 이방근은 어이가 없어서 무심코 터져 나온 웃음에 담배 연기를 내뿜으며 말했다. "흥, 나는 그런 수법에 완전히 질려 있다네. 생각 좀 해 보게나, 내가 무슨 조직원도 아닌데, 동등하게 대한다느니 하는 것도 우습네. 자네가 그 사람에게 뭐라고 보고했는지는 모르지만, 얼렁뚱땅 넘어가려는 수작은 그만두게. 자네에게 묻겠네, 그 당중앙 특수부란 곳이 어떤 성격을 지니고 있는지, 그리고 자네가 행상인 이외에 어떤 인물과 연결되어 있는지 말해 보게. 음, 이건 내가 물어볼 필요도 없는 성질의 질문이라는 것을 알고서 하는 말이네만."

"후후후⋯⋯." 유달현도 질렸다는 표정으로 반격을 시도했다. 자네는 사정도 모르는 주제에 무슨 소리를 하고 있느냐는 듯한 표정으로. "그래, 그건 물어서는 안 되는 질문일세. 나는 말일세, 분명 행상인밖에 모른다네. 설사 알고 해도, 그렇게 말할 수밖에 없는 게 우리 원칙이라네(참으로 거드름을 피우는 말투였다). 위 아래로 선이 있고, 거기에서 다시 선이 만들어져 있다네. 비합법조직 중에서도 이것은 특히 특별조직에 있어서의 원칙 중의 기본 원칙일세. 일단 유사시에 대비한 조직의 방위와 보존을 위해, 오랜 혁명 투쟁의 경험에서 얻은 지혜이자 철칙인 셈이지."

"유 동무가 행상인 이외의 일은 묻지 말라는 뜻을 이해 못 할 것도 없겠지." 철칙이란 말인데⋯⋯, 이방근은 상대방의 상의 가슴에 달린 호주머니에 훈장처럼 요란하게 빛나는 두 개의 만년필과 두 개의 붉은 색연필 뚜껑을 바라보며 말했다. "그러나 만일 내가 참가하겠다는 입장을 취할 경우에는, 그럴 수는 없어, 그렇게는 안 된단 말일세. 도대체가 뜬구름을 잡는 듯한 기분이 들어, 그 조직이란 게 말야. 만약에 그것이 가공의, 혹은 정체불명의 조직이라면 어떻게 되나. 유 동무는 스스로에게 자신을 보장할 수 있나?"

"이봐, 이 동무." 유달현은 무릎 위에서 만지작거리던 가방을 아무렇게나 소파에 올려놓고, 가늘고 집요하게 빛나는 눈으로 이방근을 보며 말했다. "자네 대체 무슨 말을 하는 겐가. 농담에도 정도가 있네. 그런 발언은 당에 대한 모욕, 혁명의 정의와 조국에 대한 모독 이외의 아무것노 아니야."

"음, 그렇구만, 유달현 동무도 상당히 훌륭한 말을 하는군."

"그렇잖은가. 물론 이방근 동무가 지금 한 말은 일종의 비유로 흘려 듣겠지만, 그건 분명히 실언일세." 유달현은 갑자기 표정을 누그러뜨리고 쓴웃음과 비슷한 웃음을 지으며 말했다. "우후후후, 정말 감탄했네. 혁명봉기가 목전에 다가와 있는데도, 그걸 알고 있을 이방근 동무가 태평하게 그런 말을 할 수 있다는 건 놀라운 일이야. 정말이지 어이가 없다고 할 수밖에 없네. 자넨 역시 어딘가 부잣집 도련님 같은 구석이 있는 것 같아. 아니, 뭔가 역시 천재적, 초인적인 인물이야, 자네는."

"자네는 그 '천재'의 조종자, 지배자가 되는 셈인가. 그런 시시한 얘기 그만두기로 하고, 어쨌든 덕분에, 유달현 동무의 덕분인데, 분명히 봉기가 바로 문전에 당도해 있다는 것을 알고 있네. 그러나 그게 나와 무슨 관계가 있다는 말인가……."

"무슨 관계가 있냐……?" 입을 다문 유달현의 얼굴에 분명 실망의 빛이 흘렀다. 그는 침착한 손놀림으로, 아니 씰룩씰룩 떨리는 손으로 담배를 한 대 집어 들어 불을 붙이고는, 호흡을 가다듬듯 연기를 크게 내뿜고 나서 말을 이었다. "자네, 어떻게 그런 말을 할 수가 있나. 이방근이라는 괜찮은 사람이 이 유달현, 자네에 대한 우정을 변함없이 간직한 한 사람의 친구 앞에서……. 헷헤헤, 정말 놀랐네, 자네. 이 동무는 봉기가 언제 결행될지 신경 쓰이지 않나 보군. 내가 일전에 일주일 이내라고 말했는데, 그 막연한 날짜조차도 이방근 동무에게는 신경이 쓰이지 않을 정도로, 도대체가……. 정말로 불가사의한 사람이야. 무신경하다고 생각될 만큼 불가사의해. 나는 그 무장봉기 날짜를 자네에게 알려 주겠다고 약속했을 것이네. 자네가 그것을 잊어버린 것 같아. 오늘은 내가 그 약속을 지키고자 하네, 자네를 위해서 말일세. 이제까지 줄곧 자네에게 참된 우정에서 제공해 온 정보의 결말을 맺으려는 생각을 지니고 있었다네. 그런데 이게 무슨 일인가. 왜 그러느냐 말일세, 자네. 왜 자넨 내게 그 결정적인 날짜를 물으려 하지 않는 건가. 일주일 이내로 다가와 있는 그 결정적인 순간의 일을, 역사적인 날을, 4월 3일인지 4일인지, 5일인지 6일인지, 아니면 내일 4월 2일인지를 왜 묻지 않나? 일전의 자네는 집요하게 캐물었던 말일세."

유달현은 소파에서 몸을 앞으로 내밀며, 마치 애원하는 듯한 어조로 말했다.

유달현은 원래 이야기 도중에 갑자기 기고만장한 태도가 되거나, 때로는 필요 이상으로 겸손해지거나 하기 때문에, 애원조가 되는 일도 드물지는 않았다. 하나의 속셈을 지닌 연극이라 해도 그다지 악의적인 견해는 아닐 것이다.

"유 동무는 오늘 그다지 안색도 좋지 않고, 상당히 피곤해 보이는군. 신경이 곤두서 있는 게 아닌가……. 오늘은 이 정도로 해 두고, 이 이야기는 그만두기로 하세. 나도 기분이 조금 불안정해졌다네."

"자네는 지금 내가 한 말을 듣고 있었나? 이 동무는 그 봉기 결행 날짜를 알고 싶지 않단 말인가? 자네 이상해. 도대체 어떻게 된 일인가."

"지금도 말했지 않나. 그게 나한테 무슨 의미가 있느냐고……. 음, 자넨 웃고 있었지만 말일세. 이미 목전에 임박해 있다는 것만으로 충분하네. 모르는 것보다는 훨씬 낫지. 유 동무 덕분일세……."

"흥, 자넨 시치미를 떼고 있군. 그리고 자네 말에는 차가운 독이 숨겨져 있어." 유달현의 가느다란 눈에서 얄미운 빛이 반짝 스쳐 지나갔다. "이 동무는 뭔가 다른 정보를 알고 있는 거 아닌가?"

"자네, 말도 안 되는 얘긴 그만 좀 하게. 그런 식의 탐색은 딱 질색이야. 적당히 좀 하라고. 이 이야기는 그만두자고."

이방근은 담배꽁초를 재떨이에 비틀어 누르듯이 끄고, 자리에서 일어나고 싶은 충동을 억눌렀다. 그 눈에 차가운 빛이 감돌았고, 목소리에는 분노가 조금 담겨 있었다.

"그래, 그만두지, 나도 바쁘고, 보시다시피 피곤해. 갑자기 최근 2, 3일 사이에 몸에 무리가 와서 말이지, 열도 있고……. 자네 같은 신분이 정말 부럽네. 이 동무, 이야기는 이쯤에서 그만두기로 하세. 그 대신 오늘 밤에는 꼭 시간을 내주지 않으면 곤란해."

"유 동무, 반복해서 말하지만, 그건 안 되겠네."

이방근은 상대방의 초조감이 탁자 위의 공기를 자극하여 자신의 볼에까지 전해져 오는 것을 느끼면서도, 냉담하게 대답했다.

"그렇다면, 시간만 약속해 두고 박 동지와 둘이서 이쪽으로 오겠네."

"그건 곤란해. 오늘 밤은 늦게까지 중요한 가족회의가 있어서, 시간을 낼 수가 없다네."

이방근은 가능한 한 기계적으로 말했다.

"제법 그럴듯하게 둘러대는군. 헤헤헤, 자네가 말이야, 자네가 가족회의를 한다니, 헷헤헤……." 유달현은 순간 마치 땅 밑에서 들려오는 듯한, 묘하게 잘 들리지 않는 목소리로 말했다. "자네가 그 일에 구애받는다는 건 정말로 이해하기 어렵군. 가족회의는 사사로운 일에 속하는 건데, 자네의 사상으로 미루어 보더라도 그건 대단한 문제가 아니지 않나. 아니, 전혀 문제가 되지 않을 걸세."

"흐음, 자네 정말 대단하군. 나에 대해 단정적으로 말할 수 있으니 말야."

"단정이 아니야. 자네에 대한 신뢰지."

유달현은 거듭 오늘 밤 회합에 나와 줄 것을 요구했지만, 이방근은 그것은 몇 번을 되물어도 안 된다며 거절했다. 그는 서서히 몸 안의 어두운 아궁이 언저리에서 분노의 감정이 불꽃처럼 흔들리기 시작한 것을 느끼면서, 냉정하고 억제된 말로 상대방의 요구를 거절했다. 말로 해서 안 되는 일이라면, 이런 태도를 취하는 것도 결말을 짓는 방법일지 모른다.

"안된다고? 가족회의를 이유로 안 된다니……, 설마, 이 동무, 자네는 이런 시기에 자네 자신을 잃어버린 게 아닌가? 이건 자신에 대한 엄청난 모독일세. 아니, 믿을 수가 없네." 유달현은 갑자기 벌떡 일어나더니, 서재를 빙글빙글 돌기 시작했다. 한 손을 바지 주머니에 찔러 놓고, 자못 의로운 분노의 충동을 느껴 자리를 박차고 일어난다는 연극 같은 제스처였다. 그것은 동시에 이방근에 대한 공세를 의미했다. 이방근은 그걸 느끼면서 바로 뒤에 돌아와 있는 유달현의 울분에 찬 기색을 등 뒤로 받으며, 아, 상대에게 선수를 빼앗겼구나 하는 생각을 했다. 무장봉기를 맨 처음 알려 주러 왔을 때도 갑자기 벌떡 일어나, 마치 먹이를 노리며 유유히 헤엄치는 상어처럼 방 안을 빙빙 돌면서, 충격적인 이야기의 그물을 던지고는 힘껏 밀어붙여 왔었다. "가족회의라니, 그런 문제에는 손가락 하나 까딱할 자네가 아니야. 자넨 철저한 에고이스트야. 그 에고는 말이지, 혁명가가 혁명사업을 위해 부모도 처자식도, 형제의 인연마저도 모두 무시하고 앞으로 나아가는 정열과 통한다구. 그게 자네의 사상이야. 나도 완전히 바보는 아니야. 산천단 동굴에 사는 목탁영감도 에고이스트니까. 그러나 그 영감은 우리의 혁명에는 아무런 도움도 되지 않아. 그러나 이방근은 달라. 이건 하나의 비유로서 말하는 거지만, 가족회의 따위를 구실로 원칙을 버린다면, 자넨 주변에 우글거리는 이기주의자 속물들과 전혀 다를 바가 없어. 그건 내 기대와 우정에 대한 배신이야. 나는 지금으로부터 약 한 달 전 저녁, 이 방에서, 그래, 이 방 안을 걸어 다니면서 자네에게 무장봉기를 알려 주었어. 역사적인 인민봉기를 말이지……. 새로운 혁명의 도래를 알리기 위해, 자네에 대한 우정을 위해서 말일세. 그로부터 한 달, 이제 그때가 왔다고. 그런데 자네는 움직이려 하지 않는군. 어떻게 된 일인가. 베토벤의 음악은 아니지만, 따따따딴— 하고 운명이 문을 두드리고 있는데……. 헷헤헤, 자넨 얼마나 어리석은 바보란 말인가. 혁명이 자네 편에 서서 현관문을 두드리고 있는 소리도 들리지 않는, 귀머거리가 아니고 무엇인가……."

유달현은 자신이 앉아 있던 소파 등받이에 한 손을 올려놓고 멈춰 서더니, 상대에 대한 배려를 얼굴 가득히 펼쳐 보이는 듯한 표정으로 말했다. "이방근 동무, 자네는 정말로 이제 곧 후회하게 될 걸세. 돌이킬 수 없는 짓을 했다고 후회하게 될 거란 말이네……."

"후회? 음, 후회란 말이지, 참으로 무서운 말이군. 돌이킬 수 없는 일이라면, 더욱 그렇겠지." 후회? 그렇다고 이런 시기에 유달현 등과 일을 꾸미는 것은 역시 상책이 아닐 게다. 이방근은 '해방구'에 갔다 왔음에도 불구하고, 자신이 강몽구의 공작에도 응하지 않을 것임을 예견하고 있었기 때문에, 유달현이 불쑥 던진 '후회'라는 말이 쏜살같이 귓구멍을 지나 묵직한 무게로 가슴에 파고드는 듯했다. "자네 말이 내 말보다 몇 배나 더 독기로 가득 차 있군. 근거가 확실한 말이니 말일세, 핫핫하."

"이 동무는 남의 애길 얼버무려 넘기는 나쁜 버릇이 있어. 자네의 독기에 닿으면, 유달현 같은 존재는 태양 앞의 그림자처럼 제대로 서지도 못한다는 걸 뻔히 알면서도 그런 말을 하는 게 아닌가. 이렇게까지 말하면 자네도 이해를 할 걸세. 지렁이도 밟으면 꿈틀하는 법이야. 나도 인간이라네. 남의 호의를 짓밟아 뭉개지 말고, 인간 취급을 좀 해 주게나, 부탁함세." 유달현은 다시 우울한 모습으로 방 안을 걷기 시작했다. "그래, 자네는 전열에서 제쳐 놓기에는 아까운 인물이야. 혁명에 필요하고도 귀중한 존재지. ……그러나 얼마나 놀라운 발견 인가, 이것은. 운명의 여신이 미소를 지으며 문을 두드리고 있는데, 자네는 발로 차내고 있다는 것을, 누워서 침 뱉는 식의 행위를 아무렇지도 않게 하려 든단 말일세. 거대한 역사의 흐름을 알면서도 일부러 거꾸로 삿대질을 하려 한단 말이네. 이게 비극이 아니고 뭔가, 자네를 도대체 알 수가 없네. 이방근 동무는 내 말을 이해할 수 있을 걸세. 자네가 비극의 주인공이 되는 걸 원치 않아. 자넨 혁명의 정의를 위해 일어나, 위대한 파괴와 건설이라는 혼란의 시기에 지도적 역할을 수행하지 않으면 안 되네. 후회할 거라는 말은 바로 그 뜻이야. 말을 곧이곧대로 듣고 왜곡하지 말아 주게. 오늘 밤의 가족회의를 반대하는 것은 아닐세. 특별히 내가 그 일에 참견하려는 게 아니고, 비유로서 말해 본 것뿐일세. 가족회의가 끝난 뒤에 박 동지를 데리고 올 테니까, 거듭 말하지만, 꼭 시간을 좀 내주게나."

유달현은 자신의 자리로 돌아가 피곤한 듯이 소파 등받이에 크게 몸을 기댔으나, 거친 숨결이 탁자 너머로 희미하게 전해져 왔다. 그는 숨을 고른 뒤 허리를 굽혀 담배에 불을 붙이면서 이방근의 대답을 기다리는 자세를 취했다. 한동안 침묵이 흘렀다. 유달현은 말없이 담배 연기를 내뿜으며 대답을, 긍정적인 대답을 재촉하고 있었다.

"……" 침묵은 묵시적인 양해를 의미할 수도 있다. 탁자 위의 공기가 고체 모양으로 모나고 거친 것도 좋지 않다. 이방근은 도발을 내부에 감춘 채 침묵하고 있는 상대에게 말했다. "나는 자네의 깊은 통찰력에서 나온 이야기를 주욱 들어 보았네. 자넨 나에 대해 잘 알고 있어. 나는 유달현 동무의 심정도 잘 알고 있다네(유달현의 표정에 조금 흐뭇한 기색이 스쳤다. 이방근은 실제로 상대방의 성의 있는 움직임에 동정심을 느끼며 말했지만, 그것이 순수한 성의가 아니라는 것을 알고 있었다). 그러나 아까부터 반복해서 말했듯이, 그 이야기는 이쯤에서 그만두기로 하세. 이 이상 서로 쓸데없이 대립할 필요는 없지 않는가."

"대립이라고? 누가 대립 같은 걸 바라겠나. 이건 원칙 문제야. 자넨 당중앙의 간부를 집에 맞아들이기가 싫다는 것인가."

"뭐라." 이방근은 울컥하여 상대방을 노려보았다. 유달현은 순간 이방근의 눈빛에 기가 꺾였지만, 곧 시선을 똑바로 받아들이며 마주 보았을 때는, 다시 기가 살아나고 엷은 입술에서 아래턱에 걸쳐 희미한 웃음이 번졌다. 이방근은 맞부딪친 시선에서 쨍그랑 하고 투명하게 울리는 금속성 소리가 천장 구석으로 내달리는 것을 들으며 말했다. "그렇다네, 분명히 그렇다고 대답을 하겠네. 그게 가장 빠르고, 자네가 알기 쉬운 대답이 아니겠는가. 만약 오늘 밤에 무단으로 둘이서 찾아온다 해도, 미리 말해 두지만, 문전에서 돌려보내겠네. 정말일세. 여느 때처럼 생각해서는 안 될 것이네. 모처럼 육지에서 오신 손님에게 실례되는 일이 없도록, 자네가 알아서 신경을 써 주게. 이것으로 이 이야기는 끝내겠네."

"자네가 어떻게 그렇게까지 말할 수 있나?" 유달현은 한순간 절망으로 험악해진 표정이 되어, 낮게 신음하는 듯한, 구멍 속으로 굴러 떨어진 듯한 목소리로 말했지만, 이내 원래의 목소리와 표정을 되찾으며 말을 이었다. "으—음, 그렇게까지 말할 줄은 몰랐네, 이 동무는 도저히 혁명이라는 편에는 설 수 없다는 건가. 앞으로, 반혁명으로 지목받아도 상관없단 말이지."

"그렇군, 반혁명이란 말이지······." 이 상당히 자극적인 말은 오히려 이방근의 분노를 가라앉히는 작용을 했다. 지금 이 자리에서 나는 반혁명이 아니라고 반박하는 것만큼 바보 같은 일은 없을 것이다. 이방근은 입술 끝에 차가운 미소를 머금고 말했다. "좋을 대로 하게. 반혁명의 딱지를 붙이고 싶으면 얼마든지 붙이라고. 그건 자네들 마음이니까."

"대단한 자신감이네만, 달리 표현할 수 있는 방법은 없나."

피로 때문에 움푹 들어간 유달현의 눈빛이 잔물결을 일으키며 떨렸다.

"대단한 자신감, 달리 표현할 방법? 그건 내가 하고 싶은 말일세. 자네야말로 대단한 자신감으로 나를 대하고 있어. 조직을 등에 업고 말일세. 나는 지금 손님을 앞에 두고 최대한 인내심을 발휘하고 있다네. 이제 더 이상 나를 자극하지 말아 주게. 오늘은 왠지 초조하고 신경이 곤두서 있어서 말야. 쫓아내는 것 같아서 미안하지만, 오늘은 이 정도로 해 두고 그만 돌아가 주지 않겠나."

"아, 나도 바쁜 몸이니, 물론 돌아가겠네. 그러나 이대로 돌아가라는 건, 이 동무, 그건 말이 안 되네, 비겁한 짓이야."

"비겁? 뭐가 비겁하다는 건가. 음, 앗핫하하, 그래, 내가 반혁명이라서 비겁하다는 것인가. 좋아. 좋다구. 비겁한 자든 반혁명분자든 상관없으니까, 어서 돌아가 주게. 여기는 자네같이 훌륭한 혁명적 인사가 올 곳이 아니야."

"헤헤헤, 드디어 이방근 동무가 짜증을 내는군. 그렇게 화낼 건 없지 않나, 자, 자네······."

유달현은 갑자기 신경질적으로 저음인 그로서는 새된 목소리로 웃으며 소파에서 일어났다. 그러나 방 안을 빙글빙글 도는 것이 아니라,

우헤헤 우헤헤 하며 이제까지 들어 보지 못한 기묘한 소리로 계속 웃어 댔다. 그것은 상대방을 얕보는 자의 오만한, 속으로 여운을 남기는 웃음소리였고, 막다른 곳으로 쫓긴 자의 비명이라고도 할 수 없는 공허한 울림의 웃음소리로, 어쨌든 듣는 사람의 귀에 불쾌한 인상으로 전달되었다.

"돌아가 주게."

이방근은 상대방의 당돌한 웃음소리에 놀라 독기가 빠지는 바람에, 돌아가! 라고 호통을 치려다가, '돌아가 주게'라는 맥없는 말을 해 버렸다.

"돌아가겠네." 유달현은 아래턱에 웃음을 띤 채 말했다. 얼굴 아랫부분의 움직임으로 웃고 있는 것처럼 보이기도 하고 그렇지 않은 것처럼 보이기도 하는, 그 표정을 알 수 없는 가느다란 눈은 웃고 있지 않았다. 그는 지금 전력을 다해 아래턱의 웃음을 지탱하고 있는 듯했다. "그러나 적어도 난 자네에게 경의를 품고 찾아온 손님이야. 아까는 그렇게 기분 좋게 맞아 주더니, 갑자기 돌아가라니……, 그런 식으로 대하는 게 아닐세, 자네. 돌아가지, 물론 돌아가겠네, 나도 바쁘니까. 그러나 이대로 돌아가라는 건 배신이야. 나로부터 정보를 얻고서도 말야, 결정적인 순간에 남의 호의를 짓밟고도 아무렇지도 않게 생각하는 인간이야, 자네는. 그게 비겁하지 않단 말인가. 이방근을 구멍에서 끌어내기 위해 기울인 유달현의 노력과 성의를 완전히 무시하고 입을 싹 닦아 버린 셈이 아닌가. 유달현의 노력과 성의에는 조금의 보답도 없이……."

"정보? 이상한 트집을 잡을 생각은 말게. 그게 정보라면, 내가 부탁한 것도 아니야."

"그럴까. 자네 입에서 나오는 말은 그것밖에 없나. 그렇다면 이방근의 심성도 별 볼 일 없구만. 이방근의 내적 권위인지 뭔지 하는 것도 땅에 떨어진 느낌일세. 자네는 스스로의 변화를 인정하고 싶지 않겠지. 그건 겁쟁이나 다름없네. 차려 준 밥이나 먹는 부잣집 아들놈이라고 누군가가 자네를 험담하고 있었는데, 그 말을 증명하는 셈이군. 자넨 이미 구멍에서 나왔어. 자네의 엉덩이는 이미 소파에서 일어나 움직이고 있단 말이네. 자네는 구멍에서 나왔다구. 그러나 그 변화를 인정하고 싶지 않을 뿐이야. 그걸 인정하는 건 유달현을 인정하는 것이라서 두려운 거야, 안 그런가. 자네는 요즘 유난히 봉기 날짜에 신경을 썼고, 성내의 봉기는 어떻게 되느냐고 나한테 꼬치꼬치 캐묻고 싶어 했어. 2, 3일 전까지만 해도 그랬지, 자네도 기억하고 있을 거야. 그런데 어찌 된 일인지, 오늘은 의외로 시치미를 뚝 떼고 있다는 느낌이 드는군. 게다가 돌아가라니, 인연이 질긴 여자를 향해 옛날 일 따위는 전혀 기억나지 않는다고 말하는 거나 마찬가지 아닌가. 이 동무가 그렇게 타산적일 줄은 몰랐네. 난 말이지, 자네에게 정보를 판 기억이 없어. 자네에게 돈 한 푼 받은 적이 없으니까. 그러나 자네 정도 되는 인간이 아무런 대가도 치르지 않고 정보를 받아들였다는 말이 되지. 세상에 그런 공짜가 어디 있나. 게다가 그 대가라는 것은 유달현 개인의 이익과는 아무런 관계도 없는, 그야말로 애국심과 관련된 것이고, 무엇보다도 자네 자신에게 필요한 것일세. 그런데 자네는 그 대가를 치르지 않고, 정보만을 자신의 호주머니에 집어넣은 셈이야. 그래 놓고는 나더러 빈손으로 돌아가라고 하는군. 이것은 이치가 맞지 않는 일이야. 안 그런가. 나로서도 쉽게 물러설 수는 없지 않은가, 이 동무, 자넨 그런 인간이었나?"

"……대가라, 그랬구만, 이건 거래로군. 그러나 나에게는 대가로 내놓을 만한 게 없네. 원한다면 돈이라도 내겠네."

"자네는 또 그런 식으로 말을 하는군. 헷헤헤, 징말이지 이방근답지가 않군. 돈, 돈, 그건 나에 대한 모욕이야. 난 비열하게 정보나 팔아먹는 인간이 아니라구."

"그럼 어떻게 하라는 건가, 나더러."

"돈 대신 대가를 치르라는 거지."

"다른 건 없어. 그래서 처음부터 거절했잖나."

"……음, 그러나 자네는 아무래도 대가를 치러야 할 필요성은 인정하는 모양이군. ……이렇게 됐으니 말하겠네. 그리고 난 돌아가겠네. 이제 2, 3일 내로 섬 전체에 무장봉기가 일어날 걸세. 그리고 성내도 무장봉기에 가담한다네. 성내 지구의 조직 책임자는 바로 날세. 다만, 봉기 때 자네 가족에 대한 안전은 보장하겠지만."

뭐라고……. 이 마지막 말이 유달현에게 억눌려 있던 이방근을 자극하여, 아까부터 몸속 깊숙이 어두운 아궁이에서 천천히 흔들리고 있던 분노의 감정에 불꽃을 피워 올렸다.

"돌아가게!" 이방근은 자리에서 일어나 소리쳤다. "쓸데없는 참견은 하지 말게, 동정은 필요 없어, 당장 돌아가!"

유달현은 소파에 앉은 채 순간적으로 기가 죽은 듯 몸을 조금 뒤로 젖혔지만, 곧 자세를 바로 하더니, 자네는 도대체 왜 그러느냐는 듯이 시치미 뗀 얼굴로 상대를 힐끗 쳐다보고 나서 담배를 집어 들었다. 그리고 담배 한 모금쯤 피워도 상관없지 않느냐, 쫓아낼 테면 어디 한번 쫓아내 보라는 식의 태도로 성냥을 켜서 담배에 불을 붙였다.

"말문이 막히면, 돌아가라고 하는구만. 나는 가라고 하지 않아도 돌아갈 것이네."

유달현의 목소리는 가늘게 떨리고 있었다.

쳐들었던 주먹을 내릴 곳이 없어진 이방근은 그대로 계속 우뚝 서 있을 수는 없었다. 소파에 다시 앉는 것도 바람직하지 않았다. 돌아가! 하고 다시 한 번 소리를 지르는 것도 우스꽝스러울 뿐이었다. 그는 유달현의 시선을 의식하면서 소파 곁을 떠나 미닫이를 열고 툇마루로 나왔다. 어떻게 저런 놈이 다 있을까. 정말이지, 파충류 같은 인간이었다.

이방근은 변소에 갔다. 배신, 비겁……, 곧이곧대로 받아들이면, 이것이야말로 최대의 모욕이라고 할 만한 힘을 가진 말이다. 그런데도 묘하게 미워할 수가 없는 건 어찌 된 일일까. ……음, 대가란 말이지, 그의 말에도 일리는 있을 것이다. 그건 인정하자. 그렇다고 그 이상의 것도 아니다. 녀석의 입에서 튀어나온 '배신'이나 '비겁'이라는 말이 내 가슴을 찌르거나, 혹은 나를 정말로 화나게 하거나, 혹은 나를 정말로 괴롭게 만드는 힘을 갖지 않은 것과 마찬가지로, 일리가 있다는 이상의 아무것도 아니었다. 정보 제공의 대가를 치르라는 협박……. 자넨 이미 구멍에서 나왔단 말일세, 자네 엉덩이는 이미 소파에서 일어나 움직이고 있다구. 자네는 그런 자신의 변화를 인정하고 싶지 않은 거야, 유달현을 인정하기가 두려운 거야……. 음, 내가 구멍에서 나왔단 말이지, 정곡을 찌른 말이다.

이방근이 서재로 돌아오고 나서, 유달현은 마지막 한 모금을 빨아들였다는 듯이 담배를 재떨이에 정성껏 비벼 끄고 일어섰다.

"그럼, 실례하겠네."

유달현의 핏기 없는 얼굴 표정은 굳어 있었다. 그는 내가 돌아가는 것은 쫓겨나는 게 아니라, 자신의 의사에 의한 것이라는 태도로 돌아갔다. 오늘 밤 박갑삼 동지와 만나 달라고는 더 이상 말하지 않았다.

이방근은 손님이 돌아간 뒤에도 불쾌한 기분이 가라앉지 않았다. 유달현은 굳은 표정에 오만한 독기를 내비치며 돌아갔지만, 이방근의 불패삼은 그런 그에게 발밑이 흔들리는 새로운 불안 때문이었다.

　이방근은 방을 한 바퀴 빙 돌았지만, 유달현의 연극적인 냄새를 물씬 풍기며 걷던 모습이 생각나 소파에 발을 내던지고 드러누웠다. 팔걸이를 베개 삼아 천장 한구석을 바라보았다. 제기랄, 성내 지구의 조직 책임자는 자신이니까, 자네 가족의 안전은 보장한다……. 이방근은 그가 지구 책임자라는 것은 어렴풋이 알고 있었지만, 성내에서 봉기할 경우 어떤 역할을 맡게 되는 것일까. 성내에 대한 공격은 국방경비대원에 의한 경찰서와 감찰청 두 군데로 한정되어 있다고 강몽구가 말했듯이, 봉기의 결정과 작전은 도당(島黨) 군사부와 조직 간부들의 회합에서 이루어지고 있으므로, 유달현이 지휘권을 행사할 리는 없을 터였다. 가족의 안전을 보장한다……. 이 말도 변죽을 울리는 일종의 시위일 것이다. 그러나 2, 3일 내로 봉기가 일어난다는 유달현의 말과 강몽구가 말한 4월 3일은 대체로 부합되고 있었다. 만약 성내 민중이 봉기한다면, 지방의 농촌지역처럼 죽창 같은 무기제조나 군사훈련이 되어 있는 것도 아니고, 또한 강몽구가 처음에 농촌지역에서 성내로 진격해 들어온다고 말했듯이, 그것은 아마 불가능하겠지만, 그래도 만일 봉기가 일어난다면……. 성내 민중이 무기를 은닉하고 있다가 4월 3일 오전 두 시를 기다리고 있다면, 지금 성내의 이 침묵은 정말로 두려워해야 할 만큼 섬뜩하다고 말할 수밖에 없었다. 어디에 무기가 있고, 어디에 봉기에 대비한 민중의 하얀 송곳니가 있는가. ……이 집의 헛간에 있고, 그리고 하녀인 부엌이의 마음속에서 봉기를 대비한 칼날이 갈아지고 있는가. 부엌이……, 그녀까지 무기를, 곤봉을, 장작 패는 도끼를 움켜쥐고 일어설 수가 있다. 우리 위에, 나 이방근의 머리를 내려치기 위하여……. 힘껏 큰 도끼를 치켜들고 장승처럼 우뚝 선 그녀의 주위가 온통 피바다였다. 사람을 아찔한 황홀경으로 몰아넣는 도끼의 번뜩임과 피바다. 장작처럼 정수리를 둘로 쪼개는 도끼는 없는가. 부엌이의 손에 도끼는 없는가. 도끼는 그녀의 무기. 핫핫, 유쾌한 환상이다. 아니, 지금까지도 이따금 이방근의 뇌리를 무대로 춤추는 환상이었다. 자네는 이제 곧 돌이킬 수 없는 짓을 했다고 후회하게 될 거야, 란 말이지……. 피아노 소리가 응접실 쪽에서 나고 있었다. 섬 전체에 몇 대밖에 없는 피아노의 울림과 민중의 봉기. 여동생은 어제 '해방구'에 가느라 피아노를 치지 못했지만, 하루라도 연습을 빼먹으면 손가락이 무뎌진다고 했다. 피아노 건반 위를 달리는 부드러운 손가락, 항상 부드러워야 하기 때문에 달리는 손가락. 피아노 소리의 흐름이 일전에 귀성했을 때 여동생이 꺼낸 상담 문제로 이방근의 마음을 움직여 갔다. 그때는 음악공부를 하러 일본에 가고 싶다는 것을 물리쳤었다. 패전국으로서 역시 미군 점령하에 있는 일본인데도, 독립했을 터인 이 조선보다는 훨씬 나은 것인지, 많은 사람이 동쪽으로 부는 바람에 실려 섬을 떠난다. 아니, 이 섬에서만이 아니었다. 서울에서, 부산에서, 남한 전역에서 젊은이들이 조국을 등지고 현해탄을 건너갔다.

그는 자리에서 일어나 창가의 책상 앞으로 가서, 노트 사이에 끼워 둔 신문 스크랩 한 장을 꺼내 소파로 돌아왔다. 「연합국에 협력한 조선은 자유를 상실…….」이라는 제목으로 미국 특파원이 쓴 것이었는데, 일본으로 밀항을 심리적으로 부추기는 효과가 큰 기사였다. 두 달쯤 전 중앙지 1면에 5단으로 실린 이 기사에는 「패전국 일본은 민주화를 구가(謳歌), 미국 기자 전도된 미군정을 비난」이라는 부제가 붙어 있었다.

"서울을 방문한 INS특파원 리처즈 씨는 조선 문제에 관하여 다음과 같이 보도하고 있다. 최근까지 미국의 적이었던 일본인은 미국에 협력한 조선인 이상으로 좋고 이시석인 내우를 받고 있나. 조신은 불행히도 미소 양국 열강의 정책적 무대로 변했고, 미 국무성 당국은 조선인이 가혹한 개인적 제한을 받고 있다고 생각하고 있다. 이것은 일본인이 종래 향유하지 못했던 자유를 그들의 일상생활에 부여함으로써, 일본인에게 민주주의 혜택을 부여하려는 맥아더 원수의 대일정책과 현저한 차이를 보이는 것이다.

거리를 걷는 조선인이 기쁜 얼굴을 하지 않는 데 반하여, 일본인은 기쁨이 넘치는 표정으로 거리를 활보하고 있다. 조선에는 해외에서 교양을 익힌 뛰어난 지도자가 있지만, 조선인은 자신들이 저능아, 혹은 죄인과 똑같은 취급을 받고 있다고 생각하고 있는 것이다. 맥아더 사령부 관할 아래에 있는 일본인은 전쟁을 일으킨 책임이 중대함에도 불구하고, 개인의 권리와 존엄성이 존중되지 않으면 안 된다는 사실을 알고 있다. 맥아더 장군이 일본을 친미국가로 만들어, 아시아의 반소련 민주전선의 보루화(堡壘化)를 꾀하고 있는 것은 명백한 사실이다.

그런데 미 국무성의 조선에 대한 정책은 장래의 민주화된 조선의 중요성과 조선인의 미국에 대한 인식의 고려를 등한시하고 있는 것 같다. 조선이야말로 세계에서 가장 중요한 군사적 요충지 가운데 하나이다. 현재 다수의 남조선 인민은, 자유를 찾아 남하하는 북조선 인민과 마찬가지로, 일본에 입국하려 하고 있다. 또한 맥아더 사령부는 조선에서 야간통행을 금지하고 있으며(서울 및 인천 지구), 조선 주둔군은 조선인과 사회적 교류를 할 수 없는 반면, 맥아더 사령부는 일본인과 미국인의 사상 교류를 장려하고 있다.

그리고 남조선에서는 비현실적인 50 대 1의 미화(美貨) 교환율이 지정되어 있는 데 반해, 일본에서는 현실을 고려한 5백 대 1의 시가가 승인되어, 일본의 무역이 조장되고 있다. 일본인은 자신들의 무역 발전을 자랑하고 있지만, 조선의 상품 수출은 여러 제약과 금지에 의해 무역 진흥이 불가능한 실정이다.……."

"으흠, 일본이라……. 패전국 일본은 민주화를 구가하고……."

이방근은 소파에 드러누운 채 신문지 조각을 탁자에 내던지듯이 놓으며 중얼거렸다. 미국 기자가 쓴 글이니까, 그 기사가 실렸겠지만, 조선인 기자가 썼다면 실리지도 못했을 것이다.

이방근은 음악공부를 위해서는 역시 여동생을 일본에 보내는 편이 좋을지도 모른다고 생각했다. 지금도 계속 흔들리고, 삐걱거리고, 괴로워하고 있지만, 마침내 일어날 폭발은 이 나라의 흔들림과 삐걱거림, 그리고 아픔의 상처를 더욱 크게 벌려 놓을 것이다. 혁명은 하루 아침에 성취되고, 건설은 하룻밤에 사이에 이루어지는 게 아니다. 이 나라에 있는 것보다는 조국을 떠나 일본에서 공부에 전념하는 편이 좋을지도 모른다. 아니, 아니야…… 이방근은 소파 팔걸이를 베개로 삼은 부자유스러운 머리를 옆으로 흔들면서도, 그렇게 생각했다. 단신으로 일본에서 돌아와, 계속 폭발하고 있는 이 나라의 현실 속에 몸을 던지고 있는 남승지와 여동생의 얼굴을 교차시키며, 그렇게 생각했다. 남승지를 만나게 하려고 유원을 일부러 '해방구'에 데려갔으면서도, 이제 남승지를 떼어 놓으려고, 아니 여동생을 이 섬에서, 서울에서 떼어 놓으려고 생각하는 것이다. 음……, 천장 한구석으로 얼굴을 돌린 채 눈을 감은 그는 소파 위가 아니라 피아노곡의 선율에 몸을 맡기면서, 정말로 여동생을 일본에 보낼까 하고 생각한다. 여동생만이라도 일본에 보내 볼까. 봉기가 일어나고, 현실이 눈앞에서 폭발하여 엄청난 기세로 터지기 시작하면, 아버지도 설득에 응하지 않을 수 없을 것이다. 사랑하는 딸을 위해 약한 아버지는 꺾이고 말 것이다. 4월 3일 오전 두 시, 성내에서도 총성이 울린다. 경찰서와 감찰정이 국방경비대원에 의해 무혈접수……. 만약 완전무장한 군대의 일부를 동원할 수 있다면, 밤에 경찰서를 피 흘리지 않고 제압할 가능성은 충분히 있다. 그러나 한편으로는 역시 총성이 울리고 교전이 벌어질 가능성도 있을 것이다.

검은 치마를 입은 부엌이가 탁자를 치우러 들어왔을 때, 이방근은 흠칫 놀라며 마치 겁을 먹은 것처럼 소파에 일어나 앉았다.

"서방님, 왜 그러시우꽈?"

부엌이가 이방근의 조금 열기를 띤 눈빛을 차분하고 다정하게 바라보며 말했다.

"아니, 아무것도 아니야. 훗훗후후. 생각을 좀 하고 있었어." 이방근은 이상하게 아무런 이유도 없이 가슴이 고동치는 것을 느끼며 말했다. "음, 그런데…… 요즘 주변에서 무슨 이상한 일은 없나?"

"……글쎄요, 서방님께 말씀드릴 만한 일은 별로 없수다."

"아아, 그래, 음……, 누군가 부엌이를 찾아와서 이상한 이야기를 하고 간 사람도 없어?"

이건 꿈속의 대화로군, 이라는 자신의 속삭임을 귓가에 들으면서, 이방근은 부엌이를 가만히 응시한 채 말했다. 만일 이것이 부엌이에 대한 탐색이라면, 정말로 어린애같이 유치한 질문이라고 할 수밖에 없었다. 봉기에 가담한 자가 이런 어리석은 질문에 정직하게 대답할 리가 없다. 머리를 스친 공상을 말로 바꾸어 희롱거리는 것에 지나지 않는다.

부엌이는 금방 대답하지 못하고 잠시 생각하다가, 그런 사람은 아무도 없었지만, 어제 뒷집의 양숙이가 설탕을 빌리러 왔다가 부엌에서 잠시 이야기를 하고 돌아갔는데, 그것도 별로 이상한 이야기는 아니었다고 대답했다. 그리고는 이상하다는 듯이 여느 때와는 사람이

달라진 듯한 이방근을 바라보면서, 서방님, 무슨 일이 있었수꽈 하고
거듭 물었다.

"아니, 아무것도 아니야. 꿈을 꾸고 있는 것처럼 말이지, 조금 잠이
덜 깬 것 같은 느낌이 들었어……."

"어떻게 되신 거우꽈. 유 선생님은 이제 막 돌아가셨는데, 그 사이
에 꿈을 꾸실 만큼 주무셨수꽈?"

"핫, 핫, 그리고 보니, 그 녀석이 돌아간 지 아직 10분도 지나지 않
았군. 그래, 그래. 아아, 이 무슨 바보 같은 짓이람. 음, 이제 됐어."

이방근은 '그 녀석'이라는 호칭도 그랬지만, 왠지 말 전체가 들떠서
경박한 느낌을 주고 있음을 의식하면서 말했다. 아니, 그는 뭔가 본능
적인 것에 떠밀려 말의 맥락이 흐트러졌던 것이다. 검은 것이, 부엌이
의 검은 치마 같은 것이 몸의 내부에서 열리고, 그리고 움찔할 정도로
짙은 여체 안쪽에서 나는 냄새, 알몸을 태양 아래 드러내도 빛이 뚫고
들어가지 못할 만큼 울창한 체모로 뒤덮인 안쪽에서 발효하는 냄새,
멸치를 삭힌 젓갈 냄새가 퍼졌다. 이방근의 코만이 맡을 수 있는 추상
적인 냄새였다.

"……냄새가 나는군. 아, 냄새가 나. 핫, 하아, 냄새 속으로 들어가
고 있어."

이방근이 혼잣말처럼 중얼거렸다.

"예? 뭐라고 하셨수꽈."

"냄새가 난다고."

"무슨 냄새 말이우꽈."

"아, 부엌이의 코는 안 돼. 그렇지, 부엌이 자네의, 그 냄새야……."

피아노가 계속 울리고 있었다. 문이 열린 방으로 안뜰에서 바람이
들어왔다.

이방근은 안뜰에 인기척이 없는 것을 확인하면서, 계모인 선옥은 어디 나갔느냐고 물었다. 예ー, 나가셨수다. 부엌이가 쟁반에 더러운 재떨이와 찻잔 따위를 옮기며 말했다. 이방근은 말없이 탁자로 뻗은 그녀의 손을 살짝 잡았다. 부엌이는 순간 당황했지만, 이내 커다란 몸이 가늘게 떨며 민감한 반응을 보이는 것이 이방근의 손바닥에 전해졌다. 금방 땀이 배는 손. 그녀는 숨을 죽이고, 마치 피아노 소리에 귀를 기울이듯 가만히 서 있다가, 이윽고 커다란 숨을 조용히 내쉬었다. 그녀의 검은 치마 속에서 심해의 해초처럼 발효하는 정체모를 냄새, 동백기름과 그녀의 냄새를 오히려 돋보이게 만드는 싸구려 크림 냄새……. 이방근은 검은 치마에 덮인 그녀의 듬직한 허리에 손을 대고 엉덩이 쪽으로 천천히 쓰다듬어 내렸다. 잘록하면서도 팽팽한 허리선과 피부 감촉이 다섯 개 손가락과 손바닥에 전해졌다. 이방근은 혼자서 별 의미도 없이 웃었다. 붉은 핏빛을 띤 입술, 호색한의 미소라고 하면 정확한 표현이 아니다. 왜 멸치젓갈 냄새를 풍기는 여자의 엉덩이를 쓰다듬는가. 냄새, 이 정체불명이면서도 확실한 것. 곰처럼 아무 말도 하지 않는 그녀의 표정이 가볍게 뒤트는 엉덩이와 함께 움직이고, 아이고…… 하는 어린 소녀처럼 작고 낮은 신음소리를 냈다.

그녀는 탁자를 정리한 물건들을 담은 쟁반을 양손으로 받쳐 들고 방을 나갔다. 정오를 지나 돌아왔을 때에도, 후우, 후우, 후ー웅, 후우, 격렬한 숨소리를 내며 장작을 패고 있었다. 큰 도끼를 한 번 내리치면, 마른 장작이 두 쪽으로 쪼개지며 튀어 날아가는 소리가 난다. 두 쪽으로 하얗게 쪼개진 장작에서 새빨간 피가 세차게 솟구쳐 올랐다.

6

 아버지 이태수는 전화로 한 약속대로 곧장 집으로 돌아왔다. 여섯 시가 되기 직전으로 밖은 꽤 어두웠지만, 그 자신이 입버릇처럼 말하듯, 버스회사와 은행에서 1인 2역을 하느라 바쁜 몸인데도 불구하고 아들의 상담에 응하기 위해 일부러 일찍 돌아온 것이었다.

 아버지가 옷을 다 갈아입었을 때쯤, 오빠 대신 아버지에게 전화를 걸었던 유원이 이방근을 부르러 왔다. 일부러 대리전화까지 하여 '의논드릴 일'이 있다고 말한 것은 이쪽이니까, 아버지가 돌아오신 걸 알면 이방근이 직접 가는 게 당연한 일이었지만, 이 집안의 부자 사이에는 서로 모르는 사람처럼 이런 간접적인 중개자를 필요로 하는 관습이 있었다. 이방근은 여동생에게 전화를 걸게 한 일을 해명하지 않았고, 아버지도 그걸 나무라지 않는 것 역시 타인을 대하는 듯한 관습과 무관하지 않았다. 즉, 서로 간에 일정한 거리를 두고 균형 상태를 유지해 온 관계가 암묵적으로 작용하고 있다는 것이었다.

 그러나 아버지로서는 이방근이 비록 여동생을 통해서나마(아니, 그래서 더욱 적극성이 느껴졌을 것이다), 마침내 자신에게 상담을 요청해 왔다는 쪽에 관심이 있었고, 속으로는 의외로 흡족해하고 있는지도 몰랐다.

 아버지 방에 들어간 이방근은 한동안 만나지 못했기 때문에, 아버지에게 새삼스레 인사를 했다. 방바닥에 무릎을 꿇고, 아버지, 건강하십니까……라는 식의 인사였다. 다림질한 하얀 비단 한복이 눈에 산뜻하게 비쳐, 아버지의 크고 붉은 얼굴까지 빛나 보였다.

 "여동생과 둘이서 성산포까지 갔다 왔다고?"

"예, 성산포까지 간 김에 근처에서 사는 옛 친구들도 만났습니다."

"으흠, 별일이 다 있구나. 때로는 멀리 나가 보는 것도 좋겠지. 그것도 유원이가 돌아왔기 때문이겠지만."

"너무 오래 안 나가서요."

아버지는 그 이상 언급하지 않았다. 이 정도나마 여동생을 데리고 갔기 때문에 화제로 삼은 것이지, 아버지는 이방근 개인의 생활이나 행동에 대해서는 말참견하기를 꺼렸다. 게다가 아버지로서도 아들과 일정한 거리감을 갖지 않을 수 없었다. 아버지 스스로 느끼는 의식의 자주성 때문이었다. 아버지는 집에 돌아오자마자 이미 유원으로부터 하룻밤 묵으면서까지 외출한 내역을 캐물었지만, 조금 전에 오빠를 부르러 온 여동생의 말에 의하면, 이방근이 일러준 대로 멋지게 대답을 꾸며댔다고 한다. 즉, 아버지에게 거짓말을 한 셈이었다.

"……애비에게 의논할 일이 있다면서."

아버지는 뭔가 기대라도 하듯이 말했다. 대리전화로 기분이 상한 것 같지는 않았다.

"예."

"음, 그러고 보니, 요 며칠 전에 내가 오랜만에 네 방을 찾아간 적이 있었지. 그때도 뭔가 의논할 일이 있다는 말을 했는데, 오늘 이야기라는 것이 그 일이냐?"

"예."

"그때는 날을 바꿔서 내일이나 모레라도 나를 찾아오겠다고 말을 했었다. 그래서 난 이틀째 기다렸는데, 좀체 얼굴을 보이지 않더구나. 깜깜 무소식인 거야. 나는 네가 벌써 잊어버렸나 보다 하고 생각했었지…… 음. 나도 바쁘다 보니, 유원이한테 전화가 올 때까지는 잊고 있었구나."

"아버지, 죄송합니다. 생각이 잘 정리되지 않아서, 그만 날짜가 늦어져 버렸습니다."

아버지가 바로 고개를 끄덕였을 만큼, 평범하지만 제법 그럴듯한 이방근의 대답이었다. 최상화 건에 관한 이야기를 한다 해도, 필연적으로 국내정세와 관련돼 있기 때문에, 이방근으로서는 무장봉기의 움직임을 좀 더 확인할 필요가 있었다. 그런데 마침 강몽구의 제안을 계기로 '해방구'에 들어가게 되었고, 그 결과 서둘러 아버지에게, 일정한 거리를 유지해 온 이 노인에게 이야기를 하기로 결심했던 것이다.

"음, 그건 상관없다만, 대체 무슨 얘기냐. 일부러 여동생에게 전화까지 시키고……. 식사라도 하면서 '의논'을 해 볼까."

이방근은, 그렇게 하지요, 라고 대답하고는 선옥도 부엌에 나가 있어 방 안에 아무도 없음에도 불구하고, 자신의 서재 쪽에서 말씀드리고 싶은데 어떠시냐고 덧붙였다.

"음…… 그래, 무슨 은밀한 얘기냐?"

"예." 이방근은 고개를 끄덕였다. 당신에 관한 일입니다. 제가 저의 일로 당신께 무슨 의논을 하겠어요. "아버지와 단둘이서 이야기하고 싶습니다. 여긴 어머니도 오실 테니까요."

"음……."

아버지는 퉁방울눈을 크게 뜨고 아들과 주위를 힐끗 둘러보는 동작에서는, 머릿속에서 기민한 계산과 판단의 움직임이 엿보였는데, 이내, 그렇게 하자며 응했다.

두 사람은 자리에서 일어나 툇마루로 나왔다. 이방근이 아버지를 안내하듯 앞장서서 맞은편 서재로 갔다.

아버지와 자식은 탁자를 사이에 두고 소파에 마주 앉았는데, 아버지는 요전에도 그랬지만 담배를 물고 방 안을 한 바퀴 둘러보았다.

특별히 달라진 곳이 있는 것은 아니었다. 커튼을 쳐 둔 책장과 그 위의(威儀), 아버지 방에 있는 것과 똑같은 백자 항아리. 신문과 잡지 등이 쌓여 있는 창가의 책상과 그 위에서 시간을 새기는 소리를 내고 있는 탁상시계. 벽에 걸린 둥근 거울. 그밖에는 액자 하나 걸려 있지 않았다. 장지문이 닫혀 있어서 옆의 온돌방은 보이지 않았다.

바람이 불고 있었다. 반쯤 열린 창문 밖으로, 바람에 흔들리는 정원의 동백나무가 전등 불빛에 비쳐 보였다.

두 사람은 이윽고 차려진 식사 전의 술상을 앞에 두고 소주잔을 나누었다. 어떻게 이야기를 꺼낼 것인가. 단도직입적으로 본론에 들어갈까, 아니면 한 단계 에둘러 이야기를 꺼낼까. 이방근은 아까부터 생각하고 있었지만, 아버지의 태도로 보아 단도직입적으로 이야기하는 편이 좋을 것 같았다.

"……저어, 벌써 한 달 전이나 되는 일입니다만, 아버지는 기억하고 계신가요? 제가 아버지 방에서 최상화 씨 일로 말씀드렸는데요."

"네가 최상화에 관해서……, 응, 기억하고 있어. 꽤 오래전 일이긴 한데, 그게 벌써 한 달이나 됐나. 아마 그때 넌 이 애비에게 최상화의 추천인이 되지 말라고 말했었지."

"예, 잘 기억하고 계시는군요. 실은 그 일로 의논을 드리고 싶어서요."

"뭐, 그 일로 의논하고 싶다고……." 아버지는 조금 놀란 듯이 눈을 깜박거렸지만, 아들의 말뜻을 아직 이해하지 못한 모양이었다. "뭐랄까, 음, 애비는 잘 모르겠다만, 네가 이전부터 아버지와 의논하고 싶다고 말한 건 어쩐 일이냐. 그것부터 말해 보거라."

이태수는 아들의 입에서 이런 것과는 다른, 진짜 의논할 일이 나오기를 기다리기라도 하듯 이방근의 얼굴을 똑바로 쳐다보며 말했다. 결코 시치미를 떼려는 것이 아니었다.

"그게 최상화 씨 일입니다."

"뭐, 최상화의 일을 의논한다고……, 음, 최 군의 일은 나중에 듣기로 하고, 다른 의논은 뭐냐?"

아버지는 반신반의하며 말을 이었다.

"오늘은 아버지께서 진지하게 제 말씀을 들어주셨으면 합니다만, 의논은 최상화 씨 일뿐입니다."

"뭐라고……, 최상화의 일이 의논이라고……?"

아버지는 어이가 없는지 말을 더듬거렸는데, 최상화의 일이 '의논' 거리로 튀어나온 것이 믿기 어렵다는 태도였다. 그것과는 전혀 다른, 뭔가 좀 더 훌륭한 의논거리, 예를 들어 아들에게 힘이 되어 줄 수 있는, 그리고 아버지로서의 권위를 회복할 발판이 될 만한 의논거리가 아직 이방근의 뱃속에 숨겨져 있기라도 한 것처럼. 아버지는 투박한 술잔을 손에 들고 소주를 마셨는데, 조금 기대에 어긋난다는 표정으로, 갑자기 이야기에 흥미를 잃어버린 듯 말없이 담배에 불을 붙였다.

이방근은 아버지의 잔에 술을 따르고 나서, 자신도 술잔을 들고는, 입술에 대기도 전에 벌써 휘발성 향기가 가볍게 스며드는 좁쌀 소주를 단숨에 목구멍으로 흘려 넘겼다. 그리고 나서 소주의 자극이 채 가시지 않은 입안에 전복젓갈을 넣고 씹었다. 전복 내장의 맛을 몇 배 농축시킨 듯한 깊이 있는 쓴맛과 고춧가루의 매운맛이, 소주의 자극이 남아 있는 혀와 입천장의 얼얼함과 겹쳐지면서, 맛인지 냄새인지 알 수 없는 뜨거운 것이 솟구치며 입안에서 난기류를 일으켰다. 아니, 냄새는 탁자 위의 접시에서 피어오르는 것으로, 이방근은, 왜 나는 오늘 부엌이의 손을 잡아 신호를 보내고, 멸치를 삭힌 젓갈 냄새가 나는 엉덩이에 손을 댄 것일까 생각하면서, 아버지에게 말을 걸었다.

"……저어, 아버지께서는 의외라고 생각하시는 모양인데, 저는 아버지의 생각에 대해서 이러쿵저러쿵 참견할 마음은 추호도 없습니다. 또 그럴 입장도 아니고요. 그래도 오늘은 꼭 드리고 싶은 말씀이 있습니다."

"나한테 의견을 말하는 건 상관없어. 등에 업힌 아이에게도 길을 묻는다고 하지 않느냐. 많이 이야기해 줬으면 좋겠다고 생각할 정도인데, 네가 그러지 않을 뿐이지. 마치 남남처럼 대하니 말이다." 이태수는 담배 연기를 천천히 뿜어내면서 말했다. "네 머릿속에는 다른 집 자식들처럼 가족이 제일이라는 관념이 없다는 걸 난 알고 있어. 그리고 앞으로 네가 이 애비의 한쪽 팔이 되어 일할 마음이 없다는 것도 잘 알고 있고 그래서 그런 건 이미 옛날에 체념해 버렸지만 말야. 그러나 나는 사업가야. 나는 정치에 관계할 생각은 추호도 없지만, 그래도 여러 가지로 이 섬은 물론 중앙정계와도 연결이 되어 있는 인간이지. 지금까지 육십 평생 동안 산전수전 다 겪어 가며 여기까지 쌓아 올렸으니 말이야. 나 혼자서 두세 사람 몫의 일을 하더라도 사업을 발전시켜야 돼. 사업이라는 것은 은행이자처럼 저절로 늘어나고 발전하는 게 아니야. 어쨌든 상관없다. 뭐든 할 말이 있으면 이야기해도 괜찮아. 애비는 듣는 귀를 가지고 있다."

왜 이야기가 이렇게 옆길로, 엉뚱한 방향으로 빗나가는 걸까. 이방근은 쓰디쓴 침이 입안에 고이면서, 감정에 좌우될 상황이 아니라고는 하지만, 말하려는 의욕이 꺾이는 것을 느꼈다. 게다가 단적으로 말을 꺼내긴 했지만, 왜 최상화의 추천인을 그만두어야 하는지, 설득을 위한 그럴듯한 이유가 떠오르지 않았다. 예를 들어 여동생에게 하듯이, 너는 잠자코 서울로 돌아가라, 이유는 나중에 말해 줄 테니…… 와 같이 명령할 수는 없었다. Y리에서 돌아오자마자 여동생에게 전화를 걸게 했고, 그리고 지금 최상화 이야기를 꺼내긴 했지만, 아버지를 면전에 대하고서야 그럴듯한 이유를 충분히 생각해 두지 않았음을 이방근은 깨달았다. 결국 기분만 앞서는 바람에, 이방근 내부의 주관적인 이유와 동기가 원인으로 작용한 것인데, 그것은 상대를 납득시킬 만한 이유가 되지 못했다.

"그런데, 그 최상화의 일이란 건 뭐냐, 응? 최상화의 추천인이 되지 말라고 할 때는 네 나름대로 생각이 있기 때문이겠지. ……아니면, 이방근의 아버지가 최상화의 추천인이 되면 곤란한 일이라도 있냐. 이승만 박사의 국민회 소속이고, 전직 판사라는 '반동적'인 인물이라서……."

순간 아버지의 퉁방울눈에 교활한 빛이 번졌다.

"아버지는 저를 뭘로 생각하시는 겁니까." 이방근은 울컥해서 대답했다. 어떻게 저런 말투를 할 수가 있을까. "아버지는 뭔가 착각하고 계시는 모양인데, 설사 이야기가 그렇다 해도, 제가 제 자신을 위해 아버지께 그런 부탁을 할 사람이라고 생각하십니까?"

"뭐라, 흐흐흠, 방근이 너도 제법 잘난 체를 하는구나." 소파 등받이에 몸을 느긋하게 기댄 아버지가 웃음을 머금은 목소리로 말했다. "하지만 그건 모르는 법이야. 너와 내가 원수 사이도 아니고, 안 그러냐. 경우에 따라서는 들어줄 일도 있을 수 있겠지. ……어쨌든 됐고, 누구를 위해서든 상관없으니까, 어서 말해 보거라. 최상화의 추천인은 이태수고, 그건 내 책임 문제이니까."

"……"

이방근은, 아버지 자신, 이태수 자신을 위해서입니다, 라는 말이 나오려는 것을 억제하고 술잔을 입에 대었다. 이 마음속의 중얼거림이 몇 번이나 센티멘털한 냄새를 풍겼다. 두 잔 정도의 술로 취기가 올라 체내를 돌고, 서서히 파도를 일으키며 흔들리는 것을 느꼈다. 아, 이긴 좀 곤란한데……라는 생각이 들연히 취기의 부력을 다고 밖으로 튀어나왔다. 최상화 이야기를 꺼낸 것은 실수였다…….

"그렇군요, 역시 생각해 보니, 대단한 일은 아닌 것 같습니다. 제 생각이 좀 지나쳤나 봅니다. 다만, 제가 곤란할 일은 전혀 없을 테니, 그 점은 염려 마십시오." 이방근은 상대방이 눈치 채지 못하도록 갑자기 이야기의 방향을 틀었다. 왜 지금 여기에서 아버지와 마주 앉아 있는가, 이상한 이야기지만, 그는 그 자체에 의문을 느꼈다. 아무래도 내가 일을 너무 쉽게 생각했던 모양이었다. 최상화의 일은 내버려 두는 편이 좋았을지도 모른다. 이틀 후에 봉기가 일어나면, 사태는 누구의 눈에도 분명해진다. 그때 아버지 자신이 판단할 것이다. 4·3봉기계획을 지금 아버지에게 털어놓을 수 없는 이상, 아버지를 납득시키고, 더군다나 오늘 밤이나 내일 중으로 추천인을 사퇴한다는 건 너무나 당돌하고 비상식적인 일이다. 설사 아버지가 지금 봉기계획을 알았다 해도, 사정은 별로 달라지지 않는다. 사태는 너무 급박했다. 게다가 이방근은 속으로 아뿔싸 하고 소리를 질렀는데, 큰 오산을 하고 있었던 것을 알아차린 것이다. 이틀 후 4·3봉기에 직면한 아버지는 아들이 이미 이 사태를 예측하고 있었음을 알아차릴 것이다. 그리고 그가 말하는 '공산당(남로당)'과의 관계, 일전에 손님 출입 운운하면서 이름을 거론하던 강몽구의 일도 의심할 것이다. ……공산당은 되지 말거라, 네가 공산당이 돼 봐라, 이 집은 풍비박산 나고 말 것이다, 아버지의 협박과 애원. 이방근은 탁자 위의 소라구이와 자리회 등의 안주에 젓가락을 대고, 그리고 자리돔의 딱딱한 뼈를 씹으며 이마에 식은땀이 솟아나는 것을 느꼈다. 꼭 말씀드리고 싶으니 진지하게 들어주십시오.……라고 말한 체면상, 물러서기는 곤란하지만, 태산명동에 서일필(泰山鳴動鼠一匹)이 되더라도 꼬리가 너무 드러나기 전에 이 이야기를 끝내는 편이 좋다. 이방근은 잠시 사이를 두었다가 말을 이었다. "다만, 아버지도 아시다시피, 일전에 최상화 씨 이야기를 하고 나서 한 달, 5월 총선을 앞두고 정세는 제주도만 해도 상당히 안 좋아진 모양입니다. 지방의 농촌에서는 경찰과의 충돌이 계속되고 있고, 일전에 서귀포 근방에서는 '서북'의 앞잡이가 되어 움직이던 순경이 생매장당한 일도 있었지 않습니까. 민중의 분위기는 상당히 흥분되어 있습니다. 그리고 이따금 성내 변두리에서도 볼 수 있는데, 여러 오름에서 밤마다 봉화가 오르고 있는 형편입니다. 지난 2월 말에는 한림 해안에 표착한 해안경비정이 마을 자위대의 공작에 넘어간 일도 있었고……."

"넌 집에만 틀어박혀 있으면서도, 그런 일은 상세히 알고 있구나."

아버지는 술기운으로 붉어진 혈색 좋은 얼굴에 너그러운 웃음을 띠우며 흥미롭다는 듯이 말했다.

"잘 아는 건 아닙니다. 이 정도의 일은 소문으로 널리 퍼져 있고, 우리 집 부엌이도 알고 있습니다. 다만, 정세가 좀 더 악화되기라도 한다면, 아버지의 일이 좀 걱정될 것 같아서……."

이방근의 말은 그 의미가 분명하지 않았다.

"내가 걱정이라고? 으-음, 걱정은 무슨, 걱정할 거 없어. 봉화 소동도 해방 후 일본에서 돌아와 좌익에 물든 청년들이 혁명놀이를 하고 있을 뿐이야. 어제 오늘의 일도 아니잖아. 누군가가 말했듯이, 그들은 돈이나 재산이 될 만한 것은 가지고 돌아오지 않고, 나라를 시끄럽게 하는 빨갱이 사상만 갖고 돌아왔어. 그러나 그것도 이제 처음과 같은 기세는 완전히 사라졌지. 미국의 정책으로 시행되는 선거가 그 정도의 반대로 멈춰질 것 같으냐. 무슨 일이건 찬성과 반대의 의견은 있는 법이야. 총선거는 실시돼야 하고, 정원 세 명인 제주도에서 최상화를 당선시켜 서울로 보내야만 돼. 북세구군 집구의 징원은 한 명인데, 현재 네댓 명의 입후보가 예상되고 있어. ……물론, 너의 견해와 판단이 있겠지만, 꼭 말하고 싶다는 것에는 그런 일도 포함돼 있었던 것이냐."

아버지는 힐끗힐끗 탐색하듯 퉁방울눈을 빛내며 말했다.

"꼭 말씀드리고 싶다고 한 건 말이죠, 하핫, 핫핫(가벼운 취기의 너울이 빈 웃음을 터뜨리게 만들었다), 아버지 일이 좀 걱정스러웠습니다만, 실은 그런 문제가 아닙니다. 다른 이야기가 있습니다."

이방근은 최상화의 이야기를 끝내기 위해서는 어떻게든 이 자리를 얼버무려 이야기의 방향을 돌리지 않으면 안 되었다.

"다른 이야기가 있다……?" 아버지는 신중한 눈초리로 이방근을 바라보았다. "이야기가 있다고 했다가 없다고 했다가, 도대체 어쩌자는 것이냐. 왜 그 이야기를 먼저 하지 않는 거냐."

"그런데……, 유원이가 이번에 돌아와서, 아버지께 무슨 말을 하지 않던가요?"

"유원이가 나에게……? 아무 말도 없었다."

아버지의 조금 열린 표정이 이야기에 관심을 보이고 있었다.

"실은 유원이 일로 의논을 드리고 싶습니다만, 오늘 저한테서 이런 이야기를 들었다는 것은 당분간 비밀로 해 주십시오."

"으-음."

아버지는 고개를 끄덕였다.

이방근은 이 자리를 모면하기 위해, 전혀 계산에 넣지 않았던 유원의 일본 유학 문제를 꺼내어 아버지를 놀라게 하고, 겨우 그 관심을 여동생 쪽으로 돌리는 데 성공했다. 그는 이미 한 달 전인 어머니 제사 때 돌아온 여동생으로부터 일본 유학에 대한 상의가 있었다고 말했다. 여동생이 상당히 심각하게 고민하고 있다는 것, 재능이 있기 때문에 일본에 '유학'을 가는 편이 좋겠다고 학교 선생이 말했다는 것, 그리고 좀 더 시간을 두고 생각해 보자며 그때는 반대했었다는 말을, 이방근은 아버지의 처진 듯한 아래 눈꺼풀이 씰룩씰룩 경련을 일으키는 것을 의식하며 말했다.

"왜 그런 일을 지금까지 내게 말하지 않은 것이냐."

아버지는 말투를 억제하고 있었는데, 그것은 마음속에 놀라움과 충격을 주었기 때문일 것이다.

"아버지께 말씀드린다면 걱정하실 테니 비밀로 해 달라고, 그 애가 저한테 부탁했을 정도니까, 여동생도 나름대로 가슴 아파하고 신경을 쓰는 모양입니다."

"그래서 넌 반대했다는 거냐?"

"예, 반대했습니다."

"그건 잘했다. 생각해 봐라, 당연한 일이지. 대체 무슨 말을 하고 있는지 모르겠구나. 명년이면 졸업이고, 결혼도 해야 돼. 스무 살을 넘기면 여자는 데려갈 사람이 없어진다. 내년이면 우리 나이로 스물셋, 하물며 대학을 나온 데다 음악공부를 했다고 하면 더욱 시집보내기가 어려워. 적당한 시기에 빨리 시집을 보내야만 된다. 내년에는 무슨 일이 있어도 결혼시켜야 돼. 나로서도 똑똑한 사위를 봐야 한다. 안 그러냐……." 아버지는 일단 말을 끊고 술잔을 입술에 대더니, 독한 술을 입안에 머금듯 목구멍으로 흘려보냈다. 이방근은 호리병을 들고 아버지의 잔에 술을 따랐다. 아버지는, 나는 이걸로 됐다, 라고 말한 뒤, 그런데…… 하면서 다시 말을 이었다. "유원이가 이번에 돌아오고 나서도 그 이야기를 또 하더냐? 요즘 젊은 것들 사이에 일본가는 게 유행이니 말이다. 얼마나 살기 힘든지는 모르지만, 좋든 나쁘든

자기 나라야. 그런 조국을 버리고 혈안이 되어 일본에 가려고 들다니. 설마 유원이도 그런 풍조에 물든 건 아니겠지만, 방근이 네 생각은 어떠하냐?"

"처음에는 저도 깜짝 놀랐는데요." 이방근은 겨우 궁지에서 벗어난 기분이었다. "이번에 돌아온 뒤에는 아직 이야기를 하지 않았습니다. 전 아까도 말씀드렸듯이 반대했지만, 역시 본인과 직접 이야기할 필요가 있겠지요. 경우에 따라선 서울에 가서 음악 선생의 이야기도 들어 봐야 하겠지요."

"으흠, 참으로 성가신 딸자식이로군. 아니, 도대체 왜 그런 생각을 하는 거야. 선생을 만나는 거야 상관없다만, 안 된다, 안 돼, 일본에 가는 건 말이야……. 그런데, 뭐냐, 그 학교선생이란 사람은. 음, 그러고도 전문학교 선생인가. 올 6월에는 대학으로 승격하지 않느냐. 자신의 학교를 버리고 일본에 가고 싶다는 학생을 말리지도 못하면서……."

툇마루가 가볍게 삐걱거리고 발소리가 나다가 문 앞에서 멎더니, 유원이 말을 걸면서 미닫이를 열었다. 그리고 아버지에게 전화가 왔다고 말했다.

"누구 전화냐?"

참으로 성가신 딸자식이라고 마음에도 없는 말을 한 순간에 나타난 딸의 모습에, 아들 앞에서 체면도 있고 해서, 아버지는 조금 멋쩍은 표정을 허공에 띄우며 말했다. 유원 앞에서는 어림도 없다, 아버지는 농담으로도 그런 말을 입 밖에 내지 않는다.

"최상화 선생님에요."

"최상화라고? 으-음, 알았다. 근데 무슨 일인가, 저녁 무렵에 마악 헤어졌는데……."

아버지는 천천히 몸을 일으켜 어두운 툇마루로 나갔다.

일곱 시였다. 얼마 지나지 않아, 아버지가 전화를 받고 있는 사이에, 여동생이 식사를 들여왔다. 뚜껑 달린 금속제 용기에 담긴 밥과 생선국, 반찬으로는 이미 술안주가 나와 있었다. 조촐한 나물 무침과 마늘종장아찌 등이 곁들여 있었다. 서 홉들이 술병은 얼마 남지 않았지만, 아버지도 이제 슬슬 식사를 하실 테고, 이방근도 술은 이 정도로 마무리하고 아버지가 돌아오면 식사를 하기로 했다.

"오빠, 무슨 일이 있나 봐요."

유원이 탁자 옆에 선 채, 불안한 듯이 작은 목소리로 말했다.

"뭐?"

"잘은 모르겠지만, 아버지의 전화 받는 모습이 이상해요……, 아, 아버지가 돌아오세요……."

"무슨 일이지? 최상화 씨 전화라고 했지."

"예."

"무슨 일인지 모르지만, 혹시 내 일이라면 아버지가 무슨 말을 물어도 절대 입 밖에 내서는 안 돼."

이방근은 재빨리 아버지의 발소리를 알아듣고 방을 나가는 여동생에게 말했다.

"예, 알고 있어요."

유원과 엇갈려 방에 들어온 아버지의 기색이 달라져 있었다. 10분 남짓 걸렸는데, 긴 전화는 아니었다 하더라도, 결코 짧은 전화도 아니었다. 단순한 사무적인 용건이 아닌 것만은 분명했다. 아버지의 기색이 달라졌다 해도, 화가 나 있다든가 슬퍼하고 있다든가 하는 식으로, 태도나 표정이 눈에 띄게 달라진 건 아니었다. 조금 전까지의 가벼운 취기로 부드럽고 여유 있던 표정이 사라지고, 마치 알코올이 단숨에 증발해 버린 것처럼 완전히 취기에서 깨어난 얼굴을 하고 있었던 것이다. 전날 밤에 술 취한 얼굴과 다음날 아침 술 깬 얼굴만큼은 다르지 않다 해도, 아버지가 애써 태연한 척하며 방에 들어서는 순간, 이방근은 깜짝 놀랄 만큼 바로 조금 전과는 달라진 또 하나의 얼굴을 보는 듯한 느낌에 빠졌다. 같은 표정의 얼굴에 색깔이 다른 조명을 비췄을 때처럼 인상이 달라졌다 해도 좋았다. 이방근은 뭔가가 있다고 직감했다. 그것은 여동생의 말을 듣고 생겨난 선입관과는 관계없이 그렇게 느꼈던 것이다.

아버지는 소파에 앉자 에헴 하고 헛기침을 한 번 한 뒤, 식사에는 손도 대지 않고 잔에 남은 술을 비웠다. 그리고는 담배에 불을 붙여 연기를 크게 내뿜었는데, 아버지의 거친 숨결이 가까이에서도 느껴졌다.

"아버지, 무슨 일 있으십니까?"

이방근은 정체 모를 무언가가 꿈틀거리고 있는 기척에 불안감을 느끼며 말했다.

"왜 그럴까, 내가 왜 이러는지 알겠냐?"

불쾌한 아버지의 말투로 보아, 마음을 연 순수한 질문이 아니라, 상대의 가슴을 할퀴는 빈정거림과 가시 돋친 말이었다. 이방근은 대답하지 않았다.

아버지도 반쯤 눈을 감고 담배를 피우며 한동안 아무 말도 하지 않았다. 묘한 느낌의 불길한 침묵 사이로 아버지는 헛기침을 하고, 반쯤 뜬 눈의 안구가 멈추는가 싶더니, 눈을 뜨고 이방근을 똑바로 쳐다보았다. 이방근은 그 시선의 압력에 위엄을 느꼈지만, 아버지는 다시 한 번 에헴 하는 헛기침을 하고 나서, 갑자기 방금 전에 걸려 온 최상화의 전화는 너희들 문제로 걸려 왔다고 말했다.

"뭐라고요? 너희들 문제로……."

이방근은 귀를 의심했다. 너? '너희들'…… 이방근은 순간적으로 생각을 다시 하지 않으면 안 되었다. 복수형이 아니었다면, 완전히 요전날 밤 명선관에서 최용학의 아버지와의 사이에 있었던 말썽 때문이라고 생각할 뻔했다. 대체 무슨 일일까, '너희들'에 관한 일로 최상화로부터 전화라니……? 설마 어제의 여동생을 동반한 외출과 최상화의 전화가 결부되어 있다고는 믿을 수 없었지만, 그러나 곧 이어서 나온 아버지의 말은 의외였다.

"그래, 여동생과 너, 두 사람의 일이다. 뭔가 짐작 가는 게 있냐?"

"도대체 무슨 말씀이세요. 짐작 가는 데가 있냐는 것은……?"

"음, 허튼 소문은 절대로 내지 말라고 못을 박아두었지만, 곤란하게 됐어." 아버지는 침통한 표정으로 말했지만, 그 말에는 가시가 사라져 있었다. "너한테 묻고 싶은데, 어제 여동생을 데리고 성산포에 갔다 왔다는 말은 정말이냐?"

"뭐라고요……?" 이방근은 아버지의 말에 순간 멍했지만, 속으로는 불의의 공격을 받은 것처럼 놀랐다. 균형을 잡기 위해 자신도 모르게 술잔으로 손이 뻗는 것을 억눌렀다. 최상화의 전화를 받고 성산포에 갔다 온 일의 진위를 확인하려 한다는 것은 어찌 된 일인가. 이방근은 실제 놀라기도 했지만, 자못 놀랐다는 듯이 꾸민 얼굴에 웃음을 띠며 말했다. "아버지, 묘한 질문을 하시는군요. 저는 십 대 소년도 아니잖습니까. 그리고 절대로 소문내지 말라고 못을 박아두었다니……, 그건 대체 무슨 말씀이세요?"

"난 네 행선지를 꼬치꼬치 캐물을 생각은 추호도 없지만, 그런 소문을 듣고 물어본 거야."

"그런 소문이라니, 성산포에 가지 않았다는 소문이라도 났습니까,

확실히 말해 주십시오. ……후후, 묘한 소문도 다 있군요. 어떻게 그걸 확인할 수 있습니까. 성산포에 간 김에, 아까도 말씀드렸듯이, 다른 데도 들렀습니다. 여동생과 함께 하지 않았다면, 저는 그대로 배를 타고 훌쩍 육지에라도 가 버렸을지 모릅니다. 아버지도 아시다시피, 제가 어딜 가든 남의 간섭을 받을 필요는 없잖습니까. 성산포에 가든 서귀포에 가든, 제 마음이지 남이 간섭할 일이 아닙니다. 왜 최상화 씨는 남의 행동에 대해 간섭하듯 이런저런 말을 하는지 모르겠습니다. 게다가 애당초 그런 시시한 이야기를 듣고 전화를 걸어오는 것부터가 이상합니다."

이방근은 잔에 손을 뻗어 입으로 가져갔다. 혀와 목구멍을 태우는 강한 자극이 불안을 억누르고 마음을 진정시킨다.

"네 마음대로 할 수 있지만, 그러나 동시에 마음대로 할 수 없기도 해. 너하고 약속한 일이 있지 않느냐. 네가 무엇을 하든 간섭하지 않겠지만, 공산당과는 관계하지 말라고 했었다. 그건 네 마음대로 안 돼."

"도대체 누가 공산당과 관계를 맺고 있다는 겁니까. 만일 제가 그렇다면, 누가 그런 엉터리 같은 소문을 퍼뜨리고 있는 겁니까. 어금니에 음식 찌꺼기가 낀 것처럼 어물거리지 마시고, 속 시원히 말씀해 주세요." 이방근은 어이가 없다는 듯이 웃음을 보이며, 성난 목소리로 말했다. "그리고 말이죠, 전 그 공산당인지 뭔지와 관계가 없지만, 그것을 아버지와 약속한 적도 없습니다."

"아니지, 약속이 돼 있어. 묵계라는 것도 있으니까. 이 집안의 입장을 생각해서 말하는 게 좋아. 네가 이 이태수의 입장을 모를 리가 없어. ……난 네가 성산포에 갔다는 것을 크게 의심하지는 않아. ……그런데, 나는 물론 이런 어처구니없는 이야기를 믿을 생각은 없지만, 너희들 남매가 Y리 버스정류장에서 강몽구와 함께 있는 걸 본 사람이 있다는 거야. 음, 그건 어떻게 된 거냐. 그렇지는 않겠지?"

다리를 꼬아 느긋한 자세를 취한 아버지는 마지막 말을 단숨에 내뱉듯이 말했지만, 그 목소리는 떨리고 있었다. 의혹과 그것을 부정하는 강한 소망이 뒤섞인 당혹감으로 그 술이 깬 표정은 일종의 혼란에 빠져 있었다. 그 혼란과 이방근의 마음속에서 일어난 혼란은 한순간 어디선가 기묘한 일체감을 이루는지도 몰랐다. 그는 아버지의 말에 방어 자세를 취하면서도, 아버지가 고통스럽게 원하는 소망을 받아들이고 있었던 것이다.

"……핫, 핫하" 이방근은 말문이 막히는 것을 억지로 밀어내듯이 웃었다. 부정의 웃음이었다. 아버지의 소망과는 관계없이 그는 아니라고 대답을 했겠지만, 동시에 이방근의 감정은 아버지의 소망에도 응하고 있었다. 아니, 그 정도의 일은 깔끔하게 인정하는 편이 훗날을 위해서도 좋겠다고 순간적으로 판단하면서도, 역시 부정으로 일관해야겠다고 생각을 고쳐먹었다.

"아니, 대체 누가 그런 소리를 하는 겁니까. 전화를 걸어온 최상화 씨가 직접 보기라도 했단 말입니까?"

"그런 건 아니야. 나는 최상화의 귀에 그런 이야기가 들어갔다고 말했을 뿐이야."

"그 이야기가 어디서 나왔을까요. 그런 말도 안 되는 이야기가……. 설사, 제가 어디선가에서 우연히 강몽구를 만났다 해도, 그게 무슨 문제가 됩니까. 정말로 한심한 수다쟁이들이에요. 아는 사람끼리 만나 잠시 서서 얘길 나눌 수도 있는 일이고, 더구나 그는 석방된 사람이라 성내에도 자유롭게 드나들고 있는 인간입니다."

"그렇다면, 뭐냐, 우연이라도 만났다는 거냐?"

"아버지. 다 큰 자식을 앞에 놓고, 어린애 달래듯 하는 말투는 그만두시지요." 이방근의 말은 간접적인 표현으로 바뀌었지만, 가능하면 말의 어딘가에 도망칠 여지를 만들어 두지 않으면 안 되었다. "그건 아들에 대한 심문입니다. 게다가 유도심문이라구요."

"심문이 아니야. 애비로서 필요한 걸 묻고 있을 뿐이다."

"뭘 묻고 싶으세요?"

이방근이 반격을 가했다.

"……" 아버지는 그러냐는 듯이 고개를 끄덕이고는, 아까부터 손에 들고 있던 담배에 불을 붙여 천천히 두세 모금 빨고 나서, 다시 정색을 하고 말했다. "넌 우연히 사람을 만나 얘길 나눌 수도 있다고 했는데, 그럴 수도 있겠지. 그러나 강몽구는 달라. 사람들은 그렇게 보질 않아. 석방돼서 다소 자유롭게 돌아다닐지는 몰라도, 그 사람은 어쨌든 버젓한 공산주의 투사이고, 게다가 간부야. 그 정도는 나도 알고 있어."

"……"

이방근은 대답하지 않았다. 구태여 대답할 필요가 없다는 듯한 표정으로, 얼마 남지 않은 술병의 술을 흔들어 보면서 자신의 잔에 따랐다. 그리고 술을 한 모금 마시고는, 아버지의 어깨 너머에 있는 벽에서 반짝이는 둥근 거울로 시선을 던졌다. 일부러 아버지로부터 관심을 돌리기라도 하듯이. ……음, 누가 그걸 보았다는 건가. 아버지가 자꾸 강몽구를 들먹이며 집요하게 캐묻는 걸 보면, 그 나름대로 뒷받침이 될 만한 증거가 있을 것이다. 혹은 그저 부풀어 오른 의혹의 그림자에 휘둘리고 있는지도 모르지만, 그렇다 해도 그 의혹 자체가 문제였다.

어제 오전에, Y리에서 돌아올 때 강몽구와 남승지 둘이서 신작로까지 바래다 준 것은 사실이지만, 그것은 시골길의 갈림길까지였고, 거기서 버스정류장까지는 수십 미터의 거리가 있었다. 게다가 버스가 오기 전에 두 사람은 금방 왔던 길을 되짚어 마을로 돌아갔던 것이다. 10분쯤 뒤에 도착한 성내행 버스는 꽤 혼잡했고 입석이었다. 버스정류장에서 마을 여자를 포함한 두세 명의 농부가 버스에 탔지만, 그들이 낯선 사람을 일일이 분간할 리도 없었고, 더구나 그것이 정보로 변하여 최상화에게서 아버지의 귀로 들어간다는 것은, 동화세계에나 나올 법한 이야기지, 도저히 있을 수 없는 일이었다. 조금 전에는 머리의 내부를 누가 때린 것처럼 정신이 번쩍 들며 유달현의 얼굴이 떠올랐고, '배신', '비겁'이라는 말을 반복해서 던지고 돌아간 그의 가시 돋치고 굳은 얼굴이 머리를 쿡쿡 찔렀지만, 그렇다고 그것과 무슨 맥락이 있는 것도 아니었다. 가능성이 없지는 않지만, 직접 연결되지 않았다. 이상하다. 이쪽이 아버지에게 물어보았을 정도로 이상했고, 짐작이 가는 곳이 없었다.

"그렇다 하더라도 정말로 이상한 이야기로군요." 이방근은 목소리에 실감이 갔다. "어디서 그런 있지도 않은 이야기가 나왔을까요. 아버지가 아시면 가르쳐 달라고 말하고 싶을 정도입니다."

"나도 모르니까 너한테 직접 묻고 있는 거야. 마침 최상화 이야기가 나온 참이었고 해서 말이지. 너는 이상하다고 말하지만, 단순한 소문으로 흘려들을 수는 없겠지. 아니 땐 굴뚝에 연기 나랴라는 속담도 있으니까……."

아버지의 의혹의 불씨는 여전히 연기를 내뿜고 있었다. 대체 아버지는 어떤 불씨를 가지고 있는 것일까. 최상화 건으로 상의한다는 것이, 그의 전화로 창끝이 거꾸로 향하고 만 것은 그야말로 얄궂은 일이었다. 근엄한 척 꾸미는 모습이 우스꽝스러운, 빈대처럼 밋밋한 얼굴의 전직 시골 판사. 도대체 어디에다 개를 풀어 냄새를 맡아 왔을까.

유원이 숭늉을 담은 사발을 가지고 왔다.

"어머나, 아버지도 오빠도 식사를 아직 안 하셨네."

그녀는 밝은 목소리로 말했지만, 그것은 의식적인 목소리이기도 했다.

"됐으니까, 놓고 가."

이방근은 무뚝뚝하게 명령하듯 말했다. 그리고 술병을 턱으로 가리키면서, 여기에 반쯤 술을 담아 오라고 일렀다.

"나는 필요 없다. 이제 나가 봐야 돼."

아버지가 말했다.

"이제 나가신다고요? 아버지도 참, 모처럼 오빠와 하실 이야기가 있다면서 일찍 돌아오셨는데……."

"볼일이 있어. 할 얘긴 벌써 끝났다……. 그런데 유원아, 너, 거기 잠깐 앉아 보거라."

유원은 숭늉 그릇을 각각 아버지와 오빠 앞에 놓고는, 시키는 대로 아버지 맞은편에 앉은 이방근 옆에, 가지런히 모은 무릎 위에 손을 올리며 앉았다.

"지금 막 방근이와도 이야기를 했는데, 너희들 어제 성산포에 갔다 왔나?"

"……예, 갔다 왔어요." 그녀는 갑작스러운 질문을 태연히 받아 냈다. 그리고 주눅 들지 않고 담담히 말했는데, 그 표정에는 빈틈이 없었다. "아까도 말씀드렸잖아요. 낮에 전화할 때도 말씀드렸는데……."

"음, 그랬었지, 그런데 말이다……."

"아버지는 도대체 무슨 말씀을 하시는 겁니까." 이방근은 옆에서 조금 성난 목소리로 아버지의 말을 가로채더니 갑자기 자리에서 일어났다. 때마침 여동생이 들어왔다는 느낌은 있었지만, 그러나 연극은 아니었다. 정말로 분노의 감정이 솟구쳐 오르는 것을 억누르고 일어섰던 것이다. "이건 마치 국민학생 취급이군요. 안 그렇습니까. 어린애 취급에도 정도가 있습니다. 전 자리를 비울 테니, 어디 한번 아버지 속이 후련하실 때까지 유원이를 쥐어짜 보시죠."

만일 정말로 자리를 비운다면, 괘씸한 생각으로 여동생을 끝까지 추궁할지도 모르는 일이었다.

"뭐냐, 그 쥐어짜 보라는 말투는……. 됐으니까, 잠깐 앉아."

아버지가 소파 밖에 우뚝 서 있는 이방근을 힐끗 쳐다보며 말했다.

"왜 그러세요?"

여동생은 순간적으로 놀라 오빠를 올려다보았지만, 곧 아버지에게로 시선을 돌리고 경직된 눈빛을 떨면서 말했다.

"그만 됐다……."

아버지가 말했다.

"최상화 씨는 지금 어디에 있습니까. 지금부터 그 선생을 만나 잠깐 이야기를 듣고 싶은데요."

이방근은 창가의 책상 의자에 커다란 몸을 털썩 주저앉히더니, 아버지의 얼굴이 왼쪽 뒤로 비스듬히 보이는 그 뒤통수에 대고, 갈 마음도 없으면서 내던지듯이 말했다. 담배를 한 대 피우고 싶었다. 일전에도 이렇게 책상 앞에 앉아, 아버지의 뒷모습을 바라보며 처음 담배를 피웠지만, 지금은 여동생 앞이라 아버지를 무시하는 듯한 행동은 하고 싶지 않았다.

"네가 만날 일은 없겠지……."

아버지는 이방근 쪽을 돌아보지도 않고 한마디 하고 나서, 음, 유원…… 하고 딸을 향해, 너는 이제 됐으니 가도 된다고 상냥하게 일렀다.

유원은 눈 가장자리에 적성스러운 기색을 남긴 채 방을 나갔다.

"이리 와서 앉거라." 이태수는 눈앞의 텅 빈 소파를 향하여 말을 던졌지만, 아들이 거기로 돌아오기를 기다리지 않고, 에헴 하고 헛기침을 하고 나서 말을 이었다. "모처럼 의논할 일이 있다고 했지만, 유원의 문제는 일단 들었으니까, 나중에 다시 의논하기로 하자. 어쨌든 나는 이만 가 봐야겠다."

아버지는 손목시계를 들여다보더니, 식사도 하지 않고 자리에서 일어났다. 이방근은 책상 앞 의자에 앉은 자세로 무뚝뚝하게 방을 나가는 아버지의 뒷모습을 바라보았다. 책상 위로 시선을 돌리자, 탁상시계가 일곱 시 50분을 가리키며 움직이고 있었다.

아버지는 어디로 가는 걸까. 아마도 최상화를 만나러 가는 게 분명하다. 그 '소문'을 확인하기 위해서. 이방근은 의자에서 일어나, 아버지가 열어 둔 미닫이를 닫고는, 소파에서 재떨이를 집어 들고 책상 앞에 앉아 담배를 피웠다. 반쯤 열린 창밖의 정원수들이 잎사귀 스치는 소리를 내며 바람에 흔들리고 있었다. 어젯밤부터 오늘 하루 종일 바람이 없다 했더니, 또 불기 시작한 모양이었다.

이상하다. 그는 담배 연기를 어두운 창밖으로 뿜어내며 중얼거렸다. 고의로 악의적인 소문이 만들어져, 그것이 우연히 일치했다는 말인가……. 그러나 뭔가 사정을 아는 자가 아니면, 이렇게 기적적으로 일치하는 거짓말을 만들어 내지는 못할 것이다. 사정을 어느 정도 알고 있는 자라면 유달현 밖에 없었다. 저녁 때 막 돌아간 유달현이……, 그것은 생각하기 어려운 일이었다. 아니면, 핫하아, 강몽구가 무슨 짓궂은 장난이라도 쳤단 말인가. 이방근은 어이없는 웃음을 흘리고 말았지만, 아버지 이태수보다도 이방근의 마음이 오히려 의혹의 먹구름에 덮인 꼴이 되었다. 설마 미행이……라는 생각까지 해 봤다. 누가 무엇 때문에 나를 미행한단 말인가. 설사 누가 따라왔다 해도, 한라산 기슭 근처까지, 게다가 마을마다 보초가 서 있는데, 어떻게 미행을 할 수 있겠는가. 이방근은 아는 사람의 얼굴을 모조리 떠올려 선을 이어 보았지만, 어느 얼굴이나 실이 끊어진 연처럼 날아가 버렸다.

안뜰을 건너가는 여러 개의 발소리가 들린다. 아버지의 외출이다. 이야기를 나누는 소리는 나지 않았다. 선옥의 가볍게 신발을 끄는 듯한 발소리가 들렸고, 또 하나의 발소리는 유원이었다. 부엌이는 부엌에 있는지, 안뜰에 나오지 않은 것 같았다.

잠시 후에 유원이 새끼 고양이 흰둥이를 안고 방으로 들어왔다.

"오빠는 아직도 거기에 앉아 있네요, 식사도 않고."

그녀는 책상 앞 의자에 앉아 있는 이방근을 보고 말했지만, 금방이라도 울음을 터뜨릴 듯한 표정을 짓고 있었다.

"괜찮으니까, 문은 그냥 열어 둬. 근데 넌 왜 울상을 짓고 그래……"

"아니요, 아무것도 아니에요. 그런데 아버지는 왜 그러시는지 모르겠어요."

여동생은 입가에 미소를 띠우고, 새끼 고양이를 안은 채 입구 쪽 소파에 앉았다. 고양이는 마치 낯선 곳에라도 온 것처럼, 놀란 얼굴로 이방근을 바라보았다. 이놈, 흰둥이, 하고 이방근이 고양이 이름을 불러 본다. 새끼 고양이는 말없이 투명한 황금 보석 같은 둥근 눈을 반짝이고 있었다.

"어머닌 지금 방에 계시냐?"

의자에 비스듬히 옆으로 앉은 이방근은 어두운 안뜰 너머 맞은편의 아버지 방으로 시선을 던지면서 말했다.

"예."

"네가 걱정할 건 없어. 좀 전에 일은 뭐 대단한 것도 아닌데, 아버진 우리가 성산포에 갔다 왔다는 걸 의심하고 있는 거야."

"그러니까, 그게 왜 그럴까요. 최상화 씨는 무슨 말을 했을까요. 산에 있는 마을에 간 것을 누군가가 알고 있기라도 한다면……."

여동생이 등 뒤의 툇마루 쪽을 힐끗 돌아보며 말했다.

"바보 같은 소리. 그런 일은 있을 수 없어. 그런 이야기와는 다르지만, 오빠도 좀 마음에 걸리는 일이 있어. 좀 더 상황을 지켜보지 않으면 잘 모르겠지만. 나이를 먹으면 아무것도 아닌 일에도 의심이 많아지는 법이야. 아버지가 의심하고 있는 건 네가 아니라 이 오빠야. 어쨌든 넌 일단 입 밖에 낸 말을 끝까지 관철시켜야 돼."

"……아버지 싫어."

"어머닌 네게 뭔가 묻지 않으시더냐?"

"오빠랑 무슨 일이 있었냐고. 나도 모른다고 했어요. 아버지는 아무 말도 하지 않았나 봐요. 그럴 시간도 없었어요. 이 방을 나와서는 옷을 갈아입고 금방 나가셨으니까. 아버지가 불쾌해 보이니까, 어머닌 부자지간에 말다툼이라도 했나 싶었던 모양이에요."

"음, 그렇다면 다행이지만. 넌 여기 오래 있지 말고, 네 방으로 가는 게 좋겠다. 남매가 소곤소곤 이야기를 하고 있으면, 누가 엿들을지도 몰라. 후후."

"엿듣다니요, 누가……?"

그러나 유원은 말이 채 끝나기도 전에 이미 납득했다는 표정을 짓고 있었다.

새끼 고양이를 안은 채 방을 나간 여동생은 부엌에서 쟁반을 가져와, 이방근의 식사만 남기고 탁자 위를 치웠다.

이방근은 훌쩍 밖으로 나갈까 생각하다가, 술병에 소주를 반만 담아 오라고 여동생에게 이른 뒤 소파로 돌아와 앉았다. 음, 도대체 아버지는 어떤 정보를 얻으러 간 것일까. 소문내지 말라고 못을 박아두었다니까, 아버지 자신이 함부로 여기저기 소문을 낼 수는 없을 것이다. 그러나 버스정류장에서 강몽구와 함께 있었다는 소문이 사실이라는 것을 알았다 해도, 그게 어쨌단 말인가. 문제는 그보다도 이틀 뒤의 사태에 직면한 아버지가 지금의 이 소문을, 아들이 이미 봉기를 알고 있었다는, 즉 그것과 뭔가의 관계가 있다는 근거로 삼을 수 있었다. 게다가 그 소문이란 것도 전체는 아닐 것이다. 그것은 아주 작은 일부분을 내보인 것에 불과하고, 실제 소문은 훨씬 더 과장돼 있을 터였다.

술이 채운 호리병을 들고 온 유원이 양준오로부터 전화가 왔다고 전했다.

"음, 양준오……."

이방근은 자리에서 일어나 응접실로 갔다. 2, 3일 전에 '서북' 사무실에서 돌아오는 길에, 관덕정 광장 모퉁이에서 우연히 만나 잠시 이야기를 나눈 뒤, 나중에 집에 잠깐 들렀을 뿐이었다. 벌써 여덟 시반인데, 아직도 도청에 있다고 했다. 오늘은 경리과장으로서 첫 출근을 한 날이었다. 일이 끝나고 나서 이런저런 이야기를 하다 보니 시간이 늦어졌는데, 둘이서 만나는 게 어떻겠냐고 했다.

이방근은 마음을 바꾸어, 양준오와 명선관에서 만나기로 약속했다. 아버지와 충돌했기 때문에 여동생이 불안해할 거라고 생각했지만, 이제는 철부지 어린애도 아닐 뿐더러, 혼자 술을 마시며 쓸데없이 망상의 나래를 펴는 것보다는 시내에 나가는 편이 한결 나았다.

아버지는 최상화의 집에 가 있는지, 아니면 시내에 몇 안 되는 요릿집에서 한잔 기울이고 있는지는 알 수 없었지만, 명선관에 가지 않은 것만은 확실했다. 아들의 단골집이라는 것을 알기 때문에, 이태수는 어지간한 사정이 아닌 한 거기에는 얼굴을 내밀지 않았다. 동시에 이방근 쪽에서도 북신작로에 몇 집 있는 아버지의 단골 요릿집에는 거의 가지 않았다. 그러다 보니 아버지가 출장으로 섬에 없다 해도 전혀 발길이 향하지 않았다. 이태수 부자간에는 그런 불문율이 만들어져 있었다.

양준오와 만난 명선관에서 이방근은 사팔눈의 미인 단선이의 얼굴도 보고, 여자들의 노래도 들었다. 양준오는 이상하리만치 여자에게 관심이 없었지만, 여자가 옆에 있는 것을 싫어하지도 않았다. 태도는 부드러웠지만, 여자와의 사이에 차가운 선을 그어 놓은 듯한 구석이 있었다. 이방근이 가게에서 나오려다가 단선이가 곁으로 오자, 그녀의 하얀 비단치마 위로 엉덩이를 쓰다듬은 것을 취중에도 똑똑히 기억하고 있었다. 누구나 하는 일이었지만, 그렇게 하면 그녀에게 일종의 신호가 될 수 있음을 알면서도, 그녀의 몸을 만지는 것만으로 끝내 버렸다.

명선관을 나와 다른 곳에서 두세 시간 함께 술을 마시다가 양준오와 헤어졌다. 조금 취한 이방근을 양준오가 집 근처까지 바래다주고 돌아간 것은 빈약한 가로등만 남기고 시내의 불빛도 모두 꺼진 열두 시가 다된 시간이었다. 아버지도 조금 전에 돌아와 잠자리에 든 모양이었다. 쪽문을 열고 나온 부엌이의 말로는, 아버지가 상당히 취해 있었고 기분이 좋지 않아 보였다고 했는데, 조용히 자고 있는 것을 보면, 실제로 부딪쳐 본 결과 대단한 일이 아니었기 때문일까. 아니면 이렇다 할 만한 근거가 없어서 신중을 기하고 있는 것일까. 아버지가 술김에 부르기라도 하면 큰일이라고 이방근은 내심 두려워하고 있었다.

이방근은 아직도 최상화의 전화가 의문이었지만, 집을 나와서 명선관으로 가는 도중에, 관덕정 광장 구석에 늘어서 있는 빈 버스를 보고 문득 짐작 가는 구석이 있었다. 언제나 보고 있는 버스였지만, 얼핏 눈에 들어온 그 버스의 뒷모습에 또 다른 버스가 겹쳐지면서 이방근의 기억을 자극했던 것이다. 그래, 분명히 그거야. 그때, 신작로와 시골길의 갈림길에서 강몽구 등과 함께 서 있을 때, 하행버스가 지나갔는데──. 아하, 그렇군. 신작로의 마른 흙먼지를 사람들의 머리 위로 말아 올리면서, 수십 미터 앞의 버스정류장으로 달려가던 낡은 목탄버스의 후부 탱크 장치가 눈에 되살아났다. 어쩌면 그 버스 안에서 누군가가 내려다보고 있었다……? 강몽구도 그리고 나도 알고 있는 인간이다. 어떤가, 이 생각은. 음……. 이 생각은 순간 이방근의 머릿속에 덮여 있던 막을 휙 걷어치우고 눈부신 빛을 넣어 줄 것 같은 힘을 지니고 있었지만, 그래도 역시 이것은 억지로 갖다 붙인 생각이라고 해야 할 것이다. ……그러나 어떤 우연이 작용했다면, 그때 하행버스 창문으로 누군가가 보았을 수도 있다. 그렇다면 도대체 그 우연의 눈은 누가 가지고 있단 말인가…….

아버지 방도 여동생 방도 전등이 꺼져 캄캄했고, 집 전체가 조용히 잠들어 있었다. 안뜰이 바람에 격렬히 흘러가는 구름 사이로 비치는 달빛 때문에 밝아져 주변에 봄 안개가 낀 것처럼 보였지만, 그 빛은 이내 사라지고 어둠으로 뒤덮였다. 이방근은 서재로 올라가 전등 스위치를 돌려 불을 켜고는 소파에 몸을 눕히고 술 냄새 나는 숨을 토해 냈다. 피곤이 몰려왔다. 뒤뜰 정원으로 파고들어 가지와 나뭇잎을 흔들며 소란을 피우는 바람 소리. 취한 머릿속에 메아리치며 또렷이 들려오는 탁상시계의 초침 소리. 시한폭탄을 감싸 안은 것처럼 섬의 시간이 흘렀다. 4월 3일 오전 두 시라면, 내일 깊은 밤이다. 어둠 속에서, 아버지는 지금 정말로 코를 골며 자고 있을까. 아버지는 취하면 금방 잠드는 편이지만, 혹시 계모 선옥과 늙은 육체를 포개고 있을까. 서재 옆방에 있는 여동생은 어떨까. 여느 때 같으면 이 시간에도 그녀의 방에서 전등 불빛이 새어 나오고 있었을 텐데, 오늘 밤엔 일찌감치 꺼 버렸는지도 몰랐다. 그리고 어둠 속에서 두 눈을 뜨고 있을까. 어쩌면 어제의 나들이로 피곤하여 푹 잠들어 있을지도……. 음, 배신, 비겁이라……. 아무런 맥락도 없이, 유달현이 내던진 말이 마치 물속에서 탁구공이 튀어 오르듯 떠올랐다. 이방근은 자기 입으로 중얼거렸으면서도, 그 입술의 움직임이 남긴 여운에 놀랐다.

이방근은 자리에서 일어나, 취한 눈길을 가만히 허공에 던진 채 한동안 소파에 앉아 있었다. 초점 없는 초점, 그것이야말로 진정한 초점, 계속해서 허공을 노려보았다. 응, 응 하고 혼자 고개를 끄덕이듯 낮은 신음소리를 내며, 트림을 되풀이했다. 취하면 트림이 나오는 법이다. 그가 서재 옆 온돌방의 이부자리로 들어간 것은 집에 들어온 지 한 시간 정도 지나서였다.

부엌이가 신호한 대로 몰래 숨어든 것은 몇 시쯤이었을까. 이방근이 이부자리에 들어간 직후였는데, 그녀는 안뜰 맞은편 대문 옆에 있는 하녀방에서 이쪽 방의 동태를 가만히 살피고 있었을 것이다. 온돌방의 뒷문을 연 그녀가 불어오는 바람을 등지고 들어오는 것을 알았다. 그녀는 헛간과 온돌방 사이의 통로를 지나, 뒤뜰 쪽으로 돌아왔던 것이다. 그녀는 암흑에 가까운 어둠 속에서 옷을 벗고 이불 속에서 완전히 알몸이 되자, 마치 흐느껴 울듯이 서방님 하고 기쁨의 소리를 내며, 자신의 몸을 이방근에게 바싹 밀어붙였다. 이제는 대담하고, 다른 식으로 표현하자면 뻔뻔스러워져 있었다. 냄새, 어둠이 부엌이의 냄새로 변하고, 냄새는 눈에 보이는 어둠의 빛으로 변했다. 그녀는 자신의 육체에서 풍기는 체취를 그에게 활짝 열고, 입술은 그의 몸 전체를 구석구석 기어다녔다……, 귓가에 느껴지는 거친 숨결…….
그녀는 소리 죽여 흐느끼듯 외치고, 지붕 기와 위를 스쳐 지나가는
바람이 미닫이 밖 덧문을 뒤흔들었다. 사위(四圍)는 귀가 먹먹해질 정
도로 기압이 높은 깊은 바다 속이다. ……힘껏 도끼를 치켜들고 인왕
처럼 우뚝 선 그녀의 주위는 피바다였다. 장작처럼 정수리를 두 쪽으
로 쪼개는 도끼는 없는가. 부엌이의 도끼는 없는가. 도끼는 그녀의
무기. 이 이방근의 정수리를 내리칠 도끼는 없는가……. 베개를 함께
하는 것도 이번이 마지막일지도……. 문득 암시하는 듯한 목소리가
속삭이는 것을 들었다. 이방근은 어디선가 묘한 목소리, 아니 분명히
고양이 울음소리를 들었다. 잘못 들은 것이 아니었다. 고양이의 애절
한 울음소리, 그리고 금방이라도 숨이 끊어질 듯 혀 짧은 소리로 응석
을 부리는 듯한 부엌이의 애절한 목소리가 방의 안과 바깥에서 들려
왔다. 부엌이, 고양이 소리가 나고 있어. 예에一, 예에一……. 그녀는
고개를 옆으로 계속 흔들 뿐, 몸을 떼지 못하고 있었다. ……고양이가
울고 있어, 이방근은 어둠 속에서 투명한 보석처럼 반짝이는 고양이
의 눈을 본다. 아니 그건 부엌이의 눈이었다. 그녀가 두 다리를 굳어
버린 것처럼 완전히 쭉 뻗었을 때, 어디선가 사람의 발소리가 바람
소리에 섞여 들려오는 듯했다. 아이고一, 동네가 무너지우다! 동네가
무너져요……. 이방근은 상반신을 일으켜 여자의 입을 틀어막았다.
그리고 소리를 귀에 담으려 했다. 분명히 발소리가 났던 것이다. 서재
의 툇마루 근처까지 와 있는지도 모르는 마루가 삐걱거리는 소리였
다. 고양이 소리가 또렷이 들려왔다. 고양이 소리와 인간의 발소리를
착각할 리가 없었다. 부엌이는 갑자기 일어나 손으로 더듬어 옷을 입
기 시작했다. 음, 고양이다. 저건 정말로 고양이 소리다. 흰둥이다.
부엌이와 함께 이불 속에서 자고 있어야 할 고양이가 주인이 옆에 없

는 것을 알고 문틈으로 빠져나온 모양이었다. 그리고 안뜰을 헤매다가, 부엌이 냄새를 맡고 다가왔는지도 모른다. 사람의 발소리는 잘못 들었다고 해도, 기르는 고양이 소리에 누군가가 눈을 떴다면……. 그리고 만일 부엌이 방으로 데려갔다면 어떻게 되는가……. 아니, 방울은? 왜 방울 소리가 나지 않을까……. 그래, 낮에 고양이가 서재에 왔을 때부터 방울이 없었던 것이 생각났다. 털실로 된 목줄을 벗겨 빨았던 것이다.

흰둥이를 어떻게든 해야 했다. 아―앙, 아―앙, 마치 어머니를 찾는 어린애와 똑같은 울음소리였다. 지금 부엌이가 밖으로 나가 새끼 고양이를 자기 방에 데려간다 해도, 만일 누군가가, 누군가의 눈이 어둠의 그늘에서 가만히 그녀를 지켜보고 있다면……. 내가 그녀 방에 가는 거라면 별문제지만, 지금 부엌이가 내 방에서 나가는 것을 들켰다가는 큰일이라는 생각이 들자 이방근은 초조해졌다. 머리의 신경이 곤두섰다. 어쨌든 고양이가 이미 주인 냄새를 맡았다면, 부엌이는 바로 이 방을 나가지 않으면 안 된다. 그녀는 잠시 말이 없다가, 갑자기 작은 소리로, 서방님 괜찮수다……라며 일어나더니, 정원을 소란스럽게 만드는 바람 소리에 섞여 온돌방 뒷문으로 나갔다. 뒤뜰을 빙 돌아 반대편에 있는 별채 뒤쪽을 살짝 빠져나가, 하녀방과 맞은편 건물 사이의 통로로, 즉 마치 자기 방에서 나온 것처럼 다시 안뜰로 건너오면 된다는 것이었다.

바람이 그 발소리를 지워 줄 것이다. 밤에도 고양이 같은 눈을 가진 부엌이로서는 넘어질 염려도 없을 것이다. 새끼 고양이 울음소리가 사람의 신경을 곤두세웠다. 발소리가 나지 않았다. 그러나 안뜰을 세 방향에서 둘러싼 툇마루 구석의 어둠 속에서, 인(燐)처럼 파랗게 빛나고 있는 인간의 눈을 느꼈다. 이방근은 숨을 죽이고, 부엌이가 집 주위를 돌아 자신의 방 쪽에서 나오는 기척이 들리기를 기다렸다. 식은 땀이 솟아났다.

부엌이가 집 주위를 빙 돈 모양이었다. 대문 옆의 하녀방 쪽에서 그녀인 듯한 인기척이 안뜰을 건너 다가오더니, 뭐라는지 작은 소리로 나무라듯 중얼거리고는 새끼 고양이를 안고 멀어져 가는 것이 고양이 울음소리로써 알 수 있었다.

이방근은 결코 잘못 들은 것이 아닌, 분명 툇마루를 삐걱거린 발소리를 다시 한번 들어 보려고 침을 삼키며 귀를 곤두세웠다. 도대체 누구의 눈일까. 암흑 속에서 어둠 속을 응시하는 침묵의 눈은. 그 눈은 이미 부엌이의 연기를 알아차렸을지도 몰랐다. 그 발소리의 주인이 집안사람인 이상, 머지않아 자신의 방으로 돌아가 조용히 문을 닫았을 것이다. 그 소리를 들어야만 했는데, 바람이 아주 조용히 닫히는 문 소리를 삼켜 버렸는지도 모른다. 이방근은 어둠 속의 눈을 느끼고 있었다.

제9장

1

4월 1일 밤부터 제주도의 각 면과 읍 단위로, 마을 자위대에 속한 청년 남녀의 일부가 산악지대로 올라가, 지정된 오름(기생화산)을 중심으로 근거지의 동굴이나 밀림 속에 집결했다.

제주읍 동쪽에 인접한 조천면의 Y리에서도 청년 여러 명이 4월 1일 한밤중에 마을을 나와, 중산간 부락인 태흘촌에서도 한참 올라가서 한라산 기슭에 가까운 침악(針岳, 552미터)으로 향했다. 밤길이라서, 목적지에 도착했을 때는 이미 아침이 되었을 것이다. 각각의 근거지에 집결한 그들은 그곳에서 무기를 지급받고(그중에는 몰래 숨겨 놓았던 엽총 같은 무기를 들고 올라가는 자도 있었다), 낡은 짚신이나 구멍 뚫린 허름한 헝겊신을 신고 있는 자에게는 일본에서 모은 자금으로 마련해 온 새 운동화가 지급되었다. 그 운동화는 그들의 사상과는 관계없이, 우연히도 붉은 빛을 띤 헝겊으로 되어 있었다. 3일 오전 두 시로 예정된 공격에 대비하여 2일 중에 각 공격 대상 지역의 지리에 밝은 자를 포함한 유격조(이 가운데에는 매복조, 통신절단조도 포함된다)가 30명 단위로 편성되었다. 공격 대상이 되는 마을의 출신자를 보내는 것이 전투에는 유리하지만, 자칫 체포되거나 전사할 경우에는 금방 신원이 밝혀져, 가족들에게 위해가 미칠 우려가 있었기 때문에, 되도록이면 피했다.

어제 4월 1일, 이방근과 여동생을 보내고 나서 곧바로 조직의 입산 지령을 가지고 조천면의 T리에 다녀온 남승지는, 오늘은 다시 마을의 구두 수리공이자 죽창 제조의 '명인'인 손 서방과 함께 성내로 떠나지 않으면 안 되었다. 유달현을 만나 무장봉기에 즈음하여 제주도민에게 고하는 호소문을 담은 인쇄물을 한 무 받아와야 한다. 인쇄물은 한라신문의 김동진과 그 밖의 동지들이 움직여 신문사 인쇄소에서 비밀리에 찍어낸 것이었다. 그것을 성내 동문시장으로 가는 손 서방에게 맡겨 Y리의 조직에 전달해야만 한다. 그리고 남승지는 막차에 늦지 않는 범위 내에서 한동안 만나지 못했던 양준오를 찾아가야 했다.

남승지는 어젯밤부터 자신의 좁은 온돌방에서 마을 단위로 작성하는 통일 슬로건의 원지를 긁고 있었는데(그의 철필 글씨는 훌륭했다), 손 서방이 찾아온 것은 마을 청년이 그 원지를 가지고 돌아간 직후였다. 등사판의 납지(臘紙)는 마을의 국민학교 교사에 의해 인쇄되어, 마을의 여성동맹이나 민애청(민주주의애국청년동맹) 조직에 배달될 예정이었다. 다시 그 삐라는 오늘 밤 안으로 뿌려지고, 각 집의 대문 등에 붙이기로 돼 있었다. 그 내용은, '하나, 미군은 즉시 철수하라! 둘, 망국적 단독선거에 절대 반대한다! 셋, 투옥 중인 애국자를 무조건 즉각 석방하라! 넷, 유엔조선위원단은 즉각 돌아가라! 다섯, 이승만 매국도당을 타도하라! 여섯, 응원경찰대와 테러 집단은 즉시 철수하라! 일곱, 조선 통일 독립 만세!'로 되어 있었다.

"어떻게 된 거야? 손 서방? 아직 집에 돌아가지 않았네."

남승지는 온돌방 입구에 서서 손등으로 이마의 땀을 닦으며 주위를 살피고 있는 손 서방을 보며 말했다. 아까부터 그가 오기를 기다리고 있던 참이었다. 손 서방은 작업복 윗도리에 바지를 무릎까지 걷어 올린 차림으로 우뚝 서 있었는데, 옆구리에 낡은 천막 천을 둘둘 말아 낀 모습이 아무래도 어색했다. 급히 달려왔는지, 숨결이 거칠었다.

"쉬잇!"

손 서방은 머리를 가볍게 옆으로 흔드는 동시에 손가락을 자기 입술에 대어 입을 다물라는 신호를 보냈다. 그리고는 둥글게 만 낡은 천막 천을 방문 앞 좁은 툇마루에 올려놓더니, 그것을 감싸 안고 있던 왼손으로 상의 왼쪽 주머니를 누르며 방 안으로 들어와 장지문을 닫았다.

"이걸 좀 봐."

손 서방은 색이 검고 매서운 얼굴을 히죽거리며 주머니에서 검게 빛나는 권총을 꺼내 들어 남승지를 놀라게 했다.

"아니, 이건, 도대체 어떻게 된 거야?"

남승지는 눈을 반짝이며 묵직한 권총을 받아들고 말했다. 그 모양으로 보아, 경찰이 휴대하는 권총이라는 걸 금방 알 수 있었다.

"헤헤헤, 옆 마을에서 순경 놈을 해치우고 빼앗아 온 거야. 지금쯤 지서에서는 난리가 났을 거야."

"으─응, 손 서방은 대단해. 하지만, 이건 한바탕 소동이 일어날지도 모르겠는걸. 어쨌든 놀라워. 어떻게 뺏은 거야?"

"뭐, 간단했어. 헷헤헤."

좁고, 일어서면 머리가 천장에 부딪칠 것 같은 흙냄새 나는 좁은 방에서, 손 서방은 무기를 탈취한 경위를 간략히 이야기했다.

손 서방이 옆구리에 끼고 있던 천막 천은 신사용 구두의 갑피로 사용되는 것인데, 그는 옆 마을인 K리에 마침 미군이 버린 쓸 만한 천막 천이 있다는 이야기를 듣고, 아침부터 그것을 찾아갔다고 했다.

손 서방이 천막 천을 옆구리에 끼고 해변의 작은 길로 나왔을 때, 10미터쯤 앞에 경찰 하나가 걸어가는 게 보였다. 이 마을에 있는 지서의 경찰이 분명했다. 손 서방은 거의 반사적으로 길모퉁이 돌담 그늘에 몸을 숨기고 상대의 동태를 살폈다. 해변 길은 구불구불하고, 주위에는 용암이 노출돼 있었는데, 그 너머 모래밭 앞에는 어른 키 높이의 돌담으로 사방이 둘러쳐진 용천이 있었다. 이곳은 여자들이 물 긷는 곳이 아니라 마을의 공동목욕탕이었다. 경찰은 어찌 된 셈인지 그 돌

남 안으로 틀어샀나. 설마 근무시간 중에 세복을 벗고 목욕을 하려는
건 아니겠지……. 손 서방은 부서지는 파도 소리를 들으며 고양이처
럼 발소리를 죽여 상대방이 모습을 감춘 목욕탕 돌담 그늘로 다가갔
다. 경찰은 용천 입구로 들어가자, 일단 뒤를 돌아보고 주의 깊게 주
위를 살핀 다음, 모자를 벗어 옆에 놓고, 절을 하는 자세로 무릎을
꿇었다. 손 서방이 이미 돌담에 다가와 있는 줄도 모르고, 경찰은 마
치 오리처럼 엉덩이를 하늘로 처들고 목을 길게 늘인 얼굴을 수면으
로 가져갔다. 뒤에서 발로 한번 걷어차면 금방 물속에 거꾸로 처박힐
것 같은 그 우스꽝스러운 모습이 갑자기 손 서방을 자극하였고, 그리
고 생각지도 못했던 행동으로 그를 몰고 갔다.

　손 서방은 돌담 그늘에 천막 천을 놓고, 주위에 사람이 없는 것을
확인하고 나서 교활한 웃음을 입가에 머금은 채 목욕탕 입구로 다가
갔다. 경찰은 두 손으로 물을 뜨지 않고 직접 수면에 입을 대고 물을
마시기 시작했는데, 그 모습은 거의 겁 많은 동물이나 마찬가지였다.
경찰의 입이 다시 물속에 잠겨 꿀꺽꿀꺽 소리를 내기 시작한 순간,
소리도 없이 뛰어든 손 서방이 상대방의 무릎을 힘껏 걷어찼다. 경찰
은 비명을 지를 새도 없이 그 자리에서 개구리처럼 다리를 쭉 뻗으며
자빠지고 말았다. 손 서방은 연달아 두세 번 무릎과 다리 가랑이를
걷어찬 뒤, 신음하고 있는 경찰의 등에 올라타서는 상대의 머리카락
을 움켜쥐고 물속에 머리를 처박았다.

　"야, 목숨이 아깝거든 얌전히 있어!"

　불의의 기습을 당한 경찰은, 이 자식…… 하며 저항했지만, 코로
물이 들어와 발버둥을 칠 뿐 어쩔 도리가 없었다. 손 서방은 상대방의
힘이 빠질 때까지 몇 번이나 물속에 머리를 처박았다. 마침내 목숨만
은 살려 달라는 애원의 말을 듣고 나서, 손 서방은 먼저 가지고 있던

수건으로 경찰의 손을 뒤쪽에서 결박했다. 그리고 상대의 바지에서 허리띠를 풀어 그것으로 양발을 묶었던 것이다.

손 서방은 애당초 무기를 빼앗으려고 경찰의 뒤를 밟은 것은 아니었다. 너무나 돌발적인 행동이었기에, 무엇 때문에 뒤를 밟아 그 녀석의 머리를 물속에 처박았는지, 그 자신도 충분히 의식하지 못하고 있었다. 그러나 봉기에 대비하여 원시적인 죽창을 만드느라 밤을 꼬박 새우는 입장에서 본다면, 대낮에 당당히 경찰들이 차고 다니는 무기는 위험을 무릅쓰고서라도 빼앗을 만한 가치와 매력이 있는 물건이었다.

손 서방은 상대의 허리춤에서 권총을 빼들고는, 그것으로 사살당하는 게 아닐까 하고 벌벌 떠는 경찰을 물가에 남겨 둔 채 그 자리를 떠났다. 그런데 잠시 가다 보니, 돌담 안에서 파도 소리에 섞인 경찰의 외침이 들려오고 있었다. 도움을 청하는 모양이었다. 손 서방은, 아차, 저 녀석의 입을 틀어막는 걸 깜박했구나 하는 생각을 했지만, 이제 와서 되돌아갈 수도 없었다. 그는 작업복 왼쪽 주머니에 권총을 넣고, 다시 왼쪽 옆구리에 둘둘 만 천막 천을 끼고서 아무렇지도 않은 얼굴로 마을을 빠져나왔던 것이다.

"헤헤헤, 난 말이야, 요즘 순경 놈들을 보면 그놈의 얼굴보다도 먼저 그놈이 가지고 있는 무기 쪽으로 눈이 간다니까. 이 손으로 만져 보고 싶어서 말이지. 헷헤, 여자 엉덩이를 만지는 것보다 더 좋아, 이건……."

손 서방은 장판 위에 놓인 권총을 집어 들고 총신을 쓰다듬으며 말한다.

"후후후, 그럴까……. 어쨌든, 손 서방은 대단해. 혁명적인 용기가 그렇게 만든 거야, 이건. ……음, 하지만 놈들이 가만히 있지 않을 텐데. 어쩌면 마을에 경찰대가 동원될지도 몰라."

남승지가 말했다.

"그건 무슨 말이야?"

"동원될지 어떨지 확실한 건 모르지만, 그건 범인을 찾아내기 위해서겠지. 하하하, 범인은 바로 여기 앉아 계시는데, 놈들은 범인이 있을 리도 없는 그 마을을 뒤지겠지." 남승지는 성내의 본서에서 경찰이 동원되어, 대규모 수색이 시작될지도 모른다고 생각하다가, 갑자기 무슨 생각이 떠올랐는지 깜짝 놀라며 다급하게 물었다. "아까 손 서방은 분명히 수건으로 경찰을 묶었다고 했지. 그건 순경의 것이 아니라 손 서방 수건이었나?"

"그렇고말고……."

"음, 거기에는 뭔가 증거가 될 만한 표시는 있지 않았나?"

"증거라고……? 헷헤, 걱정할 거 없어. 아무런 무늬도 없는 낡은 수건이라서, 그런 건 세상에 널려 있어."

"그렇다면 안심이야. 이 권총은 내가 책임지고 상부에 전할게. ……벌써 열 시야. 우린 이제부터 성내로 떠나야 돼."

"있잖아, 그건 내 공적이라는 걸 확실히 해 둬, 알았지." 손 서방은 조금 수줍은 표정에 교활한 빛을 띠우며 말했다.

"당연한 거지. 손 서방은 의외로 의심이 많다니까."

"그런 뜻이 아니야, 내가 명우 동무를 의심할 리가 있나. 농담이야, 농담. 마을 민위대 서동(西洞) 분대장이신 이 사람은 지금 팔이 근질거리고 있다구. 그런데 나를 마을에 남겨 두고 산에 보내지 않다니 도대체 어떻게 된 일이야."

"이제 곧 가게 될 거야."

"언제가 이제 곧인지 알 수가 있나. ……그럼, 난 지금부터 잠깐 집에 들러 준비를 하고 나올 테니까, 버스정류장에서 만나는 게 좋겠어."

"그럼 열 시 35분 상행 버스니까, 열 시 25분경에 만나기로 하지."

손 서방은 출발 준비를 하려고 서둘러 돌아갔다. 지금까지도 이따금씩 해 온 일이었지만, 그는 성내나 면사무소가 있는 T리의 노천시장에 나가, 구두 수선 가게를 열곤 했다. 가게라고는 해도, 한 사람이 앉을 만한 장소에 적당히 수선 도구를 펼쳐 놓고, 구두닦이도 겸한 수선을 했다. 가죽 구두만이 아니었다. 운동화나 헝겊신에서부터 고무신에 이르기까지 뭐든지 수선을 했다. 때로는 닳아빠진 고무신 바닥에 가죽이나 낡은 타이어를 꿰매 붙여 재생하기도 했는데, 시골에서는 그것을 상당히 귀하게 여겼다. 다만, Y리 같은 곳에서는 구두를 닦을 일이 별로 없었다. 가죽 구두를 신는 사람도 거의 없었지만, 그들은 집에 구두약을 준비해 두고 직접 닦았기 때문이었다.

남승지는 권총을 낡은 헝겊으로 말아서 헌 신문지로 싸고 끈으로 묶은 다음, 작업복에 밀짚모자를 쓰고 안경을 벗은 채 방을 나왔다. 안채와 비스듬히 마주 보고 있는 방을 나서면 바로 안뜰이고, 왼쪽의 헛간과 거름통 앞을 지나면, 바깥도로와 이어진 돌담 출입구가 나온다. 남승지는 마을을 나오는 도중에 송한의원 집에 들러, 우선 간단히 사정을 설명하고 나서 그에게 권총을 맡기고, 오늘 밤 조금 일찍 마을로 돌아오는 강몽구에게 전해 달라고 부탁했다. 강몽구는 도당 부위원장인 관계로, 행동 범위가 제주도 전체에 걸쳐 있었다. 강몽구가 Y리에 돌아오는 것은, 오늘 밤 군사 지도부를 제외한 간부의 대부분이 아지트가 있는 Y리에 모이기로 돼 있었기 때문이다.

남승지가 버스정류장에 도착하고 얼마 지나지 않아 패랭이를 쓴 손 서방이 귤 상자보다 조금 큰 수선 상자를 지게에 짊어지고 나타났다.

버스에 지게와 수선 상자를 실은 두 사람은 선 채로 성내를 향했다. 그런데 버스가 이웃 마을 K리를 지나 다음 마을에 접어들기 시작했을 때, 갑자기 날카로운 사이렌 소리가 나고 버스가 급히 서행 운전을 하는가 싶더니, 지프 한 대가 엇갈리면서 일으킨 흙먼지를 버스의 깨진 유리창으로 몰아넣으며 달려갔다. 완전 무장한 경관대가 트럭 두 대에 나누어 타고 달려오더니, 선두 트럭만 그대로 지나쳐 갔다. 바로 뒤따라오던 한 대가 급정차시킨 버스 옆에서 요란하게 브레이크 밟는 소리를 내더니, 총을 든 경찰 일고여덟 명이 트럭에서 뛰어내려 버스에 탄 사람들을 모두 하차시켰다. 그리고 20여 명의 승객과 운전수 등을 신작로 길가에 한 줄로 세우더니 다짜고짜 신체검사를 시작했다. 또 다른 경찰들은 차 안의 짐을 조사했다. 갑작스런 일에 영문을 모르는 승객들은 공포에 질린 얼굴을 한 채 그들이 하는 대로 내버려 둘 수밖에 없었다. 그러나 결국 경찰들이 찾고 있는 것은 나오지 않은 모양이었다. 불의의 습격이었다. 만약 무슨 삐라 다발이라도 나왔다면, 그야말로 큰일 날 뻔했다.

남승지는 마치 옷 위를 털어 내는 듯한 난폭한 수색을 당한 뒤였지만, 차 안의 경찰에 의해 손 서방의 수선 상자가 열리는 것을 보면서, 상자 안에서 그 권총이 나오는 건 아닐까 하고, 거의 공포에 가까운 착각에 빠져 떨었다. 경찰대의 긴급 출동은 남승지가 염려했던 대로, 손 서방의 권총 탈취 사건 때문에 마을을 수색하러 가는 게 분명했다. 시간이 그랬다. 그래도 경찰이 권총을 빼앗긴 지 두세 시간이나 지나 있었다. 갈 길 급한 경찰대의 트럭은 버스를 단념하고 서둘러 달려갔다.

이윽고 버스는 반 시간쯤 늦게 무사히 출발했지만, 남승지의 공포심은 여전히 가라앉지 않았다. 아니, 지금부터 성내로 가서 해야 할 일이 있다는 생각에, 새로운 전율이 생겨났다. 등에 식은땀이 배었다. 공포 속의 착각, 이게 무슨 우연의 작용이란 말인가. 음, 경계심을 더욱 강화하지 않으면 안 된다……. 전율이 몸을 조이는 긴장감으로 바꿴다. 손 서방의 상자 안에서 권총이 아니라, 호소문인 삐라 뭉치가 나왔다면……. 남승지는 유달현과 연락을 취한 뒤에, 호소문 꾸러미를 받아 동문시장에서 구두 수선을 하고 있는 손 서방에게 넌지시 건네주기로 돼 있었다. 손 서방은 그것을 수선 상자 밑에 도구와 함께 넣어, 저녁 무렵 Y리로 가지고 돌아갈 계획이었다.

남승지는 김동진 등이 몰래 인쇄한 호소문의 내용을 알지 못했지만, 만일 4·3인민봉기에 관련된 그 호소문이 발각되면, 오늘 밤 즉 4월 3일 오전 두 시를 기하여 일어날 일제봉기가 커다란 타격을 입게 될 것이다.

적의 무기를 탈취하는 데는 성공했지만, 반면에 그것이 일으킨 파문도 의외로 큰 것 같았다. 손 서방에게 맡기는 방법은 다시 생각해야 될지도 모르지만, 성내에 도착하여 상황을 살피는 게 먼저였다. 경찰대가 마을을 수색하겠지만, 성내로 돌아온 뒤의 동태를 살피면 알 수 있는 일이었다. 어차피 이쪽이 성내를 출발하기 전에, 인근 지서의 경찰과 동원된 경찰대는 성내로 돌아올 게 틀림없었다. 무엇보다 시골에는 전등이 없다. 날이 저물면 일이 진척되지 않는다. 어쨌든 당황한 나머지 오히려 좋지 않은 방책을 써서는 안 된다. 여자들이 외출할 때 물건을 넣어 짊어지고 다니는 대바구니 밑에 삐라 다발을 넣어 운반하는 경우도 있지만, 손 서방이 수선 상자 밑에 넣어 돌아가는 것도 그에 못지않은 안전한 방법이다.

버스가 성내에 도착한 것은 반 시간 정도 늦어진 탓도 있어서 정오가 가까웠다. 경찰대가 막 출동한 경찰서와 도청, 군정청 등의 구내로 통하는 문의 돌기둥 앞도, 그리고 관덕정 광장에서 들여다보이는 구내의 기척도 별로 달라진 데가 없었다. 도청에는 어제 4월 1일부터 양준오가 출근하고 있었다. 도청 구내에 있는 벚나무 가로수가 밝은 색의 꽃을 피우고 있었다. 벚나무다, 벚나무, 과거에 일본의 국화로서 심어진 벚꽃……. 오늘 밤의 봉기를 앞둔 성내 거리도 평소와 다름없이 사람들이 왕래하고 있다. 점심때라 그런지 장을 보고 돌아가는 여자들이 많았다. 새벽 두 시, 오늘과 내일의 경계선에서 봉기가 일어나는데, 그러나 실제로 봉기가 일어난 직후에 이 섬의 상황이 어떻게 돌아가게 되는지, 구체적인 것은 남승지도 전혀 예측할 수 없었다. 장밋빛 혁명의 승리를 기대하고 있는 것은 물론이지만, 지난밤부터 오늘 아침에 걸쳐서 긁었던 등사판 원지의 내용에도 있었던 것처럼, 당면한 그 투쟁이 어떻게 전개되어 갈지는 역시 현실에 부딪쳐 보지 않으면 알 수 없다는 느낌이 들었다. 돌발 사건 때문에 경찰대가 K리로 출동하긴 했지만, 이 성내 거리의 평온함과 내일의 혼란은 도저히 한데 묶어 생각할 수가 없었다. 그리고 버스 창문으로 내다본 동문시장의 활기찬 사람들의 모습……. 그렇다 해도 일부러 성내에서 경찰대를 출동시킨 장본인이 바로 옆에 있는 손 서방이라는 것은 생각만 해도 웃음이 터져 나올 만큼 유쾌한 이야기가 아닌가.

남승지와 손 서방은 상점이 줄지어 있는 비교적 번화한 C길을 피하여, 버스가 지나온 신작로를 따라 동문교 쪽으로 거슬러 올라갔다. 노천시장까지 함께 가서(이제 좋은 장소를 잡을 수는 없겠지만, 오늘은 장사보다도 다른 목적이 있었다), 손 서방의 일터를 남승지가 확인해 두지 않으면 안 된다. 황혼이 점차 지상을 짙게 물들이기 시작하는 저녁 여섯 시 가까이 되면, 전등 설비가 되어 있는 것도 아니기 때문에 장이 설 수 없게 된다. 그때까지 호소문인 인쇄물을 손에 넣든 못 넣든 남승지는 일단 그곳에 얼굴을 내밀어야 했다.

4월의 하얀 태양 빛은 눈부실 만큼 밝고 따뜻했지만, 강한 바람에 흘러가는 상공의 구름이 반복해서 땅에 커다란 그림자를 만들었다.

남승지는 바람에 날리는 밀짚모자에 손을 갖다 대기도 하는 둥 아무렇지도 않은 척 태연히 걸어가면서, 주위를 살피고 있었다.

"손 서방, 버스 안에서 나는 식은땀을 흘렸어."

남승지는 추억담이라도 이야기하듯 불쑥 말을 꺼냈다.

"버스 안에서 식은땀이라니……? 왜 그랬는데, 아, 경찰이 버스를 세웠기 때문이겠지." 손 서방은 천연덕스럽게 말한다. 남승지가 말하고자 하는 것을 전혀 눈치 채지 못한 모양이었다. "그러고 보니, 뭐랄까, 명우 동무의 안색이 좋지 않더군. 나는 또 갑자기 어디 아픈가 보다 했지."

"버스 안에서 구두 수선 상자를 열고 뒤졌잖아……."

남승지는 상대방의 무신경한 반응에 맥이 풀려 그만 가벼운 웃음이 나왔다. 그러나 그것은 무리도 아니었다. 무엇보다 수선 상자에서 금방이라도 호소문 뭉치가 나오지나 않을까 하는 착각에 빠져 공포에 몸을 떨었다고 말해 봤자, 상대방에게 통할 리가 없었다. 애당초 일어날 수 없는 일이었기 때문이다. 들어 있지 않은데 나올 리가 없는 것이다. 남승지는 조금 창피한 생각이 들어 뒷말이 나오질 않았다.

"응, 그래서……." 손 서방은 일단 말을 끊었다가 그제야 납득이 간다며 무릎이라도 칠 듯한 기세로 말했다. "이이, 알았다……. 알고말고, 돌아가는 버스에서도 그런 일이 일어나면 어쩌나 하고 걱정하는 게로군. 안 그래? 그런데 걱정할 것 없어, 나도 다 생각이 있으니까."

손 서방은 자신의 얼굴을 들여다보는 남승지에게 눈짓으로 신호를 보내고는, 두세 살 위인 연장자답게 제법 아우를 안심시키는 형님이나 되는 양 상대의 어깨를 두드리며, 걱정 말라고 되풀이하여 말했다.

"걱정이라고 할 건 없지만, 조심해야 돼."

남승지는, 그렇구나, 손 서방도 나와 같은 생각을 하고 있었구나 하는 생각을 하면서 낮은 목소리로 말했다.

"걸어갈 거야. 걸어서 네 시간이면 갈 수 있어. 나는 걸음이 빠르니까. 옆길로 빠져서 걸어도 그 시간에 충분히 갈 수 있어."

"걸어서? ……음, 짐을 지고 있다는 걸 생각해야지."

남승지의 가슴속에 잔잔한 감동의 물결이 일었다. 걷는 것은 이곳 섬사람들이 거의 다 그러했고, 그중에서도 게릴라전에 대비한 조직원들처럼 남승지도 익숙해져 있었지만, 이렇게 간단히 대답이 나오면 의표를 찔린 듯한 기분이 들었다. 민중의 일상생활에서 나온 지혜와 그것을 지탱하는 삶의 의지라고 해야 할 것이었다. 남승지는, 어쨌든 경찰대는 저녁때까지 성내로 돌아올 테니까, 그 뒤의 상황을 지켜보고 결정하자고 말했다. 아마 다시 버스를 수색하지는 않을 것이다. 수색을 할 거라면, 성내에서 버스를 탈 때부터 하지 않으면 의미가 없어진다. 그러나 그것은 쉽게 할 수 있는 일이 아니었다. 만에 하나 그렇게 되면, 그때는 손 서방 말대로 걸어서 성내를 빠져나갈 수밖에 없다.

남승지는 갑자기 몸이 가벼워진 기분으로 걸어갔다. 음, 그렇다고 쳐도, 버스 안을 개들이 수색할 때의 그 착각과 공포는 어떻게 된 것일까……, 남승지는 자신도 모르게 이상해졌다. 그런 말을 손 서방에게 할 수는 없었다. 남승지는 손 서방과 나란히 걷고 있자니, 강몽구와 함께 있을 때처럼 든든한 기분을 피부로 느끼면서, 이제부터 성내에서 해야 할 일을 생각했다. 우선 유달현에게 전화를 걸어야 한다. 그리고 양준오……. 그 다음엔 이방근, 아니, 이방근에게 오늘 볼일이 있는 건 아니다…….

남승지는 도중에 경찰대를 만난 탓에 여느 때보다 긴장해 있었다. 그러나 다른 한편으로, 그는 자신의 마음의 움직임이 왠지 모르게 들떠 있는 것을 느꼈다. 길에서 스쳐 지나간 젊은 여자의 모습에 깜짝 놀라 멈춰 섰다가, 옆에 있던 손 서방이 왜 그러냐며 의아해할 정도였다. 남승지는 무의식중에 이방근의 여동생을, 유원을 생각하고 있었다. Y리를 출발하기 전부터 그녀가 그의 마음속에 여느 때보다 훨씬 무겁게 들어앉아 떠나지 않았다. 아니, 어제와 그저께 산악지대로의 동행, 그리고 Y리로 돌아온 뒤의 해안가 바위에서 보낸 한때, 그녀가 부른 이어도 노래, 아니지 아니야, 바위에서 미끄러져 하마터면 바다로 떨어질 뻔한 그녀를 옆에서 껴안아 구한 순간의 포옹감. 바닷물에 젖어 아직 마르지 않은 그녀의 손이 주는 감촉……. 그는 아무리 억눌러도 그것을 뚫고 솟아오르는 이런 기억과 그녀의 다양하게 혼합된 이미지를 되새기느라, 수면조차 옆으로 밀려나고 말았다고 해도 좋을 정도였다. 그는 지나가 버린 현실이라고도 할 수 없는 그 공허한 감촉을 되돌리고 싶어서 견딜 수가 없었다.

남승지는 아침부터 성내에 간 김에 가능하면 어떻게든 그녀를 다시 한번 만나고 싶었다. 만나서 무슨 볼일이 있는 것은 아니다. 그저 만나기만 하면 된다. 그녀가 지금 성내의 어느 거리를 걷고 있을지도 모른다고 생각하는 것은 결코 황당무계한 공상이 아니다. 서울 같은 대도시가 아닌 시골 읍내이고 보면, 그럴 가능성은 충분했다. 전화를 해서 만나려면 구실도 필요하지만, 우연히 예를 들어 눈앞에 다가오는 동문교 근처에서라도 딱 마주치면, 그저 그 우연의 힘에 감사하기만 하면 된다. 내일 봉기가 실현되면 당분간 만나지 못할 것 같았다. 남승지는 내일 이후의 사태가 어떻게 진행될지 확실히 알지는 못했지만, 무장봉기는 당연히 동란을 불러일으킬 것이고, 섬은 동란 속으로 빠져들게 될 것이라고 생각했다. 그리고 그녀는 머지않아 동란의 이섬을 떠나 서울로 돌아갈 것이 분명했다. 그런데 그녀는 최근 2, 3일동안에 있었던 일을, 그리고 이 나에 대해 어떻게 생각하고 있는 것일까, 도대체 전혀 알 수 없는 게 안타깝다. ……승지 씨, 미안해요. 정말 미안해요. 바닷바람이 불어오는 어두운 해변의 바위. 그가 자신의 격렬한 가슴의 고동에 놀라 숨을 헐떡이며 그녀의 손을 꽉 쥐고 바위 위로 올라왔을 때, 그리고 두 사람의 손이 떨어졌을 때의 그녀의 밝은 목소리는 도대체 무슨 의미였을까, 하고 고민하듯 생각했다. 아니, 고민했다. 너무나 태연해 보였던 그때의 그녀는 정말로 그 일을 아무렇지도 않게 생각하고 있었던 것일까. 오빠를 닮아 오만한 구석이 있는 여자였지만, 아무리 그렇다 해도 참으로 천연덕스러운 여자가 아닌가. 완전히 사람을 무시하는 것처럼……. 남승지의 마음속에서는 유원에 대한 증오심이 일기도 하였지만, 그것은 금세 잔물결이 되어 사라져 버렸다.

두 사람은 동문교를 건너 신작로 왼쪽에 펼쳐진 노천시장 안으로 들어갔다. 인파 너머 저쪽에 벽돌로 만들어진 기상대 첨탑의 풍속계가 꽤나 빠른 속도로 빙글빙글 돌고 있는 것이 보였다. 바람을 탄 비둘기 떼가 햇빛에 하얗게 빛나며 날고 있었다. 노천시장 안의 오른쪽 돌담 뒤편에 동백과 철쭉 등이 뒤섞인 관목이 무성했고, 꽃들이 봄햇살에 선명한 색깔을 자랑하며 바람에 흔들리고 있었다. 그리고 한 쌍으로 보이는 나비 두 마리가 날고 있었다. 도청과 경찰 등의 건물이 있는 구내의, 이미 고목이라는 인상을 풍기고 있는 벚나무 가로수. 과거의 일제강점기, 일본인 제주경찰서장이 제주도사(濟州道司)를 겸임했던 시절의 유물인 벚나무는 식민지 지배의 상징으로서 강제로 심어진 것이었다. 그 때문에 남승지는 아름다운 벚꽃을 좋아할 수가 없었다. 고베에 있을 때 양준오의 영향으로 민족의식에 눈을 뜬 뒤로는, 구스노키 마사시게(楠木正成)를 모신 미나토가와(湊川) 신사의 충군애국의 상징이라는 만개한 벚꽃에 적의와 증오를 품었다. 하지만 지금 벚나무에 혐오감을 품는 것은 좋지 않다. 아름다운 꽃이 거기 있는데, 꽃에 죄가 있는 것도 아닌데 좋아할 수 없다는 것은 슬픈 일이다. 그러나 한편으로 벚꽃이 많은 조선인들에게 슬픔과 절망과 분노에 얽힌 여러 가지 일들을 상기시키는 것도 사실이었다. 남승지의 경우는 일본에서 돌아온 만큼 남다른 갈등이 있어서, 그만큼 더 반동이 컸다고 할 수 있었다.

통로 양쪽으로 가게(땅바닥에 멍석을 깔고 물건을 늘어놓거나, 혹은 포장마차를 세워 놓은 정도지만)가 늘어서 있었는데, 점심때이기도 해서, 장바구니를 든 여인네들로 꽤 붐볐다. 외출용 대바구니를 등에 맨 시골 여자들도 많았다. 생선이나 조개류, 미역 등의 해초류에서 나는 해산물 냄새가 유난히 코를 찔렀다. 채소가게나 생선가게도 없기 때문에, 주부들은 채소 등을 구하기 위해 시장이나 길가에 늘어선 노천시장에 나와야만 했다. 그밖에도 잡화나 곡식을 파는 가게, 미군으로부터 불하받은 바지와 셔츠, 양말과 양과자 등, 한결같이 영세한 노점들이 늘어서 있다. 막걸리를 파는 포장마차가 있는가 하면, 관상을 보는 초라한 노인도 있었다. 털 뽑힌 닭처럼 비쩍 마른 노인은 손때로 더러워진 팔괘(八卦) 서적과 돋보기 등을 지면에 깐 보자기 위에 올려놓고 손님을 기다리고 있었다. 손 서방은 시장의 혼잡함을 뚫고 안쪽으로 쑥 들어갔다. 그리고 돌담 그늘에서 이 섬의 특산물인 대바구니를 팔고 있는 노점 옆에 빈자리를 찾아내고는, 그곳에 짐을 내렸다. 가게를 보고 있던 열대여섯 살쯤 된 소녀와 그 아버지인 듯한 40줄의 남자는 전부터 손 서방과 아는 사이인 듯, 서로 인사를 나누었다.

남승지는 일단 손 서방과 헤어져 인파 속으로 섞여 들어갔다. 그 인파 속에는 '서북'이 있을지도 모르고, 소매치기를 잡으려는 사복형사도 있을 것이다. 이 노천시장에 온 것은 지난 2월 말, 변장을 위해 Y리에서 보리 서 말이 든 가마니를 손 서방처럼 지게에 지고 온 뒤로 처음이었다. 그때는 강몽구 등이 나온 3월 1일 대석방 전이라, 2월 7일 총파업의 여파가 계속되어, 봉기를 내일로 앞둔 지금보다도 관헌의 눈이 삼엄했었다. 남승지는 문득 그날 보리를 사 준 곡식 파는 모녀가 생각나서, 그쪽에 들러 보고 싶어졌다. 열예닐곱 살쯤 된 딸이 있었던 것이다. 그때, 쿡하고 가슴을 찌르는 통증을 느낄 정도로 남승지는 여동생을 보았고, 오사카에 있는 여동생 말순과 어머니를 떠올렸던 것이다. 다행히 그 뒤로 일본에 다녀온 걸 생각하면, 정말 꿈같은 이야기지만, 남승지는 지나는 길에 잠깐이라도 그들 모녀의 얼굴을 보고 싶다는 생각을 했다.

지금도 시장에 나오고 있는지 모르겠다는 생각을 하면서 인파 속을 걷고 있었는데, 시장 한가운데쯤에 그 모녀가 있었다. 얼굴이 갸름한 것이 여동생 말순이와 닮지는 않았지만 여동생 못지않게 예쁜 시골 처녀가 됫박에 쌀을 담아 팔고, 어머니는 지갑을 대신하는 염낭에서 거스름돈을 꺼내 손님에게 건네고 있었다. 그 사이 남승지가 멈춰 서는 기척을 느끼고 힐끗 시선을 돌렸는데, 그때와 같은 차림의 남승지를 기억해 낸 듯, 요전에 보리를 팔러 왔던 총각이로구먼, 그 보리는 참 깨끗하데, 오늘은 가져오지 않았수…… 하고 말을 걸어왔다. 남승지는 웃는 얼굴로 인사를 하며 고개를 옆으로 젓고는, 모녀의 모습을 눈으로 확인한 뒤 서둘러 그 자리를 떠났다. 아, 유원, 유원이 방금 본 처녀의 모습 위에 겹쳐지고, 혼잡한 사람들의 머리 위로 투명하게 떠올랐다. 눈앞의 인파를 헤치고 갑자기 나타난 듯한 기분이 들었다. 무슨 일이지……. 남승지는 발걸음을 재촉하여 시장을 벗어나, 방금 전에 왔던 길을 되짚어 관덕정 광장 쪽으로, 우체국을 향해 걸어갔다.

남승지는 C길로 들어섰다. 많은 상점이 처마를 맞댄, 성내에서 가장 번화한 거리로, 작년 가을에 생긴 이 섬 최초의 다방도 이 거리에 있었고, 또 이방근이 '서북'과 소동을 일으켰다는 시골 카바레 '신세기' 도 C길에 처마를 맞대고 있었다. 서점도 두세 개가 있었다. 점심때라 사람들의 통행이 많았고, 그중에는 농촌에서 온 사람들의 모습도 꽤 많이 섞여 있었다. 봄방학에 들어가 학교에 가지 않은 아이들이 숨바꼭질을 하면서 놀고 있었다. 개중에는 상의도 셔츠도 벗어던지고 새까만 등을 드러낸 채 뛰어노는 소년도 있었다. 봄의 햇살은 땀이 밸 만큼 따뜻했다. 바람만 없으면, 개구쟁이들은 바다에 뛰어들어 헤엄을 치고, 사람들에게 여름이 온 것 같은 착각을 불러일으킬 것이다. 바람은 꽤 강하지만 남풍이어서 예년보다 훨씬 따뜻한 4월초였다.

마침내 왼쪽으로 한라신문사의 목조 2층짜리 건물이 보였다. 마침 건물 앞에서 신문 뭉치를 실은 자전거가 천천히 달리기 시작했다. 신문을 배달하러 가는 길이었지만, 배달원이 따로 있는 것은 아니었다. 신문 배달은 총무부의 일 중 하나였는데, 사무도 보는가 하면 배달도 하고 있었다. 남승지는 천천히 심호흡을 한 번 하고 나서, 가까이 다가온 신문사의 반쯤 열린 문 안쪽을 힐끗 보며 지나쳐 갔다. 만일 여기서 불쑥 문 안쪽에서 나온 김동진과 얼굴을 마주한다 해도, 서로 모르는 척하고 스쳐 지나갈 것이다. 4·3봉기에 즈음하여, 모든 권력 기관과 권력 측의 여러 단체, 그리고 제주도민에게 보내는 호소문은 이곳 인쇄소에서 비밀리에 인쇄된다. 이미 어젯밤에 인쇄되었을지도 모르지만, 그것이 한 장의 삐라에 불과할지라도, 김동진과 그 밖의 몇 명에 의해 이루어지는 지극히 위험한 일이었다.

신문사 옆 전봇대와 민가의 벽에는 '제헌국회의원 총선거 절대추진' 등의, 5월 10일 단독선거를 절대 지지와 추진, 그리고 좌익극렬 반동분자를 분쇄하자는 내용의 삐라가 붙어 있었다. 남승지는 자신의 머릿속에서 두 종류의 상반되는 삐라가 팔랑팔랑 나비처럼 얽혀서 춤추는 것을 보고, 게다가 호소문의 삐라가 또 한쪽의 삐라를 땅에 쳐서 떨어뜨린 뒤 깔고 누르는 것이 보이자, 자신도 모르게 몸서리를 치며 걸음을 재촉했다. 손목시계는 열두 시 반을 가리키고 있었다. 마침 점심시간이라, O중학교에 전화를 해도 유달현은 자리에 없을지 모른다. 거듭 전화하는 것은 되도록 피하는 편이 좋기 때문에, 좀 더 기다렸다가 전화를 걸기로 했다. 양준오에게 전화를 하는 것도 마찬가지였다. 먼저 유달현과 연락해서 협의를 끝내지 않으면, 다른 곳에 전화를 걸어 시간약속을 할 수가 없었다. 남승지는 공복감을 느꼈다. 지금 시간이 있을 때 어디서든 간단히 점심을 먹어 두는 편이 좋았다.

밀짚모자 밑에서 그의 시선은 주의 깊게 움직이고 있었다. 그 시선의 끝은 길을 오가는 젊은 여자들의 얼굴에 민감하게 반응하고 있었다. 아까부터 무의식중에 혹시 외출했을지도 모르는 이유원의 모습을 찾고 있었던 것이다. 성내에 온 이상은 어떻게 해서든 만나지 않으면 안 된다. 혹시 만날 수 없다 해도, 오늘 이 시간에 남승지가 성내에 와 있다는 사실만은 그녀에게 알리지 않으면 안 된다. 즉 곁에까지 와 있다는 것을 꼭 알려 주고 싶었다.

관덕정 광장으로 나오는 C길 중간 정도의 네거리 근처까지 왔을 때, 남승지는 길모퉁이 전봇대 옆에 몰려 있는 사람들을 보았다. 잠깐 들여다보고 지나칠 생각이었으나, 의외로 모여든 사람들 가운데에서 부스럼영감의 모습을 발견했다. 조직이 지하로 들어가기 전에, 양준오와 함께 이따금 이방근을 찾아가던 무렵, 두세 번 본 적이 있는 그 집의 늙은 하인이었다. 지금은 그 집에서 나온 것으로 알고 있는 노인은 용암으로 만들어진 것처럼 울퉁불퉁하고 추한 얼굴에 긴 장죽을 물고, 천천히 연기를 빨아들여 코로 내뿜고 있었다. 노인은 멍하니 눈을 감고 있었고, 담뱃대 통의 담배는 거의 타들어 가 있었다. 흰옷은 더러워져 변색되었고, 옆에 놓인 보따리에서는 걸레처럼 낡은 수건이 삐져나와 있었다. 하하, 손 서방이 경찰의 손을 뒤로 결박할 때 사용한 것과 같은 흔해 빠진 수건이다……. 가장자리가 너덜너덜하게 해진 짚신 속의 발은 돌멩이처럼 단단하여, 문득 산천단 동굴의 목탁영감을 연상시키지만, 축 처진 눈꺼풀 그늘의 탁하고 작은 눈은 목탁영감의 커다랗고 무심한 퉁방울눈과는 달랐다. 그러나 남의 비웃음에 응수할 때의 그 눈은, 탁한 막을 싹 걷어 내면서 이글이글 사람을 찌르는 불꽃을 지펴 올리는 것이었다. 이방근이 이 추한 외모의 노인에게 애정을 쏟고 있다는 말을 언젠가 양준오로부터 들은 남승지는 별난 취미도 다 있구나 하는 느낌을 가졌지만, 그것은 너무 천박한 생각일지도 몰랐다. 길가에 무심히 앉아 있는 노인을 눈앞에 보고 있자니 그런 생각이 들었다. 그 두툼하고 가장자리가 없는 꼴사나운 입, 인간 육체의 머리라는 추한 덩어리에 뚫린 구멍. 짜부라진 것처럼 작고 뾰족한 귀, 반백의 짧은 머리카락에 때와 진흙이 딱지처럼 더덕더덕 들러붙은 머리, 그리고 이상한 냄새를 풍기는 체취. 커다란 늙은 원숭이 한 마리가 눈앞에 있다 해도 좋았다. 그러나 아무리 악취미라 해도, 부스럼영감은 역시 어떤 취미의 대상이 될 만한 존재는 아니었다. 그렇다, 별난 취미나 악취미 같은 것은 아니다. 노인에 대한 이방근의 애정에는 좀 더 다른 무언가가 있을 것이다.

사람들이 몰려 있다 해도 고작 열 명 안팎이라, 애쓰지 않고 부스럼영감의 모습을 볼 수는 있었지만, 동시에 노인의 시선에 간단히 노출될 위험도 있었다. 노인이 그의 얼굴을 기억하고 있다가, 시선이 마주친 순간 말을 걸기라도 하면 곤란하다. 여느 때라면 안녕하시냐고 반

삽게 말을 섥겠지만, 남승지는 앞에 선 남자의 등 뒤에 몸을 숨기나 시피하고, 노인과 구경꾼들 사이에 오가는 대화를 지켜보았다.

"……이히히히, 나에 대해서 왜 그리도 알고 싶은 거냐. 내가 성내에 온 건 말야, 꼭 한 달 만이야. 달님처럼 말이지. 달님도 지구를 한 바퀴 돌면, 꼭 한 달 만에 원래대로 돌아오잖아. 헤헤헤……."

갑자기 구경꾼들이 입을 크게 벌려 폭소를 터뜨렸다. 운집한 사람들의 층이 두꺼워지기 시작했다.

"이봐, 영감, 당신 그럴싸한 말을 하는군 그래. 달이 지구 주위를 돈다는 건 어디서 배웠지?"

"부스럼영감, 영감은 성내에 뭣 하러 왔어? 시골에서 종기 고름을 빨아 모은 돈을 성내에 뿌리러 왔나. 아니면 옛 주인이 그리워지기라도 한 건가. 영감이 오다니, 뭔가 불길한 징조인데."

"난 말야, 이 섬이 좋아서 한 바퀴 돌았을 뿐이야……. 불길이고 뭐고 관계없다구. 내가 전에 여기에 있을 때는 이 읍내의 운수가 어땠나? 나는 그렇게 운수를 좌지우지할 만큼 훌륭한 사람이 아니야. 헷헷헤……."

노인은 1미터나 될 만큼 기다란 담뱃대 끝을 옆에 있는 전봇대에 두드려 재를 떨어낸 뒤 손으로 받쳐 입에 물고는, 눈앞에 있는 사십대 곰보 사내에게 쑥 내밀었다. 대통 구멍에 궐련 한 개비라도 꽂아 보라는 신호였다. 주머니에서 담뱃갑을 꺼낸 남자가 담배 한 개비를 눈앞에 다가온 긴 장죽 대통에 하얗고 작은 굴뚝처럼 꽂아 준다. 노인은 장죽을 입에서 떼고 대통을 눈앞으로 돌리더니, 꽂혀 있던 담배를 뽑아 반으로 잘랐다. 그리고는 다시 대통에 꽂고 불을 붙여 천천히 피우기 시작했다.

"옛 주인이 보시면, 그 꼴을 얼마나 한탄하실까. 영감은 또 그 방탕

한 아들 집으로 돌아갈 작정인가." 사십 대 곰보 사내는 담배 한 개비의 본전을 뽑겠다는 듯이 험담을 했다. "이씨 집안 서방님께 개처럼 목걸이를 매 달려서, 산책이라도 따라나서는 게 어때, 부스럼영감, 어디, 여기서 멍 하고 한번 짖어서 여러분께 인사를 해 보지 그래."

"힛히히히······. 정말로 짖으면 어떻게 할 건데, 응? 그쪽은 내 앞에서 자지라도 꺼내 보일 생각인가, 오랜만에 나온 이 부스럼영감이 그렇게 신기하고 반갑다면, 내 앞에 시주나 듬뿍 하는 게 어때. 자아, 거기 좀 비켜서 내 갈 길이나 열어 주시게. 난 갈 데가 있어······."

노인은 긴 장죽을 지팡이 대신 천천히 좌우로 흔들어 길을 열면서, 절름거리는 다리로 뒤뚱뒤뚱 일어나 옆에 놓인 보따리를 집어 들었다.

구경꾼들은 그렇게 노인을 멸시하면서도, 마치 귀인의 명령에 순종하듯 금세 좌우로 갈라져, 관덕정 광장으로 향하는 노인에게 길을 열어 주었다.

남승지는 부스럼영감의 뒤를 따르듯 관덕정 광장 쪽으로 향했다. 뒤뚱뒤뚱 몸이 한쪽으로 기울어지는 절름발이 걸음이면서도 꽤나 다리가 튼튼한 노인은 발 빠르게 광장으로 나왔다. 남승지는 부스럼영감이 점심식사를 어떻게 할까 하고 생각하면서, 광장으로 나오는 입구에 있는 중화요릿집으로 들어갔다. 작은 식당은 만원이라서, 자리가 빌 때까지 손님 옆에서 서서 기다리지 않으면 안 되었다. 시골에서 온 사람들 중에는 국물만 시켜서, 보리밥 도시락을 펼쳐 놓고 먹는 사람도 있었다.

우동 한 그릇을 주문한 남승지는 부스럼영감을 만난 탓인지, 이방근의 집에 꼭 전화를 해야겠다고 다시 한 번 생각했다.

그런데, 이방근 남매는 못 만난다 하더라도, 양준오와는 어떻게든 오늘 중으로 Y리로 돌아가기 전에 만나야 했다. 양준오는 지난 달 25

일 자로 제수 미군정청을 그만두고, 어제 4월 1일부터 노정에 지사 비서 격인 경리과장으로 나가고 있을 터였다. 남승지는 일본에서 돌아온 뒤로 아직 양준오를 만나지 못하고 있었다. 그가 도청에 근무하게 된 것만 해도 잘된 일이었다. 그는 해방된 조국의 현실에 염증을 느끼고 이 섬에서도 떠나고 싶어 했기 때문에, 도청에 들어간 것은 이 섬에 그대로 눌러앉겠다는 의사표시였을 것이다. 일제강점기부터 여러 가지로 영향을 받아온 선배 격의 양준오에 대해서, 이전부터 군정청 통역을 그만두겠다는 것을 말린 사람은 남승지였다. 남승지는 상부의 지령에 따라 양준오로 하여금 군정청에 적을 둔 채 조직의 특별당원이 되게 하는 공작을 추진해 왔지만, 그는 쉽사리 응하지 않았다. 양준오는 이방근과 닮은 데가 있어서, 조직 같은 데 들어가는 것을 떳떳하게 여기지 않는 구석이 있었다. 비밀당원의 주요 임무는 권력기관의 기밀정보 수집이었는데, 제주도 미군정청의 재무국(법무와 재무 두 개의 국이 있고, 직원은 통역을 포함하여 한 개의 국에 몇 명 정도였다)은 도청 직원의 급료 지불이 주된 업무라서 이렇다 할 기밀이 있는 것도 아니었다. 법무국도 군정령(軍政令)에 의거하여 제주도 행정에 필요한 법령을 새로 작성 번역하는 것이 주된 업무라서, 특별히 기밀에 속하는 것이 없다고 했다. 이에 비해, 권력기관의 기밀을 입수하기에는 도지사 비서 격인 도청 경리과장 쪽이 훨씬 유리할 것이다. 양준오는 비밀당원이 된다는 전제하에 도청에 취직한 것은 아니었지만, 섬을 떠날 생각을 버린 것만은 사실이었다. 게다가 급료도 천 5백 원에서 2천 원으로 올랐다.

　남승지는 우체국으로 가서 유달현에게 전화를 했다. 먼저 유달현과의 협의가 끝나지 않으면 다른 곳에 전화를 해서 일정을 정할 수가 없었다. 마침 유달현이 전화를 받았다. 목소리로 금방 유달현이라는 걸 알았지만, 전화를 받는 태도는 의아하리만치 무뚝뚝하고, 불쾌감을 노골적으로 드러내는 것처럼 느껴졌다. 그 말투로는 인쇄물이 다 됐는지 어떤지 판단할 수 없었지만, 건방지다고 생각되는 그 태도는 어쩌면 인쇄물이 다 됐다는 과시일지도 몰랐다. 두 시 반에 유달현의 하숙집에 가기로 하고 전화를 끊었지만, 기분이 좋지 않았다. 앞으로 열두어 시간 뒤로 다가온 무장봉기를 눈앞에 두고, 동지 간의 긴장된 감정에 찬물을 끼얹는 듯한 태도였다. 남승지는 계속해서 바로 옆의 도청에 전화를 걸어 양준오를 불러냈다. 양준오는 자리에 있었다. 그는 다섯 시 반까지 하숙집으로 돌아가 있겠다고 말했지만, 남승지는 어쩌면 조금 늦어질지도 모른다고 말한 뒤, 전화를 끊었다.

이제 이방근의 집에 전화를 하지 않으면 안 된다. 조직의 업무와는 직접 관계가 없는 전화라서 앞의 두 사람보다는 마음이 편했지만, 유원을 의식하자 갑자기 심장박동이 빨라지고 수화기를 드는 손이 무거워졌다. 게다가 유원이나 그 오빠도 아닌, 그리고 하녀 부엌이도 아닌 여주인이 전화를 받으면 어떻게 할까. 남승지는 그저께 남매가 '해방구'로 찾아왔을 때, 집안사람들이 강몽구 같은 손님의 출입을 경계하고 있다는 이야기를 들었던 것이다.

남승지는 수화기를 들고, 교환수에게 상대방의 전화번호를 말했다. 이윽고 상대방의 전화벨이 남승지의 가슴을 때리듯 울리기 시작하더니 수화기를 드는 소리와 함께, 여보세요 하고 응답한 여자의 목소리는 우연히도 유원이었다. 깜짝 놀란 남승지의 표정이 금세 밝아졌다. 그는 콜록거리며, 여보세요, 안녕하십니까, 저는 김명우입니다……하고 이름을 밝혔지만, 상대는 금방 기억해 내지 못하는 것 같았다. 여보세요, 누구시라구요, 김명……? 하고 앵무새처럼 되풀이하여 남승지를 실망시켰다. '김명우'는 그저께 남매가 '해방구'에 왔을 때, 조직에서 쓰는 별명이라고 알려 주었던 터였다. 그러나 남승지의 실망은 순식간에 사라졌다. 그녀는 곧, 어머나 승지 씨군요, 미안해요, 목소리는 승지 씨인데…… 하고 좀 당황했어요, 라고 자신의 말을 받았던 것이다. 그러나 그 목소리는 여느 때와는 달리, 갑자기 어딘지 모르게 망설이며 당황하고 있는 듯한 기척이 전해졌다.

"여보세요. 저어, 오빠는 댁에 계십니까?"

왜 이런 식으로 말을 돌리는 것일까. 남승지는 그녀에게 볼일이 있었다. 그녀를 만나고 싶다, 잠깐만이라도 얼굴을 보고 싶다는 볼일이 있었다. 그러나 그는 전화 목소리를 통해서 수화기 저편에 이유원의 존재를 확인했을 뿐, 자못 오빠에게 볼일이라도 있는 것처럼 말을 했다. 당신을 만나고 싶어, 라고는 도저히 말할 수 없었다. 마침 옆에 이방근이 서 있었는지, 잘 알아들을 수 없는 남매의 대화가 한두 마디 수화기 저편에서 들리더니, 굵은 남자 목소리로 바뀌었다.

"아, 승지 군인가. 지금 어디 있나?"

성내에서 전화를 한다면, 먼저 우체국을 생각할 수밖에 없는데, 이방근은 뻔한 질문을 했다.

"지금 우체국에 있습니다."

"언제 돌아가나?"

"오늘 중으로 돌아갈 겁니다."

"음, 오늘 중이라……, 그렇다면 저녁때 전화를 다시 할 수 있겠나. 가능하다면 그렇게 해 주게."

"예, 알겠습니다. 그럼 전화를 끊겠습니다. 유원 동무에게도 말씀 잘 전해 주십시오."

"그래, 전해 주지."

상대방의 전화 끊는 소리를 듣고 나서 남승지는 수화기를 놓았다.

뭔가가 있다고 직감하면서도 남승지는 순간, 실망감이 뿜어내는 검은 먹으로 가슴이 까맣게 물드는 느낌이었다. 지금까지 있었던 이방근과의 몇 번의 전화에서 이렇게 어이없는 대화를 나눠본 적은 없었다. 주고받는 말은 간단해도, 좀 더 실속이 있고 구체적이었지, 지금처럼 시간도 장소도 허공에 뜬 것처럼 막연하지는 않았다. 오늘은 전화의 내용이, 유달현도 이방근도 왜 모두 이 모양인가. 저녁에라도, 그래, 저녁에라도 전화를 하지 않으면 안 되겠지, 약속이니까. 그러나 전화를 해서 어쩌겠다는 건가. 유원과는 방금 전에 전화로 잠시 목소리를 들었을 뿐, 이제 더 이상 만날 수 없을 것 같은, 그래, 오늘을 놓친다면 만나는 것은 당분간 불가능하다고 해도 좋았다. 무장봉기, 동란, 이유원의 서울행……. 남승지는 바로 그녀 곁에까지 와 있으면서, 마치 영원한 이별이 될 것 같은 초조감으로 몸이 타는 듯했다. 여기서 7, 8분만 걸으면 이방근의 집까지 갈 수 있다. 거기에 지금 그녀가, 오만한 표정을 허물어뜨리며 웃을 수 있고, 말할 수 있고, 움직일 수 있는 육체를 가진 그녀가 존재하고 있다. 남승지는 당장에라도 유원에게 달려가고 싶은 충동에 사로잡히며 우체국을 나왔다. 시각은 한 시 반, 유달현과의 두 시 반의 약속까지는 한 시간의 여유가 있었다.

2

남승지로부터 걸려 온 전화를 끊은 이방근은 응접실 소파에 앉아, 피아노에 기대어 서 있는 유원을 바라보며 말했다.

"으―음, 어떻게 할까. 저녁때 다시 한 번 전화를 하라고 말은 했는데, 집에 오라고 할 수는 없고……. 좀 곤란하군."

"곤란하다니, 오빠는 승지 씨와 무슨 약속이라도 했어요?"

유원은 완전히 객관적인 말투를 썼다.

"특별히 약속한 건 아니지만, 모처럼 성내에 왔으니 들르면 좋잖아. 그런데 넌 남승지를 만나고 싶지 않아?"

"싫어요, 오빠는 왜 늘 그런 식으로 말씀하세요?" 유원은 토라지듯 고개를 홱 돌리며 말했다.

"언제나라는 건 또 뭐냐, 오빠 말투가 마음에 안 드는 거지. 승지 동무는 널 만나고 싶어 해."

"그럴까요. 오빠가 잘도 아시네요. 저도 승지 씨가 집에 오시는 건 환영해요. 하지만 오늘은 사정이 그렇지 못하잖아요……."

유원은 피아노 뚜껑을 열고, 선 채로 건반을 천천히 다-안, 다-안 하고 두드렸다.

"그래서 말하는 거야. 오늘 중으로 돌아간다니까, 가능하면 만나는 게 좋아. 당분간 만날 수 없을지 몰라."

"왜요……?"

그녀는 건반을 두드리던 손을 멈추고 오빠를 돌아보며 의아한 표정 으로 물었다.

그녀의 표정은 오빠를 의심하고 있지 않았다. ……어젯밤 부엌이가 방에 숨어 들어왔을 때의 어둠 속의 눈. 어젯밤 바람 소리에 섞여 툇 마루를 삐걱거리며 다가오던 발소리. 부엌이를 찾아 한밤중에 안뜰을 헤매던 새끼 고양이의 울음소리를 분명히 들었을 발소리의 주인공. 유원은 어젯밤의 그 발소리의 주인공도 아니고, 자신의 방 앞을 지나 이방근의 침실로 다가간 그 어둠 속의 발소리도 듣지 못한 모양이었 다. 고개를 돌려 의아한 표정으로 말끄러미 오빠를 쳐다보는 그 눈은,

어젯밤 암흑 속에서 어둠을 응시하던 침묵의 눈과는 달랐다. 한낮이 다 되어 일어난 이방근은 계모인 선옥과 여동생의 기색을 넌지시 관찰하고 있었다. 그리고 그 가운데 한 사람이 부엌이에게 향했을 매서운 시선의 반사를 부엌이의 표정에서 확인하려 했지만, 그녀는 무표정했다. 그녀의 얼굴을 찔렀을 두 사람 중 한 사람의 시선에 의한 칼자국이 보이지 않았다. 어젯밤에 삐걱삐걱하며 툇마루를 울린, 결코 헛들은 것이 아닌 그 발소리의 주인공은 아버지가 아니라, 두 사람 중의 한 사람일 것이다. 강한 바람 탓이 아니다. 그에 뒤섞인 발소리였다. 두 사람의 분위기는 어젯밤의 일과는 전혀 관계없어 보였다. 다음 기회를, 오늘 밤을, 앞으로 다가올 밤의 또 다른 기회를 노리고, 그 눈은 어둠 속을 계속 응시하고 있겠다는 것인가. 은밀한 공기가 감돌고 있었다. 왜 부엌이를 불러 따져 묻고, 회초리로 때리고, 부스럼영감을 쫓아낸 것처럼 이 집에서 쫓아내려 하지 않는가. 어둠 속의 눈은 선옥일 것이다. 그리고 아버지에게도 당분간은 말하지 않을 것이다. 설마 아버지일 리는 없었다. 아버지가 알았다면 이미 문제가 되었을 것이다. 아무리 그렇다 해도, 왜 이렇게 아무 일도 없었던 것처럼 조용할까. 왜 선옥은 침묵하고 있는 것일까. 아마도 어젯밤의 발소리가 환청은 아닐 것이다. 환청. 환청……, 그렇지는 않다.

"왜라니? 당연하잖아. 너도 서울로 돌아가야 하고, 남승지도 그렇게 자주 성내에 올 수는 없어. 오늘 그가 마을로 돌아가기 전에 만나는 편이 좋아."

"……" 유원은 피아노 의자에 앉으며 몇 초간 사이를 두었다가 말했다. "어디서요?"

"글쎄, 그건 저녁 무렵 그에게서 전화가 올 때까지 생각해 두면 돼. 전화는 반드시 걸려 올 텐데, 다방이라든가 밖에서 만날 수는 없을 거야."

변소 쪽 뒤뜰에서 장작 패는 탄력 있는 소리가 나기 시작했다. 부엌
이었다. 계모인 선옥은 외출하고, 집에는 남매와 부엌이 밖에 없었다.

"하지만 아버지가 돌아오시면 하실 말씀이 있나 봐요."

"너는 관계없어. 아버지는 내게 할 이야기가 있다고 하셨잖아."

"그나저나 대체 무슨 이야길까요. 미리 전화를 해서 기다리라고 하
시다니. 아버지가 오빠에게 그런 말씀을 하신 적이 없잖아요."

"너와 함께 성산포에 가서 하룻밤 자고 온 일을 문제 삼고 계셔. 어
쨌든 잘 들어, 너는 '해방구'에 갔다 온 일을 절대로 입 밖에 내서는
안 돼."

"예."

바로 20분쯤 전에 아버지로부터 여동생에게 전화가 걸려 와, 잠시
후에 집으로 갈 테니까, 오빠에게 아무데도 가지 말고 집에 있도록
전하라는 지시가 있었다. 유원의 말대로 드문 일이었다.

이방근은 자신의 서재 소파로 돌아갔다. 아버지는 잠시 후에 돌아
온다고 했지만, 벌써 40분이 지나도록 아무런 소식이 없었다. 아버지
와는 어젯밤 당신이 서재로 직접 찾아왔을 때 만났을 뿐, 아직 얼굴을
마주치지 않았다. 여동생의 말에 따르면, 아침에도 평소와 마찬가지
로 아홉 시 전에 집을 나갔다고 했다. 아마 어젯밤 외출에서부터 오늘
에 걸쳐, 이방근 남매가 Y리의 버스정류장에서 강몽구와 함께 있었다
는 소문의 출처를 찾아다니고 있는 게 틀림없었다. 그렇다 쳐도, 잠시
후에 돌아온다더니 너무 오래 걸렸다. 이방근은 약간 불안감이 없는
것도 아니었지만, 혹시 일 때문에 결국은 저녁에나 돌아오시는 게 아
닐까 하고 고쳐 생각했다. 그렇다면 당연히 연락이 있어야 했다.

이방근이 여동생에게 전화를 걸게 하여 아버지의 귀가시간을 확인

하려 했을 때, 응접실에서 들리던 여동생의 피아노 소리가 갑자기 그치고, 전화벨이 울리는 듯했다. 전화벨 소리가 그친 것이 여동생이 수화기를 든 모양이다. 아버지로부터 온 전화일지도 모른다.

그런데 어찌 된 셈인지, 바로 전화를 끊은 듯한 여동생이 황급히 툇마루를 달려오는 기척이 났다. 서재에 뛰어들 듯이 숨을 헐떡이며 이방근 앞에 우뚝 선 여동생은, 오빠, 아버지가 큰일났어요, 하고 외치듯 말했다. 아버지가 은행 이사장실에서 졸도했다는 것이다. 전화는 계모에게서 걸려 왔는데, 이미 끊어진 뒤였다. 우연히 은행에 들른 계모가 연락해서 급히 의사가 왔고, 지금 아버지는 이사장실에서 안정을 취하는 중이라고 했다. 자신의 방으로 돌아간 유원은 스웨터 위에 학교 제복인 감색 상의를 걸치면서 서재에 얼굴을 내밀고, 빨리 가 보자고 오빠를 재촉했다. 그 안색은 혈색을 잃어 파랗게 질렸고, 그 목소리는 눈물이 섞인 것처럼 젖어 있었다. 아버지에 대해 거리를 두면서도, 여동생은 역시 아버지를 생각하는 딸이었다.

"안정을 취하고 누워 계신다면, 그렇게 당황할 건 없어. 환자 옆에 가서 소란을 피우는 건 오히려 좋지 않아." 이방근은 소파에 몸을 묻은 채 말했다. 환자? 지금 내가 환자라고 했나, 왜 아버지라고 말하지 않았을까. 환자, 졸도, 도대체 어떻게 된 일인가……. "왜 전화로 좀 더 자세히 물어보지 않았어? 졸도했다는 것뿐 병명도 모르잖아. 그건 그렇다 치고 나한테 전화를 바꿔 줬으면 좋았을 것을, 어머니도 그렇지."

"어머니도 우는 목소리로 당황하고 있었어요. 어쨌든 오빠, 빨리 가요. 자세한 건 가 보면 알 거예요……."

"아, 알았어, 나가자."

이방근은 노타이 와이셔츠 위에 양복 상의를 걸치고 여동생과 함께 집을 나왔다.

관덕정 광장으로 나와, 다시 광장을 가로질러 신작로와 접해 있는 식산은행 건물 앞까지 왔을 때, 두 사람은 마침 문을 열고 나오는 최상화와 우연히 마주쳤다.

"아, 아니, 이거 이방근 동무 아닌가, 그리고 여동생, 남매가 함께, 웃후후후……."

나비넥타이를 맨 국회의원 입후보자는 낭패한 얼굴로 자신이 먼저 연하인 이방근을 향해 악수를 청하려는 듯 오른손을 내밀었다. 왼손에는 무거워 보이는 가방이 들려 있었다. 이방근은 기계적으로 그 미지근하고 끈적끈적한, 감촉이 좋지 않은 손을 잡은 뒤, 여동생을 향해 먼저 2층으로 올라가라고 일렀다.

"안녕하십니까, 최상화 씨. 이건 또 우연이로군요, 이런 데서 만나다니. 혹시 상화 씨는 아버지를 만나시지 않았습니까. ……아, 그렇습니까, 그거 정말 감사합니다. 그런데 아버지의 용태는 어떻습니까?"

"으―음, 글쎄, 처음에는 나도 깜짝 놀랐지만, 의사가 와서 보고는 빈혈인 것 같다고 하더구만. 뭐, 과로인지도 모르지. 어쨌든 이런저런 일이 많아서, 상당히 무리를 하고 계셨으니까."

"아버지도 마침 그 자리에 상화 씨가 계셔서 위기를 넘긴 것 같습니다. 그런데, 저도 한번 상화 씨를 만나 뵈려고 생각하던 참인데, 오늘은 상당히 급하신 모양이고, 저도 지금 아버지를 뵈러 가야 하니까, 언제쯤 다시 뵐 수 있을까요. 저는 가능하면 빠를수록 좋습니다만……."

이방근은 도전적인 빛을 띠기 시작한 그 독기 서린 눈을 계속 최상화에게 쏟아 부으며, 상대를 놀리듯 전혀 마음에도 없는 말을 했다.

"그럼, 그럼, 얼른 아버님 계신 곳에 가는 게 좋지. 이럴 때 의지할 수 있는 건 육친 밖에 더 있겠나."

최상화는 핸들이 뒤틀린 자전거처럼 몸의 방향을 돌리고, 마치 꽁무니를 빼려는 듯 허둥거리며 말했다.

"그럼 언제쯤……? 저는 오늘이라도 괜찮습니다만……."

이방근은 아버지에게 새로운 정보를 제공한 것이 틀림없는 최상화를 심술궂게 벽 쪽으로 몰아붙였다.

"아니, 뭘, 그러니까, 나 같은 사람을 만나고 말고 할 게 있나……. 그럴 필요 없네. 그럼 나중에 또 보세, 나는 지금 마침 사람을 좀, 중앙정청에서 온 사람을 기다리게 해서 말일세. 그럼 이방근 동무, 나는 이만 실례하네."

최상화는 짧고 굵은 다리를 바삐 움직여, 광장에서 C길 쪽으로 사라져 갔다. 이방근은 최상화가 도망쳤다고 생각했다. 지금까지 아버지와 함께 있던 남자가 가족이 오자, 아니 이방근이 올지도 모르기 때문에 모습을 감춘 것이다. 어쨌든 아버지가 졸도한 건 빈혈 때문이라니 다행이었다. 뇌출혈이라도 일으킨다면 일이 복잡해진다.

아버지는 광장을 바라보는 2층 이사장실의 소파 두 개를 붙인 뒤 깔아 놓은 이불에 베개도 베지 않고 반듯이 누워 있었다. 넥타이를 푼 와이셔츠 차림으로 모포를 가슴 언저리까지 덮고서 꼼짝도 하지 않았다. 창문을 다갈색 커튼으로 가려서 실내가 어두컴컴했기 때문에, 처음 들어섰을 때는 소파 옆 의자에 앉아 있는 선옥과 여동생을 누가 누군지 확실히 분간할 수 없었다.

아버지는 눈을 뜨고 있었다. 다가오는 아들의 모습을 잡기 위해 눈동자가 빛을 반사하며 움직이는 것으로 보아 의식은 또렷한 듯했다.

"아버지, 괜찮으세요?"

아버지 옆에 선 이방근이 말했다. 마치 남의 목소리처럼 울렸다.

아버지는 아들을 흘낏 바라보았지만, 퉁방울눈의 시선을 천상 한구석에 못 박은 채 대답을 하지 않았다. 말을 하지 못하는 게 아니라, 일부러 하지 않는 것이었다. 전혀 정기를 잃지 않은 눈이 그걸 말해 주고 있었다. 유원이 오빠의 상의 자락을 가볍게 잡아끌며 무슨 신호를 했다. 아무 말도 하지 말라는 것인가.

"어떻게 된 거야?"

이방근이 선 채로 말했다. 선옥이 의자에서 일어나 이방근을 방구석으로 데려가, 아버지는 흥분해 있으니까 아무 말도 하지 말고 가만히 놓아두는 편이 좋다고 속삭였다. 아직 사십 대인 계모의 몸에서 화장품 냄새와 비릿한 살 냄새가 어두컴컴한 공기 속으로 피어오른다. 여동생인 유원 이상으로 여자의 체취가 풍겼다.

"어떻게 된 겁니까?"

이방근은 계모로부터 한 걸음 물러나듯 거리를 두며 말했다.

"아이고, 방근이, 제발 정신 좀 차리고, 아버지 좀 도와드려⋯⋯."

계모인 선옥이 고개를 숙이고, 당장이라도 울음을 터뜨릴 것처럼 소리죽여 말했다.

"＿＿＿"

이방근은 놀라서 갑자기 작아진 듯한 눈앞의 계모를 바라보았다. ⋯⋯방근이, 제발 정신 차리고 아버지 좀 도와드려, 제발 정신 차리고⋯⋯. 지금까지는 이방근을 향해서 이런 말을 할 수 있는 선옥이 아니었다.

"좀 전에 밑에서 최상화 씨를 만났는데, 그 사람이 무슨 말을 했습니까? 나에 대해서⋯⋯."

"⋯⋯" 선옥은 고개를 끄덕였다. 역시 그랬다. 최상화로부터 나온 정보가 상당히 확실한 사실로서 아버지에게 받아들여진 모양이었다.

게다가 계모의 귀에까지 그 정보가 들어간 모양이었다. "아버지는 두 사람이 공산당 조직이 있는 곳에 다녀온 걸 아시고, 그 이야기를 듣고 쓰러져 버렸어. 최상화 씨는 친절한 마음으로 이야기해 주었겠지만…….."

"핫핫핫, 누가 그런 터무니없는 소리를 합니까, 예? 최상화 씨가 그랬나요, 그 선생이. 지금은 됐습니다, 지금은. 아버지가 흥분해 계시니까요."

이방근은 창가 책상 위로 인왕처럼 뛰어올라가 커튼을 갈기갈기 찢어, 햇빛을 성난 파도처럼 방 안에 끌어들이고 싶은 충동과 분노를 느꼈다. 최상화, 이 빈대 같은 놈, 아니, 최상화에게 정보를 제공한 배후가 있을 것이다.

"무엇보다도 아버지가 괜찮으신 것 같아서, 그것만이라도 안심입니다. 달리 입원 같은 건 하지 않아도 괜찮을까요."

"의사 선생님 말로는 한두 시간 이렇게 안정하고 있으면 괜찮대. 저녁때 다시 한 번 왕진하러 오실 거야."

"자아, 저쪽으로 좀 가시죠."

이방근이 말했다. 생각해 보면, 기생 출신인 선옥은 나이 든 아버지에게 유일한 반려자인 셈이었다. 선옥은 자기 자리로 돌아가 앉고, 이방근도 여동생이 가져온 의자에 앉았다.

"한마디만 말씀드리겠습니다만, 아버지, 그건 날조된 헛소문입니다. 뭔가의 의도를 가지고 만들어 낸 헛소문이란 말입니다. 아들의 말을 믿어 주십시오."

이방근은 지금 아버지를 안심시키기 위해서라도 이렇게 버틸 수밖에 없었다. 오늘 밤 두 시로 다가온 무장봉기에, 아버지는 이런 상태로 어떻게 대응할 것인가.

"헛소문이 아니야. 분명히 본 사람이 있어. 이제 와서 나한테 서슷 말할 필요는 없다. 안 그러냐, 유원아." 그 말에 분노가 담겨 있을 만큼, 아버지는 말짱했다. 이건 방금 졸도한 환자가 아니었다. 그저 누워 있을 뿐, 평소의 아버지와 다름이 없었다. 아버지 발치의 의자에 앉은 여동생은 고개를 숙이고 있었다. "방근아, 나는 너한테 헛소문이 아니라는 것을 증명해 보일 수 있어. 너희들이 이 애비를 속이고 있다는 걸 말이야, 음……." 아버지는 이를 갈았다.

"유원이와는 관계없는 일입니다. 제가 한번 그 증인이라는 사람을 만나 보겠습니다. 그러니 아버지, 지금은 안정을 취하십시오."

"그래요, 여보. 아직은 너무 말씀을 많이 하시지 않는 게 좋아요. 지금이 제일 중요한 때니까요. 이봐, 방근이, 먼저 돌아가……. 무슨 일이 있으면 곧 전화를 할 테니까."

"예, 알겠습니다. 의사와 의논해서, 늦어지지 않도록, 차를 타고서라도 집에 돌아가 쉬셔야 합니다. 형편을 봐서 저녁때라도 들르겠습니다만."

"……그래."

선옥은 그렇게 대답하면서, 순간 의아한 시선으로 이방근을 바라보았다. 후각이 마치 촉각처럼 예민한 여자다. 저 눈빛 속에, 어젯밤 그 어둠 속의 눈이 잠겨 있을 게 분명했다.

"유원아, 그럼 가자."

여동생이 의자에서 일어났다.

"그럼, 아버지……."

"너는 거기 앉아라."

아버지가 명령했다.

너는 거기 앉아라? ……. 아버지의 말투는 엄격했다. 의자에서 일어나 소파 곁을 떠나려던 이방근은 고개를 돌려 아버지를 바라보았다. 여동생에게만 앉으라니, 도대체 무슨 일인가. 그럼, 아버지……
하고 작별인사를 하려던 유원은 아버지의 명령에 발목을 잡힌 것처럼
그 자리에 우뚝 섰다.

"왜 그러십니까? 아버지."

이방근은 아버지 발치 쪽의 의자에서 일어나 약간 튀어나온 입술을
깨물며 말없이 아버지를 돌아보고 있는 유원을 힐끗 쳐다보며 말했다.

"여보, 오늘은 이만하면 됐잖아요. 이 정도로 해 두고 안정을 취하
시지 않으면……."

"아버지, 어머니 말씀대로 그렇게 하세요. 저는 돌아가겠습니다. 잠
시 주무시는 편이 좋을 테니까요……."

"뭐라고……. 언제든지 돌아갈 수 있잖아, 어쨌든 앉아, 아버지 분
부야."

아버지 이태수는 모포 밖으로 내뻗은 한쪽 팔을 지시하듯 허공에
들어 올리며 같은 말을 되풀이했다. 그러나 그 목소리는 공기가 빠진
것처럼, 아버지로서의 위엄이 없었다. 어쨌든 머리 부분을 낮추려고
베개를 베지 않았기 때문에, 딸이 아닌 엉뚱한 방향을 향한 입놀림과
목소리는 환자나 마찬가지로 박력이 없었다.

"유원이만 남으라는 겁니까."

소파에 누운 아버지를 내려다보며 서 있던 이방근이 말했다.

"난 너한테도 돌아가라고는 하지 않았어. 제멋대로 돌아가려 해서
말린 것뿐이야. 너도 함께 있으면 돼."

"아버지가 앉으라고 하시면 그렇게 하겠습니다만, 지금은 그럴 필
요가 없을 것 같습니다. 아버지는 의사로부터 안정을 취하라는 지시
를 받고 계십니다. 다만 몇 시간이라도 말입니다. 그대로 누워 계시는

편이 좋을 깃 같습니다."

"그 정도는 네가 말하지 않아도 알고 있어. 누워 있으면, 그게 안정이야. 내 몸의 상태는 내가 잘 알고 있어. 이제 걱정할 필요 없어."

"방을 어둡게 해 두는 것도 의사의 지시가 아닙니까. 잠시만 더 조용히 누워 계세요. 저희는 이제 한시름 놓았습니다. 안정하시는 데 방해가 되지 않도록 이만 돌아가겠습니다. 저어, 어머니, 2층 사무실 사람들에게 말해 두겠지만, 잠시 동안은 면회를 사절하는 편이 좋겠습니다. 지금 주무시면서 안정을 취하는 중이라고 말이죠. 좀 전에 온 그 최상화 씨가 소문이라도 퍼뜨려서, 벌떼처럼 몰려오면 곤란하니까요."

"최상화 씨에게는 절대로 말하지 말라고 부탁해 두었어."

선옥이 말했다.

"으흠, 그렇습니까, 그럼 됐습니다. 하지만 모르는 일입니다."

빈혈인 것 같다니까, 의사 말대로 잠시 안정을 취하고 있으면 별일은 없을 것이다. 그러나 지금 잇달아서 마음에 동요와 충격을 받는 것은 좋지 않았다. 설사 피로가 누적되어 있었다 해도, 최상화가 들려준 이야기가 아버지를 쓰러뜨린 것이다. 아버지에게 있어서, 남매가 '공산당 조직이 있는 곳에 다녀왔다'는 것은 졸도하고도 남을 만한 충격이었을 게 분명하다. 아니, 전혀 상상하지 못한 일이었을 것이다. 그런데 여기서 더욱 이야기가 진행되어 사태가 더한층 심각해지면 어떻게 될 것인가. 이방근은 자신은 아무래도 좋았다. 아까부터 딱 잡아떼면서도 속으로는 이미 각오를 하고 있었다. "애비를 속이고 있다는 것을 증명해 보이겠다"고 아버지는 말했지만, 지금은 그 속였다는 사실이 발각될까 봐 두려워하고 있는 것도 아니었다. '속은 아버지'에게 충격이 겹치는 것을 두려워할 뿐이다. 지금은 아버지 입을 통해서 그 증거라는 것을 듣는 편이 오히려 기분이 후련하고 좋을 것이다. 그러나 설사 아버지가 그 증거를 들이댄다 해도, 이방근으로서는 그것을 긍정하고 배경을 설명할 수는 없었다. 아버지가 무엇을 얼마나 알고 있는지도 문제지만, 아버지 자신이 스스로 '증명'해야 할 사실이 주는 충격에 더 이상 견디기 어려울 것이다. 아버지가 말하는 대로 의자에 앉아 '증명'을 거들 수는 없다. 그것은 날조된 소문이라고 끝까지 잡아떼지 않으면 안 된다. 아버지가 직접 목격하지 않은 이상, 마지막까지 시치미를 뗄 수는 있을 것이다. 그리고 내일까지 버틴다. 이대로 내일을 향하는 시간의 흐름에 태워서 보내는 것이 좋다. 제주도 전체에서 무장봉기가 폭발하는 현실에 아버지에 대한 최초의 대답을 맡기는 것도 하나의 방법일 것이다. 아버지는 지금 안정을 취하지 않으면 안 된다. 그저 누워 있을 뿐 평소와 다름없는 아버지처럼 보이기도 하지만, 이방근은 역시 아버지의 건강이 걱정스러웠다. 아버지의 '도발'에 말려들어, 그 자신이 더 큰 타격을 가하는 결과를 초래해서는 절대로 안 된다. 시간을 벌 필요가 있었다. 게다가 이런 이야기를 계모 앞에서는 할 수도 없었다.

"잠깐 기다려, 할 이야기가 있으니까, 거, 거기에 좀 앉으라고."

이태수는 자신의 얼굴 위에서 흩어져 버리는 힘없는 목소리로 자식들이 옆에 있는 의자에서 떠나려는 것을 불러 세웠다. 머리를 쳐들고 소파에서 상반신을 일으키려고 했다. 선옥이 깜짝 놀라 의자에서 벌떡 일어나, 소파 팔걸이 쪽에서 몸을 내밀어 아버지를 도로 눕혔다.

"아이고." 선옥은 아버지의 팔을 모포 속으로 밀어 넣으며, 조금 슬픈 목소리로 아버지를 나무랐다. "여보, 오늘은 왜 이러세요. 모처럼 가벼운 빈혈 정도라고 하는데……. 정말로, 이야기, 이야기 때문에 몸이 망가진다구요. 지금 안정보다 급한 이야기가 어디 있겠어요, 여보. 부모가 돌아가신답니까, 자식이 지금 죽어간답니까. 급하다고 바늘허리에 실을 묶어 쓸 수는 없잖아요……, 아이고."

"갑갑해서 그래. 일어나서 소파에 앉는 편이 훨씬 편하다구. 난 이제 괜찮아……."

"아버지, 적당히 좀 하세요. 지금 가족을 너무 걱정시키고 계세요."

이방근이 말했다.

"뭐라고……, 너야말로 이 애비를 걱정시키고 있지 않느냐, 응?"

"아버지, 가만히 누워 계시지 않으면 병원에 전화해서 의사 선생님을 부르겠어요."

여동생이 그렇게 말하고는, 의자에 두 무릎을 모으고 단정히 앉았다. 이방근도 그 옆에 있는 의자를 삐걱거리며 커다란 몸을 내려놓았다.

퉁방울눈에서 분하고 원통한 빛이 사라지지 않은 아버지는 시선을 천장에 던지고 나서 말없이 눈을 감았다. 닫힌 눈꺼풀이 꿈틀꿈틀 움직이는 것은 눈동자가 눈꺼풀 속에서 열려 있기 때문이다. 도대체 어떤 이야기가 그 원통한 빛을 띤 눈동자의 움직임과 함께 준비되어 있을까. 이방근은 아버지가 아들에게 속았다는 증거를 들이밀어 주기를 기다리는 심정이었다. 잠시 동안 어두컴컴한 방이 침묵의 밑바닥으로 가라앉고, 창밑의 관덕정 광장을 지나가는 사람들과 아이들의 목소리, 달려가는 자동차 소리, 거리의 숨결을 전해 주는 소음이 커튼 틈으로 새어 들어오는 햇살과 경쟁하듯 몰려들었다. 그중에서도 개구쟁이 아이들의 외치는 목소리가 가까이 다가오는 것처럼 귓가에 울려왔다. 두통을 불러일으키는 목소리였다.

갑자기 아버지가 가래가 걸린 것 같은 쉰 목소리로, "유원아……." 하고 딸의 이름을 불렀다. 되풀이해서 다시 한 번 불렀지만, 역시 목소리가 갈라졌다. 아버지는 눈을 뜨고 발치에 앉아 있는 유원을 보고 있었다.

"예."

"어험……. 넌 서울로 돌아가거라. 오늘 밤은 무리겠지만, 내일 밤배로 돌아가는 게 좋아."

"_____"

느닷없이 튀어나온 아버지의 말이었지만, 유원은 놀란 기색도 보이지 않고, 단정히 앉은 자세로 부드러운 대나무처럼 말없이 받아들였다.

"듣고 있냐?"

"네, 하지만 개학은 아직 멀었는데, 왜 그러세요?"

"아버지가 일일이 설명하지 않으면 모르냐? 어쨌든 빨리 돌아갈 준비를 하는 게 좋겠다. 유원아, 네가 서울로 돌아간 뒤에도, 공산당 관계 단체에 출입하는 건 절대 용서하지 않겠다. 정말 꿈에도 생각지 못한 일이다. 건수에게 일러서 단단히 감독하도록 하겠다. 아버지도 사업상 볼일이 있으니까, 몸 상태가 나빠지지 않으면, 내일 밤에라도 함께 서울로 가도록 하자."

여동생이 이방근의 얼굴을 바라보았다. 건수란 서울 하숙집의 친척, 이건수를 말하는 것으로, 중앙지의 업무부장을 맡고 있는 오십대의 남자였다.

"아버지는 왜 그런 식으로 말씀을 하십니까. 저더러 들으라고 하시는 말씀이겠지만, 유원이가 대체 뭘 어쨌다는 겁니까? 하하, 무슨 지레짐작을 하고 계시는지 모르겠군요. 서울에 함께 가신다는 건 꼭 딸을 감시하러 가는 것 같습니다. 유원이 나이가 올해 몇입니까. 지금 병환으로 안정을 취하고 계신 분이 하실 말씀은 아닌 것 같습니다."

이방근은 아까부터 뻐근하게 몸 내부에서 욱신거리던 감정이 분노로 변하여 부풀어 오르는 것을 억제하며 말했다. 도대체 아버지는 무슨 말을 하고 있는 것인가. 그러나 한편으로는, 이토록 심술궂은 말을 할 수 있는 아버지는 당신 말대로 이제 괜찮을 거라는 생각이 들었다.

"지레짐작이라고? 나는 말이지, 어이가 없어서 말도 안 나와. 마음 약한 사람 같았으면 원통하고 분해서 울었을지도 몰라……, 그런 심정이야, 배반당한 심정 말이다. 거기다 대고 감시하러 따라간다는 게 무슨 소리냐. 너는 우리 집안이나 여동생에 대해 무거운 책임을 느끼지 못하는 거냐. 넌 대체 어느 집 사람이냐. 우리 이씨 집안의 가족이 아니라는 말이냐. 사업상 일이 있어 가는 김에 딸과 동행하는 걸 감시라고 하다니. 내일 토요일 밤에 출발하면, 서울에는 일요일 밤에 도착해. 다음날은 월요일이니까 휴일을 잘 이용해서 일을 볼 수 있어. 하루 종일 소파에만 앉아 있는 넌 모를 게다. 너는 내 이야기를 어디서 주위들은 헛소문이라고 딱 잡아떼지만, 나는 그렇게 생각지 않아. 날조된 소문이라고 믿고 싶은 건 내 쪽이야. 어때, 내가 틀린 말을 한 거냐. 흐─음(아버지는 한숨 섞인 커다란 숨을 토해 냈다), 우리 집은 망한다. 사업은 나 혼자 힘만으로도 잘 되어 가는데, 집안 내부로부터 무너지고 있다. 마가 끼어서……. 최상규……으흠, 최상규가 이 이야기를 퍼뜨려 봐라. 최상규는 사업상 내 라이벌이야. 나는 고립무원, 그의 뒤에는 네가 바보 취급하지만 훌륭한 아들이 버티고 있어. 게다가 그의 아들 용학과 유원 사이에 모처럼 오가던 혼담마저 파탄이 난 여파도 있을 게다. 상대는 이제 내 불알을 쥔 거나 마찬가지야……. 음, 하지만 입막음은 해 두었어. 최상화는 나에 대한 친절한 마음에서 충고를 한 거야. 아들은 부모에게 등을 돌리고, 남이 나를 위해서, 너를 포함한 우리 집안을 위해서 충고를 해 주고 있단 말이다."

"……최상규 씨, 후후, 상화 씨 사촌 말이군요, 음……핫, 핫하."

이방근은 머리 한구석에 언젠가 명선관에서 언쟁을 하였던 제일은행 이사장 겸 조흥통조림공장 사장인 대머리 최상규의 모습을 떠올렸다. 여동생에게 프러포즈하러 왔다가 쫓겨나자, 폭력을 당했다고 소동을 피운 그 간들거리는 자식 최용학의 아버지였다. 남 앞에서 넉살 좋게 자기 아들이 미래의 거물이나 되는 양 치켜세우며 늘어지게 자랑을 하고, 마치 듣는 사람을 향해 설교라도 하듯 말하는 남자…….

핫하하, 최상규라……. 잠깐만, 이방근은 흠칫 놀라 최상규의 대머리 위로, 마치 목마라도 타는 모습으로 유달현의 모습이 겹쳐졌다. 음, 유달현, 아무리 그렇다 해도, 설마……. 최상규는 O중학교의 '학부형'이자 이사 중의 한 사람이기도 했고, 그 막내아들은 줄곧 유달현이 담임을 맡았던 관계로, 평소에 절친한 사이였다. 어쩌면 유달현이……. 그러나 이 일은 어젯밤에도 생각했던 일이지만, 그럴 가능성이 전혀 없지는 않다 해도, 역시 현실적으로는 직접 연결되지 않았다.

"왜 웃는 거냐. 웃음으로 얼버무릴 작정이냐. 최상규만이 아니다."

"어서 그걸 말씀해 주세요. 도대체 누가 무슨 말을 했고, 아버지가 무슨 근거로 그 말을 믿고 계시는지를……."

"그게 애비에 대한 태도냐. 너는 일의 자초지종을 솔직하게 털어놓고, 애비에게 사과할 수는 없냐. 그리고 깨끗이 손을 끊으면 돼. 그러면 끝나는 일이야. 네가 무슨 짓을 하든 상관없지만, 그것만은 용서하지 않기로 되어 있었을 거야. 너와 나의 약속이었다. 너는 이기주의자, 소파에 하루 종일 앉아서 무슨 생각을 하고 있는지는 모르겠지만, 너는 본질적으로 자기 개인밖에 생각지 않는 이기주의자야……."

"여보, 진정하세요." 선옥이 약간 험악한 목소리로 말하며, 아버지의 땀이 밴 이마를 수건으로 닦아 주었다. "이제 그 정도로 해 두세요. 제발 부탁이에요……. 유원아, 병원에 전화해서 선생님께 좀 여쭤 봐라. 대체 이걸 어떻게 해야 하나, 병으로 이제 막 안정을 취하는 중인데. 이봐, 방근이도 아버님께 미안하다고 한마디 사과해, 응?"

"뭐라고요……, 사과라니? ……" 이방근은 울컥 화가 치밀어, 계모에게 호통을 치듯 소리를 질렀다. "도대체 무슨 말을 하고 싶은 겁니까. 뭘 사과하라는 거예요, 뭘 그렇게 잘 알고 있습니까."

"……" 선옥을 감싸고 있던 어두컴컴한 공기가 반사적으로 응축하고, 그 몸이 갑자기 작게 오그라드는 것처럼 풀이 죽었다. "아니, 난 아무것도……."

"이제, 그만 좀 하세요, 전 돌아가겠어요." 유원이 발딱 일어나 화난 듯이 말했다. "아버지, 전 돌아가겠어요, 병원에는 선옥 어머니가 전화해 주세요. 그럴 필요가 있어요. 정말로 이제 그만 좀 하세요. 여기는 임시병실이잖아요. 이렇게 어두컴컴하고 음침한 곳에서 가족끼리 말다툼을 하다니, 전 싫어요. 저는 지금 아버지 건강이 걱정이에요. 우선 건강해진 다음에 좋으실 대로 하세요. 아버지가 저를 내일이든 모레든 서울로 데려가신다면, 그래도 좋아요. 지금은 이걸로 그만하고 조용히 누워 계세요. 다만, 한마디만 말씀드리겠는데요, 전 아버지가 말씀하시는 공산당 같은 것과는 관계가 없어요……."

"유원아, 이제 됐어. 말다툼하는 게 아니야. 너까지 끼어들지 마."

"예, 그래요, 그러니까 오빠, 난 먼저 돌아갈래요. 아버지, 저 돌아가요."

유원은 아버지 발치에 있는 의자에서 일어나 방을 나갔지만, 아버지는 딸의 등을 멍하니 지켜볼 뿐, 아까처럼 불러 세우지는 않았다.

아버지는 한동안 말이 없었다. 그리고 무표정하게 닫힌 눈꺼풀의 느낌이 딱딱했다. 문득 누워 있는 그 몸에서 고독의 냄새가 무슨 체취처럼 물씬 풍겨 왔다. 그것은 어쩌면 우연한 기회에 풍겨 온 실제의 체취, 아니, 체취에 스며든 보약 냄새가 갑자기 풍겼는지도 모른다. 아니면 무의식중에 눈에 들어온 책상 위의 붉은 꽃 향기였는지도 모른다. 어두컴컴하고 따스한 공기 속에서 냄새가, 거의 추상적인 냄새가 아버지의 고독을 느끼게 했다.

"아버지, 전 일단 돌아갈 테니, 잠시 안정을 취해 주십시오."

이방근은 계모에게 소리를 지른 자신에 대하여 모래를 씹은 듯한 불쾌감을 느끼며, 갑자기 힘이 빠진 부드러운 목소리로 인사하고는, 그럼, 부탁합니다, 라고 계모에게 말한 뒤 방을 나왔다. 계모의 어둠의 빛을 흡수하여 고양이처럼 반짝이는 눈에서 어젯밤의 어둠 속 눈빛을 느끼며. 아마, 아버지에게 하소연을 할 것이다. 여보, 방근이의 그 태도를 보셨죠? 아아, 에미인 나를 향해 소리를 지르다니…….

아버지가 그 정도로 분노를 표현한 것은 본인을 위해 오히려 다행인지도 모른다. 충격이 뒤흔들어 놓은 분노의 감정을 진정시키지 못하여 울화병으로 몸을 떨고 있는 것보다는 조금이나마 밖으로 발산시킨 것이 좋았을지도 모른다. 격앙됐던 감정은 마침내 누그러질 것이다. 그러나 아버지는 자신의 일을 위해, 이제 아들과 타협하여 양보하지는 않을 거라고 생각하면서, 이방근은 복도를 지나 출입문으로 통하는 계단을 내려갔다.

건물 밖은 이마가 따가울 만큼 햇살이 눈부셨다. 빛이 바람을 타고 있는 것처럼 반짝이고 있었다. 그 눈부시게 반짝이는 빛의 베일 속에 여동생이 낯선 여자처럼 서 있었다. 유원은 밖에서 기다리고 있었던 것이다.

두 사람은 나란히 관덕정 광장을 가로질렀다.

"오빠, 내가 발끈 화를 내고 나와 버렸잖아요. 내가 잘못한 걸까."

유원이 걸으며 말했다.

"괜찮아, 잘한 거야. 아버지를 위해서도 그러길 잘했어. 잘못했다고 생각되면, 나중에 그만큼 사과하면 돼. 태도가 불손해서 죄송했다든지 하면서.”

“오빠, 아버지가 왠지 가엾단 생각이 들어요.”

“가엾다고?”

이방근은 여동생을 돌아보았다.

“고독하고……, 우리 남매는 그다지 효도하는 편이 아니잖아요. 가정적이 아니라는 거죠. 하지만 역시 선옥 어머니는 아버지 시중을 들어주시잖아요, 고마운 사람이에요. 전에는 미워했지만……. 병이라도 나면, 그렇게 줄곧 옆에 붙어 있어 주는 건 역시 부부뿐이니까 말이에요.”

“너 또 아주 어른스러운 말을 하는구나, 응.”

“우리 어머니가 입원했을 때, 아버지는 나 몰라라 하며 선옥 어머니와 함께 지냈어요.”

“음, 그건 다 지난 일이야. 지금 어머니가 살아 계신 것도 아니고.”

“어머니가 오랫동안 병석에 누워 계실 때, 집에 가족이라곤 아무도 없었어요. 방근 오빠는 줄곧 일본에서 유학하다가 서울형무소에 들어가 버리고……, 그 위의 용근 오빠는 처음부터 일본에서 자리를 잡았잖아요. 난 소학교를 졸업하자마자 바로 광주에 있는 여학교에 입학해서 집을 떠나 버렸어요……. 아버지는 어머니를 배신했어요. 방금 전 아버지는 자식들에게 배신당했다고 말했는데, 무슨 말을 하는 건지 모르겠어요. 아버지는 병든 어머니를 버렸잖아요. 이상해요. 시간이 지날수록 그때의 기억이 더욱 선명하게 되살아나요. 그건 점차 제가 어른이 돼 가면서, 당시의 어른들 세계를 조금씩 알게 되기 때문이겠지요. ……어머니의 병은 아버지한테 버림받는 바람에 더 악화되어 수명이 단축된 거예요…….”

“이제 그만해, 버렸다느니, 그게 무슨 말버릇이냐.”

이방근은 아버지에 대한 동정에서 시작된 줄로만 알았던 여동생의 말이 다른 곳으로 새지 않도록 가로막았다. 무서운 집념이었다. 문득 생각난 감상에 불과한 말이겠지만, 최근 들어 여동생이 그런 말을 하는 것은 드문 일이었다.

두 사람은 광장에서 C길로 들어갔다. 유원이 커피를 마시고 싶다고 말했기 때문이다. 이방근은 할 일 없는 자들이 진을 치고 앉아 있는 다방에 얼굴을 내밀고 싶지 않았지만, 여동생과 함께 있어 줄 요량으로 C길을 걸어갔다.

"오빠, 내가 어떻게 하면 좋을 것 같아요?"

여동생은 돌아가신 어머니의 일을 더 이상 언급하지 않았다.

"뭘 어떻게 한다는 말이냐?"

"으—응, 그러니까 내가 아버지 말대로 내일 서울로 돌아갈 거라고 생각해요?"

"돌려서 말하지 마, 돌아갈 생각이 없잖아."

"예, 아직 돌아가지 않을 거예요. 하지만 아버지가 억지로 데려가면 어떻게 하죠?"

"음, 어차피 돌아갈 거니까, 가는 게 어때."

이방근은 그렇게 말했지만, 그러나 아마도 아버지는 갈 수 없을 거라고 속삭이는 마음속의 목소리가 입 밖으로 나온 말과 겹쳐져 막처럼 감싸고 있었다. 그래서일까 그 말은 반어적인 울림을 띠었다.

갈 수만 있다면, 오늘 밤에라도 배를 타는 게 좋다. 내일의 봉기가 일어나기 전에 여동생도 그리고 아버지도 섬에서 떠나보내고 싶은 심정은 어제부터 줄곧 이방근의 마음속에서 사라지지 않고 있었다. 역시 그것은 불쾌한 생각임에 분명하지만 그렇다고 일부러 폭발하는 동란의 섬에 남아 있을 필요도 없지 않은가. 번거로운 일만 겹칠 뿐이다. 가재도구나 재산 따위야 어찌 되는지 간에, 아버지도 피난을 겸해서 잠시 섬을 떠난다……. 내일의 봉기로 인해 배편이 끊어진다고 단정할 수는 없지만, 그러나 어찌 될지 모르는 일이다. 오늘 밤 두 시에 일부 국방경비대원의 성내 공격이 성공할 경우, 그것이 경찰서와 감찰청 두 곳으로 한정된다 해도, 경비대원에 호응한 민중이 흥분한 나머지 '반동분자'의 집을 습격하지 않는다고 단언할 수는 없다. '혁명' 때는 어디서나 일어날 수 있는 일이기도 하다. 설사 이씨 집안이 어떤 형태로든 조직 측으로부터 안전을 보장받고 있다 해도, '폭동'이 일어나면 장담할 수 없게 된다. 만약 아버지가 내일의 봉기를 안다면, 지금 침대를 대신한 소파에 편안히 누워 자식들에 대한 원망을 늘어놓고 있을 때가 아닐 것이다. 아버지만이 아니다. 아버지의 라이벌 격인 최상규 같은 작자는 그야말로 오늘 밤 배로 보석 등의 귀중품을 몰래 싸들고 섬을 탈출할 게 뻔하다. 국회의원 입후보자이며 인민위원회 부위원장이었던 최상화도 역시 앞다퉈 도망칠 수밖에 없을 것이다. 아니, '혁명군의 도래'를 미리 알게 된다면, 성내는 아마 공황 상태에 빠질 것이다. 그렇다 해도 내일 새벽 두 시, 앞으로 불과 열두 시간 뒤에 결행될 제주도 일제봉기가 물샐틈없이 그 기밀을 유지하고 있는 것은 그야말로 대단하다고 말할 수밖에 없었다.

"그거 진심이에요? 왜요? 오빠는 냉정하네요, 내가 빨리 돌아가는 게 좋다는 말이죠. 아버지랑 같은 생각인가 보네요. 여동생이 지금 궁지에 빠져 있다는데……. 서울에서는 건수 삼촌한테 말해서 날 감독시킨다잖아요, 감독이라구요, 미행까지 하는, 난 정말 싫어……."

"오빠도 다 들었어. 그냥 홧김에 해 본 말야. 널 나무라면서 간접적으로 이 오빠를 공격한 거라구. 이제 곧 기분이 안정되실 거야. 아버지에게는 역시 충격이었을 테니까. 그리고 내일, 모레는 떠날 수 없어."

"왜요?"

"아버지는 지금 안정을 취해야 하는 환자야……. 금방 회복한다 해도, 내일이나 모레 여행을 떠나는 건 무리야. 음, 갈 수 있다는 건 아버지 혼자 생각이고, 의사는 절대로 허락하지 않을 거야."

이방근은 말을 돌렸다.

C길을 잠시 걸어가면서 유원은 기분을 돌이킨 모양이다. 아직도 태평이군, 이라는 생각을 오빠가 할 정도로 농담까지 했다. ……저기 봐요, 오빠, 여자들이 자꾸만 뒤를 돌아봐요, 오빠한테 넋을 잃었나 봐요, 오빠가 멋지니까. 바보 같은 소리 하지 마. 이방근은 무심코 뒤로 고개를 돌리다가 여동생의 옆얼굴에 시선을 멈췄다. 흥, 네게 넋을 잃은 게 아니고? 오빠는 남의 이야기를 제대로 듣지 않아요, 돌아보는 건 여자들뿐인데……. 여동생의 하얀 얼굴에서 봄의 햇살이 밝게 춤을 추었다. 여동생이지만 때로는 대리석 조각상처럼 차갑게 사람의 접근을 가로막는 그 얼굴에 여학생처럼 천진난만한 표정이 열리고, 그것이 사람을 끌어당기는 매력이 되기도 했다.

C길과 접한 칠성다방으로 들어가자, 밝은 바깥에 비해 자연채광으로 훨씬 어두컴컴한 실내에 흐르는 탱고 음악이 묘하게 신선했다. 다방이라고는 해도, 식당용 탁자에다 사무실에서 흔히 볼 수 있는 의자뿐이어서, 서울로 치자면 삼류다방 정도라고 할 만한 곳이었다. 이방근은 개업할 때 축하를 겸해서 얼굴을 내밀었을 뿐 거의 발걸음을 하지 않았지만, 안에 들어선 순간 우뚝 멈춰 설 만큼 신기한 음악이 귀를 사로잡았다. 저녁 때 전기가 공급되기를 기다려야 했지만, 전축으로 레코드음악을 틀고 있는 곳은 성내에서는 카바레 밖에 없었다. 성내에 없다는 말은 곧 제주도 전체에도 없다는 이야기가 되지만, 그런만큼 이 시골다방은 충분히 신식이라고 할 수 있었다. 열 평 남짓한

공간에 네 명씩 앉을 수 있는 탁자가 여덟 개쯤 놓여 있었고, 손님으로 반쯤 채워져 있었다. 담배 연기가 눈에 띨 만큼 자욱했고, 사람들의 이야기 소리로 다방 안은 꽤 소란스러웠다. 두 사람은 입구 근처의 탁자에 마주 앉았다. 두세 명이 남매에게 고개를 끄덕여 인사를 하였고, 개중에는 일부러 자리에서 일어나 악수를 청하러 오는 사람도 있었다. 그런 사람일수록 마치 백년지기라도 만난 것처럼 악수하는 방식이나 목소리가 과장되고 큰 법이었다.

유원은 커피를, 오빠는 홍차를 주문하여 마시고 있자니, 또다시 대학생으로 보이는 한 남자가 두 사람의 탁자로 다가왔다. 거무튀튀한 얼굴에 여드름이 돋아난 몸집이 큰 청년이었다.

"야아, 누구신가 했네요, 이유원 동무일 줄은 몰랐습니다." 그 청년은 왼쪽 옆구리에 월간종합잡지 『中央(중앙)』의 표지가 잘 보이도록 끼고서, 허물없이 그녀에게 말을 걸었다. "서울에서는 좀처럼 만나지 못했는데 말이죠, 깜짝 놀랐습니다. 그래서 동행이 계시는 데도 불구하고, 이렇게 경의를 표하러 왔습니다. 실례가 되지 않을지 모르겠습니다."

"이쪽은 오빠예요."

유원이 말했지만, 이방근은 다른 곳으로 시선을 돌린 채 담배를 피우고 있었다.

"예? 오빠시라구요. 그렇습니까, 아아, 바로 그 오라버님이시군요……. 처음 뵙겠습니다. 오빠에 관한 말씀은 자주 들어서 잘 알고 있습니다. 이유원 양은 서울의 향우회에서 우리의 퀸입니다. 여왕인 셈이죠. 오랫동안 만나지 못했는데, 유원 양, 고향에 돌아오면 집에서 겨울잠을 자나 봅니다. 지금은 춘사월입니다. 서울에서는 좀처럼 모습을 보이지 않고, 물론, 퀸이 그렇게 함부로 모습을 보여서는 안 되겠지요. ……그러고 보니 지금이 모처럼의 기회 같은데요, 오빠께 여러 가지로 말씀도 여쭙고 싶고, 이쪽 테이블에 잠깐 동석해도 괜찮겠습니까?"

"최 동무, 오빠에게 인사할 때는 모자를 벗어야죠. 그리고 지금은 오빠와 단둘이서 할 이야기가 있어요. 미안하지만, 자리를 좀 비켜 주시면 고맙겠어요."

"오빠와 둘만의 이야기라, 그렇습니까. 물론이죠. 전 이유원 동무의 말이라면 거역하지 않으니까요. 유감이지만, 물러가도록 하겠습니다."

그는 학생모를 벗고 이방근에게 인사를 하더니, 옆구리에 낀 잡지가 떨어지지 않도록 고쳐 끼우고는, 부끄러운 기색도 없이 싱글거리는 표정으로, 검은 바지를 입은 엉덩이를 여자처럼 흔들며 안쪽 탁자로 돌아갔다.

"저자는 뭐하는 사람이냐?"

이방근이 쓴웃음을 지으며 불쾌한 듯이 말했다.

"향우회 회원이에요……."

"학교에서는 뭘 배우고 있냐."

"법학이에요."

"법학……? 으-음, 법률……" 이방근은 뜻밖이라는 듯이 웃음을 흘렸다. "인사하러 오는데, 왜 잡지를 일부러 옆구리에 끼고 오는 거야. 탁자에 놓고 오면 되는데. 특이한 학생이로군. 저런 타입이 법률가가 되면, 의외로 사람이 싹 바뀌어서 거만해지는 법이지."

"저건 그의 스타일의 일부에요. 서울에서도 언제나 저렇게 신간종합지를 옆구리에 꼭 끼고서, 별스럽게 새침을 떼는 표정으로 돌아다녀요. 저 같은 경우는 많이 거슬려요. 하지만 의외로 여자들에게는

벗있게 보이나 봐요…….'

여동생이 가볍게 웃었다. 그리고는 또 다른 의미를 담은 웃음을 띠며, 오빠, 저 사람은 최용학 씨의 친척이래요, 하고 말했다.

"뭐라, 그 간살스러운 자식의 친척……. 그리고 보니, 어딘지 모르게 하는 짓이 닮은 것 같군. 후후, 그것도 혈통인가. 형제라면 몰라도, 그쪽 집안은 최상화까지 포함해서 친척끼리도 많이 닮은 모양이야."

"……저어, 오빠, 전 아버지가 그렇게까지 나오실 줄은 몰랐어요." 유원은 커피를 한 모금 마시고는 힐끗 주위를 둘러보고 나서 소리죽여 말했다. "아버지는 왜 빨갱이를 그렇게까지 무서워하는 걸까요. 섬사람들의 생각이나 감정과는 완전히 달라요. 안 그래요? 제주도에 살면서 섬사람들이 무슨 생각을 하고 있는지 전혀 모르고 있다구요. 제주도만이 아니에요. 지금 우리나라 사람들이 무슨 생각을 하고 있는지 전혀 모르시는 것 같아요. 전 왠지 그게 무서워요. 자신들과 생각이 다르면 무조건 '빨갱이', 남북통일을 주장하는 사람도 '빨갱이'로 몰아붙이는 것과 마찬가지잖아요. 아버지는 섬사람들과 전혀 관계없는 곳에서 살고 있어요. 원래 우리의 생활이 그런가 봐요……. 우리가 아버지에게 '거짓말'을 한 것은 좋지 않지만, 그렇게 '빨갱이'를 미워하실 줄은 몰랐어요. 그건 섬사람들을 적대시하고 미워하는 거나 마찬가지예요. 버스 손님들도 모두 섬사람들이잖아요. 버스에 공짜로 태워 주는 것도 아니고, 전 이해하기 어려워요……."

"응, 알았으니 그 정도로 해 둬. 그렇지도 않을 거야……."

버스 손님들이 모두 섬사람 아니냐는 말이 재미있다. 이방근은 여동생의 꽤 노골적인 말투에 속으로 놀라면서 그녀를 제지했지만, 별일 아니라는 듯이 다방 안을 둘러보다가, 갑자기 움찔하며 한 곳으로 시선이 박혔다. 아니, 그냥 지나치려던 순간의 시선이 그 한 점에 이

끌려 다시 돌아왔다고 하는 것이 옳았다. 그것은 가게 가장 안쪽의 어두운 탁자에 혼자 앉아 있는 남자의 시선이었다. 그러고 보니, 아까부터 어둠 속의 서선, 어둠 속에서 움직이는 사람의 그림자 같은 것, 이쪽에서는 보이지 않는 시선의 움직임이 느껴졌었다. 쩡하고 투명한 소리를 내듯이 부딪쳤던 두 개의 시선이 잠시 얽혔다 떨어졌지만, 엿장수 같은 사냥모자를 쓰고 점퍼를 걸친 안쪽 테이블의 그 사내는 바로 행상인 박갑삼이었다. 날카로운 눈초리에 네모난 얼굴의 남자. 마치 등에 철봉을 박은 것처럼 꼿꼿이 앉은 자세. 바로 2, 3일 전에 유달현의 방에서 만났을 때의 인상이 7, 8미터쯤 떨어진 저쪽의 남자와 겹쳐졌다. 행상인의 탁자에서 담배 연기가 천천히 피어올랐다.

"무슨 일 있어요?"

오빠와 마주 앉은 유원이 탁자 위의 공기에 순간적으로 전해져 온 기척을 느끼고, 고개를 조금 다방 안쪽으로 돌리며 말했다.

"아무것도 아니야."

이방근은 당장이라도 자리에서 일어나고 싶었지만, 다방 안쪽에서 이쪽을 뚫어지게 응시하고 있는 상대방을 의식하자, 그 자리에서 움직일 수가 없었다. 일전에 만났을 때 그 위압감이 되살아나는 것 또한 이상했다. 그것은 미리 준비된 것이라 할 수 있었지만, 그래도 지금 되살아났을 때는 비록 순간적이나마 위압감으로서의 실체를 동반하고 있는 것이어서 이상했다. 이방근은 상대방을 피할 필요는 없었다. 변장한 지하활동가에게 이쪽에서 먼저 인사를 할 수는 없다. 그러나 상대방에 달려 있는 문제이기도 했다. 단순한 행상인으로서 인사를 한다면, 그에 응하지 않을 수는 없을 것이다.

"누가 있어요?"

유원이 조심스럽게 물었다.

"아, 조금 아는 사람인데, 아무것도 아니야. 넌 커피를 마시러 온 거잖아. 마실 걸 마시고 나가면 돼."

"오빠는 어떻게 하려구요?"

"나도 가야지."

그러나 이방근은 아까부터 은행 앞에서 우연히 만난 최상화 씨 있는 곳에, 좀 전에는 놀릴 요량으로 한 말이었지만, 지금은 실제로 찾아가 보려고 생각하던 참이었다. 사무실에 있을지 어떨지는 모르지만, 아버지에게 직접 뭔가의 정보를 제공한 최상화와는 역시 만나 볼 필요가 있을 것 같았다. 사촌 형인 최상규와도 얽혀 있고, 어쩌면 유달현도 관련돼 있을지 모르는 소문의 출처를 확인할 필요가 있었다. 그러나 또 한편으로는, 내일 봉기가 일어난 뒤의 정세를 보고 나서 만나자는 생각도 꿈틀거리고 있었다. 이 마음의 움직임을 이방근은 인정하고 싶지 않았는데, 그것은 유달현을 배척하면서도 결국 그들이 깔아 놓은 레일 위를 달리고 있는 자기 자신을 의식하게 만들고, 일종의 굴욕감을 느끼게 만들었기 때문이다. 내일 봉기가 일어난 뒤의 정세는 무엇인가. 대체 이방근에게 있어서 그게 무슨 의미가 있으며 무슨 관계가 있단 말인가. 적어도 그는 제3자였고, 봉기 후의 정세를 운운할 수 있는 입장은 아닐 터였다.

이방근은 여동생과 잡담을 하면서, 힐끗힐끗 행상인의 시선이 침묵의 소리처럼 공기의 파장으로 전해져 오는 것을 느꼈다. 여동생을 돌려보내라는 신호인가. 행상인은 여기서 누군가를 기다리고 있는 것인가, 아니면 그저 잠깐 쉬려고 들어왔을 뿐인가. 혹시 이 다방 경영주인 윤천수와 무슨 관계가 있는 건 아닐까, 하는 터무니없는 의심까지 들었다.

이방근은 먼저 자리에서 일어나 상대방을 피하는 듯한 인상을 주고 싶지 않았지만, 더 이상 다방에 눌러앉아 있는 것도 고통스러웠다. 애당초 다방이라는 게 성미에 맞지 않았다. 그렇다고 해서 상대방이 일어나기를 계속 기다릴 수도 없었다. 이방근은 손목시계를 들여다보았다. 세 시를 넘기고 있었다. 슬슬 나가려고 할 때, 문득 다방 안쪽 탁자의 사람 그림자가 움직이는 것이 눈에 들어왔고, 행상인은 자리에서 일어나 옆에 놓인 가방을 집어 들었다. 낡은 가죽 트렁크였다. 카운터에서 계산을 끝낸 행상인은 왼손에 트렁크를 꽉 움켜쥐고 탁자 사이의 통로를 지나 출입구 쪽을 향해 천천히 걸어왔다. 이방근은 상대방이 다가오는 것을, 마치 두꺼운 공기층이 서서히 압축되어 밀려오듯 온몸으로 느끼고 있었다. 단 몇 초 사이에 다가온 박갑삼은 두 사람의 탁자 옆을 스쳐 지나가면서, 남의 눈에 띄지 않도록 오른손에 작게 말아 쥐고 있던 종잇조각을 살짝 탁자 위에 놓고 갔다. 처음부터 행상인의 행동을 주의 깊게 관찰하지 않으면 거의 눈치 채기 어려운, 담배 절반 크기의 작은 종잇조각이었다. 이방근은 순간 숨을 죽였다. 뭔가 동물의 마른 냄새 같은 것이 풍겼다. 행상을 위한 족제비털 냄새였다. 이방근은 반사적으로 왼손을 종잇조각 위에 아무렇지도 않게 올려놓고, 손등에 여동생의 굳은 시선이 꽂히는 것을 느끼면서 손바닥 안에 집어넣자, 박갑삼의 뒷모습에 이끌리듯 그가 사라져 가는 문 쪽을 바라보았다.

이방근은 왼손에 쥔 종잇조각에 힐끗 시선을 떨어뜨렸지만, 그대로 가슴 안주머니에 밀어 넣었다. 그는 우연히 만난 행상인의 지시에 고분고분 따른 꼴이 된 그 동작이 스스로 생각해도 우습고, 상대의 페이스에 말려들었다는 생각을 했지만, 그렇다고 메모가 담긴 듯한 그것을 그냥 버릴 수도 없었다. 뭔가 낌새를 알아챈 여동생은 잠자코 있었으나, 그녀의 의식적인 침묵은 의혹의 눈빛을 한층 웅변하고 있었다.

그렇다 해도 박갑삼은 왜 이런 위험한 짓을 하는 것일까. 동석한 사람을 여동생으로 단정하고 움직인 것인가. 만약 전혀 남남으로 행상인의 의심스러운 동작에 의혹을 품을 만한 사람이었다면 어떻게 할 작정이었을까. 거기까지 계산한 일일까.

두 사람은 다방을 나와, C길을 원래 왔던 방향으로 돌아가, 도중의 네거리에서 오른쪽으로 돌아 집으로 향했다. 이방근은 길을 걸으며 메모를 꺼내 보았다. 연필로 가로쓰기를 한 메모는 순 한글의 달필로, 좀 전에 댁에 행상을 갔더니 안 계셨다, 오늘 밤 열 시에 목포행 배를 타는데, 여덟 시경에 만나고 싶다, 조양여관 2층 4호실로 와 주기 바란다, 일전의 문제는 잘 마무리되었다, 신변에 주의하여 꼭 와 주시기 바람…… 이방근은 다시 한 번 읽었다. 뭐야, 이건, 신변에 주의하라니. 무슨 말인가. 왜 박갑삼이…… 이방근은 메모를 손바닥으로 돌돌 말면서, 조금 부자연스러운 웃음을 입 주위에 떠올렸다.

"오빠, 아는 사람이라는 게, 좀 전에 그 행상인 같은 남자였어요?"

유원이 키가 큰 오빠의 웃음이 가시지 않는 얼굴을 쳐다보며 물었다.

"아, 좀 아는 사람인데, 아무것도 아니야."

이방근은 아까 다방에서와 같은 대답을 했다. 이제 와서 박갑삼이 오라는 장소에 뻔뻔스레 갈 수도 없었지만, 신변에 주의하라는 건 무슨 뜻일까. 나를 끌어들이려는 미끼일까. 음, 그는 지정된 여덟 시에 박갑삼의 의도대로 여관을 찾아갈지도 모르겠다는 생각을 했다.

3

호소문을 인쇄한 삐라는 세 시가 지나서야 유달현에게 전달되었다.

남승지는 약속한 두 시 반에 유달현을 찾아갔지만, 그는 아직 돌아와 있지 않았다. 여주인이 권하는 대로 대문 옆 유달현의 방에서 잠시 기다리기로 했다. 유달현은 세 시가 다 되어서야 돌아왔지만, 그가 삐라를 가지고 있는 것이 아니라, 그로부터 10분쯤 뒤에 그의 사촌 형인 집주인의 중학생 딸이 가져왔다. 유달현과 얼굴은 별로 닮지 않았지만 애교가 있는 그 여학생은 남승지를 보더니, 고개를 정중히 숙여 기분 좋게 인사했다. 그녀는 내용물이 삐라 같은 것이라고 짐작은 하면서도 그 중요한 내용을 알 리 없지만, 어른이 가지고 돌아다니는 것보다는 훨씬 안전했다. 아마도 일부러 교과서 등과 함께 넣은 책가방에서 꺼낸 신문지 묶음은, 남승지가 문득 안심했을 정도로 대단한 분량이 아니었다. 보통 잡지보다도 약간 작은 편이고, 100매라는 묶음의 두께도 잡지와 비슷하여, 작업복 주머니에도 들어갈 만한 크기였다.

재떨이를 사이에 두고 유달현과 마주 앉은 남승지는 삐라의 내용을 확인한다는 의미도 있었지만, 고무줄을 벗기고 신문지를 풀면서, 삐라 내용을 읽어 봐도 되느냐고 유달현에게 물었다.

"원칙적으론 안 되는 일이겠지. 하지만 이미 포장을 풀어 버렸으니, 읽어 보는 것도 좋겠지. 빨리 읽고 묶어 놓게나."

유달현은 칙칙한 말투로 한마디 했다. 낮에 학교로 전화를 걸었을 때도 무뚝뚝한 말투였지만, 오늘 유달현은 무슨 의식을 거행하기 직전의 인간이라도 되는 양 엄숙한 태도였다.

꾸러미 속의 한 장을 집어 든 손가락 끝에서, 희미한 전율이 남승지의 몸에 일었다. 갱지에 인쇄된 제대로 잉크가 묻지 않은, 그리고 형태가 조금 삐뚤삐뚤한 활자 하나하나를, 남승지는 서둘러 주워 담듯이 눈에 쓸어 넣었다. 권력기관과 제주도민에 대한 그 호소문은 맨 먼저, (1) 친애하는 경찰관 여러분!과 같이 경찰에 대한 호소로 시작되고 있었다.

탄압하면 항쟁이 있을 뿐이다. 제주도 빨치산은 인민들을 수호하고, 인민과 함께 있다. 항쟁을 바라지 않는다면 인민들 편에 서라!
양심적인 공무원 여러분!
하루라도 빨리 선(조직의 선)을 찾아, 주어진 임무를 완수하고, 직장을 지키며, 악질 동료들과 최후까지 용감히 투쟁하라!
양심적인 경찰관, 장병, 대청(대한청년당)원 여러분!
당신들은 누구를 위해 피를 흘리는가. 조선 사람이라면, 조국과 인민을 짓밟는 외적을 몰아내기 위한 투쟁에 나서지 않으면 안 된다.
조국과 민족을 팔아넘기고, 애국자를 학살하는 반역자를 타도하지 않으면 안 된다.
총구를 놈들에게 돌려라! 결단코 당신들의 부모 형제를 겨누어서는 안 된다.
(2) 경애하는 부모 형제 여러분!
〈4·3〉─오늘, 당신들의 아들과 딸, 형제들은 무기를 손에 들고 일어섰습니다. 매국적인 단독선거에 반대하고, 조국의 통일과 민족의 독립을 위하여! 당신들에게 고난과 불행을 주는 압제자와 그 앞잡이의 중압을 배제하기 위하여! 당신들의 골수에 사무친 원한을 풀기 위하여! 오늘, 우리는 궐기했습니다.

당신들의 자유와 행복을 위해서, 몸 바쳐 투쟁하는 우리를 원호하고, 우리와 함께 조국과 인민이 이끄는 길에 결연히 일어나 주십시오!

남승지는 삐라를 든 손이 떨려오는 것을 느끼면서 한 번 읽어 보고는, 반복해서 읽을 시간을 아끼기라도 하듯이, 곧 원래대로 신문지에 싸서 고무줄을 끼웠다. 어떤 중요한 비밀을 남보다 먼저 알았을 때의 흥분된 감정과, 마침내 목전에 다가온 봉기를 현실적인 것으로 인식하는 감동이 가슴을 뜨겁게 달구어, 격렬한 고동이 불규칙하게 두세 번 크게 가슴을 때렸다. 그때 갑자기 머릿속 공간에 어머니와 여동생의 모습이 꿈결처럼 나타났다. 이상한 일이었다. 아아, 이 호소문이 내일의 봉기와 함께 발표된다. 이것은 한 장의 종잇조각에 인쇄된 단순한 말의 나열이 아니었다. 또한 선전선동을 위한 슬로건도 아니었다. 적에 대한 일종의 '선전포고문'이기도 했다. '4·3'이라고 날짜까지 들어간 봉기는 불발로 끝날 수 없는 성격의, 결정적인 것으로 다가와 있었다. 왜 죽은 사람이라도 되살아난 듯한 감각으로 갑자기 일본에 있는 어머니와 여동생의 모습이 또렷이 머릿속에 떠오르는 것일까. 혁명! 지금 눈앞에 있는 사람이 김동진이었다면 남승지는 아마 젊은 이들끼리 감동에 젖어 서로 굳은 악수를 나누고 끌어안았을지도 모른다. 호소문은 신문사의 김동진과 그 밖의 동지들이 위험을 무릅쓰고 인쇄한 것이었다.

남승지는 삐라 꾸러미를 그대로 가지고 돌아다니면 밖에서 내용물을 알아챌 것 같아, 반으로 곱게 접어 상의와 바지 주머니에 넣어 보았지만, 아무래도 석연치가 않았다. 그래서 둥글게 말아 방에 있던 헌 종이봉지에 넣어가기로 했다. 이런저런 이야기를 나누는 동안에 어느덧 네 시가 가까워졌다. 남승지는 삐라를 동문시장의 손 서방에게 전하고 나서, 우체국에 들러 이방근에게 다시 한 번 전화를 걸 생각이었다. 이제 슬슬 나가지 않으면 안 되었다.

유달현은 호소문이 적힌 삐라가 동문시장에서 릴레이식으로 다른 사람에게 전달된다는 것을 남승지에게 들어서 알고 있었지만, 명우 동무는 일행과 함께 가지 않고 성내 어딘가에 들를 작정이냐고 물었다. 남승지는 그 질문하는 말투에, 응? 하며 또 다른 의미가 함축되어 있음을 눈치 챘지만 상대방의 말을 그대로 받아들여, 잠깐 들를 데가 있다고 대답했다. 양준오를 만나지 않으면 안 되기 때문이었다. 그리고 가능하면 이유원도——.

"이방근을 만나나?"

유달현은 낮은, 그러나 추근추근 캐묻는 듯한 어투로 말했다.

"성내에 온 김에 전화는 해 볼 작정입니다만."

"으−음, 그 '성내에 온 김에'가 너무 많은 것 같군. 안 그런가. 전화만으로 끝내지는 안겠지. 명우 동무……." 유달현은 입과 코의 두 구멍으로 담배 연기를 뿜어내면서 기복이 없는 그러나 위엄 있는 어조로 말했다. "동무는 말이야, 자넨 무엇 때문에 성내에 올 때마다 빼놓지 않고 이방근의 집에 가는 건가. 계속 죽치고 앉아 있는 거나 마찬가지 아닌가?"

"……" 죽치고 앉아 있다……? 죽치고 앉아 있는 거나 마찬가지라는 건 무슨 소린가. 남승지는 상대방을 똑바로 쳐다보며 말했다. "분명히 이방근 씨와는 두세 번 만났지만, 어떻게 그걸 빼놓지 않고, 라든가 죽치고 있다고 할 수 있습니까."

"사실이 그렇지 않은가, 동무." 유달현은 와이셔츠 목 언저리로 손을 가져가 넥타이를 조금 늦추고, 가느다란 눈 속의 눈동자를 신중하게 움직이며 말했다. "한두 번이 아니잖나. 자넨 성내에 온 김에 들른다고 말하지만, 사사로운 일로 개인의 집에 놀러 가도 된단 말인가. 조직의 임무 이외의 일이 아닌가. 아니면 무슨 특별한 관계라도 되는가? 나는 언젠가 이런 자유주의적 행동에는 원칙적인 비판이 필요하다고 생각하던 참일세. 사사로운 감정을 배제한 원칙적 입장에서의 동지적 비판 말야. 우정일세, 동지적인……. 김명우 동무 자신과 조직규율의 확립을 위한 비판, 즉 자아비판과 상호비판이 필요해. 동무가 성내 지구 소속이었다면 벌써 비판사업이 진행돼 해결됐을 문제인지도 모르지만. '자유주의 배격 11조'는 유격대만 준수해야 할 규율이 아니란 말야. 그건 뭐랄까 이방근을 보는 자네의 관점이 문제야. 이방근이 어떤 인간인지 자넨 알고 있나, 이방근은 말일세……. 자네는 그러한 인간과 늘 만나고 있어." 갑자기 유달현이 작은 바람을 일으키며 벌떡 일어났다. 그리고는 가슴을 펴고 턱을 쑥 내민 채, 뒷짐을 지고 좁은 방 안을 천천히 돌면서 말을 계속했다. 방이라고는 해도, 이것이 이방근의 서재만한 넓이라면 몰라도, 두세 평 남짓한 방이라서, 남승지 주위를 무슨 액막이 의식이나 혹은 어린애들 놀이처럼 빙글빙글 도는 정도에 불과했다. 남승지는 조금 우스꽝스러운 유달현의 행동에 당황하고 화도 났지만, 머리 위에서 들리는 말을 귀에 담으며 말없이 담배를 피우고 있었다. "……자넨 계급적 관점에서 이방근을 보고 있는지 어떤지, 자기 점검을 해 볼 필요가 있어. 바꿔 말하면, 이방근의 영향을 받아서 그의 부르주아적 관념론 사상에 물들어 있을 가능성이 크기 때문이야. 그의 타락한 생활을 보라구. 우리의 혁명과 무슨 관계가 있나. 이방근의 본질은 부르주아 민족주의자야. 프롤레타리아 계급 편에 서서 노동자 및 농민대중과 어깨를 맞잡고 투쟁할 만한 인물이 못 돼. 음, 이 위대한 혁녕의 시대에 혁닝에 대한 반혁닝의 '최후 발악'이 몸부림치며 일어나는 것은, 이 또한 역사가 거쳐야 할 필연의 길이야. 혁명의 파괴와 혼란으로 어지러운 시대에, 그는 혼돈의 저편에 밝게 빛나는 수평선을 보지 못하고 반혁명적 역할을 짊어질 인간이지. 후후후, 그가 반제국주의 투쟁, 계급투쟁에 몸을 바치기라도 할 것 같나. 부패한 부르주아 사상의 소유자이자, 철저한 중산계급적 에고이스트가 말일세……. '출신 성분'으로 보아도, 그의 계급적 본질은 이미 낙인이 찍혀 있어. 그는 혁명적 빈농도 노동자 출신도 아닌, 오히려 그것과는 정반대야. 게다가 지금 현재는 부재지주에다가 불로소득자, 은행 이자로 놀고먹는 팔자 좋은 신분, 즉 사회의 기생충에 불과해. 일하지 않는 자는 먹어서는 안 된다는 이 훌륭한 인민적 진리와는 한참 동떨어진 인간이야. 음, 그러니까 이방근은 그 자신에게 맡겨 두고, 그런 반혁명분자는 그냥 내버려 두면 돼. 그에 대한 환상은 금물이라구……."

"그렇다고 이방근 씨를 반혁명분자라고는 할 수 없겠지요. 그건 좀 지나친 말입니다." 남승지는 그냥 듣기만 했지만, 이 한마디는 하지 않을 수 없었다. '반혁명분자'를 옹호했다고 해서, 거꾸로 자신의 사상성을 의심받을지도 모르지만, 그래도 할 말은 했다. 유달현이 이방근을 좋지 않게 생각하는 것은 전부터 알고 있었지만, 그렇다고 이처럼 노골적으로 상대방을 적대시하고 증오의 감정을 드러내 보인 것은 처음이었다. 유달현이 이방근에 대해 품고 있는 일종의 콤플렉스에 의한 반작용이라 해도, 상당히 단정적인 말투에 놀라기도 하고 반발도 느꼈다. 당연히 그 창끝은 간접적으로 자신을 겨누고 있음을 남승지는 느끼고 있었다. "그가 부르주아 사상을 청산하지 못하고 있는 건 사실이고, 나도 그를 비판한 적이 있지만(남승지는 서재 소파에 가만히 앉아 있는 이방근의 시선을 느꼈다. 후후, 정말인가, 분명히 비판을 한 적은 있지만, 그러나 그게 진정한 비판이었나), 반혁명은 아닙니다. 그렇게까지 단정하는 것은 찬성할 수 없습니다. 그리고 그가 '부르주아적 민족주의자'라 해도 현재와 같은 정세 속에서는 폭넓게 포섭하는 것이 우리의 입장이라고 저는 생각하고 있으며, 반혁명으로 단정하는 것은 찬성할 수 없습니다."

"후후후후, 자네는 느닷없이 이방근 선생을 옹호하기 시작했는데, 그건 즉 그만큼 그의 영향을 받고 있다는 걸세. 안 그런가." 유달현은 장지문을 열고 멀리 지면에 침을 뱉고 난 뒤, 이번에는 좁은 방 한쪽을 몇 걸음씩 왔다 갔다 하면서 말을 계속했다. "명우 동무가 말하고자 하는 건 잘 알고 있네. 그건 당연한 얘기지. 민족통일전선을 형성하는 데 있어서는 당연히 그래야 하고, 그게 민전(조선민주주의민족전선)의 강령이기도 하니까. 민주주의 노선과 반민주주의 노선의 원칙적 대립이 점점 명확해지고 있는 오늘날의 정치체제 속에서, 반민주주의 노선 중에서도 그 반동성과 매국성을 버리고 애국의 길에 참가하는 경우에는 포용하는 것이 당연해. 그러나 내가 지금 말하고 있는 건 그게 아니야. 중핵을 이루는 당 조직은 달라. 혁명의 전위이자 사령부인 당 조직에는 부르주아 사상의 침투를 허용할 수 없어. 즉 나는 자네가 당원이라는 것을 강조하고 있는 걸세. 따라서 이방근은 아무래도 상관없어, 그가 반혁명이든 뭐든, 내버려 두면 돼. 다시 말해서, 그런 자와는 관계하지 않는 편이 좋다는 거야. 다만, 자네가 이방근을 진정한 공산주의자로 개조할 수 있다면 이야기는 달라. 그러나 애당초 불가능한 일이기 때문에 내가 이런 말을 하고 있는 걸세. ……항상 원칙으로 돌아가서 생각하고, 실천하고, 혁명사업을 점검한다, 이게 우리들의 원칙이지. 문제는 자네 자신의 내부에 있는 이방근의 영향력을 어떻게 사상적으로 청산하느냐에 있네. 내가 농지적인 입장에서 감히 한마디 지적한 이유는 거기에 있어……."

이미 네 시를 넘기고 있었다. 두세 마디 말을 나눈 남승지는 호소문이 든 종이봉지를 들고 일어섰다. 무거운 공기라는 표현이 있지만, 하나하나 손가락 끝의 감촉이 뇌리에 생생히 전해져 올 만큼 무거운 봉지였다. 두 사람은 헤어지면서 악수를 했는데, 유달현은 의젓하게 선배나 상관 같은 태도로 남승지의 어깨를 두드렸다.

남승지는 삐라가 들어 있는 봉지를 아무것도 아닌 것처럼 왼손에 들고 남문길의 완만한 비탈길을 내려가면서, 통행인이 들고 있는 짐이나 종이봉지의 모양을 살폈다. 사실, 누가 무엇을 들고 걸어 다니는지 알 수는 없었다. 그러나 동문시장에 갈 때까지 무슨 돌발사건이라도 일어나서(예를 들면 오늘 아침의 권총탈취 사건처럼), 만일 통행인에 대한 일제검문이 실시된다면 어떻게 될 것인가. 제주경찰은 지금 K리에 출동하느라 거의 텅 비어 있겠지만, 그렇지 않은 경우에는 어떻게 할 것인가. 연락용의 작은 종잇조각처럼 삼켜 버릴 수도 없다. 지금은 그런 사태가 없다는 가정하에 동문시장으로 가는 길이고, 따라서 남승지의 시선은 밀짚모자 그늘에서 50미터 전방까지 주의 깊게 살피고 있었다.

남승지는 유달현의 혁명적 언사를 생각하면서, 이방근과 자신에 대한 비판이 결코 빗나간 것은 아니라고 인정했다. 그러나 남승지는 얼굴이 화끈 달아오르는 기분으로, 아니, 실제로 얼굴에 열기를 느끼면서, 일전에 산천단 동굴에서 우연히 마주친 이방근과 함께 산을 내려오는 도중에 주고받았던, '혁명논의'를 생각하고 있었던 것이다. 그때 남승지는 방금 전 유달현이 했던 말과 별 차이가 없는 말을 이방근에게 했었다. 그러나 이방근이 그 공세를 가볍게 받아넘기는 바람에 시시하게 끝나 버리고 말았다. 물론 전적으로 승복한 것은 아니고, 이방근을 비판하기도 했지만, 대응하기가 쉽지 않았다. 그에 대한 비판은 실천밖에 없다. 그러고 보니 그때도, 이방근은 입으로만 '혁명'을 외칠 뿐 아무 생각도 하지 않는 자들이 그것을 절대적인 교조인 양 다른 일체를 부정한다면, 자신은 단연 '반혁명'으로 돌아서겠다고 반어적인 표현으로 말했었다. '반혁명', '반동'…… . 때로는 소름을 돋게 하고 전율을 불러일으키는 이 말이 지닌 주박(呪縛)의 힘은 무엇일까. 요즘에는 적들이 '좌익극렬분자', '반동'이라며, 좌익세력을 반동이라 부르고, 중앙지에서도 주먹만 한 표제로 내걸고 있었다. 반동. 그때 고원 쪽으로 불던 바람 속에서 이방근이 말했었다. ……실천, 현실, 그리고 혁명, 당……이 얼마나 주문 같은 힘을 지닌 말인가. 실천보다도 먼저 말이 사람을 죽인다…… . 그렇게 말했다. 남승지는 낮게 신음했다. 말이 사람을 죽인다. 혁명이 아니라 '혁명'이라는 말이 사람을 죽인다. 말이라는 괴물…… .

남승지가 남문길을 나와 사람 왕래가 많은 C길 쪽으로 광장을 가로지르려 할 때, 동문교 쪽에서 사이렌을 울리며 달려오는 지프가 보였다. K리로 출동했던 경관대가 돌아오고 있음을 직감했지만, 예상대로 뒤에 트럭이 따라오고 있는 모양이었다. 남승지는 급히 광장을 가로지르며, 지금까지 아무렇지 않게 들고 있던 종이봉지를 반사적으로 옆구리에 끼듯이 고쳐 들었다. 남승지는 경관대 트럭이 다가오는 것을 보지도 않고, 재빨리 C길 안으로 모습을 감추었다.

C길에 들어선 남승지는 잠시 걸음을 멈추고, 길 입구에 있는 전봇대의 포스터를 보는 척하며 서 있었다. 그리고 지프를 선두로 관덕정 광장으로 들어오는 트럭(아침에 버스와 엇갈리며 K리로 출동한 경관대가 분명했다)의 동태를 넌지시 살피려고 했다. 포스터는 내일 4월 3일부터

농업학교에서 열리는 제주도 전학생학예전람회를 안내하는 것이었다. 큰일이 벌어지는 때와 전람회가 겹쳤다는 생각을 해 본다. 곧이어 소리를 낮춘 사이렌의 울림이 마치 욕구불만의 신음소리처럼 공기를 진동시키며 지면을 타고 들려왔다. 남승지는 시선을 포스터에서 광장 한가운데로 돌렸다. 틀림없이 아침에 버스를 검문한 그 경관대 트럭이었다.

트럭은 광장에 일단 정차하여, 군정청과 경찰서가 있는 구내에서 미군 지프가 나오기를 기다렸다가 들어갈 참이었다. 두 대의 트럭 위에는 완전 무장으로 위협을 느끼게 하는 카키색 제복의 무리가 보일 뿐, 달리 색다른 복장이나 이상한 기미는 없었다. 다시 말해서 마을 사람이 연행된 것 같지는 않았다. 출동한 경관대는 이미 성내에 들어와 있는 소문처럼 빈손으로 돌아온 것이었다. 남승지는 소문만이 아니라 직접 눈으로 사실을 확인하자 안도의 한숨을 내쉬었다. 손 서방에게 K리에서 희생자가 나오지 않았다는 것을 알려 주지 않으면 안 된다. 사이렌 소리가 그치고, 트럭이 천천히 구내로 들어가자, 연도와 광장 주변에 흩어져 있던 통행인이 원래대로 제각각 걷기 시작했다. 돌멩이를 던져 퍼져 가던 수면의 파문이 가라앉듯이.

남승지는 다시 한 번 광장으로 나가, 경찰서 근처까지 가 볼까 생각하다가 그만두었다. 삐라를 뭉치를 들고 돌아다니는 것은 역시 좋지 않았다. 그는 재빨리 광장 주변의 상황을 눈에 담은 뒤 전봇대 앞을 떠나 C길을 걸어갔다. 경관대 트럭이 사라진 경찰서 앞도 특별히 달라진 것이 없었다. 동쪽으로 가는 버스와 서쪽으로 가는 버스 승강장에 검문하는 경찰이 서 있는 것도 아니고, 또 그러한 낌새도 찾아보기 어려웠다.

아침에 경관대가 출동하다가 도중에 마주친 버스를 검문하는 것은 어쩔 도리가 없다 해도, 성내에서의 검문은 애당초 무의미하고 어리석은 짓이었다. 버스만이 아니라, 트럭과 택시, 짐수레, 그리고 통행인까지 모두 검문하지 않으면 안 된다. 게다가 목전에 '총선거'를 앞두고 있다. 설령 그것이 관청조직의 강제된 선거라 해도, 미 중앙군정청이나 이승만 등의 권력측은 '단독선거 반대' 세력을 탄압하는 방편으로 선거의 이미지를 높이고 선전하는 데 혈안이 되어 있었다. 제주도에서 3월 1일의 정치범 대량석방이 '5월 총선거' 실시 발표에 즈음한 보은의 형태를 띤 것도 그런 이유에서였다.

그렇다 해도, 권총을 탈취당한 뒤 성내에서 경관대가 출동한들 무슨 소용이 있단 말인가. 범인은 벌써 무기를 가지고 도망쳤기 때문에, 몇 시간이나 지난 뒤에 무장경관이 대거 출동해 봤자 어쩔 도리가 없는 일이었다. 무엇보다 진범인 손 서방은 남승지가 지금 찾아가고 있는 동문시장 한 모퉁이에서 구두를 수선하며 남승지를 기다리고 있었다.

남승지는 삐라 뭉치를 든 손에, 경관대의 검문을 당했을 때 느꼈던 갑작스러운 착각이 불러일으켰던 공포의 감각을 되살리고 있었지만, 조금 전에 울린 사이렌 소리가 욕구불만의 신음소리처럼 들린 것은 단순한 형용이 아니었다. 무장경관대의 K리에서의 움직임은, 발 없는 말이 천리를 간다는 속담에도 있듯이, 이미 사람들의 입을 통해 성내로 전해지고 있었는데, 모처럼의 출동은 아무래도 허탕을 친 모양이었다. 남승지는 유달현에게서 그 이야기를 들었기 때문인지, 사이렌의 낮은 신음소리는 묘하게 경관대의 K리에서의 움직임을 연상시키듯 울려왔던 것이다. 처음에 성내에 알려진 그 이야기는 K리의 경찰지서가 습격당하여 무기를 빼앗겼다는, 상당히 과장된 것이었지만, 그 전체적인 내용은 사실로 받아들일 만했다.

K리 지서로부터 경비전화를 받고 긴급 출동한 무장경관대는 각각의 집으로 몰려 들어가 총검을 들이댄 채 환자를 제외한 마을 사람을 모조리 국민학교 교정으로 끌어 냈다. 그리고 수백 명의 마을 사람들을 남녀별로, 다시 연령순으로 정렬시켜 놓고, 무기를 빼앗긴 그 경찰에게 한 사람씩 대질을 시켰다. 해변의 용천에서 물을 마시고 있다가 느닷없이 뒤에서 습격당한 그 경찰이 범인의 얼굴을 확실히 기억하고 있을 리도 없었지만, 게다가 K리 주민도 아닌 손 서방이 마을에 있을 까닭이 없었다. 설사 범인이 그 마을 청년이라 해도, 상당히 시간이 지나고 나서 달려온 경관대가 끌어낼 때까지 마을에 남아 있다가, 마을 사람들과 함께 태연히 학교 교정에 모이는 얼빠진 짓은 하지 않을 것이다. 당연한 일이지만, 경찰은 범인을 체포하지 못했다. 결국 경찰은 젊은 청년들만 남겨 놓고 마을 사람들을 해산시켰지만, 마을 청년들은 마치 공동책임이라도 있는 것처럼 경찰에게 얻어맞고, 저항하는 청년은 총부리로 어깨를 내리 찍히고 나서야 겨우 집으로 돌아갈 수 있었다.

　　경관대의 출동과 마을 사람들을 끌어낸 목적은 가망 없는 범인체포에 있는 것이 아니었다. 시위이자 본보기였던 것이다. 그러나 무기를 빼앗긴 그 경찰은 그래도 선량한 편이라고 할 수 있을지도 모른다. 왜냐하면 자신의 실수와 그 책임감 때문에 당황한 그 경찰이 한 사람씩 대면을 하다가, 만일 누군가 그럴듯한 느낌이 드는, 아니, 누구라도 상관없다, 어떤 청년 앞에서, 이놈이다, 경찰을 습격하여 무기를 빼앗아간 놈은 바로 이놈이다! 하고 소리를 지르면 어떻게 될 것인가. 그것으로 일은 끝난다. 아무런 근거도 없이 손가락으로 가리키는 것만으로, 요건은 충족되는 것이다. 지목당한 청년은 항변도 하지 못하고 그 자리에서 체포될 것이다. 그리고 운 좋게 무죄가 증명된다 해도, 그때는 벌써 그 불운한 청년의 몸이 폭력과 고문을 얼마나 견뎌 냈는지 알 수 없는 일이다.

남승지는 무기 탈취에 대한 경찰의 보복을 두려워하고 있었지만, 유달현의 이야기를 듣고 나서 일단은 안심했다. 이로써 손 서방이 일 으킨 떠들썩한 사건은 체포당한 희생자도 없이 끝나고, 감쪽같이 무 기 하나를 손에 넣게 된 셈이었다. 남승지는 이야기를 들으면서, K리 가 아닌 성내 시장에서 구두 수선을 하고 있는 손 서방의 모습을 떠올 리고 속으로 웃음이 나와서 견딜 수가 없었다.

남승지는 삐라 뭉치를 들고 있는 긴장과 흥분 속에서도, 아까부터 몇 개의 가시가 가슴에 박혀 있는 것을 느꼈다. 반혁명분자, 사회의 기생충, 썩은 부르주아 사상의 소유자…… 등등. 유달현의 이방근에 게 대한 노골적이고 의식적인 비판, 아니 비난의 말 한마디 한마디가 가시가 되어 가슴을 찌르고 있었다. 남승지는 그 말이 생각날 때마다 침을 삼켰지만, 그것은 단순한 말이 아니라, 말의 괴물, 어쩐지 섬뜩 한 주술적 힘을 발휘할 수 있는 말이었다. 단적으로 말하자면, 그 괴 물은 언제 어디서 누구에게 덤벼들지 몰랐다. 음, 이방근과 이상한 관계를 맺고 있다가는 언제 유달현에게 '비판'당할지 모르겠군. …… 동무가 성내 지구 소속이었다면, 벌써 비판사업이 진행되어 해결됐을 문제인지도 모르지. 남승지는 가슴이 덜컹 내려앉는 소리를 들으며 삐라 뭉치를 든 손에 힘을 주었다. 그러나 유달현은 그 자신의 말대 로, 역시 혁명 전선에 선 같은 당원이고, 이방근은 비당원, 조직과는 관계없는 인간이라고 고쳐 생각했다. 유달현은 동지였다. 동지와 비 동지를 혼동해서는 안 된다…….

저녁때가 가까워지자 시장은 장보러 나온 여자들까지 더해져 활기 가 가득했다. 산의 모습이 실루엣으로 윤곽을 드러내기 시작한 한라산을 저 멀리 우러러보며, 슬슬 소나 말(당나귀처럼 키가 작은 몽골 말이었지만)의 등에 짐을 싣거나, 팔다 남은 물건을 지게에 싣고 돌아갈 준비를 하는 사람도 있었다. 이제부터 각자의 마을로 몇 시간이나 걸어서 돌아가는 것이다. 남승지는 삐라가 든 종이봉지를 단단히 움켜쥐고 혼잡한 인파를 헤치며 손 서방이 있는 곳으로 찾아갔다. 손 서방은 처음 그 자리에 앉아 일을 하고 있었다. 농촌에서 온 듯한 패랭이 모자 차림의 남자가 옆에 지게를 세워 놓고, 우뚝 선 자세로 일이 끝나기를 기다리고 있었다. 지게가 비어 있는 걸 보니, 뭔가 지고 온 물건은 다 팔고 돌아가는 길인 모양이었다.

"아, 안녕하신가."

남승지를 알아챈 손 서방은 얼굴을 들고 그냥 아는 사이인 양 인사를 했다. 그는 무릎에 낡은 헝겊신을 올려놓고, 갑피와 고무창 사이에 고무풀을 문질러 바른 다음, 다시 실로 꿰매 붙이고 있는 참이었다.

"오늘 할 일이 아직 남았나?"

"아니야, 오늘은 이제 끝났네, 금방 끝날 걸세."

손 서방은 흘낏, 그러나 번쩍 빛나는 날카로운 시선을 남승지가 들고 있는 짐에 던지며 말했다.

남승지는 잠시 기다리는 동안 초조해졌다. 시간은 네 시 반으로, 또다시 유달현의 낮은 목소리와 그 표정을 알 수 없는 가느다란 눈을 가진 얼굴이 물속에서처럼 흔들리듯 눈앞을 가로막았다. 하지만 이방근에게 전화를 하지 않으면 안 된다. 다섯 시에는 우체국이 끝난다. 게다가 다섯 시 반까지 하숙집에 돌아가 있겠다던 양준오와도 만나야만 했다.

5분쯤 뒤에 수리가 끝나고 손님이 돌아가자, 손 서방은 펼쳐 놓은 가게를 정리하면서 자연스럽게 남승지로부터 받아 든 종이봉지를 재빨리 수선 상자 속에 집어넣었다. 삐라 뭉치를 건넨 남승지의 손바닥은 땀에 촉촉이 젖어 있었다. 그는 눈짓으로 버스 검문은 괜찮다는 신호를 보내고(벌써 막차가 출발할 시간이고, 그 뒤에는 임시트럭 편이 하나 있을 뿐이었다), 손 서방이 아침에 들른 이웃 마을에는 아무 일도 없었다고 낮은 목소리로 알려 주었다.

"헤헤헤."

손 서방은 부리부리한 눈을 반짝이며 웃었다. 그리고는 느닷없이 손을 내밀어 악수를 청했다.

남승지는 손 서방과 헤어져 시장을 나왔다. 삐라는 틀림없이 Y리의 조직에 전달되어 내일의 역사적인 봉기에 대비할 수 있을 것이다. 남승지는 안도의 땀이 서늘하고 기분 좋게 배어 나올 만큼 몸도 발도 가볍게 우체국을 향해 걸었다.

우체국 공중전화는 비어 있었다. 집안사람이 받지나 않을까 걱정했는데, 상대편의 수화기를 든 목소리는 다행히도 이방근이었다. 아까 걸었던 전화도 유원이 직접 받았었다. 무슨 일이 있었던 게 아닐까 하는 생각이 문득 남승지의 머리를 스쳤지만, 이방근은 올 수 있다면 지금 바로 오는 게 좋겠다고 말했다. 여동생은 지금 없지만 금방 돌아올 걸세, 지금 나 혼자서 집을 지키고 있는데, 그다지 여유를 부릴 시간이 없으니 가능하면 당장이라도 와 주게. 빨리 오라는 상대방에게 폐를 끼쳐도 괜찮겠느냐는 얼빠진 질문을 할 틈도 없이, 이방근은 기다리겠다며 전화를 끊었다.

……여동생은 집에 없지만 금방 돌아올 걸세. 어디에 갔을까. 남승지는 그녀의 행선지를 캐물을 만한 처지가 못 되었다. 그래도 생각을 해 보았으나 전혀 상상할 수 없었다. 상상할 수 있는 일이 아닌데도 그는 그것을 의식하고, 자신이 그녀의 행선지를 더듬어 볼 상상의 지

도를 가지고 있지 않았던 것이다. 즉, 나는 유원에 대해 아무것도 모르고 있다는 것이다……. 금방 돌아온다면 어떻게든 만날 수 있을지도 모른다. 남승지는 우체국 현관을 나와 서너 단의 넓은 돌계단을 내려가면서, 마침 광장 맞은편에 보이는 식산은행 건물로 시선을 돌렸다. 순간 문득 놀라며 가벼운 근시의 눈을 가늘게 뜨고 멈춰 섰다. 초점이 제대로 맞지 않는 난시의 시선은 통행인 가운데 감색 제복을 입은 젊은 여자의 희미한 윤곽을 포착했다. 그는 자기도 모르게 한 걸음 발을 내딛으며 그쪽으로 걸어갔다. 그는 반사적으로 볼이 뜨거워지고, 가슴이 두근거리는 것을 의식했다. 이쪽으로 광장을 건너오는 것은 유원이었다.

약간 고개를 숙이고 다가오던 유원에게 남승지가 다가가 말을 걸 때까지 그녀는 전혀 눈치 채지 못했다. 밀짚모자 밑으로 남승지의 검게 탄 얼굴을 들여다본 유원은 그에 못지않게 놀라고 있었다. 이때 남승지는 그녀의 조금 시건방진, 그것이 그녀의 아름다움을 돋보이게 하는 매력이기도 한 그 표정이, 그녀의 의지와는 반대로 아련히 붉어지는 것을 똑똑히 보았다. 유원의 하얗고 창백하기까지 한 볼의 엷은 피부에 살며시 배어 나온 붉은 빛은 남승지의 마음을 흥분시켰다.

"누군가 했어요. 이런 곳에서……."

유원은 굳은 표정을 허물어뜨리며 말했다.

"지금 막 댁에 전화를 걸었습니다."

남승지의 표정이 활짝 열리며 밝아졌다.

"……오빠가 있었죠?"

"예, 있었습니다. 빨리 오라더군요. ……우체국을 나오자마자 딱 마주치다니, 깜짝 놀랐습니다……."

"저도요……."

유원이 말을 받았다. 이 한마디가 남승지의 가슴을 울렸다.

"무슨 일이 있었습니까?"

"아뇨. 자아, 어서 가요. 서서 이야기하는 건 좋지 않아요. 2층 창문에서 보일지도 몰라요." 단지 몇 초 동안 멈춰 섰을 뿐인 유원과 함께 남승지는 발길을 돌려 걸어갔다. "은행 2층 창문에는 커튼이 쳐져 있지만……. 홋호호, 내가 무슨 말을 하는 거야. 미안해요. 2층 창문에서는 광장이 한눈에 내려다보여요. 어머니도 있어요……."

두 사람은 광장에서 북국민학교 정문이 보이는 길로 곧장 들어갔지만, 남승지는 또 다른 누군가의 시선이, 그렇지, 유달현의 시선이 몸에 휘감기는 것을 의식하고 있었다. 만일 지금 딱 마주친다면 어떻게 될까. 유달현은 심술궂게 묵살하든가, 차갑게 웃으며 지나치든가, 아니면 싱글거리면서 다가올지도 모르지만, 어쨌든 그는 자신의 비판을 뒷받침할 수 있는 증거가 거듭 발견되는 셈이었던 것이다.

그게 어떻단 말인가. 지금 이유원을 우연히 만나 함께 걷고 있는 게 어떻다는 것인가. 남승지는 두꺼운 시간의 문에 등을 천천히 떠밀리듯 내일에 대한 초조한 감정의 너울 속에서, 가슴이 부풀어 거품이 이는 것을 느꼈다. 그는 시장에서 몇 분간 구두 수선이 끝나기를 기다린 것에 감사했다. 시간이 조금이라도 어긋났어도, 나중에 집에서 만나게 된다고는 해도, 길가에서 이렇게 딱 마주치지는 못했을 것이다. 우연한 만남은 분명히 기쁨이었다. 유원과 나란히 걸으면서 남승지는 순간 백일몽 같은 감각에 빠져들기 시작했다. 그의 머릿속 공간 한구석에, 다른 사람은 아무도 없는 바위투성이의 해변과 한라산 기슭의 고원지대가 펼쳐져 있었다. 뻥―뻥― 하고 공을 차올리는 탄력 있는 소리가 거의 바람이 멎은 공기를 울리며 들려왔다. 국민학교 교정에서 청년들이 공을 차고 있었다. 공은 순식간에 포플러나무 꼭대기를 넘어, 검고 커다란 점이 되어 하늘 높이 솟구쳤다가 내려오기 시작했다. 곧이어 뻥 ― 하고 튀기듯 공을 받아 다시 차올리는 소리가 들린다.

"……어제는 집에 돌아간 뒤에 녹초가 되지는 않았습니까? 힘들었을 텐데."

국민학교 주위의 담장을 따라 나란히 걸으면서 남승지가 말했다.

"아뇨, 괜찮았어요. 아주 훌륭했어요……. 그래요, 다시 한 번 가보고 싶을 정도예요. 다음엔 나 혼자서……. 아니, 아니에요, 지금 한 말은 농담이예요. 그냥 해 본 말이에요……. 그래도 다시 한 번 가보고 싶은 건 사실이예요. 정말 대단하다고 생각했어요."

유원은 가벼운 웃음에 슬며시 말을 얼버무렸다.

"음, 그거 멋지겠는데요……. 학교는 언제부터?"

"10일 지나서예요. ……하지만 여러 가지로 여러분께 폐를 끼치게 되네요."

"그렇지 않습니다. 대환영이니까……."

……꼭, 다시 한 번 와 준다면 좋겠어요. 아니, 와야 돼요. 그래서 현실을 봐야 됩니다. 남승지는 목구멍까지 올라온 이 말을 가슴속으로 밀어 넣었다. 내일 봉기가 일어나는 줄도 모르고, 얼마나 천진난만한 말을 하고 있는가. 동란의 한가운데에 소풍가는 기분으로 올 수는 없다. 아니, 모든 것이 내일의 봉기에 달려 있다. 봉기의 상황에 맞부딪쳐 보지 않으면 모른다. 공공연히 유격 투쟁이 전개되고 있는 상황속에서는, 일전에 오누이가 왔던 것처럼 올 수는 없다.

"4월 3일, 내일은 4월 3일, 토요일이로군요……."

"그래요, 내일은 4월 3일, 토요일. ……무슨 일이 있나요?"

남승지가 혼잣말처럼 중얼거린 말을 그녀가 받았다.

아니, 아무것도 아니에요, 아무것도 아닙니다……. 그는 당황하여 고개를 가로저었지만, '4·3'……, 그는 앗 하고 외치며 멈춰 섰다. 손에 아무것도 없지 않은가. 거의 안색이 변하다시피하여, 자신의 텅 빈 두 손과 주변의 지면을 둘러보았다. 아까까지 손에 들고 있던 삐라 봉지가 없어진 걸 깨달았던 것이다. 그의 머리를 탄환 같은 것이 뚫고 지나가고, 길에 인간의 시체처럼 내동댕이쳐진 삐라 봉지가 그 눈에 달라붙었다.

"왜 그래요?"

유원은 한순간 낯빛이 변한 남승지의 얼굴을 보며 물었다.

"……아, 아무것도 아닙니다." 남승지는 정신을 차리려는 듯 고개를 흔들며 대답했다. "뭔가 물건을 잃어버린 줄 알았는데, 하핫, 흐ー음, 착각이었어요. 으ー음, 착각이라서 다행이에요."

남승지는 곧 그것이 손의 긴장이 풀린 감각에서 온 착각이고, 내동댕이쳐진 시체가 아닌 그 작은 삐라 봉지는 이미 손 서방에게 건너갔다는 것을 생각해 냈지만, 순간적으로 놀란 그는 몸이 얼어붙어 버렸다. 무슨 착각을 이렇게 한다는 거야. 여긴 성내 거리, 도대체 어디를 걷고 있는 걸까. 성내 거리의 땅을 제대로 밟으며 걷고 있는가. 지금은 꿈속에 있는 게 아니다. 전신에서 식은땀이 흠뻑 배어 나왔다.

남승지는 함께 집까지 가면 남의 눈에 띄니까, 도중에 샛길을 돌아 잠깐 시간을 어긋나게 해야겠다고 생각하면서, 그 전에, 저어, 유원 동무…… 하고 마음의 동요를 억누르며 결심한 듯 말했다. 심장의 고동이 뛰는 것을 심호흡으로 간신히 억누르면서 말했다. 나는 댁에 오래 있을 수 없는데, 나중에 양준오 씨 집에 들르지 않겠습니까? 돌아가기 전에 다시 한 번 동무를 만나고 싶습니다. 다음엔 언제 만날 수 있을지 모르니, 꼭 만나고 싶습니다……. 좀 전에 전화를 받은 이방근은 그다지 여유 부릴 시간이 없다고 했는데, 유원은 그것이 아버지가 여섯 시 전에 돌아오기 때문이라고 했다. 그리고 이유는 말하지 않았지만, 아버지가 손님을 몹시 경계하고 있다는 것이었다. 방금 전에 유원은 농담조로 '해방구'에 다시 한 번 가 보고 싶다고 자극적인 말을 했지만, 게릴라 투쟁이 한창일 때 유격대에 지원이라도 하지 않는 한 그것은 무리였다. 게다가 그녀는 서울로 떠나지 않으면 안 된다. 투쟁이 사흘이나 나흘로 끝나, 당장 제주도 전체가 해방될 수는 없을 것이다. 당분간 유원을 만나기는 어려울 것 같은 기분이 든다. 설사 성내에 올 일이 있다 해도, 그녀의 집에는 드나들기는 어려울 것이다. 남승지는 가슴이 죄어드는 듯한 기분으로, 밤에 Y리로 돌아가기 전에 그녀를 만나고 싶다고 생각했다. 일곱 시경에 떠나는 임시 트럭을 타지 못하면, 걸어서 돌아가도 상관없다고 결심하면서. 밤길이라도 세 시간만 걸으면 갈 수 있었다.

"……" 유원은 당신도 그런 말을 할 줄 아느냐는 듯이 그를 쳐다보았지만, 그 눈은 웃고 있었다. "지금 함께 걷고 있잖아요. 지금 만나고 있는데 그런 말을 하다니 이상한 느낌이 드네요……. 승지 씨 머릿속은 전속력으로 돌고 있나 봐요. 지금 만나고 있는데 벌써 헤어진 듯한 말투를 쓰니 말이에요. 뭔가 이상해요……."

그러나 오만한 아가씨는, 무슨 볼일이라도 있나요? 하는 식의 남승지가 가장 두려워하는 반문은 하지 않았다. 그리고 아버지가 돌아오신 뒤라야 언제쯤 시간을 낼 수 있을지 알겠지만, 오랜만이고 하니 가능하면 양준오 씨 집에 들러도 좋다고 대답했다. 오빠도 함께 갈지 모르는데……라고 덧붙이면서. 오빠, 이런 때도 그녀는 여전히 오빠를 앞세운다.

남승지는 유원과 헤어져 샛길로 들어가, 농촌과 같은 구조의 초가

집 돌담이 검게 이어진 골목을 몇 굽이돌아, 그녀보다 조금 늦게 집에 도착했다. 유원은 그건 너무 지나치게 신경을 쓰는 것이고, 대낮에 당당히 남의 집을 찾아가는 것은 조금도 이상할 게 없다고 말했지만, 성내에 거의 아는 사람이 없다 해도, 이방근과 함께라면 몰라도 남녀가 함께 걷는 것은 역시 눈에 띄기 쉬웠다. 그리고 조금 간격을 두고 따로따로 집에 들어가는 것은 전혀 이상한 일이 아니며, 또한 그것이 비합법 생활을 하는 자가 지켜야 할 최소한의 규율이기도 했다.

대문 옆 쪽문을 열고 어서 오십서, 잘 오셨수다, 하고 손님을 맞은 것은 하녀 부엌이었다. 남승지는 당황하여 밀짚모자를 벗고 인사를 하였는데, 완전히 방금 집에 들어간 유원이 맞으러 나올 줄로만 알았던 것이다. 설마 그녀가 아직 돌아오지 않았을 리는 없다. 검은 치마저고리를 입은 덩치가 큰 부엌이는 마치 지친 여행자를 위로하듯이 태도가 부드럽고 상냥했다. 그리고 동물처럼 주의 깊은 그녀의 눈에 경계의 빛이 사라져 있어서, 남승지는 지금까지의 말수가 적고 무뚝뚝한 여자라고 생각했던 인상이 쉽사리 뒤집혀 버린 기분이 들었다. 주인인 이태수가 손님의 출입을 몹시 경계하고 있다고 하는데, 이건 완전히 정반대라서 기묘한 느낌까지 들었다.

하얀 와이셔츠 차림의 이방근이 여동생과 함께 미닫이가 열린 서재 소파에 앉아 기다리고 있었다. 유원이 안뜰을 건너오는 남승지를 보고 툇마루로 나왔다. 남승지가 섬돌 위에 신발을 벗어 놓고 툇마루로 올라서자, 어찌 된 셈인지, 뒤따라온 부엌이가 그 헝겊신을 들고 가려 해 신발 주인을 놀라게 했다. 저어, 잠깐……, 남승지가 자신도 모르게 매달리듯 말했다.

"하, 핫하, 그런 건 아무도 가져가지 않아. 맡겨 두게나, 서재 뒤쪽 출입구에 갖다 놓으려는 것뿐이니까."

이방근이 방 안에서 말했다.

"오빠, 그런 말이 어디 있어요. 실례되는 말을 하고……. 승지 씨, 미안해요."

"그런 거면 어떻습니까." 서재 뒤쪽 출입구……? 남승지가 툇마루에 서서 말했다. 그녀가 잠자코 있으면 좋으련만, 일일이 말대꾸하기가 번거롭다. "저어, 무슨 일입니까? 뒤쪽 출입구에 갖다 둘 필요가 있다면, 내가 직접 하지요. 남에게 시키기가 미안해서요."

"아아, 괜찮아. 자아, 안으로 들어와 문을 닫게."

"신경 쓸 것 없어요. 승지 씨는 손님이니까요."

유원이 말했다.

두 사람은 서재에 들어가 문을 닫았다. 부엌이가 낡고 더러운 신발을 가지고 사라지자, 곧이어 서재 뒤쪽 창문 근처에서 부엌이의 묵직한 발소리가 나고, 그 옆의 문 밖에 신발을 가지런히 놓는 기척이 느껴졌다. 그 기척이 귀를 기울이고 있는 남승지의 가슴을 가시처럼 찔렀다. 이방근과 유원은 아무렇지도 않은 모습이었다. 유원의 말에서도, 부엌이는 하녀니까 그런 일을 하는 것은 당연하다는 여운이 느껴졌다. 손님으로 대접받은 건 고맙지만, 남승지는 순간 뭔가 불투명한 막에 가로막힌 감각의 차이 같은 위화감을 느꼈다. 손님이라서 그렇다는 것만이 아니라, 실제로 고용인인 하녀를 취급하는 데 있어 너무 무감각하다는 생각이 들었다.

유원이 전등 스위치를 돌려 어슴푸레했던 방 안에 빛을 가득 채우고는, 오빠와 나란히 앉은 뒤 지금껏 앉아 있던 맞은 편 소파를 남승지에게 권했다.

"……무슨 일이 있습니까?"

소파에 앉은 남승지는 조금 놀란 모습이었지만, 뭔가를 직감하고 있었다. 신발을 숨기는 걸 보면, 손님이 왔다는 걸 알려서는 안 되는 게 분명했다.

"아니, 아무것도 아닐세. 걱정할 것 없네." 이방근은 입가에 약간 딱딱한 미소를 띠며 말했다. 냉소적인 웃음은 아니었지만, 안으로 닫힌 느낌의 미소였다. "방금 유원이의 이야기를 들어 보니, 아버지는 여섯 시경에 돌아올 모양이니 괜찮아. 아직 시간이 있어. 음, 좀 그럴 사정이 있어……. 오늘은 손님을 받을 입장이 못 되네. 그래서 아까도 전화로 시간이 별로 없으니까 빨리 와 달라고 말했지만……, 음, 괜찮아, 자넨 상관없어. 신경 쓸 거 없어. 후후, 여차하면 뒷문으로 빠져나가면 되니까. 뒤쪽 토담 통용문에 걸려 있던 자물쇠를 벗겨 두었네. 뒤쪽에 작은 쪽문이 있는데, 오랫동안 쓰지 않아서 자물쇠도 녹이 잔뜩 슬어 있더군."

"그렇군요……."

남승지는 뭐가 뭔지 영문을 알 수 없는 느낌의 혼돈 속에서 솟아오르는 어떤 감동으로 순간 말문이 막혔다. 논리적인 직관으로는 사태를 확실히 이해하면서도, 영문을 알 수 없는 느낌이 퍼지면서 그는 적잖이 당황하고 있었다. 뒷문 자물쇠를 벗겨 두었다. 뒤뜰의 통용문, 그곳으로 몰래 도망친다……. 누구에게 그 뒷문의 녹슨 자물쇠를 벗기도록 했을까. 부엌이, 하녀인 부엌이일 것이다. 방금 돌아온 유원에게는 그럴 만한 시간이 없었다. 남승지는 혼돈 속에서 목을 내미는 느낌으로, 자물쇠는 부엌이 아줌마가 벗겼느냐고 물었다.

"그렇다네. 그녀는 말하자면, 그런 면에서 이 집의 관리자니까. 그녀의 승인을 받아야 한다네. 자네 신발을 뒤뜰에 갖다 놓은 것도 부엌이의 승낙을 받고 한 일이지."

이방근은 웃었다.

"……"

　도대체 이게 어찌 된 일인가? 남승지는 사태를 더한층 명확히 이해하면서도 영문을 알 수 없는 혼돈스런 느낌을 떨쳐 버리지 못한 채, 가슴이 뜨거워지는 것을 느꼈다. 그는 생각지도 않았던 장소에 느닷없이 내팽개쳐져 앞뒤를 분간하기 어려운 분위기 속에서, 맞은편에 나란히 앉아 있는 이방근과 유원의 얼굴을 비교하듯 바라보다가, 다시 방 안을 아무렇지도 않은 듯이, 그러나 뭔가를 살피는 눈초리로 빙 둘러보았다. 여전히 커튼을 친 책장 위의 둥근 백자 항아리, 전등 불빛을 반사하여 작은 호수 표면에 칼날 같은 빛을 세운 둥근 거울, 거울 옆의 문, 서재 뒤쪽 출입구. 이 집에 뒷문이 있다고 생각해 본 적도 없었지만, 이게 대체 무슨 일인가. 이방근도 하녀 부엌이도, 그리고 유원까지도 갑자기 머리가 이상해진 건 아니겠지. 이방근도 여동생도 웃고 있었지만, 물속인 양 그 웃는 얼굴이 한들한들 멀리서 흔들렸다. ……담배 한 대 태우겠습니다. 남승지는 탁자 위로 손을 뻗어, 자개를 박은 담배 상자에서 킹사이즈의 양담배 하나를 꺼내 물었다. 향기로운 냄새가 났다.

　"본의 아니게 자네를 너무 놀라게 했나 보군. 신발을 말없이 가져가기도 하고……."

　이방근이 말했다.

　"아니, 그렇지 않습니다."

　남승지는 담배에 불을 붙이면서, 이 집 뒷문으로 몰래 빠져나가는 자신의 모습을 상상하자 가슴이 떨렸다. 이건 가상이 아니다. 앞으로 2, 30분 뒤에 정말로 그런 일이 일어나려 하고 있었다. 아니, 아직은 모른다. 여섯 시라는 예정이 빗나가서 지금이라도 갑자기 이방근의 아버지가 돌아오면, 자물쇠가 걸려 있지 않은 뒷문은 당장 효력을 발휘하게 될 것이다. 그렇다 해도, 시간이 없다면서 무엇 때문에 집에 오라고 했을까. 아니, 이건 이상하다. 전화를 건 사람은 남승지였기 때문이다. 가슴 속의 뜨거운 것이 방 안 가득히 퍼지고, 그것이 남승지의 몸 전체를 적셨다.

"방근 씨, 저어, 제가 일방적으로 전화를 하고 찾아와 정말 죄송합니다. 왠지 소란을 피운 것 같아서……."

남승지는 고맙다는 뜻을 담아 말했다. 그리고 뭔가의 힘, 하나의 의지적인 힘이 이 지상의 한 점에 새싹처럼 밀고 올라오는 것을 느꼈다. 남승지의 얼굴은 붉어져 있었다.

"아무도 소란을 피운 사람은 없네. 승지 동무도 자주 성내에 올 수 있는 것도 아니고, 모처럼 나도 만나고 싶었네."

유원이 차를 끓여오겠다며 자리에서 일어났다.

"유원 동무, 나는 괜찮습니다. 이제 곧 가 봐야 합니다."

"이제 어느 쪽으로 가는가?"

이방근이 물었다.

"승지 씨는 양준오 씨 집에 가신대요." 유원이 소파 곁에 선 채로 말했는데, 그녀도 남승지의 영향을 받은 듯 발그레하게 뺨을 붉히고, 눈이 열기에 젖어 있었다. 아니, 이 방 전체에 말없는 흥분이 감돌면서, 서로를 적셨다. 하녀인 부엌이까지 한통속이 되어 손님을 뒷문으로 빼돌릴 공작을 꾸민 공범자들이 내뿜는 침묵의 열기 같은 것이었다. 그것이 뜨거운 스토브처럼 그녀까지 물들이고 있었다. 그녀가 자리에서 일어난 것은 차를 끓이기 위해서만이 아니라, 달아오른 뺨을 바깥공기로 식히고 싶었기 때문인지도 몰랐다. "하지만 다섯 시 반에 여기서 나가면 되잖아요. 아직 시간이 있어요. 괜찮아요, 아버지는 차로 돌아올지도 모르지만, 나중에 내가 전화를 하고 모시러 갈 거예요."

"아, 양준오의 집에 간다고……. 그 진구는 어제부터 과상님이야, 핫하하."

"……아버님은 어디 몸이라도 편찮으십니까?"

남승지가 말했다. 관덕정 광장에서 여기까지 걸어서 십 분도 안 되는 거리를, 아무리 버스회사 사장이라고는 해도, 자동차로 돌아온다는 것은 부자연스러웠다. 적어도 이 섬의 상식으로는 맞지 않는다.

"좀 빈혈을 일으키셨는데, 이젠 괜찮아요."

유원은 별로 화제로 삼고 싶지 않은 듯 기계적으로 대답하고는 방을 나갔다.

"승지 동무는 오늘 밤 돌아가겠지."

이방근이 말했다. 그리고는 담배를 하나 꺼내 들고 끝을 가볍게 문지르며 손님을 가만히 바라보았다. 이방근의 말은 지금까지와 마찬가지로, 오늘 밤 돌아가나, 하는 식의 질문이 아니라, 분명 상대방의 의사와 행동을 예측하고 다짐과 확인을 하는 듯한 뉘앙스를 풍기고 있었다.

"예, 물론 돌아갑니다……." 남승지는 이방근의 뉘앙스에 무심코 넘어가, 그렇고말고요, 돌아가야 합니다. 내일은, 오늘 밤 열두 시가 지나면 이미 4월 3일이니까요, 하는 말이 성대를 울리며 튀어나오는 것을 간신히 억눌렀다. "저어, 준오 형 하숙집에 들렀다가 돌아갈 예정입니다만……, 그래서 유원 씨한테 준오 형 하숙집까지 오지 않겠느냐고 말했는데, 방근 씨도 함께 오시지 않겠습니까. 유원 씨는 나중에 시간이 나면 들리겠다고 했으니까, 올 수 있을지 어떨지 모르겠지만……." 의도와는 달리 좀 무미건조한 말투가 되어 버려, 쓴 침이 고였다.

"호오, 그런가……, 흐음. 저 애는 그런 말은 전혀 안 하던데. 내가 가면 방해가 되지 않을까."

이방근은 자못 감탄하면서도 놀리는 듯한 어조로 말했는데, 마치 유원이 남의 집 딸이라도 되는 듯한 말투였다.

"이상하게 받아들이지 마십시오." 남승지는 농담인 줄 알면서도, 조금 울컥하여 말했다. "유원 씨 쪽에서 오빠랑 함께 가겠다고 말했으니까요."

"특별히 이상하게 받아들인 건 아니야. 그렇게 정색하며 유원이를 변호할 필요는 없다네. 흐음, 그런데 돌아가는 차편은 괜찮나?"

"일곱 시 조금 지나 임시트럭이 있으니까, 그걸로 돌아갈 겁니다."

"으―음, 그렇다면 자네, 시간이 없을 텐데."

"그렇지만 괜찮습니다. 그 시간에만 맞춰 가면 되니까요."

그렇다, 시간이 없었다. 남승지는 트럭을 타지 못하면 걸어서 돌아가면 된다고 말하려다 그만두었다. 무엇 때문에 밤길을 세 시간이나 걸어서 돌아가는가……. 이 집안의 새끼 고양이 우는 소리가 부엌 언저리에서 계속해서 들렸다. 목걸이에 매단 방울의 투명한 소리가 조용히 들려왔다.

"그런데……." 이방근이 화제를 바꾸어 담담한 어조로 말을 이었다. "어떤가, 내일은, 그렇지, 이미 오늘 밤이 되겠군. 오늘 밤 예정대로 진행되나?"

"예, 합니다. 방근 씨도 아시다시피, 4월 3일에 우리는 무장봉기합니다. 시시각각 다가오고 있는데, 오늘 밤 두 시에 예정대로 궐기합니다."

남승지는 게릴라 대장이라도 되는 것처럼 조금 자랑스러운 듯 단언했다. ……마침내 무기를 손에 들고 일어섰습니다……. 그는 짧아진 담배를 낀 손가락 끝에서 찌잉 하는 금속음 같은 소리가 울리는 것을 들었는데, 거기에 호소문 삐라의 감촉이 되살아났다. 그는 손가락 끝에 뜨거운 열기가 전해져 오는 담배를 끈 뒤 재떨이에 떨어뜨렸다. ……경애하는 부모형제 여러분! 〈4·3〉—오늘, 당신님들의 아들과 딸, 형제들은 무기를 손에 들고 일어섰습니다……. 방 안에 투명한 삐라가 펄펄 흩날렸다. 구두 수선공 손 서방은 지금쯤 낡은 버스 속에서 흔들리고 있을 것이다. 수선 상자 밑의 삐라 뭉치와 함께.

"음, 예정대로 확실히 결행되나 보군. 어제 아침 Y리에서 강몽구 씨로부터 이야기는 들었네만, 어쨌든 나는 국외자라서 말이야. ……그렇군, 오늘 밤 두 시, 음, 정각에 제주도 전체가 봉기한 말이지. 대단한 일이야. 아니, 자네들이야말로 큰일이겠구만……."

이방근은 소파 등받이 뒤쪽으로 한쪽 팔을 늘어뜨리고 있었는데, 그 말투는 스스로 국외자라고 말하듯이 객관적이었다. 남에게 객관적인 느낌을 주는 말투였다.

"우리는 당원으로서 당연한 일입니다."

남승지는 의식적으로 '혁명적 언사'를 쓰지 않기로 했다. 일전에는 산천단 동굴에서 돌아오는 길에 호되게 당했다. 스스로 국외자라고 할 것이 아니라, 이방근도 함께 혁명 대열에 가담해 주면 좋겠다고 생각했다. 조만간 그렇게 될지도……. 아니, 그는 그러지 않을지도 모른다. 그는 역시 가담하지 않고 '국외자'로 남을 것이다. 그런 예감이 든다. ……자네는 왜 이방근 집에 그렇게 자주 드나들고 있나. 그런 자와는 관계하지 않는 편이 좋아. 단, 자네가 이방근을 진정한 공산주의자로 개조할 수 있다면 이야기는 달라. 그건 애당초 불가능한 일이라서 이런 말을 하는 거야……. 유달현의 말, 불쾌한 말이다. 반혁명분자, 사회의 기생충, 썩은 부르주아 사상의 소유주가 지금 여기에, 눈앞에 있다.

"당원이란 말이지, 핫하하, 난 그 말에는 약해."

"방근 씨가 그렇게 말하면 왠지 비웃는 것처럼 들려서 싫습니다. 당원은 단순히 말이 아니라 실제의 존재입니다. ……그러나 당원 쪽이 오히려 이방근에게 약한 게 아닐까요. 뒤에서는 이러쿵저러쿵 열심히 험담을 하다가도, 방근 씨 앞에만 오면 꼼짝을 못하니 말입니다."

"그렇지도 않네. 그런 당원은 뭔가 잘못돼 있는 거지. 비웃는 게 아닐세. 후후, 너무 솔직히 말하는 것도 좋지 않군. 이따금 자네 앞에서는 이상하게도 정직해진다네. 자네가 그 당원이기 때문일 거야. 그건. 자네가 방금 말했듯이, 당원은 말이 아니라 실제의 존재이기 때문인가……. 핫하하, 그만두세. 비웃는 건 아니지만, 지나치게 정직한 것도 좋지 않아, 이 이야기는 그만두세. 여동생도 돌아올 테니. 음, 어차피 내일이면 모두 알게 될 일이야. 오늘 밤 안에라도……."

이방근은 조금 피곤한 듯이 쉰 목소리를 냈다.

"오늘 밤은 주무시지 않을 겁니까?" 남승지는 어리석은 질문을 했다. 어린애 같은 질문이었다.

"왜 그러나? 나는 게릴라가 아니야." 이방근이 입가에 엷은 미소를 띠며, 얼굴을 상대방에게 바싹 들이대고 말했다. 순간, 남승지의 눈앞 가득히 이방근의 얼굴이 터무니없이 크게 다가와 비쳤다. "잘 거야. 모두 자고 있으니까, 나도 자야지……."

유원이 귤차를 내왔다. 그리고 쟁반에서 김이 피어오르는 시루떡과 배추김치 접시를 들어 탁자 위에 늘어놓았다. 물씬 코를 찌르는 냄새도 그러하거니와, 여자의 살결을 연상시키는 하얗게 윤기가 도는 배추와 빨간 고춧가루가 어우러진 김치를 본 순간, 남승지의 입안에 침이 솟아났다. 큰 접시 위에 팥고물을 묻힌 따끈따끈한 시루떡은 네 쪽으로 잘려 있었는데, 손님을 위해 방금 데운 모양이었다.

"모처럼 오셨으니, 천천히 식사라도 함께할 수 있나면 좋겠시만……."

유원이 그렇게 말하며 손님에게 권했다.

남승지는 사양하지 않고 먹기로 했다. 공복이었다. 아까부터 남의 귀에 들릴 정도로, 마치 비둘기 울음소리처럼 배가 꼬르륵거리고 있었던 것이다. 아침은 보리를 섞은 조밥에 된장국 한 사발, 그리고 김치와 마늘종장아찌를 먹었고, 점심은 성내에서 우동 한 그릇을 먹었을 뿐이다. 젊은 위장은 금방 비어 버린다. 시골의 일상적인 식생활은 아침이나 저녁에 이따금 생선이 상에 오르는 정도로 허술하기 짝이 없었고, 점심은 찐 고구마로 때우는 형편이라서 금방 허기가 졌다. 연락을 위해 이동하다가도 아무도 없는 고구마 밭에 들어가 고구마를 캐낸 다음 흙을 깨끗이 털어 내고 마치 원숭이처럼 우적우적 씹어 먹는 일도 있었다. 밭작물에 손을 대는 일은 조직에서 금지하고 있었지만, 그래도 이따금 슬쩍 실례하는 경우가 있었다. 조금 초라해지는 이야기지만, 남승지가 가끔 성내에 와서 이방근의 집에 들를 때는 맛있는 음식을 얻어먹을 수 있다는 또 다른 기대가 있는 것도 사실이었다. 일본에서 돌아온 지 일주일 정도밖에 지나지 않았는데, 벌써 매일같이 공복감과 함께 공동생활을 하고 있는 거나 마찬가지였다. 매일 맛있는 음식을 대접받던 일본에서의 생활이 그리워 꿈속에서도 되살아났다. 일본에서 동그랗게 살이 올랐던 볼이 슬슬 야위기 시작한 느낌이었다. 조국에서 배곯는 생활에는 서울 시절부터 익숙해져 있었지만, 음식에 관한 한 아무래도 일본에 다녀온 것이 좋지 않았던 모양이다. 강몽구의 '가르침'을 본받아 먹을 것을 얻어걸리면 절대로 사양하지 말고 먹어 두자. 먹어서 내일의 투쟁을 위한 영양을 비축해 두는 것이다……. 정말로 자신이 편리할 대로 갖다 붙인 이야기 같지만,

그러나 이것은 단순한 핑계가 아니었다. 불규칙한 비합법 생활자, 그리고 게릴라 생활에서는 현실적으로 필요한 일이었다.

남승지는 이제 곧 양준오와 함께 저녁식사를 하게 될 텐데도, 자꾸만 음식으로 손이 갔다. 그래. 유원의 말대로 천천히 맛있는 음식을 실컷 얻어먹고 싶다. 그는 차를 홀짝이며 자주 목구멍에 걸리는 떡을 뱃속으로 내려 보내면서, 아아, 이게 부자들의 생활이로구나 하고 생각했다. 급히 장을 보러 가지 않아도 항상 음식이 준비되어 있었다. 하지만 강몽구의 '가르침'도 있지만, 결코 걸신들린 것처럼 먹어서는 안 된다.

남승지는 시루떡 한 조각을 다 먹자 곧 자리에서 일어났다. 어느새 다섯 시 반이었다. 양준오는 벌써 돌아와 있을 것이다. 동문교 하천의 건너편 산지 언덕까지는 여기서 15분 정도 걸린다. 남승지는 다행히 뒷문이 아니라 앞문으로 나갈 수 있었다. 이방근은 가능하면 나중에 양준오 집에 들르고 싶지만, 오늘은 집안 사정이 어떻게 될지 모른다면서, 먼저 손을 내밀어 악수를 청했다. 그리고는 작별인사 대신, 어쨌든 조심하라는 말을 덧붙였다. 악수가 이방근답지 않게 딱딱했다. 악수를 하면서 남승지는 문득 가슴이 뜨겁게 욱신거렸다. 이방근은 또, 만일 임시트럭을 놓치거든 양준오를 통해 연락해라. 그러면 차편을 마련해 주겠다고 말했지만, 남승지는 고맙다면서 거절했다.

양준오와는 일본에서 돌아온 뒤로 만나지 못했기 때문에 할 이야기가 많았지만, 용건은 금방 끝난다. 무장봉기가 오늘 밤 두 시에 결행된다는 것을 알려 주기만 하면 된다. 게다가 유원이 나올 수 없다고 하지 않는가. 아버지의 귀가시간과 겹쳐 시간을 낼 수 없을 것 같다고 했다. 그녀도 오지 않는데, 일부러 트럭을 놓치고 걸어서 돌아갈 필요도 없고, 이방근에게 폐를 끼칠 이유도 없었다.

남승지는 길을 서둘렀다. 황혼이 주위에 엷은 막을 내리기 시작했다. ……나중에 양준오 씨 집에 들르지 않겠어요? 돌아가기 전에 다시 한번 만나고 싶어요……. 남승지는 자신이 권유한 말에 볼이 붉어지는 것만 같았다. 엷은 기대가 어이없이 무너지고, 실망감의 쓰디쓴 즙이 천천히 그의 가슴을 적셨다. 마치 이건 순간의 꿈, 관덕정 광장에서 우연히 만났다 했더니, 함께 걸은 것도 한순간, 그리고 이방근의 서재에서 보낸 시간도 눈 깜짝할 사이에 지나가 버리고, 이제는 막막한 느낌밖에 남아 있지 않았다. 마치 넓은 바다를 달리는 배를 탄 것처럼, 이방근의 집 그 자체가 유원을 싣고 파도의 너울과 함께 멀리 떠밀려 가는 듯한 감각에 휩싸인 채로 남승지는 길을 걸었다. 음, 오랜만이니까, 가능하면 양준오 씨 집에 가겠다고 한 것도 그녀가 나를 놀리려고 한 말일 것이다. 정말로 만날 의사가 있다면, 한라산 저편도 아니고, 어떻게든 올 수 있을 것이다. 남승지는 자신의 마음속에서 흔들리는 실망감을 비웃었다. 오빠랑 함께 '해방구'에 오기도 하고, 다시 한 번 가 보고 싶다고 말하기도 하고, 정말이지 종잡을 수 없는 여자야. ……그렇다 하더라도, 그녀는 정말로 오지 않는 걸까, 남승지는 체념할 수가 없었다.

　남승지는 하천을 따라 동문교로 나왔다. 그는 저녁 무렵에 어두운 앙금 속에 거의 잠기다시피 해서, 냇물 위로 어렴풋이 떠 있는 것처럼 보이는 다리를 건너자마자, 바다 쪽 산지의 언덕을 향해 신작로를 걸어갔다. 노천시장은 조금 전의 활기를 저물어가는 태양에 빼앗겨 그저 텅 빈 공터로 변해 있었고, 사람의 자취를 찾아볼 수 없었다. 무슨 물감처럼 땅에 짙게 달라붙기 시작한 황혼의 웅덩이 속에서 으르렁거리는 소리를 내며 움직이고 있는 것은 서너 마리의 개들이었다.

　남승지는 양준오의 하숙집으로 발을 옮기면서, 머리는 거꾸로 돌아가 유원을 생각하고 있었다. 아니, 생각했다기보다는 그녀를 멀리 떼어 놓는 힘의 반동으로 걸어가면서도, 물처럼 출렁거리는 자신의 마음속 수면에서 그녀의 모습을, 관덕정 광장에서 딱 마주쳤을 때 놀란 표정과 웃는 얼굴, 그리고 조금 팔자걸음으로 걷는 모습 등을 떨쳐 내지 못했다고 하는 편이 옳았다. 역시, 그녀가 어떻게든 나를 만나러 오기를 기다리고 있었다……. 남승지는 오르막으로 바뀐 신작로를 벗어나 산지의 먼지투성이 길을 올라가면서 마음이 삐걱거리는 것을 느꼈다. 자신이 생각해도 너무 미련을 떨쳐 버리지 못한 것 같았지만, 이상하게도 오늘 밤의 봉기가 두 사람을 멀리 떼놓아 버릴 것 같은, 뭔가 운명적인 시간의 갈림길을 만들어 버릴 것 같은 불안에서 헤어나지 못했다.

낮은 초가집들이 늘어선 돌담 사이로 난 좁은 골목길로 들어서서, 막다른 곳까지 이르렀을 때, 집들 저편의 어두운 하늘 밑에서 바다의 수런거리는 소리가 바로 가까이에서 들리듯이 전해져 왔다.

돌담 사이에 낀 작은 쪽문을 밀고 들어서면 정면이 하숙집 안채이고, 오른쪽에 지어진 별채에 양준오의 방이 있었는데, 꽤 늦은 황혼의 공기 속으로 배어 나온 전등 불빛이 장지문을 밝게 물들이고 있었다. 양준오는 이미 돌아와 있었다. 남승지는 움찔하며, 안채 옆에 늘어서 있는 커다란 간장독과 된장독을 바라보았다. 안뜰로 새어 나온 전등 불빛에 희미하게 빛나는 항아리의 부드러운 곡선이 이쪽으로 등을 돌리고 쭈그려 앉은 여자의 모습처럼 느껴졌기 때문이다. 인기척을 듣고 안채 부엌의 삐걱거리는 판자문을 열고 나온 안주인이 안뜰의 남승지를 향해, 준오 씨를 찾아온 손님이냐고 물었는데, 거의 동시에 양준오가 장지문을 열고 얼굴을 내밀었다.

양준오는 장지문을 닫자, 악수를 한 채 한쪽 팔을 남승지의 등 뒤로 돌려 끌어안듯이 손님을 맞아들였다. 그리고는, 일본에 무사히 다녀와서 다행이다. 어머니랑 여동생도 건강히 잘 있더냐, 음…… 하고물었다. 양준오는 고집불통으로 고고함을 견지하는 면이 있어서 결코과장된 몸짓을 하지 않는 성미였지만, 이따금 이렇게 서로의 체취를맡을 수 있을 만큼 바싹 다가서서 애정을 보이면, 남승지는 자신도모르게 따뜻한 온기가 체내에 감도는 것을 느꼈다. 한 달 만에 만나는것이었지만, 그동안에 일본을 왕복하는 위험한 여행이 포함되어 있었기 때문인지 무척 오랜만이라는 느낌이 들었다.

넥타이만 푼 양복 차림의 양준오는 무슨 조사라도 하고 있었는지,책상 위에 서류 등이 흩어져 있었는데, 한 달간 만나지 않은 사이에제법 관록이 붙은 것처럼 보였다. 설마 어제 1일 자로 도청 과장이된 탓은 아닐 것이다. 아니, 분명히 그렇지 않다. 그는 지사의 부탁을받고 도청에 가기 위해 군정청 통역을 그만둔 것은 아니었다. 통역이뭐고 다 그만두고 싫증이 난 조국에서, 해방되었을 터인 조선에서,그리고 이 섬에서 떠나기 위해, 어딘가 일본에라도 갈 작정이었던 것이다. 그런 그가 관록이 쌓인 것처럼 보이는 것은 다시 이 섬에 눌러앉기로 결심한 자의 체념과 비슷한 차분함 같은 것인지도 몰랐다. 이런 시기에 그가 도청에 취직한 것은 대단한 일이라고 남승지는 생각했다.

양준오는 방구석에서 둥근 상을 방 한가운데로 내놓았는데, 거기에는 벌써 돼지고기와 순대 같은 음식이 준비돼 있었다. 두 사람은소주를 서로 따라 주고, 얼마 안 있어 안채에서 날라 온 식사를 하면서 바쁘게 잡담을 나누었다. 남승지가 술을 별로 입에 대지 않다가,일곱 시경에 있는 트럭 편으로 오늘 밤에 돌아가겠다고 말하자, 양준오는 놀랐다. 남승지가 일본에서 돌아온 지 얼마 되지 않았으니, 그 주변 이야기도 나눌 겸 오늘 밤은 자신의 하숙방에서 자고 갈 거라고 그는 생각하고 있었던 것이다. 그리고 다시 남승지가, 오늘 밤 새벽 두 시에 제주도 전체에서 무장봉기가 결행될 것이라는 소식을 전했을 때, 웬만한 일에는 끄떡도 않던 양준오도 멍하니 굳은 표정으로 말을 잇지 못했다. 양준오는 무장봉기의 움직임을 남승지를 통해 어느 정도 알고 있었지만, 그 결행이 지금부터 몇 시간 뒤로 임박했다고는 전혀 생각지도 못했던 것이다. 서로 만나지 못한 이 한 달이라는 시간의 흐름이 갑자기 격류처럼 물보라를 일으키며 양준오를 덮친 게 분명했다.

"오오, 그런가, 드디어 결행하는구먼. 오늘 밤 두 시라면, 오전 두 시, 벌써 내일이군. 4월 3일 오전 두 시……. 음, 그런가, 그렇구만……."

양준오는 갸름하고 뾰족한 턱을 손으로 문지르며, 가벼운 취기로 눈 주위가 불그레해진 눈으로 상대를 흘낏 바라보고는 시선을 떨어뜨리더니, 혼자 두세 번 고개를 끄덕였다.

남승지는 여섯 시 반을 가리키는 손목시계를 들여다보고, 어쩌면 유원일지도 모르는 안뜰의 발소리에 움찔 놀라면서(만일 지금 유원이 왔다고 해도, 양준오에게 일곱 시경 트럭 편으로 돌아가겠다고 말한 체면상, 그 트럭을 그냥 보내고 걸어간다든가, 이방근의 말을 받아들여 염치없이 그에게 부탁할 수는 없었다), 성내의 경찰서와 감찰청이 국방경비대원의 공격 대상으로 정해졌으니, 오늘 밤 형세를 보아 적절히 대처하라고 간단히 전달 사항을 이야기했다. 간단하다기보다는 남승지도 그 이상의 것을 알지 못했다. 그리고 그는 혁명의 정세가 냉엄하지만 그래도 유리하게 전개되어 가고 있는 현재의 상황 속에서, 성내의 가두(街頭 : 직장)세포에 속하지 않는 비밀당원으로 입당하는 문제를 다시 한 번 생각해 주기 바란다. 이것은 조직이 전부터 요정해 온 일이니 노낭 부위원장인 상몽구를 한번 만나 달라고, 긴장해서 굳어진 표정으로 말했다. 이상하게 마음의 여유를 가질 수가 없었다. 남승지는 자고 갈 것도 아니어서 천천히 술을 마실 시간도 없었지만, 선배 격 친구인 양준오에게 거의 강요하듯이 문제를 거듭 꺼내는 것만으로도, 술을 입에 댈 마음이 나질 않았던 것이다.

이미 식사 도중에 수저를 내려놓은 양준오는 팔짱을 끼고 상체를 천천히 좌우로 흔들고 있었다. 침묵의 덩어리가 모처럼의 식탁을 무겁게 내리누르는 속에서, 잠시 동안 말이 없었다.

"그건 생각해 보지. 강몽구를 만나겠다는 뜻은 아닐세. ⋯⋯그래, 이방근도 칭찬하고 있었지만, 자네는 훌륭해, 훌륭하다고⋯⋯." 양준오는 갈칫국 사발을 들어 한 모금 마시고는 남의 이야기를 무시하듯 가볍게 화제를 돌려, 아무 관계도 없는 말을 불쑥 꺼냈다. "어떤가, 이방근은 오늘 밤의 그 봉기를 알고 있나?"

아니, 당돌하다면, 나중에 나온 말이 더 당돌했다. 남승지는 기분이 나빴지만, 상대방의 말에 순간 머리가 복잡해져서, 불끈 치밀어 오른 분노의 감정에 반응할 여유가 없었다. 도대체 무슨 말을 하는 건가. 느닷없이 이방근의 이야기를 꺼내다니, 그야말로 당돌한 질문이라고 하지 않을 수 없었다. 원칙적으로 조직과 관계가 없는 이방근이 알 턱이 없는데, 양준오는 그 원칙을 뒤엎듯 단도직입적으로 물어 왔던 것이다. 남승지는 그러나, 그 조직의 기밀에 속하는 것을, 그리고 설사 상대가 이미 알고 있다고 해도 응해서는 안 되는 일을, 상대의 돌발적인 기세에 눌린 것은 아니었지만, 그렇다, 그는 알고 있다고 대답했다.

"그렇구만⋯⋯."

양준오는 예각적인 얼굴에 엷은 웃음에 가까운 안도의 표정이 떠올랐다.

"준오 형은 방근 씨와 오늘 밤에라도 만날 생각입니까?"

남승지가 알몸이 된 느낌으로 말했다.

"아니, 만날 일은 없어. 어젯밤에 만나서 늦게까지 함께 술을 마셨으니까. 어쨌든 그가 당황하는 일 없이 오늘 밤의 사태에 대비할 수 있다는 건 좋은 일이야. 만취해서 꼼짝도 할 수 없는 상태로는 곤란하니까. 음, 오늘 밤은 잠을 잘 수 없겠군."

양준오는 웃으며 일어나더니, 손에 들고 있던 담배를 물고 방의 뒷문을 조금 열어 환기를 했다. 소금기를 머금은 부드러운 밤바람과 함께 바다의 수런거리는 소리가 갑자기 입구로 몰려든 것처럼 커다랗게 들려왔다. 마치 뒷문 바로 아래가 바다라도 되는 것처럼. 아니, 아까부터 파도 소리가 먼 해조음처럼, 환상의 이어도에서 들려오듯 끊임없이 귓속에서 수런거리고 있었지만, 실제로는 지금 바닷가에 있는 것처럼 크게 들리는 것은 아니었다. 그의 상상 속에서 그 발밑으로 밀려오는 파도 소리가 현실의 파도 소리를 끌어들여, 머릿속에서 한꺼번에 부풀어 올라 귀를 때렸던 것이다.

"이제 슬슬 출발할 시간이로군. 오늘 밤은 유감이지만 할 수 없지."

양준오가 등을 이쪽으로 돌리고 어두운 바깥을 응시하며 말했다.

"일곱 시 10분이니까 조금 더 있어도 돼요. ……여기서는 파도 소리가 아주 가깝게 들리는군요. 전 말이죠, 바다를 보거나, 특히 밤의 바다를 보거나 파도 소리를 듣고 있으면, ……준오 형은 기억하고 있을지 모르겠네요. 벌써 몇 년 전 일제 때의 일인데요. 고베 시내의, 그 등화관제 때의 어두운 해변이 생각나요. 그때의 일은 잊을 수가 없어요. 마치 어제 일처럼 선명하게 되살아나거든요……. 준오 형은 기억하고 있나요?"

"으흠, 그리고 보니 어렴풋이 기억나는군. ……나가타초(長田町)의
해안이었지. 밀물 때여서 만조에 관한 이야기를 했던 기억이 나. 그
당시 시국과 관련해서 말했었지. 그때가 그립네 그려. 어딘지 모르게
학생 시절의 폼 같은 것도 있었고, 비장감도 약간 섞인……."

양준오는 뒷문을 닫고 자리에 돌아와 앉았다.

"그렇진 않아요. 폼이라든가 그런 하찮은 게 아니고요. 그 무렵의
준오 형은 철저한 반일 사상의 소유자였어요……, 그렇죠, 아닌가
요." 남승지는 별로 술을 마시지도 않았으면서 가벼운 취기에 의지하
여 상대방을 밀어붙였다. "당시의 '야나가와 슌고(梁川俊午)'가 저에게
미친 사상적 영향은 대단히 큽니다, 정말로. 그건 준오 형 자신도 알
고 있잖습니까. 그 무렵은, 이따금 고베나 오사카에서 준오 형을 만나
면, 그 주위에 빛이 비치고 있는 듯한 기분이었어요. 난 양준오의 부
하나 되는 것처럼……."

"그만해."

"준오 형은 의식적으로 잊으려 하고 있는지도 모르지만, 나는 그 나
가타초의 해변 정경을 평생 잊을 수 없어요. 그래요, 그건 말이죠, 만
조가 아니라, 처음에는 간조의 이야기였어요. 그때 마침 물이 빠지고
있었거든요."

"그랬었나? 기억이 안 나네."

……그때 우리 두 사람은 해변에 앉아, 오랫동안 어두운 바다를 바
라보고 있었다. 일본에 패전의 그림자가 드리우기 시작한 전쟁 말기
의 어느 해 가을이었다. 바다는 간조 때로, 밀려오는 파도는 기세 좋
게 검은 등을 치켜세운 채 으르렁거리면서도, 어딘지 모르게 맥없이
바다 저편으로 끌려들어 가고 있었다. 조국의 독립에 대해 열심히 이

야기하던 양준오는 썰물에 비유하여 일본의 패전을 예언하고 있었던 것이다. ……일본의 운명은 이렇게 밀려오는 파도와 마찬가지다. 파도는 물러갔다가 또 다시 밀려온다. 빠져나가면서도 다시 밀어붙이는 파도의 힘은 세지. 그러나 아무리 밀어붙여 보았자 대세는 지금 간조 때라는 거야. 해안을 때리는 큰 파도도 썰물에는 거역할 수는 없어. 더 이상 해안을 적실 수조차 없게 되지. 일본은 바로 이 간조 속에 있어. 어쩔 도리가 없는 거지. ……바다는 이윽고 만조가 되겠지만, 그러나 일본에는 오지 않아. 그리고 전쟁은 끝나. 일본 제국이 패망하고, 조선은 독립하는 거야……. 실제로 밀려왔다 물러가는 파도의 물결을 눈앞에서 바라보고, 파도 소리를 귀로 들으며, 남승지는 양준오의 말에 감동을 받아 차가운 밤공기 속에 몸을 떨었던 것이다. '조선사(朝鮮史)'라는 세 글자조차 공공연히 입 밖에 내지 못하던 시대였다. 남승지는 그때의 양준오에게서 상징적인, 마치 시적인 여운까지 갖춘 것처럼 느껴진 그 비유와 캄캄한 바닷가의 고즈넉한 정경을 잊을 수가 없었다.

남승지가 그 추억담에 불과한 이야기를 문득 입 밖에 낸 까닭은(아니, 일부러 이야기했다고 해도 좋았다), 옛날부터 철저한 민족 독립 사상의 소유자였던 양준오가 지금이야말로 민족의 통일과 독립을 위해 싸우는 혁명진영에 가담해야 한다는 생각이 암암리에 담겨 있었던 것이다.

양준오는 해방 이듬해, 제주 미군정청의 통역이 되었다가 나중에 재무국으로 옮겼는데, 좌익진영에서는 미군의 앞잡이, 반동분자로 간주하고 있었다. 특히 작년 3·1독립기념 시위대에 대한 미군과 경찰 기마대의 발포 사건 이후, 제주도민의 통역들을 바라보는 눈에는 하얀 이빨이 드러나 있었다. 그러나 한편으로 양준오는, 공산당원이 아닌 자는 인간이 아니라는 독선적인 권위주의와 낙천적인 교조주의, 그리고 당원은 곧 애국자라는, 즉 당원인 것이 일종의 액세서리로 통용되는 풍조에 넌더리를 내고 있었다. 그가 유달현 같은 인간을 좋아하지 않는 것은 이방근과 마찬가지였다. 해방 직전까지 '천황귀일(天皇歸一)', '황국신민(皇國臣民)', '내선일체(內鮮一體)' 따위를 외치던 기괴한 조선 놈이, 해방 후에는 공산당원으로 탈바꿈하여 위세 좋게 날뛰는 모습을 차가운 눈으로 바라보고 있었다. 게다가 '해방군'이어야 할 미군의 통치를 받는 조국의 현실에도 싫증을 느끼고, 조국에서, 즉 이 섬을 떠나려 생각하고 있었던 것이다. 그런 의미에서 그가 도청에 들어간 것은, 남승지가 바란 대로 양준오의 탈출지향에 일종의 종지부를 찍은 것이나 다름없었다.

남승지는 갈칫국을 깨끗이 비우고, 잔에 조금 남은 소주를 단숨에 비우고 나서 자리에서 일어났다. 시간이 다 되었다. 양준오가 따라나와 신작로 근처까지 남승지를 바래다주었다. 작별의 악수를 하는 양준오의 손이 술기운의 탓도 있겠지만 따뜻하게 느껴졌다.

남승지는 여전히 귓속에서 수런거리는 파도 소리를 들으며, 신작로를 따라 관덕정 광장으로 서둘러 걸음을 옮겼다. 결국 유원은 오지 않았다. 양준오와 걸으며, 헐떡이는 숨결로 언덕길을 달려오는 그녀의 모습을 혹시나…… 하고 기대했지만, 그것은 환상이었다. 아니, 그녀는 올 수가 없을 것이다. 따라서 올 리가 없었다. 아, 부질없어, 부질없는 생각이야……, 남승지는 초저녁의 전등 불빛이 어렴풋이 빛나고 있는 길을 앞으로 나아갔다.

이윽고 관덕정 광장으로 들어가 신작로와 접한, 이미 유원의 부친은 돌아가고 없을 그 식산은행 건물 앞을 지나서, 관덕정 옆의 버스정류장으로 다가갔을 때, 남승지는 가슴이 덜컹하며 마치 심장이 커다란 소리를 내며 떨어진 것처럼 깜짝 놀랐다. 트럭 주위에 일고여덟 명이 모여 있었는데, 거기서 조금 떨어진 곳에서 사람을 찾고 있는 듯한 젊은 여자의 모습이 눈에 띄었던 것이다. 그것은 유원이었다. 귤색 스웨터에 감색 제복은 낮에 만났을 때와 같은 옷차림이었다. 저런 곳에서 뭘 하고 있을까? 나를 배웅하러 온 것인가, 설마⋯⋯. 그는 반신반의하며 큰 걸음으로 몇 발짝 걷다가 이윽고 달리기 시작했다.

남승지가 다가오는 것을 유원은 재빨리 알아보았다. 그녀의 걱정스러운 표정이 환하게 밝아졌다. 그녀가 종종걸음으로 다가와 서로 멈춰 선 순간, 그녀는 무슨 기계장치라도 되는 것처럼 손을 쑥 내밀었다. 남승지는 처음에 무슨 비밀쪽지나 물건이라도 건네주려는 것으로 착각했지만, 손이 닿았을 때는 이미 서로 움켜잡고 있었다. 남승지는 당황하면서도 유원의 차갑고 부드러운 손을 꽉 움켜잡았다.

"아, 다행이에요. 만날 수 있어서 다행이에요⋯⋯. 미안해요, 양준오 씨 집에 가지 못해서⋯⋯."

그녀는, 유원 동무, 어떻게 된 일입니까? 하고 아직 반신반의하는 태도로 말을 걸려는 남승지의 입을 가로막듯이 말했다. 그리고 그 손을 상대로부터 빼내듯이 놓았다.

"저쪽으로 갑시다."

남승지가 앞장서서 걷기 시작했다. 길 한가운데 우뚝 서 있을 수도 없었지만, 그것은 자연스럽게 생겨난 구실이기도 했다. 일곱 시를 지나고 있었으므로, 일곱 시 10분까지는 앞으로 몇 분밖에 남지 않았다. 트럭이 정시에 출발한다고는 할 수 없다. 대개는 늦어지는 경우가 많았지만, 몇 분 먼저 떠나 버리는 일도 있었다. 그는 버스정류장으로 다가가면서, 아, 이 트럭으로 돌아가고 싶지 않다는 생각을 했다. 당초의 결심대로 한다면, 유원을 만난 이상 걸어서 돌아가도 좋을 터였다. 두 사람은 짐칸의 절반 가까이 짐을 실은 트럭 옆을 지나 잠시 걸어서, 인적이 없는 관덕정 옆의 댓돌 위에 나란히 앉았다. 2, 30미터 떨어진 버스정류장의 트럭이 보이는, 신작로 옆의 약간 으슥한 곳이었다.

"여기까지 와 줘서 정말 고맙습니다. 유원 동무를 만날 수 있어서 기쁩니다. 이제는, 어차피 집에서 나올 수 없을 거라고 체념하고 있었는데……. 낮에도 저쪽에서 우연히 마주쳤고, 오늘은 왠지 우연이 겹치는 것 같군요. ……아버님은 돌아오셨습니까?"

"예, 무사히 돌아오셨어요. 지금 상태로는 큰 걱정은 안 해도 될 것 같아요. 신경은 흥분되어 있지만……."

"만일, 뒷문 자물쇠의 일을 아시면 큰일 나겠군요."

"아실 리가 없잖아요. 지금은 그런 이야기는 하지 마세요. 무서운 이야기는 이제 그만두고……."

거리의 어슴푸레한 불빛에 희미하게 비친 그녀의 얼굴이 일그러지는 것이 보였다.

"아, 미안합니다. 그 이야기는 그만두지요. 그래요, 남의 호의와 배려도 눈치 채지 못하고……."

"그건 괜찮아요."

그 '무섭다'는 유원의 말이 충격이었다. 충격이라는 것은 남승지가 그 뜻을 자기본위로 받아들이고 있다는 말이 될 것이다. 정말 어리석은 질문, 무신경한 질문이었다. 이방근이 명령했다 하더라도, 뒷문으로 남승지를 몰래 빼돌리려 한 일은 집안 내에 무서운 비밀이 생기는 것이었다.

"……방근 씨는 동무가 여기 온 걸 알고 있습니까?"

잠시 사이를 두었다가 남승지가 말했다.

"예, 알고 있어요."

그녀는 가볍게 웃으며 대답했다. 말 속에 물론이라는 의미가 함축된 웃음이었다.

남승지는 버스정류장 쪽을 응시하면서, 얼마 남지 않은 짧은 시간 동안에 무엇을 이야기하고 어떻게 하면 좋을지 알 수가 없었다. 등을 콩콩 두드리는 이 땅거미 같은 거대한 시간의 흐름에, 느닷없이 흐름에서 쫓겨날 때까지 잠자코 몸을 맡길 수밖에 없었다. 좀 더 서쪽으로, 반대 방향인 서문교 쪽으로 가서, 일부러 트럭을 놓쳐 버릴까. 그러나 여기까지 와서 새삼 그렇게 할 수는 없었다. 이방근이 헤어질 때, 만약 트럭을 타지 못하면 차편을 마련해 주겠다고 하던 말이 마음을 거세게 뒤흔들었지만, 그 흔들림을 떨쳐 버리지 않으면 안 된다. 무엇보다 배웅 나온 유원에게 웃음거리가 될 것이다. 어쨌든 저 트럭으로 돌아가 내일을 대비하지 않으면 안 된다. 그렇다 하더라도 저 트럭이란 놈의 출발이 반 시간만이라도 늦어진다면…… 하는 생각을 했다.

"다음엔 언제 성내에 오세요?"

"으−음, 알 수 없지요, 다음 일은……. 한동안 만날 수 없을지도 몰라요. 이제 곧 동무는 서울로 가 버릴 테고, 그렇잖아요……."

두 사람의 손이 어둠에 잠겨 겹쳐져 있었다. 용기가 필요했지만, 남승지의 왼손이 그녀의 허벅지 위에 놓인 그 오른손을 잡았을 때, 그녀의 감정은 열려 있어서 손은 그 자리를 떠나지 않았다. 서로의 손에 맥박이 숨 가쁘게 전해질 만큼 두 개의 손은 자연스럽게 얽혀 있었다. 뜨거운 피가 남승지의 몸을 천천히 흘렀다.

"그때까지 이쪽에는 오지 않는 건가요. 그럼 내가 찾아갈까……. 그런데, 그런데 말이죠, 승지 씨는 주소가 불확실하잖아요."

유원이 웃었다. 그녀는 웃으면서, 남승지의 손에서 살짝 자신의 손을 빼냈다. 꼼짝도 하지 않던 남승지의 손바닥이 스커트에 감싸인 그녀의 허벅지 위에 미끄러져 떨어지고, 허벅지가 더한층 안쪽으로 오므라들었지만, 그의 뜨거운 손바닥에 들어온 허벅지의 감촉이 그의 머릿속에 유원의 육체 전부를 단숨에 펼쳐 놓았다. 남승지가 손을 유원의 허벅지에서 뗀 것과, 그녀가 하반신을 조금 저쪽으로 움직여 간 것은 거의 동시였다.

"그, 그건 안돼요. 안 됩니다. 오면 안 돼요. ……그래도 말이죠, 그저께부터 어제에 걸쳐서 오빠와 함께 와 주어 정말 고맙게 생각하고 있어요. 그 일을 마음에 떠올리면, 그게 나에겐 힘이 돼요, 정말로……. 하하, 나는 가족들과도 떨어져 있는 외톨이 인간이라서 말이죠."

그때. 트럭 엔진을 공회전시키는 격렬한 소리가 들려왔다. 두 사람은 일어섰다. 트럭의 짐칸 뒤쪽의 문이 아래로 내려져, 사람들이 다리를 허공에 흔들며 기어오르듯이 트럭에 타기 시작했다. 개중에는 먼저 탄 사람이 나중에 올라오는 사람에게 손을 빌려주기도 했다. 무슨 발판이라도 놓아주면 좋을 텐데, 두세 명의 여자 손님은 올라타기가 만만치 않았다.

"건강하세요."

유원이 말했다.

"어떻게든 동무가 서울로 떠나기 전에 다시 한 번 올게요."

남승지가 걸음을 서두르며, 가로등에 그늘진 유원의 조금 창백한 옆얼굴을 보고 말했다.

"정말이세요? 기다릴게요. 하지만 무리하시면 안돼요. 내가 다시 한 번 가 보고 싶다고 말한 건 거짓말이 아니에요."

"알고 있습니다. 나는 틀림없이 옵니다."

두 사람은 망설이지 않고 악수를 했다. 그러나 그것은 단순한 작별 인사가 아니라, 서로의 애정을 표현하는 수단으로 두 사람이 손을 맞잡았다고 말하는 편이 옳을 것이다. 차고에서 차표를 파는 남자가 방금 판 표를 승객으로부터 한 장씩 회수하고 있었는데, 남승지는 표를 사지 않았기 때문에 현금을 내고 트럭 짐칸에 올라탔다. 열 명 남짓한 승객이 짐칸의 반절쯤 되는 공간을 채웠다. 경적이 요란하게 울리고, 트럭은 곧 출발했다. 유원은 눈에 띄지 않도록 약간 떨어진 건물 처마 밑에 서 있었기 때문에 표정은 잘 보이지 않았지만, 하얀 손을 가볍게 흔들었다. 트럭 위에서 남승지도 손을 흔들었다. 오고말고, 며칠 내로 반드시, 당신이 서울에 가기 전에 오고말고……. 앞으로 일곱 시간 뒤에 제주도 전체의 무장봉기가 실현된다. 남승지는 유원의 모습이 시야에서 사라져 가는 트럭 위에서, 밀물이 차오르는 듯한 기세로 몸속에서 곧장 치솟는 힘을 느꼈다. 조금 전까지 가슴을 검게 적시고 있던 실망의 쓴물은 흔적도 없이 사라졌다. 관덕정 광장을 나와 신작로로 들어선 트럭은 짐칸에 엉덩이를 대고 주저앉은 승객들을 흔들며 속력을 내어 달리기 시작했다. 혁명의 전야, 남승지에게 있어서 4월 2일은 풍요로운 날이었다.

4

어두워진 뒤에 아버지를 모시러 간 여동생과 선옥은 이태수와 함께 자동차로 돌아왔다. 자동차는 남의 눈에 띄기 때문에 걸어서 돌아오려 했던 모양이지만, 신중을 기했던 것이다. 어쨌든 빈혈로 졸도한

것이기 때문에 입원을 하지 않아도 되는 것이 무엇보다도 다행이었
다. 결국 아버지를 졸도하게 만든 당사자인 이방근은 우선 안심했다.
그런데 아버지가 돌아왔을 때 분명히 밖에서 자동차 엔진 소리가 났
지만, 무언가 생각에 잠겨 있던 이방근은 곧바로 거기에 반응하지 못
했다. 즉 소리는 나는데 들리지 않은 것과 마찬가지였다. 조금 낭패한
기색으로 서재 앞까지 온 부엌이가, 서방님, 주인어른이 돌아오셨수
다, 얼른 맞으러 나오시는 게…… 하고 이방근을 나무랐다. 그가 무릎
위의 새끼 고양이를 옆에 내려놓고 소파에서 일어나 안뜰로 내려갔을
때, 아버지는 이미 가족들을 데리고 쪽문을 들어서고 있었다. 이방근
은 말없이 아버지에게 다가갔지만, 이태수는 아들을 힐끗 쳐다보았을
뿐, 어두운 뜰을 방 쪽으로 천천히 걸어갔다. 툇마루에 올라설 때, 선
옥과 유원이 아버지의 양쪽 겨드랑이를 껴안듯이 부축했지만, 아버지
의 발걸음은 의외로 안정되고 흐트러짐이 없었다.

이태수는 인삼을 속에 넣어 통째로 삶은 영계백숙과 인삼주를 가볍
게 들고 나서, 낮의 흥분을 가라앉히듯 잠자리에 들었다. 이방근은
아버지가 방에 들어가는 것을 보고 말없이 자신의 서재로 돌아왔다.
아버지는 유원과도 거의 말을 하지 않은 모양이었다. 그녀가 아버지
방에서 나온 것은 이미 일곱 시가 가까운 시간이어서, 양준오의 하숙
집에 가기에는 이미 늦어 있었다. 그녀는 남승지에게 아마 가지 못할
것이라고 말은 해 두었지만, 그래도 확실히 단정하지는 않았던 만큼
신경을 쓰고 있었다. 그녀에게 버스정류장에라도 가 보라고 말한 것
은 이방근이었다.

유원이 남승지를 배웅하고 돌아온 것은 일곱 시 반이 지나서였다.
이방근은 다시 새끼 고양이를 무릎 위에 올려놓고 소파에 앉아 있었
다. 새끼 고양이 흰둥이는 입이 꼬리 밑동에 닿을 만큼 몸을 동그랗게

구부리고 이따금 귀를 쫑긋거리며, 제법 의젓하게 코를 골며 자고 있었다. 어쨌든 거의 하루 종일 잠만 자고 있었다. 자면서 몸을 뒤척일 때마다, 귤색 털실로 짠 목걸이의 방울이 딸랑거렸다. 바지는 움푹 들어가서 스커트처럼 고양이의 몸을 잘 받쳐 주지 못하기 때문에 불편했다. 통통하게 살이 오른 몸에다 하얀 털은 눈처럼 윤기가 나서 눈이 부실 정도였지만, 하루에도 몇 번이나 젖은 헝겊으로 몸을 닦아 주고 따뜻한 날에는 목욕시키지 않으면 안 된다. 걸핏하면 땅에 뒹굴어, 하얀 전신에 흙을 온통 처발랐기 때문이다.

자신의 마음에 들지 않으면 꼼짝도 않는 고양이의 이기주의적 성미는 벌써 이 새끼 고양이의 습성에도 나타나고 있었다. 고양이의 경우에는 개와는 달리 주인과의 주종 관계가 성립되지 않는다. 주인과의 공존 관계를 유지하면서, 인간의 페이스에 말려들지 않는다. 콧대가 높은 이 작은 동물은 인간과 친하게 지내면서도, 완고할 만큼 자주성을 유지한다. 그러고 보면, 같은 고양이족이라 할지라도 호랑이나 사자 같은 맹수의 서커스는 있지만, 고양이의 서커스는 들어 본 적이 없다. 그것은 고양이에게 '재주'가 없어서가 아닐 것이다. ……과묵하고 영묘한 느낌의 동물. 신비로운 색깔의 빛을 만화경처럼 몇 겹이나 머금은 아름다운 눈. 여동생이 목포항에서 주워서, 바다를 건너와 이 집의 가족이 된 고양이의 운명이 특이하다는 기분조차 들었다. 당연한 말이지만, 이것도 하나의 생명체인 것이다. 새끼 고양이를 보고 있자면, 아아, 그렇지, 나도 살아 있는 생명체로구나, 하고 새삼 깨닫게 되는 것이 재미있었다. 처음에는 고양이를 기분 나쁘게 생각했던 사람의 무릎 위에서 코를 골며 잠든 새끼 고양이. 멋진 수염. 부엌이의 냄새를 찾아 한밤중에 안뜰을 헤매던 그 울음소리가 어젯밤의 암흑 속에서 어둠을 응시하던 침묵의 눈을 밖으로 끌어 냈지만……. 그 침묵의 눈의 주인님이 분녕한 선옥의 행동에 한 사시 달라진 짐이 있었다. 고양이가 이제 슬슬 발톱을 갈아 여기저기 긁어 댈 때가 되었으니 풀어서 기를 수는 없다(이 말은 개처럼 고양이를 묶어 둘 수는 없으니까, 결국 추방을 의미하는 것이었다)며 냉담하던 선옥이 갑자기 고양이에게 친절해진 것이다.

이방근은 이제 곧 나가야만 했다. 낮에 여동생과 다방을 나와 길거리에서 행상인 박갑삼의 비밀쪽지를 보며, 지정된 여덟 시에 상대방의 생각대로 조양여관에 찾아갈지도 모르는 자신을 예감했지만, 지금에 와서는 역시 여덟 시에 그곳에 가 봐야겠다는 생각이 들었다. ……서방님, 이상한 행상인이우다. 족제비 털가죽을 팔러 와서는 서방님이 계시느냐며 꼬치꼬치 캐물었수다. 서방님 이름도 잘 알고 있었수다. 이방근 선생님이라고 했수다. 예전에 서울에서 신세를 진 일이 있어서 찾아왔다고 했수다. 저녁에라도 다시 한 번 찾아오겠다고 했는데, 아직 오지 않았수다……. 그리고 이방근이 외출한 사이에 부스럼영감이 집에 들렀었다고 부엌이는 말했다. ……좀 전에 댁에 행상을 갔더니 안계셨다. 밤 열 시에 목포행 배를 탈 예정인데, 여덟 시경에 만나고 싶다. 조양여관 2층 4호실까지 와 주시기 바란다. 일전의 문제는 잘 마무리되었다. 신변에 주의하여 꼭 와 주시기 바람……. 돌돌 말아 상의 안주머니에 밀어 넣었던 그 쪽지가 문득 생각나 다시 꺼내어 주름을 펴서 읽고 있을 때, 버스정류장까지 갔던 여동생이 돌아왔던 것이다. 귀가가 조금 늦었는데, 트럭의 출발이 늦어졌다고 했다. 무시해도 상관없겠지만, 역시 박갑삼에게 가 봐야 할 것 같았다. 삼일 전 밤, 유달현의 방에서 처음 만났을 때, 그 '당중앙'의 의사와 요구를 거부했었다. 그리고 어제도 찾아온 필사적인 모습의 유달현. 벙어리처럼 거의 말을 하지 않는 부엌이까지, 유 선생은 꼭 형사 같은 사람이우다, 라는 말을 할 만큼 부재중에 남의 행방을 꼬치꼬치 캐물었던 유달현과도 말다툼을 하고 헤어지면서 단호하게 거절했던 터였다. 그러나 다방에서 만났을 때, 족제비 털가죽 냄새가 나는 트렁크를 들고 탁자 옆을 스쳐 지나간 행상인 박갑삼의 모습이 사람을 끌어당기듯 다가와, 지정한 여덟 시에 상대방이 이쪽으로 찾아올 것 같은 착각에 사로잡혔다. 가지 않으면 안 된다. 아니, 거기에는 계산이 있었다. 신변에 주의하여……, 이 말은 사람을 불러내기 위한 미끼일지도 모르지만, 이방근은 뭔가를 짐작하고 있었다. 박갑삼은 전혀 근거 없는 말로 사람을 유인할 입장의 인간이 아니었다. 뭔가가 있다. 뭔가 상당한 일이 있을 것 같은, 그런 예감이 들었다…….

이방근은 서재에 들어온 여동생에게 남승지가 무사히 돌아갔다는 말을 듣자, 새끼 고양이를 그녀에게 넘겨주고 소파에서 일어났다.

유원은 오빠에게 어디 가느냐고 물었다. 아버지는 안정을 취하고 있거나 잠을 자고 있겠지만, 그녀는 지금 자신의 옆에서 오빠가 없어지는 것이 불안한 것이었다.

"문득 생각난 일이 있어. 한 시간이면 돌아와."

"한 시간이면 된다고요. 식사는요?"

"먹었어. 넌 아직 안 먹었지. 밥이나 빨리 먹어. 벌써 여덟 시야. 아버지는 아무 말도 하지 않을 거야, 오늘 밤엔. 내일은 내일이고, 내가 결말을 지을 테니까 걱정할 것 없어(내일……. 시간의 흐름에 문제를 실어, 내일 폭발하는 현실 속에 모든 것을 맡겨 버리면 된다). 어쨌든 소문은 어디까지나 소문, 헛소문이라는 거야. 잘 들어, 소문이라는 것은 바로 '악질적인 소문'이라는 것을 잊지 마. 실제로 악질적인 소문이야. 최상화가 친절한 마음으로 말해 주었을 거라고 어머니는 태평스러운 말을 하고 있지만, 이 소문이 아버지 귀에 들어가면 어떻게 될 것이라는 정도는

나 알고서 정보를 제공한 거야. 즉 악실석인 소문이지. 여기서 악하세
나가면 안 돼. 그게 또 아버지를 위한 길이기도 하고."

이방근은 어두운 밤길을 부두 근처의 냇가에 있는 조양여관을 향해
걸어갔다. 완전히 봄다워진 미지근한 느낌까지 드는 밤바람이 볼을
쓰다듬는다. 집들의 돌담 사이에 낀 좁은 길을 빠져나가자, 어디선지
모르게 다듬잇돌을 두드리는 투명한 소리가 들려왔다. 그 높고 낮은
리듬을 타고 노래하는 여자의 애조를 띤 이 섬의 민요가 들려왔다.
이방근은 콧구멍이 저절로 벌어지는 근육의 움직임을 느꼈지만, 눈에
보이지 않는 꽃향기가, 서향의 달콤새콤한 향기가 감돌았고, 걸어가
는 골목길을 따라 그 향기는 더욱 짙어져 얼굴을 감싸듯 풍겨 왔다.
앞으로 몇 시간 뒤면 격동하는 현실의 소용돌이 속으로 휩쓸려 들어
갈 봄날의 조용한 초저녁 거리였다. 하늘에 가득한 별의 표정도 부드
럽고 풍부했고, 천지는 봄기운으로 가득 차 있었다.

이윽고 냇가로 나와 버드나무가 살랑거리는 천변 길을 따라 왼쪽
바다를 향해 가다 보면 늘어서 있는 두세 개의 여관 건물 중의 하나가
조양여관이었다. 이 근처까지 오면, 바다의 향기가 수런거리는 파도
소리와 함께 밤공기에 부풀어 오르며 밀려온다.

이방근은 여관 하녀에게 손님을 찾아왔다고 말한 뒤, 구두를 벗고
현관 옆의 계단을 올라가 행상인의 방으로 갔다. 복도 끝 천변 길에
접한, 세 평이 조금 못되는 일본식 방으로, 다다미 위에는 융단이 깔
려 있었다.

행상인 박갑삼은 탁자 앞에 혼자 앉아서 담배를 피우고 있었다. 이
방근 못지않게 키가 큰 박갑삼은 이방근이 방에 들어오자 벌떡 일어
나 굳은 악수로 손님을 맞았다.

"이방근 동지, 와 주셨군요. 동지가 올 것으로 생각하고 있었지만,

일부러 여기까지 오시게 해서 미안합니다. 진심으로 감사드립니다. 제 쪽에서 거듭 댁으로 찾아가는 것은 오히려 폐를 끼치게 될 것 같아서 이런 방법을 썼습니다만, 양해해 주십시오. 자아, 어서 그쪽으로 앉으시죠."

오래되어 칠이 닳은 탁자가 방 한가운데에 놓여 있었다. 행상인 박갑삼은 옆방과의 사이에 있는 벽을 등지고, 이방근은 창가에 앉았다. 이방근은 방에 들어온 순간부터 상대가 사람을 억지로 감싸 안으려는 위압감 같은 것을, 그리고 느긋하게 밀어내고 있는 자신의 생리적인 움직임을 의식하고 있었다. 등을 꼿꼿이 펴고 조각상처럼 거의 꼼짝도 하지 않는 습성이 몸에 밴 남자. 순간적으로 사람을 내려다보는 듯한 날카로운 눈초리와 무뚝뚝한 인상을 지닌 이 남자가 어떻게 행상을 한단 말인가. 싹 변한다면 그 풍모를 상상하기 어려울 정도로, 지금 눈앞에 있는 점퍼 차림의 이 남자는 분명히 일전에 만난 '당중앙'의 남자였다. 처음 만났을 때부터 뭔가 사람을 찌르는 듯한 섬뜩한 것을 직감했지만, 지하생활자의 경륜과 자부심에서 비롯된 권위라고나 할까. 타인에게 어떤 종류의 위압감을 주는 것은 지금도 변함이 없었다.

"오늘 밤 배로 돌아가십니까?"

이방근이 새삼스럽게 물었다.

"그렇습니다. 내일까지는 서울에 도착해야 합니다."

"그렇습니까?" 이방근은 고개를 끄덕이고, 상대방의 빈틈없는, 그러나 표정을 알기 어려운 눈빛을 충분히 자신의 눈 속에 흡수하면서, 그런데…… 하고 말을 이으며 담배를 손에 들었다. "방금 박갑삼 씨는 그런 방법을 취할 수밖에 없었다고, 낮에 다방에서 만났을 때의 일을 말씀하셨지만, 남들이 보는 앞에서, 게다가 그런 부자연스러운 모습으로 쪽지를 놓고 가는 건 지극히 위험한 일 아닙니까. 피차간에 말이죠. 앞에 있던 사람이 여동생이었으니 망정이지, 전 깜짝 놀랐습니다. 혹시 제 여동생이라는 것을 알고 계셨습니까?"

"물론 알고 있었습니다. 금방 알아봤습니다. 게다가 여동생은 이방근 동지와 많이 닮았습니다."

"하지만 여동생이라고 해도, 그런 경우 위험하지 않다고 단정할 순 없겠지요."

"물론입니다. 그러나 저는 믿고 있었습니다. 그러지 않았다면, 누가 그런 미치광이 같은 모험주의적 행동을 할 수 있겠습니까. 안 그렇습니까, 이방근 동지……."

이방근은 강요하다시피 거듭되는 '동지'라는 호칭이 마음에 들지 않았지만, 그냥 흘러들었다. 나는 '동지'가 아니라고 말대꾸하는 것도 어린애 같은 짓이다.

"믿고 있었다?"

이방근이 되물었다.

"물론입니다……."

행상인 박갑삼은 꼿꼿이 세운 상반신의 자세를 허물어뜨리지 않고 말했다.

그건 왜 그렇습니까? 왜냐고요. 고양이처럼 등을 구부린 자세인 이방근은 콧방울이 크고 옆으로 퍼진 상대방의 납작코를 바라보면서, 그렇게 되물으려다 그만두었다. 이상한 일이다. 무엇을 근거로 믿었다는 것일까.

"저는 오래 있을 수 없습니다만, 용건은 뭡니까? ……옆방에 사람이 있는 것 같군요."

이방근이 꽁초가 꽤 많이 담긴 재떨이에 담뱃재를 털면서, 박갑삼의 뒤쪽 벽을 바라보며 말했다. 벽 너머로 옆방에서 기침 소리가 들려왔던 것이다. 정적 속에서 울린, 이쪽을 의식한 듯한 남자의 기침 소리였는데, 혼자가 아니라 두세 명쯤 있는 것 같았다. 당연히 알고 있을 터인 박갑삼이 옆방을 전혀 의식하지 않고 태연했기 때문에, 이방근이 오히려 인기척을 경계했다.

"그렇소, 옆방에 형사가 두 사람 있지만, 걱정할 필요는 없습니다."

행상인 박갑삼은 표정 하나 변하지 않고 냉정하게, 약간 들창코인 두 개의 커다란 콧구멍으로 담배 연기를 내보내며 장중하게 말했다.

"형사? ……" 이방근은 영문을 몰라 되물었다. 형사? "형사……. 그럼 옆방에 사복경찰이 있단 말입니까? 그게 정말입니까. 후후후, 이거 놀라운데요. 대단한 곳에서 만나고 있는 거로군요. 박갑삼 씨가 배를 탈 시간이 다 돼 가는데……, 으-음."

흥분한 목소리를 억누르며 말한 이방근은, 눌러 끄려던 담배를 천천히 한 모금 빨아들였다. 이게 대체 어떻게 된 일인가. 형사가 잠복하고 있는 옆방에서 지하조직의 중요인물을 만나고 있다니……. 차가운 것이 등줄기를 달리면서 그것이 갑자기 분노의 열기를 띠고 넘실거렸다. 그러나 뭔가 이상하다, 박갑삼의 태도로 보아도 이상하고 부자연스러웠다.

"이방근 동지, 걱정할 필요 없습니다. 우리는 필요할 때는 그 이상의 일도 합니다만, 그러나 지금 옆방에 있는 이들은 동지들입니다. 저를, 아니, 지금은 우리들이라고 말하는 편이 좋겠군요. 우리들을 지키려고 있을 뿐입니다. 사복경찰이니까 보통사람과 다를 바 없지만, 제대로 된 경찰수첩과 수갑을 지니고 있는 마음 든든한 동지입니다. 웃훗훗, 동지이긴 하지만, 이쪽 이야기를 엿듣고 있는 것도 아닙니다. 이 정도의 목소리로는 무슨 말을 하고 있는지 옆방에는 들리지 않으니 안심하십시오. 이방근 동지."

행상인 박갑삼은 근엄한 표정에 처음으로 가벼운 웃음을 떠올렸다.

"우리들을 지킨다……?"

"안전을 위해서지요. 우리는 어디에 있든, 무엇을 하든, 항상 혁명적 경계심이 필요합니다. 그리고 우리 조직의 힘은 위대합니다."

"저들은 당신을 호위하고 있는 겁니까?"

"그렇습니다."

말하자면 보디가드인데, 이방근은 순간 그 의미를 잘 이해할 수 없었다. 행상인 박갑삼을 두 사복형사가 지키고 있다. 아니, 두 명의 당원 형사가 박갑삼을 지키고 있는 것이다. 이방근은 지금 자신이 상대방에게 무엇을 물으려 했는지 잊어버릴 정도로, 갑자기 방 안에 중압감이 가득 차올랐다. 옆방의 형사가 당원이라는 것도 놀라웠지만(경찰이 당원이 되는 일은 충분히 있을 수 있었다), 이방근은 공산당원인 형사와 그 상관 격인 남자가 자신을 둘러싸고 있다는 뭔가 어울리지 않는 기묘한 느낌에 사로잡혔다.

"야아, 놀랐습니다. 든든한 동지에게는 감사해야 되겠지만, 박갑삼 씨한테는 졌습니다."

이방근이 후우— 하고 커다란 한숨을 내쉬며 일어섰다.

"어디 가십니까? 변소에라도……."

틈을 주지 않고 묻는 박갑삼의 시선이 이방근을 쫓았다.

이방근은 아무데도 가지 않았다. 그는 뒤쪽 창으로 다가가, 커튼을 한쪽으로 밀고 유리창을 반쯤 열면서 말했다.

"방 안 공기가 좀 탁해서, 환기를 시키는 편이 좋을 것 같습니다. 그런데 지금 그 말씀은 일부러 농담을 하시려는 것은 아니겠지요?"

"이방근 동지는 의심이 상당히 많은 것 같군요. 저 사람들을 이리로 불러 볼까요. 그래서 경찰수첩이라도 제시해 보라고 할까요. 어떻습니까. 그렇게까지 의심할 필요는 없을 텐데요."

"핫하, 알겠습니다. 그렇게까지 할 필요는 없겠지요." 이방근은 창가에 몸을 기댄 채 말했다. 밤바람이 불어 들어왔다. 냇가 건너편으로 어둠에 잠긴 기상대, 그리고 그 뒤쪽 산지 언덕 저편으로 원추형인 사라봉의 자태가 별빛 총총한 밤하늘에 검게 솟아 있었다. 새벽 두 시, 바다에 절벽을 깎아지른 듯 솟아 있는 백 수십 미터의 나지막한 정상에도 봉화가 빨갛게 타오를 것이다. 이따금 어둠을 가르며 달리는 하얀 빛줄기는 사라봉의 등대였다. 이방근은 창밑을 지나가는 통행인을 의식하고 창문을 닫았다. "……그런데, 옆방에 있는 보디가드의 형사들은 설마 저를 겁박하려는 것은 아니겠지요. 저는 그런 시위나 압력에는 굴복하지 않습니다. 저는 오늘 밤 박갑삼 씨가 불러서 여기에 왔습니다만, 당신은 도대체 누굽니까?" 이방근은 기분이 상하면 당장이라도 방을 나갈 것처럼, 창을 등지고 우뚝 선 채 말했다.

"호오, 이 동지는 무례한 사람이군요. 게다가 목소리가 너무 큽니다. 그래서는 옆방에 바로 들리고 말 겁니다. 유 동무가 말했듯이, 당신은 확실히 화를 잘 내는 사람입니다." 박갑삼의 얼굴에 험악한 기운이 반발하듯 떠올랐지만, 그는 곧 표정을 누그러뜨리고 한 손을 탁자 모서리에 올려놓으며 장중한 어투로 말했다. "일전에도 말했듯이, 나는 당중앙의 사람입니다. 시위니 압력이니 하는 표현은, 피해망상증 환자가 아니라면 분명히 실언이라고 할 수밖에 없습니다. 이방근 동지답지 않은 말입니다. 동지, 그쪽에 앉아 이야기합시다. 이런 일로, 서로 간에 귀중한 시간을 낭비해서는 안 됩니다. 아직 아무런 이야기도 시작하지 않았으니까요."

"당중앙의 박, 그래요, 당중앙 특수부의 박갑삼 씨라고 했지요." 이방근은 탁자 앞에 앉아, 탁자 위에 내놓은 담배 한 개비를 집어 들면서 말했다. "나는 그 특수부가 어떤 건지는 모르겠습니다만, 어쨌든 나를 여기로 부른 용건, 그 이야기라는 것은 뭡니까?"

이방근이 담배를 물자, 박갑삼이 성냥을 켜서 손님에게 불을 내밀었다. 옆방에서 한 사람이 나가는 기척이 났다. 제주감찰청 관할 내의 형사일까, 아니면 본토에서 행상인 차림으로 함께 따라온 형사일까. 두 명의 형사를 옆방에 대기시켜 놓은 남자, 이 남자는 어느 정도의 '거물'일까. 확실히 두 명의 형사를 배치시켜 놓은 것은 무의식중에라도 압력으로 작용하고 있었다.

"여기까지 오시게 한 용건은 우선 이 동지 자신과 관계되는 일입니다. 이 동지는 쪽지에 주변을 주의하라고 쓰여 있는 걸 보고, 홋홋홋, 거짓말이거나 악취미적인 농담이라고 생각하면서도, 혹은 사람을 낚는 미끼인 줄 알면서도 찾아오신 게 아닙니까. 그건 좀 과장된 말일지도 모르지만, 내가 눈치 챈 것을 오늘 밤 제주도를 떠나기 전에 이방근 동지에게 전해 두지 않으면 안 됩니다. 더구나 이 동지는 모처럼 여기까지 와 주셨으니 말입니다. 저는 당중앙의 입장에서 이방근 동지를 만나고 있는 겁니다. ……그런데 이방근 동지는 최근에 여동생과 함께 지하조직 지구에 다녀오셨더군요."

"뭐라구요? 지하조직 지구……."

이방근은 갑작스런 질문에 허를 찔린 듯한 기분으로 움찔 놀라며 상대방을 바라보았지만, 어찌 된 셈인지 쿡쿡하고 간지럼을 타는 듯한 웃음이 터져 나왔다. '해방구'에 다녀온 일을 말하는 것이겠지만, 마치 누군가에게 신변을 조사당하고 있는 듯한 느낌이 들고, 옆방에 형사를 배치한 것하며, 무언가 상황이 기묘하게 부합되는 것 같아서 저절로 웃음이 나왔던 것이다. 당원일지라도 형사임에는 틀림없다.

이방근은 어두컴컴한 이사장실에 누워 있던 아버지의 얼굴을 머리에 떠올리면서도, 박갑삼의 사실을 확인하는 듯한 질문에 그렇다고 대답했다. 이제 와서 말을 이리저리 돌릴 필요는 없었다.

"과연, 그랬군요. 제가 다방에서 이 동지 앞에 사람이 있는데도 불구하고 쪽지를 건네준 의미를 아시겠지요. 저는 여동생을 믿고 있었습니다. 이 동지는 새삼 말할 필요도 없는 일이지만, 이유원 동무의 행동에도 경의를 표하고 싶습니다."

박갑삼은 여동생의 이름을 이미 알고 있었다. 그는 점퍼 주머니에서 더러운 손수건을 꺼내어 행상인답게 코를 풀었다. 콧물이 나온 모양이다.

"핫하앗, 박갑삼 씨, 그만두십시오. 분명히 다녀오긴 했지만, 그게 도대체 어쨌다는 겁니까. 피크닉을 겸해서 잠깐 발을 들여놓은 것뿐인데, 그게 무슨 경의를 표한다느니 믿는다느니 할 문제가 되겠습니까. 그런데 그 이야기는 도대체 어디서 나왔습니까?"

"그렇지 않습니다. 이 동지는 자신의 존재를 과소평가하는 경향이 있습니다. 가령 이 동지가 지하조직 지구에 다녀온 일을 사람들이 알게 되면, 그 충격은 대단할 겁니다. 짐작하시죠. ……지금 그 이야기의 출처를 물으셨는데, 저는 사실 그걸 말하고 싶었습니다. 저는 이방근 동지의 일에 관해서는 유달현으로부터 보고를 받고 있습니다만, 그 이야기는 이미 성내의 일부 사람들 사이에 퍼져 있더군요. ……유달현을 경계해 주십시오."

행상인 박갑삼의 얼굴이 순간 거무튀튀하게 물든 것처럼 보였다.

"예?"

이방근은 신기한 물건이라도 바라보듯 상대방의 얼굴을 빤히 쳐다보았지만, 그 눈이 드디어 독을 내뿜기 시작했다. 유달현을 경계하라.

눈앞에 있는 사람은 누군가. 불과 사나흘 선에 유달현의 빙에서 저음 만난 남자 박갑삼인 것이다. 이방근은 자신의 귀를 의심했다. 그는 재떨이에 담뱃재를 터는 것도 잊고, 박갑삼 씨는 지금 유달현을 경계하라고 말했는지 되물었다. 상대방이 고개를 끄덕였을 때, 이방근은 분노인지 혐오감인지 정체를 알 수 없는 검은 감정의 덩어리가 주먹처럼 치밀어 오르는 바람에, 하마터면 자리를 박차고 일어설 뻔했다.

하지만 그와 동시에 이방근은 자리에서 일어나려 한 행동이 전혀 이유 없는 반사적인 충동이라는 것을 깨달았다. 무엇 때문에, 그리고 누구에 대해 정체모를 검은 감정을 분출시키려 하는가. 재떨이에 재를 턴 그의 손가락 끝에 짧아진 담배의 뜨거운 불이 다가와 있었다. 이방근은 자리에서 일어나지는 않았다. 그는 자신을 억제한다기보다도 순간적인 충동을, 그 중학생 같은 동네 정의파 수준의 돌발적인 자신의 감정을 비웃고 있었던 것이다.

그래도 역시 박갑삼 자신이 유달현을 경계하라고 말한 것은 충격이었다.

"경계, 즉 저더러 유달현을 경계하라는 말인데, 그게 대체 무슨 뜻입니까?" 이방근은 불이 손가락 끝까지 다가와, 쓴 니코틴이 짙게 밴 담배꽁초를 재떨이에 눌러 껐다. "박갑삼 씨는 방금 저에 관한 보고……, 아니, 이건 정말 기묘한 상황이로군요. 보호감찰 아래에서 형사의 방문을 수시로 받고 있던 일제강점기가 생각납니다. 마치 제가 늘 누군가에게 감시를 받고 있는 것 같군요. ……그 '보고'를 유달현 동무로부터 받고 있었다고 하셨는데, 그렇다면 뭡니까. 지하조직 지구에 우리 남매가 다녀온 일, 그리고 그것이 성내의 일부 사람들 사이에 퍼져 있는 것은 유달현 때문이다, 즉 그 소문의 출처는 유달현이라는 말입니까?"

이방근의 마음속에, 역시 유달현이 움직이고 있구나 하는 생각이 검은 감정의 덩어리와 함께 솟구쳐 올랐지만, 분노의 감정으로 바뀌는 것을 억누르는 냉정한 마음이 그를 붙잡고 있었다.

행상인 박은 고개를 가로저었다. 그런 건 아니라고 대답했다.

"그렇습니까. 그러면 일부러 유달현을 경계하라고 말씀하신 건 무슨 뜻입니까. 그렇게 말씀하신 의미를 모르겠군요."

유달현을 경계하라는 말이, 낮에 받은 쪽지에 적혀 있던 '신변에 주의하라'는 말과 겹치는 말인 것은 분명했다.

"으—음."

행상인 박은 조금 섬뜩한 느낌의 미소를 빙긋이 흘렸지만, 곧 생각에 잠기듯 시선을 떨어뜨리고는, 더러운 재떨이와 담배, 그리고 성냥갑밖에 없는 탁자 위를 한 바퀴 둘러보고 나서 말을 시작했다. 소문의 출처는 아버지 이태수가 말했듯이 제일은행 이사장 최상규인 듯하고, 그 이상은 박갑삼도 모르는 것 같았지만, 유달현도 바로 최상규에게서 들은 모양이었다. 즉 두 사람은 자주 만나고 있다는 이야긴데, 그럴 경우에는 당연히 최상규가 유달현을 불러냈다고 해야 할 것이다. 행상인 박은 유달현이 이방근을 위험한 배신분자로 생각하고 있다는 사실을 말했다. 유달현은 이방근이 '해방구'에 들어간 것 자체가 자신과 당중앙에 대한 배신이며, 게다가 조직원도 아닌 이방근이 조직의 기밀을 알고 있는 것은 조직방위상 위험하기 짝이 없는 일이다. 따라서 현재의 이방근의 사상이 변하지 않는 한 그는 당과 혁명에 방해가 될 뿐이라고 생각한다는 것이었다. 그리고 유달현은 이방근에 대하여 박갑삼에게 보고한 내용과 실제 이방근의 태도가 너무 어긋나 당황하고 있는데, 그 모든 책임을 이방근의 배신행위로 돌리고 있다는 이야기였다.

"웃웃우, 물론 나는 유달현 동지의 밀을 액면 그대로 받아들이지는 않지만, 그러나 '배신행위'에 대한 원한이 골수에 사무쳐 있는 모양이어서, 훗훗, 무슨 짓을 저지를지도 모릅니다. 이 동지도 참 대단한 원한을 샀습니다……."

"……배신자 이방근이라는 말이군요. 내 앞에서도 배신자라고 했으니 말입니다. 그래서 그가 어떤 보복을 생각하고 있는지는 모르지만, 저는 별로 신경 쓰지 않습니다. 어쨌든 자기 뜻대로 되지 않는다고 해서, 남을 원망해도 별수가 없잖습니까. 게다가 혁명을 이야기하는 인간이 말입니다. ……그런데, 지금 배신이라는 말이 나왔습니다만, 저에 대한 배려인 줄은 알지만, 박갑삼 씨는 왜 동지를 배신하는 거나 마찬가지인 말을 하십니까? 조금 이상한 느낌이 듭니다."

음, 원한, 무슨 짓을 저지를지 모른단 말이지. 이방근은 당과 혁명에 있어서 방해물이라, 후후, 그럼 놈이 나를 어쩌겠다는 거야. 그렇다 해도, 이방근은 밀고자의 입장도 아닌 박갑삼이 일부러 그런 말을 하는 의도를 이해할 수가 없었다.

"이상합니까? 그렇군요, 그럴지도 모르지요. 아니, 무리도 아닙니다. ……에누리 없이 말해서, 우리 민족의 독립과 혁명이 이방근 동지를 필요로 하고 있는 겁니다. 서울에 한번 와 주십시오. 유달현 동무로서는 결말을 낼 수 없을 것 같아서, 제가 제주를 떠나기 전에 직접 찾아가기도 하고, 또 여기까지 일부러 오시게 한 겁니다."

행상인 박은 담배를 피우면서, 이방근의 배신 운운하는 질문에는 대답하지 않고 말했다. 담배를 많이 피우는 남자로, 행상용 가죽 트렁크에는 여분의 담배가 몇 갑이나 들어 있는 모양이었다. 투명한 유리 재떨이에 담배꽁초와 타다 남은 성냥개비가 지저분하게 쌓여 있었고, 담뱃재가 재떨이 밖 탁자에까지 넘쳐 흘러 있었다. 행상인 박은 이야기를 하면서, 그 탁자 위의 담뱃재를 휴지로 천천히 닦아내는 동작을 되풀이했다. ……유달현으로서는 결말을 낼 수 없을 것 같아서……. 즉, 그것은, 이방근이 당중앙 직속의 특별비밀당원이 되어, 10월에 발간할 예정인 상업신문에 필요한 자금의 일부를 조달하고, 부편집장에 취임하는 문제를 말하고 있었다.

"그 문제는 이미 이야기가 끝났고, 쪽지에도 분명히 '일전의 건은 마무리되었다……'라고 쓰여 있었습니다만, 지금의 이야기는 좀 다른 것 같은데요."

"말씀하신 대로, 그렇습니다." 박갑삼은 침착하게 말했다. "이 동지의 생각은 충분히 이해하고 있습니다. 이해하면서도 저는 지금 다시 서울에 와 달라고 이 동지에게 요청하고 있는 겁니다. 이 동지는 머지않아 변할 것입니다. 그것이 변증법이지요. 앞으로 변할 이방근 동지에게 호소하고 있는 것이고, 이 동지는 오늘 밤 여기에 찾아오셨듯이, 서울에도 틀림없이 오시게 될 겁니다. 저는 그것을 확신하고 있습니다."

"핫, 핫핫." 이방근은 소리 내서 웃었다. 약간 비스듬히 옆을 향한 자세로 웃었기에 망정이지, 똑바로 정면을 향하고 있었다면, 그 웃음이 내뿜는 숨결 때문에 재떨이의 담뱃재가 사방으로 흩어져 박갑삼의 얼굴에 덮칠 뻔했다. 도대체 이 남자는 제정신인가. 이방근은 담뱃재가 눈과 콧구멍으로 날아들어 엉망진창이 될 수도 있었던 상대방의 얼굴을 물끄러미 쳐다보며 말했다. "야아, 이거 놀랐는데요. 여러 가지 표현법이 있군요. 변증법, 그 '변증법의 법칙'에 따라 내가 변할 거라고 확신하고 계신다……? 이건 궤변입니다. 헷헷헤……."

"아니, 궤변으로 여겨서는 안 됩니다. 저는 굳게 믿고서 하는 말입니다. 그건 이방근 동지의 애국심 문제입니다."

"애국심'? 애국심이라는 게 뭡니까? 나는 그런 것에는 별로 흥미가 없습니다."

"농담을 하고 있을 때가 아닙니다. 이야기를 진지하게 합시다. 이방근 동지가 그런 말을 좋아하지 않는다는 것을 저는 잘 알고 있지만, 그러나 바로 그 애국심이 이방근 동지를 움직인다는 것을 저는 확신하고 있습니다. 그것이 동지에 대한 당중앙의 신뢰이자 평가이고, 앞으로도 영원히 변하지 않을 조국과 당의 동지에 대한 뜨거운 기대입니다."

야아, 정말 멋대로 생각하는군. 혁명가의 자신감과 애국심이란 것은──. 이방근은 마음 한구석에서, 역시 말려들었구나 하는 생각이 지렁이처럼 꿈틀꿈틀 기어 나오는 것을 느꼈지만, 이상하게도 분노의 감정은 솟아나지 않았다. 그는 볼의 근육이 뒤틀리며 빙긋 웃는 표정이 스며 나오는 것을 느꼈다.

"그런데, 유달현 동무를 경계하라는 친절한 배려에는 감사드립니다만, 왜 동지를 배신하는 듯한 말을 저한테 하시는 겁니까. 유달현 동무는 저와는 달리, 적어도 박갑삼 씨와는 같은 동지 사이가 아닙니까."

이방근은 상대방이 말을 피하지 못하도록 거듭 말했다.

"아, 그 일 말입니까." 행상인 박은 등을 뒤로 휙 젖히더니, 조금 어이없다는 어투로 말을 이었다. "그 유달현을 경계하라고 한 의미는 말입니다, 방금 말씀드린 걸로 대답이 되었을 텐데요. 그러나 제가 말씀드린 것과, 제가 유달현을 배신하고 있는 게 아니냐는 이 동지의 지적은 전혀 관계가 없습니다. 즉 저는 유달현을 배신하고 있지 않습니다. 어떻게 그게 배신이 된다는 겁니까. 다만, 이방근 동지에게 유달현을 있는 그대로 말하는 이유는, 유달현은 언젠가 당을 배신할 거라고 생각하기 때문입니다."

행상인 박은 마지막 말을, 입가에 가벼운 미소를 띠며 냉정하게 말했다. 냉혹하다기보다 담담한 느낌이었다.

　　"방금 뭐라고 하셨습니까……, 유달현이 언젠가는 당을 배신한다……?"

　　이방근은 놀라서 박갑삼을 똑바로 쳐다보며 되물었다. 아니, 거의 멍해져 있다가, 그 놀라움은 상대방도 금방 알아볼 수 있는 표정으로 변했다. 그리고 마치 유달현을 대신해 가슴에 칼이 꽂힌 듯한 기분이 들면서, 볼에 떠올랐던 웃음의 표정이 순식간에 얼어붙어 사라져 버렸다.

　　"음, 이건 별로 유쾌한 이야기가 아닙니다. 안 그렇습니까. 훗후후후, 내가 조심성 없이 입을 잘못 놀렸나(아니, 당치도 않다. 조심성이 없는 게 아니다, 충분히 의식적으로 한 말이라는 것은, 그 냉정한 미소와 동요하지 않는 날카로운 눈빛이 말해 주고 있었다), 이쯤에서 그만두는 편이 좋을 것 같습니다."

　　행상인 박은 그렇게 말하면서 손님으로부터 시선을 돌려, 점퍼 안 주머니에서 수첩을 꺼내더니, 수첩용 연필로 뭔가를 쓰기 시작했다. 간단히 쓰기를 마친 그는 그 페이지를 접어 찢어 내더니 이방근에게 말없이 내밀었다. 그 종잇조각에는 '남대문 자유시장 26호 신화상회'라고 주소 같은 것이 쓰여 있었다. 낮에 받은 쪽지와 마찬가지로 달필이었다. 묘한 주소였지만, 그렇다고 이방근은 이게 뭐냐고 되물을 필요도 없었다. 남대문시장이라면, 어딘가 다른 도시의 남대문시장이 아니라, 서울역 근처에 있는 그 시장을 말하는 것이다. 박갑삼은 신화상회란 한 평 반 남짓한 작은 잡화상인데, 거기 가서 황(黃) 씨를 찾으면 연락이 된다고, 이미 서울행이 결정된 것처럼 말하고 나서, 4월 중순에 서울에 와 달라고 거듭 요청했다. 행상인 박이 황이라는 이름을 말했을 때, 이방근은 자신도 모르게 낚싯바늘에 걸려들듯 황? 하고 되물었다. 상대방은 고개를 끄덕였지만, 황도 박갑삼도 눈앞에 앉아 있는 남자의 본명이 아니라, 가명임이 분명했다.

이방근은 박갑삼과 서울행을 약속하지는 않았다. 약속을 할 이유도 없었지만, 상대방도 강요하지는 않았다. 그러나 이방근은 사람의 감정을 자극하기 쉬운, 상당히 강요하는 듯한 방식이 어느새 별 저항감도 없이 받아들여지고 있는 것이 이상했다. 상대방의 그러한 태도에 화를 내려 해도, 그때는 이미 일이 끝나 있어서, 새삼 감정의 파도를 자극할 여지가 없었던 것이다. 즉 논리가 아니라, 뭔가 다른 것으로 납득시켜 버리는 구석이 있었다. 그리고 문제는 지금 새롭게 박갑삼이 제기한 듯한 뉘앙스를 띠기 시작했다.

결국 이방근은 작별을 고하고 자리에서 일어날 때, 어쨌든 이건 받아두겠노라며, 탁자 위에 달랑 놓여 금방이라도 팔랑거리며 아래로 흩날려 떨어질 것 같은 하얀 종잇조각을 집어서, 낮에 받았던 메모와 마찬가지로 상의 안주머니에 집어넣었다. 그러나 그때 이방근의 머릿속에는 낮의 경우와는 달리, 하나의 정경이 하얀 종잇조각 위에 겹쳐 떠오르고 있었다. 그 정경은 종잇조각을 주머니에 집어넣는 결정적인 힘이 되지는 않았다 해도, 그의 손가락이 자연스럽게 종잇조각을 집어 들도록 만든 것은 사실이었다.

해방 이듬해, 서울의 좌익계 출판사인 등대사(燈臺社)에 남몰래 자금을 대며 관계하고 있을 무렵, 이방근은 아는 사람과 함께 어느 중소기업의 사장실에서, 사장이 손님을 응대하고 있는 자리에 함께 동석한 적이 있었다. 두 명의 손님은 소개장을 지참하고 기부금을 받으러 온 듯한 학생단체의 대표들이었다. 낡은 안락의자에 앉은 사장 앞의 작은 테이블에 상대방이 꺼낸 명함 한 장이 줄곧 놓여 있었다. 그런데 그 명함이 탁자 위의 담배를 집어 들던 사장의 소매에 닿아, 그만 탁자 밑으로 떨어져 버리고 말았다. 사장은 일부러 그런 것인지, 아니면 그걸 알아차리지 못한 것인지, 바닥에 떨어진 한 장의 명함을 무시한 채 주우려고도 하지 않았다. 그리고 기부금을 거절한 채 자리에서 일어선 사장은, 그때는 아마 고의가 아니었겠지만, 바닥에 떨어진 하얀 명함을 구두로 밟으며 자리를 떠났다. 명함을 건넨 그 청년은 말없이 그것을 보고 있었다. 그때 청년의, 안으로 분노를 삼키고 있었을 굴욕적인 표정이 잊혀지지 않았다. 하얀 꽃이 하나 땅에 떨어져 구두에 짓밟히는 것과는 다른 생생한 긴장이, 내성적인 청년의 눈과 더러운 바닥 위의 명함 사이에 팽팽히 펼쳐져 있었다. 지금의 이방근은 그 장면이 생각났기 때문에 종잇조각을 집어 든 것은 결코 아니었지만 (무엇보다, 그때의 학생과 지금 박갑삼의 입장은 전혀 다르다), 그의 머릿속에는 각각의 하얀 종잇조각이 겹쳐져 있었던 것이다.

탁자를 사이에 두고 두 사람이 거의 동시에 일어섰을 때, 박갑삼은 손을 크게 뻗어 악수를 청했다. 이방근은 그다지 악수의 필요성을 느끼지 않았지만, 이 섬을 떠나는 자에 대한 작별 인사라 생각하고 악수에 응했다.

두 사람은 방 안에서 헤어졌다.

아홉 시를 지나고 있었다. 하늘에 붉은 달이 떠 있었다. 색깔이 짓무른 듯한 느낌이 드는 것은 웬일일까. 저것은 짓무른 게 아니라, 열을, 태양처럼 달이 열을 품고 있는 것일까. 이방근은 봄밤의 미지근한 바람이 불어오는 길을, 이따금 전에 없이 돌부리에 발이 걸리기도 하면서 걸어가는 도중에 귓가에 들려오는 행상인 박의 목소리를 들었다. 그 군더더기 없는 차가운 어투의 목소리가 반복해서 들렸다. …… 유달현은 언젠가 당을 배신할 겁니다. 이방근 동지, 동지, 동지, 동지……, 그렇소, 그는 언젠가 당을 배신할 것이다……라는 겁니다. 이 동지, 동지, 동지, 끝없이 되풀이되는 동지……. 무서운 말이다. 유달현의 '배신'이 무서운 게 아니다. 두 명의 형사를 거느린 '당중앙'의 남자가 당원이 아닌 자에게 그 말을 굳이 하지 않으면 안 되는 것이 무섭다. 배신할 가능성이 있는 자를 당에 남겨 두는 것은 무엇 때문일까. 아니, 지금 현실적으로 유달현이 당을 배신하고 있는 것도 아니었다. 그 배신이 언제 어떤 형태로 일어날 것인가. 예수 그리스도처럼 배신을 예언하는 이 박갑삼은 아무래도 보통사람과는 달라 보였다. 배신한 경우에 있을 보복과 그것을 미연에 방지할 대책은……. 왜 유달현의 내부에서 배신이 일어나는가. 이방근은 문득 오늘 밤의 제주도 봉기로 시작되는 남한에서의 혁명 투쟁의 앞날이 상당히 험난할 것으로 여겨졌다. 유달현, 직속의 상급 간부로부터 자신도 모르는 곳에서 배신할 것이라는 예언을 들은 남자……. 가련한 남자……. 왜? 어째서, 그렇게 되는 것인가? 배신의 예언은 기계조작처럼 확실히 사실로서 실현될 것인가. 행상인은 어떤가. 배신을 예언하는 자는 배신하지 않는 것인가. 그리고 나는 어떨까. 무엇을 배신할 것인가. 나에게 배신할 무엇이 있는가. ……그렇다 해도, 마치 경찰이 범인을 이용해먹는 수법과 비슷하다. 애당초 유달현을 신용하고 있는 것은 아니었지만, 이방근은 자기도 모르게 몸서리를 쳤다.

이방근은 한 시간이면 돌아온다고 여동생에게 말해 두었지만, 도착한 것은 그보다 반 시간 남짓 더 늦어졌다. 그런데 그 사이에 집에서는 골치 아픈 일이 일어나 있었던 것이다.

오빠를 애타게 기다린 듯한 유원의 표정이 심각했다. 그녀는 서재 소파에 오빠와 마주 보고 자리를 잡자, 계모인 선옥이 부엌이를 내보냈다고 말하여 이방근을 놀라게 했다. 두 사람 사이에 말다툼이 있었다는 것이다. 여동생의 이야기를 전부 듣기도 전에 사태를 지레짐작한 이방근은, 서재의 벽 구석에, 어둠 속에서 어둠 속을 응시하던 침묵의 눈, 그 고양이 같은 눈빛을 보고, 그 눈의 주인인 선옥이 방으로 숨어 들어온 날 밤의 일을 공공연히 말한 게 아닐까 하는 생각에 머리를 얻어맞고, 한순간 현기증을 느꼈다. 그리고는 여동생의 얼굴을, 그녀가, 오빠, 왜 그래요, 무서워요……라며 입술에 일그러진 웃음을 띨 정도로 노려보듯이 바라보면서, 그 표정의 움직임을 쫓으며, 여동생이 그 사실을 알고 있는 게 아닐까. 그리고 부엌이가 갑자기 위압적인 태도로 돌변하여 그 사실을 인정한 게 아닐까 하고 두려워했다. 적어도 여동생이 집에 있는 동안에는 그 사실이 밝혀지는 것을 피하지 않으면 안 된다. 요전에 바람이 세차게 불던 날 밤, 부엌이와 잠자리를 함께하는 것도 이번이 마지막일지도 모른다는 암시 같은 속삭임을 어둠 속에서 들었지만, 언젠가는 끝내야 할 관계였다. 냄새나는 대지와의 교합, 냄새는 어느덧 여자가 되어 있었다. 침묵의 돌할망은 어느덧 근육에 탄력이 붙어 움직이기 시작하고 있었다. 그 넓고 검은 치마 속에 여름철 풀숲의 훈김처럼 충만한 냄새, 깊은 바다의 해초 떼처럼 흔들리는 냄새는 추상적인 냄새였다……

　그러나 계모를 나무라는 듯한 말투로 여동생이 말하는 이야기를 끝까지 들어 보니, 아무래도 원인은 다른 곳에 있는 모양이었다. 오후에 집을 비운 동안 부스럼영감이 찾아왔었다는 것은 부엌이에게 들어서 알고 있었고, 노인에게 밥을 주었다는 이야기도 들었지만(옛 주인을 찾아온 노인을 그냥 돌려보내면 이방근이 잠자코 있지 않는다는 것을 그녀는 알고 있었다), 그 부스럼영감이 말썽의 원인이었다. 선옥은 전부터 집에 들이지 말라고 엄하게 일러둔 부스럼영감을 자기가 집을 비운 동안 제멋대로 집에 들여놓았을 뿐만 아니라, 부엌에서 밥까지 주었다고 몹시

화를 냈다고 한다. 하인은 수인이 기거하는 안채 툇마루에도 발을 올려놓아서는 안 된다. 게다가 예전에는 이 집 하인이었다 해도, 지금은 개나 고양이와 마찬가지로 부랑자가 된 추악한 노인이 부엌에 발을 들여놓는다는 것은 있을 수 없는 일이다. 그것은 신성한 부엌을 부정 타게 만든 것과 마찬가지라서, 내일이라도 무당을 불러 굿을 해야겠다며 선옥은 흥분했지만, 말썽은 그 뒤에 일어났다. 부스럼영감을 집에 들여놓은 이유는 서방님을 찾아왔기 때문이라고 부엌이가 대답했다. 너는 서방님을 구실로 삼을 작정이냐, 방근이는 외출 중이었으니 집에 들여놓을 필요도 없었다, 너는 집안사람이 아무도 없을 때 이 집에서 그 늙은 당나귀와 추잡한 짓을 한 게 아니냐고 선옥이 말하자, 부엌이가 거기에 항변했던 것이다. 선옥은 하녀의 항변을 용서하지 않았다. 주인에게 거역하는 하녀는 집에 놓아둘 수 없다는 것이었다.

"어머니는 무슨 그런 낯 뜨거운 말을 할까요, 피아노를 치고 있어서 눈치를 채지 못했다가, 갑자기 날카로운 어머니의 고함 소리가 나고 계속 큰 소리가 들려서 부엌 쪽으로 가 보았어요. 그랬더니 말다툼을 하고 있잖아요. 어머니는 나에게, 왜 부엌이를 꾸짖고 있는지 자초지종을 설명하면서 혼자 떠들었어요. 부엌이를 이년저년 하면서 말이에요. ……아무리 화가 난다 해도 상스러운 말을 하다니, 역시 교양이 없어요."

유원은 계모에게 비판적이었지만, 냉정하게 말을 계속했다.

"흐흥, 조선의 여자는 말다툼할 때는 입이 더러워. 너도 알잖아. 온갖 야비한, 남녀 관계에 관한 말까지 거침없이 쏟아져 나오지. 욕설도 야비하지만, 그 수도 참 많지."

이방근은 화제를 돌리듯 말하면서도, 선옥의 조치에 내심 불편함을 느꼈다. 아니, 선옥이 문제가 아니었다. 이방근의 감정은 이미, 서서히 밀려올라와 때를 기다리는 폭발물을 안고 있었던 것이다.

"그것과는 전혀 다르다구요. 그때 어머니의 욕설은."

유원은 오빠의 이야기에 말려들지 않았다.

"……아버지는 알고 계시다는 거냐."

이방근은 이야기의 방향을 바꾸었다.

"안방에 누워 계셨으니까, 눈치 채지 못하셨나 봐요."

"나가라니까, 부엌이는 뭐라고 말하든?"

"아무 말도 안했어요. 마님 말씀대로 하겠다고 했어요……. 그리고
나서 부엌을 치우고 청소를 하더니, 자신의 방에 들어간 채 나오지
않아요. 부엌이는 몸집이 크잖아요. 불쌍했어요. 나중에 방으로 가서
위로해 주었지만, 오랫동안 신세를 졌다면서, 마침 아가씨가 집에 돌
아와 계셔서 작별인사라도 할 수 있는 게 기쁘대요. 부엌이는 집을
나갈 작정인가 봐요."

하녀방은 등불이 꺼져 있었다(대문 양 옆의 하녀방과 전에 부스럼영감이
있던 하인방에는 전등이 없었다). 부엌이는 어둡고 작은 방에 누워 있는
것일까. 아니면 가만히 앉아서 문 쪽을 바라보고 있을까. 그러나 여동
생의 말에 의하면, 아직 짐을 꾸리는 기색은 없었다고 한다.

"으음, 어머니는 네가 옆에 없었다면, 훨씬 더 심한 말도 했을지 모
르지만, ……그리고 그밖에는 아무 일도 없었어?"

"아니."

여동생이 머리를 가로저었다.

이방근은 힐문하는 듯한 말투가 되어 있었지만, 이마의 털구멍에
서서히 식은땀이 배어 나오는 것을 의식하고 있었다. 부스럼영감과
추잡한 짓 어쩌고 하며 선옥이 말한 것은, 여동생 앞이라 말을 삼간
것일 뿐, 암암리에 어젯밤의 일을 끄집어낸 것인지도 모른다.

"넌 말없이 보고만 있었어?"

"아니에요. 하지만 분위기가 너무나 험악해서, 말참견을 하기가 어려웠어요. 그래서 부엌이가 나간 뒤에 어머니에게, 그런 말투는 너무 심하다. 아무리 하녀라도 사람을 모욕하는 말이 아니냐고 말했어요."

"그랬더니 어머니가 뭐라더냐."

"너는 가끔 집에 돌아오니까, 부엌이가 어떤지 잘 모른다고……. 그러면서 다음에는 나이 먹은 할머니라도 데려와야겠다고 했어요. 오빠, 부엌이는 우리 집에 온 지 벌써 12, 3년이나 됐어요. 내가 소학교 3학년 때였으니까 어머니보다 훨씬 더 오래 됐다구요. 돌아가신 어머니가 아는 사람의 소개로 시골에서 왔단 말이에요. 그리고 정말로 '충복'처럼 하녀로서 이 집안사람들을 섬겨 왔잖아요. 소처럼 묵묵히……. 그런데 마치 무슨 독재자라도 되는 양 어머니 말 한마디로 내일부터 쫓아내다니 너무해요. 도대체 어떻게 되는 걸까요. ……물론 아버지도 아직 모르고 계실지 모르지만, 또 오빠도 있는 걸요, 그렇잖아요. 내보낼 수는 없어요. ……하지만 아버지는 어머니 말을 따를 거예요. 하녀를 내보내거나 고용하는 건 주부의 권한이잖아요. 하지만 오빠는 그냥 말없이 내버려 두지는 않겠죠? 결국 오빠뿐이에요. 오빠가 말하면 통할 거예요."

유원은 오빠의 얼굴을 살피고 반응을 확인하며, 작은 도발을 시도하고 있었다.

"나이 든 할머니를 데려온다는 건 묘안이군. 핫하, 이 집에는 꽤 힘든 일이 많아. 부엌이는 하녀일 뿐 아니라, 웬만한 하인 이상으로 힘든 일을 하고 있어. 부엌이를 대신하려면, 우선 할머니 열 명쯤은 데려와야 할 걸. 또 내일이 되면 어머니의 기분도 가라앉을 것이고, 그리고 말이지, 부스럼영감 때와는 달라서, 그렇지, 네가 말했듯이 10

넌이 넘게 우리 집에서 일한 부엌이를 그렇게 간단히 내쫓을 수는 없을 거야. 무엇보다 짐 싸들고 어서 나가라고 내쫓을 수 있을지 없을지 알 수도 없고. 그렇게는 안 될 거야. 여러 가지로 해야 할 일도 있을 테고……. 음, 어머니도 머리가 아플 거야. 아버지가 졸도하신 일 등으로 말이야. 크게 걱정할 건 없어."

그러나 이방근은 속으로, 하필 이럴 때 곤란한 일이 일어났구나 하는 생각을 했다. 만일 부엌이와의 관계가 가족 앞에서, 여동생 앞에서 밝혀진다면 어떻게 될까. 게다가 아버지와의 갈등은 아직 해결되지 않았다. 집안 내부의 소동을 더 키우고 싶지는 않았다. 그날 밤 어둠 속을 응시하고 있던 눈은 아직 침묵을 지키고 있지만, 어떻게든 부엌이를 추방하기 위해서는, 당장이라도 침묵을 깨고 마지막 카드를 꺼낼지도 모를 일이다. 한밤중에 지붕 기와를 스치고 판자문과 장지문을 뒤흔들던 메마른 바람 소리. 이방근은 안뜰에서 새끼 고양이가 울고 있구나 하고 생각했지만, 그게 아니었다. 아―앙, 아―앙, 어머니를 찾는 어린애와 똑같은 울음소리……. 그게 아니었다. 아―앙, 아―앙…, 머리 위를 거친 바람이 달리고 있은 게 아닌가. 그리고 바다 저편에서 울려오는, 밤바다를 도려내어 파도를 하늘높이 차올리는 바람이, 구름을 갈기갈기 찢으며 으르렁거리는 만조의 울림과 함께 다가오고 있는 것은 아닌가……. 이방근은 일어나서 서재의 미닫이를 열고, 툇마루로 나와 밤하늘을 바라보았다. 달이, 여전히 얼룩진 모양의 붉은 달이 보였다. 시야 끝에 들어온 부엌이의 방은 어두웠다. 이방근은 여동생에게 소주를 가져오라고 일렀다.

갑자기, 어두운 바다의 절규처럼 뱃고동 소리가 성내 거리 위를 넘어 들려왔다. 목포행 연락선이 거친 밤의 제주해협으로 떠나간다. 행상인 박갑삼, 그리고 황 아무개. 남대문 자유시장 26호……. 봉기 네 시간 전에 섬을 떠나면서, 4·3 무장봉기에 대해서는 한마디도 하지 않았던 남자. 유달현을 경계하라, 배신……. 그러나 '해방구'에 다녀왔다는 소문의 출처가 유달현이 아니고, 그 자신도 최상규한테서 들었다면, 과녁은 아무래도 최상규에게 좁혀져야 할 것 같았다.

소파로 돌아와 앉은 이방근은 잠시 여동생을 상대로 술을 마시다가, 이윽고 그녀를 자신의 방으로 돌려보내고 혼자가 되었다. 취기는 급하게 찾아오지는 않았다. 오늘 밤엔 오빠가 술을 신중하게 마시네요, 하고 여동생이 의아한 얼굴로 놀려 댔을 만큼, 술을 입에 머금듯 찔끔찔끔 마셨다. 눈을 감고 있자니, 나른한 취기의 신호가 새까맣게 소파에 녹아든 몸을 반복해서 돌며 열을 올렸다. 취기가 온몸에 피로를 운반했다.

그는 모든 것을 내일로 미루고, 마치 내일이 이방근에게 빚을 진 날이라도 되는 것처럼, 모든 것을 던져 넣고 해체해 버리는 도가니라도 되는 것처럼, 오늘 밤 두 시에 대비해야만 했다. 아니, 대체 무엇을 대비한단 말인가. 당사자도 아니고, 무장봉기 투쟁의 흐름에서 벗어나 있는 국외자가 무엇에 대비한단 말인가. 그래, 기다려야만 한다고 말하는 편이 옳을 것이다. 기다려야 한다, 가만히 참고서. 그저, 4월 3일 오전 두 시에 제주도 전체에서 무장봉기가 일어난다는 것을 알고 있기 때문에, 심야에 혼자서, 국외자로서 가만히 기다려야 한다. …… 그러나 이방근은 역시 어떤 면에서는 오전 두 시에 대비하고 있었다. 가만히 기다리면서도, 무언가에 대비를 하고 있었다. 민중의 폭동은 일어날까. 그리고 이 이씨 집안이 습격당할 것인가. 한때는 가족의 '피난'도 생각했던 폭동에 어떻게 대비해야 하는가. 문단속을 단단히 하고, 그리고 뭔가 무기에 대신할 만한 것을 준비하여……. 어리석은 짓, 난센스였다. ……유달현은 무슨 짓을 저지를지 모릅니다. 만일 군중의 습격이나 방화가 있다면 어쩔 도리가 없다. 대비하기 위해서는 지금이라도 가족이 모여 도망칠 곳과 방법을 의논하지 않으면 안 된다. 연락선도 이미 떠난 뒤였다. 불 꺼진 하녀방에서 동굴 속의 곰처럼 숨을 죽이고 웅크린 부엌이……. 도끼 일격에 장작이 둘로 쪼개지는 격렬한 소리. 탄력 있는 소리. ……힘껏 도끼를 치켜들고 인왕처럼 선 그녀의 주위가 피바다였다. 장작처럼 정수리를 둘로 쪼개는 도끼는 없는가. 부엌이의 도끼는 없는가. 부엌이의 손에 도끼는 없는가. 도끼는 그녀의 무기, 이 이방근의 정수리를 내리치는 도끼는 없는가……. 힘껏 내리친 도끼의 일격에 마른 장작이 둘로 쪼개지고, 사방으로 흩어져 날아가는 소리. 과연 폭동은 일어날 것인가. 만약 일어난다면, 유달현은 무슨 일을 꾸며서 나타날 것인가. 음, 아니, 못할 것이다. 내 앞에서는 광대라도 되겠다고 맹세한 놈이, 적어도 내 면전에서는 못할 것이다. 못한다……. 일어나지 않는 것으로 되어 있지만, 폭동은 일어날 것인가. 언젠가 이방근은 권총 한 자루를 지니고 싶다고 생각한 적이 있었고, 지금도 기회가 있다면 손에 넣고 싶어 했다. 물론 그것은 미국인들처럼 호신용으로서가 아니었다. 그러나 지금 권총이 있다면, 습격을 물리치기 위해서만 그것을 사용할 것이다. 강몽구, 강몽구……. 이방근은 성내에서의 공격 대상은 제주경찰서와 그 상급 기관인 제주감찰청 두 군데로 한정되고, 다른 기관에는 일절 손대지 않는다는 기습계획을 몇 번이나 머릿속에서 되풀이해 생각하고 있었다. 강몽구가 말해 준 기밀이었다.

조용히 술을 마시면서 가만히 기다리는 것은 괴롭다. 찌-잉 하고 고막을 울리듯이 퍼져 가던 취기는 일정한 곳에서 진행을 멈춘 모양이다. 이방근은 정체된 취기 속에서, 무의식중에 으-음, 으-음 하고 고개를 끄덕이면서 무슨 말인지 중얼중얼 혼잣말을 계속했다. 나는 아무것도 아니다. 그래, 그는 지금 아무것도 아냐. 난순한 국외자로서 소파에 앉아 오전 두 시를 기다리고 있을 뿐이야. 그리고 시간이 다가옴에 따라, 자신이 수동적인 입장에 서 있고, 현실적으로는 폭동의 군중과 적대적인 입장에 있음을 느낀다. 만약 폭동이 일어나 꿈과 같은 습격으로 살해된다면, 나는 반동분자로서 죽을 것이다. 모르고 있다면 별문제지만 '봉기'를 아는 자로서, 게다가 국외자로서 사태의 움직임을 전혀 모른 채, 그저 주관적으로 뜬구름을 잡는 식의 상상에, 자신을 실은 무거운 시간의 진행을 맡기는 것은 괴로운 일이다. 그는 갑자기 눈앞에 흩어진 가족들이 피투성이로 참살당한 시체를 보고 놀라, 소파에서 벌떡 일어났다. 피 바다. 말도 안 돼. 망상! 이건 망상이다. 부엌이까지 말려들어 살해당해 있었다. 있을 수 없는 일이다. 그는 방 안을 큰 걸음으로 빙글빙글 돌면서, 머리에서 벌집처럼 웅성거리는 망상을 떨쳐 냈다.

이방근은 소파에 앉았다. 묵직한 몸을 깊숙이 가라앉히듯 앉았다. 그의 몸은 의식 속에서 가라앉아 있었다. 몸이 가라앉고, 정체된 취기에 전신이 앙금처럼 가라앉아 있었다. 그는 몸을 앞으로 굽혀 소주잔을 입으로 가져가 흘려 넣고, 정체된 취기를 흔들어 깨웠다. 그러나 취기는, 마시는 속도를 높이지 않는 탓도 있었지만, 올라가지 않았다. 김치를 씹는 입 안의 소리가 조용한 방 안에 가득 찼다. 입안에서 순대가 소주를 머금어 녹아내리고, 한밤중의 식도를 태우며 흘러 떨어진다.

유원이 아직 안 주무시냐고, 오빠의 방을 들여다보고 갔다. 이미 열두 시를 지나 4월 3일이었다. 너도 자는 게 좋아, 먼저 자렴, 벌써 열두 시가 지났어……. 잠자코 있으면 된다. 두 시가 되어 이변이 일어났을 때 깨워 주자. 잠들지 못하는 밤이다. 왜 잠들지 못하는가, 자면 된다. 왜 나는 눈을 뜨고, 무엇 때문에 가만히 두 시를 기다리는가. 뒤쪽 책상 위에서 탁상시계의 초침 소리가 이상할 만큼 크게 울리기 시작했다. 조용했다. 뒤뜰의 정원수 사이를 지나가는 바람 소리. 그리고 희미하게 방파제에 부서지는 파도 소리가 들려왔다. 전등을 끈 뒤의 깊은 밤, 골목을 지나는 인기척이 날 때가 있었다. 고무창을 댄 신발 소리를 죽이고 민첩하게 움직이는 그 기척은 삐라를 붙이는 조직원이었지만, 오늘 밤은 그런 움직임도 없다. 한밤중에 전등을 켜두었기 때문인가. 아니, 소등과 관계없이 집 밖에서 삐라 붙이는 조직원의, 어떤 때는 여러 사람의 기척이 나곤 했는데, 오늘 밤은 개 한 마리 짖지 않았다. 전등을 꺼서는 안 된다. 신호를 보내지 않았는데도 부엌이가 몰래 숨어들어 오는 일은 결코 없었지만, 오늘 밤의 그녀는 알 수 없는 일이다.

……오늘 밤은 주무시지 않으실 겁니까? 저녁에 찾아와 앞에 놓인 소파에 앉아 있던 남승지의 목소리다. 왜? 내가 무슨 유격대도 아니고. 자야지. 모두 자고 있으니, 나도 자야지…….

광야에서 종이 울리고 있다. 점차 거세지는 종소리가 멀리서 들려온다. ……피를 토할 듯이 종이 울린다, 멀리서 울린다, 너무나 시끄러워서 찾아온 것이다. 아아, 숲 속의 올빼미여……. 머나먼 광야에서 피를 토하며 종이 울리고 있다. 종소리를 쫓아가면, 종은 더욱 멀어지면서 세차게 울린다. 누가 치고 있는지 알 수 없는 종이다. 스스로의 힘으로 울리는 종. 종은 꿈속의 광야에서 울리고 있었다. 이방근은 어느새 소파에 앉은 채 이상하게도, 잠들 수 없는 밤을 자고 있었다. 잠을 자면서, 언제까지나 멀리서 울리기를 멈추지 않는 세찬 종소리를 듣고 있었다.

이방근은 형상이 보이지 않는 소리만의 꿈에서 깨어난 뒤에도, 귓가에 이상한 종소리를 듣고 있었다. 눈을 뜨는 순간에는, 이 밤중에 어디서 종이 울리고 있는 것인지 이상하게 여기다가도, 두 시에 일어나는 봉기의 신호가 아닐까 하는 엉뚱한 생각에 놀라 일어났지만, 시각은 한 시 반, 이윽고 종소리는 귓속 공간에 흡수되면서 메아리와 함께 사라져 갔다.

이방근은 잠자리에서 일어나듯이 소파에서 일어나 변소에 갔다. 그리고 졸음을 없애려고 세면실에서 세수를 했다. 환상적인 광야의 종소리가 아닌가. 세수를 하고 있는 귓가에 이상한 종소리가 되살아났다. 눈을 뜨고 있으면서도 꿈속에 있는 듯한 종소리가 멀리서 들려온다. 머리가 아직 무거웠지만, 조금 잔 덕분에 술이 어느 정도 깬 탓인지, 맑고 기분 좋은 투명한 느낌이었다. 그는 세면실에서 냉수를 두세 잔 연거푸 마시고 나서 방으로 돌아오자, 천천히 담배를 피우며 두 시를 기다렸다.

새벽 두 시, 과연 총성이 울릴 것인가, 총격전도 없이 기습이 성공하여, 경찰서와 감찰청을 무혈 접수할 수 있을까. 깊은 잠에 빠져 있다면 몰라도, 이 소파에 앉아 귀를 기울이고 있으면, 설사 총성이 나지 않아도 경찰 기관의 탈취에 성공한 국방경비대원들의 환성으로, 관덕정 주변의 이변은 충분히 전해져 올 것이다. 그리고 이변은 확산되고 소란은 커진다…….

숨이 막히는 느낌으로 두 시가 다가오고, 두 시 정각에 이방근의 손목시계와 책상 위의 탁상시계 바늘이 거의 일치한 시간을 가리키자, 괴로운 숨결 속에서 이방근은 초침이 새기는 소리를 들으며 긴장의 2, 3분을 보냈다. 밝은 서재 공간을 둘러싼 바깥은 깊은 바다와 같은 정적이었다. 국방경비대원을 태운 두 대의 트럭은 아직 도착하지 않았을지도 모른다. 두 시라고는 해도, 국방경비대 제9연대가 있는 모슬포에서 성내까지는 트럭으로 두세 시간은 걸리니까, 10분이나 15분의 오차는 당연히 생길 수 있었다. 이방근은 불시에 깊은 정적을 깨뜨리고 울려 퍼질지도 모르는 총성에 움찔하면서, 다시 소주잔을 천천히 기울였다. 그리고 언제 폭발할지 모르는, 눈에 보이지 않는 발포의 순간을 기다렸다.

괴로운, 마치 몸 전체가 두꺼운 기체의 마찰열에 감싸인 듯한 감각 속에서, 시간이 1초, 1초, 선명한 소리를 새기며 나아갔다. 그것은 시한폭탄의 초읽기처럼 다가오는 시간이었다.

이방근은 어느새 자리에서 일어나, 방 안을 천천히, 소파 주위를 걷고 있었다. 두 시 10분이 지났다. 이미 경비대원이 도착하여, 발포할 필요도 없이 사태가 진행되고 있는지도 모른다. 그러나 아무리 그렇다 해도, 어찌 된 일일까. 시계는 둘 다 정확할 터였다. 초조한 이방근의 마음에 갑자기 의혹이 솟구쳤다. 혹시, 어쩌면……? 아니, 잠시만 더 기다리자. 30분은 기다려야 돼……. 아니, 10분이나 15분 정도의 오차는 충분히 일어날 수 있다고 생각되지만, 그러나 그 오차를 최대한으로 줄이지 않으면 기습 계획은 성공하지 못한다. 게다가 성내의 경찰접수는 오전 두 시 정각으로 예정된 제주도 전체 무장봉기의 한 고리였고, 따라서 그 고리가 크게 어긋나 버리면 일제봉기를 일으킬 수 없을 뿐 아니라, 전체적인 전략 그 자체에 파탄을 초래하기 쉬웠다. ……혹시 성내기습 계획은 불발로 끝난 게 아닐까. 불발……? 이방근은 문득 실망이 뒤섞인 안도감이 머리를 쳐드는 것을 느꼈다. 혹시 불발로 끝난 게 아닐까? 복잡하게 뒤얽힌 안도의 움직임을 동반한 이방근의 내부에서 들리는 중얼거림. 한밤중에 울리는 총소리와 환성. 홍수처럼 밀려오는 군중의 절규 소리와 지축을 뒤흔드는 발소리……. 환상, 환상이 지금, 한순간 커다란 파도에 휩쓸려 저 멀리로 사라져 간다.

"아직, 아무런 기척도 없군, 음, 그렇다면 성내는 불발이 아닐까. 실패했다는 건가? 음……."

이방근은 혼잣말을 중얼거리며 입술을 깨물었다. 실패……, 불발……. 봉기, 4·3무장봉기 전체의 불발? 그건 말도 안 돼! 그는 흠칫 놀라, 방 한가운데에 우뚝 멈춰 섰다. 그는 생각할 겨를도 없이, 한순간 새까만 먹물이 가슴속을 물들이는 절망감에 빠졌다. 방금 전의, 성내기습 계획의 불발이라는 생각에 사로잡혔을 때의 안도감이 섞인 실망, 그 실망처럼 담담한 느낌은 아니었다. 제주도 전 인민봉기의 불발과 실패……, 이방근은 순간, 무언가 위대한 계획의 건축물이 와해되어 자신의 머리 위로 무너져 내리는 듯한 공포에 가까운, 그리고 분노를 동반한 격렬한 감정에 휩쓸렸던 것이다. 이상한 일이었다. 그는 다시 소파에 앉을 마음이 나지 않았다.

이방근은 미닫이를 열고 툇마루에 나와 서서, 심야의 야수처럼 관덕정 광장 쪽으로 가만히 귀를 기울였다. 정적은 깨지지 않았다. 봉기를 짐작하게 하는 기척은 들려오지 않았다. 그는 섬돌 위의 남자용 고무신을 끌고 안뜰로 내려섰다. 이럴 리가 없다. 두 시 15분이 지나, 이제 곧 20분이 된다. 아직은 모르지만, 아마 계획에 차질이 생긴 모양이었다. 경비대 트럭이 모슬포를 출발했다면 벌써 도착했을 것이다. 도중의 신작로 변에 있는 몇 개의 경찰지서에 발견되었다 해도, 그냥 뿌리치고 달리면 그만이고, 경비대의 긴급출동이나 이동이라고 둘러댈 수도 있었다. 설사 저항이 있었다 해도, 경찰 몇 명뿐인 지서와 트럭 두 대에 나누어 탄 완전무장한 군대 사이에는, 어른이 어린애의 팔을 비트는 정도의 전투밖에 되지 않을 것이다.

서재에서 안뜰을 비춘 빛 속의 자신의 그림자를 밟고 선 이방근은 일부러 헛기침을 두 번 반복하고, 대문 쪽으로 걸어갔다. 그리고는 쪽문을 열고 밖으로 나오자, 자동차 한 대가 지나갈 만한 골목에 서서 주위의 기척을 살폈다. 개 한 마리 얼씬거리지 않았다. 중천에 높이 떠오른 달이 어느새 붉은 빛을 잃고, 하얗고 투명한 빛을 발하고 있었다. 그는 인적 없는 길을 걸어, 근처의 네거리로 나왔다. 북국민학교 쪽으로 빠지는, 남북으로 뻗은 길을 오른쪽으로 돌아 잠시 걸으면, 그 주변에서 낮에는 한라산이 훤히 바라다보인다.

이런 시간에는 너무 멀리 나가지 않는 편이 좋을 것이다. 인기척은 없지만, 이 어둠 속에 무엇이 숨어 있을지 모른다.

"아, 보인다, 보여……."

남쪽, 국민학교 방향으로 걷고 있던 이방근은 자신도 모르게 소리를 지르며 멈춰 섰다. 아득히 저편 밤하늘 아래, 산악지대에 무수한 봉화가 오르고 있었던 것이다. 봉화는 지금까지도 한두 개씩 산발적으로 오르고 있었기 때문에 신기한 것은 아니었지만, 지금 이 밤의 광대한 한라산 기슭 일대에, 마치 봉화의 퍼레이드라도 벌이는 것처럼 빨갛게 타오르는 광경은 장관이었다. 여기저기 솟아 있는 오름마다 봉화가 오르고 있었다. 산악지대만이 아니었다. 여기서는 보이지 않지만, 사라봉 같이 해안에 솟아 있는 오름에도 봉화가 타오르고 있을 것이었다.

어둠 속에 타오르는 환상적인 불의 무리, 이방근은 순간 황홀감에 사로잡혀, 그것들이 게릴라 봉기의 신호이자 시위라는 것도 잠시 잊고 있었다. 이방근의 귓가에 좀 전의 이상한 종소리가 되살아났다. 어쩌면 오름마다 길게 이어진 저 봉화의 무리를, 나는 형상이 없는 기묘한 꿈속에서 세찬 종소리로 바꾸어 듣고 있었는지도 모른다. 멀리서 피를 토하듯 시끄럽게 울려 대던 종소리, 밤하늘을 불태우며 섬 전체에 타오르는 봉화, 투쟁의 불, 마치 군대의 북소리가 다가오는 것 같았다. 인민봉기의 시위. 일제 봉기가 실현되고 있는 이 시각에, 성내는 경찰마저 깊은 잠에 곯아떨어져 있었다. 이제 성내 습격이 불발로 끝난 것은 확실했지만, 지금 분명히 제주도 무장봉기는 예정대로 4월 3일 오전 두 시에 실현되었던 것이다. 이미 각 부락에서는 총성이 울리고, 게릴라전이 시작되고 있었다. 이방근은 발길을 돌렸다. 한밤중에 밖에 나와, 이렇게 봉화를 본 것은 기쁨이었다. 이방근은 집을 향해 걸어가면서, 상상도 하지 못했던 어떤 감동에 몸을 떨었다. 그는 전에 없이 흥분하고 있었다.

집에 돌아오자, 안뜰을 비춘 빛 속에 사람의 모습이, 여동생과 계모가, 그리고 4, 5미터쯤 떨어진 곳에 부엌이의 커다란 모습이 이방근 쪽을 향한 채 서 있었다.

"도대체 이게 무슨 일이지? 아, 이건 아무래도 나 때문인 모양이군. 어머니, 죄송합니다. 어서 주무세요. 부엌이도 자는 게 좋아……."

안뜰의 빛 속으로 다가온 이방근은 불쾌한 듯이 말하고, 서재 앞 툇마루로 올라섰다. 선옥이 먼저 방으로 돌아가고, 이어서 부엌이가 말없이 어두운 자기 방으로 모습을 감추었다.

"어디 갔다 왔어요?"

오빠를 따라 툇마루로 올라온 유원이 졸음기가 가시지 않은 목소리로 말했다.

"잠깐 저쪽에, 심야의 산책을 좀 했어. 잠이 오지 않는 밤이라서. 뭐, 오늘 밤만의 일도 아니잖아. 뭐냐, 호들갑스럽게, 아버지도 성난 얼굴로 나오실 뻔했잖아."

"걱정했어요."

"어린애처럼 바보 같은 소리 하지 마. 졸린 얼굴을 해가지고, 자아,

어서 가서 자거라. 그리고 내일 아침 일찍 일어나야 돼. 일찍 일어나
거든, 오빠도 좀 깨워 주고."

이방근은 상냥하게 말했다.

"몇 시에 깨워요?"

"으응, 글쎄, 잠깐만, ……일곱 시쯤이면 돼."

"할 일이 있어요?"

"할 일, 음, 뭐, 있다고 해 두지. 후후……."

"왠지 의심스러워요, 오빠……."

"알았으니, 자아, 얼른 가서 자야지."

이방근은 여동생의 부드러운 어깨를 잠옷 위로 가볍게 두드리며 재
촉했다.

그 뒤에도 이방근은 방에 틀어박히듯이 한동안 앉아서, 주전자에
남은 소주를 마셨다. 조금만 있다가 잠을 자자. 일곱 시에 일어날까,
아니면 아침까지 계속 앉아 있을까. 앉은 채로 졸고 있을까.

성내 거리의 진공 같은 정적이 이상하게 느껴졌다.

5

작은 새소리가 방 안에 가득차고, 장지문 밖 덧문 틈으로 새어 들어
온 빛이 방 안에 희부옇게 떠 있었다. 아니, 작은 새들의 소리는 뒤뜰
정원수 쪽에서 나고 있었다. 여기는 이불 속이다……. 이방근은 눈을
떴을 때 악몽으로 가득한 터널을 빠져나온 느낌이었지만, 소파가 아
니라 옷을 벗고 온돌방 이부자리 속에 누워 있는 자신을 발견했다.

어젯밤은 상당히 취했던 모양이지만, 서재와의 사이의 맹장지를 바른 문도 제대로 닫혀 있었다. 악몽이라고는 해도, 숙취가 송진처럼 달라붙어 가시지 않는 머리에 꿈의 기억이 있을 리도 없고, 그저 귓가에 종소리의 여운이 남아 있을 뿐이었지만, 그것이 어젯밤 소파에서 졸고 있을 때 꿈속에서 울리고 있던 종소리가 되살아난 것인지 어떤지도 확실치 않았다.

머리맡의 손목시계를 들어 눈에 가까이 대보니, 여섯 시 반, 곧 어젯밤 여동생에게 깨워 달라고 부탁해 둔 시간이 다가오고 있었다. 혼자서 잠을 깬 것인데, 어제는 네 시까지 소파에 앉아 있었으니까, 새벽녘에 고작 두세 시간 눈을 붙인 셈이었다. 그는 바다에 잠겨 수압으로 마비된 듯한 귀를 활짝 열고, 집안의 기척을 가만히 살폈다.

새끼 고양이 울음소리가 들렸다. 부엌 쪽에서 나는 걸 보면, 아마도 어젯밤 선옥에게 해고당한 부엌이가 여느 때처럼 아무 일도 없다는 듯이 부엌일을 하고 있는 모양이었다. 잘됐다고 생각했다. 주위는 조용했다. 작은 새들의 지저귐. 어젯밤 이후의 성내의 이상한 정적은 변함이 없었다. 만약 이변이 있었다면, 벌써 누군가가 깨웠을 것이 분명하다. 이방근은 이불 위에 상체를 일으키고 앉아, 머리맡에 놓인 주전자의 물을 컵에 따라 연거푸 두 잔을 마셨다. 침도 넘어가지 않을 만큼 바싹 말라붙은 목구멍의 점막이 촉촉하게 젖으면서 열리자, 물은 부드럽고 탄력 있는 덩어리가 되어 위장 속으로 떨어졌다. 갑자기 까마귀 우는 소리가 들려왔다. ……하하, 손님이 온다는 것을 알리러 왔나? 오늘쯤 다양한 손님이 찾아올지도 모르겠는데. 울음소리는 한동안 대문 지붕 위에서 나다가 사라졌는데, 이 섬사람들은 아침부터 까마귀가 찾아와 울면 손님이 온다고 믿었다. 그는 꽤 떨어진 부엌에서 나는 부엌이인 듯한 인기척을 느끼며, 4월 2일의 성내의 밤이 아무

일 없이 평화롭게 밝은 것을 확인했다. 부엌이를 제외하고는 아직 솜처럼 달콤한 봄잠에 빠져 있을 것이다. 이 얼마나 태평한 이야기인가, 아니, 이상한 일이었다. 이렇게 아무런 일도 없이 날이 밝고, 어둠을 밀어낸 하얀 태양 아래 언제나 있는 것들의 윤곽이 드러나고 보니, 어젯밤 밤하늘을 태우며 타오르던 봉화시위가 꿈속에 일어난 일로밖에 느껴지지 않았다. 봉기를 알리고 있었을 터인 그 마음과 몸이 타는 듯한 아픔으로 응축된 시간은 무엇이었을까. 실제로 무장봉기가 일어났는지, 어떤지. 한밤중에 북국민학교 근처까지 나간 일도, 아침이 밝아 잠에서 깨어 보니, 스쳐 지나가는 꿈처럼 전혀 현실감이 없었다. 그건 실로 환상의 불, 그리고 꿈의 광야에 시끄럽게 울려 퍼지던 종소리, 날이 새자 생기를 잃고 금이 간 것 같은 종소리……. 아니, 그렇지 않다. 절대로 그렇지는 않다. 창을 열고, 문을 열고, 길을 열어 밖을 내다보지 않으면 안 된다. 그러나 그렇다 하더라도, 모두 백치의 꿈에 빠진 듯한 성내의 아침, 4월 3일이었다.

이방근은 깨진 종처럼 땡땡 울리는 무거운 머리를 들어 올리듯이 자리에서 일어나, 맹장지문을 열고 서재로 나왔다. 다리가 휘청거리고, 마치 남의 머리를 목 위에 얹어 놓은 것처럼 어색한 느낌이다. 그는 요란하게 방귀를 한 방 뀌고, 대충 벗어던져 놓은 진 바지를 주워 입고는 변소에 갔다.

서재 미닫이를 여는 소리에 안뜰에서 모이를 쪼고 있던 참새들이 놀라 맞은편 지붕 위로 날아올랐다. 아직 햇볕이 닿지 않은 안뜰은 벌써 청소가 끝나, 물이 뿌려져 있었다. 완전히 밝은 하늘은 맑게 개어 있었지만, 이상하게 광활한 느낌이 들었다. 하늘은 하늘을 위해 있기에, 인간의 일과는 관계가 없다는 듯이 쾌청하고 넓은 공간이었다.

툇마루를 삐걱거리며 걷고 있자니, 이방근은 여전히 무장봉기의 사실이 취중의 착각으로 느껴지고, 뭔가에 홀린 듯한 비현실감을 떨쳐 버릴 수가 없었다. 섬 전체에서 무장봉기가 일어났다고는 하지만, 지금까지 성내에 그럴 만한 파문 하나 일어나지 않고 있다는 것은, 그것이 가짜였고, 어쩌면 이방근의 주관 속에서 일어난 사건에 불과한지도 몰랐다. 안뜰에 불어 드는 아침 바람이 맑게 갠 하늘처럼 상쾌한 것도 너무나 냉정한 느낌이 들었다. 어젯밤 두 눈으로 분명히 보았던 봉화의 무리가 환상의 불이 아니라 섬 전 지역에서 일어난 무장봉기의 신호였다면, 성내에 삐라 한 장 붙어 있지 않을 리는 만무했다. 그리고 아침. 삐라를 본 성내 사람들의 입에서 소문이 퍼져 나간다…….

음, 이른 아침의 거리에 나가 볼까, ……. 이방근은 용변을 보면서, 전에 없던 일을 생각했지만, 그만두었다. 느닷없이 유달현이, 이방근의 머릿속에 둥지를 틀고 있는, 성내 습격이 불발로 끝나 아마 난감한 처지에 놓였을 유달현이, 눈앞에 불쑥 얼굴을 들이밀었던 것이다.

"오호, 유달현……. 마치 이른 아침부터 나한테 인사를 온 것 같구만."

이방근은 목 위에 어색하게 얹힌 채, 계속 욱신거리는 무거운 머리를 흔들며 중얼거렸다.

애당초 이방근 앞에 4월 무장봉기의 레일을 깐 것은 유달현이었다. 그 사실은 마침내 강몽구에 의해서도 알게 되었지만, 맨 처음 이방근에게 무장봉기를 알려 충격을 주고, 관심을 불러일으킴으로써, 그를 '구멍에서 끌어낸' 것은 본인의 말대로 유달현 자신이었던 것이다. 배신, 비겁……. 자넨 이미 구멍에서 나왔네, 자넨 그러한 자신의 변화를 인정하고 싶지 않은 거야. 이 유달현을 인정하기가 두려운 거지……. '배신행위'에 대한 원한이 골수에 사무쳐 있었습니다. 이 동지도 참 대단한 원한을 샀더군요……, 행상인 박의 말이었다. 국외자, 그래, 이방근은 인민봉기와는 관계없는 국외자이다. 그가 일부러 소파를 떠나, 자신의 구멍에서 빠져나와, 이른 아침의 거리로 무장봉기가 일어난 기색을 찾아서, 삐라 한 장이라도 손에 넣으려고 나갈 이유는 없었다. 왜 유달현을 떼어 내면서, 그가 깔아 놓은 레일을 타고 나아가는가. 무장봉기 후의 정세가 도대체 이방근에게 있어서 어떠한 의미와 관계가 있단 말인가. 그는 아무것도 모른 채, 다른 사람들처럼 진공 같은 성내의 정적에 빠져 잠들어 있는 것이 자연스러울 것이다. 그리고 갑자기 4·3무장봉기라는 현실에 잠을 깬다……. 그러나 이방근은 모든 것을, 아버지와의 문제도 그리고 어젯밤에 일어난 부엌이 문제까지도, 오늘 4월 3일의 끓어오르는 도가니 속에 집어넣어 처리하려고 마음먹고 있었던 것이다. 그것을 인정하는 것은 고통이었다. 그는 스스로 국외자임을 자처하면서 레일 위에 이미 한 발을 올려놓았던 것이다.

이방근은 변소에서 눈앞에 얼굴을 들이민 유달현 때문에, 밖으로 나갈 기분을 잃어버리고, 방으로 돌아와 다시 이불 속으로 들어갔다. 그리고는 누군가가 울릴 종소리를 기다리자고 마음먹었다. 어젯밤에 새벽 두 시를 가만히 기다렸듯이 기다리지 않으면 안 된다. 이제 아침을 맞은 성내에 게릴라가 나타나지는 않을 것이다. 농촌 부락을 습격한 게릴라도 동이 트기 전에 산악지대로 모습을 감춰 버렸을 게 틀림없었다. 또한 머지않아 그 소문은 설령 경찰이 봉기 사실을 은폐하려해도, 홍수처럼 성내로 밀어닥칠 것이다. 앞으로 몇 시간도 채 걸리지 않을 것이다. 그렇다 해도, 전화선이 절단돼 있을지는 모르지만, 경찰이 아직도 게으른 잠에 빠져 있다는 것은 너무나도 태평스런 일이었다.

이방근은 서재 옆의 여동생 방에서 자명종 벨이 울리는 것을 희미하게 들었다. 이윽고 여동생이 깨우러 왔지만, 알았어, 조금만 더 잘 테니까 그만 가, 깨우지 말라며 대충 얼버무리고는 그대로 이부자리를 떠나지 않았다.

유원은 나도 모르겠다고 토라지면서도, 서재의 테이블 위를 치우고 방에서 나갔다. 핫핫, 바보 같으니라구⋯⋯, 화낼 거 없어. 내가 나설 때가 아니야. 평화로운 아침이다. 이제 곧 날아가 버릴, 어쩌면 마지막이 될지도 모르는 평화로운 성내의 아침이다. 이방근은 엎드려 담배 한 대를 피워 물었지만, 구역질이 나서 곧 꺼 버렸다. ⋯⋯숙취 때문에 탁하고 불투명한 머리로, 도대체 무엇을, 무엇 때문에 기다리는가. 나는 아무도 아닌 국외자⋯⋯. 도대체 무엇을 기다리는가⋯⋯. 눈을 감으면 머리 꼭대기부터 이불 속으로 끌려 들어갈 것 같은 느낌 속에서, 이방근은 잠이 부족한 채로 어느새 잠에 빠져들었다. 그리고 다시 여동생이 흔들어 깨우는 바람에 눈을 떴을 때는, 이변의 소식이 청천벽력 같은 충격으로 빠르게 이 집에 날아든 후였다.

이방근은 완전히 곯아떨어져 잠을 자고 있었다. 오빠, 오빠, 일어나, 일어나요⋯⋯라며 여동생이 어깨를 마구 흔드는 탓이었다. 여동생의 들뜬 목소리와 함께 그 동공이 크게 열린 긴장된 얼굴을 바로 옆에서 발견했을 때, 그는 여동생이 자신을 깨우러 온 의미를 직감했다.

"오빠, 큰일났어요. 혁명, 혁명이 일어났어요. 폭동이 일어났다니까요⋯⋯."

유원의 목소리는 흥분으로 떨리고 있었고, 마치 폭동이 성내 거리에서 일어나기라도 한 듯한 절박한 느낌으로 이방근을 끌어들였다.

"⋯⋯폭동이니, 혁명이니, 무슨 말이냐, 응? 깜짝 놀랐잖아. 그 폭동인지가 성내에서 일어나기라도 했다는 거냐?"

이방근은 이불 위로 윗몸을 일으키며 되물었다.

"성내는 아니에요. 섬 여기저기 마을에서 게릴라가 나왔나 봐요. 유격대를 편성해서, 어젯밤에 경찰지서를 습격하여 사람이 죽기도 하고⋯⋯. 게릴라 봉기예요. 혁명군이 섬에서 봉기를 했다구요."

"느닷없이 혁명이니, 폭동이니, 무슨 이야긴지 잘 모르겠구나. 지금 몇 시냐?"

이방근은 설마 하고 생각하면서도, 성내에서 폭동이 일어나지 않은 것에 안도했다. 그렇다 하더라도, 혁명이라니 무슨 소린가. 여동생의 입에서 느닷없이 튀어나온 그 말이 놀라웠다. 큰일났어요. 혁명, 혁명이 일어났다구요⋯⋯. 혁명군이라⋯⋯. 이방근은 내부로부터 이상한 눈빛을 발하는 여동생의 얼굴을 조금 놀란 표정으로 바라보았다.

"벌써 아홉 시예요."

"아홉 시, 음, 꽤 잤군."

한 시간 반쯤 잔 것 같은데, 깨진 종을 쑤셔 넣은 것처럼 무겁던 머리도 수면 부족도 조금 가신 것으로 보아, 원래의 컨디션을 되찾은 듯한 느낌이었다. 숙취에는 잠보다 더 좋은 약은 없다. 그런데 요즘은 하는 일도 없이 몸이 피곤했다.

"오빠는 잠이 덜 깬 건 아니겠죠. 오빠, 제 이야기 듣고 있어요?" 이불 옆에 꿇어앉은 유원이 오빠의 한쪽 팔을 잡고 흔들며 말했다. "섬에 폭동이 일어났다구요. 큰일 났어요. 폭동이 일어나고 게릴라가 봉기했단 말이에요. 일전에 한라산 기슭에서 군사훈련을 하고 있던 그 사람들과 같은 그룹이 무기를 들고 행동을 시작한 게 분명해요. 오빠, 그렇죠, 승지 씨도 어젯밤에 급히 돌아갔는데, 그 사람도 봉기 계획을 정확히 인식하고 성내에 왔던 거예요. 광장에서 우연히 만났다가 돌아가는 길에, 태도가 좀 이상했어요. 뭔가 4월 3일, 4월 3일, 토요일 어쩌고 중얼거리며⋯⋯. 그러다 갑자기 얼굴이 파래지기에,

왜 그러느냐고 물었더니, 뭘 잃어버린 술 알았는데 착각이었다나, 왠지 이상했어요."

"흐흥, 너, 지금 남승지를 그 사람이라고 했지……."

"예, 그게 이상해요? ……"

여동생의 하얀 볼이 발갛게 물드는 것이 별로 밝지 않은 방 안에서도 쉽게 알 수 있었다.

"이상하다고는 말하지 않았어. ……이야기나 계속해."

이방근은 베개 옆에 있는 담배를 집어, 아침 담배 한 개비를 물고 불을 붙였다. 연기가 구역질을 동반하지 않고 코로 빠져나간다. "아까 전화가 왔어요. 전화를 받은 아버지는, 대체 경찰은 뭘 하고 있냐며 호통을 치셨어요."

"경찰에서 전화가 왔다고?"

"아니, 아니에요. 최상화 선생 전화였어요. 급한 일이니 아버지를 바꿔 달라고……. 만일 몸이 좋지 않아서 전화를 받을 수 없다면, 지금 당장 이리로 찾아오겠다는 거예요. 그래서 아버지가 전화를 받았어요. 저는 제 방으로 돌아오려 했는데, 응접실 밖에서 문득 아버지의 성난 목소리가 들리는 바람에 그만 발이 멈춰 버려서, 그대로 벽 뒤쪽에 서서 엿듣고 말았어요. 나쁜 줄은 알지만, 그건 중대한 이야기였어요. ……아버지는 그게 정말이냐고 같은 말을 몇 번씩 하면서, 어젯밤 제주도 전체의 인민이 무기를 들고 경찰지서를 습격했다는 건 도저히 믿을 수 없다고 처음에는 우겨댔지만, 아버지의 자신감은 점점 허물어져 갔어요. 성내 경찰은 도대체 뭘 하고 있느냐고 호통을 치기도 하면서……. 이제 곧 최 선생이 우리 집에 올 거예요. 아버지가 와 달라고 하셨거든요. 아버지는 전화를 끊자마자, 경무계장인 정세용 오빠를 전화로 불러내기도 했지만, 경찰도 이제야 알았는지, 긴급회

의다 뭐다 야단법석인 것 같았어요. 그래서 아버지는 지금 현재 들어와 있는 정보를 들으며 게릴라 봉기를 확인했어요. 유격대라느니, 폭도라느니, 게릴라라느니, 여러 가지 호칭을 상호간에 쓰는 것 같았어요. ……. 오빠, 아버지가 전화로 한 이야기들은 사실이겠지요? 아아, 도저히 믿을 수가 없어요. 성내는 이렇게 조용한데. 내가 틀림없이 전화로 이야기하는 것을 들었는데도, 방금 전 일이 꿈만 같아서. …… 몰래 엿들은 탓인지. 꿈속의 일만 같아서, 도저히 믿어지질 않아요. 제 몸이 왠지 자꾸만 떨려요……."

무릎을 약간 비스듬히 눕히고 꿇어앉은 여동생의 스커트 밑으로 살짝 엿보이는 무릎이 가늘게 떨렸고, 목소리도 떨리고 있었다. 그녀는 자리에서 일어나더니 서재로 나가, 두 손을 비비며 걷기 시작했다.

"오빠, 꿈이 아니라 정말로 사건은 일어났을 거예요. 어젯밤부터 오빠는 알고 있었죠. 밤늦게까지 계속 자지도 않고……. 지금부터 어떻게 될까요?"

"목소리가 너무 커." 이방근이 이불 위에 앉은 채 말했다. "아버지는 너한테 아무 말씀도 하지 않더냐?"

"전 바로 방으로 돌아와 있었어요……."

"너에게 누구를 불러오라고 시키지 않았냐는 말이야."

그녀는 소파에 오빠를 비스듬히 마주 보고 앉아 고개를 옆으로 저었다.

"음……, 아버지는 지금 무얼 하고 계시냐. 방에 계실까?"

"예, 그럴 거예요. 아버지는 이 일로 충격을 받아, 또 자리에 누우시지나 않을지 모르겠어요."

"핫핫, 전화 받을 때 졸도하시지 않았으니, 괜찮을 거야……."

여동생의 아버지에 대한 염려였지만, 이방근은 내심 그 말투가 이상해서 웃음이 나왔나. 아버지는 아무래도, 남내가 '해빙구'에 다녀왔다는 소문에 뒤이은 이 충격적인 사태를 앞에 두고, 우선 아들에게 알려 의논상대로 삼을 작정은 아닌 모양이었다. 가족보다 남이 더 가깝다는 건가. 아니, 봉기 사실을 얼마나 들었는지는 모르지만, 동요와 낭패로 마음이 정리되어 있지 않을 것이다. 그리고 계모인 선옥에게 무기를 손에 든, 아직 눈에 보이지 않는 무시무시한 '폭도'들의 흉악한 폭동에 대하여 이야기하고 있는지도 모른다. 설마 지금과 같은 시기에, 아들과의 대결을 심화시키지는 않을 것이다.

"웃고 있을 때가 아니잖아요." 유원은 이마에 흘러내린 앞머리를 쓸어 올리며 말했다. 하얀 이마가 빛나듯이 넓어 보였다. "어떻게든 해야 되잖아요. 느긋하게 누워 있을 때가 아니라구요. 오빠, 빨리 일어나세요. 이불을 갤 테니, 일어나세요……." 그녀는 당장이라도 이부자리에서 쫓아낼 것처럼, 조금 성난 목소리로 오빠를 재촉했다.

"흐흥, 지금 일어나란 말이지……, 음, 일어나기는 하겠지만 말야. 지금 서둘러 일어나서 도대체 뭘 하라는 거냐?"

"어쨌든 일어나세요. 오빤 지금 섬사람들이 무장봉기를 일으켰다는데, 전혀 놀라지도 않고 태연하군요. 눈앞에서 엄청난 사건이 일어나고 있다는데……. 오빠는 어젯밤의 일을 전부터 알고 있었던 거죠. 그런 거죠. 그러니까 이렇게 태평한 거예요."

"전혀 태평스럽지는 않아. 이래 봬도 생각하고 있다구. 숙취로 머리가 지끈거리지만, 생각하고 있어. 너는 아까부터 끈질기게 캐묻고 있는데, 내가 무슨 조직원도 아니고 미리 알고 있을 리가 없잖아. 그런데 일전에 우리 둘이서 산에 갔잖아. 음, 그때부터 어떤 예감이 있었던 건 사실이야. 말은 안 했지만, 그 군사훈련을 보고 알았어. 보니 알겠더라구. 대체 무엇 때문에 산속에서 군사훈련 같은 걸 하겠어?

또 산간 부락에서는 쇠창을 만들고, 해안 부락에서는 죽창을 만들고 있었잖아. 이제 와서 새삼 게릴라 봉기에 놀라거나 소동을 피워 봤자 별수 없어."

"……성내는 어찌 된 일일까요?"

여동생은 가볍게 고개를 끄덕이며 말했다.

"몰라."

"어젯밤 사이에 온 섬에서 봉기가 일어났다면, 앞으로 성내로 파급되지 않을 리가 없겠죠?"

유원은 무장봉기를 혁명이라고 불렀듯이, 분명 봉기에 대하여 로맨틱한 감정이 섞인 공감을 보이고 있었다. 하지만 함께 밀려드는 현실의 불안은 억누르지 못했다.

"모르겠어. 지금 상태로는 오빠도 몰라."

"우린 어떻게 하면 될까요. 만약 오늘 밤에라도 성내에서 무슨 일이 일어난다면, 우리 집은 자본가라고 해서, 노동자나 농민들의 타도 대상이 될 거예요. ……이럴 때, 예를 들어 하는 말이지만, 가족 중에 누군가 한 사람이라도 게릴라 편에 서 있다면 달라질까요……."

그녀는 갑자기 장난스러운 웃음을 섞어 말했다.

"바보 같은 소리 하지 마. 어린애 같은 그 발상은 또 뭐냐. 우리 집은 게릴라의 타도 대상이 아니야. 뭐가 자본가야, 자본가가 들으면 웃겠다. 우리 집은 그저 시골의 작은 자산가, 그리고 민족자본가라 할 수 있겠지. 물론 어떤 자본가의 가족 가운데 누군가가 게릴라에 가담하는 경우도 있을 수 있겠지. 그러나 그 경우에도, 필요에 따라서는 게릴라가 된 사람이 자기 집을 습격하지 않으면 안 되는 경우도 있어. '혁명'을 위해 자신의 가족을 죽이는 하수인이 되는 거지……."

이방근은 지금 여동생의 머릿속에 어떤 상념이 소용돌이치고 있을까 하는 생각을 하면서, 담배를 물고 성냥으로 불을 켰다.

"오빠도 참 그런 무서운 말을 다 하고……. 그런 건 혁명도 아니고, 혁명가도 아니에요."

마치 혁명 편에 선 것 같은 말투다.

"건방진 소리 하지 마. 마치 혁명이라도 하는 사람 같구나. 넌 학생이야. 너는 아직 몰라. 조직이란 경우에 따라서는 그렇게 되기도 하는 법이야. ……아니, 아니야. 그건 뭐 특별히 이 섬의 조직이 그렇다는 건 아니고. 아직 확실한 상황을 알고 있는 것도 아니니까, 벌써부터 이것저것 걱정할 필요는 없어."

이방근은 말이 좀 지나쳤다는 생각을 했다. 여동생의 약간 불쾌한 긴장감이 감도는, 심각한 표정의 얼굴이 아름다웠다. 소파 한쪽 팔걸이에 두 손을 올려놓고, 가지런히 모은 다리를 뻗어 비스듬히 앉은 자세가 왠지 보기에 좋았다. 스웨터 밑으로 부풀어 오른 가슴에서 하반신으로 흘러내리는 허리 곡선이 잘록하게 조여졌다가, 다시 스커트 밖으로 뻗은 다리 선으로 흐른다. 이방근은 여동생과 시선이 마주치자 얼른 피했지만, 3미터쯤 앞에 앉은 그녀의 모습을 보면서, 문득 오늘 밤 배라도 태워서 서울로 돌려보내야겠다고 생각했다. 아직은 모르지만, 전투가 확대되면 연락선은 당연히, 어쩌면 오늘 밤에라도 봉쇄될 것이다. 격일로 운항하는 부산·제주 간 연락선은 오늘 아침에 이미 출항했을 터였다. 이방근은 어젯밤 연락선으로 섬을 떠난 행상인 박의 주도면밀한 지혜를 머리에 떠올렸다. 그는 재떨이에 담배를 눌러 끈 뒤 잠자리에서 일어나, 바지를 걸쳐 입고 여동생 맞은편의 소파에 앉았다.

"……" 유원의 표정은 굳어 있었지만, 그렇다고 오빠의 말에 신경을 쓰고 있는 것 같지는 않았다. "그러니까 전 오빠의 생각을 묻고 있는 거예요. 만약 게릴라가 오늘 밤에라도 성내에 들어온다면 어떻게 될까 하고요. 그리고 성내 사람들이 합세하여 일어난다면 우리 입장은 어떻게 될까요. 그땐 어떻게 하면 좋을지 모르겠어요. 무서운 일이지만, 이건 결코 꿈이나 공상이 아니잖아요. ……어젯밤에 아무것도 모른 채 잠에 곯아떨어진 걸 생각하면 소름이 끼쳐요."

"핫핫하. 너도 참 끈덕지구나. 오빠 생각으로는, 네가 생각하는 그런 일은 일어나지 않을 거야. 물론, 오빠가 게릴라 사령부에 있는 것도 아니고, 당사자인 경찰도 허둥대고 있는 판국이니, 지금 단계에서 오빠가 알 수 있는 일이 아니지. 그렇잖아. 그러나 말야, 음…." 이방근은 다리를 꼬고 한쪽 팔을 소파 등받이 뒤로 내민 느긋한 자세로 침착하게 말했다. 여동생이 걱정하는 것은 당연하다. 어젯밤, 나는 성내의 민중봉기와 습격이라는 악몽 같은 망상에 얼마나 시달렸던가. 피바다, 갑자기 눈앞에 흩어져 있는 가족들이 피투성이로 참살당한 시체를 보고 놀라, 소파에서 벌떡 일어나지 않았던가. 부엌이까지 말려들어 살해당해 있었다. 여동생에게 생긴 불안과 의문은 당연한 것이었다. 지금쯤 아버지는 어둠 속에서 거대한 괴물이라도 만난 것처럼, 종잡을 수 없는 망상에 겁을 먹고 있을지도 모른다.

"그러나 게릴라는 정규군이 아니라서, 정면충돌을 피해 기습공격을 해야만 돼. 불시에 적의 허를 찌르거나, 어둠을 틈타서 적은 병력으로 기습을 하지. 따라서 성내를 공격할 계획이 있었다면, 아무도 봉기계획을 모르고 푹 잠들어 있었던 어젯밤에, 농촌지역과 호응하여 일제 공격을 꾀해야 했어. 이미 경찰이 방어태세를 굳혔을 테니, 당황할건 없어. 성내는 그렇게 간단히 공격당하지 않아. 그러니까 걱정하지 말고, 오늘 밤에도 푹 자면 돼, 핫하, 어쨌든 시간이 좀 더 지나고 나서, 정확한 정보를 파악하지 않고서는 단정 짓기 어려워."

"밀도 인 돼요, 오늘 범에도 푹 자라니……. 진 지금 매우 불인해요. 아버지 얼굴을 보는 것도 두렵고……. 이런 큰 일이 벌어졌는데도 아버지는 자신의 아들에게 아무 말도 않고 방으로 들어가 버리다니. 불러오라고 하지도 않을 거예요, ……무서워요. 게다가 오빠가 너무 태평스러운 것 같아서, 그러니까 뭐예요, 오늘 밤에도 푹 자면 된다니, 전 왠지 울고 싶어요……. 그리고 어젯밤에 아무것도 모르고 잠에 곯아떨어진 게 부끄러워요. 너무 부끄러워요……."

유원은 속눈썹에 그늘진 눈빛을 갑자기 물결치면서, 오빠를 똑바로 쳐다보았다. 오빠를 깨우러 온 뒤 지금까지 그녀의 표정은 명암이 뒤섞인 느낌으로 흔들리고 있었다. 눈빛이 반짝하고 튀듯이 젖는 것으로 보아, 금방이라도 울음이 터뜨릴 것만 같았다. 이방근의 표정이 조금만 움직여도 눈물이 터져서, 무릎 위에 맞잡은 두 손이 느닷없이 얼굴을 덮을지도 모를 만큼, 그녀는 감정의 흔들림을 억제하고 있는 것 같았다. 여느 때의 유원답지 않았다.

"뭐야, 너, 왜 그래……. 부끄럽다는 건 또 뭐냐?"

"……예, 부끄러워요. 차가운 물이 혈관을 돌고 있는 것처럼 부끄러운 생각이 들어요……."

"저쪽에 있는 담배나 좀 집어 줘. 바보 같은 소리 그만하고……." 소파에서 일어나 온돌방에서 담배와 재떨이를 가져오는 여동생을 보고, 이방근은 웃으며 말했다. "아버지도 이제 곧 말씀을 하실 거야. 우리보다 몇 배나 더 놀라고 있을 게 분명해. 아닌 밤중에 홍두깨나 마찬가지니까. 내가 먼저 아버지한테 갈 수도 있고. 그러나 지금은 몰래 엿들었을 뿐이니, 그럴 수도 없잖아. 소문이 퍼진 뒤에는 네가 아버지에게 말을 걸어도 상관없잖아. 현재로서는 아직 사건의 진상을 몰라."

"오늘은 제가 왠지 이상해요. 정서가 불안한 것 같고……. 전 오빠 식사 준비를 하고 나서, 시내에 나가 볼래요. 집안에서는 숨이 막힐 것 같고, 상상만으로는 아무것도 알 수가 없잖아요. ……좀 전에 오빠 이야기를 듣고 있자니, 왠지 경찰 편에 서 있는 것 같은 느낌이 들었어요……."

유원은 성냥을 켜서 오빠에게 불을 내밀며, 기분을 되돌린 것처럼 말했다.

"경찰 편에 서 있는 건 아냐. 우리 집의 입장이 그렇다는 것이지."

"우리 집의 입장이라니, 아버지가 들으면 기뻐하시겠어요."

"이제 됐어. 그 이야기는 이 정도로 해 두자. 밖에 나가고 싶으면, 가 봐도 좋겠지. 가 봤자, 지금 상태로는 아무것도 모르겠지만 말야. 동쪽과 서쪽에서 첫 버스가 성내에 들어오는 건 모두 점심때야. 그것도 무사히 들어올지 어떨지, 들어온다 해도 정시에 도착할지 어떨지, 알 수 없어. 게다가 트럭 편도 어떨지 모르고. 물론 걸어서 성내에 들어와 있는 사람들이 있을지도 모르지. 게다가 자전거로 성내까지 통근하는 사람도 있고…… 최상화가 가져오는 것은 아마도 보고를 바탕으로 한 경찰 쪽 정보겠지. 무엇보다 지방에서 목격한 사람들의 이야기가 전해지지 않으면 안 돼. 어쨌든 관덕정 광장 주변에서 두리번거리거나 어슬렁거리지 마. 길에서 다른 사람과 서서 이야기해도 안 돼. 오빠도 나중에 훌쩍 나가 볼게."

유원은 온돌방 이불을 개고 나서, 오빠의 식사 준비를 하러 나갔다. 식사 준비라고는 해도, 밥은 별로 먹고 싶지 않았기 때문에, 소주를 가볍게 한 잔 할 수 있는 생선국이라도 끓여 달라고 부탁했다. 이방근은 세수를 끝내고 다시 소파로 돌아와, 겨우 햇살이 비치기 시작한 안뜰을 여느 때처럼 바라보고 있었다. 바로 그때 손님이, 최상화가 찾아왔던 것이다.

사실 그는 아직 숙취의 끈끈한 점막이 가시지 않은 머리를 전후좌우로 가볍게 움직이면서, 안뜰을 지나갈 손님을 은근히 기다리고 있었다. 선옥의 마중을 받은 최상화는 안뜰을 건너갈 때, 문이 열려 있는 서재 쪽으로 힐끗 시선을 던졌는데, 그것을 의식적으로 기다리고 있던 이방근의 시선과 느닷없이 마주치자, 거의 그 자리에서 움직이질 못했다. 한 손에 가방을 들고, 나비넥타이를 맨 어제와 같은 모습의 최상화가 갑자기 등을 돌려 빙긋이 인사를 보내온 것과, 이방근이 소파에서 일어선 것은 거의 동시였다. 이방근은 자신을 피해 갈 것이 틀림없는 상대방을 향해 '안녕하십니까' 하고 심술궂게 말을 걸어 줄 생각이었다. 그런데, 이게 어찌 된 일인가, 세상엔 별일도 다 있는 법이다. 어제 은행 문 앞에서 우연히 마주쳤을 때만 해도 허둥지둥 도망치듯 가 버린 남자가 빠른 게걸음으로 툇마루를 향해 다가오는 것이 아닌가.

"야아, 이방근 동무, 안녕하신가. 웃훗훗, 오늘은 아침부터 날씨가 좋군……."

"잘 오셨습니다. 최상화 씨. 안녕하십니까. 오늘은 날씨가 너무 좋은 것 같군요."

"그렇지, 정말이지 일요일에 딱 어울리는 날씨야."

손님은 툇마루에 나온 이방근을 웃는 얼굴로 올려다보면서, 손을 뻗어 악수를 청했다. 이방근은 등을 굽혀, 상대의 미지근하고 끈적끈적한 느낌의 손가락을 잡았다. 아무래도 상대방에게 기선을 제압당하여 허를 찔린 느낌이 들었다.

"오랜만일세, 이 동무, 오랜만이야……. 아버님 일로 무척 걱정했겠지만, 별 탈 없이 끝나서 다행일세."

어제 만난 것을 까맣게 잊어버렸는지, 최상화는 그렇게 말했다. 그는 넓적한 얼굴에 갑자기 진지한 표정을 떠올리며, 자신이 오는 일과 관련하여 아버님한테 무슨 말을 듣지 못했느냐고 물었다. 이방근은 아무 말도 듣지 못했다고 대답했다.

"호오, 듣지 못했다니. 그래, 그렇구만. 그럼 아버님을 만난 뒤에 다시⋯⋯."

최상화는 나비넥타이를 한 손으로 만지작거리며 입술을 떨듯이 말하고는 안채 쪽으로 걸어갔다.

이방근은 추한 느낌을 주는 그 뒷모습에서 바로 눈을 돌리고 소파로 돌아왔다. 이건 또 어떻게 된 일인가. 아버지에게 남매가 공산당 조직이 있는 곳에 다녀온 모양이라는 정보를 '친절한 마음'에서 알려 준 남자가, 무슨 바람이 불어서 이토록 정겨운 친밀감을 보이는 것일까. 전직 시골판사, 국회의원 입후보 예정자. 최상화의 웃음을 띤 얼굴 피부 아래에, 금방이라도 놀란 토끼처럼 도망칠 자세를 취하고 있는 동물적인 표정이 숨어 있었지만, 무장봉기에 대한 정보를 갖고 온 그는 이미 속으로 겁을 먹고 있는지도 몰랐다. 그는 해방 직후 한동안 제주도인민위원회 부위원장을 맡고 있었는데, 결국은 좌익에서 우익의 권력기관으로 말을 바꿔 탄 경력을 가지고 있었다. 지금은 어쩌면, 청천벽력 같은 인민봉기에 '좌'로부터의 복수를 두려워하고 있는지도 몰랐다. 그는 며칠 전부터 시작된 입후보 신청에 이미 서류를 접수시켰을 터였다. 이방근의 아버지 이태수의 추천을 받아서. 그는 평소 언행으로 볼 때, 자칫하면 게릴라의 표적이 될 수도 있었다. 지금 만일 가까운 곳에서 불시에 총성이 한 발 울린다면, 최상화는 놀라 자빠질지도 모른다.

그러나 최상화의 '두려움'과 나에게 '친밀감'은 무슨 관계가 있을까.

하고 이방근은 생각했다. 음, 그래도 만일 그가 나를 그 '좌익' 편으로 보고 있다면 어떻게 되나? 그렇게 간주된다는 것은 어떻게 된다는 것인가…….

유원이 독상에 김이 피어오르는 옥돔 국물이 담긴 큰 사발과 김치, 그리고 찻잔에 소주를 반쯤 담아서 온돌방으로 가져왔다.

이방근은 미역을 넣어 끓인 생선국의, 구수한 참기름 향기가 섞인 냄새를 맡고, 자신도 모르게 식욕이 솟아났다. 이 정도면 뱃속이 좋아하겠군. 그는 먼저 뜨거운 국으로 속을 풀고 나서, 찻잔의 소주를 단숨에 마시고, 그 목구멍을 찌르는 소주의 자극에 카아— 하며 숨을 토해 냈다. 독한 술은 식도를 태우며 곧장 뱃속으로 떨어져, 작렬하는 꽃불처럼 천천히 위벽으로 퍼져 스며든다. 무수한 작은 바늘 끝으로 찌르듯 위벽이 마비되는 느낌이다. 반잔도 채 못 되는 술로는 해장술이라고 할 수도 없었다. 해장술을 마시려는 것은 아니다. 깨진 종이 울리는 듯한 두통이 아직 완전히 가시지 않는 숙취를 빨리 깨게 하는 한 가지 방법일 뿐이다. 이방근은 다시 놋쇠로 만들어진 수저를 손에 들고 국물을 충분히 마신 뒤, 맛이 잘 스며든 부드러운 생선의 흰 살과 미역을 먹는다. 생선은 씹을 필요도 없이 입안에서 녹는다. 늘 먹어서 익숙해진 맛이지만, 뜨거운 국물과 함께 알코올이 흡수되어 취기가 순간적으로 찾아오면, 마치 소생하는 것처럼 몸이 풀렸다. 땀이 솟았다. 이렇게 아직 숙취가 깨지 않은 머리를 술로 길들인다고나 할까, 아니면 적신다는 느낌으로 가벼운 취기에 잠기면, 이윽고 두통도 사라지는 법이다. 그리고 머지않아 새로운 취기가 깰 무렵에는, 웬만한 숙취는 함께 어디론가 사라져 버리는 것이었다.

오빠의 식사를 치우고 나서 밖으로 나가겠다던 유원이 얼굴을 마주친 아버지에게 외출을 금지당했다고 오빠에게 말했다. 부엌이든 누구든 아무도 나가서는 안 돼, 어젯밤 섬에 중대한 사건이 일어났기 때문에 함부로 외출하는 것은 위험하다는 게 이유였다. 무슨 사건이냐는 질문에는, 농민의 폭동이야, 자세한 건 몰라, 이제 곧 확실해질 거라며 분명한 대답은 하지 않은 모양이었다. 아버지는 이미 사건의 발생을 가족 앞에서 공언하고 인정한 셈이다. 외출이 위험하다기보다는, 아마 유언비어에 현혹될까 봐 두려워했을 것이다. 아무래도 사태는 명백한 것으로서 긴박하게 돌아가고 있는 모양이었다.

유원은 응접실로 가서 피아노를 치기 시작했다. 처음에는 손가락을 풀듯이 부드럽고 조용하게 치더니, 느닷없이 건반을 마구 두드리듯 격렬하게 치기 시작했다. 걱정과 불안이 교차하는 듯한 선율이 계속되었다. 쇼팽의 곡이라는 건 금방 알았지만, 그게 무슨 곡인지는 모른다. 그런데 피아노 소리가 도중에 멈춰 버렸다. 분명히 아버지의 호통치는 듯한 소리가 안뜰 저편에서 희미하게 들려오고, 누군가가(선옥일 것이다) 문을 열고 나오는 기척이 났다. 피아노 소리가 아버지의 기분을 거스른 모양이다. 전에 없던 일이었다.

이방근은 소파에 몸을 묻고, 태양의 반사로 점차 밝아져 가는 안뜰을 바라보면서, 최상화가 나오기를 기다렸다. 좀 전의 그의 태도로 볼 때, '중대한 사건'이 발생했다는 정보가 그의 입에서 튀어나올지 모르기 때문이었다.

최상화가 돌아가려고 안뜰에 모습을 보인 것은 열 시가 지나서였다. 그가 집에 온 지 3, 40분 지난 뒤였다.

그런데 뜻밖에도 아버지가, 넥타이를 맨 양복 차림의 아버지가 최상화와 함께 나타났다. 엄격하고 굳은 얼굴이었다. 곤혹스런 표정의 계모가 아버지 옆에 서 있었지만, 옷차림으로 보아 함께 나가는 건 아닌 모양이었다. 꾸지람을 들었을 터인 여동생이 기특하게도 안뜰로 나왔다. 그 뒤에 부엌이가 서 있었는데, 그녀가 타이른 게 분명했다. 도대체 어찌 된 일인가. 사태가 심각하기 때문이겠지만, 그렇다 해도 몸은 이제 괜찮단 말인가. 이방근이 자리에서 일어나 툇마루로 나왔을 때, 최상화가 아까와 같은 모습으로 다가왔다.

"이방근 동무, 난 이만 가 봐야 하는데, 저기, 잠깐만 귀 좀 빌려주게나." 툇마루 옆까지 온 손님이 뜰로 내려선 이방근의 귓가에, 순간 걸레처럼 일그러진 표정을 한 얼굴을 가까이 대더니, 이 동무, 놀라지 말게나, 라고 새삼스러운 어투로 말했다. 그러나 애써 태연한 척하면서도 그 목소리는 떨리고 있었다. "어젯밤 늦게 섬의 각 지역에서 무장부대의 폭동이 일어났네. 알겠는가, 유, 유격대, 그 게릴라라는 게 무기를 들고 폭동을 일으켰다네. 무장봉기라는 것 말일세. 알겠나. 음, 그런 일이 있었네. 자세한 이야기는 나중에 아버님께서 말씀하시겠지만, 내가 찾아오기 전에 전화로 아버님께 알려드렸다네. 그럼 이만 실례하네. 조만간 이 동무의 지혜도 빌리고 싶네."

아버지는 이미 말없이 대문 옆 쪽문까지 가 있었다. 최상화가 그 뒤를 게걸음으로 서둘러 따라갔다. 이방근은 서재로 올라와, 소파에 커다란 몸을 내던지듯 눕혔다. 힐끗 아들을 한 번 쳐다만 보고 안뜰을 건너간 아버지, 이태수. 마치 적이라도 되는 듯한 감정의 표시……라고 말하면 지나친 생각일까. 놀라고 또 어쩔 줄 모를 거라고 생각했는데, 아버지는 의외로 침착한 태도를 보이고 있는 것 같았다. 아버지는 안정된, 거의 평소와 다름이 없는 발걸음이었다. 하룻밤 사이에 건강을 되찾았다는 말인가. 그렇다면 어제의 졸도는 아버지에게 있어서 결과적으로 다행이었는지도 모른다. 오늘의 사태에 대처하는 데 있어서, 여동생이 걱정했듯이 졸도를 반복하기는커녕, 오히려 면역의 역할을 하며 아버지를 지탱하고 있는지도 모른다. 아니, 비상사태에 직면해서 갑자기 힘을 되찾았는지도 모른다.

6

　이방근은 점심때가 다 되어 외출했다. 맑게 갠 하늘에, 이 섬에서는 보기 드물게 바람이 잔잔한 날이었는데도, 사람의 왕래가 적었다. 다만, 북국민학교 정문에 다다랐을 때, 평소에 보지 못하던 국민학교 학생들이 흙먼지를 일으키며 집단으로 행진해 오는 광경을 보고 놀랐다. 설마 어린 학생들을 선거추진 운동에 동원하는 건 아니겠지……. 그렇지는 않았다. 그 국민학교 상급생들의 2열종대로 늘어선, 대충 백 명 정도 되어 보이는 긴 행렬은 관덕정 광장으로 통하는 길을 걸어와, 마침 선두가 학교 정문으로 들어가려는 참이었다. 모두 먼 길을 걸어왔는지, 허름한 학생복이 먼지와 땀투성이였고, 발을 질질 끄는 아이도 있는 것을 보면 꽤 피곤한 모양이었다. 인솔교사들의 호령에 따라 재잘거리기를 멈추고 줄을 맞추었지만, 그래도 신기한 듯 사방을 둘러보는 소년소녀들의 눈은 호기심으로 반짝반짝 빛나고 있었다. ……저걸 좀 봐, 성내 국민학교는 크구나, 운동장도 무지하게 넓어……. 어딘가 먼 농촌 부락에서 온 게 분명했다. 그리고 아마 난생 처음으로 보는 성내 거리, 시골과는 다른 읍내의 모습이다. 이 작은 시골 읍내가 그래도 멀리 섬의 농촌에서 온 아이들에게는 동경의 도시여서, 국민학생들이 수학여행을 오기도 한다. 농업학교에서 분명 오늘부터 제주도 학동학예전람회가 개최되는데, 이 학생들은 아마 전람회 견학과 염원하던 성내 견학을 겸해서 일부러 시골에서 온 모양이었다. 그렇다 하더라도 백 명이나 되는 인원으로는 버스를 탈 수도 없기 때문에, 그 모습으로 보아 아침부터 줄곧 걸어온 게 분명했다.

관덕정 광장에는 버스와 그 대용인 트럭이 정차해 있었고, 시골에서 버스가 들어온 뒤였지만, 통행인은 여느 때보다 적은 느낌이었다. 도청과 미군정청, 경찰서 등의 관공서 구내로 통하는 입구에는 무장 경찰이 총을 들고 보초를 서고 있었다. 또한 성내의 동서를 관통하는 신작로를 봉쇄한 뒤, 동문교와 서문교 밖에 줄을 둘러치고 무장 경찰이 성내로 들어오는 차량을 검문하고 있었다. 이미 이변은, 무장봉기의 사실은 성내에 알려져 있었던 것이다. 지금까지 해 왔던 것처럼 긴급시의 위세 등등한 출동이 전혀 없이 어딘가 비정상적인 경계 태세를 취하고 있는 것은 지금 경찰 측이 완전히 수세에 몰리고 있다는 인상을 주었다. 경찰 당국은 '아닌 밤중에 홍두깨' 같은 섬 주민들의 무장봉기에 속수무책인 상태에서, 성내로 들어오는 신작로를 동서에서 봉쇄하는 것이 겨우 취할 수 있는 조치였을 것이다.

이방근은 관덕정 쪽을 향하여 광장을 가로질렀지만, 그대로 돌아오는 것은 부자연스러워서, 다른 길을 빙 돌아 C길로 나왔다.

사람 왕래가 적은 것도 눈에 띄는 변화였지만, 지금까지 어깨를 펴고 거리를 활보하던 '서북'패의 모습이 전혀 보이지 않는 것은 어찌 된 일인가. 마치 성내 거리에서 집단철수라도 한 것처럼, 별안간 모습을 감추었다. 이방근은 도중에 골목을 끼고 오른쪽으로 돌아들어간 곳에 있는 지저분한 선술집으로 들어갔다. 선술집이라기보다는 돼지고기를 파는 푸줏간이었고, 술도 겸해서 팔고 있었는데, 특별히 새끼회('애저회'라고도 한다. 돼지의 태를 잘게 썰어 온갖 양념을 한 제주도식 회)를 먹을 수 있는 가게이기도 했다.

낡은 유리문을 열고 어두컴컴한 가게 안으로 들어서자, 갑자기 비릿한 고기 냄새가 두꺼운 공기층처럼 몸을 감싸 온다.

"계세요, 아무도 없나."

천장도 벽도 기둥도 기름때로 거무스름해진 가게 입구에 서서, 이방근은 소리를 내었다.

벽 구석의 좁은 통로에서 절름발이에 외눈인 주인이 나와 이방근을 보자, 평소의 험악한 표정을 허물어뜨리며, 하지만 여전히 무뚝뚝한 태도로, 아, 서방님 나오셨어요? 어서 오세요, 라고 말했다.

"오늘은 쉬나?" 이방근은 왼쪽의 초라한 탁자 앞에 앉으며 말했다. "새끼회를 좀 먹고 싶은데, 가능하면 만들어 주게."

"쉬는 건 아니지만, 좀 볼일이 있어서 아침부터 자전거를 타고 S리에 다녀오는 바람에…… . 으-응, 아침에 막 잡은 돼지 태가 있습니다…… ."

주인은 말꼬리를 흐리며, 교활하게 번뜩이는 날카로운 외눈으로 손님을 바라보았다.

"뭐라고? 시골에 갔다 왔단 말이지."

이방근은 놀란 듯이 고개를 들고 말했다.

"뭘 그렇게 놀라시는지…… . 아니, 그게 아니라, 헷헤헤, 이거 정말 엄청난 일이 일어나고 말았습니다." 주인은 이방근이 움찔 놀랄 만큼, 모나고 거무튀튀한 얼굴을 손님 눈앞에 바싹 들이대며 말했다. 이상한 냄새가 났다. "서방님, 전 이 두 눈으로 똑똑히 보았습니다. 전부터 해 놓은 약속이라서 S리의 아는 사람 집 암돼지를 잡으러(주인은 돼지 도살의 명인으로 불리는 남자였) 갔었는데요. 거참, 성내는 이렇게 죽은 듯이 조용하지만, 지금 그쪽은 여기와는 전혀 딴판이어서, S리와 여기저기 마을에서는 북과 꽹과리를 두드리며 미친 듯이 춤을 추고 있는 상황이라니까요. 이 섬 전체가 불타오르고 있다니까요. 마을 청년이 사람들 앞에서 연설하는 것을 듣고, 서는 그렇게 생각했어요. 일나나 놀랐나 하면, 어쨌든 전 태어나 처음으로 그 '혁명'이라는 걸 봤으니까요. 이거 큰 전쟁이 났어요. 그러니까, 서방님께는 실례가 될지도 모르지만, 아니, 서방님은 보통분이 아니니까 말씀드리겠지만, 악질적인 부자나 이제까지 경찰과 한패가 되어 거들먹거리던 인간들은 큰일 난 게지요. 그럼요, 큰일이고말고요……."

주인은 담배를 피워 물기 위해 잠시 말을 끊었다.

"으음, 그 이야기를 좀 듣고 싶군. 손님이 오면 어떻게 하지?"

"뭐, 오늘은 아직 준비가 안됐다고 거절하면 되지요. 걱정 없어요. 사실, 이제 막 돌아온 참이라, 아무런 준비도 안 돼 있고요. 게다가 지금 같은 상황에서는 고기 사러 올 손님도 없을 겁니다. 성내 사람들은 지금쯤 집안에서 소곤소곤 이야기나 하고 있겠지요."

"남동생은 오늘 일하러 나왔나?"

주인은 사라봉 동쪽 해안에 있는 S리 출신으로, 그의 동생이 시골에서 자전거로 성내의 고무신협동조합에 통근하고 있다는 것을 이방근은 알고 있었다. 오늘 일하러 나왔다면, 당연히 형의 귀에도 무슨 이야기가 들어갔을 게 분명했다. 이방근은 애꾸눈 주인에게 그 이야기를 듣기 위해 찾아왔던 것이다. 따라서 오늘의 새끼회는 이왕 온 김에 먹는 것뿐이고, 남이 보기에도 그편이 자연스러울 것이었다.

"오늘은 토요일이지만, 저와 함께 조금 늦게 나왔습죠."

"S리에서 여기까지 오는 도중에는 별일 없었나?"

"헷헤, 정말이지 서방님은 철부지 어린애 같은 말씀을 다 하십니다요. 경찰은커녕 고양이새끼 한 마리 없었어요. 있는 것이라고는 신작로 양쪽 밭의 돌담에 덕지덕지 붙어 있는 삐라뿐이고……, 신문지에 먹물로 큼지막하게 쓰여 있더군요. 그것이 100미터고 200미터고 계속 줄줄이 붙어 있는데, 볼만했어요. 그 기세를 보아하니, 경찰은 이제 어쩔 도리가 없을 것 같더군요……. 그렇지, 이야기를 계속하기 전에, 새끼회를 만들어 오겠습니다."

주인은 조리대 안쪽으로 들어갔다.

이방근은 조리대 앞에 놓인 탁자 위에 팔꿈치를 괴고 담배에 불을 붙여 피우면서, 침묵의 성내에 있는 것은 적어도 지금은 어둠 속에 있는 것이나 마찬가지라는 생각을 해 봤다. ……전 태어나 처음으로 그 '혁명'이라는 것을 봤으니까요. 큰 전쟁이 났어요……. 이 섬 전체가 불타오르고 있다니까요……. 성내 공격의 불발을 제외하면, 제주도 전체의 무장봉기는 계획대로 실현된 모양이었다. 어떻게 할 것인가……. 뭐라, 어떻게 하다니? 무엇을 어떻게 한다는 것인가……. 이방근은 문득 애매한 미소를 입가에 흘렸다. 대체 나는 무엇을 어떻게 하겠다는 것인가. 그래, 이 화산처럼 폭발하기 시작한 현실 속에서 이방근이 할 일은 아무것도 없다. 무얼 하겠다는 것인가. 지금 당장에 이방근에게 무슨 할 일이 있단 말인가. 후후후……, 다시 웃음이 새어 나왔다. 도대체 나는 뭐란 말인가. 어떻게 하나고? 뭘 어떻게 해? 여동생을 서울로 보내든가, 아버지와의 갈등 같은 사적인 일에나 매달려 있으면 그만이지 않은가.

곧 새끼회를 담은 사발이 탁자 외에 놓였다. 여러 양념 속에 밴 마늘 냄새가 코를 자극했다. 주인이 "서방님……." 하고 말을 건 뒤, 삐라 같은 종이를 이방근에게 건네주면서 읽어 보라고 했다.

"뭔가, 이건? 음……."

"술은 좁쌀 소주로 드릴까요?"

"오늘은 술은 필요 없어."

이방근은 네 번 접은 흔적이 남아 있는 갱지에 인쇄된 한 장의 호소문에 눈을 빼앗긴 채 내밀했다. 이것이 실마 틀림에 덕지덕지 붙어 있다던 삐라는 아니겠지. 풀로 붙인 흔적도 없는 걸 보니, 분명히 손으로 뿌려진 것이었다. 8절지 반절 크기의 종이에 인쇄된 조금 들쭉날쭉한 활자가 그다지 선명하지 않아서 읽기가 힘들었다.

"호오, 그렇습니까, 별일이로군요. 술 없이 새끼회만 드신다는 것인데……."

"어젯밤부터 술을 너무 마셨어……."

"팔자가 좋으셔서……."

이방근의 귀에는 주인의 목소리가 거의 들어오지 않았다.

　(1) 친애하는 경찰관 여러분!

　탄압하면 항쟁이 있을 뿐이다. 제주도 빨치산은 인민들을 수호하고, 인민과 함께 있다. 항쟁을 바라지 않는다면 인민들 편에 서라!

　그리고 '양심적인 공무원 여러분!'이라고 호칭을 한 뒤, '하루라도 빨리 선(조직선)을 찾아, 부여된 임무를 완수하고, 직장을 지킬 것'을 호소하고, 또한 '양심적인 경찰관, 장병'들을 향해서 '……조국과 민족을 팔고 애국자를 학살하는 반역자를 타도하지 않으면 안 된다. 총구를 놈들에게 돌려라! 결단코 여러분의 부모 형제에게 돌려서는 안 된다'고 호소하고 있었다.

　(2) 경애하는 부모 형제 여러분!

　〈4·3〉─오늘, 당신의 아들과 딸, 형제들은 무기를 손에 들고 일어섰습니다. 매국적인 단독선거에 반대하고, 조국의 통일과 민족의 독립을 위하여! 당신에게 고난과 불행을 주는 압제자와 그 앞잡이의 중압을 배제하기 위하여! 당신의 골수에 사무친 원한을 풀기 위하여! 오늘, 우리는 궐기했습니다.

당신의 자유와 행복을 위해서, 몸 바쳐 투쟁하는 우리를 원호하고, 우리와 함께 조국과 인민이 이끄는 길에 결연히 일어나 주십시오!

"으—음, 그렇군⋯⋯."

이방근은 맥박이 희미하게 고동치는 것을 느끼면서, 아무렇지도 않은 듯이 중얼거렸다.

"자아, 맛이 좋을 때 얼른 드시는 게 좋습니다."

이방근은 주인 말대로 숟가락을 들고, 죽 같은 새끼회를 떠서 입에 넣었다. 공기에 닿은 채 내버려 두면 5, 6분도 채 지나지 않아, 그 신선한 핑크의 연한 핏빛이 점차 검붉게 변색하여, 보기만 해도 맛이 없어 보이기 때문에, 새끼회는 단숨에 들이마시듯 해서라도 빨리 먹어야 제대로 된 맛을 느낄 수 있었다.

"그렇지, 그걸 빨치산이라고 하지요. 산부대가 새벽 두 시에 산에서 내려와, 마을의 민위대 청년들과 함께 경찰지서를 습격했다는 겁니다. 건물이 전부 불타서, 지금까지 있던 경찰서는 흔적도 없이 사라져 버렸습죠. 지붕이 무너져 내리고, 새까맣게 탄 기둥만 남아서⋯⋯, 그게 정말 묘한 느낌을 주더군요. 아무것도 없으니 말이죠. 경찰 두 명이 전사, 즉 살해된 거지요. 전화선이 절단되고, 지서가 불타 점령됐으니, 성내 경찰이 아침까지 까맣게 모르는 것도 무리는 아니었겠지만, 아무리 그렇다 해도 말이 안 됩니다. 고개만 하나 넘으면 되는, 바로 이웃 마을이란 말입니다. 전 아침에 마을에서 이 눈으로 직접 보고 온 만큼, 그 이야기를 하자니 몸이 저절로 떨려서⋯⋯. 시골에서는 '제2의 해방'이 왔다면서, 미친 듯이 소란을 피우고 있고요. '해방가'와 '인민항쟁가'를 공공연히 다 함께 불러대고⋯⋯, 예전 같으면 당상 돼시우리에 끌려가 만죽음을 당했을 겁나, 서방님. 버스가 도중에 멈춰 서더니, 운전사도 승객도 모두 내려서 만세! 하고 외치고 나서 다시 달리더군요. 전 이 세상이 거꾸로 뒤집혀 버린 꿈을 꾸고 있는 것만 같아, 눈앞에서 벌어지고 있는 일을 도무지 믿을 수가 없었습죠. 마을엔 이제 경찰이 절대 들어가지 못하게 돼 버렸고……. 성내에 돌아온 뒤에도 오전 내내, 어디 다른 나라에라도 갔다 온 것 같은 기분이 아직도 가시질 않고 있어요. 이게 설마 같은 섬 안에서 일어난 일이라고는 믿기지가 않아서……. 헤헤헤, 아무리 그렇다 해도, 좀 심한 짓을 저지른 겁니다요……. 경찰관 아버지를 살해해 버렸으니 말이죠. 내버려 두어도 저절로 죽을 노인네까지 죽일 필요는 없었다고, 전 생각하는데 말입니다."

주인은 그다지 인상이 좋지 않은 험상궂은 얼굴에 어울리지 않는 말을 했다.

"음, 누가 그런 짓을 했나?"

"산부대가 경찰의 집을 습격해서 저지른 일입죠. 마을 사람들도 경찰이야 어떻든 간에 그렇게까지 할 필요는 없었다고들 하더군요……."

"그야 그럴 테지……."

이방근은 왠지 거의 기계적으로 대답하고 있었다. 그야 그럴 테지……. 이 섬 전체가 불타오르고 있다……. 이방근의 머릿속 광대한 어둠의 공간에 빨갛게 타오르는 봉화 무리가 나타났었는데, 어젯밤 그것은 결코 환상의 불이 아니었다. 이방근은 뒤통수를 쾅하고 한 대 얻어맞은 것처럼 띵하게 저려 왔다. 앞으로의 일이야 어찌 되었든, '해방구'는 명실 공히 하룻밤 사이에 실현돼 버린 모양이었다. 이야기를 듣는 것만으로도, 생생한 현장감을 느낄 수 있었다.

이방근은 곧 선술집을 나왔다. 튀어 오를 듯 땅에 내리쪼이는 햇살이 아까보다 더욱 눈부셨다. 그는 시내에 나온 김에, S리든 어디든 어젯밤 유격대의 습격이 있었던 마을에 가 보고 싶었지만, 강몽구라도 함께 간다면 몰라도, 지금 같은 비상사태에 그리 쉽게 마을에 들어갈 수는 없을 것이었다. 그러나 굳이 갈 필요도 없었다. 경찰의 경계 태세, 그리고 푸줏간 주인의 말, 이제 이 섬은 실제로 동란의 도가니 속에 내던져졌다고 해도 좋았다. 들은 바에 의하면, 이미 S리만 해도 벌써 경찰을 포함하여 세 명의 사망자가 나왔다고 했다. 집을 나오기 전에, 도청의 양준오에게 전화를 걸어 오늘 밤 만나기로 약속했으니, 그로부터 꽤 자세한 정보를 들을 수 있을 것이다.

　이방근은 C길에서 냇가로 나와, 바다 쪽으로 부두를 향해 걸었다. 오늘 아침녘에 입항한 목포발 연락선이 부두에 검은 선체를 옆으로 붙이고 정박해 있었는데, 그는 해안도로에 접한 선박회사 지점에서 오늘 밤의 출항을 확인해 보았다. 출항 예정의 변경은 없다고 했다. 왜 여동생을, 그녀의 뜻도 확인하지 않고 서둘러 서울로 돌려보내려 하는가. 대답은 명백했다. 내일부터라도 본토와의 연락선이 끊어질지 모르기 때문이었다. 그녀는 학생이고, 따라서 학교가 시작되기 전에 당연히 돌아가야 한다. 그런데 이방근은 무장봉기가 일어나고 보니, 가족에게 무관심했던 평소와는 달리 동란의 섬에 여동생을 놓아두고 싶지 않다는 가족적인 감정이 앞서는 것을 인정하지 않을 수 없었다. 게다가 조금 전에 길을 걷다가 정신이 번쩍 들며 걸음을 멈출 뻔 했는데, 아침에 방으로 찾아온 여동생이, 우리 집은 '자본가'라서 게릴라 봉기의 타도 대상이 되는 것 아니냐, 이럴 때 누군가 가족 중의 한 사람이 게릴라 편이 된다면 달라지는 거냐고, 농담처럼 하던 말이 생각났던 것이다. 무심코 생각해 내고 나서 깜짝 놀랐고 말았다. ……설마, 설마 자신이 그렇게 한다는 것은 아니겠지, 말도 안데, 그럴 수는 없어.

이방근은 시내를 걸어 다녀 봤자 별수 없었기 때문에, 집으로 돌아
가기로 했다. 아버지는 아직 안 돌아오셨겠지만, 최상화가 말했듯이,
이번 사건과의 관계, 즉 '공산당' 조직이나 일전에도 이름이 나온 강봉
구와의 관계 등에 관하여 캐물을 게 분명했다. 그러나 오늘 밤에라도
여동생이 서울에 돌아간다고 하면 기뻐하실 것이다.

한 시 반, 이방근은 집에 도착하면 당장에라도 여동생에게 서울로
돌아가라는 말을 꺼내지 않으면 안 되었다. 연락선의 출항이 오늘 밤
열 시 정각이라 해도, 그때까지 출발 준비와 예정 변경 등의 자질구레
한 일이 생길 것이다. 이방근이 돌아오자, 여동생은 부를 필요도 없이
금방 서재로 달려와서, 거리의 모습과 봉기의 정세 등에 관하여 이야
기를 듣고 싶어 했다.

이방근은 정세가 매우 긴박하다는 것, 무장봉기는 섬 전체에 걸친
대규모적인 것이어서, 단시일 내에 끝날 일이 아니라고 말하고, 내일
이라도 연락선이 끊길 가능성이 있으니, 오늘 밤 배로 서울로 떠날
준비를 하도록 일렀다. 유원은 의외라는 표정으로 오빠를 바라보며,
왜 그렇게 느닷없이 말씀하세요, 꼭 아버지랑 똑같다며 반문했다. 아
직 이것저것 예정도 있고 약속도 있는데…….

"내 탓이 아냐. 정세가 긴박하다고 말했잖아. 혁명의 사흘은 평상시
의 1년과 맞먹는다는 말이 있을 정도야. 내일이 오늘 같다고는 단정
할 수 없어."

"그럼 저만 안전지대로 가라는 거잖아요."

"건방진 소리 하지 마. 네 학교가 어디야, 서울에 있잖아." 이방근은
여동생을 노려보았지만, 곧 표정을 누그러뜨리며 말을 이었다. "으—
음, 그리고 말이지, 서울에 잠시 있다가 일본으로 가. 일본으로 건너

가서, 네 생각대로 음악공부를 해. 곧 오빠도 서울에 가마. 처음에는 반대했지만, 지금은 아냐. 이번에 네가 돌아온 뒤에도, 일본 유학 문제를 천천히 의논하진 못했지만, 아버지를 설득해서 반드시 일본에 갈 수 있도록 내가 여러 가지 방법을 써 볼 테니까……."

유원은 자신의 무릎 위에 모은 양손에 시선을 떨어뜨린 채 잠자코 있었다. 마치 오빠의 말을 무시하듯, 아무런 반응을 보이지 않았다.

"어쨌든 알겠지, 오늘 밤 배로 갈 수 있도록 준비해. 물론 따라가서 '감시'를 하겠다던 아버지는 이제 함께 갈 수 없을 테니까."

이방근은 여동생에게 대답을 재촉하지 않았다. 그러나 그 목소리는 이미 단정적인 울림을 띠고, 그의 의지는 여동생에게 강제적으로 작용하기 시작했다. 유원은 가볍게 고개를 끄덕였던 것이다.

"하지만 정말로 배가 끊길까요? 앞으로 2, 3일은 더 운항하지 않을까……." 그녀는 속내에 무슨 생각을 감추고 있는 듯한 얼굴로 말했다. "뭐랄까, 제가 혼자 생각한 게 있어요. ……일전에 오빠랑 함께 갔던 Y리도 괜찮겠지만, 성내에서 가까운 사라봉 너머 S리만 하더라도 소학교 시절의 친구가 있어서, 아버지 몰래 서울로 돌아가기 전에, 내일이라도 혼자서 다른 마을에 가 볼까 하고 생각하고 있었어요……."

"핫핫하, 바보 같은 소릴 하면 안 돼." 이방근은 웃었지만, 속으로는 놀라고 있었다. 여동생의 내면에 급격한 변화가 일어나고 있는 것을 느꼈기 때문이다. 이 녀석은 나와 똑같은 생각을 하고 있었군. 아무것도 모르고 쿨쿨 잠만 잔 게 부끄럽다고 말했었는데, 그 감정은 무엇일까. "지금 제주도에서 일어나고 있는 사태는 어린애들의 전쟁놀이가 아니야. 어떻든 언젠가는 서울에는 돌아가지 않으면 안 돼. 오빠에게 더 이상 말 시키지 말고, 오늘 밤 배를 타도록 해, 알겠지. 어쩌면 오늘 밤 배도 어떻게 될지 모르니까."

"……저도 오빠가 무슨 말을 하고 있는지는 알아요. 지금의 정세가 어떤지, 잘 알고 있어요." 조금 튀어나온 아랫입술을 깨문 그녀의 표정은 고집스러웠다. "……일전에 한라산 기슭의 산간 부락과 해변의 Y리에 갔다 왔잖아요. 거기서 우리 생활과는 전혀 다른 촌사람들의 생활도 엿보았어요……. 어젯밤에 섬사람들이, 우리가 산이나 해안 부락에서 본 바로 그 사람들이 게릴라가 되어 일어났다는 것이 저에겐 너무나 충격적이고, 마음을 어디에 두어야 할지 모를 만큼 불안하고, 내가 둘로 쪼개져 버린 것 같았어요. 제가 뭔가를 두려워하고 있는 것 같은데……. 혼자서 그 사람들의 마을에 가 볼까 하고 문득 생각한 것도 분명 그 때문이에요. 그래요, 전 오늘 밤 배를 타겠어요. 배가 끊기면 난처해지니까요……. 저는 요즘, 우리 집의 이 풍족한 생활은 도대체 무엇일까 하는 생각을 자꾸만 하게 돼요. 조국이 둘로 영원히 분열되려 하는데, 많은 사람이 희생되거나 굶주리고 있는데, 아무런 부족함도 없는 우리의 풍족한 생활은 과연 무엇일까 하고……, 아아, 피아노가 다 뭐예요……. 피아노가 뭐냐구요."

유원은 고개를 푹 수그렸다.

"진정해, 그만두라고."

"전 우리 생활이 결코 정의롭지 않다는 것을 알고 있어요." 그녀는 오빠를 똑바로 쳐다보며 말을 이었다. "오빠도 그렇고 나도 그렇고 사회적으로는 기생충 같은 생활을 하고 있는 거예요, 우리 가족 전체가……. 그런 주제에, 무슨 타도 대상이라도 돼서, 우리 생활이 파괴될까 봐 두려워하고 있는 거라구요. 알고 있어요, 내가 겁을 먹고 있는 게 그 때문이라는 걸 말이에요."

"알았으니까, 센티멘털리즘은 그만두라고."

"센티멘털리즘이 아니에요."

"이제 됐으니까 그만해. ……아침에도 말했잖아, 우리 집은 타도 대상 따위가 아니란 말이야. 조직의 방침이 그래. 타도 대상, 즉 적은 다른 곳에 있어. 알지도 못하면서, 혼자만의 생각으로 지레짐작을 해선 안 돼. 넌 빨리 서울로 돌아가는 편이 좋아. 머지않아 오빠도 올라갈 테니까……."

유원은 한동안 오빠 방에 있었는데, 자리에서 일어나기 직전에 지금까지 말을 아껴 두었던 것처럼, 남승지가 머지않아 성내에 온다, 그것도 자신을 만나기 위해 일부러 올 거라고 말하여 오빠를 놀라게 했다. 서울로 떠나기 전에 반드시 오기로 했다는 것이었다.

"……약속을 했지만, 승지 씨가 찾아오면 오빠가 잘 말해 주세요. 혹시 가능하다면, 승지 씨가 성내로 오기 전에 내가 서울로 떠났다고 알리는 편이 친절하고 좋겠지만……."

그녀는 마치 지금 당장 서울로 떠나가기라도 하는 것처럼 소파에서 일어나며 말했다. 오빠를 똑바로 쳐다보는 그 표정은 결코 허물어져 있지 않았다. 늠름한 대리석처럼 가까이하기 어려운 차갑고 오만한 표정이 다시금 되살아난 느낌이었다.

여동생이 방을 나간 뒤, 이방근은 혼자 신음했다. 음, 제법이군……. 그렇다 해도, 남승지가 성내에 온다는 건 어찌 된 일인가. 그는 4·3 이후의 성내 출입이 훨씬 위험해진다는 것을 알면서도 여동생과 약속을 한 게 분명했다. 이방근은 한순간 어울리지 않게 가슴에 뜨거운 것이 밀고 올라오는 것을 느꼈다. 하지만 거기에서 마치 기체처럼 마음의 추악한 냄새가 피어오르는 것을 보았다. '해방구'에 여동생을 함께 데려간다거나, 도대체 무엇 때문에 지금까지 여동생을 남승지와 의식적으로 만나게 했던 것일까. ……일본에 가, 일본에 가서, 네 생각대로 음악공부를 해, 반드시 갈 수 있도록 오빠가 준비를 해 줄 테니까……. 왜 일본에 가는 문제까지 입에서 튀어나왔을까 이방근우 쓴 침이 입안에 고이는 것을 느꼈다. 그는 지금은, 설령 그것이 무의식적이라 할지라도, 두 사람 사이를 떼어 놓으려 하고 있었다. 이방근은 자리에서 일어나, 마음에서 피어오르는 추악한 냄새를 뒤집어쓴 자신의 얼굴을 뒷벽의 거울에 비춰 보았다. 얼굴. 서로의 시선을 붙잡는 눈……. 아침에 보이던 숙취로 인한 충혈은 사라져 있었다. 핏빛을 띤 입술. 거울 속으로 안뜰의 밝은 공간이 보였다. 그는 거울 앞을 벗어나 미닫이를 닫고 난 뒤, 소파 팔걸이에 베개 대신 방석을 대고 누웠다. 잠이 오면 한숨 자자.

최상화의 말투로는 금방이라도 돌아올 것만 같았던 아버지가 귀가가 늦어졌다.

오늘부터 해고당했을 터인 부엌이였지만, 설사 이 집을 나가려 해도 아버지에게 외출금지를 당하고 있기 때문에, 그것도 지금 상태로는 무효가 된 모양이었다. 부엌이는 아침부터 변함없이 무뚝뚝하게 일하고 있었지만, 계모도 오늘은 마음이 변했는지 부엌이에게 말을 걸고 하는 걸 보면, 일단은 원래 상태로 돌아온 것 같았다. 선옥 자신도 섬의 새로운 상황 전개에 불안을 느끼고 있는 것이다.

실제로, 섬 전체가 한창 폭발하고 있는 와중에, 집을 나가라느니 못 나가겠다느니 다투고 있을 여지가 없었다. 하룻밤을 지낸 부엌이는 자신의 입으로 집을 나가겠다고는 말하지 않았지만, 선옥이 다시 집을 나가라고 하면 말없이 고개를 끄덕였을 것이다. 그리고 짐을 싸서 동란이 한창인 한라산 동쪽의 산록에 가까운 중산간 부락을 향해서, 즉 '해방구'가 된 마을로 밤을 새면서라도 걸어갈 것이 틀림없었다. 부엌이가 죽창을 들고 보초를 서는 모습. 그녀가 인왕처럼 장작 패는 도끼를 치켜들고 내리친다…….

이방근도 어제의 선옥과 부엌이 사이에 있었던 말다툼은 전혀 모른다는 듯이, 부엌이를 평소와 다름없는 태도로 대했다. 그녀가 주인집에 대해 주종 관계를 무너뜨리는 행동은 하지 않는다 해도, 섬사람들이, 그것도 대부분 부엌이와 같은 입장에 있는 사람들이 무기를 손에 들고 일어섰다는 사실은 그녀의 내부를 그대로 지나쳐 갈 리가 없었다. 곰처럼 무표정한 태도 이면에 어떠한 생각과 감정의 움직임이 숨어 있는 것일까. 격동하는 섬의 상황 전개에 즈음하여, 부엌이 자신의 내부에도 변화가 일어나지 않는다고는 단정할 수는 없었다.

어찌 된 일인가. 여느 때 같으면, 아니 밤의 이불 속이었다면 좀처럼 잠들지 못했을 텐데, 소파 위에서 금방 잠에 빠져들다니. 이방근의 머릿속은 온갖 상념이 뒤얽혀 신경이 곤두서 있었는데, 그리고 어제 밤새도록 전투를 벌인 게릴라라면 모르겠지만, 의외로 수월하게 선잠 속으로 빠져들었다.

뭔가 뒤죽박죽 된 꿈을, 먼지가 자욱한 노천시장 같이 혼잡한 꿈을, 건조한 공기 속에서 줄곧 갈증을 느끼며 꿈을 꾼 것 같았다. 거대한 고래가 아무도 없는 해안에 밀려 올라와 있어서, 옆구리에 뚫린 구멍으로 몸을 밀어 넣어 보니, 지금 죽어 있다고 생각했던 고래의 몸속이 텅 비어 있다. 그런데 그곳이 왠지 산천단 동굴 같은 기분이 들어 눈을 가늘게 뜨고 자세히 보니, 목탁영감과 부스럼영감이 함께 살고 있었다. 게다가 그 안쪽으로 집의 부엌과 아주 비슷한 부엌이 있고, 부엌이인 듯한 여자의 그림자가 움직이며 부엌일을 하고 있었다. 어느새 장면이 바뀌어, 일제강점기에 여동생을 데리고 서울의 종로 거리를 걷고 있었고, 그러는 사이 남대문시장에 갔다가 혼잡한 틈 속에서 어린 여동생을 잃어버린다든지, 꿈의 공간 한구석에 걸린 피가 뚝뚝

떨어질 것 같은 새빨간 태양이, 사실은 거대한 동물의 살아 있는 간장이었다든지 하면서, 수월하게 잠에 빠져든 것치고는 꿈을 휘저어 놓은 것처럼 복잡하게 뒤얽힌 느낌으로 눈을 떴다. 이방근은 설마 고래 뱃속은 아니겠지 하고 주위를 둘러보면서 탁상시계를 보니 잠든 지 채 30분도 지나지 않고 있었다.

이방근은 갈증을 느꼈다. 마른 모래를 씹고 있었던 것처럼 입안이 말라 있었다. 꿈속에서 느낀 갈증이 잠을 깬 뒤에도 남아 있었는데, 그것이 생리적이라기보다도 뭔가 머릿속이 말라붙은, 그랬다, 바싹 마른 머릿속이라는 느낌이었다. 그는 소파에서 일어나 세면실로 간 뒤, 찬물부터 두세 잔 뱃속으로 흘려보냈다. 그런데 세수를 끝내고 툇마루로 나오자, 마침 응접실 모퉁이에 계모인 선옥이 서 있다가, 저기, 방근이 하며 조심스럽게 말을 걸어왔다.

"……아버님이 돌아오셨어. 방근이는 좀 전까지 자고 있었지. 그렇게 소파에서 자면 감기 들어. 불러도 들리지 않았던 모양인데, 내 목소리가 작았나 봐……."

"그랬군요. 아버지는 의외로 일찍 오셨군요." 이방근은 계모가 자신을 부르러 온 것이라 생각했지만, 그대로 발길을 돌려 아버지 방으로 갈 마음은 나지 않았다. "아버지는 어떠세요? 그렇게 돌아다니셔도 몸은 괜찮은가 보네요."

"물론 무리를 하고 계시지. 잘 알고 있잖아. 기력으로 버티고 있으니까." 선옥은 화장으로 잔주름을 감춘 갸름한 얼굴을 들고, 애처로운 느낌을 주는 목소리로 주저하듯 말했다. 화장품 냄새보다 머릿기름 냄새가 피어올라 코를 자극했다. 평소와 달리 저자세로 나오고 있었는데, 그것이 왠지 연극 같은 느낌을 주었다. "섬사람들이 무기를 들고 경찰서를 습격하고, 사람을 죽이다니…… 방근이, 앞으로 어떻게 될까? 방근이라면 방 안에 가만히 앉아 있어도 세상 움직임이 거울 속을 들여다보는 것처럼 훤히 보일 것 같은데……."

"부처님도 아닌데 어떻게 그걸 알겠습니까. 저로서도 깜짝 놀랐습니다. 성내에서 소동이 일어나지 않은 게 그나마 다행이지요. ……유원이는 어디 나갔습니까?"

"오늘 밤 연락선으로 서울에 간다고 했으니까, 친구 집에라도 갔겠지. 그러고 보면, 유원이는 빨리 서울로 돌아가는 게 좋을 거야. 좋고 말고, 혼자서라도 말이지. ……아이고, 방근이, 내 말 좀 들어 봐. 아버지는 말야, 이런 비상시국에 아들이 마치 인연이라도 끊은 것처럼 아버지를 보고도 모른 척하는 게 얼마나 한심한 일이냐며 한탄하고 계셔……."

"글쎄요, 정말로 그럴까요."

"그렇고말고. 아버님께 한번 가 봐. ……그렇지 않을 거라고, 그건 지나친 생각이시라고 일단은 말씀을 드렸어."

야아, 다들 제멋대로 생각하고 있군. 이방근은 아버지가 아들을 무시하고 적개심까지 품고 있는 게 아닐까 하고 생각했을 정도인데, 이건 뭔가 이야기가 거꾸로 된 것 같고, 계모의 말에 아버지의 불안한 마음이 전해져 오는 듯했다. 이방근은 서재로 돌아가지 않고, 툇마루를 따라 아버지 방으로 갔다. 이 집까지 휘말려 들 수도 있는 큰 사건이 발발했음에도 불구하고, 가족들이 서로 대화를 나누지 않는다는 것은 매우 부자연스러운 일임에는 틀림없었다. 아버지가 부르지 않아도 알아서 찾아왔어야 한다는 뜻일 것이었다.

아버지 이태수는 인삼차가 들어 있는 찻잔이 놓인 탁자에 중앙지를 펼쳐 놓고 읽는 중이었다. 여전히 방에 밴 한약 냄새가 나고 있었다. 아들이 방에 들어와 인사를 하자, 양복 차림의 아버지는 노안경을 코

위로 내리고 퉁방울눈으로 아들을 힐끗 쳐다보았다. 그리고 뭣 하러 왔느냐는 듯이 아들을 안경 너머로 잠시 바라본 뒤, 에헴 하고 헛기침을 한 번 하고는 거기 앉으라고 말했다.

"예."

이방근은 아버지가 턱으로 가리킨 탁자 앞에 아버지와 마주 앉았다. 과연 아버지의 얼굴은 하루 사이에 윤기가 사라져 생기가 없었지만, 뜻밖이라는 생각이 들 정도로 조금 전 계모의 말을 통해 느꼈던 주눅 든 인상은 없었다.

"건강은 좀 어떠십니까?"

"으음, 괜찮아."

아버지는 신문에서 시선을 떼지 않은 채 한마디 대답하더니, 불쾌하다는 듯이 아랫입술을 쑥 내밀며 입을 다물었다. 그는 선옥이 자리를 피해 방을 나간 뒤에도, 이방근이 앉아 있기가 힘들 만큼 말없이 계속 신문을 읽는 척했다. 이방근은 잠시 시간이 흐른 뒤에야 그 뜻을 알아차리고 속으로 쓴웃음을 지었지만, 아버지 방에 찾아온 것은 아들이니까 그가 먼저 말을 꺼내지 않으면 안 되었던 것이다. 이방근이 계속 아무 말 없이 앉아만 있었다면, 너는 무엇 하러 온 것이냐고 반대로 물어 왔을 것이다.

"……아버지, 유원이를 오늘 밤 배로 서울에 보내겠습니다."

이방근은 이야기를 꺼내기에 적당한 말이 떠오르질 않았다.

"나는 어제부터 오늘 밤 배라도 타고 서울로 돌아가라고 말해 왔는데, 넌 왜 갑자기 오늘 밤에 돌려보낼 마음이 생긴 것이냐?"

아버지가 노안경을 벗어 탁자 위에 놓았다.

"연락선이 끊길 수도 있을 겁니다. 오늘 밤도 어떻게 될지 모르니까요."

이방근은 대모갑 안경테를 쥐고 있는 아버지의 손등을 바라보았다. 손톱의 혈색이 좋은 손은 윤기가 흘렀지만, 잔주름 진 피부에는 연갈색 반점이 몇 개 비쳐 보였다.

"오늘 밤에라도 연락선이 끊어진다고? 흐음, 너는 벌써 정세가 그 정도로 나쁘다고 보고 있는 거냐. 상당히 심각하게 보는 모양이구나. 하하하, 오늘 밤에라도 배가 끊긴다면, 유원이는 서울로 돌아갈 수 없겠지. 일제강점기 전쟁 말기, 제주해협에 어뢰가 부설되어 있었을 때도 연락선은 떠났다."

"심각하게 보는 편이 좋을 것 같습니다."

전쟁 말기 운운하는 것은 완전히 사족을 다는 것이나 마찬가지다. 아버지는 아들의 속을 떠보고 싶은 모양이었다.

"심각하다고 말하지만, 앞으로 정세가 얼마나 심각해질 거라고 생각하느냐?"

"모르겠습니다. 그건 당사자라도 알 수 없는 일이겠지요. 사태는 오늘 아침에 폭발했을 뿐이니까요. 다만 저는 낙관하고 있지 않다고 말씀드리는 것이지, 어느 쪽이 이기느냐 지느냐 하는 문제를 말씀드린 것은 아닙니다. 제주도 전체가 봉기한 내란입니다. 보통 때와는 달리, 우리 집도 걱정되고……."

"뭐라, 우리 집이 걱정된다? 호오." 아버지는 조금 의아하다는 반응을 보였지만, 그것은 곧 얼굴 밖으로 자취를 감췄다. "우리 집이 걱정된다고 했는데, 이번 사건은 네 생각대로 된 게 아니냐?"

"뭐라고요? 그건 무슨 뜻으로 하는 말씀이시죠?"

이방근의 목소리에 노기가 담겼다.

"……" 아버지는 반사적으로 턱을 끌어당긴 얼굴에 약간 기죽은 표정을 떠올리며 말했다. "섬사람들이 무기를 들고 폭동을 일으켰다는 건 공산당 놈들이 아무것도 모르는 양민을 조직화하고 뒤에서 선봉하고 있다는 뜻이야."

이방근은 잠시 대답할 말을 찾지 못했다.

"너는 거기에 관계하고 있는 거 아니냐?"

아버지는 다그쳐 물었지만, 그 날카로운, 그러나 피곤한 눈빛이 떨리고 있었다.

"핫, 핫하……." 이방근은 웃음과 함께 말을 받았다. "정말이지, 어제부터 줄곧 그 이야기만 하시는데요. 말도 안 되는 말씀은 하지 말아 주세요. 내일이라도 최상화 씨를 만나 물어볼 작정입니다만, 그 소문이란 것을 아버지 입으로 분명히 말씀해 주시지 않겠습니까. 저는 그런 일과는 관계가 없습니다."

"지금은 그 이야기는 그만하자. ……너는 우리 집이 걱정된다고 했는데, 그건 무슨 뜻이냐. 게릴라가 무서워 섬에서 도망치려고 하는 자도 있지만, 만약 게릴라가 성내를 공격해 온다면, 우리 회사나 우리 집이 그 목표라도 된다는 말이냐?"

"잘은 모르겠지만, 그런 걱정은 하지 않아도 될 거라고 생각합니다……."

이방근은 자신도 모르게 상의 주머니에서 꺼낸 담배와 성냥을 탁자 위에서 만지작거리며 말했다.

"걱정 없다고? 음, 그렇다면 네가 말하는 그 걱정이라는 건 뭐냐?"

"없다고는 생각하지만, 없다고 단정할 수는 없겠지요. 있을지도 모르니까요. 아버지는 어떻게 생각하십니까?"

"……" 아버지는 인삼차를 한 모금 마시고 잠시 틈을 두었다가 말을 이었다.

"나한테 물을 필요는 없겠지. 난 만일의 경우, 무장부대가 공격해

와도, 이 집을, 이 섬을 떠나지 않아. 떠날 수가 없어. ……그런데, 다시 한 번 묻겠다만, 그런 걱정은 하지 않아도 된다는 건 무슨 소리냐. 음, 하, 하, 하아, 혹시…… 공산당이 우리 집은 괜찮다고 보증이라도 했다는 거냐?"

눈에 교활한 빛이 흔들리던 아버지의 웃는 표정이 조심스럽게 원래대로 되돌아가 사라졌다.

"'공산당'이 어느 누구에게 그런 보증을 하겠습니까. 다만 상식적으로 생각해도, 조금 잘나가는 시골의 민족자본을 공격 대상으로 삼지는 않을 거라는 겁니다. 어지간한 악질이 아니고서는 말입니다. 그들의 목적은 우선 5월 10일의 총선거를 분쇄하는 데 있으니까. 민간인을 공격 대상으로 삼는 것은 결과적으로 볼 때, 도끼로 자신의 발등을 찍는 것과 같은 결과를 초래할 뿐입니다. ……최상화 씨의 경우는 알 수 없겠지요. 물론, 아버지가 최상화 씨의 추천인이라는 문제도 있습니다만……."

"민족자본이라, 하, 하, 하, 민족을 위해 도움이 되는 자본가라는 말이군. 그건 고마운 이야기야. 하, 하, 하아, 공산당도 민족을 생각한다는 거겠지." 아버지는 굳은 표정으로 탁자 위의 담배 케이스에서 담배를 하나 집어 들고 불을 붙인 뒤, 최상화의 일은 언급하지 않고 말을 계속했다. "그러나, 그래도 우리 집이 공격 대상이라면 어떻게 하지? 공산당은 5월 총선거 반대를 외치고 있지만, 본심은 아무것도 모르는 무지한 농민들을 부추겨서, 그들의 '혁명'을 달성하는 데 있어. 이미 오늘 아침의 폭동으로 죄 없는 사람이 살해됐어. 내 말을 잘 생각해 봐. 나는 네가 공산당이 되는 건 절대로 용서하지 않을 거야. 용서 못해(갑자기 아버지의 목소리가 떨렸다). 현재는 불의의 공격을 받고 경찰도 속수무책이지만, 이제 곧 반격에 나설 거야. 본토로부터 경찰이 증원되고 군대도 출동할 거야. 이승만 박사 뒤에는 미국이 있다는 설 잊지 마. '5월 단선반대'를 외친다 한들, 선거는 이 나라에 군정을 펴고 있는 미국이 하는 일이야. 이 나라를 지배하고 있는 미국이 못할 일은 아무것도 없어. 그게 현실이라는 거야. 그들의 점령정책에 방해가 된다고 생각하면서도 미국이 가만히 있을 것 같으냐. 그 미쳐 날뛰던 일본 제국 군대를 쳐부순 막강한 미군이야. 북에는 소련군이 있듯이, 남한은 미군이 지배하고 있다는 현실을 잊어서는 안 돼. ……설마 마지막까지 이 애비한테 거역하는 악당이 될 작정은 아니겠지……."

악당. 아버지는 불효자식이라고 하지 않고 악당이라고 말했다. 마치 도전하는 듯한 말투다. 남로당의, 아버지가 말하는 '공산당'의 '당'자를 빗댄 것인가. 탁자를 사이에 두고 눈앞에 앉은 아버지의 태도에는 계모의 말에서 느꼈던 무기력을 찾아보기 어려웠다. 게다가 '막강한 미군'에 대한 신앙과도 같은 말의 박력에 이방근이 움찔했을 정도였다. 아침에 최상화에게서 엿보인 비굴한 태도에 비하면, 아버지의 태도에는 당당한 느낌마저 있었다. 그러한 자세의 이면에는 아마 치안당국의 의향이 반영되어 있음이 틀림없었다. 이방근은 아버지를 자극해서는 안 된다고 생각했다.

아버지는 앞으로의 사태에 어떻게 대처하려는 것인지, 그 속셈을 알 수가 없었다. 그러나 정세의 진전 상황에 따라서는, 재산을 본토로 옮기겠다는 뜻을 언뜻 비쳤다. 그 강건한 태도에도 불구하고, 아버지는 역시 흔들리고 있는 것이었다.

일곱 시를 지나 양준오가 찾아왔다. 이방근은 양준오와 식사를 하면서, 상대가 메모를 펼쳐 놓고 설명하는, 제주, 서귀포 등 2개 경찰서 관할하의 피해상황에 대해 자세한 정보를 들었다. 제주도 전체 15개 지서 가운데 모슬포지서 하나를 제외한 14개 지서가 습격당했는데, 사망자만 해도 경찰 측이 다섯 명, 게릴라 측도 열 명이 넘는다는 것이었다. 그밖에 서북청년회 숙소와 같은 우익단체의 사무실이 습격당하고, 지서 유치장에 갇혀 있던 활동가들이 석방되었다고 했다. 정보가 반드시 정확하다고는 보기 어려웠지만, 그러나 게릴라 부대의 기세가 대단하다는 것은 충분히 상상할 수 있었다. 이윽고 두 사람은 밤거리로 나가 보았다. 거리는 고요한 것이 상점도 일찌감치 문을 닫은 모양이었다. 너무나 조용했다.

  밤 열 시, 연락선이 정각에 제주항을 출항했다. 이방근이 양준오와 함께 여동생을 배웅했다. 동란을 피하여 예정보다 일찍 섬을 떠나는 여행객들과 학생들로 부두는 혼잡했다. 섬을 떠나기 위해 밤의 부두에 선 사람들의 눈은, 이미 한라산 기슭 여기저기에 오르고 있는 봉화를 뚜렷이 확인할 수 있었다. 게릴라는 투쟁 이틀째의 밤을 맞고 있었다. 유원은 두 눈으로 밤하늘에 타오르는 봉화의 무리를 확인했다.

제10장

1

제주도 전체에 봉기가 한창인 가운데 성내는 아무 일도 없이 4월 3일 밤이 깊어가고, 전날 밤과 다름없는 정적 속에서 다음날 새벽을 맞았다. 이방근은 전날 밤 오전 두 시의 성내 봉기계획을 미리 알고 있었던 만큼, 그 불발이 가져다준 평온한 모습의 성내 거리가 도저히 동란의 소용돌이 속에 들어 있다고 생각되지 않았다.

경찰은 수동적인 방비에 치중하고 있었는데, 조직 측도 활동을 멈췄는지, 성내에는 약간의 삐라가 뿌려진 정도 이상의 움직임은 없었다. 사람들도 평온했다. 이러한 침묵과 맞물려, 성내는 동란 밖에 위치하고 있다는 일종의 안도감과, 왠지 모를 천연덕스러운 공기에 휩싸여 있었다. 그것은 거리를 뒤덮은 하나의 커다랗고 투명한 가면이라는 느낌마저 주고 있었다. ……거참, 성내는 이렇게 죽은 듯이 조용하지만, 지금 그쪽은 여기와는 전혀 딴판이어서, S리와 여기저기 마을에서는 북과 꽹과리를 두드리며 미친 듯이 춤을 추고 있는 상황이라니까요. ……전 이 세상이 완전히 거꾸로 뒤집어진 꿈이라도 꾸고 있는 것만 같아, 눈앞에서 벌어지고 있는 일들이 도무지 믿어지지 않더라구요. ……성내로 돌아와서도, 오전 내내 어디 다른 나라에라도 다녀온 듯한 느낌이 가시질 않고 있습죠……. 어제 들렀던 푸줏간 주인의 그 번뜩이는 외눈처럼 억양이 센 목소리가 되살아났다. 경천동지의 사태가 일어날 거라고만 생각하고 있었는데, 아니 실제로 섬 전체가 동란에 휩싸여 있으면서도, 성내에서는 거의 평소와 다름없는 분위기였다. 적어도 처음에 생각했던 피난소동이라든지, 공황 상태에 빠진 혼란 같은 것은 찾아볼 수가 없었고, 그럴 염려도 없어 보였다. 당사자도 아니면서 사전에 이와 관련된 비밀을 너무 많이 알게 된 탓에 그에 대한 동요와 흥분이 뒤섞인 상념이 관념적으로 부풀어 올랐던 것일까. 홍수와도 같은 군중의 외침과 성내의 지축을 뒤흔드는 발소리. 군중의 습격과 방화, 폭동…… 눈앞에 흩어진 가족들의 피투성이 참살 사체…… 피의 바다. 망상, 바로 그때 혼자서 소파를 박차고 일어났을 만큼, 그것은 망상이었다. 환상, 농축된 시간이 풀어낸 독선적인 환상의 난무 속에 있었던 것이다. 우스꽝스럽기까지 했다. 자신이 생각해도 어이가 없었다. 음, 성내 밖으로 나가 봐야겠는데…….

이방근은 잠자리에서, 하루 또는 사흘까지도 늦게 배달되는 중앙지를 읽거나 하면서 점심 무렵이 될 때까지 지냈다. 어젯밤은 봉기 당일 밤의 견디기 어려울 만큼 괴로운 긴장의 지속과 흥분이 거짓말인 양 편안하게 잠을 잤다. 폭발 직전의 전야, 아니, 이방근의 내부에서 작열하기 직전까지 부풀어 있던 그 전야의 긴장에 비해 맥이 빠져 버린 밤. 게릴라와 경찰관 이외에는 깨어 있는 사람이 없는 깊은 밤, 한 시가 될 때까지 혼자 술을 마시고 있었지만, 잠자리에 들자마자 곧바로 잠들어 버렸던 것이다. 여동생을 서울로 돌려보낸 안도감도 작용했지만, 이방근은 터무니없이 침착해진 자신을 느꼈다. 봉기 전날의 초조함에 비해 온 섬이 한창 폭발하고 있는 지금, 이방근은 이상하리만큼 차분한 느낌이었다. 아무 할 일 없이 차분히 가라앉아 있는 느낌이었다. 유원이 있었다면 결코 이렇지는 못했을 것이다. 전 도민이 무장봉기해서 싸움이 한창인데 대낮까지 잠자리에 있다니, 이 얼마나 무절제한 모습인가요……. 여동생은 진심으로 한탄하고, 화를 낼 게 틀림없었다. ……유달현, 아니, 아버지와의 일이나, 그리고 강몽구……. 일은 복잡하게 얽혀 자신을 감싸고 있는 것이 사실이었지만, 그러나 생각해 보면, 이 동란의 와중에서 자신이 할 일은 아무것도 없었다.

게릴라의 습격으로 집이라도 탄다든지 해서 혼란 속에 빠져든다면 모를까, 역시 아무것도 할 일이 없다는 생각이 들었다. 실제로 '혁명' 이념의 무엇이 이방근을 행동으로 몰아갈 수 있을 것인가. 그를 행동으로 이끌 수 있는 것은 이미 그것 자체가 진리의 구현체 같은 이념도 신도 아니었다. 잠옷 차림으로 잠자리에서 기어 나와 소파로 자리를 옮겨, 여느 때와 마찬가지로 안뜰을 지그시 바라보며 앉아 있을 도리밖에 없는 자신의 모습이, 바로 옆에 있는 서재 소파 위에 보였다.

이방근은 이부자리에 엎드린 채 담배를 피웠다. 그는 사람을 기다리는 것은 아니었지만, 누군가가 찾아온다면 그것이 설령 유달현이라한들 거절하지는 않을 것이다. 음……. 유달현의 일이 신경 쓰였다. 성내 봉기를 호언장담하고 있던 그는 지금쯤 어디에 있을까. 이미 서울에 도착했을 행상인 박의 일로 완전히 결렬된 것으로 여기는지, 지금까지와는 달리 갑자기 연락이 끊겼다. 그렇지 않다면 성내 봉기가 불발로 끝난 이유를 설명하기 위해서라도 달려왔을 사내다. 아니, 지금은 그 불발로 인해 그럴 상황이 아닐 것이다. 행상인 박이 유다가 될 것이라고 예언한 사내. '배신자'인 자신에게 어떤 '복수'를 꾸미고 있을지도 모른다는 사내……. 그가 과연 유다가 될지 어떨지는 모르지만, 이상하게도 그에 대한 증오의 감정이 지금의 이방근에게는 없었다. 오늘이 일요일인 까닭도 있지만, 전화도 걸려 오지 않았다. 유달현이라는 놈, 제법 분발하고 있구만. 이방근은 지금 유달현이 찾아온다면 내쫓거나 하지는 않을 것이다. 아니, 특정한 인간을 기다리고 있는 것은 아니었지만, 지금 누군가가 찾아온다면 거절하지는 않을 것이다. 후후, 이방근은 누군가를 기다리고 있는, 할 일 없어 심심해하는 자신을 발견하고는 웃음을 흘렸다.

어젯밤에 양준오가 한 말에 따르면, 지금쯤 경찰 당국과 도청에서는 미군정청에 대한 보고와 지시를 받기 위해 어제에 이어 머리를 맞댄 회의가 계속되고 있을 터였다. 양준오는 도청으로 옮기자마자 일요일도 반납하고 일을 하게 된 셈이다. 도청이나 경찰도 그랬지만, 미군정청은 그야말로 '아닌 밤중에 홍두깨' 식으로 기겁을 하며, 처음에는 지금까지와 마찬가지로 산발적인 농촌지역의 소동을 과장해서 보고하였다는 식으로 게릴라 봉기 자체를 믿지 않았다고 한다. 불의의 습격을 당한 경찰 측도 경찰력이 약하다는 이유도 있었지만, 곧바로 대응책을 세우지 못하고 있었다. 경찰은 뒤늦게 관내의 각 지서에 순찰 지프를 파견하여 섬 안을 돌면서 연락과 정보 수집을 하도록 했다. 순찰이라고는 해도 낮으로 한정되어 있었지만, 게릴라에 의해 절단된 전화선의 복구가 진척되지 않았기 때문에, 그것이 각 지서와 본서를 이어 주는 유일한 연락수단이었다.

사라봉 너머에 있는 S리의 지서는 전소하여 완전히 파괴되는 바람에 그 기능을 상실하면서, 지금은 일본과의 밀항선이 대낮에도 당당하게 방파제 안으로 드나들고 있다고 했다. 그러나 성내에 있는 한 그러한 흥분은 전달되지 않았다. '서북' 패거리의 그림자를 찾아볼 수 없게 되었다는 것은 분명 통쾌한 일이었지만, 번개데모(적은 인원이 게릴라식으로 하는 데모) 하나 일어나지 않는 성내는 푸줏간 주인의 말대로 쥐 죽은 듯 조용했다. 학동학예전람회에 참가하기 위해 농촌지역에서 올라온 국민·중고생 집단이 거리를 구경하고 돌아다니는 것도 성내의 평온을 한층 돋보이게 하였다. 이방근은 하늘을 올려다보면서, 이건 조물주인 신이 무언가 잘못하고 있는 것이 아닌가 하는 기묘한 생각을 하기도 했다. 그러나 성내의 주민들이 봉기에 내심 갈채를 보내고, 거기에서 빠져 버린 아쉬움을 느낀다 할지라도, 실제로 성내 거리가 전화에 휩싸여 전장으로 변하는 걸 바라지 않는 것은 당연했다.

대여섯 명의 경관이 근무하고 있는 시골지서나 주재소 등을 급습하고 철수하는 소수의 게릴라 전투와는 달리, 성내로 무모한 돌진을 꾀했다가는 게릴라의 희생뿐 아니라, 농촌지역과는 비교가 안 될 만큼 엄청난 참사와 혼란을 야기하게 될 것이다. 봉기 당일 밤의 기습계획이 불발로 끝난 지금은, 경찰기관의 접수를 시도하여 성공할 가능성이 매우 적다고 해야 할 것이었다. 이방근은 게릴라의 습격이 현실의 사태로서 전개되고 있다면 몰라도, 역시 성내까지 싸움이 번져 오는 것을 바라지 않았다. 혁명의 위대한 파괴와 혼란, 구사회질서의 전복과 건설을 부르짖고 있던 유달현과는 달리, 이방근은 지금 동란의 울타리 밖에 서 있었다. 무엇이 위대한 파괴와 혼란이란 말인가, 잔혹한 로맨티스트 놈들 같으니라고……. 그러나 이방근은 국방경비대에 의한 성내 경찰과 감찰청 접수의 실현을 바라고 있었던 만큼, 그 불발에는 기대가 빗나간 실망이라기보다는, 실제로 있었던 것이 무너져 내린 듯한 일종의 붕괴감마저 느꼈다. 지금 다시 생각해 보면 그것은 꽤 무모한 계획이었다고 하지 않을 수 없었다. 비현실적인 계획, 그리고 그것을 우연히 전해들은 한 남자의 마음속에서 부풀어 오를 대로 부풀어 오른 환상. 아무런 일도 없는, 환상이 초래한 유사현실의 붕괴. 이게 어찌 된 일인가. 환상은 지금 수치로 인해 빨간색으로 물들어 있었다. 로맨티스트는 어쩌면 내 쪽인 것 같다.

이방근은 점심때를 지나 겨우 잠자리에서 빠져나왔다. 자신도 모르게 신문을 머리맡에 펼쳐 놓은 채 다시 잠들었던 것이다. 이방근은 세면실로 갔다. 그 사이, 어제까지의 유원을 대신해서 부엌이가 이부자리를 개고 식사 준비를 했다. 이방근은 평소와 마찬가지로 온돌방에 들여온 독상 앞에 앉아 식사 전에 반 홉 남짓한 소주를 위 속으로 흘려 넣었다.

"오늘은 아직 아무데도 안 나갔었나?" 이방근은 방을 나가려는 부엌이에게, 계모인 선옥과 그녀 사이에 있었던 언쟁에 대해서는 언급하지 않은 채 말했다.

"주인어른의 허락으로 오전 중에 시장엘 다녀왔수다."

부엌이는 치마로 감싼 하반신을 정좌한 채 시선을 떨어뜨리며 말했다. 이방근은 부엌이의 냄새를 쫓아 후각이 작동하고 있음을 코끝의 움직임으로 의식했다.

"그러고 보니, 어제는 외출금지였었군, 핫, 핫, 하아……."

"서방님은 왜 웃는 거우꽈."

"그런데, 거리의 모습은 어때. 뭐 달라진 게 없던가?"

이방근은 갑자기 무표정한 얼굴을 들어, 자신을 정면으로 얼핏 바라보는 부엌이의 감정이 움직이는 눈빛에 찔끔하면서 말했다.

"……시골 쪽에는 산부대가 내려와서 경찰과 싸우고 있다고 합디다."

"음, 산부대라……. 그런데 이제 와서 무슨 엉뚱한 소리를 하는 거야. 그런 건 어제부터 잘 알고 있어. 내가 듣고 싶은 건 다른 이야기야. 예를 들어, 그 싸움이 어느 곳에서 어떻게 됐다는 식의 이야기는 못 들었나? 거리에 나가 사람도 만났을 텐데."

"다른 이야기라곤 하시지만, 거리에 나가 봐도 그런 이야기는 하지 않수다. 서방님은 회사 버스가 안 다니는 걸 알고 계시우꽈."

"그건 또 무슨 소리야? 회사 버스라면 남해자동차를 말하는 건가."

"예, 그렇수다. 어제 저녁에 여러 곳의 다리가 부서져서, 버스와 자동차가 멈춰 섰다는 말이우다. 아침에 주인어르신께서 주인마님에게 그렇게 말씀하고 계셨수다."

"다리가 부서져서 자동차가 멈춰 서 있다……."

이방근은 밥상의 접시에 담긴 살이 두꺼운 갈치소금구이 쪽으로 뻗으려던 젓가락을 놓으며 중얼거렸다. 그러나 이건 특별히 놀랄 만한 일은 아니었다. 이방근이 바로 그 점까지는 생각하지 못했을 뿐이고, 게릴라로서는 적의 통신이나 교통을 두절시키기 위해 전화선을 절단하는 것만으로 끝내지는 않을 것이다. 음, 아버지는 회사 쪽으로 갔는지도 모른다. 아버지도 계모도 집을 비우고 있었다. 일전에 남매가 '해방구'에 다녀왔다는 소문을 기정사실화하고서, 아버지는 아들과의 새로운 대응에 쫓겨, 그 때문에 돌아다니고 있는 것으로 이방근은 생각하고 있었다. 아마도 아버지는 아들과 공산당과의 관계가 섬사람들이 일으킨 폭동으로 뒷받침되었다고 생각할 것이다.

식사를 마친 이방근은 서재의 소파에 앉아 담배를 피우면서 오후의 밝은 햇살이 가득 찬 안뜰을 바라보고 있었다. 한가한 오후의 시간. 안뜰에 내려앉은 두세 마리의 참새가 모이를 쪼고 있고, 뒤뜰 쪽에서 작은 새들이 지저귀고 있었다. 어제의 맑은 날씨에 이어 따뜻한, 최상화의 말대로 일요일에 알맞은 날씨였다. 최상화 선생……, 일요일에 알맞은 소풍 날씨란 말이지. 이방근은 문득, 지금부터라도 성내를 빠져나가, 게릴라의 습격이 있었던 농촌 쪽으로 가 볼까 하는 생각을 해 보았다. 아니, 그것은 성가신 일이 될 것이다. 동문교와 서문교의 임시 검문소에서는 여전히 자동차를 조사하고 있었지만, 성내 사람이 밖으로 나갈 때는 반드시 신작로에 걸린 다리를 건너지 않아도 되었고, 검문을 받더라도 개인의 경우는 별문제가 없었는데, 정작 마을에 들어가서 성가신 일이 벌어질 것이다. 나 혼자서는 어떻게 해 볼 도리가 없을 것이다. 그래도 언젠가는 나가 봐야지……. 그렇게 생각하면서, 누군가를, 누군가가 찾아오기로 되어 있는 것은 아니었지만, 누군가를 기다리고 있다는 느낌이 아직도 이방근의 마음속에서 가시지 않았다. 음, 나는 어쩌면 최상화를 기다리고 있는지도 모르겠군. 그리고 유달현을……. 어제 아침에 아버지를 찾아왔을 때 최상화는, 그 전날 식산은행 앞에서 만났을 때의 도망치려던 자세를 갑자기 바꿔, 무언가를 원하는 듯한 표정으로 안뜰을 건너 이쪽으로 다가왔던 것이다. ……만일, 이 동지가 지하조직 지구에 다녀온 일이 사람들에게 알려지면, 그 충격은 매우 클 거야……. 나는 이방근 동지에 관한 일은 유달현으로부터 보고를 받고 있지만, 이 이야기는 이미 성내의 일부 사람들 사이에 퍼져 있다는 것입니다. ……유달현을 경계해 주세요……. 듣기 거북한 말이다. 행상인 박은 그 이상의 말을 하지 않았지만, 그 일부 사람들이란 어떤 범위가 될까. 실제로 그런 것인가. 어쨌든 소문의 출처는 틀림없이 제일은행장인 최상규였다. 그가 Y리의 버스정류장에 서 있던 나와 여동생의 모습을, 마침 그때 신작로를 지나던 버스인지 자동차인지, 뭔가를 타고 있다가 우연히 보았을 것임에 틀림없었다. 그리고 최상화가 사촌 형인 그에게서 이야기를 듣고, 유달현도 학부형이자 O중학교 이사인 최상규로부터, 아마도 자택으로 불려 가 그 이야기를 들었다고 해야 할 것이다. 다시 거기에 강몽구 등과 만났다는 식의 각색을 유달현이 덧붙였을 것이다. 아니, 이건 완전히 조직과 그 주변 사정을 잘 알고 있는 유달현이 아니고서는 안 되는 각색이라고 할 수 있었다. 바로 여기가 연기가 피어오른 불씨의 출처인 것이다. 이 추측은 거의 틀림없었다. 다만 이 경우, 유달현이 강몽구를 어떤 형태로 화제에 올렸는지가 문제다. 자칫하면, 스스로 조직의 관계자라는 것을 암시할 수도 있었기 때문이다.

아버지가 열심히 입막음 공작을 하고 있었던 것 같은데, 음, 언제 어느 때 소문은 입막음의 울타리를 벗어나, 없는 말이 덧붙여져 흘러나올지 모른다. 더구나 동란의 와중이 아닌가. 설령 어떤 일이 있더라도 소문을 인정해서는 안 된다. 그러나 그 당일의 알리바이는 성내를 비워 두고 있었던 만큼 성립되지 않는다. 이방근은 최상화를 만나야 겠다고 생각했다. 누군가가 찾아오기를 하염없이 기다릴 게 아니라, 이쪽에서 찾아가지 않으면 안 된다. 만나서 어쩔 것인가. 일단은 만나지 않으면 안 된다. 만나고 볼 일이다.

바람도 없이 쾌청한 날씨는 화창했지만, 아무래도 한가하게 앉아 있을 수만은 없었다. 이방근은 담배를 재떨이에 비벼 끄고 변소에 갔다. 그리고 나서 바로 손님이 온 듯한 기척이 변소에까지 전해졌는데, 대문 쪽에서 계모의 새되고 험악한 목소리가 들렸다. 변소에서 나와, 응접실 모퉁이 툇마루에 선 이방근의 눈에 쪽문을 막아 선 계모의 등이 보였다. 그 옆에 부엌이가 말없이 우뚝 서 있었다. 선옥의 목소리로 보아 예삿일은 아닌 듯했지만, 손님은 아무래도 부스럼영감인 것 같았다. 의외였다. 의외라고 한 것은 이방근이 완전히 노인을 잊고 있었기 때문이다. 그는 사람을 기다리는 것도 아니면서, 누군가가 찾아오기를 마음속으로 기다리고 있었는데도, 부스럼영감이 오리라고는 전혀 생각하지 못했다. 여동생과 함께 저녁 무렵의 K리 버스정류장에서 우연히 만났던 영감에게, 성내에 오거든 집에 들르라고 했던 것은 이방근이었고, 그리고 영감은 그 말에 따라 그저께 집을 비웠던 사이에 찾아왔던 것이다. 게다가 그 일이 계모인 선옥과 부엌이 사이에 분쟁의 씨앗이 되기도 했던 것이다. 그걸 깜박 잊고 있었다. 이방근은 툇마루를 서재 쪽으로 걸어갔다.

"……너는 쓸모도 없고 귀찮기만 한 존재야. 여긴 너 같은 게 올 곳이 아니라는 건 네가 잘 알잖아. 아이고, 너같이 재수 없는 게 찾아오니까 세상이 이처럼 무섭게 변하는 거라구. 서방님이라니……? 어느 집 서방님 말야, 몇 번을 말해야 알아듣겠어, 이 늙은 당나귀가. 서방님은 없어, 없단 말야. 당장 돌아가지 않으면 혼을 내주겠어. 성내에서 얼른 사라져서, 두 번 다시 오지 말라고…….”

쪽문 밖에 서 있을 부스럼영감의 모습은 보이지 않았다. 계모는 언제 돌아온 것일까. 아니, 마침 영감이 찾아왔을 때 그녀도 돌아와 마주쳤을지 모른다. 계모는 밖을 돌아다니고 있었다. 정세의 움직임이 꽤나 걱정되는 듯, 그녀 나름의 정보를 얻기 위해 여기저기 돌아다니는 모양이었다.

서재 앞까지 온 이방근은 한순간 망설였다. 평소의 이방근답지 않게, 영감을 불러들이길 주저한 것이다. 평소 같으면 이방근 자신이 안뜰로 내려서서, 대문 옆으로 걸어가 노인을 불러들였을 것이다. 이미 노인이 문 앞을 떠났으면 부엌이를 시켜 데려오게 했을 것이다. 하지만 지금은 툇마루에 선 채 헛기침을 한 번 했을 뿐이다. 만만치 않은 기세로 영감을 쫓아내고 있는 계모의 콧대를 꺾음으로써 대치 형국을 불러오고, 그로 인한 여자의 불평을 듣고 싶지 않았다. 내버려 두면 그뿐이다. 어차피 노인은 다시 찾아올 것이다. 저 정도로 욕을 먹으면 겁에 질려 다시 안 올지도 모르지만, 그것이 어제 오늘 시작된 일도 아니었다. 노인은 역시 찾아올 것이다. 목탁영감처럼 노인은 두려움을 모른다. 물이 낮은 곳에 머물듯 몸을 땅에 찰싹 붙이고 저두평신(低頭平身)하며, 부스럼영감은 아무것도 두려워하지 않는다. 때로는 죽음조차 두려워하지 않는, 그런 인간인지도 모른다.

쪽문을 닫은 선옥이 고개를 돌려 서재 앞 툇마루에 서 있는 이방근은 보았다.

“아이고, 방근이, 집에 있었네, 밖에 나간 줄 알고 있었는데.” 정말로 그렇게 생각하고 있었는지 어땠는지, 그녀의 말이 천연덕스런 울림으로 들렸다. 선옥은 이방근이 서 있는 툇마루 옆에까지 왔다.

“방근이, 부탁이야. 저 귀찮은 늙은이를 두 번 다시 집안에 들이지 말아줘. 그렇잖아도 어수선한 판국에, 아버지께서 아시면 큰일이야."

선옥의 목소리는 모나지 않고 온화하였지만, 기선을 잡으려는 듯한 말투는 표독스러웠다. 그녀의 뒤를 따라온 부엌이는 말없이 안뜰을 지나 부엌으로 사라졌다.

"또 왜 그러세요. 아버지가 아시면 큰일이라느니, 노인을 집에다 들이지 말라느니……. 누군가 영감을 다시 집에 들이기라도 한답니까……?"

이방근은 일부러 짓궂은 대답을 했다.

"다시 집에 들인다니……? 누가, 아니, 방근이, 설마 저 늙은이를 집 안에 들여놓으려는 생각은 아니겠지. 그건 말도 안 돼. 제발 부탁이야. 그런 일은 방근이 혼자서 아무렇게나 결정하지 말아줘. 이제 성내에 없으려니 했는데, 어느새 또 나타나 찾아오니 말이야. 어떻게든 옛 보금자리로 돌아오려는 속셈이야. 그래서 저렇게 꾸역꾸역 찾아온다구. 전에는 어쨌건, 이제는 아무 상관도 없는 사람이야. 난 좀 전에 그 늙은이를 봤을 때 기분이 나빠져서 현기증이 나는 걸 겨우 참았어. 정말로 쓰러질 뻔했다니까. 하지만 난 조금도 약하게 나가진 않을 거야. 아이고, 글쎄 생각 좀 해 보라구, 시골이라면 몰라도, 대체 성내 어느 곳에 저 늙은이가 한 발짝인들 들여놓을 집이 있겠어. 방근이가 대범하고 사람이 좋으니까, 기어오르는 거라구. 간신히 쫓아냈으니까, 이번에야말로 세간의 웃음거리가 되지 않도록 해 줘……."

이방근은 우뚝 멈춰 선 채 선옥의 핏발이 선 듯한 눈을 내려다보고 있었는데, 선옥은 술주정꾼처럼 앞뒤가 안 맞는 말을 했다. 조금 이상한 느낌마저 들었다. 그는 조금 전에 마신 소주의 가벼운 취기가 머리로 확 올라와 밖으로 퍼져 가는 것을 느꼈다. 노인이라면 치매에서 비롯된 혼란이라고 할 수 있겠지만, 뭔가 착각하고 있는 모양이다.

일부러 그럴 리는 없을 것이다. 그러나 매우 신경이 곤두서 있어서 갑자기 혈압이 오른 것만은 틀림없었다.

"대체 무슨 말씀이세요, 누가 저 노인을 하인으로 쓰겠다는 말이라도 하던가요?"

"그렇다니까, 하인이라니, 말도 안 되는 소리를. 내가 말이지, 그래, 집에 들여놓지 않겠다고 한 것은……, 그 늙은이가 두 번 다시는 이 집 문지방을 넘지 못하도록 하겠다는 거야. 지금이니까 하는 소리지만, 그 늙은이 때문에 방근이나 아버지가 얼마나 세간의 웃음거리가 됐는지 아냐고. 그 늙은이는 불결해, 너무 더럽다고. 부엌이는 그 불결한 늙은이를 부엌에 들여놓았어, 아이고…… 어제는 무당을 불러다가 굿까지 했다니까. 조왕님에게 빌었어. 변소에 있을 것이 부엌에 들어왔으니 말야. 그러니 부엌이는 도대체 뭐하는 여잔지 모르겠어. 또 다시 그런 일이 있다가는 이 집에 큰 재앙이 닥칠 거야."

"음, 굿에 대해서는 잘 모르겠지만, 그렇게까지 할 필요는 없을 것 같은데요. 부엌이에게는 노인이 오면 안내하라고 내가 일러두었을 뿐이에요."

이방근은 부엌이와 계모 사이의 말다툼에 대해서는 언급하고 싶지 않았지만, 무심코 입에서 튀어나오고 말았다.

"방근이는 굿을 하는 여자의 기분을 이해하지 못하겠지만, 조왕님에게는 무슨 일이 생기면 그때그때 풀어드리지 않으면 안 돼. 그게 집안일을 도맡은 아녀자의 할 일이야. 조왕님과 노일저대(측간의 여신)는 서로 원수지간이니까……." 선옥은 눈을 번뜩이면서 말을 이었다. "방근이는 부엌이 편을 들고 있어. 부엌이는 제멋대로 늙은이를 집 안에 들였어, 그것도 방근이가 집을 비운 사이에……. 방근이 탓이 아냐. 아니, 이제 됐어, 나도 그렇지, 그까짓 하녀 하나를 상대로…….

굿도 했고 부엌이 일도 이제 끝났으니까, 없던 일로 하자구. 두 번
다시 그 늙은이를 집 안에 끌어들이지만 않는다면 말이지. 아이고,
볼일이 있다는데……, 부엌이는 또 어디 간 거야. 부엌아―, 부엌이
어디 있냐……."

　선옥은 부엌이의 대답 소리가 들리기도 전에 치맛자락을 펄럭이며
부엌 쪽을 향해 안뜰을 건너갔다.

　이방근은 서재 소파로 돌아왔다. 담배를 입에 물고 천천히 성냥불
을 붙였다. 조왕신과 측간신인 노일저대는 원수지간……이란 말이
지. 그렇군, 변소와 부엌이 사이좋게 함께 있는 것은 좋지 않겠
지……. 이런 것들은 이 나라의, 특히 이 섬의 샤머니즘, 즉 무속에
서 나온 신앙이었다. 무가로 전해지는 신화적인 설화로서, 그것이 섬
의, 특히 부녀자의 생활습관에 커다란 영향을 미쳐 왔다. 조왕인 여
산부인과 측간신 노일저대는 처첩의 관계였다. 바다 건너 장사를 하
러 가서 돌아오지 않는 남(南)선비를 찾아 본토까지 나간 여산부인에
게 등을 밀어준다고 속여 물에 빠뜨려 죽인 노일저대가 본처를 가장
하여 선비와 함께 고향으로 돌아온다. 남선비도 아내가 가짜인 노일
저대라는 것을 까맣게 모른다. 그러나 얼마 뒤 본처 자식들에게 정체
가 탄로 난 노일저대는 그들을 죽이려고 꾀병을 앓으며, 병을 고치기
위해서는 일곱 자식의 간을 하나씩 먹지 않으면 안 된다고 속여 보지
만, 되레 거짓이 탄로나 쫓기다가, 측간에서 쉰다섯 자의 머리칼을
목에 휘감고 빠져 죽는다. 노일저대는 양 다리를 찢긴 채 디딜방아가
되기도 하고, 그리고 음부나 머리 따위가 도려내진 채 크고 작은 전
복이 되기도 하고, 또 소라가 되거나 돼지 여물통이 되기도 한다. 한
편, 자식들이 긴 여로 끝에 찾아낸 여산부인은 소생하여 오랜 세월을
차가운 물속에서 지냈다고 해서 따뜻한 부엌의 신이 되는데, 노일저

대는 죗값으로 측간에 갇히게 되는 것이다. 이 섬에서는 변소에 갈 때 가볍게 기침을 하는 버릇이 있는데, 이것은 이러한 전승에서 유래된 것으로, 젊은 여성인 측간신에 대한 신호, 노크를 대신하는 셈이었다. 변덕스러운 측간신인 노일저대가 변소 안에서 화장을 하다가 별안간 문이 열려 자신의 모습이 보이는 것을 싫어하기 때문이라고도 하는데, 이방근도 소년 시절에는 영문도 모른 채 어른들의 흉내를 내어 변소 앞에서 기침을 하곤 했다. 그러나 계모가 아무리 측간신을 미워한다 해도 부스럼영감을 측간신의 화신이나 되는 양 몰아붙여서 굿까지 할 필요는 없었다……. 그리고 보면, 부스럼영감이 이 집에서 쫓겨난 이유는, 그녀가 뒷간에 들어앉아 있을 때 장작을 패는 척하면서 안을 들여다보았기 때문이라는데, 그녀야말로 탈이 나지 않도록 측간신을 소중히 하지 않으면 안 될 것이었다…….

이방근은 혼자서 웃었다. 웃으면서 탁자 위에 놓여 있는 신문에 시선을 떨어뜨렸다. 1면의 검은색 바탕에 흰 글씨로 된 '총선거 완수하자! 선거인 등록부터'라는 표어가 눈에 띄었다. 이미 거리에는 '선거인 등록은 국민의 의무'라든가, 선거인 등록이나 입후보 등록이 막 시작되었을 뿐인데도, '기권은 국민의 수치', '가자, 투표장으로' 등의, 아직 한 달 이상이나 남아 있음에도 시기에 맞지 않는 입간판들이 여기저기에 보였다.

음, 어떻게 하면 좋을까, 이방근은 생각해 보았다. 지난달 30일부터 시작된 선거인 등록을 부엌이까지 포함한 온 가족이 이미 마쳤지만, 이방근은 아직까지 미루고 있었다. 애초부터 '5월 총선거'를 하기 위해 일부러 투표장까지 갈 생각은 없었지만, 등록을 하지 않으면 좌익에 동조하는 보이콧으로서 아버지의 의혹을 한층 깊게 할 것이다. 9일의 마감 날까지 아직 4, 5일의 여유는 있다. '총선거 완수하자! 선거인 등록부터'라는 슬로건을 따르려는 것은 아니지만, 등록이 선거 참가의 첫걸음에 지나지 않는다 하더라도, 그것은 아버지의 의혹에 찬 눈길을 피할 수 있는 하나의 수단이 될 수 있었다. 등록한다고 의혹이 사라지는 것은 아니겠지만, 등록하지 않음으로써 명백한 거부 사실을 드러내는 것보다는 나았다. 이미 선거인 등록자 수가 가장 적은 지역이 될 것으로 예상되고 있는 제주도에서는 무장봉기 이전부터 등록에 대한 사람들의 관심은 냉담했다. 그러나 사람들의 눈을 의식할 필요는 없다. 등록을 마치는 편이 좋을 것이다. 등록은 투표가 아니다.

이방근은 생각이 난 듯 소파에서 일어나자, 담배를 문 채 뒤쪽 창가의 책상으로 가, 서랍에서 한 장의 삐라를 끄집어냈다. 그것은 어제 낮에 푸줏간 주인이 보여 줬던 게릴라 측의 4·3무장봉기선언문과 똑같은 것으로, 어젯밤 양준오가 도청에서 퇴근하는 길에 가져다준 것이었다. 이방근은 소파로 돌아와 8절지 크기 용지에 인쇄된 활자와, 책상 위의 중앙지 및 『한라신문』의 활자를 비교해 보았다. 역시 어젯밤의 그 우려가 새삼스럽게 부풀어 오르는 것을 느꼈다. 선언문의 활자는 명조체 5호 정도의 흔한 것이었지만, 이것이 만일 이 섬의 어디에선가 인쇄됐다고 한다면, 그 인쇄 장소를 알아내는 일은 간단할 것이다. 어젯밤에 양준오와의 사이에서도 화제에 올랐지만, 본토의 어디선가 인쇄되어 섬으로 들어왔다고 할 수도 있겠지만, 4·3봉기의 결정이 촉박하게 이루어진 경위로 보더라도, 시간적으로 그것은 맞지 않는다. 그렇다면 말이다. ……어디서 인쇄했을까요, 이것은 모험입니다. 이 형, 그렇지 않은가요, 조직이 스스로 자신을 드러내는 거나 마찬가지예요. 섬에는 인쇄소가 두세 곳밖에는 없어요. 설령 열 집이 있다고 하더라도, 경찰이 움직이면 삐라 인쇄의 비밀은 간단히 들통이 나 버려요……. 게릴라도 아닌 양준오가 걱정스럽게 말했다. 사실이 그랬다. 이방근은 양순오의 지적에 머리를 끄덕였다. 남방 그 점까지는 생각하지 못했는데, 이것은 꽤나 본질적이고 날카로운 지적 이었다. 만일 한라신문에서 극비에 인쇄됐다고 한다면, 아마도 김동 진이 관련돼 있으리라는 것은 충분히 짐작할 수 있었다. 조직에 어떠 한 의도와 계산이 있는지는 알 길이 없지만, 섬 안 어디에선가 인쇄되 었다고 한다면, 이건 너무나 무모한 짓이 아닌가. 그러나……, 그들 자신 역시 호소문 인쇄의 발각이 어떤 사태를 초래하게 될지 생각하 지 않았을 리가 없다. 아니면, 성내 경찰기관 등의 접수가 성공하여, 일거에 제주도의 해방이 이루어질 거라고 생각했던 것일까……. 한 라신문, 아니 성내 지구에서 인쇄되었다고 하면, 세포 책임자인 유달 현도 당연히 그 계획에 참가하고 있다고 보아야 할 것이다. 어쨌거나 인쇄 장소는 조만간 들통 난다. 개인의 경우라도 경계해야 할 일을 조직이 저지르다니……. 이건 남의 일이 아니다, 김동진……, 이방근 은 기분이 혼란스러웠다. ……아니, 도대체, 이건 한가로운 자의 심 심풀이가 아닌가. 대체 무엇 때문에 당사자도 아닌 내가 쓸데없는 참 견을 하듯 그들의 일에 이렇게까지 마음을 쓰고 있는가. ……아니, 아니야, 이건 남의 일이 아니야.

이방근은 고개를 돌려 뒤쪽 책상 위의 탁상시계를 보았다. 두 시 라……, 그는 삐라를 손에 들고 소파에서 일어났다. 그리고 책상으로 다가가, 삐라를 서랍 안에 밀어 넣고, 다른 서랍에서 한 통의 편지를 꺼냈다. 그 간살스런 녀석, 최용학이 학교를 통해 여동생 앞으로 보낸 속달우편으로, 여동생이 서울에서 가지고 온 것이었다. 그는 편지를 들고 다시 소파로 돌아와 앉자, 봉투 속의 편지지를 꺼내, 네모나고 작은 글씨로 꽉 차 있는 네댓 장의 편지를 죽 읽어 내려 가다가, 중요 한 대목은 두세 번 반복해서 읽어, 그 내용을 머릿속에 새겨 넣었다.

너무 저열한 내용이 여동생의 심기를 건드리는 바람에, 우연히 찾아 온 남승지까지 읽어 보게 된 편지였다.

이방근은 지금부터 최상화를 만나러 가기로 마음먹었다. 자리에서 일어나 책상서랍에서 편지를 끄집어냈을 때 이미 그렇게 작정하고 있었다. 왠지 그쪽에서 올 것처럼 생각되었던 것은, 이쪽의 소망이 거꾸로 비친 것에 불과했다. 최상화가 약속을 한 것도 아니어서, 이방근의 막연한 기대에 부응하듯이 그가 당장 찾아오리라는 보장은 없었다. 이방근은 회색 양복에다 붉은색 넥타이를 매고 집을 나섰다. 편지는 상의 안쪽 주머니에 조심스럽게 집어넣었다. 집에 있을지 어떨지 알 수 없지만, 좌우지간 가 보기로 했다. 최상화의 집은 북국민학교 앞에서 동쪽으로 곧장 뻗어 있는 북신작로라고 불리는 거리에 면한, 전쟁 전에 일본인 관리가 살고 있던 단층짜리 적산가옥이었다. 천천히 걸어도 10분이면 충분했다. 아직 해가 중천인 성내 거리는 어제의 정적에 비하면 훨씬 평상으로 돌아온 느낌이지만, 우익 청년단체 등의 '총선거' 추진 캠페인 트럭의 모습은 보이지 않았다. 북국민학교 옆에서 삼거리로 나온 뒤 왼쪽으로 돌아, 양쪽에 요정과 여관 등이 줄지어 서 있는 북신작로를 동쪽으로 한동안 걸어가자, 가지를 멋지게 펼친 큰 소나무가 왼쪽으로 보였다. 그곳이 최상화의 자택이었다.

현관 앞에 벗어 놓은 가죽 구두 외에 한 켤레의 낡은 운동화가 이방근의 시선을 끌었다. 미세한 흙먼지가 운동화 천의 그물코에 촘촘히 스며든 것처럼 더러워진 낡은 운동화로, 이곳으로 오는 도중에 흙먼지를 뒤집어쓴 것 같지는 않았다. 그러나 왠지 모르게 기묘한 느낌으로 흙먼지가 묻은 운동화였다. 손님이 와 있는지도 모른다. 주인은 집에 있는 것 같았다.

쉰을 넘긴 꽤 마른 부인이 반색을 하며 이방근을 맞아들인 뒤, 현관 옆에 있는 응접실로 안내했다. 그곳에는 손님의 모습이 보이지 않았다. 벽 쪽으로 놓인 소파에 혼자 앉아 있던 나비넥타이 차림의 최상화가, 탁자 위의 봉투 여러 개를 묶어서 상의 안주머니에 넣고 있던 참이었다. 상의의 가슴 언저리가 마치 솜뭉치라도 넣은 것처럼 부풀어 있었다. 최상화가 웃으면서 일어나, 손님이 몇 발짝 다가서길 기다렸다가 손을 내밀어 맞이하였다. 끈적끈적한 느낌을 주는 손이었다.

"자아, 어서, 그쪽으로 앉으시게."

최상화는 손님에게 소파를 권하고, 자신은 탁자 맞은편 팔걸이의자에 앉았다.

"지금 밖으로 나가시려는 게 아니었습니까?"

이방근은 설마 최상화의 것은 아닌 듯한, 손님 냄새가 풍기는 현관의 더러운 운동화를 잠시 떠올리면서 말했다.

"아니, 아니야. 조금 전에 막 돌아온 참인데, 저녁까지는 괜찮아…… 입후보하기 전부터 이런저런 일로 바빠서 말이지, 오늘 밤은 성내의 우리 문중 모임이 있는데, 제주도의 최씨 문중에서 어떻게든 국회의원을 국정의 장으로 보내는 것은, 이 또한 친척 일동의 명예가 된다고 해서, 이를 위한 친족 일동의 후원회에 나가기로 되어 있어. 최씨 본관은 전주인데, 어쨌든 제주도에 들어온 역사는 짧아. 아직 백 년도 안 되었으니까. 따라서 친척 숫자도 그다지 많지 않아. 이 동무 아버님인 태수 씨 같은 분의 후원은 나로서는 더할 나위 없는 힘이 되고 있지. 어쨌든 천천히 이야기하자구. 설사 지금 나가려던 참이라 해도, 이 동무가 모처럼 와 주었는데, 그쪽을 기다리게 할 만큼의 여유는 있으니까." 최상화는 이방근의 평상복이 아닌 깔끔한 복장을 새삼 훑어보며 말을 계속했다. 눈에 빈틈없는 광채가 스쳐 지나갔다. "그런데 말이지, 웃훗훗, 별일이 다 있구만. 이방근 동무가 내

집을 다 찾아오다니……. 잘 왔네. 실은 내 쪽에서 꼭 찾아가려고 생각하던 중이었는데 말이지……. 이 동무는 어딘가 다녀오는 길인가?"

최상화는 겉치레적인 인사말을 늘어놓으면서도 분명히 이방근의 갑작스런 출현을 경계하고 있었다.

"아닙니다, 집에서 곧장 이쪽으로 왔습니다."

"직접 이쪽으로……?" 최상화의 평평한 얼굴에 뜻밖이라는 기색이 떠올랐다. "아, 그렇군, 그리고 지금부터 또 어디론가 가려는 것이로구만."

"잘 모르겠습니다만, 현재로서는 별다른 예정은 없습니다."

"으―음, 그런가, 그렇다면 천천히 이야기하면 되겠구먼."

최상화는 담배를 입에 물고 라이터를 켜서 불을 붙였다. 가까운 곳으로부터 정장을 입고 찾아온 손님에게, 이 집의 주인은 자기에 대한 경의보다도 어쩌면 일종의 압박감을 느끼고 있는 모양이다.

"오늘은 아버님을 만나지 않으셨습니까?"

"아버님을? 어제 아침에 댁엘 찾아가 만났을 뿐인데, 혹시 이쪽으로 오시겠다고 하던가."

"그렇지 않습니다. 어쨌든 저는, 잘 아시겠지만, 같은 집에 살면서도 아버님과 얼굴을 마주하는 경우는 거의 없습니다. 오늘은 일요일인데도, 아버지는 병석에서 일어난 몸으로 나가셨는지, 집에 안 계셨습니다. 최상화 씨는 제 아버님의 가장 가까운 상담역이시니까요."

"아버님과는 형님 동생 하는 사이여서, 나야말로 이 동무의 아버님께 여러 가지로 상담을 받고 있는 입장일세……."

응접실 바깥의 복도에 인기척이 나더니, 그럼, 숙모님, 다녀오겠습니다, 라는 젊은 남자의 목소리가 들렸다. 거의 발소리를 내지 않고 현관을 나간 남자는 아무래도 그 낡은 운동화의 주인인 것 같았다.

"손님이 계셨습니까?"

"으-음, 손님이긴 하지만, 조카야. 여동생의 아들이 모처럼 찾아왔어. 산 너머 중문면에서 시골학교 선생을 하고 있는데, 이 어수선한 시기에 국민학생들을 데리고 일부러 성내 구경을 왔어. 어제, 그러니까 3일부터 제주도 전체의 학동학예전람회라는 것이 농업학교에서 열리고 있는 건 이 동무도 알고 있겠지. 음, '4·3'과, 힘든 시기와 전람회까지 겹친 셈이지. 거기에 출품한 그림과 글씨가 여섯 점이나 입선했다고 해서, 한라산 너머로부터 4, 5, 6학년 상급 학생들 백여 명을 인솔해서 데리고 왔다네. ……그게 많이 힘들었던 모양이야(최상화는 갑자기 목소리를 낮추었다). 아니, 그 힘들었다는 것은, 신작로를 버스로 온 것이 아니라, 그러니까, 한라산 서쪽 산자락을 돌아서, 즉 산길을 횡단해서 군대의 행군마냥 걸어왔다는 거야. 이틀이나 걸려서……."

열서너 살쯤 되어 보이는 여자아이가 차를 들여왔다. 귤차였다. 최상화는 그 아이에게 단술을 가져오도록 이르고는, 손님에게 권했다. 이방근은 사양하지 않았다. 단술은 최상화가 즐기는 모양이었다. 금방 신 맛이 나기 때문에 조금씩 자주 담근다고 했다.

"한라산 너머에서 이틀이나 걸려 어린 학생들이 걸어왔다니 무척 힘들었겠군요. 물론 밤에는 어디선가 묵었겠지만, 그저께 저녁이라면 산을 넘는 시각이 바로 게릴라 봉기 시각과 겹쳤으니 말입니다."

어제 낮에 관덕정 광장에서 본, 지칠 대로 지친 모습의 어린 학생들 집단이 그들이었음에 틀림없다. 3일 낮에 도착했으니까, 걸어왔다고 한다면 4월 2일 아침에 출발을 했을 것이다. 그리고 산을 넘은 시각은 게릴라가 봉기한 밤과 겹치게 되는 것이 아닌가. 음, 좀 전에 현관 앞에서 본 그 낡은 운동화는 산을 넘어왔던 것이다. 흙먼지를 털어 내도 여전히 흙이 배어 있어서, 물로 씻어 내지 않는 한 사라지지 않을 것이다.

"그래, 그 말대로야." 최상화의 눈이 손님의 표정을 살피며 빛나고 있었지만, 그는 무슨 비밀이라도 누설하는 것처럼 소곤소곤 말을 이었다. "그날 밤, 일행은 도중에 국민학교와 민가에 나누어 들어가 묵게 되었다네. 한밤중에 조카가 변소에 갔다가 근처의 오름에서 봉화가 오르는 걸 본 모양이야. 아니, 확실히 보았다고 하더군. 멀리 총성이 울리는 것도 들었다는 거야, 이 동무. 학생들 중에도 봉화를 본 아이가 있는 모양이야. 아침이 되자, 학생들 사이에 지난밤에 산불이 났다는 이야기가 퍼졌다는군. 그래서 인솔교사들은 모든 학생들에게 함구령을 내렸다는 거야……. 그런데 이 동무, 학생들이 무사히 산을 넘을 수 있었던 것은, 게릴라의 보호가 있었기 때문이라고 생각지 않나."

불안한 질문이었다. 이 남자는 게릴라에 대해 전혀 아는 게 없어서, (섬에 갑자기 나타난 탓도 있었지만) 밤에만 출몰하는 도깨비 같은 존재로밖에 상상하지 못하는 게 틀림없었다. 아니, 나도 '해방구'에 가서 실제로 유격훈련을 보지 않았다면, 게릴라 활동에 대해 정체를 알 수 없는 음산한 것으로 받아들였을 것이다.

"음, 산불이라니, 잘 됐군요. ……그 마을엔 게릴라가 나오지 않았나 봅니다. 도중에 게릴라 부대와 마주치지는 않았답니까?"

"아니, 글쎄, 그렇다는군." 최상화는 눈썹이 거의 없는 평평한 얼굴을 더한층 납작하게 웃었다. "마을에는 게릴라가 나타나지 않았대. 도중에 게릴라와 만나지도 않았고. 저 아이가 큰외삼촌인 나에게 거짓말을 할 리는 없지. 성실하고 머리도 좋은 청년이라네. ……멀리서 총성이 들리고 봉화가 오르는 걸 보았을 뿐이라는 거야. 음, 그것도 모두 비밀에 붙이고 있지만. 참, 그러고 보니, 성내에 들어오기 전에 서문교에서 실시하는 검문에 걸려 한 시간이나 기다렸다고 하더군.

특히 산을 넘어왔다는 걸 알고는, 인솔교사나 학생들의 신체검사를 한다, 심문을 한다고 해서 경찰이 다리를 건너지 못하게 하더라는 거야. 교원 두 명이 교섭에 나서서 도청까지 경찰과 동행하여 제주도 전체 학동학예전람회를 주최하고 있는 학무부의 허가를 받고 나서야 전원 통행을 허락받았다고 하더군. 그때 조카가 내 이름을 댄 것이 효과가 있어서 전원 통행허가가 나왔다는 것인데, 학무부가 산을 넘었다는 이유만으로 경찰의 말에 좌지우지된다는 건 말이 안 되지. 하긴, 당연하다면 당연한 일이겠지만 말일세, 이 동무. 교사들이나 학생들이 게릴라 부대도 아니고, 또 그들은 자신들의 그림이나 글씨를 출품한 제주도 전체 학술전람회를 보기 위해(학술전람회라고 묘하게 말을 바꿨다), 일부러 멀리서, 그것도 걸어서, 도보행진으로 왔으니, 환영을 해도 모자랄 판에, 그런 대접을 하다니. 음, 게릴라의 보호를 받았던 것은 아니고, 안 그런가, 이 동무. 그래서 나는 어제 도청 학무부 부장 동무에게 적절한 주의를 주었다네."

최상화의 술꾼이나 되는 양 모세혈관이 붉게 충혈된 눈이 한순간 밝게, 그리고 엄격한 빛을 발했다. 어째서 국회의원 입후보자가 도청 직원에게 적절한 주의를 주게 되었는지는 알 수 없지만, 바로 1개월 전까지 시골판사를 지낸 그 마음속에는 이미 국회의원으로서의 환상이 실효를 지니기 시작한 모양이었다.

단술이 든 찻잔이 두 사람 앞에 놓였다. 최상화는 손님에게 권한 다음, 하녀가 있는 앞에서 한 잔을 거의 단숨에 비우고는 다시 따르게 했다.

"간밤에 조카는 우리 집에서 묵었는데 말이지, 웃훗훗, 나의 입후보에 비판적이었고, 솔직하게 말해서 반대하더구만."

"호오, 왜 그런답니까?"

이방근은 단술을 한 모금 흘려 넣고 말했다. 목구멍을 찌르듯이, 시큼하면서도 달콤하게 끈적거리는 액체에 떠 있는 누룩이나 쌀 알갱이가 혀에 닿으면서, 조금 씹어야 될 것 같은 감촉으로 복잡하게 그 감미로움을 전해 왔다. 이방근은 한 잔 이상은 마시고 싶지 않았다.

"그러니까 한마디로 말하자면, 공공연히 말할 수는 없지만, 저 아이도 좌익에 물든 청년들과 마찬가지로, 총선거라는 최대의 국가 민족적 대사업에는 반대라는 것이지. 골치 아픈 일이야. 물론 날 걱정해서 그러겠지만, 저들은 내 생각을 아직 몰라……, 아직 모르고 있다구."

"걱정이라니요?"

"……음, 그건 저들 생각이 그렇다는 것이지, 난 달라."

최상화는 말끝을 흐렸다.

"만일 자제분들이 여기에 있었더라면 여러 가지로 힘이 되었을 텐데 말입니다."

"글쎄, 곁에 있다면 어떨까 하는 말인데……. 하지만 옆에 있다고 해서 반드시 도움이 되는 건 아니야. 아니, 없어서 차라리 다행이라고나 할까. 형제가 모두 일본에서 조련(재일조선인연맹) 일을 하고 있는 모양이니까. 조련이라는 건, 으흠, 그건 좌익조직이거든. 이쪽에 있었다면 조금 달라졌을지도 모르지만, 어쨌든 없는 편이 오히려 좋아. 자식들이 힘이 되기는커녕, 여기에 있으면서 조카와 마찬가지로 엉뚱한 소리나 하는 날에는, 부자간의 인연이라도 끊지 않는 한, 제헌국회의원 선거에 출마 같은 건 할 수 없을 테니 말야. 자식들은 하고 싶은 대로 하도록 내버려 두는 게 좋아. 그게 내 생각이거든……."

시원한 바람이 마당으로부터 불어 들었다. 방금 날아온 듯한 까마귀가 갑자기 마당의 소나무 위에서 울기 시작했다. 곧 또 한 마리가 날아와서 합창을 시작했다.

"시끄러운 까마귀들······."

최상화가 중얼거리며 자리에서 일어났다. 그리고는 유리문이 열린 툇마루에 서서 손뼉을 치고 쉬잇 소리를 내어 까마귀를 쫓았다. 까마귀는 날갯짓을 하며, 마치 똥이라도 하나 떨어뜨리고 가는 듯한 울음소리를 남기고 사라졌다.

최상화는 유리문 옆의 일본 육법전서 따위가 몇 권 꽂혀 있는 큰 책상으로 다가갔다. 그리고는 두꺼운 서류철 위에 놓여 있던 확대경을 들고 렌즈를 얼굴 가까이 가져다 대더니, 후우 하고 입김을 내뿜었다. 먼지라도 앉아 있었던 모양이다. 책상 위에는 잡다한 서류 등이 산더미처럼 쌓여 있고, 책상 옆 벽면 가득히 최상화의 얼굴 사진, 대학노트 크기로 확대된 서너 종류의 사진이 영화배우의 브로마이드처럼 몇 장이나 붙어 있었다. 선거 포스터의 인쇄에 쓸 사진들인 모양이었다. 한 장은 맞선용 사진과 흡사하게 입언저리를 오므리고 약간 우수의 그림자를 띠고 있는 표정이었고, 다른 한 장은 생글생글 웃고 있는 모습을, 또 다른 한 장은 대범한 미소, 이른바 웃는 모습을 담아낸 것으로, 이방근은 자신도 모르게 웃음이 터져 나오려는 것을 간신히 참았다. 최상화는 얼굴을 쳐든 김에 자신의 여러 장의 사진을, 그리고 재빨리 그중에서 한 장을 힐끗 보고는 이쪽으로 고개를 돌렸다. 그러니까, 이 동무······. 그는 사람을 부르는 것처럼 말을 하고는, 양손으로 뒷짐을 지고 천천히 소파 쪽으로 걸어왔다.

"······이 동무는 앞으로의 정세를 어떻게 보고 있나. 이를테면 좌익 진영에서는 어떤 전망을 하고 있는지와 같은······."

"그건 알 수 없지요."

"이방근 동무는 좌익과도 교류가 있지 않은가······."

최상화는 의자에 걸터앉으며 말했다.

"좌익이라니요?"

"이 동무의 오해가 없기를 바라는데, 난 말이지, 좌익과의 교류를 금기시하거나 하는 편협한 사상을 지닌 사람이 아니야. 나도 과거에는 제주도인민위원회 부위원장까지 지냈던 사람이야. 물론 좌익독재 반대, 우리나라가 소비에트연방의 일원이 되어도 좋다는 식의 공산주의는 절대 반대인데, 그건 민주주의라고 할 수가 없는 것이지. …… 음, 이 동무는 강몽구와 긴밀한 사이라던데……. 아버님한테 들었어."

"강몽구? 핫하아." 이방근은 웃으며 말했다. "아버님께서 그런 말씀을 하시던가요. 그와는 유치장 동료라서 말이죠. 면식은 있습니다만, 긴밀한 사이는 아닙니다." 이방근은 담배에 불을 붙이고 말을 이었다. "……그런데, 어째서 강몽구 일을 저에게 묻습니까. 실은 말이죠, 저야말로 전부터 강몽구에 대해서 꼭 한번 최상화 씨께 물어보려던 참이었습니다."

"아ㅡ, 그랬나. 강몽구는 나도 면식이 없는 건 아니지만……, 인민위원회 때는 일을 같이 한 적도 있었고 말이지. 따라서 면식이 없는 건 아니지만……." 조금 당황한 듯이 표정을 씰룩거린 최상화는 손님의 이야기를 슬쩍 피하며 말했다. "실은 강몽구를 한번 소개해 주었으면 하는데, 아니 뭐, 소개라기보다는, 이참에 이방근 동무가 중간에 나서서 양자가 만날 수 있도록 주선을 해 주었으면 해서 말이지."

"……강몽구와 만난다구요?" 이방근은 웃음 섞인 거의 괴성에 가까운 소리를 질렀다. "핫, 핫, 그렇습니까, 그런데 그건 무슨 뜻으로 하는 말씀입니까?"

"이 동무는 내가 강몽구를 만나고 싶다고 해서 놀란 모양인데, 무슨 특별한 이유가 있는 건 아니야. 나는 어제오늘 양일간, 즉 어제의 폭동이 발발한 이래 번민하며 진지하게 생각해 보았어. 우리 동포들끼리 서로 다투고 죽이는 어리석기 짝이 없는 비참한 일이 우리 고장에서 일어나고 있다는 건 도저히 참기 어려운 일일세. 게릴라는 우리 동포가 아닌가, 경찰은 우리 동포가 아닌가 말야. 팔은 안으로 굽고, 다섯 손가락 중에 어느 하나를 깨물어도 아프지 않은 손가락이 없다고 하지 않는가. 피를 나눈 육친과 동포라는 건 그런 거지. 동포들이 서로 다투는 건 우리 민족의 비극이 아니고 무엇이겠나. 조선민족은 반만년 유구한 역사를 지닌 민족으로서……, 지금이야말로 화평의 철학이 필요한 때라네. 음, 무지몽매한 농민들이 좌익진영의 선전에 놀아나고 있는 건 사실이지만, 솔직하게 말해서 나는 좌익진영이 제주도의 민의를 어느 정도 대변하고 있는 건 인정해야 한다고 생각하는 사람일세. 그건 부정할 수 없는 사실이니까. 하지만 그들이 총선거에 반대하고 있는 까닭에 입후보를 낼 수 없는 게 현실인 이상, 최소한 그러한 민의를 수렴하는 일을 게을리해서는 안 된다는 것도, 내 역할의 하나라고 생각하고 있다네……."

최상화는 단술을 다 마셨다. 설마 단술 두 잔에 취할 리는 없다. 상당히 연극 같은 대사였지만, 최상화의 침통한 기분을 반영하고 있는 그 표정은 진지했다.

"음……." 이방근은 고개를 끄덕여 상대의 시선을 흡수하듯 받아들였다가, 그것을 다시 천천히 상대의 눈동자 속으로 되밀며 말했다. "최상화 씨께선 정말로 그렇게 생각하고 계십니까. 선생께서는 이승만파의 국민회 소속이 아닙니까. 무소속이라면 몰라도……."

"후후, 정말이고말고." 최상화는 담배에 불을 붙이고 한 모금의 연기를 내뿜으며 말했다. "애당초, 무소속으로서는 아무런 도움이 안 돼. 가령 내가 강몽구 등과 만난다 하더라도, 조직의 받침이 없으면 서로 간에 이야기가 안 되거든. 물론 내가 선거에 이겨서 제헌의회에 의석을 확보하는 것이 무엇보다 전제가 되겠지만, 게다가 그때까지도 혼란이 수습되지 않을 때는, 쌍방의 화평 성립을 위해서, 나는 제주도 출신 의원으로서 중앙 정계 및 이곳 정계를 배경으로 삼고 있는 경찰 측에 영향을 미쳐서, 혼신을 다해 화평 공작에 진력할 것을 각오하고 있으며……"

최상화는 정말로 강몽구와 만날 작정인 모양이었다. 강몽구와 만나는 것은 지금부터라도 그를 통해서 화평 교섭의 실마리를 만들어 두고 싶기 때문이라고 했다. 이방근은 상대방에게 어떤 꿍꿍이속이 있는지는 알 수 없었지만, 너무나 당돌해서 이건 돈키호테가 아닌가 생각했을 정도였다. 모두 비현실적인 이야기였을 뿐만 아니라, 상당히 철면피한 생각이라고 하지 않을 수 없었다. 최상화의 속셈은 어디에 있는가. 어쨌든 지금부터 전개될 정세에 대한 불안이 깔려 있는 것만은 확실했다. 게릴라의 움직임에 대해서는 치안당국도 잘 모르고 있는 상황이라서, 청천벽력 같은 무장봉기가 최상화 개인을 상당히 불안하게 만들고 있다는 것은 상상하기 어렵지 않았다. 최상화는 '5월단선' 반대의 무장봉기를 일으킨 게릴라의 표적이 되기 쉬운 인물이었던 것이다.

상상도 하기 어려운 최상화의 말에 말문이 막힌 이방근은 곧장 대답을 할 수가 없었다. 아, 그렇습니까, 라는 말 밖에 달리 없을 것 같은 대답을 찾을 틈도 주지 않고, 이 동무…… 하고 최상화가 말을 이었다.

"동무에게는 꽤나 엉뚱한 생각처럼 들린 모양인데, 이방근 동무라면 나의 이 생각을 이해해 줄 것으로 생각하고 있었네. 어제의 게릴라 봉기라고 하는 참으로 불행한 사태를 접하고 나서 나는 이틀 동안 깊이 괴로워하고, 또 생각했어. 그 결과는 화평의 사상이야. 유교도 불교도 기독교도, 모두가 화(和)를 설법하고 인간애를 강조하고 있어.

그렇지 않은가. 그건 인류의 이상으로서, 그러니까, 화평의 사상이 이 섬의 동란에 들어맞지 않을 리가 없다는 거지. 이건 결코 웃을 일이 아니야. 지금과 같은 상황에서는 중요한 생각으로서……, 다만, 나의 이 화평 사상은 아직 누구에게도, 이 동무의 아버님께도 이야기하지 않았어. 으흠, 이런 이야기를 함부로 아무데서나 해서는 안 된다는 것을 이방근 동무가 지적해 주지 않더라도 잘 알고 있다구. 물론, 조만간 나를 추천해 준 이태수 씨에게 의논은 할 작정이야……."

이방근은 거의 무의식적으로 상의 안쪽 주머니에 집어넣은 손가락 끝에 봉투가 만져지자, 손을 다시 뺐다. 이방근은 그 편지를 들이밀 기회를 노리고 있었지만, 최상화 이야기를 듣고 있는 동안에 독기가 빠져나간 느낌이 들면서 그럴 기분이 나지 않았다. 이 비열한 편지를 보아야 할 인간이 굳이 최상화일 필요는 없었다. 편지를 보낸 인간인 최용학의 부친인 최상규야말로 두 눈을 크게 뜨고 이 편지를 읽어야 할 것이다. ……아드님의 그 편지를 보여 드릴까요. 나는 편지 내용을 공표할 수도 있습니다. 나는 여동생에게 온 그 편지를 소중히 보관하고 있으니까요. 명예훼손이라든가, 그런 말을 할 상황이 아니지 않습니까, 그건 이쪽에서 하고 싶은 말입니다……. 열흘쯤 전의 명선관에서 우연히 만난 최상규와의 말다툼. 최상규는 아들의 그 편지가 이방근의 손 안에 있다는 것을, 반신반의하면서도 알고는 있었다. 그것을 역으로 이용하여, Y리 버스정류장의 목격자인 최상규의 입을 막는다, 이런 협박과 유사한 방식은 천박한 감정을 동반할 수밖에 없었지만, 편지 내용을 상대방에게 알리기 위해서는 우선 최상화에게 들이댈 필요가 있었다.

"좀 전에 상화 씨는 제가 강몽구와 긴밀한 사이 같다고 말씀하셨는데, 그건 제 아버님께 들은 게 아니고……, 어디, 다른 곳에서 나온 이야기 아닙니까?"

이방근은 상대를 지그시 바라보며 말했다.

"아니야……." 담배 연기 저편으로 최상화의 목이 꿈틀하고 움직였다. "난 이 동무 아버님으로부터 들었어."

"실은 일전에, 식산은행 옆문에서 여동생과 함께 뵈었을 때, 천천히 말씀을 나누고 싶었습니다만, 마침 아버님께서 쓰러지셔서 말이죠, 날짜가 지나 오늘에야 찾아뵙게 되었습니다. 여동생은 이미 서울로 돌아가 집에 없습니다만, 실은 저와 여동생은 엉뚱한 소문 때문에 꽤나 곤란을 겪고 있습니다. 제 말을 잘 아실 겁니다. 그 소문이라는 것은, 우리 남매가 공산당 조직 지구에 다녀왔다는 것인데, 그 일을 아버님께 이야기한 것은 최상화 씨라는 걸, 저는 어머니로부터 확실히 여동생과 함께 들었습니다. 물론 그것은 우리 집안을 걱정하는 선의에서 비롯된 것임을, 아버지나 어머니뿐만 아니라 저도 의심하지 않습니다. 하지만, 선의와 그 소문의 진위는 별개의 문제가 아닐까요."

"그 소문……? 으-음." 최상화는 순간적으로 몸을 움찔하더니, 얼굴이 굳어지며 시치미를 떼려다가, 아버지에게 그 말을 한 것은 당신이 아니냐고, 커다란 몸집을 앞으로 내밀며 따지고 드는 이방근의 물음에, 상대의 표정은 어이없이 무너졌다. 최상화는 항변하지 않았다. 벽 쪽으로 내몰린 사람처럼 몸을 뒤로 젖힌 그 얼굴에, 정체를 알 수 없는 느낌의, 느슨해진, 어찌할 바를 모르는 애매한 미소가 번졌다.

"아아, 난 또 뭐라고……. 소문이라고 하는 바람에. 그건 소문이 아니야, 그런 게 아니라구. 분명히 나는 그게 마음에 걸려서 걱정하다 못해 이 동무 아버님께 말씀드린 것은 사실이야."

"소문이 아니라면, 그럼 사실이라는 말씀입니까?"

"뭐가……."

"뭐가라니요. 내가 공산당 조직 지구에 다녀왔다는 것 말입니다."

"난 뭐 반드시 그 일을 말하는 게 아니야."

"방금 그 일이라고 말씀하시지 않았습니까. 그 일이 마음에 걸렸다고……. 그 일이라는 건, 내가 공산당 조직 지구에 다녀왔다는 것이겠지요. 대체, 그 근거는 무엇입니까. 그런 엉터리 같은 말이 나온 근거는……."

이방근은 쓴웃음을 조용히 입가에 머금고 있었지만, 그 어조는 날카로웠다.

"엉터리……? 뭐가 엉터리야."

최상화의 평평한 얼굴 표정이 울컥하며 부풀어 올랐다.

"엉뚱한 게 아니라, 진실이라고 말씀하시고 싶은 건가요. 게다가 강몽구와 Y리의 버스정류장에 같이 서 있었다고 날조까지 하는 것은, 꿍꿍이가 있는 유언비어로서 용서할 수가 없습니다. 아버지는 그 일 때문에 쓰러지지 않았습니까. 그 충격으로 말입니다. 강몽구와 내가 긴밀하다는 것은 그 버스정류장에 함께 서 있었다는 말에서 나온 건가요? 이건 꽤나 치밀하게 준비된 것 같은데, 그 불씨는 어디에 있는 겁니까? 저는 대충 짐작이 갑니다. 저에게 불필요한 원한을 가진 좀스런 자들의 소행이 틀림없어요. ……아니면, 최상화 씨 자신이 Y리 버스정류장에 내가 강몽구와 같이 있는 것을 목격이라도 하셨나요. 그렇지 않다면, 설마, 상화 씨가 멋대로 그런 불씨를 만들어 낸 것은 아니겠지요?"

"말도 안 되는 소리를……. 이 동무는 지금 무슨 소릴 하는가." 최상화는 팔걸이의자에서 벌떡 일어나 자리를 떠났다. "아니, 도대체, 이게 무슨 소린가. 그렇지, 그래, 이 동무는 맥주 좀 마시려나?"

이방근은 요즘은 낮술은 마시지 않고 있으며(물론 거짓말이었지만),

이제 가 봐야겠다며 사양하였다. 최상화는 문을 열더니, 단술을 가져오라고 큰 소리로 일렀다.

2

　최상화는 문을 열고 큰 소리로 하녀를 불러 분부를 했는데, 자리에서 일어난 김에 화장실을 가려는 것인지 천천히 방을 나갔다. 그는 적당한 키에 적당히 살이 찐 몸집을 하고 있었는데, 자리에서 일어나 등을 똑바로 세우고 걸어가자, 양복이 약간 큰 것처럼 느껴지는 것이 오히려 의젓한 인상을 주었다.

　시간은 세 시가 가까웠다. 놀러 온 것은 아니었기 때문에 슬슬 돌아가 봐야겠지만(게다가 하녀를 고함치듯 부르는 목소리가 조금 귀에 거슬렸지만), 그러나 이야기는 이제 막 꺼낸 참이었다. 그는 상의 안쪽 주머니의 편지를 의식하면서, 어찌할까 생각했다. 완전히 변덕스런 충동이라고밖에 할 수 없었지만, 서랍에서 편지를 꺼낸 것이 이곳으로 온 계기가 되었는지, 아니면 이곳으로 오기 위해 편지를 끄집어냈는지, 스스로도 알쏭달쏭한 느낌이었다. 어찌 되었든 상관없는 일이지만, 편지를 읽고 내용을 새삼 머릿속에 새긴 것은 사실이니까, 역시 의식적이었다. 어쩔 것인가, 최상화에게 편지를 보일까 말까. 사실은 최상화에게 이 편지를 들이댈 이유가 있는 것도 아니었다. 이방근은 웃었다. 웃으면서 혼잣말을 하듯이 소리 내어 말했다. 편지의 문구였다. ……그건 폭력입니다. 폭력단의 깡패들이나 하는 짓입니다. 유원 양의 오빠는 어떤 사람인가요, 그가 당신의 오빠라는 것을, 소생은 당신을 위해서 깊이 슬퍼합니다. 핫하아, 아니, 그저 슬퍼할 것입니다. 낭신을 위해서, 슬퍼하는 것입니다……, 저의 경애하는 유원 양에게……. 이거야 원, 우리 최용학 선생도 이 정도로 낯짝이 두껍다면 알아줘야겠군. 이방근은 다시 한 번 웃고, 담배를 입에 물었다. 지금 중얼거린 내용은 편지의 문구대로 정확히 옮긴 것은 아니었지만, 요소요소의 문구는 머릿속에 들어 있었다. 탁자 위에 놓여 있던 최상화의 라이터를 빌려 담배에 불을 붙였다. 손바닥에 묵직한 느낌을 주는 외제 라이터였다. 최상화의 조금 큰 듯한 느낌의 양복 주머니에는 늘 라이터를 비롯한 몇 가지 종류의 수첩, 그리고 몇 통이나 되는 편지 등이 가득 들어 있는지도 모른다. 가령 이 동지가……, 이방근의 의식 속의 목소리가 중얼거리자, 아아, 가령…… 하고 이방근은 그 의식 속의 목소리를 따라 혼자 가볍게 끄덕이며 소리 내어 말했다. 가령 이 동지가 지하조직 지구에 갔다 온 일이 사람들에게 알려진다면, 그 충격은 클 겁니다……. 의식 속에서 들리는 행상인 박의 목소리였다. 이방근 동지에 대해서는 유달현으로부터 보고를 받고 있습니다만, 이 이야기는 이미 성내의 일부 사람들 사이에 퍼져 있다고 합니다……. 봉기 전야에 섬을 빠져나간 당중앙 특수부 운운하며 자신을 밝히던 남자, 행상인 박갑삼의 말이 되살아났다. 성내 일부에 퍼져 있다는 것은 과연 사실일까…….

최상화가 돌아왔다. 그는 세수를 하고 돌아온 듯, 붉은 얼굴의 피부가 촉촉하게 빛나고 있었다. 두툼하고 멋진 귓불까지도 수건으로 비벼댄 것처럼 혈색 좋게 윤기가 돌았다. 그는 곧 하녀가 가져온 단술을 한 모금 마시고 나서, 라이터를 켜더니 입에 문 담배에 불을 붙였다. 그리고 천천히 연기를 내뿜으며 툇마루 너머로 마당을 바라보고는, 음, 좋은 날씨야…… 하고 중얼거렸다.

"……난 이해를 못하겠어. 왜 무장폭동까지 일으켜 선거를 방해하는지, 정말로 난 그러한 그들의 마음을 알 수가 없어……. 게릴라전이라고는 하지만, 나는 이 눈으로 본 적도 없고, 지금도 현실로는 믿기지가 않아. 게다가 우리 고향 땅에서 게릴라 전투가 벌어지고 있다는 것은……. 어떻게든 화평 사상으로 해결해야 해. 음, 나는 역시 강몽구를 만나야겠어."

"저어, 최상화 씨……." 이방근이 상대방의 이야기를 무시하듯 말했다. 이 남자는 변소에서 무슨 생각을 하고 있었을까, 세수를 하는 사이에 조금 전에 나눈 이야기를 물에 씻어 흘려보낸 듯했다. "좀 전에 하던 이야기입니다만, 그 소문은 어느 정도나 퍼져 있습니까? 전 오늘 그 일을 위해서, 어디를 다녀오는 길이라든가, 이제부터 다른 곳으로 가는 것이 아니라, 단지 그 일을 위해 직접 이쪽으로 찾아온 겁니다."

"홋, 호오, 그건 말이지, 음, 그런 말을 물어도 내가 대답하기는 곤란해, 그 소문은 아무도 몰라. 이 동무, 그건 날 협박하는 듯한 말투로 들리는데."

최상화는 웃었다.

"협박이라니요? 설마, 상화 씨, 그런 말도 안 되는 소리는 마십시오. 적어도 상화 씨는 초대 국회의원 선거의 유력한 후보자입니다(최상화는 팔걸이의자에 몸을 똑바로 세우고 앉아, 이런 말을 듣고 싶었다는 듯, 음 하고 만족한 듯이 고개를 끄덕였다), 제가 찾아뵌 것은, 그 날조된 유언비어 때문입니다. 그 의도적인 헛소문의 출처를 찾고 싶습니다만, 일단은 아버님과 어머님이 직접 이야기를 들었다는 최상화 씨 이외에 찾아갈 곳이 없지 않습니까."

"……"

최상화는 짧아진 담뱃불을 재떨이에 비벼 끄더니, 입맛을 다신 뒤,

쓰고 곤혹스런 웃음을 떠올리는 것으로 납을 대신했나.

"소문이 난 근거, 즉 상화 씨는 어디서 그 이야기를 들었습니까. 그 것만 알려 주시면 됩니다."

"이 동무가 원하는 그 대답은 아까부터 나와 있지 않는가. 소문 같은 건 어디에도 퍼져 있지 않으니까."

"거듭 말씀드립니다만, 최상화 씨 자신이 그런 헛소문을 꾸며낸 장본인이 아닌 이상, 당연히 어디엔가 그 출처가 있을 거 아닙니까. 저는 그걸 알려 달라는 겁니다."

"헛소문이라는 말이 좋지 않아."

"헛소문이 아니면 뭡니까?"

"그러니까, 그 헛소문인지 뭔지는 아무데도 퍼지지 않았기 때문에 없었던 일이나 마찬가지여서, 아무도 몰라. 그 불씨라는 건 이미 사라져서 찾을 수도 없다구. 이방근 동무, 난 동무의 아버님과도 가까이 지내는 사람이야. 내가 이 동무에게 안 좋은 일을 꾸며낼 리도 없지 않은가. 아버님께는 내가 잘 말씀드릴 테니까, 책임을 지고 말해 둘 테니까, 오늘 이 이야기는 이 정도로 끝내고, 없었던 일로 해 주지 않겠나."

"그래요, 그런데 말해 둔다고 하시는데, 도대체 뭐라고 하실 참인데요?" 아버님께 말을 해 둔다……. 이건 마치 어린애를 달래는 말투로군. "우리 남매가 공산당 조직 지구에 다녀왔다고 한 것은, 실은 거짓으로 꾸며낸 이야기라고 말씀하실 작정입니까."

"흐ー음, 그렇게까지 날 추궁하지는 말게나. 난 거짓말 같은 걸 한 적이 없어." 최상화는 애매한 미소를 띠고 있었는데, 그것이 수동적이고 계면쩍은 웃음으로 바뀌었다.

"그건 나에게 맡겨 두면 돼."

"핫, 핫, 하아, 도대체 무얼 맡기라는 겁니까?" 이방근은 상대방의 어색한 웃음에 이끌려 웃긴 했으나, 그 웃음의 저변에서 뒤틀린 분노의 감정이 솟아오르는 것을 느꼈다. 이 빈대 같은 자식, 노인만 아니었다면 목을 비틀어 뱃속에 있는 것을 토해 내게 했을 것이다. 그러나 도대체 무엇을 토해 내게 한단 말인가. 이방근은 스스로의 장단에 놀아나 자신이 흥분하고 있다는 것을 깨달았다. "상화 씨가 아버님께 말한 것은 적어도 아버님이 졸도할 정도로 충격을 안겨 준 문제를 포함하고 있는 겁니다. 그런 책임을 지기 위해서라도 사실 여부의 확인과 소문의 출처를 밝힐 필요가 상화 씨에게 있는 거 아닙니까." 상당히 강압적인, 자칫하면 스스로가 자신의 정체를 드러내기 쉬운 위험성을 내포한 압박이었다. 이방근은 안쪽 주머니 속으로 뻗은 손의 움직임을 쫓는 상대의 눈길을 의식하면서, 편지를 꺼내 탁자 위에 놓았다.

"이것은 조카 되시는 최용학 동무로부터, 보시는 대로, 학교 주소로 제 여동생한테 보낸 편지입니다. 일부러 속달로, 게다가 보낸 사람이 남성이라는 것 때문에 학교에서도 수상하게 여길 정도로 주목을 받은 편지입니다. 내용은 읽으면 알게 되는, 하지만 읽기에 민망한 대목이 많은, 한마디로 말하자면 파렴치한 편지입니다. 그러니까, 예를 들어……."

이방근은 갑자기 자리에서 일어나 툇마루 쪽으로 열린 유리문 곁으로 갔다. 그리고는 양손으로 뒷짐을 진 다음, 시선을 떨어뜨리고 시라도 암송하듯이, 경애하는 유원 양…… 하며 읊기 시작하였다. 경애하는 유원 양이라고 두 번 반복한 뒤 계속 읊어갔다. 봉투를 손에 들고 뒷면을 보고 있던 최상화는 멍한 표정으로 오른쪽 비스듬히 서 있는 이방근에게 시선을 던졌다.

"지금 저는 편지 내용의 일부를 암송하고 있는 중입니다만, 실은 그

긴 편지의 문구를 대강 외우고 있습니다. 한가한 사람이 심심풀이로 하는 짓이겠지만, 저는 어쩐지 흥미를 느껴서 머릿속에 몽땅 넣어 둔 것이지요. 그러니까, 유원 양, 당신의 오빠는 사람 축에도 못 끼는 깡패나 마찬가지입니다. 비록 육친이지만, 아니, 육친이기 때문에 더욱 당신은 그것을 알아야만 합니다……. 소생은 당신을 보아서 참고 있습니다만, 유원 양의 오빠는 어떤 인물인가요. 소생은 당신의 오빠라는 존재를, 당신을 위해 깊이 슬퍼하는 사람입니다……. 지금은 밤도 깊어 새벽 한 시, 서울 장안은 깊은 잠에 빠졌고, 이 귀에 들려오는 것은……, 으-흠."

이방근은 문득 한숨이 나왔다. 그의 머릿속에 담아 두었던 편지 문구를 조금씩 풀어 놓으며, 유달현을, 서재에 찾아온 그가 무장봉기를 알릴 때도 그랬지만, 이따금 방 안을 빙글빙글 돌면서 흥분한 어조로 말하던 모습을 떠올렸다. 지금 이방근은 바보 같은 짓이라는 것을 충분히 의식하면서 하는 일이었지만, 그것을 계속하려면 유달현 못지않은 연극을 해야만 했다.

"이거, 실례했습니다. 무심코 장난기가 발동했습니다만, 제 행동에는 스스로가 생각해도 조금 연극 같은 면이 있습니다. 하핫, 바보 같은 짓입니다……." 이방근은 웃으며 툇마루 앞의 소나무 분재를 흘낏 쳐다보고는 소파로 돌아와 앉았다. "그런데 말입니다, 지금 눈앞에 있는 편지를 보셔도 아시겠지만, 제가 입에서 나오는 대로 적당히 떠들어 대는 게 아니라는 겁니다."

"갑자기, 이건 무슨 일인가. 편지를 꺼내 놓고, 그걸 암송해서 읽고……. 이 동무, 난 도무지 알 수가 없군. 동무는 연극을 하는 기분인지 모르겠지만, 방금 그 편지의 암송은 나와 무슨 관계가 있나. 거기에 무슨 속셈이라도 있는가?"

최상화의 얼굴에서 웃음기가 사라지고, 말투에도 가시가 돋쳤다.

"상화 씨, 기분이 상했다면 용서해 주세요. 편지를 읽으시면 아실 일이지만, 다른 속셈은 없습니다. 원하신다면, 제가 여기서 읽어도 상관없습니다. 아니, 생각 같아서는 최용학 동무 부친인 최상규 씨에게 꼭 보여 주고 싶습니다. 하지만 직접 본인이 읽었다가는 충격을 받게 되어 좋지 않을 겁니다. 그래서 상화 씨와는 직접 관계가 없다고 생각하면서도, 속셈이라면 이것이 속셈일지도 모르겠습니다만, 이 편지에 관한 일을 상규 씨에게 전해 주었으면 하는 겁니다. 다만, 최상규 씨는 아드님이 이런 편지를 제 여동생 앞으로 보냈다는 것은 알고 있을 겁니다. 어쩌면 이방근의 허튼소리쯤으로 생각해서, 진짜로 편지가 있다는 걸 믿지 않으실지도 모르지만, 어이쿠…… 아니, 이거 실례했습니다. 그 의문에는 눈앞의 편지가 증명해 주고 있으니까……. 어쩌면 상화 씨는 이 편지에 관한 일이 처음이라서 당돌하게 들릴지도 모르겠습니다만, 그러니까, 일전에, 상화 씨의 중개로 최상규 씨에게 제 아버지가, 그것도 제게는 아무런 상의도 없이(이방근은 여기서 갑자기 말투가 거칠어졌는데), 아버지가 '유감의 뜻'을 표한다는 식으로 사과를 한 일이 있지요. 아드님이 나를 찾아와서, 실은 여동생을 찾아온 것이지만, 그 여동생 앞에서 제게 폭력을 당해 쫓겨났다는, 그 비열한 일 말입니다. 폭력이라는 것도 물론 날조된 것입니다만, 나잇살이나 먹어가지고 그걸 자기 부친에게 일러바치고 성내 사람들에게 소문을 퍼뜨리더니, 이번에는 당사자도 아닌 제 아버님에게 상화 씨를 통해 항의를 해 오는 바람에, 사과를 한 일이 있었지 않습니까. 아버님으로서는 따로 계산이 있었는지는 모르지만, 이것은 생각하기에 따라서는 꽤나 굴욕적인 겁니다. 편지는 그런 일들과 관계가 있습니다. 따라서 상화 씨와 전혀 관계가 없는 것도 아니고……. 어쨌든 그 아드님은 서울에서 제 여동생의 꽁무니를 끈질기게 쫓아다니며 창피한 줄도 모르고 구혼을 했습니다. 거절당하자, 학교 앞으로 협박조 편지를 속달로 보냈습니다. 그리고 저에 대해서는 멀쩡한 여동생을 향해 마음껏 매도를 하고 있다는 겁니다. 어떻습니까, 믿지 못하시겠다면, 지금 여기서 읽어 보시겠습니까?"

"아니, 아니야, 이제 됐어, 나는 남의 쓸데없는 편지 같은 건 안 읽어."

최상화는 강하게 뿌리치듯이 말하고는, 봉투를 이방근 앞으로 밀었다. 그 표정은 한순간 험하게 굳어졌는데, 그는 무언가를 직감하고 있는 것 같았다. 최상화는 이방근 쪽으로 편지를 도로 내민 손으로 찻잔을 들어 단술을 단숨에 마셔 버렸다. 그런데, 숨을 너무 깊이 들이마신 탓인지, 단술이 목구멍 안쪽으로 흘러 떨어진 순간, 밥 알갱이가 기관을 통해 콧구멍으로 기어 올라온 모양이었다. 최상화는 상반신이 의자에서 튀어 오를 정도로 큰 재채기를 두 번 했다. 그는 손수건으로 콧등과 비어져 나온 눈물을 훔쳤는데, 재채기를 한 탓에 굳어졌던 얼굴이 단번에 풀린 것 같았다. 하지만 그 밋밋하고 평평한 얼굴에는 웃음이 돌아오지 않았고, 다시 구름처럼 솟아오른 불쾌한 표정으로 가득 메워졌다. 사실, 흥미가 있다면 몰라도, 최상화가 지금 편지를 읽어야 할 까닭은 없었다. 그러나 무언가를 느낀 듯한 그의 반사적인 태도는 편지에 충분히 반응하고 있음을 알 수 있었고, 역시 그에게 편지의 내용을 보다 구체적으로 알릴 필요가 있었다. 지금의 최상화는 적어도 사촌 형 최상규의 대리역을 하고 있었다. 이방근 앞에서 그런 역할을 할 수밖에 없는 처지가 되어 있었다. 그런 점에서는 이 편지에 대해 반드시 사촌 형에게 전할 것이다.

이방근은 편지봉투를 손에 들고, '서울시 마포구 S여자전문학교 음악과 전교 이유원 귀하'라고 쓰인 네모나고 작은 오른쪽 모퉁이의 필적을 보면서, 알맹이를 꺼내 최상화 앞에서 읽어 줄까 생각하다가 그만두었다. 이건 역시 협박이나 다름없는 행동이었다. 그는 봉투를 한 손에 든 채, 그 비열한 내용의 알맹이를 끄집어낼 기분이 나지 않았다. 이미 편지의 존재는 이것으로 충분히 증명되고 있었다.

"물론입니다. 이런 졸렬한 내용의 편지를 굳이 읽으실 필요는 없겠지요." 이방근은 그렇게 말하고 봉투를 상의 안주머니에 다시 넣었다. 한순간 깜짝 놀라며 얼굴에 뜻밖이라는 표정이 깃든 최상화의 시선이 봉투를 쫓았고, 이방근의 손이 안주머니에서 나오기까지 떨어질 줄 몰랐다. 최상화는 읽는 것을 거부했지만, 내심으로는 편지의 내용을 알고 싶었음에 틀림없었다. 이 남자는 필경 사촌 형 최상규를 만나자마자 편지 건을 끄집어낸 뒤, 상대의 질문에 따라 상세하게 이야기를 할 것이다. 이방근은 그 자리에서의 최상화의 표정과 제스처까지 떠올리고 있었다. 최상화는 그러기 위해서라도 역시 편지 내용을 직접 눈으로 확인해 둘 필요가 있었다. "하지만, 이전에 말이죠, 좀 전에도 말했듯이, 상규 씨 아드님과 저의 일로 중개를 맡으신 일도 있고 해서 말이죠, 먼저 상화 씨께 보여 드리고 싶었을 뿐입니다. 직접 최상규 씨에게 보여 드리는 것은, 물론 어쩔 수 없이 필요할 경우에는 그렇게 해야겠습니다만…… 아까도 말씀드렸다시피 지나치게 모가 나는 일이라서, 실례가 될 수도 있을 겁니다. 게다가 예를 들어서 말입니다. 그런 일로 일부러 그 댁을 찾아간다는 것도 어리석기 짝이 없는 일이구요. 어른스럽지 못한 일이지요……."

"으-음, 그러니까, 나한테 온 것은 이 동무가 상규 형님에게 가는 대신에 온 것이다……."

"아니, 그런 게 아닙니다. 제가 오늘 찾아온 목적은 어디까지나 좀 전에 말씀드린 그 유언비어 때문입니다. 편지는 기왕 찾아온 김에 생각이 나서 말씀드린 거구요······. 그러나 그 내용은 역시 문제입니다. 편지는 여동생 앞으로 온 것이어서, 원래는 여동생이 가지고 있어야 마땅하지만, 일부러 나에게 보여 주기 위해 서울에서 가져온 것입니다. 그건 당연한 일입니다. 왜냐하면, 유원 양의 아버님 이태수 씨······라고 제 아버님의 이름을 명기하고, 이태수 씨의 사업에 대한 협력 관계 운운하며, 아버님과 최상규 씨와의 관계까지 언급하면서, 거의 협박조로 여동생에게 둘만의 합의로 약혼을 하자며 들이대고 있었기 때문입니다. 이건, 보통 문제가 아닙니다. 이 편지가 말입니다 (이방근은 오른손으로 상의 왼쪽 가슴께를 가볍게 두드렸다), 그 파렴치함과 어리석음으로 인해 개인 서신으로서의 범위를 넘고 있어서, 상화 씨 외에도, 음, 경우에 따라서는 공개할 수도 있을 것입니다."

"뭐라고? 그 편지를 공개한다고? 공개한다는 것은······ 홋후후후, 음, 어떻게 한다는 것인가." 최상화는 입가에 미소를 머금은 채 한쪽 다리를 들어 다른 쪽 무릎 위에 올려놓고는 흔들거리며 분명히 곤혹스러워하고 있었다. 그는 역시 사촌 형 최상규를 의식하고 있는 것이었다. 그 곤혹스러움은 바로 최상규가 느낄 곤혹스러움의 전조라는 의미를 충분히 갖게 될 것이다. "이 동무는 정말로 그런 생각을 하고 있는가. 신문이나 잡지 기사도 아닌 개인적인 편지를, 그렇지, 그건 바로 개인적인 편지에 틀림이 없지. 그것을 공개한다는 것은, 도대체 어떻게 한다는 것인가, 아니, 도대체가 너무나 당돌한 말이라서 무슨 소린지 전혀 모르겠어······. 이 동무는 오늘 무슨 일로 나를 찾아왔는가, 나는 젊은 벗인 이방근 동무를 맞이하는 데 있어 결코 소홀히 하고 있다고는 생각하지 않는데, 대체 이게 어찌 된 일인지 모르겠군, 전혀 영문을 모르겠어······." 최상화는 다리를 바꾸어 꼬았다.

"어찌 된 일이냐······, 그건 오늘 중에라도, 저녁에 문중회의가 있다니 그때 상규 씨에게 물어보면 아실 겁니다……. 흐-음, 저는 슬슬 가 봐야겠습니다만, 제가 찾아뵌 것은 좀 전에도 말씀드렸듯이 어디 까지나 나쁜 의도가 숨어 있는 유언비어 때문입니다. 상화 씨는 제 아버님께 책임을 지고 말해 두겠노라고 하시지만, 그 점을 다시 한 번 구체적으로 말씀해 주시지 않겠습니까."

"이보게, 이 군, 뭘 그리 서두르나, 차분하게 이야기를 해 보자구. 물론 태수 씨에게는 만나서 이야기를 하고말고, 책임을 지고 이야기 를 하고 싶은데, 문제는 말이지, 나에게는 모든 게 당돌하게 느껴져서 솔직히 뭐가 뭔지 통 모르겠어. ……오늘은 날씨가 이렇게 좋은데, 대체 어찌 된 일인지." 최상화는 방 바깥으로 펼쳐진 푸른 하늘에 시 선을 던지며 조금 횡설수설했다. 그리고 꼬았던 다리를 풀면서 팔걸 이의자에서 몸을 일으키더니, 뒷짐을 진 양손을 허리에 대고 방 안을 걷기 시작했다. "그러니까, 편지를 공개한다는 것은, 이방근이라는 사 람이 설마 그런 어리석은 짓은 하지 않을 거라고 믿고 있는데, 왜 그 런지 그 이유를 말해 볼까. 만일 사태를 악화시켜서 아버님인 이태수 씨와 내 사촌인 상규 형님 사이에 금이 가는 것은 서로 간에 좋지 않은 일이거든. 음, 게다가, 그 주변 사정은 이 동무도 잘 알다시피, 상규 형님도 태수 씨도 모두 다 나의 강력한 후원자나 다름없어. 상규 형님 은 친척이라서 보이지 않는 도움을 받고 있고, 이태수 선생께는 표면 적이고 공식적인 역할, 즉 나의 추천인이 되어 주는 것도 그러한 의미 가 있는 것이라서, 내게는 수레의 두 바퀴나 마찬가지야. 거기에 금이 간다면, 아니, 정말로, 거기에 금이 가는 일이 생긴다면 어떻게 되겠 어……, 음, 이건 보통 심각한 문제가 아니야……."

마지막의 혼잣말 비슷한 중얼거림은 최상화의 심정을 솔직하게 토 로하고 있었는데, 그는 멈춰 선 채 거의 신음하듯 말했던 것이다.

실제로 그럴 것이다. 시골에서 판사를 하고 있었으니 그렇게 큰 재산이 있을 리 만무했다. 우선 밭 등의 토지를 처분하거나 저당을 잡혀서 선거자금을 충당하고 있었지만, 친족 일문인 문중 모임이나 후원자들의 힘을 빌리지 않고는 아무 일도 할 수가 없었다. 하물며 최상화에게 있어서 수레의 두 바퀴인 최상규와 이태수 사이에 만에 하나 금이라도 가는 날에는, 바로 그의 말대로 '사태는 심각'해질 것이 뻔했다.

이방근은, 실은 최상규 본인에게는 언젠가 우연히 만났을 때 편지를 공개하게 될지도 모른다고 이미 통고해 두었노라고 말하려다 그만두었다. 너무 최상화를 궁지로 모는 것 같은 느낌이 들었던 것이다.

"이방근 동무, 강몽구 건도 꼭 한번 힘이 되어 주었으면 좋겠다고 생각하는데……." 최상화가 의자에 돌아와 앉으며 말했다. "그 전에 말이지, 편지 일로 풍파를 일으키지 않도록, 내 쪽에서 꼭 좀 부탁하고 싶은데, 물론 그 일로 내가 도울 수 있는 일이라면 뭐든지 하겠네……."

최상화는 라이터를 켜서 입에 문 담배에 불을 붙였는데, 손가락이 가늘게 떨리고 있었다. 확실히 떨고 있었다. 그가 한숨 섞인 연기를 크게 내뿜었을 때, 현관 쪽에서 여러 사람의 기척이 들렸다. 연이어 뿜어낸 담배 연기가 어지럽게 퍼졌다가 천천히 춤을 추면서 사라져 갔다. 사라져 가는 연기의 움직임에 최상화의 거친 숨결이 섞여 있는 듯했다. 어험, 분명히 현관 쪽에서 헛기침 소리가 나고, 집안사람이 밖으로 나가는 것 같았다.

"그런데 최상화 씨……."

그러자, 아, 잠시만 기다려 주게, 라며 갑자기 최상화가 당황한 기색으로 손님의 말을 가로막더니 허리를 들어 엉거주춤한 자세가 되었다.

"상규 형님이로군, 이게 어떻게 된 일이야……." 엉덩이를 쳐든 엉거주춤한 자세로 의자에 도로 앉은 그의 얼굴에서 한순간 핏기가 가실 정도로 표정이 변했다. 아니, 최상규라는 이름에 이방근 자신이 움찔 놀란 것이다. 당사자인 최상규가 찾아왔다. 나는 또 왜 이러나, 이방근은 움찔한 자신에게 화가 나 웃었다. "후후, 아니 무슨 일로 이쪽에 왔을까. 장소를 잘못 짚었나, 그럴 리가 없어, 아니, 그게 아니야, 시간도 아직 이르고……."

"호랑이도 제 말하면 온다더니, 묘한 일이군. 난 잠시 실례를 해야겠네."

최상화가 담배를 재떨이에 비벼 끄며 자리에서 일어나자, 이방근도 같이 일어섰다. 그와 동시에 가벼운 노크 소리가 나더니 열린 문틈으로 그의 늙은 아내의 표정을 알 수 없는 야윈 얼굴이 보였다.

"당신, 상규 형님께서 오셨어요. 자아, 이쪽으로……."

그렇게 말한 뒤 그녀는 일방적으로 손님들을 응접실로 안내했다. 중절모를 쓴 최상규를 선두로, 정장을 한 두 명의 남자가 하나같이 가벼운 헛기침과 함께 따라서 실내로 들어왔다.

"아이구, 일부러 여기까지 웬일이십니까. 조금만 있으면 문중회의가 있는데. 자아, 들어오세요……, 그리고, 상규 형님, 이쪽은 이방근 동무, 이태수 씨 아드님이신……."

이방근은 최상화의 얼빠진 소개 탓에(최상화는 우연히 딱 마주친 손님들이 서로 안면이 있다는 것을 알고 있었다), 말없이 가볍게 머리를 숙이고 이쪽을 돌아보지도 않는 최상규와 스치듯 열려 있는 문으로 나왔다. 무의미한 소개가 없었다면 설령 연장자라 하더라도 이쪽 역시 상대를 묵살했을 것이다. 나를 발견하자마자 순식간에 굳어진 그 증오로 가득찬 시선. 괜히 머리를 숙였다……. 최상규는 소파로 다가가 한가운데에 천천히 앉으며 어험 하고 헛기침을 했다. 그리고는 천천히 모자를 벗어 대머리를 드러냈는데, 집 주인이 모자를 받아 벽에 걸었다. 최씨 집안의 우두머리라는 것을 과시하는 건가. 사촌 동생인 최상화는 기를 펴지 못하고 있었다.

조금 당황한 최상화는 이방근의 뒤를 이어 응접실에서 나오자, 그를 현관 밖까지 배웅했다. 그건 손님을 배웅한다기보다 순간적으로 두 사람의 호흡이 맞아서였겠지만, 양쪽 모두 이야기가 완전히 끝나지는 않았던 것이다. 젊은 이방근을 밖에까지 배웅을 한다는 것은, 더구나 사촌 형 앞에서는 그런다는 것은 꼴불견처럼 여겨지기 쉬웠다.

"2, 3일 안에라도 다시 뵈었으면 합니다. 상화 씨는 그 소문이 퍼지지 않아서 아무도 모른다고 하셨는데요. 사실이 그렇기를 기대합니다. 그런데 만일 그런 소문이 어디서든 제 귀에 들어오는 날에는, 그때는 저로서도 생각이 있습니다. 소문의 불씨가 어디엔가 있다면, 그것을 완전히 꺼서 잿더미 속에 완전히 묻어 주시기 바랍니다. 그게 저의 조건입니다. 강몽구와 관련된 일은 염두에 두겠습니다만, 지금 당장 서둘 필요는 없을 겁니다."

어험! 하고 응접실에서 나는 최상규의 커다란 헛기침 소리가 현관 밖에까지 들려왔다. 신경에 거슬리는 목소리였다. 젊은 것을 배웅하러 나가서 무얼 하고 있는가. 이 집 주인에 대한 신호 같은 것이었다.

"이 동무, 고맙네. 모처럼 왔는데 내쫓다시피 보내게 돼서 미안하구만. 어쨌든, 그 소문에 대해서는 나에게 맡겨 주게. 아버님께도 내가 말씀드리지. ……실은, 으-음, 나에게도 짚이는 데가 있어서 말이야. 자아, 형님을 기다리게 하는 것도 좋지 않으니, 나는 이만 실례하네만, 이 동무, 잘 좀 부탁하니 잊지 말아 주게, 그럼……."

불안한 모습의 최상화는 악수를 하자며 손을 내밀었다. 이방근은 그 끈적끈적한 손을 가볍게 잡았다. 한순간 평평한 얼굴을 가득 채운 울상에 가까운 표정이 인상적이었다.

이방근은 최상화 댁의 돌담길을 따라 그대로 동쪽으로 걸어갔다. 곧장 가면 동문교 밑을 흐르는 산지천의 천변 길과 마주치는데, 그저 발길이 향했을 뿐 이렇다 할 목적이 있는 것은 아니었다. 돌담 너머로 가지를 뻗은 멋진 소나무에서 까마귀가 울었다. 조금 전에 집 주인에게 내쫓긴 까마귀인지는 알 수 없었지만, 늘 소나무로 날아와 방문객을 알리고 있는지도 모른다. ……이태수의 아들이 무슨 일로 왔나. 그 사람이 이곳에 올 일이 없을 텐데, 음……. 아마도 최상규는 이미 사촌 동생에게 따지고 있을 게 틀림없었다. 그리고 이제 곧 편지에 관한 내용을 사촌 동생으로부터 전해 듣고, 더구나 그 실제의 편지를 보았다는 '증언'에 기겁을 하며 놀랄 것이다. 명선관 2층에서 말했던 것이 결코 잠꼬대나 공갈이 아니었음을 알게 될 것이다. 반신반의하는 상태로 최상규의 의식 속 한구석에 조용히 머물러 있던 것이, 바야흐로 밖으로부터의 힘에 의해 어쩔 수 없이 끌려나오게 된다. 명선관에서 충돌이 있었던 것을 최상화가 모르는 것은, 최상규가 그 체면을 지키기 위해 마담의 입을 단단히 막았기 때문일 것이다. 여느 때 같으면, 버릇없는 놈이니, 명예훼손 운운하며 한바탕 떠들썩했을 테지만, 아들의 편지와 관련된 이야기가 튀어나오자 속으로 울분을 삭이고 있던 모양이었다. 음, 어쨌거나, 만일 짐작대로 최상규가 Y리 버스정류장에서 우리를 본 목격자이고, 불씨가 바로 여기에 있었다면, 지금은 편지를 빌미로 삼아, 반드시 유리한 전법이라고는 할 수 없었지만, 그걸 끌 수밖에 없었다.

으ー음, 저 빈대 같은 선생이 어쩌면 진심으로 강몽구와의 만남을 생각하고 있는 모양이군, 거 참……. 이방근은 얼굴에 미소를 띤 채 걷고 있었다. 그는 강몽구와의 만남에 대해서는 염두에 두겠다고 최상화에게 대답했는데, 그렇다고 해서 아무렇게나 그 자리를 얼버무리려고 한 말은 아니었다. 그는 애당초 그런 말을 할 수 없는 종류의 인간이었다. 최상화도 그걸 모를 리가 없었다. 그런데, 설령 갑자기 화평주의자가 된 최상화의 의향을 조만간 성내에 모습을 드러내게 될 강몽구에게 전해 본들, 일소에 붙일 것은 너무도 뻔하였다. 그 시기나 상황은 어쨌든 간에, 애초에 화평의 제창자로서는 최상화의 전력이 좋지 않았던 것이다. 해방 직후의 좌익만능의 시류를 쫓아 제주도인민위원회 부위원장까지 지낸 사람이, 얼마 안 있어 제주도의 판사로 변신해서, 이번에는 이승만파 국민회 소속으로서 선거에 입후보했기 때문에, 다행히 당선이 된다 한들 강몽구와의 회견은 처음부터 이루어질 여지가 없었다. 화평 제창자는커녕, 게릴라의 표적이 되기 쉬운 남자였다. 그런 의미에서는 꽤나 철면피였지만, 비현실적인 화평 제안을 생각해 내는 것치고는 역시 현실주의자적인 면모를 지니고 있었다. 그는 이승만이나 미국에 대해서도 나름대로 비판적인 견해를 지니고 있었지만, 그것을 밖으로 드러내지는 않았다. 흥분하지 않고, 현실적인 상황에 맞추어 살 길을 찾아야 한다는 자세 등은 경제인인 아버지 이태수와도 다르지 않았다.

　강몽구의 예상되는 반응처럼, 이방근 자신이 일소에 붙인 것은 최상화 개인에 대한 평가 탓도 컸지만, 이방근은 그와의 이야기 도중에 그 '화평의 사상'이라는 발상의 기발함에, 문득 의표를 찔린 듯한 느낌을 받은 것도 사실이었다. ……최근 이틀 동안, 나는 깊이 괴로워하고 또 생각했지. 그 결과가 화평 사상이야. 유교도 불교도 기독교도, 모두가 화(和)를 설법하고 인간애를 강조하고 있어. 그건 인류의 이상으로서, 화평 사상이 이 섬의 동란에 들어맞지 않을 리가 없다는 거지……. 최상화가 입에 올리면 왠지 머쓱해지는 느낌이 드는 말이었다. 전 인류가, 하물며 동포들끼리 평화롭고 사이좋게 살아가자는 식의 생각은, 똥통의 똥만큼이나 냄새를 풍기는, 특별히 새로울 것도 없는 내용이었지만, 제주도의 현재 상황하에서 그의 발상을 '적용'해 보면, 분명히 그것은 약간의 신선한 느낌으로 다가왔다. 본인이 사상이라고 말하고 있을 뿐, 달리 이론이나 철학이 있는 것은 아니다. 그저 단순하게 화평을 위해서 동란을 수습하자는 것이지만, 지금 단계에서 그런 말을 하는 사람은 그다지 많지 않을 것이다. 최상화가 생각해 낸 발상의 내적 동기야 어찌 되었든 간에, 그 생각은 비현실적이면서도 꽤나 선구적인 측면이 있다는 점은 부정하기 어려웠다. 공상적인 측면도 있지만, 이 공상적인 생각 자체가 게릴라 봉기라는 이 섬이 직면한 새로운 국면에서 탄생한 것은 사실이었다. 그것이 국회의원 유력 후보자의 머리를 매개로 해서 나온 것이었다. 문제는 그러한 종류의 생각이 일정한 정치력을 갖느냐 여부였다. 설령 강몽구와의 회견이 이루어진다 해도, 최상화의 중개를 통한 당국과 게릴라 간에 교섭의 장이 필요하게 되고, 거기까지 일이 진척된 뒤에도, 마지막에는 화평의 조건, 즉 게릴라 측의 요구까지 포함하는 쌍방이 내세운 조건의 성사 여부에 따라 모든 것이 결정될 것이다. 음, 그렇게 되려면 게릴라가 힘을 갖지 않으면 안 된다……. 혁명의 위대한 파괴와 혼란, 낡은 사회질서의 전복과 건설……. 잔혹한 로맨티스트라며 몰아붙이던 유달현의 말, 그것이 슬로건적인 분위기를 풍기는 까닭에 더욱 생생한 느낌으로 되살아났다. 그렇다고는 해도, 최상화의 속셈은 과연 무엇일까……. 이방근은 자신의 머릿속에 무슨 줄거리라도 있는 것처럼, 혼자서 생각을 쫓고 있는 스스로를 발견했다. 아니, 이건 또 어찌 된 일인가. 나 자신이 바보 같은 공상 속에 한쪽 발을 들이민 채 걷고 있다니! 자신도 모르는 사이에 빈대 선생의 수상쩍은 의도

속에 한쪽 발을 담근 채 걸고 있었던 것이다……. 나는 왜 서재의 소
파에서 일어나 거리로 나온 것일까. 이방근은 호주머니를 뒤져 담배
를 꺼내면서 생각했다. ……그러나 역시 아무것도 할 일이 없었다.
점심이 지나서까지 이불 속에 있으면서 생각했던 것처럼, 이 동란의
와중에 아무것도 할 일이 없었던 것이다. 담배 한 대를 입에 물었으나
성냥이 없었다. 멈춰 서서 바지와 상의 주머니를 아무리 뒤져도 성냥
이 나오지 않았다. 왜 가만히 서재에 머물지 못했던 것일까. 안뜰을
지그시 바라보면서 소파에 앉아 있을 수밖에 없는 모습이 나에게는
어울렸던 것 같다. 그런 내가 무엇 하러 거리에 나온 것일까. 아무것
도 할 일이 없다는 걸 알면서도 나왔다. 아니, 그렇다 하더라도 최상
화는 만날 필요가 있었다. 상대방이 찾아오지 않으면 이쪽에서 갈 필
요가 있었다. 그렇지 않은가…….

  이방근이 체념을 한 채 다시 걷기 시작했을 때, 이 선생님, 하고 젊
은 여자의 목소리가 뒤쪽에서 들려왔다. 뒤를 돌아보자 종종걸음으로
달려오는 흰옷 차림의 여자였다. 이방근은 햇빛을 반사하는 하얀 비
단 치마저고리 차림에, 순간 명선관의 단선으로 착각할 뻔했으나, 그
녀는 월향이라는 기생으로, 그는 지금 명선관이 아닌 옥류정 앞을 지
나던 참이었다. 대부분의 기생이 그러하듯이 그녀도 섬의 여자가 아
니었다. 본토 쪽에서 건너온 여자였다. 옥류정은 그의 아버지 이태수
가 자주 드나들면서 이방근은 거의 발길을 끊었는데, 전에는 자주 드
나들던 요정 중의 하나였다.

  "선생님, 여기 불이 있어요."

  월향은 꽤나 서둘러 왔는지, 바쁜 숨결을 억누르며 말했다. 눈치 빠
른 고마운 불이었다. 이방근은 다시 담배를 꺼내, 성냥을 그어 하얀
두 손으로 받쳐 올리듯이 내민 불에, 통행인의 눈길을 의식하면서 등

을 구부려 얼굴을 갖다 댔다. 부드러운 바람에 성냥불이 흔들린다. 화장 냄새가 피어올라 볼을 스치고, 기억에 남아 있는 체취, 겨드랑이 냄새가 한순간 혐오감을 불러일으키며 콧구멍 깊숙이 스며들었다. 이방근은 호흡과 함께 그 냄새를 맡았다.

"이거 고맙구만, 눈치가 빨라, 누군가 했어."

"이 선생님은 오랜만에 뵙는데도 냉정하시네요."

여자의 웃음에 자연스런 교태가 감돌고 있었다. 밖에까지 손님을 배웅하고 문득 시선을 옮기다 보니, 이 선생 같은 분이 뭔가 혼자 중얼거리면서 걸어오더라는 것이었다. 그런데 담배를 입에 문 채 이쪽저쪽 호주머니를 뒤지고 있는 것 같아서 금방 가게로 달려 들어가 성냥을 가지고 나왔다는 것이었다.

"갈수록 예뻐지는 것 같구만."

이방근은 그 자리에서 담배를 한 모금 빨고는 연기를 서서히 콧구멍으로 내보내면서, 빈말이 아니라 느낀 대로 말하였다. 단선과는 달리 손님을 대하는 게 익숙해져 있는, 이 가게에서는 언니뻘 되는 여자였다.

"농담은 그만두세요……."

"아니, 농담이 아니야."

"아이고, 이 선생님이 그런 말씀을 다 하시다니, 어쩜 좋아……."

월향은 살짝 눈을 내리깔면서 말했다.

"손님이 돌아가기엔, 아직 이른 시간 아닌가?"

"아침부터 왔었으니까요……."

"음, 그러니까, 아침부터 있었다는 것은 지난밤부터 있었다는 말이 되겠군, 안 그런가."

이방근은 웃었다. 그리고는 고맙다는 말과 함께 여자의 듬직한 어깨를 가볍게 두 번 두드리고 헤어졌다.

"어머, 내 정신 좀 봐. 철없이 이런 곳에서 선생님을 붙들고 있다니, 용서하세요……. 그리고 꼭 한번 들러 주세요."

여자의 어깨를 두드리는 게 아니었는데, 라는 생각을 하면서 이방근은, 전방에 어깨를 흔들며 위세 좋게 걸어가고 있는, 어딘지 낯이 익은 한 청년의 뒷모습을 보았다. 말쑥한 양복을 입고 있었는데, 뒷굽이 닳지 않은 검정구두도 새것이었다. 아무래도, 남문길 근처의 이도리에 사는 한대용이 틀림없었다. 뜻밖에 똑바른 걸음걸이를 하고 있어서 술꾼 같은 칠칠치 못한 면모는 느껴지지 않았다. 지난 1월, 7, 8년 만에 남방(南方)에서 고향으로 돌아온 남자로, 듣자 하니 영국군 포로 학대 혐의로 싱가포르의 창기형무소에서 복역했다고 한다. 학교는 이방근의 3, 4년 후배가 되지만, 이방근은 '봉안전' 소변 사건으로 학교를 쫓겨난 뒤, 본토의 목포와 일본에서 교육을 받았으며, 또 형무소에도 드나드는 등 오랫동안 제주도를 떠나 있었고, 한대용도 나름대로 전쟁 중에 일본군속을 지원하여 남방의 포로 감시요원으로 파견되어 있었기 때문에, 같은 성내 출신이라고는 하지만 거의 접촉이 없었다. 다만, 그가 1월에 돌아온 뒤 거리에 나도는 소문으로는, 죽었거니 하고 단념하던 차에 아들이 돌아와, 그의 부모와 형제들이 친척이나 이웃들을 불러다가 매일같이 잔치를 벌였다는 것이다.

그런데 이방근은 어느 날(벌써 두 달 가까이 될 것이다), 술집에서 우연히 한대용과 만난 적이 있었다. 얼굴이 까맣게 볕에 그을린 청년이, 이 선배님이 아니십니까 하고 말을 걸어왔는데, 자세히 보니 십여 년만에 만나는 어른이 된 한대용이었다. 그는 고독을 껴안고 지내는 것같았다. 겨우 살아 돌아온 그를 보는 고향 사람들의 눈은 일제 협력자라고 해서 냉담하기 그지없었던 것이다. 일본 패전 직전의 인도네시

아에서, 포로 감시원들에 의한 조선 독립운동 조직, 항일 비밀결사에 참가했다는 본인 이야기와, 그 이야기를 반쯤밖에 곧이듣지 않는 사람들 사이에 틈이 생기는 것은 당연한 일이었다. 한대용은 술집에서 우연히 만난 이방근에게는 독립운동 참가 운운하는 이야기는 일절 하지 않았다. 그러나 조국에 돌아와서 놀란 것은, 경찰이나 관청에 지난날의 일제 협력자들이 많은 자리를 차지하고 있는 현실이었다고, 내뱉듯이 말한 것은 인상적이었다. 사태를 제대로 파악하고 있었던 것이다. 경찰 쪽에서 들어오라는 권유가 있었던 모양이지만, 그는 군대나 경찰에 들어갈 생각이 없었고, 집안도 제법 유복한 편이어서 기생집 출입을 하며 몽롱하게 지내고 있었던 것 같았다. 어쨌든, 남방의 형무소에서 돌아온 지 2, 3개월밖에 지나지 않은 탓으로, 아직 고향에서의 생활이 낯설었던 것이다. 한대용은 어쩌면 이 조용한 성내 거리 공기에 익숙해진 나머지, 게릴라 봉기조차 모르고 있는지도 몰랐다. 어제 오늘 요정에만 파묻혀 있었다면 알 턱이 없을 것이었다.

한대용의 검은 머리 너머로 하얀 담배 연기가 피어오르고 있었다. 젊은 여자가 스쳐 지나가면 고개를 돌려 그 뒷모습을 흘낏 쳐다보기도 했지만, 10미터 남짓한 거리를 두고 뒤따라가는 이방근의 모습은 눈치 채지 못한 모양이었다. 만일 이방근을 발견한다면, 걸음을 멈추고 가까이 다가올지도 모른다. 언젠가 처음 만났던 날 밤의 선술집에서, 꼭 한 번 찾아뵙고 싶은데 괜찮겠느냐고 물었는데, 그뿐이었다. 지금부터 어디로 가는 것일까.

집으로 돌아가는 길이라고 하기에는 방향이 너무 다르다. 한동안 걷고 있던 이방근은 어느새 일정한 거리를 유지한 채 한대용을 뒤따라가고 있는 자신을 발견했다. 어디로 가는 걸까, 문득 심심풀이로 한번 뒤쫓아 가 볼까 하는 생각을 했다. 이방근은 설마 나를 미행하는 자는 없겠지 하며 담배꽁초를 땅에 떨어뜨리고 구둣발로 비벼 끄면서 몸의 방향을 틀어 뒤를 돌아보았다. 한순간, 날카롭게 훑어본 시야에 메마른 길 위의 사람들의 그림자가 드문드문 잡혔다. 평범하고 익숙한 길의 풍경, 그뿐이었다. 아무것도 없군, 이방근은 그렇게 중얼거리는 자신의 마음속에, 갑자기 톱니바퀴가 돌아가는 것처럼 삐걱거리는 소리를 들었다. 그는 곧 다시 걷기 시작했는데, 방금 전에 뒤를 돌아보았을 때 자신의 동작과 모습을 떠올리고는 가슴이 철렁했다. 왜 담배꽁초를 버린다든지 하는, 아무렇지도 않다는 식의 위장된 동작을 해야만 하는가. 이것은 비합법 생활자들이 익히고 있는 습관 같은 것이었다. 과거 일제강점기의 습관이 갑자기 되살아난 것은 아닐 터였다. 핫핫, 이건 또 어찌 된 영문인가. 뒤를 돌아본 그의 마음속을 달려간 뜨거운 삐걱거림이 그 자신을 찌르고 있었는데, 이러한 의식의 움직임은 이제까지는 없던 일이었다.

저 남자는 어디로 가는 걸까. 그리고 나는……. 성내 밖으로 나가는 거라면 몰라도, 수상쩍은 공기 속의 거리를 어슬렁거리며 걷는 것도 마음이 내키지 않았다. 그는 한대용의 뒤를 따라가면서, 그러나 자신이 지금 걸어가고 있는 길이 머릿속에서 갑자기 하나로 좁혀져 오는 것을 느끼고 있었다. ……박산봉, 언젠가 밤에 유달현과 헤어져 남문 길의 언덕을 미행당하는 줄도 모르고 혼자서 내려가던 박산봉의 뒷모습이 한대용의 뒷모습에 겹쳐서 움직이고 있었다. 음, 박산봉, 이방근은 지금부터 박산봉의 하숙집을 찾아가야겠다고 생각했다.

곧바로 교차로가 나왔다. 한대용은 이미 그곳을 건너 앞으로 계속 걷고 가고 있었다. 냇가와 만나는 동문교 근처까지 가면 검문소가 보일 것이다. 그는 경찰에게 다가가 도대체 무슨 검문을 하고 있는 거냐고 물을지도 모른다. 아니, 저 남자는 물을 것이다. 그 취기가 남아 있는 잠이 부족한 머리를 흔들며 따져 물을 것이다. 더구나 다리라도 건너려면 검문을 피할 수 없다. 그럴 경우의 엉뚱한 문답의 광경을 한대용의 뒷모습에 상상해 보는 것은 제법 유쾌한 일이다. 과연 그는 어디로 갈 것인가. 한대용이여, 바다 쪽으로 가지 말고 동문교 쪽으로 가게나……. 왼쪽 모퉁이의 목재소 안에서 개가 연거푸 짖어 대고 있었다. 이방근은 그 곁을 지나가면서 우리 안에서 짖어 대고 있는 똥개를 흘낏 쳐다보고는 길을 오른쪽으로 돌아 C길 쪽으로 걸어갔다. 길은 C길과 교차된 다음 좀 더 가다가 신작로와도 교차되는데, C길을 오른쪽으로 돌아가면 머지않아 관덕정 광장이 나왔다.

똥개라고 하면 사람들은 개장국을 떠올리기 쉽다. 고사리 등과 함께 눅진눅진하게 고기의 형태를 잃을 때까지 고은 다음, 여러 가지 양념으로 맛을 낸 그 맵고도 뜨거운 개장국을, 삼복더위 속에서 소주를 마시며 온몸에 땀이 흥건히 젖도록 먹는 것이 좋다. 한여름만으로 계절이 한정되는 것은 아니지만, 그렇게 하는 것이 개장국을 제대로 먹는다고 할 수 있었다. 개장국의 다른 이름으로는, 몸에 좋다고 해서 보신탕이라고도 부른다. 본래는 더위 먹는 것을 방지하기 위해 농부들이 먹기 시작하면서 유래되었을 것이다. 섬사람들은 새끼회와는 달리, 개장국은 그다지 즐기지 않았다. 그런데 최근에는 본토인이, 특히 북한 출신의 '서북'패들이 섬으로 들어오면서 개장국이 유행하기 시작했다. 가게만이 아니었다. '서북'패들은 들개는 말할 것도 없고, 똥개가 눈에 띄면 기르는 개라 할지라도 잡아다가 자신들의 손으로 요리를 해 버리기 때문에, 함부로 개를 풀어 놓을 수가 없었다. 아마 목재소의 개가 우리 안에 갇혀 있는 것도 그런 이유 때문인지 몰랐다. 개도 살아남기 힘들고, 개를 기르는 일도 어려운 세상이 되어 버린 것이다.

한대용의 뒤를 따라가 동문교 검문소에서 벌어질지도 모르는 엉뚱한 문답을 지켜보고 싶다는 생각을 포기한 이방근은, C길을 관덕정 광장 쪽으로 걸어가면서, 왼쪽으로 보이는 한라신문사 건물을 의식했다. 해가 서쪽으로 기울기 시작하고, 이제 슬슬 저녁 무렵이 되면서, 행인들 속에는 주부들의 모습이 눈에 띄게 늘었다. 교사가 인솔하는 열 명 남짓한 남녀 학생들이 똑바른 자세로 걸어오고 있었는데, 시골 학생들의 전람회 견학을 겸한 성내 관광일 터였다. 신문사의 이층건물이 보이고, 잊고 있었던 것은 아니지만, 물속에서 탁구공이 튀어나오는 듯한 기세로 별안간 김동진을 떠올렸을 때, 마침 학생들의 틈바구니에서 총무부의 문(文)이 자전거로 다가오고 있었다. 총무부라고는 해도 시골의 신문사인 관계로, 사무일도 보는가 하면 잡역에서 신문배달까지 겸하고 있었다. 이방근의 집에 신문을 배달하는 것도 그였다. 스쳐 지나갈 때 김동진 못지않게 키가 크고 그리고 좀 멍해 보이는 문이 일부러 자전거에서 내려 인사를 하였다. 나이는 이방근과 큰 차이가 없었다.

"아, 안녕하신가, 문 동무, 으ー음, 오늘은 일요인데도 출근입니까?"

이방근은 멈춰 서서, 순식간에 상대를 붙들어 두기 위해 말을 거는 어투로 말했다.

"헤헤, 저는 총리대신과는 달리, 만물상의 총무대행이라서, 일요일에도 집에서는 제 얼굴을 보기가 힘듭니다……."

"수고가 많군요, 대답도 꽤나 유쾌합니다. 그렇게 바쁜 것치고는 언제나 여유가 있어 보인단 말예요. 다만 나는 대통령이라든지 총리대신 같은 인간은 별로 좋아하지 않아서……. 그렇지, 그래, 오늘은 일요일……, 일요일이니까, 편집을 맡은 김동진 군은 나오지 않았겠군요."

"그래요, 오늘은 보지 못했어요."

"음, 어제는 토요일이었지." 이방근은 자신이 생각해도 조금 얼빠진 듯한 말을 했지만, 어떤 불안한 그림자가 머리를 스쳐 지나가는 것을 느끼면서 계속해서 물었다.

"어제는 나왔습니까?"

상대는 낡은 자전거 핸들을 양손으로 꽉 움켜쥔 채, 김동진 기자는 어제도 안 보였던 것 같다고 대답했다. 새로운 불안이 확실한 하나의 덩어리가 되어 이방근의 머릿속에서 튕겨 올라, 그것이 가슴을 치면서 시커멓게 먹물처럼 번져 갔다.

"어디 출장이라도?"

이방근은 동란이 막 터진 혼란 속에서 출장 같은 것이 있을 리 없다는 걸 뻔히 알면서 말했다. 그리고 그저께 금요일엔? 하고 물으려다가 그만두었다.

"그건 저로서는 알 수 없지요……."

상대는 조금 애매한 어투로 말했다. 그리고는, 그럼 또…… 하고 자전거를 서너 발짝 밀더니, 곧바로 안장에 올라타고 사라져 갔다. 모르는 게 아니다. 식솔이 몇 안 되는 신문사이고, 가령 출장을 갔다 해도 출장비를 내주는 건 총무부니까 모를 리가 없었다.

음, 어쨌거나 서둘러야겠다. 박산봉이 있는지 없는지 모르지만, 그의 하숙에 가 보는 게 먼저다. 일요일인 오늘은 그렇다 하더라도, 김동진이 토요일인 어제도 신문사에 나오지 않았다면, 갑작스레 병이 나거나 돌발사고가 아닌 이상, 이상한 일이다. 만일 병으로 누워 있다면……, 아니, 그건 이상하다. 그가 관계하지 않았다면, 저 4·3봉기의 선전삐라는 어디서 인쇄되었단 말인가. 성내에 있는 두세 곳의 인쇄소가 있다고는 해도, 선거 준비 포스터 등으로 요즘이 한창 바쁜 때이고, 게다가 바로 발목이 잡혀서 패가망신할 짓을 할 리도 없으며, 또 할 수도 없었다. 삐라는 역시 한라신문사 말고는 인쇄할 곳이 달리 없었다. 그렇다면 김동진은 그 일에 연루되어 있다는 것이고, 그의 결근은 병 때문이 아닐 것이다. 그는 자신도 모르게 심장이 두근거리는 것을 느꼈다. 으흠, 어쩌면 그는 이미 성내에서 자취를 감추었는지도 모르겠군…… 어쨌든 아직 한라신문에는 경찰의 손이 뻗치지 않은 것 같았다. 아니, 너무 조급해하고 있다. 김동진이 어제 하루 쉬었다고 그렇게 생각하는 건 지나치게 조급한 것이다…….

이방근은 점심때가 지나서까지 이부자리에 있었던 상태를 잊어버리기라도 한 듯이, 큰 걸음으로 관덕정 광장 쪽을 향해 성큼성큼 걸어갔다.

3

이방근은 이렇다 할 볼일도 없으면서 정장 차림으로 거리를 걷고 있는 자신의 모습이 그리 유쾌하지는 않았지만, 이제 와서 집에 돌아가 옷을 갈아입고 나올 수도 없었다. 무엇보다 집으로 돌아가서 일단 소파 위에 앉으면, 모처럼 떠오른 생각이 연기처럼 사라져 버릴지도 몰랐다. 사라져 버리면 그뿐이지만, 이방근은 지금 이대로 돌아가고 싶지는 않았다. 그는 C길을 지나 우선 관덕정 광장으로 나왔다. 지금부터 찾아갈 곳을 생각하면, 일정한 근무처가 있는 것도 아닌 이방근의 정장은 상당히 눈에 띈다고 할 수 있었다. 그는 북신작로의 노상에서와 같이 뒤를 돌아보거나 하지는 않았지만, 줄곧 걸어오면서 '미행'을 의식하고 있었다. 이건 자신이 생각해도 놀라운 일이었고 발견이었다. 일찍이 식민지 시대에 특고경찰에게 쫓기던 무렵의 의식이 부활한 것 같은, 오랫동안 잊고 있던 일이었다. 이방근은 걷고 있는 동안, 미행 유무에 상관없이, '미행'을 의식함으로써 이미 자신이 무언가에 빠져 있다는 느낌(그것은 스스로가 만들어 낸 의식이 어떤 필연적인 흐름에 자신을 맡기고 있다는 느낌과도 같았는데)에서 벗어나지 못했다. 그러면서 한편으로는, 동란의 와중에 역시 나는 아무것도 할 일이 없다는 생각과 이상하게 모순되지 않았다.

그러나 점심때가 지나도록 누워 있던 이부자리를 박차고 갑자기 거리로 뛰쳐나온 것은 변덕스런 충동이라 할 수밖에 없었다. 그리고 즉흥적인 생각으로 그 편지를 떠올리고는 상의 안주머니에 넣고 집을 나왔던 것이다.

최용학의 편지는 분명히 야비하여 여느 때 같으면 화제로 삼을 가치도 없는 대상물이었다. 이방근은 그것을 일부러 최상화에게 보여 주기 위해 가져갔다. 그런 행동은 지금부터 겁에 질린 박산봉의 얼굴을 보려는 것과 마찬가지로(그가 하숙에 있을 때의 이야기지만), 약한 자를 괴롭히는 가학적인 작용인지도 몰랐다. 편지 내용, 다시 말해 최용학이라는 인간 그 자체가 비열하기는 하였지만, 이방근은 지금 상의 안주머니 근처에서 추악한 냄새가 피어오르는 걸 의식하면서, 그것이 편지가 아니라, 자기 마음속에서 피어오르는 냄새라는 것을 인정했다. 편지도 비열하지만, 그 이상으로 그 편지를 이용하려 드는 자신의 행위가 저열한 것도 분명했다. 아니, 그 저열함이 또 그 자신을 자극하고 있었지만, 그는 역시 자신의 행위가 저열한 것이 틀림없다고 다시 한 번 생각했다.

도청과 경찰 등이 있는 관공서 구내에 일반인의 출입은 없었지만, 봉기 직후의 이례적인 일요일 출근이라 그런지, 구내의 건물 사이를 오가는 사람들은 그 걸음걸이부터 긴장돼 있는 듯했다. 돌문 양 옆에는 경찰이 보조를 서고 있었다. 노청과 성찰 등의 당국사들은 아직도 구수회의(鳩首會議)를 계속하고 있단 말인가. 그렇다면 양준오는 아직 도청에 남아 있을지도 모른다. 조만간 양준오가 새로운 정보를 가져다줄 것이다.

으흠, 역시, 김동진은 성내에서 자취를 감추었는지도 몰라……. 왜 그랬을까. 성내 봉기를 노린 선전문의 인쇄였다는 말인가. 성내 봉기의 불발……. 어쨌든 성내에서의 선전문 인쇄, 바보 같은 짓을 하고 말았어.

관덕정 광장을 비스듬히 가로지른 이방근은 광장을 따라서 신작로를 서쪽으로, 서문교 쪽을 향해 걸어가면서 남해자동차의 차고 앞에 접어들었다. 빈 버스나 버스 대용 트럭이 서너 대 늘어서 있었는데, 아침에 부엌이가 이야기한 것처럼 동쪽으로 가는 편은 불통인 모양이었다. 서쪽으로 가는 교통편은 평소와 다름없이 운행되고 있는 것 같았다. 차고 앞에 남해자동차의 안내문이 붙어 있었다. 동쪽 길은 불통이니, 서귀포로 갈 손님들은 서쪽으로 가는 영흥버스를 이용해 주십시오, 라고 쓰여 있었다. 다만, 불통의 원인이 된 게릴라에 의한 도로 절단이나 교량 파괴 등에 대해서는 언급이 없었다. 차고 앞을 지나칠 때 오래 근무하여 낯익은 종업원 하나가 인사를 하였는데, 이방근은 남해버스는 어떻게 돌아가고 있냐는 식의 질문은 할 생각이 없었다. 그는 버스의 불통이 다른 회사의 일이라도 되는 것처럼, 단지 안내문을 힐끗 쳐다보았을 뿐 차고 앞을 그냥 지나쳐, 광장을 위압하듯 서 있는 관덕정 건물 옆의 버스 도로를 걸어갔다. 그는 관덕정 건물 끝에 서 있는 돌하르방 옆을 지나치다가 그 말없는 미소에 움찔하였는데, 문득 거기에 불길하고도 신비스런 그림자를 본 느낌이 들었다.

관덕정 뒤편에 있는 소나무 숲의 높은 가지에서 새들이 요란하게 지저귀고 있었다. 숲을 빠져나온 상쾌한 바람이 볼을 쓰다듬었다. 오던 도중에는 느끼지 못했던 바람이었다. 읍사무소 앞을 지나자, 곧 서문교가 보였다. 아니나 다를까, 최상화가 말한 대로 다리 바깥쪽에 굵은 새끼줄이 두세 겹으로 쳐져 길이 봉쇄된 채 총을 든 경찰이 검문을 하고 있었다. 차는 성내에 들어오는 것도, 밖으로 나가는 것도 모두 정지선에서 일단 정차한 뒤 검문을 받아야 했지만, 사람의 통행은 자유로운 것 같았다. 거의 검문 없이 왕래하고 있었다. 자동차는 그렇다 치더라도, 같은 읍내 안에서 작은 하천을 사이에 둔 양쪽에 민가가 밀집해 있었으므로, 물건 하나를 사려고 해도 다리를 건너야 하는 사람들의 왕래까지 막을 수는 없을 것이다. 4·3봉기 당일인 어제 정오에 성내에 도착한 중문면의 국민학생들은 산을 넘은 까닭에 큰 의심을 받았을 것이다. 개인의 왕래가 자유롭다고는 해도 무조건 그런 것은 아니었다. 통행인의 검문도 얼마든지 할 수는 있었다.

다리난간 위에서 무언가 어른거린 것은 하얀 나비였는데, 두세 마리가 얽히듯이 한 덩어리가 되면서 다리를 가로질러, 반대편 난간에서 수면 위로 미끄러져 떨어지듯 날아갔다.

이방근이 다리를 건너 다가가자, 낯익은 경찰이 있어 말없이 통과시켜 주었다. 이방근이 가볍게 오른손을 들자, 상대는 상관이라도 대하듯 경례를 했다. 경찰 옆을 지나칠 때 울컥하고 땀 냄새가, 살갗이 썩어 들기 시작한 듯한 이상하고 날카로운 냄새가 나서 갑자기 구역질이 날 것만 같았다.

다리를 건너 잠시 걸어가면서, 시장 앞 골목을 왼쪽으로 돌아서 들어갈지 말지를 망설였다. 수십 미터의 거리는 있었지만, 만일 검문하고 있는 경찰이 뒷모습을 보고 있다면, 먼 길을 돌게 되더라도 그대로 곧장 가다가 다른 길을 선택하는 것이 나을지 모른다. 그러나 골목

앞에 다다르자, 이방근은 서슴시 않고 왼쪽으로 길을 돌아 들어갔다. 자신의 등에서 불필요한 의식을 지우지 않으면 안 된다.

여기저기에 음산한 소변 냄새가 스며든 햇살이 닿지 않는 판자벽과 인가의 돌담 사이로 난 골목을 걸어가면서, 이방근은 아마도 박산봉이 집에 없을 거라고 아까부터 생각하다가, 지금은 거의 그렇게 단정하고 있었다. 그렇게 생각하는 특별한 근거가 있는 것은 아니었지만, 묘하게도 박산봉이 지금 시각에 하숙집에 있어서는 안 된다는 내적인 요청이 이방근에게 있었던 게 사실이다. 단정은 거기에서 비롯된 것이었다. 지금 그곳을 찾아가는 것은 그의 부재를 확인하기 위해서였다. 그렇지 않고서는 지금의 이방근은 다음 행동을 취할 수 없을 것 같은 느낌에 사로잡혔다. 무엇 때문에 박산봉을 찾아가는 것일까. 우연히 한대용의 뒷모습에서 박산봉의 뒷모습을 본 때문일까. 이방근은 박산봉의 부재를 확인한 뒤, 서문교가 걸려 있는 병문천(屛門川)보다 조금 더 서쪽을 흐르고 있는 한천(漢川)을 건너면 나오는 용담리의 김동진이 살고 있는 집에까지 가 보겠다는, 자신의 다음 행동을 충동적으로 정해 버렸지만, 이건 매우 납득하기 어려운 일이었다. 대체 무엇 때문에 이방근이 김동진을 찾아가지 않으면 안 되는가. 이방근답지 않게 일시적인 충동에 휘둘리는 셈이어서 우스꽝스럽기까지 했다. 요컨대 이방근은 4·3무장봉기와는 애당초 관계가 없는 인간이라서, 스스로도 그렇게 생각했듯이, 이 동란의 와중에 아무것도 할 일이 없었다. 4·3무장봉기는 이방근의 의지와는 관계없이 일어났다. 그리고 한마디로 말해서, 유달현의 자극과 도발이 없었다면 민중봉기가 여기까지 이방근을 사로잡지는 않았을 것이다. 그는 지금 현실의 요구에 의해 행동하고 있는 것이 아니라, 그것과는 거리가 있는 개인의 충동에 의한 자의적인 행동으로 향하고 있었다. 마치 할 일이 없어 소일거리를 찾고 있는 인간처럼. 극단적으로 말하자면, 그건 맹목적인 행동의 범위를 벗어나지 못하고 있었다. 그는 그것을 충분히 의식하고 있었다. 이방근은 인적 없는 골목길을 걸어가면서 문득 혼자서 얼굴을 붉혔는데, 그는 거리 전체를 덮어씌우는 듯한 커다란 공간으로 부풀어 오른 수치의 투명한 막 속에서 자신이 움직이고 있는 것을 느꼈다. 게다가 그는 그것을 무의식중에라도 즐기고 있는지도 몰랐다. 이방근은 골목의 출구에서 힐끗 뒤쪽을 한 번 돌아보고 큰 길로 나왔을 때, 아침의 잠자리 속에서 이상하리만큼 차분한 느낌이 들었던 것은 아무래도 자기기만 때문이었음을 깨달았다.

그런데, 이게 어찌 된 일인가. 문이 없는 돌담 사이로 난 입구를 통해 도로와 연결된 안뜰로 들어가, 돌담을 따라 오른쪽에 있는 별채를 바라보자, 거기에 박산봉이 있는 게 아닌가. 그를 발견한 순간, 이방근은 움찔 놀라며 그 자리에 멈춰 선 채, 착각이 아닌지 자신의 눈을 의심했을 정도였다. 부재중이 아니라 거기에 박산봉이 있다는 것을 이상한 느낌과 함께 인정했을 때, 그는 자신의 들뜬 단정에 당황하면서 한편으로는 화가 났다. 점퍼 차림의 박산봉은 짧은 빗자루로 방을 쓸고 있던 참이었다. 상대방도 이방근을 발견한 순간, 깜짝 놀란 표정으로 몸을 꼿꼿하게 세웠지만, 이상하게도 일전의 벌써 한 달 이상이 지난 그날 밤과는 달리, 그다지 놀라거나 당황한 기색을 보이지는 않았다. 까무잡잡하고 무뚝뚝한 얼굴 표정을 무너뜨리며 조금 웃는 얼굴을 보여 주기까지 했다. 겁먹은 기색은 없었다. 이 녀석이 오늘은 묘하게 침착한 모습을 하고 있군.

박산봉은 서둘러 빗자루로 쓸어 모은 먼지를 쓰레받기에 담아 버리고는, 이미 작은 툇마루 앞에 서 있는 손님을 향해, 이방근 선생님 어서 들어오십시오, 라며 좁은 방 안으로 안내했다. 툇마루보다 조금

높게 만늘어신 분지방을 넘어 망으로 틀어선 이방근은 박산봉이 닫기
전에 손을 뒤로 돌려 미닫이를 닫았다.

"어서라니, 자네는 날 기다리고 있었나?"

이방근은 선 채로 퉁명스럽게 말했다. 스스로도 상당히 어색한 느
낌을 받았지만, 그건 어떤 본능적인 직감에 의해 나온 말이었다.

"아니오, 그렇지 않습니다." 박산봉은 고개를 두세 번 강하게 가로저
으며 부정했다. "제가……, 어떻게 제가 선생님이 이쪽으로 오신다는
걸 알 수 있겠습니까. 선생님께서 약속을 하신 것도 아니고……." 박
산봉은 납작한 방석을 장판에 앉으려는 이방근의 엉덩이 밑으로 밀어
넣었다. 그리고 재떨이를 꺼내 놓더니, 그 앞에 자신도 손님을 향해
마주 앉았다. "그런데, 선생님은 어찌 된 일이십니까. 무슨 일로 여기
까지……?"

"무슨 일로 여기까지? (패나 능청을 떠는군) 근처에 왔던 길에 들렀네
만, 음, 내가 왜 왔는지 모른단 말인가."

이방근은 조금 차가운 미소를 입술 끝에 머금었다. 짓궂은 질문이
었다.

"……"

박산봉 특유의 어딘지 모르게 고집스러우면서도 야무진 표정이 이
방근의 시선 속에서 두어 번 심하게 꿈틀거리는가 싶더니, 박산봉은
말없이 눈을 내리깔았다. 그것은 일전의 밤에 바로 이 방에서 그가
보였던, 자백 직전의 범인처럼 뭔가 체념한 듯한 인간의 반응과 마찬
가지였다. 그 뒤로 박산봉의 마음속에 있던 비밀주머니의 끈이 툭툭
끊어지기 시작했던 것이다.

"도대체, 한가하게 뭘 하고 있나. 손님이라도 오나?"

이방근은, 내 머릿속에 열이 있나, 계속해서 걸맞지 않은 소릴 하고

있다고 생각하면서, 그러나 진지하게 말하고 있었다.

"한가하다. 아니, 제가 한가한 시간을 보내고 있다구요?" 박산봉은 주의 깊게, 그러나 한껏 크게 뜬 눈으로 이방근을 마주 보았지만, 바로 표정을 원래대로 되돌리고 말했다. "아니요, 아무도 오지 않습니다. 손님은 없습니다. 오늘은 일요출근도 아니라 느긋하게 쉬고 있었습니다."

박산봉은 점퍼 호주머니에 손을 찔러 넣었는데, 문득 망설이듯, 선생님, 저 담배 한 대 피워도 되겠습니까 하고 물었다. 물을 필요도 없었다. 그냥 피우면 되는 것이다. 예, 그럼 제가 담배를 피우겠습니다……. 박산봉은 꺼낸 담배에 불을 붙여, 머리를 숙인 채 한 모금 빨았다. 양반다리를 하고 앉은 무릎 위에 얹은 양손의 팔꿈치가 변함없이 밖을 향해 삼각형으로 튀어나온 모습이 문득 이방근의 웃음을 자아냈다.

"음, 한가하게 쉬고 있는 이유가 그건가. 나는 이유를 묻고 있는 게 아니야."

"……?"

"아무래도 좋아. 그러고 보니 오늘은 일요일이군. 4월 4일, 4월의 첫 번째 일요일인 셈이야. ……그런데 오늘은 아침부터 트럭 운전을 전혀 하지 않고 있다, 이거로군."

박산봉은 고개를 끄덕이고는 투박한 손가락에 끼운 담배를 한 모금 빨았다.

"지나는 길에 남해자동차 버스 차고에 붙은 안내문을 봤지. 동쪽으로 도는 회사버스는 운행을 안 하므로, 서귀포 행은 서쪽으로 도는 다른 버스를 이용해 달라고 적혀 있더군. 버스가 운행을 안 한다는 건 무슨 뜻인가. 버스만 그런 게 아닐 거야. 어제는 트럭을 몰았나?"

"예, 그렇습니다. 어제는 동쪽과 서쪽으로 서귀포까지 두 번 왕복을 했지만, 아무 일도 없었습니다. ……선생님은 지금 동쪽으로 가는 버스가 멈춰 섰다는 것을 모르십니까?"

"안내문을 볼 때까지는 몰랐어. 왜 멈춰 섰는지도 모르고. 안내문에는 버스가 멈춰 선 이유는 쓰여 있지 않더라고, 승객들에게 좀 불친절하더구만. 안 그런가?"

"아니, 그럴 만한 사정이 있습니다. 회사 마음대로 할 수 없는 일이라서……. 그런데 선생님, 설마 이방근 선생님이 어제 이 섬 곳곳에서 일어난 무장봉기를 모르고 계실 리는 없겠지요."

이방근은 상대의 곤혹스러움과 그리고 의혹을 풀려고 하는 강한 호기심이 맞부딪쳐 한순간 기묘하게 일그러진 표정으로, 아니, 그것은 멍하게 얼이 빠진 표정과 흡사했는데, 갑작스레 튕겨 오르는 듯한 웃음소리를 내고 말았다. 박산봉의 얼굴이 그 웃음소리에 눌려 찌부러지듯 일그러졌다.

"모르면 어쩔 텐가. 자네가 이야기해 주겠나."

"그럴 리는 없겠지요. 이미 모두가 알고 있고, 선생님은 게릴라 투쟁이 일어나기 전부터 알고 있었을 텐데요……."

목소리도 주눅이 들어 작긴 했으나, 압도해 오는 것을 밀어내는 듯한 힘이 느껴지는 응축된 속삭임이었다.

"홋호오, 그건 또 왜 그렇지?"

이방근의 눈이 독을 품은 빛을 내뿜기 시작했다.

"……선생님은, 이방근 선생님은 뭐든지 알고 있어야만 되니까……."

"그건 왜 그렇다는 거야, 나는 전혀 모르겠어."

"저도 잘 모르겠습니다만, 저는 그렇게 믿고 있습니다."

박산봉의 크게 뜬 채 깜박일 줄 모르는 눈빛이 가늘게 떨고 있었다.

"믿고 있다고? 도대체 나의 무엇을 믿는단 말인가. 음, 그게 언제였더라, 벌써 한 달이 다 됐군. 그래, 내가 여기로 찾아왔던 그 이튿날 밤이었는데, 자네는 일부러 나를 찾아온 적이 있었어. 확실히 자네는 흥분해 있었고, 자신이 당원이라고 고백했는데, 그 때문인가. 난 약속대로 비밀을 지키고 있어."

이방근은 화제를 바꾸기 위해서였지만, 불쾌감을 주는 말투를 했다. 박산봉의 볼 근육에 괴로운 경련이 일었다.

"선생님이 이곳에 오신 것은 3월 2일이었습니다. 제가 선생님 댁에 찾아간 것은 3월 3일입니다. 정확히 날짜까지 외고 있습니다. 하지만 절대로 그런 일이 아닙니다. 그런 게 아닙니다. 저는 훨씬 이전부터 선생님을 믿고 있습니다. 존경하고 있습니다."

"아무래도 이야기가 옆길로 샌 것 같은데, 대체 무슨 이야기를 하려는 건가. ……음, 나는 좀 전에 자네에게 내가 왜 여기에 왔는지 아느냐고 물었는데, 내 자신 무엇 때문에 여기에 왔는지, 알 수 없게 되었어. ……그래, 그때, 자네는 당원이라고 고백했었어, 아까와 마찬가지로……. 그리고 자네는 스스로, 난 배신자라는 둥 혼자 흥분했었지, 생각나는군, 바보 같은 짓이야."

"3월 2일 밤에 선생님이 이곳에 오셨을 때, 자네는 당원이지, 하면서 저를 몰아붙였습니다……."

"난 몰아붙이지 않았어. 안 그런가, 지금도 당원인지 아닌지 물었을 뿐이야. 나도 다 기억하고 있어. 날짜까지도 기억하고 있다고."

"예, 하지만 그때 전 무서웠습니다. 자신이 무서워서 선생님이 돌아가신 뒤에도 오한처럼 몸이 떨리는 게 멈추지 않아서 밤잠을 설쳤습니다. 그래서 다음날 밤에 선생을 찾아갔던 겁니다. 무엇이든 선생님이 물어보시는 대로 비밀을 털어놓을 작정이었습니다. 그때 저는 뭐든지 털어놓겠다고 선생님께 말씀드리지 않았습니까. 저는 그렇게 말했습니다. 그렇지 않고서는 정신이 돌아 버릴 것 같아 참을 수 없었고, 몽땅 털어놓고 싶어 견딜 수가 없었습니다. 하지만 그때 선생님은 저한테 아무것도 묻지 않으셨습니다……."

박산봉의 얼굴이 일그러졌다. 그는 한 손으로 앞 머리칼을 움켜잡듯이 눈을 내리깔고는, 짧아진 담배의 마지막 한 모금을 빨고 재떨이에 비벼 껐다. 침묵이, 차츰 송곳으로 찌르는 듯한 열을 품은 침묵이 잠시 이어지다가, 박산봉의 두꺼운 어깨가, 아니, 상반신의 몸뚱이 그 자체가 두세 번 꿈틀거리며 흔들렸다. 양손을 비벼대면서 좌우의 팔꿈치를 내민 그 자세는 확실히 긴장되어 있었고, 당장이라도 불시에 벌떡 일어설 듯한 압박감을 이방근에게 주었다. 이방근은 순간 기체처럼 피어올랐다가 사라진 이상한 냄새, 극도로 흥분한 동물의 몸뚱이에서 피어오르는 오줌 냄새가 났다고 생각했다. 그것은 박산봉의 상반신에서 갑자기 피어오른 것이었다. 설마 이 사내가 소리 없는 방귀를 뀌었을 리는 없다. 아니 그것은 역시 방귀 냄새는 아니다. 생리적인 육체에서 발산되면서도, 그것은 아무래도 이방근의 머릿속에 피어오른 추상적인 냄새 같았다.

"이봐, 왜 그래?"

이방근은 상대의 어깨라도 툭 치듯이 말했는데, 그것은 방금 코를 찔렀다고 생각한 냄새 탓인지도 모른다. 이방근은 일어나서 미닫이를 열었다. 냄새를 내쫓기 위해서였다. 이 댁 주부가 안마당 구석의 빨래줄에 널었던 세탁물을 걷어 내고 있었다. 왼쪽 돌담을 따라 제법 높게 쌓아 올린 짚단 너머로 보이는 입구 주변에 인적은 없었다.

"누가 왔습니까?"

박산봉이 일어서려고 했다.

"아무도 없어. 미닫이를 연 것은 담배 연기를 내보내고 새 공기를 들여 넣으려는 거야."

"그렇군요, 선생님, 죄송합니다……."

이방근은 이내 미닫이를 닫고 다시 자리로 돌아가 방석 위에 앉았다.

"이방근 선생님……." 박산봉이 뜨거운 시선을 이방근에게 보내며, 짜내는 듯한 목소리로 말했다. "선생님은 좀 전에 왜 여기에 왔는지 모르겠냐고 물었습니다만, 저는 선생님이 이쪽에 올 거라 생각하고 있었습니다. 아까는 그렇지 않다고 부정했습니다만, 사실 마음속으로는 오실 거라 생각하고 있었습니다……. 자넨 나를 기다리고 있었느냐고 하셨을 때는……, 선생님의 말씀이 무서웠습니다……."

박산봉의 목소리는 떨렸다. 처음에는 울음을 터뜨리지나 않을까 생각했는데, 그 표정과 함께 목소리가 점차 빛을 발하며 희열의 울림조차 띠고 있었다.

"자넨 완전히 예언자나 다름없군……."

이방근은 차갑게 말했다. 박산봉의 말은 뜻밖이었다.

"전 그날 밤 이후, 줄곧 선생으로부터 오라는 연락을 기다리고 있었습니다." 박산봉은 상반신을 앞으로 내밀듯이 무릎을 움직여 다가와서는, 느닷없이 이방근의 왼손을 두 손으로 움켜잡는가 싶더니, 이내 손을 놓고 원래의 자세로 돌아갔다. 원래 끈적거리는 손은 아니었지만, 흠뻑 땀에 밴 감촉이 이방근의 손등에 남아 있었다.

"이방근 선생님, 제 이야기를 들어주십시오. 지난달 25일 밤, 제가 없는 동안에 선생님으로부터 전화가 왔었다는 것을 이튿날이 돼서야 직장동료로부터 들었습니다. 그래서 저는 이건 틀림없는 호출이라는 생각이 들어 점심시간에 선생님 댁으로 갔던 겁니다. 그때는 모든 것을 다 털어놓으러 갔던 거죠. 그러나 아무 일도 아니야, 이제 됐어, 라고 하시는 바람에 여우에 홀린 듯 뭐가 어떻게 된 건지 알지도 못한 채 선생님께 인사만 드리고 돌아왔던 것입니다. 저는 그 뒤에도 줄곧 기다렸습니다. 하지만, 선생으로부터는 연락이 없었습니다. 그 사이에 역사적인 무장봉기가 일어난 것입니다. 그게 바로 어제의 일이구요. 매국적인 5월 단선을 분쇄하기 위해 일어섰습니다(박산봉은 무릎 위에서 주먹을 움켜쥐고 있었는데, 이방근의 표정을 살피며 열을 올려 말했다). 혁명입니다. 혁명적 폭동으로, 학대당하던 우리 인민이 일어선 겁니다……. 선생님은 제 이야기를 이해해 주시겠지요. 저는 혼자서 생각했습니다. 선생님으로부터 호출은 아직 없지만, 무장봉기가 일어났기 때문에 요전과 마찬가지로 선생님 쪽에서 오실 것이다. 어제 안 오셨으니까, 오늘쯤엔 오실지도 모른다고 생각하고 있었습니다. 거짓말이 아닙니다. 이방근 선생님이 제가 있는 곳으로 오실 거라고……. 이건 정말로 이상한 느낌, 무언가 환히 들여다보이는 듯한 이상한 느낌입니다."

"그렇구만, 이건 정말로 대단한 예언자가 나셨군." 이방근은 중얼거리듯 작은 소리로 말하고 나서, 계속해서 물었다. "그러면 내가 자넬 찾아와서 뭘 어떻게 한다는 것인가. 무엇 때문에 내가 여기에 왔다는 건가?"

"박산봉의 목을 조르기 위해 오셨지요……."

박산봉은 상반신을 똑바로 세우더니, 비통함인지 기쁨인지 알 수 없는 소리를 질렀다.

"뭐라, 목을 조른다고?"

이방근은 대화의 분위기가 고조되면서 일종의 생리적 감각을 동반한 가학적인 쾌감을 느끼고 있었다. 아아, 이 녀석의 가는 목을 졸라서(실제로는 농사꾼 같은 튼튼한 목을 하고 있었지만) 무얼 어떻게 하자는 것인가…….

"그렇습니다. 목을 졸라서 제 뱃속에 있는 것을 몽땅 토해 내게 하기 위해서입니다." 박산봉은 책상다리를 하고 앉은 자세를 풀더니, 딱딱한 장판 위에 벌을 받는 사람처럼 무릎을 꿇고 고쳐 앉았다. 크게 뜬 눈이 귀신에 들린 것처럼 빛나고, 입 가장자리에 작은 거품이 이는 것이 보였다. "저는 선생님이 물으면 뭐든지 다 털어놓을 겁니다. 그래서 선생님이 찾아오신 거지요."

"참회를 들으러 온 스님이 된 기분이로군, 아니, 검사의 출장심문 같다고나 할까. 자네 생각대로라면, 내가 자네의 고백을 듣기 위해 이곳에 왔다는 거지, 안 그런가."

이방근의 마음이 혼란스러워졌다. 물고기 지느러미로 휘저은 바다 밑의 섬세한 모래와 같은 모양으로, 한순간 마음이 혼탁해졌다.

"그렇습니다." 박산봉은 잘라 말했다. "제 모든 것을 자백받기 위해 오신 겁니다."

"핫하, 뭐라는 거야, 바보 같은 소리 하지 마!" 이방근은 밉살스럽다는 듯이 외쳤다. "모든 것이라고? 그렇게 발가벗겨지고 싶은가. 도대체 자네의 그 모든 것이라는 게 뭔가. 거기에 뭐가 있다는 거야. 뭐가 선생님을 위해서라는 거야, 응? 입이 있다고 아무 말이나 해서는 안 돼."

이방근의 부드러운 눈빛이 사라지고 번쩍번쩍 빛나는 눈이 상대를 찌르듯 노려보았지만, 그 마음에 큰 분노의 감정은 일지 않았다.

"예, 저는 존경하는 선생님 앞에서 알몸이 되겠습니다. 선생님은 저의 모든 것을 알고 계셔야 합니다. 제가 사생아라는 것도, 저의 아버지가 유부녀와 간통해서 마을 사람들로부터 채찍 백 대를 맞은 것도,

어머니는 거의 발가벗겨진 채 말에 태워져서 온 동네를 돌았던 일까지 선생님이 알고 계시듯이, 지금 제 안에 있는 모든 것을 알고 계시지 않으면 안 됩니다. 그렇지 않으면, 그때 3월 2일 밤에 이곳으로 오셨을 때의 선생님의 무섭던 얼굴이 언제까지나 제 마음속에 들어앉아서, 절 계속 노려보고 있을 겁니다. 전 너무나 무서워서……. 네가 유달현이었다면 목을 졸랐을 거라고 말씀하셨을 때의 선생님의 얼굴이……. 게다가 선생님의 입에서 나왔을 때처럼 유달현이라는 이름이 무서웠던 적은 없었습니다…….” 아아, 저는 선생님으로부터 야단을 맞고 추궁을 당하면, 갑자기 가슴속에서 벌꿀 같이 달콤한 것이 솟아올라, 그것이 황홀한 느낌으로 퍼져 나갑니다…….

박산봉은, 이방근의 날카로운 시선을 피하지 않았다. 아니, 그의 말대로 상대의 무서운 시선 속으로 빨려 들어가, 박산봉은 거의 황홀감에 빠진 듯이 눈을 뜨고 있었던 것이다.

“그만해! 자넨 지금 백일몽이라도 꾸고 있는 겐가. 아무도 자네 목을 조르거나 하질 않아. 그리고 뭐냐, 내가 무슨 악마 같은 얼굴이라도 하고 있었다는 거야. 적당히 좀 하라구. 자네가 그렇게나 수다스러운 줄은 미처 몰랐군.”

이방근은 담배를 물고 불을 붙여, 큰 숨과 함께 연기를 빨아들였다가 뿜어냈다. 이 방에 들어와서 처음으로 피우는 담배였다. 머릿속에 연기가 춤을 추듯 하얀 소용돌이가 일어나더니 가벼운 현기증이 찾아왔다. 난 무엇 때문에, 여기에 이렇게 앉아 있는가. 왜 서재 소파에 가만히 앉아 있지 못하는가. ……목을 조른다고? 그렇습니다. 박산봉의 목을 조르기 위해섭니다. 목을 조른다…….

“……” 박산봉이 꿈틀하고 경련을 일으키듯 몸을 떨면서 시선을 안으로 거둬들였지만, 그 눈에 두려움의 빛이 스쳐 지나가는 것을 이방근은 보았다. 박산봉은 잠시 틈을 두었다가 더듬거리며 말을 이었다.
"……하지만, 선생님은 제 목을 조르고 또 조르며 제게 요구하고 있습니다."

"무슨 말을 하는 거야, 자넨 지금 무슨 갈보라도 되는 것처럼 말하고 있어. 도대체 자네가 뭐라고 내가 자네에게 요구를 한다는 거야, 응?"

"그렇다면, 무엇 때문에 제가 있는 곳에, 이렇게 좁고 누추한 곳에 오신 겁니까. 선생님 같은 분이 이런 곳에 무슨 볼일이 있겠습니까."

박산봉은 계속 물고 늘어졌다. 그의 두려움이 사라진 얼굴에, 희미한 막처럼 엷은 웃음의 표정이 떠올랐다. 이방근은 움찔했으나, 그 한순간의 뻔뻔스럽고 기분 나쁜 느낌을 주는 웃음이 그를 자극했다. 이건 일종의 반격이다. 이방근은 갑자기 말문이 막혔다.

"……나는 자네가 집에 없을 줄 알고 온 거야. 내가 찾아온 것은 자네의 부재를 확인하기 위해서였어."

"……"

박산봉은 멍하니 무슨 뜻인지 알 수 없어 말을 잇지 못했다. 그가 되물을 틈도 주지 않고 이방근은 계속 말했다.

"왜 자네가 나를 기다린단 말이야. 자넨 나 같은 사람을 기다릴 게 아니라, 어디든 가서 집에 없어야 했어. 난 자네가 하숙집에서 빗자루나 들고 태평하게 지내는 그 얼굴을 본 순간부터 기분이 좋지 않았어. 뭐가, 박산봉의 목을 조르기 위해서라는 거야. 어디서 써먹던 대사야 그건. 자네는 그렇게도 목이 졸리고 싶나?"

망연자실한 박산봉의 손이 장판 위의 담배를 더듬어, 납작해진 종잇갑에서 얼마 남지 않은 담배 한 대를 빼내려 했다.

"담배 피지 마!"

이방근이 고함을 쳤다.

놀란 상대의 손에서 담배가 떨어졌다. 이방근은 문득, 마치 혼이 쏙 빠져나오듯이 그 몸속에서 한 마리의 검은 짐승 그림자가 뛰쳐나와 상대방에게 달려드는 것을 눈으로 보았다. 그와 동시에, 뛰쳐나온 환영의 짐승에 이끌려 이방근의 몸이 가볍게 떠올랐다. 그때 상대의 목을 조르고 싶은 충동이 그를 덮쳤다. 이방근은 일어서면서 오른손으로 앉아 있는 상대의 점퍼 목깃을 움켜잡고 들어 올렸다. 박산봉은 목이 비틀려 젖혀진 모습으로, 이방근이 하는 대로 일어섰다.

"너는 이러기를 바라지. 그리고 뭐든지 털어놓겠다고 했어." 이방근은 상대의 목덜미를 잡은 손에 천천히 힘을 주면서 목을 졸랐다. 주눅이 든 박산봉이 순간적으로 방어 자세를 취했지만, 저항하지 않고 양 팔을 축 내려뜨린 채 이방근이 하는 대로 내버려 두었다. "난 지금, 너의 때가 절은 목을 조르고 있어. 어째서 가만히 있나. 어째서 나무토막 모양으로 가만히 있느냐고. 더 졸라 줄까?"

얼굴이 서로 닿을 정도로 바싹 다가선 상대의 입에서 괴로운 숨결과 함께 불쾌한 입 냄새가 정면으로 이방근의 얼굴에 풍겼다. 이방근의 손에 순간적으로 칼날처럼 번뜩이는 살의가 감돌고, 박산봉은 괴로운 신음소리를 토해 내며 목을 매단 사람처럼 잠시 손발을 버둥거렸다. 하지만 박산봉은 자신의 목을 조르고 있는 손을 뿌리치려 하지 않았다. 아니, 피가 거꾸로 솟아올라 괴로운 표정으로 이방근을 지그시 응시하면서 빙긋 웃는 것처럼 보이기까지 했다. 아니, 웃고 있었다. 등줄기가 서늘해지는 것을 느꼈다. 적어도 그 순간의 이방근에게는 그렇게 보였다. ……이 자식! 이방근은 살의를 충동질하는 분노의 감정에 휩싸였다. 지금까지 본 일이 없는 상대의 그 기묘한 표정에 이글이글 타오르는 분노의 열탕을 확 끼얹어 주고 싶었다. 그러나 바로 자신의 코앞에서 괴로운 듯 헐떡이고 있는 얼굴이 박산봉이라고 생각하자, 갑자기 이방근은 제정신을 차리면서, 전신에서 힘이 빠져나가는 것을 느꼈다. 박산봉……. 분노는 박산봉의 웃음 때문이 아니다. 그 원인은 알 수가 없다. 의식의 저변에서 소리가 들렸다. 박산봉의 충혈된 눈은 일종의 기묘한, 공포를 씻어낸 황홀한 빛을 머금고 있었다.

"자네는 분명히 유달현을 알고 있군." 바로 뒤쪽 벽에 등을 붙이고 선 박산봉이, 목을 자유롭게 움직이지 못하는 상태에서 괴로운 듯 눈으로 끄덕였다. 나는 어째서 이런 식의 질문을 하는 것일까. 왜 물으려고 하는가. "지금 나는 유달현의 목 대신에 자네의 목을 조르고 있는 거야. ……유달현은 지금 성내에 있나? (이방근이 손에서 힘을 뺌과 동시에, 박산봉은 머리를 가로저었다) 뭐, 성내에 없어, 어디 갔는지 알고 있나?"

점퍼의 목깃을 잡힌 채 박산봉은 헐떡이면서, 유달현이 간밤에 성내를 떠난 것은 알고 있지만 행방은 모른다, 정말로 모른다, 하지만 오늘 밤 안으로 돌아올 것이라고 진지한 목소리로 띄엄띄엄 말했다. 그 눈에 슬픔의 빛이 가볍게 스쳐 지나갔다.

"잘 들어, 자네는 그 뱃속에 있는 유달현의 모든 것을 나에게 털어놓는 거야. 앞으로 벌어질 일까지도……."

돈을 원한다면 주겠다……, 깜짝 놀라 말을 삼켰지만, 내심으로는 그렇게 내뱉고 있었다. 앞으로 벌어지게 될 일까지 말이야, 돈을 원한다면 주겠다……. 추악한 냄새에 휩싸인 중얼거림이 이방근의 머리를 요란하게 태웠다. 이방근은 문득 손에서 힘이 완전히 빠진 것을 느끼며 박산봉의 점퍼 깃을 놓았다.

"난 돌아가겠어."

"선생님, 왜 그러십니까. 전 아무렇지도 않습니다. 전 선생님께 얻어맞아도 괜찮고, 아무렇지도 않습니다. 돌아가지 말아 주세요…….

저는 아무렇지도 않으니까……."

박산봉은 떨리는 목소리로 엉뚱한 말을 했다.

"음, 실례가 많았네. 난 돌아가겠어. ……그래, 이제 됐어. 방금 내가 말한 것은 신경 쓰지 마. 핫, 핫하. 유달현의 일은 그냥 해 본 농담이야. 난 근처에 왔다가 들렀을 뿐이라구. 지금부터 급한 볼일이 있어서 돌아가는 거야. 유달현의 일은 농담이야, 그냥 잊어버려."

이방근의 눈이 독으로 불타고 있었다. 그는 방을 뛰쳐나가고 싶은 이유를 알 수 없는 격정의 소용돌이를 가슴에 느끼고 있었지만, 한편으로는 맑은 내심의 속삭임을 그 귀로 확실히 듣고 있었다. 오늘은 아무래도 연극을 하고 있는 것 같아. 편지를 안주머니에 넣고 집을 나설 때부터 그랬어. 아아, 무슨 연극을 하고 있는 것 같아…….

이방근은 영문을 모른 채 멍하게 있는 박산봉을 방 안에 남겨 두고 밖으로 나왔다.

안뜰과 연결된 골목으로 나온 이방근은, 아까 왔던 길로 가지 않고 오른쪽으로 꺾어든 뒤, 서쪽을 돌아 신작로에 모습을 드러냈다. 그는 새삼스럽게 앞으로의 행동을 생각할 것도 없이, 마치 약속된 길을 가듯 신작로를 서쪽으로, 아득히 먼 지평선에 빨간 태양이 저물기 시작하는 서쪽을 향해 걸어갔다. 뒤쪽에서 달려온 미군 지프가 앞쪽의 소가 끄는 수레를 비켜 세우고, 흙먼지를 일으키며 달려갔다. 캠프로 가는 모양이었다.

소금 냄새를 머금은 시원한 바람이 신작로를 가로지르고 길가의 보리밭을 지나, 아득히 먼 한라산 자락의 고원으로 향한다. 잠시 인가가 끊긴 일대에는 보리밭도 관목 숲도 초원도, 그리고 가까이에 솟아 있는 오름도 모두가 초록으로 덮여 있었다. 길가의 초록에 섞여, 이 섬 어딜 가더라도, 인가의 검은 돌담 그늘 같은 곳에도 피어나 봄기운을 더해 주는 가련한 금잔화가 줄을 지어 피어 있었다. 잔뜩 흙먼지를 뒤집어쓴 모습이 괴로워 보였다. 꽃의 붉은색이 죽어 있었다. 한바탕 비가 내리면 선명하게 붉은색이 살아날 것이다. 오른쪽에 보이는 언덕에는 울창하게 들어선 소나무 숲에 둘러싸여, 공자묘 풍의 향교가 고색창연하게 서 있었다. 산문을 연상시키는 문은 굳게 닫힌 채, 사람 기척 하나 없었다.

향교는 봉건시대의 관립 지방학교라고 할 수 있는데, 제주향교는 소위 제주 3읍(제주·대정·정의) 향교의 하나로, 관덕정과 마찬가지로 조선시대의 유물이었다. 조선 말기에는 교육기관으로서의 본래기능을 잃어버린 채 단순히 공자를 모시는 장소로 변해 버렸다. 어쨌거나 학교임에는 틀림없었다. 소학, 사서, 오경, 제자백가 등의 중심교과를 소홀히 할 수는 없었기 때문에, 폐교라도 하지 않는 한 당연히 선생은 물론이고 학생도 있었을 것이다.

그런데 서당선생을 훈장이라 부른다. 그중에서도 향교 출신 훈장은 향교훈장으로 불리며 지금도 지방에서는 명사로 통한다. 김동진의 부친이 바로 조선 말기에 향교를 나온, 그 향교훈장이었다. 지금은 예순이 다 된 노인이지만, 멋진 콧수염을 기른 데다 키가 컸으며, 늠름한 풍채에 외출 시에는 항시 중절모 쓰는 것을 잊지 않았다. 사람들은 지금까지 김 훈장이 양복을 입고 다니는 것을 본 일이 없었다. 일제강점기부터 민족주의자로서, 예를 들면 이방근의 부친 이태수 등이 제아무리 섬의 유지요 명사라고 한들, 김 훈장 눈에는 경멸의 대상으로서 비춰졌을 것이다. 지금의 김 훈장은 외아들을 공부시키기 위해 이리저리 쪼개서 팔고 남은 전답에다 근근이 농사를 지으며 여생을 보내고 있었다. 키가 큰 김동진의 풍채도 그러한 아버지를 닮았기 때문일 것이다. 이방근은 젊은이만 보면 붙들고 놓아주지 않을 정도로 이야기를 좋아하는 김 훈상의 벗신 곳수넘 얼굴을 떠올리고는 조금 기가 꺾였다. 자칫하다가는 김 훈장에게 잡혀서 바로 돌아오지 못할지도 몰랐다.

향교의 출입문 지붕과 좌우 돌담 위로 까마귀가 떼를 지어 앉아 있었다. 개중에는 폴짝폴짝 권투선수마냥 목을 이리저리 흔들며 뛰어다니기도 하였는데, 길 가는 이방근 쪽을 바라보고 있었다.

음……. 한순간 얼굴을 감싸고 있던 왠지 기분 나쁜 투명 막 같은 느낌을 주는 웃음, 이방근의 뜨거운 머릿속에 기묘하게 웃는 박산봉의 얼굴이 두둥실 떠올랐다. 그 얼굴이 순식간에 엿처럼 흐물흐물 무너져 내리면서 원래의 웃는 얼굴로 돌아왔다. ……저는 선생님이 이곳에 올 거라 생각하고 있었습니다. ……요전번처럼 선생님 쪽에서 올 거라고 말입니다. ……제가 부정은 했지만 사실은 오실 거라고 생각하고 있었습니다……. 도대체 무슨 말을 하는지 알 수 없는 놈이다. 집에 없을 거라고 확신하다시피 했던 녀석이 하숙집에 있는 것을 보고, 이 녀석은 내가 올 줄 알고 있었구나, 하고 내 스스로가 이상한 감각으로 직감했는데, 그렇다면 이건, 내가 생각하고 있던 걸 박산봉이란 놈도 생각하고 있었다는 말이 아닌가……. 이방근은 기묘한 형태의 톱니바퀴가 맞물리는 듯한 우연의 일치에 새삼 놀라지 않을 수 없었다. 게다가 그 녀석은 내가 목을 조르고 있는데도 빙그레 웃기까지 했었다. 아니, 이건 도대체가……. 아아, 저는 선생님이 호통을 치고 목을 조르면, 갑자기 가슴 속에 벌꿀 같은 감미로운 것이 솟아오르라서……. 이 녀석은 마조히스트로군, 일종의 마조히즘이야. 제기랄, 이방근은 카악 하고 땅바닥에 침을 내뱉었다. 그는 박산봉이 이전보다 더욱 순종적인 '하인'이 되어 있음을, 뭔가가 딱 맞아떨어지는 느낌으로 의식했다. 박산봉은 필요하다면 부스럼영감 못잖게 뭔가 그가 원하는 걸 이루어낼 것이다. 이방근은 부스럼영감을 그런 인간으로 보고 있었다. 아직까지 무언가를 이뤄 내는 걸 본 적은 없지만, 부스럼영감은 그 존재 자체만으로도 그러한 가능성을 내면에 지니고 있다고 이방근은 느꼈다. 노인은 절름발이였지만, 보기와는 달리 원숭이같은 경계심과 날렵함을 지니고 있었다. 이방근은 몸에 가벼운 전율이 스쳐 지나가는 것을 느끼며, 박산봉이 필요하다면 그것을 이루어 내는, 그러한 남자로 오늘 다시 태어났다고 생각했다.

이방근은 걸으면서 까마귀들을 향해 와앗 하고 큰 소리를 질렀다. 아니, 와앗, 핫핫…… 하고 큰소리로 웃었던 것인데, 까마귀는 날아가기는커녕, 10미터쯤 되는 피차간에 오래된 소나무가 가로막고 있는 때문이기도 했지만, 놀라서 멍한 표정으로 이방근을 내려다볼 뿐이었다. 족히 2, 30마리는 돼 보였다. 인적 없는 주변에 이방근의 웃음소리가 남긴 여운이 공허하게 울렸다. 이방근은 특별히 그런 식으로 짓궂게 까마귀들을 위협해서 쫓아 버릴 생각은 없었지만, 아까부터 큰 소리로 외치고 싶은, 그것이 웃음소리로 터져 나올 것 같은 충동을 느꼈다. 그러나 큰소리를 지르면 까마귀들이 날아오를지도 모른다는 생각을 하지 않은 것도 아니었다. 이방근은 까마귀들의 냉소를 받은 자신의 무력한 웃음소리에 머쓱한 미소를 지으며, 한 손을 가볍게 들어 까마귀들에게 이별을 고하고는 다시 걸었다.

저 멀리에서 폭음이 들렸다. 그쪽을 보니, 용담리 저편 해안 쪽 상공에, 석양을 등진 미군용기의 그림자가 반짝였다. 비행기는 상공을 선회하면서 착륙 태세로 들어간 모양이었다. 용담리 서쪽 변두리의, 옛 일본군 비행장 자리에 미군기지와 비행장, 그리고 캠프가 있었다.

한천을 건너면 바로 용담리로, 성내 거리의 일부를 이루고는 있었지만, 이 근처까지는 전기가 들어오지 않았다. 잠시 후 해가 지면, 밝

은 곳에 익숙해져 있던 인산이 육안에만 의존해 길을 걷는 불안한 제
험을 하게 될 터였다. 마을은 신작로를 끼고 양쪽으로 나뉘어져 있었
는데, 이방근은 오른쪽 해안에 있는 마을로 통하는 길을 따라 들어가
김동진의 집을 찾아갔다. 대문이 없는 평범한 농가풍의 집이었다. 안
채에서 나온 김동진의 모친이, 두세 번, 그것도 오래 전에 만났을 뿐
인 이방근을 잘 기억하고 있었고, 공손하게 응대하면서 아들은 집에
없다고 말했다. 김 훈장 역시 집을 비운 것 같았다. 갑작스런 충동으
로 찾아온 것이었고, 김동진이 집에 있으리라고 확신한 것은 아니지
만, 기대에 벗어나고 말았다. 확실하게 없다는 걸 알았다면, 평소 사
람 방문하기를 그다지 즐기지 않는 이방근이 일부러 찾아오지도 않았
을 것이다. 어떤 불안이 그로 하여금 김동진의 집으로 달려가게 만들
었던 것이다. 모친은, 점심때가 지나 김동진이 성내로 갔다고 말하고,
성내의 어디로 갔을까요, 라는 이방근의 질문에는 분명히 신문사에
간다고 했는데, 라며 다소 애매한 대답을 하였다. 한 시간쯤 전에 C길
에서 만났던 한라신문 총무부 문(文)의 말로는, 어제부터 나오지 않았
다고 했으니까, 신문사에 갔다면 서로의 이야기가 맞지 않았다. 오늘
은 숙직으로 묵거나 하지는 않을까요, 라는 질문에는, 잘 모르겠지만
그런 이야기는 듣지 못했으니 돌아올 거라고 했다. 이방근은 지난밤
에 김동진이 집에 묵었다는 것을 확인하자, 실은 근처에 볼일이 있어
왔다가 들렀다고 둘러대고는, 아드님이 돌아오면 잘 전해 달라는 말
을 남기고 그 집을 나왔다.

　만일 김동진이 집에 있었다면 어쩔 작정이었는가, 이방근은 거기까
지는 생각하지 않고 있었다.

　이미 주변 공기가 황혼의 아름다운 보랏빛에 물들어 물속에 잠긴
것처럼 조용한 마을을 나와, 이방근은 왔던 길을 되짚어 성내로 발걸

음을 재촉했다. 왠지 남의 일 같지 않은 불안이 덮쳐왔는데, 김동진이 성내에서 모습을 감춰 버렸는지도 모른다고 생각한 것은 단순한 억측에 불과했던 것일까. 김동진은 어딘가에 들렀다가 신문사에 얼굴을 내밀고 있는지도 모른다. 이방근은 전방에 성내의 불빛을 보면서, 신문사로 직접 찾아가는 것은 피하는 것이 좋겠다고 생각했다. 우체국이 쉬고 있었기에 전화를 걸어 볼 수도 없었다. 그러나 신문사에 나와 있다면, 그건 선전문 인쇄에는 관계하지 않았다는 증거라고 할 수도 있을 것이다. 그렇다면, 김동진에 대한 모든 불안은 이방근 혼자만의 지나친 생각에서 비롯된 것이리라. 마치 어제 4월 3일 오전 두 시의, 그 폭발 직전의 농축된 시간이 자아내던 환상이 벌인 어지러운 춤사위에서 아직까지 헤어나지 못한 것이나 마찬가지였다. 하숙집에 있는 박산봉이 집을 비웠을 것이라 단정하고, 단지 그가 집에 없다는 것을 확인하기 위해, 그리고 김동진을 찾아가는 중간 단계로서 박산봉의 하숙집에 들른 그 내적인 필연은 무엇일까. 그것은 필연이 아니라 환상 아닐까. 이방근은 집을 나선 뒤에 일어난, 두세 시간 동안의 자신의 행동이(그것도 다른 집을 찾아다닌 것뿐이었지만) 묘하게도 비뚤어진 정열, 게다가 변덕스럽고 충동적인 것이었지만, 그 어떤 필연적인 정열에 의해 뒷받침되고 있음을 느꼈다.

이방근은 문득 상의 가슴 근처에 손을 대 보고, 안주머니에 손을 넣어 그 편지를 확인해 보았다. 편지는 있었다. 잊고 있었던 것이다. 달갑지 않은 감촉이 손가락에 전해졌지만, 그는 편지를 밀어 넣고는 손을 빼냈다.

이방근은 곧장 집으로 돌아왔다. 다섯 시 20분. 양준오에게서는 아직 아무런 연락도 없었던 모양이다. 한라신문에 전화를 걸어 봤으나, 오늘은 쉰다고 했다. 오늘은 쉰다……. 음, 김동진은 성내에서 자취를 긺었는지도 모른다……, 다시 밍'싱 긑은 역축이 니래를 펴고 이방 근을 덮치기 시작했다. 아니, 이건 단순한 억측도, 혼자만의 지나친 생각도 아냐. 김동진은 이미 성내에 없을지도 몰라……. 이건 뛰어난 직감이고 불안은 적중했다고 봐야 할 거야. 김동진은 가족에게 거짓 말을 하고 집을 나간 걸까. 신문사에 간다면서 성내로 나갔다는 그 모친의 말은 거짓말이 아니었다. 그 애매함이 그걸 증명하고 있었다. 이방근의 불안은 더욱 심해졌다. 역시 선전문의 인쇄는 한라신문에서 그가 한 일이 아닐까. 오늘 점심때까지 김동진이 집에 있었다는 사실 을 확인할 수 있었던 것이, 흡사 김동진 본인을 만난 것 같은 현실감 으로 되살아났다.

4

봉기 이틀째인 4월 4일도 성내 거리는 평소와 다름없이 조용히 지 나갔다.

그런데 이방근의 집에서는 조금 특이한 일이 있었다. 새끼 고양이 흰둥이의 일이었는데, 심야에 부엌이 방에서 전에 없던 기묘하고도 불길한 느낌을 주는 슬픈 목소리로 계속 울었던 것이다. 소등한 뒤 잠자리에 든 이방근이 좀체 잠들지 못한 채 시간의 흐름에 몸을 맡기 고 있던 새벽 한 시를 한참 지났을 무렵이었다. 겨우 수면의 구멍으로 몸이 빨려들어 가려는 그 아슬아슬한 순간에 들려온 고양이 울음소리 를, 처음에는 집의 새끼 고양이라고는 생각하지 못했다. 무언가를 호 소하는 듯한 기묘하고 슬프게 떨리는 소리, 작은 목구멍을 한껏 부풀리며 나오는 듯한 소리가 흰둥이의 울음소리라는 것을 알고 나서, 이방근은 등줄기 가득 차가운 기운을 느끼며 어둠 속에서 상체를 일으켰다. 언젠가 부엌이가 자신의 방으로 몰래 들어왔던 날 밤의, 부엌이를 찾아 안뜰까지 나와 헤매던 흰둥이를 떠올리고, 가만히 이쪽을 응시하는 어둠 속의 눈을 생각해 내고는 새로이 전율했다. 하지만 새끼 고양이는 안뜰에서 우는 것이 아니었다. 바람이 일기 시작했지만, 요 전날 밤과는 달리 세찬 바람은 아니어서, 부엌이가 새끼 고양이를 달래고 있는, 마치 어머니가 젖먹이를 어르는 듯한 소리를 죽인 목소리가, 안뜰의 어둠 저쪽으로부터 바람 소리와는 상관없이 또렷하게 들려왔다. 슬픈, 인간의 기분을 자극하는 새끼 고양이 소리였다. 어떤 슬픔이란 말인가. 갑자기 꿈이라도 꾸어, 바다 저편의 어미 고양이 생각이라도 난 것일까. 인간이 진단할 수 없는 뭔가의 육체적인 고통이라도 호소하고 있는 것일까. 아니면 작은 동물로서의 본능이 포착한, 서서히 다가오는 뭔가의 기척에 이〔虱〕라도 먹고 있는 것일까. 이방근은 어둠 속에서 두 귀를 세운 채, 건너편 안채의 아버지가 있는 거실 쪽의 기척을 살폈지만, 누군가, 아마도 그것은 계모이겠지만, 밖으로 나오는 것 같지는 않았다.

다음날 아침, 이방근은 부엌이에게 흰둥이가 어디 몸이라도 안 좋은 거냐고 물어보았는데, 그렇지는 않은 것 같았다. 아침이 되자, 야옹야옹 하며 뛰어다니고, 잘 먹고, 지금은 식후 수면 중이라 했다. 이방근은 부엌에서 가까운 뒤뜰의 새끼 고양이가 자고 있다는 곳에 가 보았다. 별채 옆의 커다란 장독이 놓인 장독대에 있는 어느 장독 위에 올라가, 이따금 불어오는 바람에 하얗게 빛나는 털의 물결을 가볍게 날리며, 몸을 동그랗게 말아 앞발로 얼굴을 가린 채 잠들어 있었다. 아이들 키보다도 훨씬 높은 장독 위로도 이젠 쉽게 뛰어오를 수 있는 모양이다. 재미있는 고양이로군, 일부러 바람이 와 닿는 장독 위에서 자다니⋯⋯. 음, 인간의 자손도 아니고, 새끼 고양이라고는 하지만 야행성인 고양이가 어둠을 두려워한다고 생각하는 것은 잘난 줄 아는 인간의 억측에 지나지 않는다. 아마도 기분의 영향이 컸을 것이다. 그러나 이방근은 어젯밤의, 인간이었다면 아마도 겁에 질릴 법도 한, 그리고 슬픈 울음소리가 조금은 마음에 걸렸다.

어젯밤 늦게 계모 선옥이 전화를 받으라고 알리러 왔다. 열두 시가 가까웠다. 누구냐고 묻자, 유원이라고 대답했다. 유원⋯⋯? 글쎄, 그 렇다니까, 아버님이 서울로 전화를 하셔서 유원과 통화를 했는데, 오 빠를 바꿔 달라고 했데⋯⋯. 서재에 있던 이방근은 아버지가 서울로 전화를 걸고 있는 것을 알지 못했다. 분명히 전화벨이 울리기는 한 것 같은데, 그것이 서울로 연결되었다는 연락이었던 모양이다. 여동 생의 목소리가 작은 잡음에 뒤섞여 수화기 저편에서 나고 있었다. 30 분쯤 전에 도착했다고 한다. 어젯밤에 헤어졌는데도, 오빠, 건강하 죠? 하고 물었다. 그러나 풀이 죽은 목소리는 아니었다. 바보 같기는, 그건 내가 할 말이야, 무사히 서울에 도착했냐고 말이지. 무사히 도착 했으니까 지금 전화를 하고 있죠⋯⋯. 어쨌든 슬픈 목소리가 아니어 서 오빠는 안심이야, 억지로 돌려보낸 모양새였으니까. 그건 아무렇 지도 않아요, 하지만 아버지가 건수 아저씨에게 저를 부탁하신 것 같 아, 고민 중이에요⋯⋯. 자세한 이야기는 하지 않았지만, 그것은 유 원의 행동에 대한 감시를 뜻하고 있었다. 여동생의 서울 도착을 확인 한 뒤, 건수에게 대충 사정을 설명하고 부탁했을 것이다. 아버지는 딸에게 전화를 한 것이 아니라, 건수와의 통화 뒤에 유원을 바꿔 달라 고 한 것이었다. 은행 이사장실에서 졸도한 아버지가 의자를 붙여 급 히 만든 침대 위에서 한 말이 생각났다. ⋯⋯서울에 가서도 일체 공산당 관련 단체에 출입해서는 안 된다. 건수에게 확실히 감독하도록 일러두겠다. 그리고 아직 병상에 누워 있으면서도 유원을 데리고 함께 서울로 가겠다고 말했을 정도니까, 당장 섬을 떠날 수 없게 된 지금, 이건수와의 통화에서 무슨 이야기를 했을지 충분히 예측할 수 있었다. 게다가 유원은 '폭동'이 일어난 것을 보고 섬을 떠났던 것이다. 그러나 문제는 어떻게 다 큰 처녀를 감시한단 말인가, 미행이라도 붙이겠다는 말인가. 주의해서 충분히 감독해 달라고 했겠지만, 조만간 아버지는 이를 위해서라도 서울에 가려 할 것이다. 오빠와의 전화는, 아버지가 끊으려고 하는 것을 바꿔 달라고 해서 통화하게 되었다고 했다. 여동생은 그쪽 사정은 어떠냐고 말수를 줄여 가며 물었는데, 서울에서는 아무도 4·3을 모른다고 했다. 신문은 물론이고 라디오에서도 방송하지 않는다고 했다. 긴장을 가슴속에 끌어안은 채 기숙사에 도착하여 그 이야기를 했더니, 아무도 믿으려 하지 않더란다. 아버지로부터의 전화가 겨우 그 사실을 증명한 셈이 되었다.

유원은 이번 달 23일의 학교 창립 20주년 기념을 위한 문화제 행사로 19일부터 25일 일요일까지 쉴 수 있어서 돌아가고 싶다고 말했다. 하지만 이방근은 허락하지 않았다. 넌 어떻게 된 거 아니냐, 대체 무엇 때문에 오려는 거야. 거기가 어디라고 생각하고 일주일 남짓한 연휴로 그런 말을 하고 있어. 그리고 돈도 들게 된다고, 물론 꼭 필요하다면 오빠가 변통해 주겠지만, 무엇보다 20일 경에 연락선이 운항하고 있을지 어떨지 알 수도 없고. 어쨌든 그때까지는 오빠가 서울에 갈 테니까. 오빠는 뭣 하러 서울에 오세요? 저 때문이라면 사양하겠어요……. 사양할 건 없을 텐데, 어쨌든 서울에 좀 볼일이 있어. 이방근은 반사적으로 그렇게 말했지만, 도대체 무슨 용건이 있는지 자문해 보았다. 언제 오세요? 아직 몰라, 늦어도 이번 달 중순까지는 가게 될 거야……. 유원은 남승지에 대해 묻지 않았고, 이방근도 언급하지 않았다.

열 시를 지나 양준오가 찾아왔다. 어젯밤은 늦어진데다 회합이 겹쳐 들르지 못했지만, 실은 성내에 남승지가 와 있다고 해서 이방근을 놀라게 만들었다. 특별히 놀랄 것도 없었다. 유원이 서울로 떠나기 전에 꼭 한번 찾아오겠다고 했다니까 이미 각오는 하고 있었지만, 예상보다는 빨랐다. 틀림없이 유원을 만나기 위해 찾아오긴 하겠지만, 빠듯하게 8일이나 9일쯤 되지 않을까 하고 혼자서 생각했던 것이다. 남승지는 어젯밤 열한 시쯤에 왔다고 했다.

"이 형, 지난 3일 밤에 이 형과 둘이서 여동생을 배웅했잖습니까. 그 이야기를 했더니 깜짝 놀라던 걸요. 승지는 유원 동무가 아직 성내에 있는 줄 알고 있었나 봐요."

"그가 여동생을 만나러 왔을까."

"아무래도 그런 것 같습니다. S리까지 온 김에 들른 모양이지만, 새벽녘의 어두운 시각에 돌아간다는 것을, 이 형을 만나고 가라고 붙잡았습니다."

"양 동무는 오늘 쉬는가 보지?"

"그렇지는 않지만, 오늘은 한 시까지만 나가면 됩니다. 나중에 제집에 들르지 않으시겠어요. 저는 먼저 하숙집에 돌아갑니다만, 남승지는 이쪽으로 오지 않는 게 좋겠지요."

"……"

이방근은 고개를 끄덕였다.

양준오는 10분쯤, 담배를 한두 대 피울 시간밖에는 소파에 앉아 있지 않았지만, 정보 하나를 제공하고 돌아갔다. 오늘 4월 5일, '폭도' 진압을 위한 제주지방 비상경비사령부가 설치될 예정이라는 것이었다. 아직 공식적으로 발표되지는 않았지만, 본토로부터 진압부대의 파견이 결정되었고, 서울의 미 중앙군정청 경무부에서는 그 총지휘관으로 경찰전문학교장인 김 모 경무관을 임명하여 진압 임무를 부여했다. 증원진압부대는 각도 경찰국으로부터 천 7백 명의 경관을 선발 편성하여, 4월 10일 제주도에 상륙시킬 예정. 이러한 조치는, 제주도 출신 경찰은 게릴라들과 지연 혈연 등으로 얽혀 있어 토벌작전에는 적합하지 않다, 즉 믿을 수 없다는 판단에 근거를 둔 것이었다. 과연 그건 그럴 것이다. 이 문제는 이미 작년에 서북청년회 패거리가 섬에 진을 치기 시작하면서부터 들려온 말이었다. 그런 연유로 이 고장 출신의 경찰 중에는 당국에 과잉 충성한 나머지, 4월 3일 새벽의 게릴라 봉기로 살해된 경우도 있었다.

경찰만이 아니었다. 더구나 국방경비대 제5연대(부산) 제1대대의 파견이 결정되었고, 경찰증원대가 파견된 뒤에 상륙할 예정이라고 했다. 제주도 모슬포에 주둔 중인 제9연대는 이 고장 출신 대원이 중심이었는데, 대부분이 농촌의 둘째나 셋째 아들로서, 20세가 채 안 되는 17, 18세의 청년이라기보다는 청소년에 가까운 신병이었다. 거기에다 창설된 지 1년 남짓밖에 안 된 제9연대는 현재 1개 대대 9백 명 정도의 병력밖에 없었다. '서북'의 횡포에 더하여, 이제는 폭도진압이라는 명분 아래 본토로부터 경찰과 군대까지 들어와, 섬의 군대와 경찰을 배척하고 주도권을 잡기에 이른 것이다.

양준오가 돌아가고 나서 조금 있다가 우편물이 왔다. 물론 우편물은 배달부가 돌리는데, 오늘은 여느 때와 달리 우편배달부 강삼구가 싱글벙글 웃으면서, 마침 툇마루에 나와 있던 이방근에게 인사를 올리며 안뜰을 건너왔다.

"수고 많습니다."

이방근은 볕에 그을린 얼굴에 비록 체구는 작지만 꽤나 민첩해 보이는 강삼구를 보고 있었다. 나이는 이방근과 같은 연배였다.

"이 선생님, 건강하시죠." 강삼구는 모자를 벗고 가볍게 머리를 숙였다. "좋은 날씨긴 한데, 바람이 불기 시작하는군요, 어째 비가 한바탕 내릴 것도 같고…… . 저기, 목이 좀 말라서 그러는데, 이 선생님, 물한 잔 마실 수 있겠습니까…… ."

"물? 물이면 되겠습니까."

"물을 한 사발 가득…… ."

강삼구는 툇마루 끝에 옆으로 걸터앉아 한쪽 다리를 다른 쪽 무릎위에 걸치고 어깨에 둘러멘 우편물 가방을 무릎 위로 돌리더니, 띠종이를 두른 두 개의 중앙지와 아버지 앞으로 온 편지 한 통을 꺼냈다. 이방근 앞으로 온 편지는 없었다.

"여동생은 이미 서울로 돌아갔다면서요."

간호사를 하고 있는 강삼구의 여동생이 유원과는 일제 때 소학교 동창이어서 잘 아는 사이였다.

"맞아요, 보냈어요. 이렇게 어수선한 곳에 오래 있어 본들 별 수 있겠소."

툇마루에 책상다리를 하고 앉은 이방근이 말했다.

"예, 마침내 큰일이 터지고 말았네요. 이 섬에 특별히 볼일이 있으면 몰라도, 기왕 갈 사람이면 하루라도 빨리 서울로 가는 게 좋겠지요. 이 선생님도 알고 계시겠지만, 좀 전에 경찰과 도청으로 우편물을 배달했는데, 오늘부터 비상경비사령부라는 게 생긴다고 해서 난리가 났더라구요. 이제 육지 쪽에서 경찰대가 왕창 몰려올 게 뻔하고, 그렇게 되면 곤란해지는 건 결국 이 섬에 사는 주민들이겠지요."

강삼구는 하얀 사발 가득한 물을 단숨에 마셔 버렸다. 정말로 목이 말랐던 모양이다. 부엌이가 빈 사발을 쟁반에 담아 들고 그 자리를 떠났다. 강삼구는 제복 옆구리에 찬 짧은 담뱃대를 꺼내, 노인처럼 살담배를 다져넣고 한 대 피우더니, 갑자기 목소리를 낮춰, 이 선생님은 김동진을 아시죠? 하고 물었다. 김동진? 알다마다……, 이방근은 움찔하면서 상대를 쳐다보고는, 김동진에게 무슨 일이 있습니까, 하고 뻔한 질문을 했다.

"실은, 선생님께 전해 달라고 그에게서 부탁받은 것이 있어요. 편지입니다."

강삼구는 이방근의 질문을 흘려 넘기듯 말했다. 도자기 재떨이에 대통을 두드리는 소리가 땡땡땡 하고 툇마루에 올려놓은 탓으로 한층 투명하게 울렸다.

"편지?"

강삼구는 상의 호주머니에서 반으로 접은 노란 봉투를 꺼내, 접힌 곳을 펴서 이방근에게 건네주었다. 겉봉에는 '제주도 이도리 ×번지 이방근 선생 친전'이라고 쓰여 있고, 소인은 찍혀 있지 않았지만 우표는 제대로 붙어 있었다. 말하자면 우체통에 넣을 수 있게 된 것이었다. 이건 일종의 위장인지도 모른다. 봉투 뒷면에는 구석에 작은 글씨로 'K'라고만 적혀 있을 뿐, 보낸 사람의 주소나 이름은 적혀 있지 않지만, 필적은 눈에 익은 김동진의 것이 틀림없었다.

"그는 지금 어디 있소?" 이방근은 그렇게 말하고는 깜짝 놀라 자신의 말을 추스르려는 듯이 덧붙였다. "신문사에 나와 있는지 모르겠군요. 후후, 그렇다면 어째서 이렇게 편지 같은 걸 보냈을까, K라는 건그일 텐데 말이오."

배달부는 고개를 끄덕였지만, 그가 어디 있는지는 모른다고 대답했다.

"강 동무는 언제 김동진과 만났소, 이건 그가 건네준 것 같은데……."

"예, 어제 만났습니다. 어제 저녁 무렵에 그가 우리 집으로 와서 말이죠, 그걸 부탁하고 가더군요."

"음, 일부러 우표까지 붙여서……. 아니 이거, 쓸데없는 말을 한 것 같군요. 어쨌든 고맙소."

"깨끗이 닦아 놓은 재떨이를 더럽히고 말았군요……."

김동진의 편지를 이방근에게 건네준 강삼구는 곧바로 일어나, 이 선생님, 이 일은 비밀로 해 주십시오, 라고 주위를 둘러보면서 말했다. 그리고는 우편가방을 등에 둘러멘 뒷모습을 보이며, 안뜰을 지나 쪽문 쪽으로 걸어갔다.

으─음, 이건 연락책이로군. 과연 우편배달부가 이러한 사소한 연락에는 안성맞춤이겠지. 이방근은 혼자서 고개를 끄덕이며 방금 강삼구가 나간 쪽문을 돌아본 뒤 서재 소파로 가 걸터앉았다. 비상경비사령부 설치라……, 자신의 주변에서는 우편배달부까지도 의미를 갖기 시작한 기분에 사로잡혔다. 김동진의 편지도 의외였지만, 편지가 우체통이 아닌 우편배달부의 호주머니에서 나왔다는 사실에 이방근은 의표를 찔린 느낌이었다. 이방근은 강삼구의 미소를 띤 날카로운 눈빛을 떠올리며, 그자들은, 아니, 방금 사라진 강삼구는 나를 어떻게 보고 있을까 하는 생각을 했다.

이방근은 겉봉을 뜯었다. 질이 좋지 않은 석 장의 편지지와 함께 눈에 익은 한 장의 인쇄물, 삐라가 들어 있었다. 흠, 삐라는 물론 4·3 봉기의 선전문이었다. 김동진……, 이제 일은 분명해졌다.

존경하는 선배이신 이방근 선생님께

갑자기 편지를 올리게 되었습니다. 무엇부터 어떻게 쓸 것인가 조금 망설였습니다만, 천천히 생각할 시간이 없어서 일단 쓰기 시작하였습니다. 결론부터 말씀드리자면, 실은 작별 인사입니다. 펜은 잡고 있어도 생각처럼 써지지는 않습니다만——이래가지고서야 작가 지망생이라 할 수 있겠습니까. 아아, 허나 지금은 이러고 있을 계제가 아닙니다!——그 인사가 편지의 목적이자 이유입니다. 동봉한 전단은 이미 읽으셨을 것으로 압니다만, 성내에서는 얼마 뿌리지 못하여, 혹시나 해서 넣었습니다. 갑자기, 이런 식으로 전단을 편지 속에 동봉하게 되리라고는 생각지도 못했습니다만, 상상에 맡기겠습니다. 작별이라고는 하지만, 요즘 모두가 일본으로 몰려간다고 저까지 일본으로 가는 것은 아닙니다. 또 이 제주도를 떠나는 것도 아닙니다. 사실은 직접 만나 뵙고 싶었습니다만, 제반 사정을 고려한 끝에 그만두었습니다. 댁에 들러 인사하고 돌아올 만한 시간이 없었던 것은 아닙니다. 기껏 5, 6분 정도만 있어도 인사는 할 수 있으니까요. 그러나 댁으로 찾아가서, 행선지도 알리지 않은 채, 그럼 안녕히 계십시오, 라는 말만 하고 돌아오는 실례가 용납될 수 있을까요. 소생은 직접 만나서 여러 가지 이야기하고 싶은 것, 의논하고 싶은 것도 있었습니다. 그런데 갑작스레 4·3이 일어나(음, 갑작스레라니. 이방근은 입가에 미소를 머금었다) 사태가 급박하게 돌아가는 바람에, 소생은 갑자기 신문사를 그만두게 되었습니다. ……그럴 만한 사정이 생겼습니다. 준오 형도 만나고 싶었습니다만, 방근 씨께서 아무쪼록 성내를 떠나는 소생의 작별인사를 잘 전해 주십시오. 지금 우리가 살고 있는 곳은 '병든 조국'이 아니라, '미친 조국'의 상황입니다. 우리에게 절망만 주는 조국의 상황입니다. 우리 청년들은 괴로움으로 번민하고 있습니다. 이 상황을 타파하고, 일대 수술을 하지 않으면 안 될 때입니다. 조국의 분단을 막고, 신생 조국의 통일과 건설은 우리 청년들의 손에 달려 있습니다. 이런 식으로 작별의 편지를 쓰다니, 이럴 줄 알았으면 방근 씨와 함께 천천히 술잔이라도 기울이면서 여러 가지 이야기라도 나눌 걸 그랬다는 후회를 하는 참입니다. 그러나 이건 어디까지나 그냥 인사에 지나지 않습니다. 언제 어떤 식으로 다시 만나게 될지는 알 수 없지만, 또 다른 날의 재회를 굳게 기약하고 싶습니다. 전단을 동봉한 실례를 용서하십시오. 젊은 후배들의 뜻을 깊이 헤아리셔서, 우리를 인도하는 힘을 빌려주십시오. 우리는 단연코 싸울 뿐입니다. K생 배.

추신. 이 편지는 적당히 처리해 주십시오. 뵙지 못한 게 무척 유감입니다. 귀체 만강을 빕니다.

이방근은 편지를 탁자 위에 천천히 내려놓고는, 편지를 읽는 동안 피우고 있던 담배를 재떨이에 비벼 끈 뒤, 흐―음 하고 한숨을 내쉬었다. 김동진이 이 정도로 과격한 줄은 몰랐다. 그의 소설을 읽었을 때도, 행간을 통해 그가 당원일지도 모르는 냄새를 맡아 보려고 했을 정도로 비정치적인 작품을 쓰고 있었기 때문이다. 테마도, 그리고 '도망'이라는 제목조차도 결코 '혁명적'이지 않았다. 이건 남승지 못지않게 정치적이로군. 아니, 과격한 것도 정치적인 것도, 그들이 조직원인 이상 당연히 그럴 수밖에 없을 것이다. 미쳐 가는 조국, 미쳐 가는 시대. 김동진이나 남승지만이 아니다. 모든 청년의 뜨거운 가슴이 미쳐 가는 시대에 미친 듯이 들끓는 것일까. 우리는 단연코 싸울 뿐입니다. ……이 마지막 말이 마치 자신에 대한 도전장처럼 압박해 오는 것 같아서 이방근은 놀랐다. 이래가지고서야 작가 지망생이라 할 수 있겠습니까⋯⋯. 이방근은 다시 편지를 손에 들고 여기저기 들여다보았다. 이래가지고 작가 지망생이라 할 수 있겠습니까. 아아, 그러나 지금은 이러고 있을 계제가 아닙니다! 이방근은 입술을 내밀고, 코로 커다란 숨을 토해 내었다. 모처럼 중앙문예지에 소설이 게재되기 시작한 신진작가가(물론 신진작가가 되어 본들, 이 가난한 나라에서는 밥벌이할 수도 없지만) 문학을 버리고 게릴라 투쟁에 참가한다⋯⋯. 김동진이 게릴라에 합류하는 것은 더 이상 의심의 여지가 없었다. 따라서 그가 쓰고 있듯이 언젠가는 재회를 기약할 수도 있겠지만, 그것은 이 동란 속에서 반드시 보증되지는 않을 것이다. 젊은 후배들의 뜻을 깊이 헤아리셔서, 우리를 인도하는 힘을 빌려주십시오⋯⋯. 핫하아, 이건 빈정거림이군──.

이방근은 편지를 봉투 속에 집어넣고, 담배를 입에 문 채 잠시 멍하니 앉아 있었다. 이 편지도 삐라도, 그리고 책상서랍 안에 있는 또 한 장의 같은 삐라도 태워 버리는 것이 좋을 것이다. 이방근은 불을 붙인 담배를 문 채 중앙지의 띠종이를 찢어 지면을 펼쳤다. 신문은 이틀 늦은 4월 3일 자였다. '총선거를 완수하자! 선거인 등록부터', '4월 9일 마감'. 신문 중앙에 여전히 검은 테두리 안의 흰 글씨로 표어가 나와 있었다. 싫어도 눈에 띄었다. 그래, 4월 9일, 이제 닷새 남았다. '자유로운 비밀선거로 애국자를 선거하라, 하지 중장 성명 발표' ⋯⋯. 유원의 전화에 의하면 어제 4일 자 중앙지에도 '4·3폭동'에 관한 기사는 나오지 않았다고 하는데, 언제나 정식으로 발표를 하는 걸까. 4월 3일 정오. 지역 신문인 한라신문의 취재 신청에 제주감찰청과 제주경찰서는 응하지 않았다. 서울에 있는 미 중앙군정청의 정식 발표가 있을 것이라는 게 취재 거부의 이유였다고. 엊그제 집에 들른 양준오가 말했는데, 지역 경찰이 즉각적으로 대처하지 못하고 있다는 말이 될 것이다.

우편배달부 강삼구는 김동진으로부터 편지를 부탁받은 게 어제 저녁이었다고 했으니까, 이방근이 그의 집으로 찾아갔던 일을 김동진은 그의 모친에게 듣지 못했을 것이다. 음, 혹시 그렇다면 그 길로 그냥……, 즉 신문사로 간다고 모친에게 한마디 남긴 채 점심때 지나서 집을 나간 그 길로 산에 들어갔다고 한다면……. 이방근은 가슴이 울렁거렸다. 아니, 알 수 없는 일이다. 어젯밤 중에라도 일단 집에 들렀을지도 모른다. 그렇다고 해도, 외아들인 그가 어떻게 부모와 헤어질 수 있을까……. 어쨌든, 지금으로서는 신문사에 대한 수사가 이루어지지 않고 있는 게 사실이었다. '불안이 큰북 같은 울림 소리를 내며 그의 뒷머리를 때린다……'란 말이지. 큰북과 같은 울림 소리를 내는 불안, 격렬한 불안이었다. 소설에서는 그 불안이 발작처럼 폭발하여 몸 파는 여인을 살해하게 되지만, 지금은 작가인 김동진을 산으로 쫓아 보내지 않은가. 일부러 인편으로 보낸 위험한 편지를 이방근은 고맙게 생각했으나, 답장이 불가능한, 받은 채로 둘 수밖에 없는 편지가 되고만 것이다. 이방근은 소파에서 일어났다.

편지를 서랍 속에 넣은 뒤 노타이 와이셔츠에다 상의를 걸치고 툇마루로 나오자, 부엌이가 경찰인 정 선생으로부터 전화가 왔다고 전했다. 정세용 경무계장을 말하는 것이었다.

"서방님, 외출하십니까?"

부엌이가 이방근을 뒤따라오며, 아침 준비가 되어 있는데, 어떻게 하겠느냐고 물었다.

"식사는 필요 없어."

응접실로 들어선 이방근은 수화기를 들었다.

"여보세요. 세용 형님이십니까. 오랜만입니다."

"오랜만이군. 잘 지내는가. 자네도 알다시피, 폭동이 일어나 정신이 없네. 유원이는 벌써 서울로 돌아간 것 같은데, 우리 집에 들르지도 않고, 집사람이 섭섭해 하더군. 갑작스런 사건이라 사태를 확실히 파악하지 못하여 전화를 못했는데, 어떻게 지내고 있나?"

여느 때처럼 냉정한 목소리였다.

"어떻게 지내고 뭐고, 형님이 아시다시피 저야 늘 똑같지요."

"이번 폭동엔 놀라지 않았나?"

"그건 무슨 뜻인가요. 경찰이 놀라고 있는 판국인데, 놀라지 않을 사람이 어디 있겠습니까. 불행한 일이라고 생각은 합니다만, 요컨대 정치적인 문제 아닙니까. 전 별로 관심 없습니다. 진절머리가 납니다."

"어째 기분이 안 좋은 것 같은데, 내가 전화를 잘못 걸었나. 내가 전화라도 걸지 않으면, 자네가 전화 걸어오는 일은 거의 없지 않은가."

"용건이 있을 때 말고는, 이라고 해야겠지요. 고맙게 생각하고 있어요. 귀는 좀 아프지만……."

"그런데, 오늘 제주지방 비상경비사령부가 설치되게 됐는데, 이야기 들었나."

"……아니, 못 들었는데요. 그러니까, 제주지방 비상경비사령부라는 말입니까?"

"그래, 아버님한테도 못 들었나."

정세용의 기복이 없는 목소리가 어색하게 들렸다. 아버지가 그런 일을 일부러 나에게 말해 주러 올 리도 없었다.

"못 들었어요. 저에게는 그런 일은 어찌 되든 상관없는 일인데요, 세용 형님은 그 경비사령부로 가십니까?"

"제주지방 비상경비사령부는 서울 중앙군정청의 결정이라서, 본서는 서장 이하 모두가 그 사령부에 들어가게 돼 있어. 이건 전화 건 김에 하는 얘기지만, 실은 서북청년회 회장, 일전에 자네가 서북청년회 사무실로 가서 직접 만났던 함병호 회장 말인데, 그 함 회장이 셋이서 한번 가까운 시일 안에 저녁식사라도 하자고 제안하더군. 어떤가. 자네 이야기에 적잖게 감동을 한 모양이야. 존경해야 할 지식인이라고 추켜세우던데 그래."

"핫하, 그만하세요. 형님은 지금 진심으로 그런 말을 하시는 겁니까. 셋이 회식하자는 건, 물론 형님과 같이 하자는 걸 텐데, 형님과 단둘이라면 모르지만, 제 취향에 맞지 않습니다. 모처럼의 후의는 감사하지만……이라고 하시든가, 아무튼 형님이 섭섭하지 않게 말씀 좀 잘해 주세요."

4·3봉기의 충격으로 돌연 성내 거리에서 증발한 것처럼 그림자조차 보이지 않던 '서북'이 비상경비사령부 설치라는 소식에 겨우 움직이기 시작했다는 말인가. 정세용은 재차 권했지만, 이방근이 거듭 사양하자 그 이상은 권하지 않았다. 벽 쪽의 까만 피아노. 그 동체가 무딘 빛을 반사하면서 비친 이방근의 하반신. 언제나 유원이 돌아오기만을 기다리는 것처럼 피아노 위에 놓인 몇 권의 악보. 이방근은 머릿속에 울리는 피아노 멜로디를 들으며, 어젯밤에 통화한 여동생의 전화를 떠올렸다. 왜 며칠 안 되는 휴일인데도 돌아온다고 한 것일까. 지금까지 없던 일이었다.

"……예, 예."

"……그런데, 자네는 일전의 3·1절 대량 석방을 알고 있을 거야. 그날 아침에 자네한테 전화했던 게 기억나는군. 그래 맞아. 자네와 같은 방에 있던 강몽구가 찾아갈 거라고, 미리 전화를 걸었었지. 이번 폭동에는 그때 석방된 자들이 다수 참가했을 거야. 강몽구를 포함해서. 자네는 어떻게 생각하나. 폭도들은 총선거를 앞둔 온정특사를 기회로 삼아 폭동을 일으켰고, 이 섬의 질서를 파괴했어. 석방은 미군정청의 지시에 따른 것이긴 했지만, 경찰로서는 석방해서는 안 되는 것이었다고 난 생각하고 있어. 하, 하, 하, 배신행위, 뭐랄까, 배신당한 기분이야, 묘하다구, 이런 기분은, 하, 하, 하…….”

정세용의 낮은 웃음소리가 전화선을 압축시킬 것 같은 기세로 이방근의 귀에 와 닿았다. 위협적인 목소리였다. 그날의 전화에서 정세용은 여유를 느끼게 하는 말투를 사용하고 있었다. ……모처럼 체포한 자를 뻔히 알면서 놓아주는 바보 같은 짓은 하지 않아. 공산주의자들이 사리 분간을 못할 땐 다시 체포할 거야. 그러나 더 이상 크게 움직이지는 못하겠지. 그런데 말이지, 그 예상이 근본부터 무너졌어. 정세용은 아까도 갑작스런 사건이라고 했는데, 그 말에는 4·3봉기가 경찰 측에 있어서도 ‘아닌 밤중에 홍두깨’ 같은 것이었다는 뉘앙스를 풍기고 있었다. ……배신당한 기분이야, 묘하다구, 이런 기분은, 하, 하, 하…….” 흐음, 묘한 말투가 아닌가. 과연 배신자와 배신당한 관계가 성립될 수 있을까. ‘보복’이라는 이빨이 살짝 엿보이는 느낌이었다. 수화기를 내려놓고 나서도, 이방근의 귀에는 정세용의 낮은 웃음소리의 여운이 남아 있었다.

이방근은 길을 걸으면서 남승지와 만나는 게 조금 괴로웠다. 여동생을 대신 만나러 가는 셈이지만, 그렇게 대신할 수 있는 일이 아니었다. 여동생은 어젯밤 전화에서 잊어버린 것처럼 남승지에 대해 언급하지 않았다.

냇가 건너편 산지 쪽으로 가는 길은 동문교가 아니더라도, C길로 통하는 다리를 건너면 갈 수 있었지만, 이방근은 일부러 멀리 냇가를 따라 동문교로 향했다. 바다 쪽으로부터 제법 강한 바람이 냇가에 물보라를 일으키며 불어왔다. 시야가 열리는 냇가로 나온 것만으로도 바다 냄새가 온몸을 감싸 안았고, 방파제에서 부서지는 파도 소리도 가까이서 들려왔다. 앞머리가 이마로 흘러내려 눈을 가렸다. 계속해서 머리를 쓸어 올려야만 했다. 전방에 보이는 동문교에서는 경찰 지프 두세 대가 지나가고, 그리고 일반 차량은 여전히 검문을 받고 있었다. 통행인의 제한은 없는 듯했다. 통행을 제한하려면 성내 중심부로 통하는 모든 길을 봉쇄하지 않으면 안 될 것이었다. 그러나 그것은 성내 거리 전체의 생활을 파괴해 버리는 것이기에 사실상 불가능했다. 자동차가 달리고 있는 것을 보면, 파괴된 도로와 다리의 응급 복구가 이루어진 모양이었다. 물론 그 일에는 인근 부락민들이 동원되었을 게 뻔했다.

성내를 빠져나가는 수십 명의 학생들이 피어오르는 하얀 흙먼지 속을 도보행진으로 건너가고 있었다. 인솔교사들이 학생들을 이끌고 있었다. 그리고 보면 오늘이 5일, 제주도학동학예전람회의 마지막 날이었다.

이방근은 동문교를 건너 신작로를 따라 걸으면서 문득 묘한 생각이 들었다. 조직은 어찌하여 봉기 날짜를 하필이면 4월 3일로 택했을까. 심야 오전 두 시라는 시각은 게릴라의 야습작전을 위해 당연한 것이었겠지만, 왜 4월 3일이었는가. 물론 그것은 조직의 사정에 따른 결정으로, 이방근이 알 수 있는 내용은 아니었다. 그러나 어쩌면, 삼 일간의 학동학예전람회 개최와 그 어떤 관계가 있었던 것은 아닐까 하는 생각이 머리를 스쳤다. 만일 4월 3일의 성내 봉기가 성공했다면——. 제주도 전 지역에서 성내로 모여든 수백 명의 국민학생, 중학생, 그리고 수많은 젊은 교사들, 또한 성내 각 학교의 학생들이나 교사들과의 합류. 이것은 조직의 비밀동원이 아닌, 제주도 학무부 주최라는 공인된 대규모 집회였던 것이다. 생각하기에 따라서는 동원하기에 가장 알맞은 기회라고 할 수 있었다. 감찰청과 경찰을 접수하고 나서 무기를 개방하면……. 이것은 성내가 때 아닌 큰 데모의 장으로 변하고, 무기를 든 시민들이 데모를 벌이는 양상을 띠게 될 가능성이 충분했다. 최상화의 입후보에 비판적이라는 그의 조카, 백 명의 학생들을 이끌고 산을 넘어온 그나 그의 동료들은 교사임과 동시에 각자의 가슴속에 뭔가 혁명에 대한 열망을 지닌 사람들이라 해도 문제없을 것이다……. 아니, 그러나 이건 부질없는 생각이다. 이방근은 걸으면서 머리를 가로저었다. 대체 무엇 때문에 이런 생각을 하고 있는가. 왜 그런 생각이 뇌리를 스치는가. 나와는 상관도 없는 곳에서 벌어지는 그 일에 어떤 구심력이 작용하여 내 생각을 끌어들이는 것일까. 어리석은 짓이다, 이건 완전히 한가한 자의 부질없는 망상이다. 홍수와도 같은 군중의 외침 소리와 성내의 지축을 울리는 발소리. 거리에 넘쳐나는 군중, 폭동. 피의 색깔까지 보이는 망상. 이방근은 생각을 떨쳐버리려는 듯이 다시 한 번 머리를 가로저었다. 이윽고 인가들이 늘어서 있는 저편으로 단층의 동국민학교 건물이 보였다. 이방근은 학교 바로 앞에서 왼쪽으로 꺾어서 해안가 부락으로 들어섰다. 그는 포장되지 않은 울퉁불퉁한 길을 바다 쪽으로 걸어갔다. 얼마 지나지 않아 골목 안쪽에 있는 집의, 쪽문을 두 개 겹쳐 놓은 크기의 문 앞에까지 온 이방근은, 뒤를 돌아보지도 않고 문을 밀더니 안뜰로 들어섰다.

오른쪽에 별채처럼 서 있는 양준오의 방 앞에 눈에 익은 빈 지게 하나가 세워져 있었다. 아마 남승지가 지고 왔을 것이다. 인기척을 내기도 전에 방의 미닫이문이 열리고, 양준오가 이방근을 맞아들였다. 시큼한 땀 냄새가 코를 찔렀다. 남승지의 몸에서 나는 냄새였다. 펼쳐 놓은 신문을 접으며 남승지도 일어섰다. 남승지는 미소 띤 얼굴로 복례를 한 뒤 이방근이 내민 손을 잡고 악수를 했는데, 순간 표성이 일그러지며 눈물을 머금은 듯한 눈빛이 스쳐 지나갔다. 남승지는 우울해 보이는 얼굴을 하고 있었다. 바로 3, 4일 전에 성내에서 만났음에도 어딘가 인상이 달라 보였던 것은, 낡은 점퍼를 걸친 데다 수염을 깎지 못해 꺼칠하고, 눈이 움푹 들어간 느낌 때문이었다. 그러나 피곤해 보이면서도 그 눈은 한층 날카로운 빛을 머금은 채 야무진 표정을 하고 있었다. 낡은 밀짚모자가 벽에 걸려 있었는데, 남승지의 것이었다.

"일부러 오시게 해서 죄송합니다."

남승지가 잡았던 손을 놓고 이방근과 함께 앉으면서 말했다.

"힘들겠구만, 지금까지와는 달라서 성내 출입이 어려운 것 같은데. 양 동무한테 들었는데, 비상경비사령부인지 뭔지가 설치되는가 봐. 앞에 '제주지방'이라고 붙인 걸 보면, 당연히 중앙의 발상이라는 걸 알 수 있지. 간밤에 S리까지 왔다고?"

"예, 그렇습니다. 온 김에 고모님 댁에도 들렀습니다."

"일본에 갔다 온 뒤로 어제 처음 만난 모양입니다. 가기 전에 만나지 못했기 때문에 고모님이 깜짝 놀라셨나 봅니다."

두 사람과 함께 재떨이를 둘러싸고 앉은 양준오가 말했다.

"고모님은 지금까지 모르고 있었다는 말이로군. 그렇다면 놀랄 수밖에. 그래도 무척 기뻐하셨을 거야. 언젠가 준오 동무와 함께 찾아뵌 적이 있었는데, 고모님은 여걸이시더군⋯⋯. 그런데, 듣자 하니 S리는 난리가 난 모양이야. 혁명 소동으로 천지가 뒤집어지고, 꽹과리와 북을 치며 미친 듯이 춤을 추고 있다던데."

이방근은 남승지를 보았다.

"⋯⋯" 남승지는 조금 의외라는 듯이 이방근을 돌아보면서 말했다.

"물론 그것은 예삿일이 아닙니다. 오랜 세월 머리 위를 짓누르던 중압의 무게가 벗겨지는 바람에 섬 주민들의 혁명적 기세는 고양돼 있습니다. 그것을 4·3의 폭발로 확실히 알게 됐습니다. 실제로 섬 주민 대부분이 우리의 동조자이니까요." 남승지의 말은 곧 열기를 띠기 시작했는데, 그는 잠시 생각에 잠긴 듯 이방근의 눈길을 한순간 외면한 채 한 곳을 바라보았다. 그러다 다시 눈길을 상대 쪽으로 돌리더니, 하지만 말이죠…… 하며 가벼운 웃음까지 떠올리며 말을 이었다. "미친 듯이 춤을 추다니……, 인민정부가 수립된 것도 아니고, 그야 개중에는 한두 사람이 들떠서 꽹과리를 가지고 나와 쳤을 수도 있지만, 모두가 꽹과리와 북을 마구 쳐 대며 떠들거나 하지는 않습니다. 데모는 했지만, 첫째 주간의 생활을 유지하기 위해서라도, 결정적 순간이 아닌 한, 하나의 마을 안에서 그렇게 눈에 띄는 일은 서로 간에 피하지 않으면 안 되고, 게다가 지금으로서는 마을에 경찰이 들어오지 않고 있지만, 밤에는 몰라도, 낮에는 적의 지배하에 있으니 말입니다. 잘못 움직이다가는 조직을 노출시키게 됩니다."

"음, 과연 그렇군……."

이방근은 담배를 입에 물면서 고개를 끄덕였다. 이건 성숙한, 아니 단련된 조직활동가의 말이었다.

"데모는 여기저기에서 있었습니다. 3일 아침에 Y리에서 저도 데모에 참가했지만, 모두 혁명가를 부르며, 혁명가가 저절로 나오더군요. 혁명가를 부르고 S리는 낮에 보지 못했으니까 잘 알 순 없지만, S리의 전투는 치열해서, 경찰지서가 전소되고 경찰 두 명이 살해되었습니다. 성내에서 나온 경찰의 순찰 지프도 신작로를 그냥 지나쳐 갈 뿐이지, 마을로 들어오지는 못합니다."

"음, 싸움의 현장에 있는 사람의 말이니까 틀림없겠지. 그에 비하면,

실제로 남 동무가 보았듯이 성내는 완전히 무풍지대야." 이방근은 문득, 성내 봉기는 어째서 실현되지 않았느냐고 물으려다가 그만두었다.

"그런데, 남 동무는 방금 경찰이 살해되었다고 했는데, 그 말투가 조금 걸리는군. 뭐랄까, 아무 일도 아니어서 신경도 쓰지 않는다는 식의 말투를 하고 있어. 즉, 사람이 살해되었다는 사실에 대해 당연하다는 식의 느낌이 전해져 오는군."

놀란 남승지의 표정이 턱을 잡아당기는 순간, 울컥하는 반발의 기색을 짙게 드러냈다.

"사느냐 죽느냐의 전투입니다. 무기를 가진 자들끼리의 싸움에서는 어느 쪽이 죽을지 알 수 없습니다. 게다가 제주도 출신인 주제에 철저한 반동으로 '서북'의 앞잡이 노릇이나 하는 경찰은 살해된들 어쩔 수 없습니다. 산부대에도 전사자가 있고, 지금까지도 민중이 경찰 측에 살해당하곤 하지 않았습니까. 일반적인 살인의 경우와는 의미가 다릅니다. 놈들은 언젠가는 인민재판에 회부돼야만 합니다."

"바로 그거야……. 자네 말대로 무기를 가지고 싸우는 전투는 그런 거야. 전쟁 중에는 사람을 죽여도 일단은 범죄가 되지 않으니 말야. 나는 입바른 소리를 하려는 게 아니야. 그러나 그 경찰의 늙은 부친까지 살해된 걸 알고 있겠지. 자고 있는 집을 기습했다고 하더군. 자넨 방금 흑색선전이 아니라고 했어. 분명히 그랬지. 그 이야긴 나도 확인해 보았는데, 그렇다면 이건 흑색선전인가." 왜 이러지? 어째서 이야기가 이렇게 옆으로 빠져서 자꾸 늘어지는 걸까. 난 무엇 때문에 여기에 왔을까……. 이상하다. 남승지는 조금 쉰 목소리로 그건 흑색선전이 아니라고 대답했다. 이방근은, 이상하다, 자신은 지금 분명히 탈선하고 있다고 생각하면서도 말을 계속했다. "유격대, 그 부대에는 S리 출신 대원이 있었어. 그래서 처음부터 미리 계획하고 내려온 거지.

내버려 두면 저절로 죽어갈 가엾은 노인을 말야, 일부러 블랙리스트에 올려서 단두대에 보낼 필요가 있나. 그게 혁명이란 말인가. '반동 타도', 이게 모두 정의라는 건가. 혼란 중에는 여러 가지 일들이 일어나게 마련이지만, 한심하지 않나, 견딜 수가 없어……."

이방근은 지금 이 이야기를 그만두지 않으면 안 된다. 말이 제멋대로 나온다. 이방근은 담배를 비벼 껐다. 이건 정의를 주장하기보다는 상처를 주는, 독을 품은 말이었다. 이야기 내용은 그럴듯했지만, 그러나 이 자리에서 할 이야기는 아니었다.

"이 형, 그는 이제 돌아가지 않으면 안 됩니다." 양준오가 길쭉한 얼굴의 뾰족한 턱을 내밀며 초조한 듯 말했다. "이런 이야기는 시간이 필요해. ……이건 조직 전체의 문제야, 노인이 살해된 사실은 지울 수가 없다구. 노인이 상대라면 방법상으로도 문제가 있어. 마을 사람들에 대한 본보기였다면, 경찰이 하는 짓과 다를 게 뭐가 있겠나."

"아니, 본보기라든가 그런 게 아닙니다. 그건 다릅니다……."

남승지가 기를 쓰고 부정했다.

"좋아, 남 동무. 자네는 이제 곧 돌아가겠지? 괜찮겠나."

이번에는 이방근이 말을 낚아채듯이 화제를 바꾸었다.

"예, 괜찮습니다."

"걸어가나?"

이방근은 어디까지 갈 거냐고 묻지는 않았지만, 가령 Y리까지 간다고 하면 몇 시간은 걸릴 것이다. 색 바랜 낡은 점퍼의 소맷부리가 눈에 띄었다.

"우린 걷는 게 일입니다. 그리고 길은 몇 개나 있어서 괜찮습니다. 방금 방근 씨나 준오 형이 지적한 말씀인데요, 실은 S리에서도 그것이 문제가 되어 있는 건 사실입니다. 하지만 그럴 만한 사정과 원인은 있었고, 필요했던 겁니다."

남승지의 눈이 충혈돼 있었고, 이마에는 땀방울이 맺혀 있었다.

"필요? 그리고 사정과 원인이라……."

"죽은 노인은 '서북'에게 마을 사람들을 밀고하곤 했어요……."

"으흠, 글쎄, 어쨌거나 사람을 죽인 일에 대해 핑계를 대는 건 좋지 않아. 그만두자고, 됐어, 이야기는 이쯤에서 그만두지. 양 동무 말대로, 내가 그런 걸 말하려고 온 건 아니야. 이상해, 어쩌다가 보니까 이야기가 엉뚱한 곳으로 흘렀어. 그보다도 여동생에 대해 이야기했어야 하는데."

이방근은 상대의 말을 가로막고, 자신이 꺼냈던 이야기를 중단했다.

"그런 말을 하면 어떻습니까. 그것도 이야기인데……."

눈을 내리깐 남승지의 표정이 움직였다.

"어이, 승지 동무——"

양준오가 상대를 제지했다.

"좋지는 않겠지. 이야기는 이야기지만, 준오 말대로 확실히 시간이 필요해. 간단한 이야기는 아닌 것 같아. 그런 거 말고 여동생 일이나 이야기할 걸 그랬어……."

이방근이 웃었다. 실제로, 이방근의 마음속에서 자성의 움직임이 일고 있었다. 그는 설마 자신이 남승지와 만나 이런 이야기를 하게 되리라고는 생각지도 않았다. 마치 자신의 의사와는 관계없는 것처럼, 입에서 튀어나오는 말의 기세에 이끌려 가다니……. 여동생을 억지로 서울로 돌려보낼 때 남승지에게 전해 달라던 말을 떠올리고, 그 한마디를 전하기 위해, 말하자면 여동생 대신 왔던 것이다. 남승지가 가까운 시일 안에 다시 성내에 온다. 자신을 만나기 위해 온다고 막판에 가서 털어놓아 사람을 놀라게 했던 여동생의 말이, 그리고 그때 결코 흐트러짐이 없던, 대리석 모양으로 의연하게 사람을 함부로 범접시키지 않는 그 표정과 함께 떠올랐다. 그리고 한마디, 승지 씨가 오거든 오빠가 잘 이야기해 주세요, 라는 약속을 했었는데, 이야기가 엉뚱한 방향으로 흘러가 버렸다. 그러나 이방근이 말한, 그건 분명히 이 자리에 어울리지 않는 말이었지만, 한 순경의 나이 든 부친이 게릴라 봉기 첫날밤에 살해된 사실은, 그의 마음 한구석에 어두운 파문을 일으키며 무겁게 가라앉았던 것이다. 인편으로 그 일을 확인해 본 결과, 그 순경은 해방 후 일본 오사카에서 돌아온 상업학교 출신의 청년이었고, 그 부친은 고희에 달한 평범한 노인에 지나지 않았다. '서북'에 밀고했다는 것은 처음 듣는 말이지만, 다만 아들이 경찰이라는 것을 자랑하고 다닌 건 사실로 보이고, 볼일도 없으면서 지서에 자주 드나들어 마을 사람들의 빈축을 샀다고 했다. 혁명이나 시대가 격동하는 동란기에 민중이 휘말려 희생당하는 것은, 극단적으로 말해 전쟁에 동반되는 피해로서, 역사의 현실은 사실 그러한 것이었다. 하지만 그렇다고 해서, 그런 일이 반복되는 것을 당연시할 수는 없다. 특히 이 섬에서 막 폭발한 게릴라 투쟁, 좌익봉기의 첫날밤에, 경찰의 아버지라고는 하지만, 민중을 투쟁의 대상으로 삼은 것은 좋지 않았다. 조직의 결정이라면 다른 마을에서도 같은 일이 벌어졌을 것이고, S리에만 한정되지는 않았을 것이다. 이건 감상이 아니다. 이미 살육의 피 냄새가 풍기고 있었고, 뒷맛이 영 개운치 않았다. 아니, 이것은 싸움터에서 벗어나 있는 국외자, 안락의자에나 묻혀 생활하는 자의 감상이라 할지도 모른다. '서북'의 살인자들은 어찌 됐건, 이방근은 어떤 어두운 예감, 이 섬의 혁명 투쟁의 앞날에 어떤 어두운 징조가 비치는 것을 마음속에서 느끼고 있었다. 그렇다 해도, 이건 어찌 된 일인가. 남승지가 당원이라서 그럴지는 모르지만, 게릴라의 행동을 옹호하려 드는 것처럼 보이는 것은…….

남승지는 이방근이 오고 나서 처음으로 담배를 주머니에서 꺼내 불을 붙였다.

"예, 유원 동무의 일은 알고 있습니다. 이미 서울로 출발했다는 건 어제 저녁에 준오 형에게 듣고 알았습니다."

"말한 대로야. 여동생은 본의 아니게 서울로 갑자기 돌아가게 됐어. 어젯밤 늦게 서울에 전화할 일이 있었는데, 기숙사에 막 도착했다는 여동생이 남 동무에게 안부를 전해 달라더군……."

한마디 거짓말을 덧붙인 이방근은(아니 거짓말이 아니다. 유원은 남승지에 대해 전혀 언급하지 않았지만, 오히려 그편이 보다 웅변하는 것처럼 느껴졌다) 반응을 살피듯 상대에게 시선을 집중시킨 채 음 하고 혼자서 고개를 끄덕였다. 남승지는 그 시선에 얽히듯 빨려 들어가는 느낌이 들었지만, 그저, 아, 그렇습니까 하고 대답했을 뿐인데, 순간 씰룩하고 볼의 근육이 경련을 일으키고 가슴이 부풀어 오르는 것을 의식했다.

"실은 말이지, 핫하, 우리 집안에 조금 그럴 만한 사정이 있어서 내가 억지로 여동생을 서울로 돌려보낸 거야. 여동생은 방학이 끝날 때까지 이곳에 있을 작정이었던 모양인데, 언제 연락선이 끊길지 모르는 일이라서 말이지. 남 동무와의 약속은 끝까지 말하지 않았기 때문에, 난 모르고 있었어. 자네와 가까운 시일에 성내에서 만나기로 약속이 돼 있다는 걸 말이지. 그러니까 나는 결석한 여동생의 대리인이라고 보면 돼. 자네에게 전해 달라는 메시지야. 동무와 약속을 했는데, 자네가 찾아오면 오빠가 잘 이야기해 달라고 하더군. 가능하면 남 동무가 성내에 오기 전에 자신이 서울로 출발했다는 것을 미리 알려 달라고도 했어……."

그렇게 말을 했었어……, 이방근은 웃으며 덧붙였다. 그리고는 담배를 물고 성냥불을 가져다 대었다.

연락선 같은 거 똥이나 먹어라, 차라리 3일 밤에 운항을 멈춰서 유원을 이 섬에 붙잡아 두었더라면 좋았을 것이다. 남승지는 전갈이라는 한마디에 순간 뭔가 기대하는 듯한 눈으로 상대를 주시하고, 어디 호주머니로 갈지 모를 그 손의 움직임을 쫓은 것을 부끄럽게 여겼다. 그 두 손은 담배에 불을 붙인 뒤 움직임을 멈췄지만, 무슨 편지라도 꺼내는 것으로 착각하게 만들었던 것이다. 그러나 이방근의 말은 어젯밤부터 들기 시작한 유원에 대한 배신감을 서서히 뒤집는 힘을 지니고 있었고, 그것이 기분 좋았다.

"……그렇습니까. 그런 말을 했군요."

남승지의 목소리가 떨렸다. 어떤 희열이 등줄기를 타고 차갑게 온몸을 떨며 소름을 돋게 만들었다.

남승지는 오른쪽에 비스듬히 앉은 양준오를 힐끗 쳐다보고 미소를 지었다. 그는 옆을 바라보는 자세로(그 위치에서는 남승지 등 뒤의 벽 쪽을 향하고 있었다) 담배를 피우면서, 그러려면 차라리 자리를 비켜 주는 것이 낫지 않을까 싶을 정도로 멍한 표정으로 신문을 펼쳐 놓고 있었다. 그리고는 혼자서 과연 그렇구나 하는 식으로 고개를 끄덕였는데, 그것은 두 사람의 이야기에 맞장구치는 것으로 보였다.

S리의 고모 댁에 묵으라는 것을 뿌리치고 성내로 들어온 남승지에게 유원이 없다는 것은 충격이었다. 양준오에게도 볼일이 있었지만, 유원을 만나는 일념으로 어두운 밤길을 땀으로 범벅이 되면서까지 찾아온 것이었다. 그런데 성내는 알맹이가 빠진 빈 껍질 같다고 하면 이상한 감각이지만, 유원이 이미 서울로 떠나고 없다는 것을 알았을 때, 분노와 함께 성내 그 자체가 순간 사람이 없는 거리로 변해 버린 느낌이었다. 사람이 없는 거리의 새까만 구멍으로 남승지는 곧장 빨

려 들어갔다. 4월 2일 밤에 버스정류장까지 달려와 순 그녀의 모습와 따스했던 그 손의 온기. 발차 직전까지 관덕정 옆의 댓돌 위에 나란히 걸터앉아 나누었던 이야기들이 선명하게 몇 개의 덩어리가 되어 감은 눈꺼풀 저편으로부터 돌멩이처럼 날아와 잠을 방해했다. 왼손을 그녀의 무릎 위에 얹어 놓은 그 부드러운 오른손에 포개고 있던 뜨거운 시간. 이윽고 그녀가 그 손을 살짝 빼는 순간, 그녀의 치마폭에 감싸인 허벅지 위로 미끄러져 떨어진 따뜻한 손바닥에 그대로 와 닿은 살의 감촉……. 두개골 속에서 퍼지던 하얀 섬광. 재회를 약속한 것은 관덕정 옆의 버스정류장이었다. ……어떻게 해서든 동무가 서울로 가기 전에 다시 한 번 올게요. 정말이에요? 기다릴게요, 하지만 무리해서는 안 돼요. 내가 또 한 번 가 보고 싶다는 건 거짓말이 아니에요……. 그럴 리가 없다. 그녀가 그 약속을 저버리고, 그냥 서울로 돌아가다니……. 아니, 알 수 없다, 제멋대로 행동하는 그녀가 아닌가. Y리의 밤 바닷가에서도 그랬지만, 언제나 슬그머니 빠져나갈 것 같은 느낌의, 그리고 때로는 정체 모를 압박감을 느끼게 하는 여자. 재회의 약속은 변덕스런 마음에 의한 것이었을지도 모른다는 생각이, 그를 심야의 성내 한 가운데에 생긴 절망의 구덩이로 밀어 떨어뜨렸다. ……결혼, 결혼……간밤의 고모 목소리, 그리고 어머니의 목소리까지 겹쳐서 들린다. 결혼…….

"방근 씨, 유원 동무의 말을 일부러 전해 주셔서 감사합니다. 말없이 서울로 가 버렸다고 생각하고, 사실 기분이 안 좋았는데……." 남승지는 쑥스러운 듯 웃었다. "어쨌든 빨리 서울로 돌아가서 다행입니다. 동란이 일어난 섬에 오래 머물러 있을 필요는 없겠지요."

남승지는 구원받은 기분이었다. 생각해 보면, 이런저런 상상을 하게 만드는 편지를 전해 받는 것보다, 직접 이렇게 오빠의 입을 통해 전달하는 편이 더 직접적이고, 이방근의 숨결까지 함께 전해져서 더욱 생생한 느낌마저 들었다. 갈 수만 있다면 서울에라도 다녀오고 싶다. 거친 바다 저편의 서울은, 지금의 남승지에게는 손이 닿지 않는 외국과 같은 곳이었다.

"……그런데, 강몽구 씨는 성내로 올 예정이 없나?"

이방근이 화제를 바꾸어 말했다.

"가까운 시일 안에 성내에 올 거라 생각합니다. 정확한 날짜는 모르겠지만……."

남승지가 말했다. 강몽구는 이방근을 만나기 위해 오지 않으면 안 되었다.

"남 동무는 이 길로 돌아가면, 어떻게 되나? 오늘 몽구 씨와 만나게 되는가."

"오늘은 만날 수 없을 겁니다. 어디 있는지 알 순 없지만, 내일이나 모레까지는 연락이 될 겁니다……."

"성내 쪽으로 온다면 됐어. 어차피 나한테도 연락이 있겠지……."

"……"

남승지가 말없이 고개를 끄덕였다. 이방근이 가벼운 헛기침을 하고, 음, 하면서 마주 끄덕였다. 아니, 오늘 아침 정세용 경무계장의 전화에서도 말이 나왔듯이, 이미 체포영장이 청구돼 있을 강몽구가 어떻게 성내로 온다는 말인가, 그 모습을 막연히 상상하면서 고개를 끄덕였던 것이다.

아까부터 오줌을 참고 있던 남승지는 양준오와 교대로 자리에서 일어나 방 뒷문을 열고 좁은 툇마루로 나왔다. 뒤뜰은 돌담에 기대어 놓은 커다란 빈 장독 몇 개가 비바람에 방치되듯 놓여 있는 좁은 공간으로, 검은 돌담 너머로 줄지어 선 초가지붕 건너편에 주정 공장의 굴뚝

이 바람에 연기를 흩뿌리면서 꽤 가까이에 서 있었다. 부서지는 파노
소리가 쿵 하는 땅울림과 함께 들려왔다. 주정 공장 건너편은 바다였
다. 하얀 갈매기 몇 마리가 바람에 휩쓸리듯 커다랗게 날아올랐다.

　남승지는 툇마루 끝에(그곳은 옆방인 고방—광을 겸한 방 앞이었는데) 놓
여 있는 요강 옆으로 갔다. 옛날 일이지만, 조선의 자기를 싼 값으로
사 모으던 일본인이, 희고 두터운 타원형의 입이 큰 요강을 그 용도
도 모른 채 샀다는 우스갯소리가 있을 정도로, 그 외관만으로도 소
변 통으로서는 아까운 느낌을 주는 물건이었다. 남승지는 고베에 있
을 무렵, 어머니가 여동생을 데리고 조선에서 건너왔을 때의 짐 속
에, 하얗고 아름다운 요강이 하나 있었던 것이 생각났다. 좁은 뜰에
불어오는 바람에 소변이 날릴 것 같아, 남승지는 이미 꽤 무거워진
요강을 양손으로 받쳐 들고 볼일을 보았다. ……그야, 물론 그렇겠
지. 승지야, 부모가 죽고 난 뒤에는 효도를 할 수 없다. 일본에 있는
어머니나 승일이가 결혼을 걱정하는 것은 당연한 것이고, 그나저나
넌 왜 일본에 가기 전에 들르지 않았어. 바로 이 앞에 있는 방파제에
서 배를 타면서. 내가 고향에 있으면서도 조카 하나 결혼도 못 시키
고, 다들 뭐하고 있는 거냐고 생각할 거야, 안 그러냐. 넌 남씨 가문
에 중요한 사람이야. 세상이 시끄러워졌지만, 머지않아 난이 수습되
고 평화로워지면 장갈 가야지……. 대가 끊이지 않도록 고추가 달린
자식을 낳아야지. 홋호호, 지금 선을 봐 두는 게 좋아, 아주 좋은 처
녀가 있다. 나이는 마침 스물이고, 집안도 좋고……. 일본에서 결혼
이야기가 나왔었다고 말하자, 고모는 당연한 일이라면서 어머니나
사촌 형과 같은 말을 하고, 그리고 얼른 선을 보라고 재촉했다. 아니,
말도 안 된다니…….

　남승지는 제주도당 조직부의 주최자로서 어젯밤 일곱 시경 S리로

들어가 그곳의 세포회의에 참석한 뒤 고모 댁에 들렀었다. 그리고 일본을 다녀왔다고 하여 고모를 놀라게 했다. 개인 집에서 비밀리에 열린 세포회의에서는 주최자 격인 당원을 포함한 일고여덟 명이 모여 지서파괴 같은 전과를 총괄하고, 이를 토대로 미조직 대중의 획득을 위한 선전, 선동의 과제, 유격 투쟁과의 연계, 연락 등과 함께, 조직의 노출적 행동에 대한 경계가 토의되었다. 그때 한 사람이 순경의 늙은 부친의 죽음에 대해 촌민들 사이에서 문제가 되고 있다는 데 동의했다. 그러나 그 동의는 거의 문제가 되지 않았다. 유격대의 행동을 비난하고 있는 것은 극히 일부일 뿐, 대다수는 그렇지 않다. 그러한 일부의 비판에 동요하는 것은, 유격대의 행동을 악질반동에 대한 단호한 처단임을 이해하지 못하는 투항주의이다. '모든 행동은 규율에 따른다'는 3대 규율의 제1조에 비추어 봐도 유격대의 행동은 타당하며, 여기에 이의를 제기하는 것은 조직 행동의 규율을 흐트러뜨리는 것이다. 이것이 결론이었다. 조직에서 파견된 입장의 남승지도 그러한 원칙적인 다수 의견과 결론에 찬동하고, 유격대의 행동을 지지하는 발언을 했다. 남승지의 마음속에 전혀 의문이 없었던 것은 아니었다. 그러나 그는 잠자코 있었다. 유격 행동의 타당성 및 정의라는 명분 위에서 잠자고 있었던 것이다. 혹은 조직의 결정이라는 원칙 이외의 판단이 서지 않았던 것인지도 몰랐다. 어쨌든 이방근의 지적에 깜짝 놀라면서 간밤의 회의를 새삼스레 떠올린 것은 사실이었다. 혀뿌리 주변에서 조금씩 쓴 침이 솟아났다.

방으로 돌아온 남승지는 어쩐지 두 사람의 얼굴을 마주 보기가 망설여졌다. 아니, 모처럼 중단된 노인의 죽음 이야기가 다시 화제가 될지 모른다고 경계하였다. 이방근의 말에 허를 찔렸다는 생각과 함께, 그에 대해 방어하고 반발하려는 마음이 남승지의 내부에서 얽히고 있었다.

갑자기 양준오가 크게 재채기를 해서 사람을 놀라게 만들었다. 긴 코털 하나를 뽑았던 것이다. 손가락 끝에 빳빳이 선 털이 보였다. 그것으로 자신의 볼을 간질이면서 양준오가 말했다.

"지금 이야기하려던 참인데, 이 형이 점심 때 지나서 동쪽으로 돌아가는 트럭 편이 있을지도 모르니까 거기 편승해서 가면 어떨까 하고 말이지."

"아니 괜찮습니다. 트럭은 신작로 같은 큰길밖에 가지 못하니까, 사람의 발처럼 자유자재로 작은 샛길 같은 데까지 들어갈 수는 없거든요."

"그건 그렇지, 역시 현장 활동가가 하는 말은 달라." 양준오는 웃었다. "어쨌든 뱃속이라도 채우고 출발하자구. 오랜만에 셋이서 하는 식사로군. 앞으로는 언제 이렇게 만나게 될지 알 수 없으니까. 이 형의 식사도 부탁해 놓았습니다. 어차피 점심때가 다 돼서요."

"음, 동무들과 셋이서 회식이라, 핫하하. 아침에 '서북'패로부터 셋이서 회식하자는 연락이 있었지. 거절했지만 말야. ……마침 잘됐어, 아직 식사를 하지 않아서 슬슬 배에서 소리가 나려던 참이야. 더구나 나는 늘 독상에서 식사를 하고 있다구. ……음, 그러고 보니 나만 그런 게 아니라, 동무들도 독상을 받고 있잖아……."

"그렇게 말하면 그렇기도 하지만, 좀 다르죠. 같은 독상이라도 계급이 다르지 않습니까. 어쨌든 이 형은 서방님이니까요……. 그렇지 않은가, 승지 동무, 우리 두 사람은 프롤레타리아트……."

남승지가 양준오의 말에 맞장구를 치며 쓴웃음을 지었지만, 크게 고개를 끄덕여 보였다.

"좋아, 무슨 말이든 하라구. 이 방에는 언론의 자유가 있으니까. 서방님이든 뭐든 다 좋지만, 외로운 서방님이지……." 이방근은 웃으면서 남승지에게 힐끗 눈길을 보냈지만, 그 눈빛에 독기는 없었다. 남승지는 방 안 공기에 응어리가 없다는 것을 느꼈다. 참, 그렇지……라며 이방근은 생각났다는 듯이 말을 이었다. "내가 말할 필요도 없겠지만, 강몽구 씨가 성내로 들어올 때는, 그야 물론 몽구 씨한테만 해당되는 건 아니지만, 특히 몽구 씨가 올 때는 충분히 경계하도록 말해 두는 편이 좋을 거야. 이번 '폭동'으로 한 걸음 뒤로 물러난 경찰은 지금 3·1절 석방을 이를 갈며 후회하고 있는 것 같아. 하지만 다른 사람도 아닌 강몽구의 일이니, 그 정도는 충분히 계산에 넣고 있겠지. ……음, 오늘은 이 댁 아주머니께 폐를 좀 끼치겠지만, 준오 동무 집에서 점심을 해결해야겠어. 남 동무는 배불리 먹고 가는 게 좋을 거야."

세 사람은 웃었다. 시각은 열한 시 반을 지나고 있었다.

5

"그럼, 저 먼저 가 보겠습니다."

남승지는 숭늉을 입에 머금고 조금 듣기 거북한 소리를 내며 헹구어 마신 다음, 다시 밥그릇에 남은 숭늉을 다 비우고 자리에서 일어났다.

"그럼, 가 볼까."

둥근 밥상에 둘러앉아 있던 양준오, 그리고 이방근도 자리에서 일어나, 멀리 떠나는 젊은 친구에게 손을 내밀어 악수를 했다. 멀리라고는 하지만, 두 사람에겐 그곳이 어디인지, Y리인지 S리인지, 다른 마을인지, 혹은 어느 산간 아지트인지 확실하지 않은, 마치 안개 속으로 사라져 가는 것처럼 막연히 느껴졌다. 밀짚모자를 한 손에 든 남승지가 두 사람의 손을 각각 힘주어 맞잡았다. 그는 이방근을 보고, 또 서울에 전화할 기회가 있으면 유원 동무에게 안부를 잘 전해 달라는 말을 남겼다. 이방근은 말없이 고개를 끄덕였지만, 달리 전할 말은 없느냐고 바보 같은 질문을 했다.

"특별히 없습니다. 저에게 있어 서울과 제주도는 너무 멀리 떨어져 있어서, 전할 말이라고는 해도 도저히 실감이 나지 않습니다……."

남승지는 햇볕에 그을린 얼굴에 미소를 띠었다.

"그럴지도 모르지. 그럼, 그렇게 전하겠네. 그게 더 실감 나겠어."

이방근도 웃었다.

"예……."

남승지는 이방근의 농담 섞인 말을 받아 대답을 했지만, 조금 맥이 빠져 있었다.

이방근은 사양하는 남승지의 손을 뿌리치며 몇 장의 백 원짜리 지폐를 상대방의 호주머니에 찔러 넣었다. 이방근이 양준오에게 시선을 보내자, 양준오도 가볍게 고개를 끄덕이면서, 너무 고집을 부리는 건 보기 흉해, 고맙게 받아 두는 게 좋아, 하고 남승지의 어깨를 두드렸다.

남승지는 밀짚모자를 쓴 뒤 방 바깥에 세워져 있던 빈 지게를 짊어지고 사라졌다. 두 사람은 작은 문이 삐걱거리며 닫히는 소리를 듣고서도, 잠시 가만히 서 있었다.

식사는 사발에 담긴 콩나물국에 흰쌀이 조금 섞인 보리밥, 그리고 마늘장아찌 외에 생선구이 정도였다. 이방근 집에서의 식사와 비교하면 보잘 것 없었지만, 그래도 남승지는 만족스럽게 먹었다. 하나의 밥상을 둘러싼 회식이라는 의미도 있었지만, 어쨌든 불필요한 생각을 할 필요 없이 맛있게 먹을 수가 있었던 것이다.

"양 동무는 그저께 밤에 삐라를 가지고 우리 집에 들렀을 때, 그 인쇄소 문제로 꽤나 걱정을 하지 않았나. 우리들과 직접 관계는 없지만, 조직의 자기폭로라는 동무의 지적에 과연 그렇겠다고 나도 생각했어."

이방근이 말했다. 크고 작은 접시와 사발 등이 어수선하게 놓인 밥상 위에 재떨이를 올려놓고 두 사람은 식후의 담배를 피우고 있었다.

"그렇지 않겠습니까. 조직에는 조직 나름의 우리들에게는 알 수 없는 이유가 있겠지만, 상당히 무책임한 일처리라고 생각됩니다. 섬 안에 인쇄소가 몇 군데 안 되는데, 그걸 눈치 채지 못할 어리석은 경찰이 어디 있겠습니까. 만일 경찰이 눈치 채지 못할 것이라고 생각했다면, 그건 혁명적 낙관주의가 아니라, 모두가 혁명에 들떠서 눈먼 봉사가 된 게 아닌가 생각하게 합니다. 좌익 혁명가가 아니면 애국자가 아니고 인간도 아니라고 우쭐대고 있어요. 적을 바보 취급하면서 혁명을 할 수는 없습니다. 상황은 물론 녹록치 않습니다. 그런데도 해방 직후와 마찬가지로 '혁명'을 일종의 유행처럼 생각하는 현상은 변함이 없습니다. 공산주의자를 무슨 액세서리처럼 생각하는 인간 '혁명가'가 득실거리고 있습니다. 이런 말을 하면 맞아 죽을지도 모릅니다. 저 같은 건 반동의 앞잡이로, 그야말로 시골에 있었더라면 벌써 죽었을지도 모릅니다……."

"경찰이 움직이고 있나?"

양준오는 상당히 공격적인 말을 했지만, 이방근은 상대의 말을 피했다.

"거기까지는 모르겠지만, 경찰은 증원 경찰대가 상륙하고 태세가 정비될 때까지는 지금의 수동적인 입장에서 크게 변화는 없을 겁니다. 무엇보다 비상경비사령부의 설치를 결정했으면서도, 정작 중요한 총지휘관과 참모들은 도착하지 않았으니까요. 하지만 조직 쪽에서도 끝난 일은 어쩔 수 없지만, 애들 장난도 아닐 테고 그렇게 태평하게 앉아서 바라보고 있지만은 않겠지요."

"음, 그야 그럴 테지. 그런데 말이야, 아침에 양 동무가 우리 집에 들렀다가 돌아간 뒤에 김동진 군으로부터 편지가 왔어."

"편지? 그럼 김동진이 어디 갔습니까?"

양준오가 아니더라도 그렇게 물을 게 뻔했다. 특별한 일이 아닌 한, 같은 성내에 있으면서 일부러 편지 같은 걸 보낼 필요는 없었던 것이다.

"편지를 가져올 걸 그랬나, 음, 특별히 그럴 것까지는 없겠지, 핫하아, 그건 그가 성내를 떠나면서 보낸 고별의 편지, 작별인사였어."

"그가 성내를 떠났다고요? 그 작별의 편지는, 뭡니까, 우편배달부가 가지고 왔던가요?"

"아니, 그렇지 않아." 이방근은 움찔하며 밥상 위의 재떨이 위로 뻗고 있던 손가락 사이의 담배를 가볍게 두드려 재를 털었다. 편지는 우편배달부가 가지고 왔습니까……. 특별한 이유도 없이 그 말투가 묘하게 우스워서, 옆구리를 쿡쿡 찔린 것처럼 이방근은 웃었다. 이 편지는 비밀로 해 주십시오, 라고 말한 우편배달부 강삼구의 미소를 머금었지만 심각한 표정의 얼굴이 이마에 다가왔다. 그는 말을 계속 했다. "김동진의 집에 있는 나이 든 하인이 가져온 봉한 편지였는데, 열어 보니 작별 인사가 쓰여 있더군."

"으흠……."

양준오는 손가락 끝으로 새 담배의 머리 부분을 가볍게 문지르며 이방근을 바라보았다. 상대의 말을 기다리고 있었던 것이다.

"이건 내 추측인데, 아무래도 그 삐라 인쇄에 그 친구가 관련돼 있는 것 같아. 그렇게 쓰여 있지는 않았지만, 어떤 사정 때문에 신문사를 그만두고 성내를 떠난다고 적혀 있었으니 말이야. 갑자기 신문사를 그만두게 되었다는 것이지. 아니, 이미 그만뒀을 거야. ……정성스럽게 그 삐라를 한 장 같이 넣었더라구."

"언제 그만뒀을까요. 그래서 일본이나 본토에라도 갈 작정이랍니까."

양준오는 밥상 위에 한쪽 팔꿈치를 세운 채 담배에 불을 붙였다.

"으음, 아니야. 게릴라야. 게릴라가 되어 산으로 들어간 것 같아. 편지에는 그런 말이 한마디도 안 보이지만, 그건 충분히 알 수 있어. ……김동진은 게릴라야, 그렇고말고. 양 동무와도 만나고 싶다고 쓰여 있었어. 준오 형과도 만나고 싶었지만 그냥 떠나니, 방근 씨가 작별인사를 잘 전해 달라고 했어."

"예에……."

침묵의 덩어리가 어수선한 밥상 위를 덮었다. 양준오는 좁은 방 한구석에 눈길을 던진 채 뻐끔뻐끔 두세 번 연거푸 담배 연기를 내뿜다가, 갑자기 낮게 웃으며 말했다.

"게릴라…… 그렇군요. 성내에서 게릴라 한 사람이 탄생한 셈이군요. 그러면 됐습니다. 어쩔 수 없었겠지요. 성내에서 우물우물하다가는 체포되고 말 겁니다. 으─음, 그렇습니까……, 그랬습니까."

양준오는 한숨도 아닌, 의미를 알 수 없는 한숨을 내쉬었다. 김동진의 입산이 다소 의외였던 모양이다.

"그는 게릴라가 되기 위해 신문사에서 삐라를 인쇄한 모양새가 되었군, 안 그런가."

"결과적으로는 그렇지만, 단순히 체포되지 않기 위해서라면 일본으로 도망칠 수도 있었겠죠. 3·1절 석방으로 나온 자들이나 그 밖에 경찰에 쫓기는 자들 중에서도 일본으로 건너간 경우가 많으니까요. 육지 쪽으로 갔다 해도, 그건 부산 같은 곳에서 밀항할 기회를 잡기 위한 것이고……. 이 나라는 어딜 가나 매한가지로, 일본은 이미 '망명지'로서 최적지가 되어 있어요. 이것도 일본의 식민지배 덕분이죠."

"식민지배 덕분이라니? 무슨 뜻인가."

"재일동포가 많이 있다는 뜻입니다. 친척이라든가 지인, 동향인들 말입니다."

이방근은 고개를 끄덕였다. 한 사람의 게릴라 탄생, 가벼운 웃음에 감싸인 양준오의 말. 그는 양준오의 말을 들으면서, 자신의 의식 속에 잠긴 평온한 성내 거리의 모습에 겨우 하나의 움직임, 파문이 이는 것을 느끼자 가슴이 울렁거렸다. 산으로, 산악지대의 어딘가로 향하는 김동진의 발소리가 바람에 윙윙거리는 전선줄 같은 느낌으로 머릿속에서 울렸다. 어제부터 계속된 김동진에 대한 불안은 적중한 셈이었다. 그러나 그의 입산이라는 사실 앞에, 이방근은 갑자기 불빛이 비친 순간과 같은 당혹감을 스스로에게 숨길 수 없었다. 김동진이 게릴라가 된다. 그것은 결코 상상하기 어려운 일은 아니었지만, 역시 이방근을 둘러싼 주변의 사태는 그의 의지 밖에서 움직여 가고 있던 것이다. 이방근은 그 현실을 포착할 수 없는 자신을 느꼈지만, 동란의 움직임과는 아무런 관계가 없을 터인 그가, 그 의지 밖에서 진행되고 있는 일에 대해, 왜 뒤가 켕기는 듯한 기분이 드는 것일까.

"우리도 나갈까요. 이제 슬슬 한 시가 다 돼 갑니다."

"나가자구."

두 사람은 집을 나섰다. 집을 나가면서 양준오가 안채에 들러 밥상 정리를 부탁했다. 이방근은 노타이 차림이었지만, 양준오는 와이셔츠에 넥타이까지 매고 있었다. 군정청 통역 시절에는 점퍼나 미군 작업복 따위를 마음 편하게 걸치곤 했는데, 도청으로 옮긴 뒤로는, 아직 며칠 지나지 않았지만, 매일 양복을 입고 출근하는 모양이었다.

두 사람은 말없이 걸었다. 아침나절에 개었던 하늘도 차츰 흐려지고, 저 멀리 한라산은 산기슭까지 두꺼운 구름에 덮여 모습을 감추고 있었다. 산악지대에는 이미 비가 내리고 있는지 몰랐다. 둘은 김동진에 대해서는 언급하지 않았다.

갑자기 개에 쫓긴 고양이가 뛰쳐나와, 바로 옆에 있는 돌담을 통해 재차 초가지붕 위로 가볍게 뛰어올랐다. 밑에서 개가 짖어 댔지만, 지붕에 점잖게 앉아서 내려다보고 있는 고양이의 아무렇지도 않은 듯한 표정이 재미있었다. 고양이는 목을 뒤로 젖히고는 연신 그 어깨 주위를 핥기 시작했다.

"이봐, 저 고양이를 좀 봐, 대단하구만."

"밑에 있는 건 바보 같은 개라고 해야 하나요. 이 형은 고양이 팬이 된 모양입니다. 여동생이 주워 온 새끼 고양이의 힘, 굉장하군요……."

바람에 털을 거꾸로 날리며 천천히 일어선 고양이는 네 다리로 버티고 서서 등을 크게 구부리며 기지개를 켰다. 그리고는 유유히 지붕 너머로 사라져 갔다. 참으로 멋진 장면으로 막을 내렸다. 바보 같은 개는 여전히 짖어 대다가 이번에는 이쪽을 향해 두세 번 짖어 대고는 꼬리를 흔들며 어디론가 달려갔다. '서북'패들에게 잡혀서 보신탕이나 되지 말거라……, 되지 말지어다.

"이 형은 어디 들를 데라도 있습니까?"

"특별히 갈 곳은 없어, 돌아가야지. 대낮부터 혼자 술집에 박혀 마실 수도 없는 일이고."

"이 형도 변했군요."

"변했다고? 뭐가 어떻게, 묘한 말을 하는군." 이방근은 얼굴을 약간 찡그렸다. 변했다……, 의식 속의 목소리에 귀를 기울였다. 의식 저편 어딘가에서, 그 소리는 가까운 듯하면서도 멀리서 들려온다. 그 반대처럼도 들렸다. 너는 자신의 변화를 인정하기 싫은 거야, 인정하는 게 두려운 거야……, 누군가의 목소리, 누구의 목소리인가. "집에서는 노상 마시는 낮술이야. 핫, 하아, 아침부터 마시기도 하지. 대체 내게 무슨 할 일이 있겠나, 이자나 받아서 생활하는 나에게."

"그건 여분으로 하는 일이구요. 그러니까, 과거에는 하루 종일, 매일 계속되는 그 하루 종일, 술이라는 망망대해에 가라앉은 성내 거리에서 이 형은 수영을 하고 있었다구요."

"술독이 아니라 성내를 가라앉힌 술의 망망대해라. 그럴듯한 말을 하는군. 그러나 그 술의 망망대해가 썰물과 함께 빠져나가서 성내가 드러나 버렸단 말이네. 수영을 할 수가 없다구. 저녁때라도 한잔할까, 어디 기생집에라도 가서 말이지……."

"'비상시'란 말이에요. 도청에 가 보지 않고서는 알 수 없지만, 늦을지도 모르겠고, 연락드리겠습니다."

"……어쨌거나, 나는 돌아가겠어."

이방근은 같은 말을 되풀이했다. 집에서 무슨 볼일이라도 기다리고 있는 것처럼. 그래, 돌아가자, 곧장 돌아가. 그리고는 하루 종일 안뜰이 내다보이는 소파에라도 앉아 있는 게 낫다. 고양이처럼 가만히 앉아 있는 게 좋다. 아니, 해바라기하는 노인처럼 하루 종일 가만히 앉아 있는 게 났다. 생각해 보면 이방근은 이 동란 속에서 아무것도 할일이 없었지만 그 생각은 자신의 자리를 잃어버리고 말 것이라는 불안한 마음 위에 있었다. 4·3봉기 당일의, 동란의 테두리 밖에 있는 것처럼 평온한 성내 거리를 뒤덮은 거대하고도 투명한 가면의 느낌이, 하나의 상으로 느껴지면서 되살아났다. 성내 거리는 이방근의 의식 속에 있었다. 그 거리에 하나의 움직임, 그것도 이방근의 눈에 보이는 한계에서의 움직임, 파문이 일었던 것이다. 그 움직임을 이방근은 느끼고 있었다. 그것이 성내 하늘을 온통 뒤덮은 거대하고도 투명한 가면의 느낌에 금을 가게 만든다. 아무것도 할 일이 없는 것이다. 이것은 생각이 아니고, 의식의 상태였다. 하늘에 떠 있는 구름덩어리와도 같은 의식의 상태. 덩어리의 형태로 부유하는 의식의 상태. 그래, 돌아가자, 돌아가서 소파에 앉아 있는 편이 낫다. 도대체 무슨 할 일이 있다는 말인가. 의식 뒤편의 저쪽에서 조소 섞인 목소리가 들린다. 이미 자네의 엉덩이는 소파에서 일어나 움직이고 있단 말야……. 뭐, 뭐라고…….

"무슨 말을 했나?"

옆을 돌아본 순간 거의 이방근의 입에서 말이 밖으로 나올 뻔했는데, 양준오는 눈치 채지 못한 모양이었다. 양준오는 담배를 피우면서 넥타이를 바람에 하늘하늘 날리며 걷고 있었다. 바지 양쪽 주머니에 손을 넣은 채 앞으로 구부린 자세로 걷고 있던 이방근은 담배를 물고 멈춰 서서 큰 키의 구부정한 등을 한층 돋보이도록 성냥을 그었다. 눈앞에 신작로로 나가는 길모퉁이가 나왔다. 왼쪽에 있는 국민학교에서 아이들의 환호성이 소용돌이치듯 한꺼번에 솟아올랐다. 바람 탓이었다. 성냥불이 두 번이나 바람에 날려 꺼졌다. 양준오가 다가와 담뱃불을 내밀었다.

"바람이 세질 것 같은데."

두 사람은 오른쪽으로 돌아 신작로로 들어섰다.

"바다가 거칠어지는군요. 비나 오지 말았으면 좋겠는데."

"올 것 같나."

"글쎄요."

두 사람은 납빛으로 뒤덮인 하늘을 올려다보았다.

"만일 비가 내리고 바람이 몰아친다면, 결혼식 있는 집은 곤란하겠어."

"누가 결혼식이라도 올립니까?"

"응, 내일, 어머니 아는 사람이⋯⋯, 그렇다기보다는 어머니와 자매 관계를 맺은 사람의 딸이 결혼식을 올린다는데, 나는 특별히 가지 않아도 돼. 비가 내리면 신부 의상이 못쓰게 될 것이고, 색시가 가엽게 되지."

신작로 앞쪽으로, 동문교의 정지선에서 차량을 검문하고 있는 경찰들의 검은 그림자가 보였다.

"큰바람이 불게 되면 증원 경찰대의 파견은 어려워지겠군요."

"언젠가는 오게 돼 있어."

생각나는 대로 이야기하고 있었지만, 두 사람이 성내를 탈출했을 김동진을 생각하고 있다는 것은 분명했다. ⋯⋯성내에 온다면 됐어, 어차피 나한테도 연락이 있겠지. 얼굴이 붉어지는 말이었다. 왜 강몽구가 성내에 올 예정이 없는지 일부러 남승지에게 물은 것일까. 왜 기다리고 있는가. 강몽구가 자신을 찾아오는 이유를, 그 목적을 알면서 왜 기다리고 있는 것인가. 상대편 쪽에서 온다고 하더라도 왜 그걸 학수고대하고 있는가. 왜 최용학의 비열한 편지를 품고 다녔고, 여동생을 데리고 '해방구'까지 찾아갔던 것일까. 재미로 했다고 하기에는 도가 너무 지나치다고 하지 않을 수 없었다. 동굴, 동굴, 동굴, 동굴, 나를 감싸고 있는 동굴, 내 안의 동굴. 음⋯⋯ 유달현. 최근 1개월 남짓한 기간은 유달현의 자극으로 움직여 온 것이다. ⋯⋯자넨 이미 동굴에서 나온 거라네, 그리고 자네 엉덩이는 이미 소파에서 일어나 움직이고 있어⋯⋯ 유달현의 목소리였다. 자네는 동굴에서 나왔어. 그러나 그 변화를 인정하고 싶지 않은 거야, 그걸 인정한다는 건 유달현을 인정하게 되는 거라서 두려운 거라구⋯⋯. 자네를 동굴에서 꺼낸 건 나란 말일세. 내 엉덩인 이미 소파에서 일어나 움직이고 있단 말이지. 그놈이 정곡을 찌르는 말을 한 셈이군. 쓴 침이 입안에 고였다. 혀에 쓴맛이 스며드는 담배 연기를 일부러 음미하듯이 천천히 들이마셨다가 내뱉었다. 아까부터 마음을 흔들고 있는 것은 게릴라가 된 김동진의 편지가 아니라, 유달현이었다. 그놈이 나를 동굴에서 흔들어 밀어낸 거야……. 이방근은 유달현을 만나고 싶었다. 방금 전에 소파에 앉아 있는 편이 낫다고 자신에게 막 명령한 이방근의 마음이 움직이고 있었다. 최근 며칠 동안 전화도 하지 않는 것은 그때 싸우듯이 헤어진 탓이라고는 해도, 요즘의 유달현으로서는 이해하기 어려웠고 기특한 일이기도 했다. 상대가 대단한 증오의 감정을 지니고 있을지도 모르겠지만, 이방근은 여전히 그를 미워하지 않고 있었다. '배신자'인 이방근에 대한 '복수'를 꾸미고 있다고 행상인 박이 말한 남자. 조직을 파는 유다가 될 것이라고 행상인으로부터 예언된 남자.

학생들을 가득 실은 트럭이 동문교를 건너 신작로를 이쪽으로 다가온다. 도보행진으로 가는 학생들의 무리를 추월할 때는 환호성이 오르더니 서로 간에 손을 맞잡고 있었다. 소년들에게 있을 법한 트럭 위로부터의 야유와 그에 대한 응수의 환호성이 아닌 것이 좋았다. 곧이어 차바퀴가 말아 올린 흙먼지 속에 두 사람을 감싸 안으며 지나친 트럭은 맹렬한 엔진 소리와 함께 완만한 고갯길을 오르기 시작했다.

두 사람은 동문교를 건너 오른쪽으로 돌아 냇가로 나온 뒤 C길 쪽으로 향했다. 강 건너 비스듬히 전방으로 보이는 기상대 풍속계가 돌아가는 속도가 상당히 가팔랐다. 파도 소리가 높게 들리고, 바다 쪽 하늘은 무겁게 내려앉기 시작했다.

"동문교 검문소를 지나면서 생각이 났는데요, 음, 글쎄, 이 형은 그 무렵 개구쟁이들과 함께 나쁜 짓을 하지 않았나요." 양준오가 웃었다. 뭔가 부끄러움이 담긴 듯한 웃는 얼굴이었다. "어린 시절, 벌써 20년도 더 지난 아주 옛날 일이지만, 성내의 농쪽과 서쪽 다리에 개구생이들의 '검문소'가 있었어요. 기억나세요?"

"응, 응……, 맞아, 있었어. 나는 일제 때인 소학교 5학년에 퇴학, 목포에 있는 소학교에서 방출되었는데, 있었어, 그런 애들이 있었어."

이방근은 크게 끄덕였다.

"봉안전에 소변을 휘갈인 '불경죄' 사건으로 말이죠. 퇴학 처분을 받고 나서 5일인가, 일주일간 유치장 생활을 했잖아요. 어린 아이인데도 말이죠, 하, 하, 하, 하……."

"아니야, 3일간이었어."

"이 형은 어릴 때부터 특이한 사람이었어요. ……음, 그래서 말이죠, 두세 명이 함께 시골에서 발에 물집이 생기면서까지 반나절이나 걸려서 성내에 오거든요. 여기는 서울, 섬의 수도나 마찬가지였어요. 그런데 동문교 입구에 접어들면 어디에서 나왔는지 여러 명의 개구쟁이들이 일시에 나타나 우리를 포위하는 거예요. 그리고 '통행료'를, 즉 성내에 들어가게 해 주는 '통과세'를 내라는 겁니다. 마치 세관이나 되는 것처럼 공짜로는 통과시키지 않겠다는 건데, 그거야말로 집 앞을 지나는 사람에게 통행료를 내라는 격이 아닙니까. 어린 마음에도 이건 말도 안 된다고 생각했지만, 처음에는 정말로 그러려니 생각했다니까요. 그렇게 생각했다기보다는 그럴 만한 가치가 있다고 인정했던 것이지요. 그래서 소중한 돈을 한 푼 두 푼 뜯기는 겁니다. 돈을 내지 않으면 싸움이 나지요. 촌놈이 여기가 어딘 줄 알고 건방을 떨어. 성내를 보고 싶으면 얌전히 하라는 대로 해. 그래도 돈을 내지 않으면 정말로 싸움이 나고, 동문교 주위에 떼 지어 있던 개구쟁이들이 몰려와, 자, 여기, 시골 코홀리개들을 혼내 주자고, 라며 덤벼드는 거예요. 헷헤헤, 지독하게 얻어맞았지요. 어쨌든, 성내에 오는 일은 거의 없었지만, 동문교와 서문교에서 '검문'이 있었어요. 그래서 성내에 가는 경우에는 그들의 눈을 어떻게든 피하든가, 싸움이 일어나지 않도록 미리 '통행료'를 준비하는 겁니다. 지금도 마찬가지지만, 당시에 전등이 켜진 성내 거리는 우리들에게 별세계였거든요. 따라서 '통행료'를 뜯겨도 다리를 건너 안으로 들어갈 가치가 있는 곳이었어요. 정말 그랬어요. 성내 출신인 이 형은 모를 거예요. 성내 사람들의 시골 농촌에 대한 멸시감이 아이들에게도 농후하게 있었다니깐요. 이 작은 섬에 지금도 지역 간 차별의식이 강하게 남아 있어요. 본토로부터 제주도가 멸시를 당하고, 또 그 제주도 안에서 서로 다른 지역에 대한 멸시와 차별의식이 농후하게 존재하는 셈이지요⋯⋯. 그런데, 요즘 아이들은 그런 짓을 하지 않게 됐어요. 저는 얼마 안 있어 일본으로 건너갔기 때문에, 언제부터 하지 않게 됐는지 알 순 없지만⋯⋯."

도중에 말이 없던 양준오의, 그 사소한 추억에는 힘이 들어가 있었다. 의식적으로 이야기를 그쪽으로 몰고 갔는지도 몰랐다. 길은 냇가에서 C길을 왼쪽으로 돌아 한참 가다가 이윽고 왼편으로 한라신문의 건물이 보이기 시작하는 곳까지 이르렀다.

"그건 나도 마찬가지야. 아마도 전쟁 중에, 일본이 전쟁을 하고 있을 때였을 거야. 유감스럽지만, 나는 소년 시절에 그 개구쟁이들 틈에 끼지 않았어. 만일 그 개구쟁이들 중의 한 사람이었다면, 그때부터 양준오 동무와 아는 사이가 되었을지도 모르겠군, 핫, 핫하⋯⋯. 음, 어땠을까, 그 무렵 양준오는 훌륭한 소년이었겠지."

"방근 씨는 시골의 아이들을 모르는 게 아닌가요. 그렇게 말하는 건 상당히 주관적인 혼자만의 생각이라구요. 때가 절은 데다가, 1년 내내 누더기처럼 기운 옷을 입고, 구멍 뚫린 고무신을 신은 소똥 냄새가 나는 소년, 꾀죄죄한 소년이었어요. 이 형과는 달라요."

"……그런 얘기가 아니야. 뭐랄까, 가난하다든가 하는 문제가 아니고, 보다 정신적인 문제라고나 할까, 소년 자신의 보다 내면적인 문제……."

"핫하, 아이에게 무슨 정신적이고 내면적인 문제가 있겠습니까. 정말 가난한 소년으로부터 자유로운 정신은 분리해서 성립되지가 않아요. 가난한 어린이 쪽이 보다 공상적이고 꿈을 꾸기 쉽다고 생각하는 건 상당히 편의적인 해석이자 위로라고 할 수 있겠지요. 굶주린 인간 눈에는 돌멩이가 빵으로 보이거나 하는 게 고작일 겁니다."

"으-음……. 자네는 툭하면 나에게 주관적이라고 하는데, 그런 자네는 객관적이라는 말인가."

"그런가요, 제가 그렇게 자주 말하던가요. 그러나 제가 지금 말한 빈곤과 굶주림의 문제는 객관적인 겁니다. 거기엔 빈곤하다는 사실 외에 다른 생각이 들어 있질 않으니까요. 센티멘털한 것이 아니지요."

"글쎄, 그런 것 같기도 하고."

"그런 것 같은 게 아니라, 사실입니다."

이처럼 따지고 들면 이방근은 할 말이 없어진다. 자신을 향한 말은 아니었지만, 이방근은 양준오의 말에 가시가 돋쳐 있음을 느꼈다. 이를 통해 알 수 있는 것처럼, 양준오에게는 자신의 말에 반박을 용서하지 않는 구석이 있었다.

한낮이라 그런지 C길에는 사람들의 통행이 많았다. 축음기가 울려대는 쉰 듯한 탱고곡이 들려왔다. 칠성다방이었다. 두 사람은 한라신문사 앞을 말없이 지나쳤다. 서로 그렇게 하기로 약속했던 것은 아니지만, 동문교에서 신작로를 곧장 나가지 않고 C길로 우회한 것은 역시 의식적으로 그랬을 것이다. 현관에 자전거 두세 대가 세워져 있는 이층건물은 겉보기엔 평소와 다름이 없었지만, 이미 이곳에서 게릴라

한 사람이 탄생한 것이다. 김동진이 어떤 식으로 사직했는지는 모른다. 어쨌든 갑작스런 결근과 조만간에 밝혀지게 될 행방불명은 사람들에게 수상쩍은 느낌을 불러일으킬 것이다.

C길을 다 빠져나올 때까지 두 사람은 말없이 걸었다.

"집으로 돌아가신다구요?"

마치 다짐을 하는 듯한 말투였지만, 실제로 집으로 돌아갈 수밖에 없는 이방근에 대한 하나의 인사였던 것이다.

"갈 데가 없어. 돌아가야지."

이방근은 조금 전과 똑같은 말을 되풀이했다.

"저녁에 형편을 봐서 연락드리겠습니다. 그럼."

두 사람은 헤어졌다. 이방근은 관덕정이 보이는 광장 전체를 살펴본 뒤, 망설이지 않고 북국민학교 쪽으로 걸어갔다. 음, 나의 친애하는 유달현, 이방근은 집이 가까워질수록, 이런 상황에서는 이쪽에서 연락이라도 하지 않는 한 유달현과는 만나기 어려울 것 같다고 생각했다. 도중에 이방근은 지금까지와는 달리, 마음속에서는 유달현과 길에서 딱하고 마주쳤으면 하는 기대를 하고 있었다. 이쪽에서 연락을 취하는 건 마음이 내키지 않는다. 가능하면 우연인 듯 만나고 싶었다. 하지만 무엇 때문에 만나고 싶다고 생각하는 걸까. 일전에 행상인 박과의 두 번째 회합을 성사시키기 위해 찾아온 유달현과 결국 싸우고 헤어졌을 때, 그와의 관계를 끝장내야겠다고 스스로 다짐하지 않았던가. 지난 한 달 동안 그가 집요하게 파고들었을 때는 매몰차게 뿌리치곤 했는데, 그로부터 최근 며칠 동안이나마 해방되어 홀가분해하지 않았던가. …… 이 동무, 지옥까지도 쫓아간다는 유명한 대사도 있지만, 난 자네 뒤에 찰싹 붙어 떨어지지 않을 거야. 상대가 얼마나 적대심을 지니고 있는지는 모르겠지만, 이방근은 그와 신경

전을 벌일 만한 정열이 없었다. 온 섬이 폭발하기 시작한 요 며칠 사이에, 산들바람도 일으키지 않는 바람 같은 태도를 견지하고 있는 속셈은 무엇일까. 이제 지옥까지 따라오는 추적은 포기하고, 의연하게 관계단절의 태도를 보이자는 것인가. 만나고 싶다면, 그것은 당연한 일이지만, 이쪽에서 찾아가지 않으면 안 될 것 같았다. 지금까지 해온 것처럼은 안 될 것이라는 생각이 새삼 상대를 다시 보게 만드는 것이 재미있었다. 집으로 돌아가 소파에 앉아서, 그래, 소파에 앉아라, 내일도 모레도 소파에 가만히 앉아 있는 게 좋다. 그리고 O중학에 전화나 걸어 보자. 어제 박산봉의 이야기로는 지난밤에 돌아올 거라고 했으니까, 오늘쯤은 학교에 나와 있을 것이다. ……아니? 이게 어찌 된 일인가, 눈앞에, 2, 30미터 전방에 이쪽으로 오고 있는 유달현이 보이는 게 아닌가. 착각은 아니었다. 넥타이를 맨 양복 차림에 사무용 가방을 든 모습부터 영락없는 유달현이었다. 아무래도 북국민학교 안에서 나온 모양이었다. 이방근은 설마 이 근처에서 그와 만나리라고는 생각하지 못했다. 오히려 이미 지나쳐 온 곳에서 우연히 사람을 만날 확률이 많았던 것이고, 이방근도 거의 무의식적으로 그렇게 생각하면서 걸어왔던 것이다. 그런데 다가오는 상대가 모르는 척하고 그대로 지나치면 어떻게 할까. 그렇다면, 소리를 질러 뒤에서 불러 세우면 된다.

순식간에 쌍방의 거리가, 그야말로 넘어지면 코가 닿을 만큼 가까워졌다. 이쪽을 눈치 챈 유달현은 조금 놀라면서 멈춰 서려다가, 한순간 굳어졌던 표정에 미소를 띠우며 옆으로 지나치지 않고 이쪽으로 다가왔다. 조금 의외라고 생각하며 이방근도 그가 있는 쪽으로 다가갔다. 고무협동조합 앞이었는데, 사무소 현관에서 한 남자가 이방근에게 가볍게 머리를 숙여 인사했다. 강몽구가 일본에서 가져온 운동화는 유격대원용을 제외하고는 이곳을 통해 처리되었다는 이야기를 들은 바 있었다.

"오랜만이군, 이 동무."

"아, 오랜만이야. 음, 오랜만이라고는 해도 한 달이나 두 달이 지난 것도 아니지만 말일세. 핫, 핫하."

유달현의 태도는 이방근의 예상과는 달랐다. 적어도 표면적인 그의 태도는 부드러웠다. 두 사람은 악수를 했다. 악수를 하면서 유달현의 작은 눈이 주의 깊게 움직이는 것을 이방근은 보았다.

"여전히 한가로워 보이는 이방근 선생이 부럽군. 내 경우는 너무나 바빠서, 정말 바빠서(여전히 이 남자는 이 세상에서 바쁜 것은 자기뿐이라는 식의 말투였다. 게다가 그 말투에는 보통일 때문이 아니라는 뉘앙스가 담겨 있었다), 오늘은, 그렇지, 자네도 알고 있겠군, 오늘은 제주도 전 지역 학동학예전람회의 마지막 날이라서 말이지. 난 사무국의, 사무국은 농업학교의 학생이나 젊은 선생들에게 맡겨 뒀는데, 내가 그 감독을 맡고 있다네. 뭐랄까, 여러 가지로 바빠서 말이지, 이 동무는 이해해 줄 거야, 내가 눈코 뜰 새 없이 바쁘다는 것을 말이야."

"수고가 많군. 모처럼 성내에서 열렸다는데, 결국 가 보지도 못했어."

사무국의 감독이란 것은 무엇일까. 아침에 문득 머리를 스친 생각이지만, 섬 전체로부터 교사나 학생들이 모여든 학예전람회라는 기회를 이용하여, 성내 봉기에 호응하기 위한 시위와 관계가 있었던 것은 아닐까. 학교 일만이 아니라, 조직적으로도 바쁠 그가 그런 잡다한 일에 머리를 처박고 있을 여유는 없을 터였다. 그렇다면, 성내 봉기의 불발로, 이 일도 불발로 끝났다는 말인가. 유달현은 넌지시 그러한 것을 암시하는 남자다. 그렇게 자신의 정체를 과시한다. 음, 하지만 이 모든 것은 어쩌면 나의 추측에 불과할지도 모른다.

"이 동무가 일부러 찾아올 만한 곳은 아니야."

"여러 가지로 눈코 뜰 새 없이 바쁠 텐데, 자네도 건강해 보이는군 그래. 무엇보다 다행이야."

"긴장된 나날이라네. 잘 알고 있지 않는가. 어쨌든 바쁘구먼."

이방근은 담배를 꺼내 입에 물고 유달현에게도 권했다. 상대는 손을 뻗어 한 개비를 끄집어냈는데, 바람이 너무 세다면서 그것을 상의 가슴주머니에, 두 개의 만년필과 빨간 연필 뚜껑이 빛나고 있는 호주머니에 찔러 넣었다. 여느 때 같으면, 이 동무, 저녁때라도 만날 수 있겠는가, 하며 말을 걸어왔겠지만, 어쩌면 그대로 가 버릴 것 같은 분위기가 풍겼다.

"어떤가, 바쁘겠지만, 한번 만나고 싶은데."

이방근이 담배를 피우면서 말했다.

"자네가 지금 누굴 만나고 싶다고 말했나? 설마 이 유달현과 말인가."

'설마'가 아니라, 충분히 의식하고서 하는 대답이었다. 유달현의 눈에 만족감과 함께 날카로운 호기심의 빛이 스쳐 갔다.

"그렇다네, 여기에 유달현 동무 말고 다른 누가 또 있단 말인가."

이방근이 말했다. 이 녀석이 전에 없이 경계를 하고 있군.

"거참, 별일이 다 있군 그래. 이방근 동무 쪽에서 날 만나고 싶다니……, 아니, 이건 영광일세. 이 말은 잊지 않겠네. 모처럼의 부탁이니 응하지 않을 수가 없지." 유달현은 양복 가슴주머니에 지금 막 찔러 넣었던 담배를 인지와 중지로 능숙하게 꺼내어 입에 물고는 불을 붙였다. "그러고 보니, 오랫동안 만나지 못한 기분이 드는군. 정말이지, 이 동무가 어디 멀리 여행이라도 다녀온 느낌이, 지금 내 마음속에서 일고 있어."

"어디가 좋을까. 시간이 된다면 오늘 저녁때라도, 어디 요정에서라도 만나기로 할까."

"요정이라니? 헷헤, 난 그럴 형편이 못되네. 이 동무, 자넨 여전히 세상이 어떻게 돌아가는지 도통 모르고 있구만." 유달현이 이쪽의 속셈을 꿰뚫어 보는 듯한 눈길로 주위를 한 번 둘러보고 나서 말을 이었다. "게다가 요정에서는 이야기도 제대로 할 수 없을 것이고. 내가 집으로 찾아가지. 내 쪽에서 자네를 찾아가는 걸로 하겠네. 어떤가, 그게 좋지 않겠나?"

두 사람은 약속을 하고 헤어졌다. 오늘 밤 일곱 시 반에서 여덟 시 사이에 유달현이 찾아오기로 했다.

국민학교 옆길을 걷고 있던 이방근은 갑자기 울리기 시작한 종소리에 문득 꿈에서 깬 듯한, 아니 꿈속으로 되돌아간 느낌에 빠져 발을 멈췄다. 요란하게 울려 대는 종소리가 바람에 흩어지듯 구름 낀 넓은 하늘로 퍼져 나갔다. 뜨거운, 뜨거운, 피부를 문지르는 듯한 공기의 울림. 광야에서 종이 울리고, 점차 요란한 종소리가 멀리서 들려왔다……. 피를 토하듯 종소리가 울려서, 멀리서 울려서, 너무나 시끄러워서 찾아왔다, 아아, 숲 속의 올빼미여……. 먼 광야에서 피를 토하듯 종이 울리고 있다. 종소리를 따라가자, 종은 더욱 멀어지면서 울려 퍼진다. 누가 울리는지 알 수 없는 종이다. 스스로의 힘으로 피를 토하듯 울리는 종소리. 종은 꿈속의 광야에서 울리고 있었다. 아니, 꿈에서 깨고 나서도 종소리는 멀리에서 계속 울리고 있었다.

이방근은 오후의 수업 개시를 알리는 국민학교의 종소리가 그치자 다시 걸었다. ……그것은 이상한 종소리였다. 4월 3일 오전 한 시 반. 서재의 소파 위에서 들었던 종소리였다.

쪽문으로 들어가자, 부엌이의 발치에 새끼 고양이 흰둥이가 목줄에 달린 방울을 울리며 매달려 있었다.

"이놈, 흰둥아, 흰둥아, 이쪽으로 오너라…….'

이방근이 등을 구부리고 혀로 소리를 내면서 손짓을 하자, 새끼 고양이는 금방 바닥에 드러누웠다. 그리고 울음소리도 내지 않고 바닥에 몸을 비벼대면서 꼬리를 탁탁 치며 굴렀다. 순식간에 하얀 털이 꾀죄죄한 회색으로 변해 버렸다. 그 사이 고양이는 눈을 치켜뜨고 이쪽을 쳐다보고 있었다.

"이놈, 흰둥아, 너는 어제 막 목욕을 했는데, 적당히 해야지……."

이방근은 바닥에 뒹굴고 있는 새끼 고양이를 안아 올렸다. 제법 살이 올라 꽤나 무거웠다. 한 달 남짓한 사이에 많이도 컸던 것이다.

"아이구, 서방님, 양복이 더러워집니다. 흰둥이를 이쪽으로 주십서, 몸을 털어야 되쿠다……."

가슴팍에서 고양이의 목이 그렁그렁 울리고, 둥근 등에서 부드러운 복부에 걸친 진동이 이쪽에 전해져 왔다. 부엌이가 걸레를 가지러 달려갔다.

"음, 오늘은 신기하군. 너의 첫 번째 주인은 부엌이님, 그리고 그 다음쯤으로 여기고 있는 게 나란 말인가. 아아, 서울에 있는 여동생은 별개야. 그쪽은 각별한 분이지. 멋진 수염이군. 꼬맹이 주제에 제법이구만……."

이방근은 새끼 고양이가 가슴에 가만히 안긴 채 몸 전체로 기쁨의 신호를 보내오는 것에 만족하며 안뜰을 걸어갔다. 누구랄 것도 없이 애교를 부리면서 사람을 따르는 고양이도 있지만, 흰둥이는 새끼 고양이 주제에 제법 낯을 가렸다. 조심성이 많았다. 부엌이 외에는 집 안사람이 불러도 야옹 하는 정도로 알고 있음을 표시하지만, 그리 친근하게 응대하지 않았다. 놀러 온 이웃이나 손님의 무릎 위에 올라가는 경우는 좀체 없었다. 불러도 다가오지 않았다. 사람들은 애교가 없는 이상한 고양이라며 기분을 상해하는 경우도 있었다. 밤에는 인간 모양으로 부엌이의 팔베개에서 이불을 덮고 자는 그 작은 몸에 부엌이의 냄새가 배고, 그리고 부엌이의 몸에 고양이의 체취가 스며들어 있는지도 몰랐다. 부엌이는 고양이를 잘 보살펴 주었다. 유원에게 부탁받았다는 의무감도 있었겠지만, 고양이를 진심으로 소중히 하고 있는 것 같았다. 인간과는 달리 신발을 신고 있는 것이 아니기 때문에, 고양이의 흙이 묻은 발과 더러워진 몸을 언제나 걸레로 닦아 주지 않으면 안 된다. 조그만 것이, 얼굴을 닦을 때는 비교적 얌전하게 있지만, 발바닥이라든가 특히 꼬리를 닦을 때면 작은 소리로 으르렁거리며 저항하고, 부엌이라 할지라도 덤벼들어 물어뜯고, 발톱을 세워 할퀴려 들었다. 게다가 목욕을 매우 싫어했다. 부엌 뒤뜰에서 몸을 씻길 때의 저항과, 살려 달라는 듯이 가련하게 울어 대는 소리는 서재까지 들려서, 듣는 사람의 마음을 아프게 했다. 흰둥이는 작은 전갱이를 좋아했는데, 잡어 종류의 작은 물고기 외에는 반드시 뼈를 발라낸 살만 먹었다.

"어머니는 안 계신가?"

"친척분의 결혼식이 내일 있어서, 그쪽에 가셨습니다."

걸레를 들고 온 부엌이가 서재 앞의 툇마루에 내려놓은 새끼 고양이의 발과 몸을 닦으며 말했다. 부엌이의 익숙한 손놀림을 보고 있자니, 고양이의 몸을 닦는 것도 요령이 필요하다는 것을 알게 된다.

"내일은 아버지도 가시나."

"예, 그러실 거우다. 서방님은 어떻게 하셨수꽈."

"나는 안 가. 특별히 갈 필요도 없을 테고."

"그렇긴 하지만, 서방님이 오시면 마님이 좋아하실 거우다. 하지만, 마님도 서방님을 잘 알고 계셔서 크게 신경 쓰지는 않으실 거우다."

이방근은 새끼 고양이를 안고 서재로 들어가, 바람으로 먼지가 늘어오는 것을 막기 위해 새끼 고양이를 소파 위에 내려놓고 방문을 닫았다.

이방근은 어두컴컴해진 방의 소파에 앉아 담배를 피웠다. 연기가 피어올라 얽히다가 점차 사라지는 것을 지켜보면서 천천히 피웠다. 고양이는 소파에서 뛰어내려 방 안을 탐색하고, 아니 기품이 넘치는 그는 긴 꼬리를 천천히 흔들면서 냄새를 킁킁 맡으며 점검하고 돌아다녔다. 부엌이가 귤차를 내왔는데, 그녀가 입구에서 뒤돌아보았음에도 불구하고, 함께 방을 나갈 낌새를 보이지 않았다. 자신의 냄새 흔적을 찾고 있는 것인지, 책상 밑으로 들어가 보기도 하고, 책장과 벽 사이에 코를 들이밀어 본 뒤, 맹장지 틈 사이로 천천히 고개를 밀어 넣어 옆의 온돌방을 들여다보았다.

이방근은 소파에서 일어나 책상서랍에서 김동진의 편지를 꺼낸 다음, 눈에 들어온 탁구공보다 작은 오렌지색 털실로 된 공 하나를 들고 자리고 돌아왔다. 털실로 된 공은 흰둥이의 장난감이었다. 여동생이 털실을 단단하게 뭉쳐서 고양이를 상대로 방 안에서 굴리기도 하고 던지기도 하던 유치한 놀이도구의 하나였다. 서울에서 올 때, 탁구공 두세 개를 가지고 왔지만, 고양이가 몇 번인가 입에 물고 있다 보니 이빨이 들어가 울퉁불퉁하게 쭈그러져 사용할 수 없게 되었다.

이방근은 흰둥이의 이름을 부르며 털실로 된 공을 미닫이 쪽을 향해 던졌다. 새끼 고양이는 바닥을 발로 차낼 듯한 기세로 달려가 눈 깜짝할 사이에 공을 잡고 장난을 쳤다. 그러나 그것을 가져오라고 명령해도 개처럼 순종하지는 않았다. 좀체 주인 쪽으로 가져오질 않았다. 게다가 이쪽을 보고 울음소리를 내며 다시 한 번 던져 보라고 재촉했다. 이방근은 미닫이 구석의 벽 쪽으로 몸을 굴려 공을 집은 뒤, 이번에는 반대 방향인 책상 쪽으로 던져 주었다.

이방근은 고양이로부터 시선을 거두어 소파에 앉았다. 그리고 편지에서 알맹이를 꺼내어 잠시 훑어본 뒤, 그중 한 장에 불을 붙여 재떨이에 넣었다. ……성내에서 게릴라가 한 사람 탄생한 셈이군요. 그러면 어떻습니까. 방법이 없었습니다. 양준오의 실감을 동반한 말이었다. 밖으로는 알려지지 않았지만, 성내에서 이미 입산한 사람들이 있다고 보지 않으면 안 될 것이었다. 그러나 4·3봉기 직후에 조직의 실수로 입산하는 것은 처음일지도 모른다(달리 적당한 방법이 없었다 해도 신문사에서의 선전문 인쇄는 상책은 아니었다). 어쨌든, 신문기자이자 문학청년이었던 김동진이 게릴라로 변신했다. ……소생은 어디 일본에라도 가는 것은 아닙니다. 또 이 제주도를 떠나는 것도 아닙니다. ……젊은 후배들의 뜻하는 바를 깊이 헤아리셔서 저희들에게 나아갈 힘을 빌려주십시오. 우리들에게는 결단코 투쟁만이 있을 뿐. K생. 이 편지는 적당히 처리해 주십시오……. 불꽃이 말과 편지의 문자를 삼키며 타올랐다. 다시 남은 두 장을 한 장씩 불꽃에 넣고 마지막으로 봉투를 태웠다.

양준오의 방에서 김동진의 편지를 가지고 올 걸 그랬다고 한 것은 별 뜻 없이 한 말이었고, 특별히 그럴 필요가 있는 것도 아니었다. 흰둥이가 빨갛게 타오르는 불꽃에 놀란 듯이 털실 공을 내던져 놓고 조심조심 소파 옆에까지 다가와 가만히 불꽃을 지켜보고 있었는데, 그렇다고 도망치려는 모습도 아니었다. 도망가기는커녕, 마지막으로 크게 타오른 불꽃에 자극을 받은 듯, 하늘거리며 저쪽 소파로 춤추며 떨어지는 검은 재를 향해 달려가서는 공중에서 낚아채는 것이었다.

"좋아, 흰둥아, 어디 나하고 한번 놀아 볼까."

이방근은 생각났다는 듯이 다시 한 번 자리에서 일어났다. 그리고는 옆방에서 2미터 남짓한 삼끈을 가져와서는 그 끝에 털실 공을 단단히 잡아맸다. 삼끈이 달린 공을 던지는 것인데, 고양이가 달려가 잡으려는 순간 심술궂게 줄을 당겨서 공을 치워 버리는 것이다. 흰둥이는 결국 꼬리를 빙글빙글 힘차게 돌리며 짜증을 내지만, 공을 수중에 넣었을 때는 앞발로 껴안고 물어뜯으며 굴러다닌다. 이번에는 머리 위에서 공을 흔들기도 하고, 시계추처럼 흔들다가 들어 올리자, 충분히 1미터는 됨직한 높이를 뛰어올라 잡으려 했다. 떨어질 때 발을 잘못 디뎌 벌러덩 넘어지면서 소파 다리에 머리를 부딪쳤다. 웃으면서 새끼 고양이의 머리를 몇 번이나 쓰다듬어 준 뒤, 공을 던져 주었다. 그리고 놓아준 줄을 몸에 감으면서 공과 장난치도록 내버려 두었다.

흰둥이는 얼마간 놀다 지치자 소파로 다가왔다. 소파에서 탁자 위로 뛰어넘거나 하면서 냄새를 맡고 돌아다니더니, 이방근 옆의, 조금 전에 앉아 있던 자리로 돌아와 만족스러운 듯이 제자리걸음을 반복하였다. 그리고 나서 서서히 웅크린 자세로 앉으려 했다. 그런데 무슨 생각을 했는지, 거의 구부리다시피 한 앞다리를 똑바로 세우고 정좌했다. 눈, 보석처럼 빛나며 깜박거리지 않는 신비스럽고 커다란 눈. 투명한 금빛의 눈이다. 윤기가 돌며 숱이 많은 하얀 털 물결. 이방근은 새끼 고양이지만 기품이 넘치는 그 아름다운 자태를 한동안 넋을 잃고 바라보았다. 새끼 고양이를 안는 것도 기분 나빠 하던 당초의 자신을 잊은 것만 같았다. 목을 치켜든 흰둥이의 시선은 책장 위의 백자 항아리를 향해 있었다.

"이조백자를 본단 말이지. 너의 기품에 어울리는 물건이지."

고양이는 매끄러운 피부의 반사 속에 어렴풋이 청색을 머금고 빛나는 백자를 가만히 올려다보고 있었다. 고양이의 눈과 백자 사이에 신비스럽고 평온한 공간이 생겨났다. 이방근은 순간, 침을 삼키는 소리도 두려워할 만큼 숨을 죽였다. 책장의 녹색 커튼을 친 커다란 유리문에 어렴풋이 고양이의 모습이 보였다. 흰둥이 같지가 않았다. 책상에 뛰어올라 신문 등을 할퀴거나 입으로 찢어 놓는 장난꾸러기 새끼 고양이라고는 도저히 생각되지 않았다. 옆에 사람이 있는 탓이기도 했지만, 흰둥이는 지금 두 개의 백자 항아리가 놓인 책장 위로 올라갈 길을 찾고 있는 것 같지는 않았다.

최근의 일이었는데, 이방근은 서재에 들어간 순간, 눈구석에 비친 책장 위의 백자 주변에 지금까지 없었던 이상한 낌새를 느꼈다. 그리고는 흠칫 놀라며 백자 옆에 나란히 앉은 한 마리 고양이를 발견했던 것이다. 흰둥이였다. 흰둥이는 앞발을 가지런히 세워 정좌한 채, 요염하게 빛나는 눈으로 이방근을 가만히 내려다보고 있었다. 홋호, 흰둥아, 너 거기서 무얼 하고 있는 거냐……, 이방근의 말은 입 밖으로 나오지 않았다. 불의의 놀라움은 이윽고 감탄의 감정으로 바뀌고, 이방근은 고양이를 자극하여 그 부동의 자세가 자아내는 분위기를 깨뜨리고 싶지 않았다. 저녁 무렵의 어둑어둑한 천장 쪽 벽을 배경으로 한 백자 항아리와 하얀 고양이의 묘한 배치와 자세에 감동을 받았다. 하얀 고양이는 백자와 잘 어울렸던 것이다. 부드러운 흰 빛의 반사를 감싸는 듯한 어둑어둑한 배경. 다 큰 고양이라면 보다 농밀한 분위기를 자아낼지도 모른다는 생각이 들었다. 정물과 동물을 배치한 침묵의 아름다움. 화가였다면, 이 단순한 배치와 색조에 유연한 정취를 발견할지도 모른다.

그런데, 어떻게 키가 높은 책장 위로 새끼 고양이가 올라갈 수 있었던 것일까. 벽 쪽으로 두 개 겹쳐 놓은 나무 상자를 통해서 옆에 있는 조선옷장으로 뛰어올랐다가, 거기에서 다시 책장 위로 옮겨 갔는지도 모른다. 만일 백자와 장난을 치다가 밑으로 떨어뜨리기라도 했다면 산산조각이 났겠지만, 일단 그런 화는 면했다. 이윽고 고양이가 소리를 내는 사이에 다가가 안아 내렸다. 이 일을 알게 된 부엌이는 마치 사람인 자식을 꾸짖듯이 새끼 고양이의 머리와 볼을 누드리며 나쉈었다. 발판이 되었던 나무 상자는 다른 곳으로 치워졌다.

고양이는 이윽고 앞다리를 능숙하게 안으로 접으며 그 자리에 앉더니 눈을 감았다. 한숨 자려는지도 모른다. 이방근은 고양이를 안아 무릎 위에 올려놓고 싶은 충동을 억눌렀다. 고양이는 사람의 무릎 위에 올라가고 싶으면 멋대로 올라오는 뻔뻔스러움을 지니고 있다. 고양이의 의사를 존중해서 내버려 두는 편이 좋았다. 어쨌든, 같은 소파의 이방근 옆에서 안심하고 잠을 자는 셈이었다. 헷헤, 어쩌면 나도 고양이님의 마음에 들었는지도 모르겠군.

"너는 왜 일부러 바다를 건너 이곳까지 왔단 말이냐……. 음, 그렇지, 그래, 네가 특별히 오고 싶어서 온 게 아니었지. 이유원이, 인간이, 어떤 아가씨가 너를 데려온 것이었어. 네 입장에서 본다면 인간들은 정말 제멋대로 행동하는 동물이겠구나……."

이방근은 새끼 고양이를 내려다보면서 혼잣말을 중얼거렸다. 그런데 어젯밤의 그 기분 나쁘고 슬픈 울음소리는 무슨 연유였을까. 무엇을 두려워하고, 무엇을 호소하고 싶었던 것일까. 어떤 악몽을 꾼 것일까. 흔들리는 배 안에서 넓은 바다의 냄새를 맡고 뱃머리를 두드리는 성난 파도를 본 기억이 되살아나 두려워했던 것일까.

고양이는 잠든 것 같았다. 희미하게 코를 골기 시작했다. 자주 코를 고는 편인데, 이 고양이는 아무래도 코가 좋지 않은 모양이었다. 이방근은 소파에 기대어 파도 소리를 듣고 있었다. 문을 덜컹이는 강한 바람 사이로, 책상 위의 탁상시계 소리와 고양이의 조용한 숨결, 그리고 코 고는 소리가 들려온다. 이방근은 담배에 불을 붙여 한 대 피웠지만, 그 연기는 오히려 잠을 청하듯 눈앞에서 어른거렸다.

이방근은 얼마 안 있어 새끼 고양이의 코 고는 소리에 이끌리듯 소파의 팔걸이에 팔꿈치를 괴고 잠이 들었다. 따뜻한 봄날이었다.

6

저녁 무렵부터 비가 내리기 시작했다. 대단한 비는 아니었지만, 바람에 휘말려 옆에서 몰아쳐 들어오는 바람에 툇마루가 젖었다. 부엌이가 이따금씩 마른 걸레로 훔쳐 냈지만, 바람이 두세 번 몰아치면 주변이 흠뻑 젖곤 했다. 온돌방은 장지문 밖의 덧문이 낮부터 닫힌 채로 있었지만, 서재의 덧문은 손님이 예정되어 있는 탓에 닫을 수가 없었다. 게다가 아버지 등이 내일 결혼식이 있는 계모의 '친척' 집에 가서 부재중이라 건너편 건물은 어느 방이나 등불이 꺼져 있었다.

비는 막 내리기 시작했지만, 바람은 그칠 것 같지도 않았다. 날씨는 이대로 내일까지 계속될 것 같았다. 아마 연락선은 결항하게 될 것이다. 이방근은 김동진의 일이 신경 쓰였다. 언제 성내를 떠난 것일까, 어젯밤인가. 아니면, 성내 어딘가에 몸을 숨기고 있다가 오늘에야 떠난 것일까. 이미 산악지대에는 내렸을지도 모를 비였고, 만일 어딘가의 아지트에 도착하기 전에 비바람을 만났다면, 게다가 도중에 날이 저물었다면 매우 위험하기까지 했다.

양준오에게는 전화로 미리 일러두었지만, 이 비바람 몰아치는 밤길을 과연 유달현이 올지 어떨지도 알 수가 없었다. 비가 오지 않았더라도, 우연히 노상에서 만나 약속한 일이었던 만큼 별로 확신이 서지 않았다. 아니, 이방근 자신이 비바람을 구실로 내심 유달현이 오지 않았으면 하고 바랐는지도 모른다. 부엌이에게는 손님이 올 거라며 준비를 시켜 놓았지만, 이제 와서 유달현을 만나는 일도 성가시게 느껴졌다. 왜 유달현과 만나고 싶다고 생각했는지, 우연히 만난 그와 약속을 했는지, 그와 만나야 할 용무는 없을 터임에도, 그와 만나고 싶다고 생각한 그 필연성이 의심스러웠다. 변덕스런 기분이었다. 어제부터 이불 속에서 오지도 않는 누군가를 기다리다가, 결국은 스스로가 거리 속으로 뛰쳐나갔던 것처럼, 변덕스런 기분이었던 것이다. 그리고 새삼스럽게, 우연히 마주치는 바람에 그렇게 되었다는 느낌이 들기는 했지만, 혹시 '배신자' 이방근에 대한 '보복'의 꿍꿍이속을 확인해 보려는 심산이 있었던 것은 아닐까. 무슨 심산이 있었음에 틀림이 없다. 으흠, 행상인 박이 말하던 그것은 어떤 '보복'일까. 그렇지, 행상인은 보복이라고는 말하지 않았다. 유달현을 경계하라고 말하고, 그 '배신행위'에 대한 원한이 골수에 사무쳐 있는 듯하니, 무슨 짓을 할지 모른다고 했다. 그걸 제멋대로 보복 행위라고 상정하고 있었던 것이다. 그러나 실제로 무슨 일을 저지른다면 그것은 '배신행위'에 대한 보복이 될 것이다. 그리고 만일 무슨 일이 벌어진다면, 이방근은 피하지 않고 그대로 맞서겠다고 생각했다.

비바람 속에 유달현이 모습을 나타낸 것은 여덟 시가 좀 지나서였다. 서재 앞의 툇마루는 젖어 있어서, 회중전등을 든 부엌이의 안내로 뒤뜰을 돌아 창문 옆의 문으로 들어왔다. 창문은 열린 채였다. 건물의 반대쪽은 거의 바람이 들이치지 않았다. 창을 통해 흘러나온 빛 속에 꽃을 피운 장미와 동백 같은 정원수가 비바람에 흔들리는 것이 잘 보였다. 하룻밤 사이에 꽃이 어지럽게 떨어질 것이다.

"이런 날씨에 수고 많았네……."

이방근은 문을 열고 손님을 맞아들였다.

"비까지 한꺼번에 몰아치니, 어찌 해 볼 도리가 없더구만."

유달현은 장화를 벗고 방으로 들어서자 제대로 상대의 얼굴도 보지 않은 채 손을 내밀어 악수를 했다. 악수를 좋아해서 조금 과장된, 아니, 고지식하다고 할 만큼 악수를 하는 유달현치고는 사무적인 냄새가 나는 게 평소와 달랐다. 이방근은 손을 맞잡으며 희미한 술 냄새를 맡았다. 부엌이가 젖은 우의를 옷걸이에 걸었다. 유달현은 바지의 둥그렇게 튀어나온 무릎 근처를 손수건으로 훔치고 있었다. 비바람을 뚫고 온 것치고는 양복이 그다지 젖어 있지 않았다. 일단 집에 들렀던 모양이었다. 가방도 들지 않은 빈손이었다.

"바쁠 텐데 일부러 오게 해서 미안하네. 날씨가 이래서 혹시 오지 않을지도 모른다고 생각했었는데."

"약속을 하고 안 올 수는 없지. 더구나 다른 사람도 아니고 이방근 동무와의 약속이라면 더욱 그렇지." 유달현은 이 방 주인보다도 먼저 안뜰을 등지고 있는 소파에 앉았다. 그리고는 참을 수 없다는 듯이, 먼저 담배 한 대 피우겠다면서 탁자 위의 검은 나전칠기 담배 함에 손을 뻗어 뚜껑을 열었다. "오늘은 미리 약속이 된 터라 전화 없이 오는 게 얼마나 편한지, 새삼 느꼈다네. 전화할 때마다 가슴이 조마조마하던 일이 떠오르더군. 이 동무에게 전화 거는 게 두려워서 말이지, 헤헤……."

"농담은 그만 뒀네……."

이방근은 소파에 앉으며 저녁은? 하고 물었다.

"식사는 괜찮아. 간단하게 먹고 왔어. 오늘은, 낮에 자네에게 말했던가, 제주도 전 지역 학동학예전람회 마지막 날이라서 간단한 회식이 있었거든……."

"그럼, 간단히 술이라도 할까. 뭐가 좋겠나. 맥주, 위스키, 아니면 소주가 좋겠나."

"부럽기 짝이 없군. 술은 뭐든지 있다는 말이군, 술집에 없는 것까지 말이지." 유달현은 맛있게 피우는 담배 연기를 내뿜으면서 가볍게 웃었다. 그 눈의 흰자위에 가는 핏발이 서 있었다. "맥주로 하세. 회식에서 소주를 조금 마셔서 말이지. 맥주를 한 잔 주게. 진짜 가볍게. …… 언젠가 이 동무와 한잔하고 싶다고 생각하고 있는데, 그때는 마음껏 마셔 보세. 그러고 보니 자네와 둘이서 마신 일은 없었던 것 같군."

"음, 그러고 보니 그런 것 같군. 이전에는 서로 만날 기회가 별로 없었지 않나. 유달현 동무와 자주 만나게 된 것은 최근의 일이니 말일세."

"그 말이 맞아. 늘 내가 억지로 찾아와서…… 그렇게 됐다는 것이지. 후후후, 바로 그 말대로야. 오늘은 어찌 된 일인지, 평소와는 다른 일이 벌어지고 있다고 해야겠지. ……잠깐 실례하겠네."

유달현은 양복 상의를 벗어, 부엌이가 옷걸이에 걸려는 것을 여기가 좋다며 조금 매몰차게 거절하고는, 여전히 가슴주머니에 꽂혀 있는 만년필과 뚜껑 달린 연필 등이 빠지지 않도록 소파 등받이에 걸쳤다.

"핫하, 그 평소와 다른 일이 마음에 들지 않았다면 미안하네(유달현은 그 순간, 아니 아니야, 하고 손을 흔들어 이방근의 말을 가로막고는, 그건 이 동무도 잘 알고 있듯이, 비유라는 거야. 좋지 않기는커녕, 나도 오고 싶어서 온 거라며 이방근의 말을 부정했다). 음, 그렇다면 안심했네. 솔직히 말해서 나중에 나는 왜 유 동무와 만나고 싶다고 생각하고 만날 약속까지 했을까 하고 생각을 했었지. 비가 내리기 시작하고 바람이 세지면서 점점 더 그런 생각이 들더군, 핫, 하아."

"별 생각을 다 하는군. 날 만나고 싶다니, 그야 고맙고 영광이지만, 이따금 사람을 만나고 싶다고 생각하는 건 극히 인간적인 감정이 아닐까. 자네가 몽유병 환자도 아니고, 음, 혹시 낮에 나와 한 약속을 나중에 후회한 건 아닌가."

유달현은 당장이라도 떨어질 것처럼 길게 타들어 간 담뱃재를 보자, 자칫 옷에 떨어뜨릴 뻔했다는 동작으로 재떨이에 털었다. 그리고는 다시 입에 물고 한 모금 빨았다.

"후회를 한다든가 안 한다든가 하는 그런 문제는 아니지."

이방근도 담배를 입에 물었다.

"으-음, 그럼, 그럴 테지. 애당초 이 동무는 자신이 한 일을 후회하는 그런 사람이 아니니까. 대단한 자신감인지, 아니면 체념이 빠른 것인지. 그건 후회는 아니야, 후회가 아니라구. 후후후, 그건 나에 대한 경멸 섞인 반발이지. 자네가 날 경멸해도 나는 화를 내지 않아. 한 달 전까지와는 달라서, 나를 완전히 경멸할 수만은 없어, 내 말 알겠지. 만일 경멸을 두고 운운한다면, 지금은 어느 쪽이 경멸당해야 하는지, 객관적 현실이 명백하게 말해 주고 있으니까. 아니, 그런 문제가 아니야. 오늘은, 낮에 우연히 길에서 만나 이렇게 됐지만, 우연히 만나지 못했더라도 이 동무는 나와 만나게 돼 있었어, 그걸 난 알고 있었지. 반드시 만나고 싶어 할 것이라는 걸 알고 있었단 말일세……."

"뭐라고……?" 이방근은 움찔하며 말을 잘랐다. 내가 만나고 싶어 한다? 그걸 알고 있었다……. 이방근은 상대의 고압적인 말투에 울컥 화가 치밀었지만, 그러나 순간적으로 밀어닥친 일종의 놀라운 감정이 그것을 밀어내었다. 움찔 놀란 것은 한순간 박산봉의 그림자를 머릿속에서 보았기 때문인데, 그렇다 하더라도 박산봉과 똑같은 말을 유달현이 했다는 것은 놀라움이었다. 도대체, 어찌 된 일인가. ……무장봉기가 일어났으니 선생님 쪽에서 올 것이다, 이방근 선생이 나한테 온다……. 이방근은 담배 한 모금을 빨고 말을 이었다. "헤헤, 이건 시대 탓인가. 자네까지 예언자가 됐구먼. 만나고 싶어 하다니, 어떻게 내 마음의 움직임이나 행동의 가능성을 예지할 수 있단 말인가."

"뭐라고? 자네까지라는 건 무슨 소린가. 내가 언제 예언자라고 했단 말인가? 이상한 말이로군. 음, 하지만 말일세, 내가 자네 기분을 거슬리게 하는 말을 했다면, 이 동무, 화내지는 말아 주게. 결코 악의로 하는 소린 아니니까. 단순히 개인적인 차원의, 자네와 나의 관계라든지, 그런 개인적인 차원에서 하는 소린 아니야, 이 일은……."

부엌이가 소반에다 맥주 두 병과 삶은 돼지고기 등의 안주가 담긴 접시를 받쳐 들고 뒤쪽 출입구로 들어왔다. 돼지고기 수육에 순대, 그리고 전복회 따위를 담은 접시가 탁자 위에 놓였다. 이방근은 병뚜껑을 딴 뒤 손님의 술잔에 맥주를 따랐다. 유달현도 상대의 술잔에 맥주를 따랐다. 부엌이가 창문을 반쯤 닫고 나갔다. 담배 연기가 창문을 통해 밖으로 빨려나가듯 흘러갔다.

"이거 성찬이로군……."

이방근은 단숨에 잔을 비웠는데, 유달현은 소극적인 자세로 가볍게 입 안에 흘려 넣었다.

"그 내장을 좀 먹어 보게. 맛있을 걸세. 거기에는 소주가 제격이지만……."

이방근은 전복회 접시에 두 점 곁들여진 내장을 턱으로 가리키며 말했다.

"이건 나도 좋아한다네. 옆에서 집사람이 죽어도 모른다는 진미가 아닌가. 글쎄, 우리 둘은 독신이라서 그런 걱정은 없지만 말일세. 이 동무는 소주를 마시는 게 어떤가. 나는 맥주로 충분하니까. 얼른 맛을 볼까……."

유달현은 내장 한 점을 초장에 조금 찍어 앞접시 대신 손으로 밑을 받치면서 크게 벌린 입에 넣었다. 그리고는 한동안 입안에 머금고 음미하듯 입을 움직인 뒤, 가는 눈을 더욱 가늘게 뜬 신묘한 얼굴 표정으로 삼켰다. 실제로 이빨로 씹으면 내장 안에 있던 것이 입안에 스며들며 촉촉이 번지는 감각과 풍미 넘치는 그 맛을 아는 사람은 견딜 수 없을 만큼 좋아한다.

"맛있어, 이건 정말 맛있어……."

"괜찮다면 남은 한 점도 먹지 그러나."

"아니야, 이제 됐어. 헤헤, 이런 성찬은 처음일세. 아, 이런 말은 쓸데없는 소리가 되겠군. 이런 걸 먹으면 금방 힘이 난다니까." 유달현은 맥주를 입에 머금듯이 마시고, 손으로 입을 가볍게 닦은 뒤 말을 계속했다. "그런데 말야, 아까 하던 이야기인데, 이 동무는 예언자가 될 수 있을지 모르지만, 내가 어찌 자네 앞에서 예언자 흉내를 낼 수 있겠나. 난 이래 봬도 자신을 잘 알고 있네. 하지만 만능의 이방근이라도 할 수 없는 일이 있지. ……그것은, 무엇이든 그렇기는 하지만, 자신이 하려는 의지가 없으면 안 된다는 것이지. 화산에 비유하자면 지금 폭발해서 불을 내뿜고 있는 혁명적 현실을, 엄연하게 이방근 개인의 밖에 있는 거대한 현실의 움직임, 그래, 좀 전에 자네는 스스로가 시대의 탓이라고 했지만, 시대의 움직임을 지배할 수는 없다네. 영향을 미칠 수도 없어. 자네의 주관과 능력 여하에 관계없이 그렇다네. 하지만 말이지, 자네가 나를 반드시 만나고 싶다고 한 것은 역사의 요청이야. 자네의 의지가 시키는 일이지. 자네는 이 유달현 개인을 만나는 게 아니야. 조국, 자네가 사랑하고 있는 조국과, 혁명의 진리와 만나고 싶은 거지. 자네 자신의 애국심이, 그리고 조국의 역사가 그걸 요청하고 있다네. 혁명의 적들을 공포 속에 몰아넣은 4·3무장봉기의 역사적 현실이 그걸 확실하게 보여 준 것이지. 자네가 나를 만난다는 건, 하나의 계기, 단순한 중개 역을 만나는 것에 불과해. 알겠나, 이 동무. 난 말이지, 진리라는 황금대문의 수많은 잔못들 가운데 하나의 역할로 만족한다네, 그렇다니까⋯⋯."

유달현은 다시 담배를 입에 물고 불을 붙였다.

"자, 한 잔 마시고, 음식을 들게나."

"걱정하지 않아도 먹겠네."

이방근은 상대방의 입만 댄 채 줄지 않고 있는 잔에 맥주를 다시 채우고, 이미 맥주로 가득 찬 자신의 잔을 입으로 가져갔다. 어쩌다가 이야기가 이런 쪽으로 흘렀는가, 그것은 추상적이고 설교조의 냄새가 풍기고 있었다. 일전에 서먹서먹했던 결별의 감정이 밖으로 드러나지는 않고 있었지만, 여전히 상대를 들었다 놓았다 하는 식의 화법은 변하지 않았다. 유달현으로서는 꽤나 중대한 이야기를 하고 있는 것이겠지만, 요전날 밤 여기 같은 자리에서 호언장담하던 성내 봉기의 불발에 대해서는 언급할 낌새도 보이지 않았다. 마치 잊어버리고 있는 것만 같았다. 4·3무장봉기의 성공과 전투의 진행은, 그 정도의 불발에 좌우되지 않는다는 식의 강경한 기세가 느껴졌다.

"내가 유 동무를 만나는 것은, 자네를 중개 역으로 해서 개인을 넘어서는 것, 유 동무가 말하는 조국이라든가 혁명의 진리라든지 하는 것과 만나기 위해서라는, 그 이야기의 뜻은 알겠네, 이해하고 있어. 나는 전혀 화가 나지 않았다구. 그렇지만 그 역사의 요청이라든지, 내 자신의 애국심이라든지 하는 너무 과장된, 그리고 약간 현학적이기까지 한 이야기는 듣기가 거북하다네. 전혀 그렇지 않고, 나 스스로가 그런 자신감을 지니고 있지도 않아. 오히려 자네 쪽이 자신에 차 있는 것처럼 보이는군."

"⋯⋯흐음, 내 태도가 그렇게 자신에 차 있고 오만해 보이나."

오독오독 소리를 내며 전복회를 씹어 먹던 유달현이 그것을 삼키고 나서 말했다.

"아무도 오만하다고는 하지 않았네."

"내 이야긴 특별히 과장되거나 현학적이지 않아. 그렇게 생각하는 건 이 동무가 스스로 의지를 가지려 하지 않기 때문이지. 의지를 가지면, 자넨 물론이고 자네 주위의 모든 게 움직이고 변할 거라고."

"그런데, 이건 좀 다른 이야기가 되겠지만, 일전에 유 동무는 성내도 전체 봉기에 참가한다고 강조하지 않았는가, 오늘이 벌써 5일인데 어떻게 된 건가, 결국 성내 봉기는 불발로 끝난 셈인가? 역시 조금은 신경이 쓰이는 일이라서 말야."

유달현의 표정이 한순간 굳어지며 험악한 기색이 스쳤으나, 금방 원래의 표정으로 돌아와 그는 웃음까지 띠며, 아아, 그 일 말인가…… 하고 말했다. 그리고는 잔을 손에 들고 한 모금 마신 다음 말을 이었다.

"자네가 그 일을 물어 올 것이라 생각하고 있었지. 이번 성내 봉기는 전혀 예상이 빗나가고 말았지만 성내는 제대로 준비가 돼 있었다네. 다만, 그게 갑작스러운 사정으로 중지됐을 뿐인데, 그건 내 책임이 아니야. 갑작스런 사정이라는 건 조직 군사부의 사정을 말하는 것이지. 성내 봉기는 내부로부터의 봉기이기 때문에, 거기에 호응하는 외부로부터의 게릴라적인 기습공격이 없으면 안 된다네. 그 외부로부터의 공격과 내부 봉기가 동시에 일어날 때 비로소 봉기 전체가 성공하는 건데, 그게 어떤 사정으로 중지된 거야. 만일 성내 봉기까지 성공해서 봉기가 백 퍼센트 성공한다면, 어떻게 될까? 성내는 적의 아성일세. 그렇게 될 수가 없지, 그건 완전히 '누워서 떡 먹기'식의 이야기로, 세상에 그렇게 쉬운 일이 어디 있겠나. 그렇지만 90퍼센트의 성공, 대성공, 서전부터 대승을 거둔 셈이지. 성내에 있으면 잘 모르겠지만, 적은 지금 어찌할 바를 모르고 있어……."

부엌이가 다시 맥주 두 병과 소주가 든 서 홉들이 호리병, 그리고 김이 피어오르는 소기의, 부와 푸른 고추를 넣어 삶은 것을 한 마리 통째로 접시에 담아 들고 왔다. 적당히 흩뿌린 큰 입자의 빨간 고춧가루가 간장 색깔과 어울려 잘 스며들어 있었는데, 보는 것만으로도 입안에 군침이 돌았다. 매운맛이 섞인 푸짐하고 좋은 향기가 탁자 위에 퍼졌다.

"아버지는 아직 안 들어오셨나?"

"아직 안 들어오셨수다. 오늘은 마님과 함께 들어오실 거우다. 서방님, 아버님이라고 해 주세요."

검정 치마저고리로 커다란 몸을 감싼 부엌이가 무표정하게 말했다.

"……음, 알았어." 이방근은 고개를 끄덕이고 손님 쪽을 보며 웃었다. "그렇지만 계모는 낮부터 집을 비웠잖아."

"이제 슬슬 돌아오실 거우다. 비바람이 세서 조금 천천히 오시는 모양이우다."

아마 비바람 탓일 거라고 이방근도 생각했다. 그렇지 않다면, 아버지까지 함께 늦도록 있을 리가 없을 것이다. 이방근이 상관할 일이 아니었지만, 보기가 좋지는 않은 일이다.

"아버님은 어디 멀리라도……?"

"아니, 같은 성내에 있는데, 내일 결혼식이 있나 봐. 어머니 쪽 관계로 말이지, 하필이면 날씨가 이래서."

"……나는 술은 이걸로 됐어." 이방근이 따르는 술을 받으며 유달현이 말했다. "오늘 밤은 그야말로 실컷 먹는구만."

"술은 안 마신 거나 다름없지 않은가. 혼자 다 마셔 봤자 겨우 맥주 네 병인데."

"무슨 소린가. 난 자네처럼 술이 세지 않잖아. 주호(酒豪) 선생인 자네가 대신 마시게. 게다가 천천히 앉아 있을 시간도 없고."

유달현은 의식적으로 술을 피하고 있는 것 같았다. 그는 맥주를 마치 소주 마시듯 찔끔찔끔 마시고 있었는데, 안주는 열심히 입으로 가져가며 많이 먹었다. 사양은 하지 않았던 것이다. 고춧가루가 보기 좋게 올라간 알맞게 익은 배추김치를 삶은 돼지고기에 얹어서, 입안 가득히 밀어 넣곤 하였다.

"이렇게 비바람이 센데, 유 동무는 지금부터 또 어딜 간다는 건가. 술을 마시고 가끔은 푹 쉬는 게 어떤가?"

"훗호, 그러게 말이네, 말이야 좋지. 그 배려는 고맙네. 하지만 이방근 동무는 여전히 한가한 소리를 하는구만. 무사태평이야." 유달현은 약간 경멸의 빛이 섞인 어이없다는 듯한 표정으로 말했다. "후후후, 나는 근거지를 만들어 싸우는 유격대원이 아닌 대신에, 적의 지배 지구에서 조직활동을 하는 셈이지. 나도 목숨을 걸고 혁명운동에 몸을 바치고 있는 인간이야. 게다가 지금은 자네도 알다시피 새로운 단계의 투쟁이 개시된 참이야. ……물론 지금 당장은 성내에서 그걸 실감할 수는 없겠지만, 현재 섬 안의 정세는, 좀 전에도 말했다시피, 적은 속수무책인 상태라구. 오늘 제주지방 비상경비사령부라는 게 설치된 모양이지만, 명패만 달고 주인은 없는 빈집과 마찬가지로, 이를테면 유령회사 같은 것이지. 게다가 군대도 움직이지 않고 있어. 군대라고는 하지만, 국방경비대의 대원 태반이 20세 안쪽인 신병들인데, 내가 가르친 애들도 여럿이 입대해 있어. 또 연대라고는 하지만, 편성된 지 1년 남짓밖에 안돼서, 겨우 대대 규모야. 게다가 국방경비대와 경찰은 견원지간이거든. 모슬포에 주둔하고 있는 국방경비대부터가 공공연히 중립을 내걸고 있으니 볼 만한 거지(유달현은 잔에 든 맥주를 연설자가 목을 축이는 정도로 마셨는데, 그래도 볼은 희미하게 붉어져 있었다). 지서의 경찰들 중에서도 무기를 들고 유격대에 합류하는 애국적 경찰관들이 나오고 있어. 여러 곳의 면사무소나 지서, 그 밖에도 반동들의 소굴이 물타고, 개중에는 인민재판으로 단호하게 저단된 자늘노 있지. T면이나, 그 옆에 있는 구(舊)좌면에 가 보면 알 거야. 지금까지 눈앞에 있던 커다란 건물도, 촌민을 억압하고 있던 면장의 커다란 집도 흔적 없이 불타 버렸으니 말이야. 혁명세력은 파죽지세라네……."

유달현은 유격 투쟁의 전과를 과장해서 말하고, 자신이 그 사령관이기라도 한 것처럼 자신에 차 있었다. 이방근은 상대방의 말을 들으면서, 4·3선언문의 인쇄와 살포는 역시 조직의 성내 봉기와 함께 단번에 수행될 계획이었을 것이라고 생각했다. 그것이 불발로 끝난 것이다. 그러나 유달현의 이야기는 불발이 전혀 문제될 게 없다는 듯한 인상마저 주고 있었다.

"어떻게 될까. 아직 미 중앙군정청의 공식발표는 없는 것 같은데, 미국은 가만히 보고만 있을 거라는 건가?"

이미 세 번째 맥주병의 뚜껑을 열었는데, 이방근은 가벼운 취기가 체내를 돌고, 몸과 머리가 뜨겁게 달구기 시작하는 것을 느꼈다.

"미국? 미 제국주의 타도는 우리 조선 혁명 수행의 원칙 문제야. 우리 조선 민족의 궁극적인 목적과 과업은 미군을 남한으로부터 몰아내고, 조국의 통일 독립을 실현하는 데 있어. 그러나 지금으로서는 미군을 자극하는 것은 좋지 않아. 미군 병력은 비행장과 모슬포의 두 부대를 합쳐 2, 3백 명 정도 되는 것 같은데, 놈들에게는 우수한 무기뿐만 아니라, 비행기든 뭐든 다 있으니 말이야. 따라서 미군 철수와 조국의 통일, 혁명 성취의 전망은 말이지, 그것은 전략상 문제이고, 전국적 규모의 5월단선 분쇄 투쟁은 전술상 문제거든. 제주도의 인민 투쟁은 그 첨병으로서의 역할을 훌륭하게 해낼 거야. 유격대와 제주도 전체 인민의 통일적으로 단결된 힘을 과시하고, 단기간에 적에게 결정적인 타격을 가해서 기정사실화해 버리면 미국이라 해도 함부로 손을 댈 수 없게 되겠지. 안 그런가 이 동무. 그게 우리의 투쟁목표이자 전략전술이야. 지금 그런 기정사실이 하나하나 이루어지고 있어. 4·3무장봉기의 역사적 정의를 증명하는 위대한 승리야, 이 동무, 우리는 이 위대한 승리를 더욱 전진시키고, 전 조선 혁명을 사정권 안에 두고 투쟁해야만 된다구, 이 동무······."

유달현은 앉은 채로 당장이라도 악수하자는 손을 내뻗을 듯이 와이셔츠 차림의 상반신을 내밀며 열변을 멈추더니 맥주를 한 모금 마셨다.

이방근은 잠자코 맥주잔을 입으로 가져갔다. 잔을 들이키는 속도가 빨라졌는데, 그것은 취기의 진행이 탄력을 받아서라기보다도, 상대방의 이야기에 압박감을 느끼고 있었기 때문이었다. 압력, 그것이 탐탁지 않았다. 게다가 유달현이 의식적으로 술을 피하고 있는 것이 더욱 신경을 거슬리게 했다. 왜 이 남자는 매끄럽게 약속을 하고, 이 비바람 속을 약속대로 찾아온 것일까. 어쩌면 4·3무장봉기의 성공을 과시하기 위해서가 아니었을까. 적어도 그게 전부는 아니라 할지라도, 그의 발걸음을 그만큼 가볍게 만든 것은 틀림없을 것이다. 이것은 '혁명'의 압력이었고, 유달현이 배경으로 삼고 있는 조직이 내세우는 정의의 압력이었다. 열띤 이야기의 분위기와는 반대로 그것이 탐탁하게 여겨지지 않았던 것이다. 그럼에도 불구하고 한편으로 가슴이 욱신거리고 뜨거워지는 것이 이상했다.

이방근은 일어섰다. 오줌이 마려웠던 것이다. 그는 소파에서 일어난 김에 창가로 다가가, 시커먼 하늘을 올려다본 다음 유리문을 닫았다. 바람의 영향으로 가는 물보라가 날려 들고 흩어지면서 책상을 가볍게 적시고 있었다. 탁상시계는 여덟 시 40분······.

이제 곧 두 개의 바늘이 하나로 겹쳐지려는 지점에 도달해 있었다. 분명히 초침은 움직이고 있는데, 비바람 탓으로 시간을 새기는 소리가 들리시 않는가. 이방근은 등에 유달현의 시선을 느끼고 있었다. 아무 일도 아니다. 그래, 아무 일도 아닌데, 따라다니는 듯한 그 시선이 등을 기어 다니는 듯했다.

이방근은 옆에 있는 온돌방으로 들어갔다. 그리고 뒷문 밖에 난 솝은 툇마루로 나가, 변소 대용으로 놓여 있는 요강에다 오줌을 누었다. 소변이 마려운 것은 맥주 탓이었지만, 소주를 가볍게 마시고 싶다는 생각이 들었다. 가볍게 마시자, 유달현이 자주 하는 말이지만, 가볍게 마시기로 하자. 손님을 대접할 생각으로 맥주를 내어오라 했는데, 이제 그럴 필요는 없었다. 유달현은 더 이상 마시지 않을 것이다. 그래도 그 뱃속에는 맥주 한 병은 들어 있었다.

"나는 소주를 가볍게 마시겠네. 남은 맥주는 유 동무가 마시게나."

소파로 돌아온 이방근은 유달현의 가늘고 집요한 눈빛을 바라보며 말했다. 아마도 무슨 연유에선지 자신의 등에 계속해서 쏟아지던 눈의 움직임이었다.

"나는 더 이상은 안 돼. 남은 한 병은 뚜껑을 따지 않는 게 좋을 거야." 유달현이 상의를 걸치며 말했다. "어서, 소주를 들게나. 그래, 단 가볍게 말야, 소주에 취한 자네에게 야단맞기는 싫으니까, 주당 선생, 후후후, 지금 한 말은 농담일세. 그런데 이런 이야기를 꺼낸다고 화를 내지는 말아 주게. 오늘 밤 이 동무가 매우 관대한 것에 나는 내심 기뻐하며 감사하고 있어……. 헷헷. 자네는 화를 잘 내는 성질이잖나. 자네가 짜증을 내면, 말하려고 생각했던 게 입에서 나오지 않게 되어 버리거든……."

"후후, 그런 자네의 말투가 맘에 들지 않아, 난." 이방근은 손에 들고 있던 질그릇 술잔의 술을 단숨에 마셨다. 목을 태우던 자극이 조금 지나자 위로 전해져 스며들었다. 잘도 스며들었다. 이방근이 웃으며 말을 이었다. "……유 동무, 자네가 언제 내 앞에서 하고 싶은 말을 도중에 그만둔 적이 있나? 그야말로 농담을 하자는 것이겠지. 자넨 이곳에서 의외로 나 이상으로 하고 싶은 말을 지금까지 해 온 인간이란 말일세. 핫하아, 유달현은 웅변가란 말이네. 난 그렇게 생각해……."

"그건 자네 해석의 자유야. 어쨌든, 내가 지금까지 자네를 존경해 온 사실은 이 동무 자신이 더 잘 알겠지. 그건 지금도 변함없는 우정에서야. 자넨 그걸 받아들이려고 하질 않아, 나 개인을 넘어선 우정을 말이야. 요전날 밤, 여기에서 자네와 서먹서먹하게 헤어졌었지. 자넨 나더러, 돌아가! 라고 호통을 쳤고, 헷헤, 호통당한 나는 그대로 잠자코 돌아갔지 않는가. 하지만 난 그 일을 대수롭지 않게 생각하고 있다네. 그야 나도 감정의 동물이지. 하지만 지금은 아무렇지도 않게 생각하고 있어. 그때 서로 서먹서먹하게 된 근본 원인은 행상인 박 동지와 두 번째로 만나기를 자네가 거부했기 때문이지. 그렇지 않은가. 근본 원인은 거기에 있었어. ……그래서 난 이 방을 나가고 말았지만, 음, 좀 전에도 말했듯이 나는 개인으로서의 우정과 동시에, 또 그것을 초월한 곳에서 이방근 동무를 만나고 있는 거라네. 그러나 그때는 불행하게도 서로 결별할 뻔했었지(유달현은 맥주를 3분의 1 정도 쭉 들이켜고 나서 입맛을 다셨다). ……그래서 난 말이지, 한동안 자네를 조용히 지켜보기로 했다네. 그러다 보면, 목전에 다가온 무장봉기의 현실이, 역사의 거대한 톱니바퀴가 돌아가는 삐걱거림이 자네에게 알려 줄 것이라고 말이지……. 그런데 자네는 그 뒤에 중앙의 동지와 만났단 말일세. 그걸 난 알고 있었지. 알고 말고 할 것도 없이, 이건 나의 무능력 탓이겠지만, 그가 내게 자넬 만나고 가겠다고 말을 했거든. 그걸 자네는 금방 받아들여서 만나 주었던 것이고."

뭐라고……? 자네가 알고 있었단 말이시."

이방근은 의외라고 생각했다. 그러나 그것은 행상인 박이 자신과 만난 사실을 유달현에게 비밀로 할 것이라고 믿고 있었기 때문이 아니라, 일체 그런 생각을 하지 않고 있었던 것이다. 여관 2층 방에서 만났을 때 박갑삼의 태도에는 유달현에게 미리 말했다는 낌새는 전혀 느낄 수 없었고, 게다가 유달현을 경계하라고 말하고, 아니, 그는 언젠가 당을 배반할 것이라고까지 말했기 때문에, 거기까지는 전혀 염두에 두지 않았던 것이다. 이방근은 마음속에서 뭔가 하나가 급속히 냉각되어 가는 느낌이었다.

"나는 그날 밤, 박 동지가 자넬 만나고 나서, 부두로 나가 전송까지 했어. 그리고 자네가 그와 만났다는 것을 알고, 난 자네와 만나야겠다고 생각했지만, 조만간 자네 쪽에서 내게 연락할 거라고 판단하고 있었지……. 이 동무, 아까처럼 예언자 흉내는 내지 말라는 식으로 화내진 말게. 그때는 이미 봉기의 날이 목전에, 하루 앞으로 다가와 있었거든. 예언자고 뭐고, 그야말로 시대가 예언자지, 오늘 밤은 밖에 비바람이 몰아치고 있어. 일부러 찾아왔으니 오늘은 결코 서먹서먹한 기분으로 돌아가고 싶지 않아. 그건 서로 간에 불행한 일이기도 하고. 어차피 지금까지는 내가 일방적으로 연락해서 자네에게 전화를 걸고 찾아왔네. 이번에는 자네의 연락이 필요했지. 난 기다리고 있었어, 기다리고 있었단 말일세. 오늘은 낮에 우연히 만났지만, 자넨 나를 따뜻하게 대하며 요정에서라도 만나지 않겠느냐고 말을 걸어왔지. 나는 솔직히 말해서 감격했다네. 그건 자네가 스스로 이 유달현과 만나겠다는 의사표시였으니까. 그런 의미에서는 이 동무 자신의 의지로 이루어진 일이지. 그리고 자네가 이렇게 나를 만나고 있는 것도 시대의 의지인 것이고. 이게 시대의 흐름이라는 것이야……."

유달현은 잔을 손에 들고 맥주를 한 모금 마신 뒤 신묘한 표정으로 담배를 물었다.

"으−음, 그렇구만……." 이방근은 소리를 내어 고개를 끄덕이고는 유달현의 잔에 맥주를 따랐다. 상대가 잔을 피하려다가 맥주병과 부딪치는 바람에 손이 미끄러져 하마터면 병을 놓칠 뻔했다. "그렇게 점잔을 뺄 건 없지 않나, 마시면 좀 어떤가, 자네 뱃속에는 아직 한 병 정도 밖에 들어 있지 않은데……."

들뜬 자신의 목소리가 귓속 공동에서 울렸다. 고막이 겨우 알코올에 젖어들기 시작한 모양이었다. 유달현의 말을 지탱하고 있는 것은 자신감이었다. 그의 표현을 빌리자면 그것은 시대의 자신감이라고 해야 할 것이다. 이방근은 그렇구만…… 하면서 고개를 끄덕였지만, 한순간 정신이 번쩍 들면서 복잡한 감정에 휩싸였다. 그의 말에는 사람을 감동시키는 그 무언가가 있었다. 그리고 유달현을 깔보아서는 안 된다는 생각이 들었다.

바람은 밤하늘을 향해 괴이하게 으르렁거리는 소리를 울려 대고 있었지만, 바람과 함께 휩쓸리며 지붕을 두들기고 안뜰을 두들기는 빗소리는 대수롭지 않았다. 안뜰에서 한바탕 불어 대다가 상공으로 올라갔는가 싶으면, 안뜰은 또 다시 마치 거대한 바람의 웅덩이라도 되는 것처럼 바람이 들이닥쳐 미친 듯이 날뛰었다. 그러나 현재로서는 폭풍우라고 할 수는 없었다. 탁자의 공기가 한동안 침묵에 잠긴 채 움직이지 않았다. 유달현은 오래 있을 수 없다고 해 놓고, 상의를 걸쳤으면서도 아직은 자리에서 일어날 기색이 없었다. 이방근은 단지 몇 초 동안이었지만, 눈을 감고 있던 자신을 느꼈다. 졸려서가 아니었다. 서서히 반복해서 밀려오는 취기의 물결에 젖어들고 있었던 것이다.

"아아, 취기가 확 도는군. 그런데, 유 동무." 눈을 뜨는 순간 제대로 시선이 마주친 유달현을 향해 이방근이 말했다. 상대는 순간적으로 주눅이 들었지만, 소파 등받이에 기대고 있던 상체를 일으키며 말없이 고개를 끄덕였다. "난 자네 애길 어느 정도 감탄하면서 듣고 있었다네. 여러 가지 생각을 하게 만들더군. 이 점을 미리 말해 두고 싶네. …… 그런데, 내가 박갑삼을 만난 사실을 알고 있는 자네에게 한 가지 묻고 싶은 게 있어. 단도직입적으로 말하지. 일전에, 내가 말일세, 지하조직 지구에 갔다 온 일이 사람들에게 알려지면 그 충격이 클 것이라는 말을 그가 했었는데, 이건 다른 사람에게 충격을 주는 것뿐만이 아니라, 무장봉기가 일어난 지금은 내 자신의 일에, 내 신변의 문제가 되고 있다네. 그러니까 내가 어딘가에 갔다 왔다고 하는 이야기는 유달현으로부터 들었다고 박갑삼 씨가 말하더란 말일세……. 그게 사실인가?"

"그게 무슨 소린가?"

유달현의 표정에서 핏기가 사라지는 것을 확실히 알 수 있었다. 예상하지 못했던 질문이었던 것이다. 그는 이방근의 시선을 견디지 못하고 몸을 계속 꿈틀거리면서도 천천히 담배를 집어 손가락에 끼웠다.

"무슨 소리냐고, 내가 어딘가의 지하조직 지구에 갔다 왔다는 이야기 말이야. 자네가 박갑삼 씨에게 보고서를 냈다고 하던데."

"……보고서? 말도 안 되는 소리 말게. 내가 무슨 보고서를 낸단 말인가."

유달현은 기회를 잡았다는 듯이 단호하게 말했다.

"……좋아. 그렇다면 뭔가 이야기는 했다는 말인가."

"왜 갑자기 그런 말도 안 되는 걸 물어서 나를 곤란하게 만드는 건가. 내가 그런 말도 안 되는 소릴 할 리가 없지 않은가. 애당초 자네가 거기 어딘가에 갔는지 어쨌는지도 알지 못하고 있으니 말일세."

유달현은 냉정했지만, 조금 흥분해서 목소리가 떨렸다.

"자넨 이야기를 안 했단 말이지. 박갑삼이 내게 분명히 그렇게 말했는데, 자넨 시치미를 뗄 셈인가. 만일 그렇다면 쓸데없는 짓을 하고 있다는 걸 알아야 할 걸세. 자네가 말한 적이 없는데 그가 거짓말을 했다고 한다면, 그 당중앙 간부라는 남자는 상대해선 안 될 쓰레기 같은 자가 되는 거라구."

"당중앙의 동지를 두고 그렇게 말하면 되겠는가. 이방근답지 않구만 그래."

유달현의 이마에 땀이 빛났다.

"나에게는 당중앙이건 뭐건 상관없어. 자네 이름을 빌어 거짓말을 했다면 쓰레기 같은 자라고 해도 상관없지 않는가."

"그런 식으로 말하지 말게."

유달현은 불이 붙지 않은 담배를 손가락 사이에 낀 채 자리에서 일어났다.

"뭐야, 돌아가려는가?"

"돌아가진 않아."

유달현은 얼굴을 찡그린 채 초조한 듯 방 한쪽을 오락가락하였다. 상어가 유영을 하듯이 소파 주위를 빙글빙글 돌기 시작했다.

"소파에 와서 앉는 게 어때?"

"자네는 소주를 마시고 취하기 시작했어. 난 아까도 말했지만, 오늘 저녁은 자네하고 안 좋게 헤어지고 싶지가 않아. 자네도 오늘 밤은 관대했다고. 하지만 지금 자네는 소주에 취하기 시작하고 있어, 틀림없다고. 자네는 설마 화를 내지는 않겠지. 그러면 모든 게 수포로 돌아가, 파탄이라구. 모처럼 여기까지 온 보람이 없어지게 돼. 자네가 계속해서 관대하길 바라네. 그걸 약속한다면 앉겠어. 화를 내지는 않겠지."

이방근은 소리 내서 웃고는, 창가 책상에 기대어 선 모습의 유달현을 돌아보았다.

"약속하고말고. 난 뭐 특별히 화낼 생각도 없지만, 자네가 그렇게 말한다면 약속하겠어. 뭣하면, 자넨 그 의자에 앉아도 좋아. 어디에든 앉아봐. 헷헤, 도대체가 난 전혀 취하지 않았단 말야, 취한다는 것은 그 정도가 있는 법이라구. 너무 말도 안 되는 트집은 잡지 말게나."

유달현은 한동안 방 한쪽을 왔다 갔다 하다가 소파로 돌아와 앉았다. 이방근은 유달현의 속내에 그냥 이대로 자리를 박차고 떠날 수는 없는, 그 어떤 것이 작용하고 있음을 느끼고 있었다. 유달현은 손가락에 끼웠던 담배에 불을 붙였다. 그의 거친 숨결이 담배에 붙일 성냥불도 꺼뜨릴 만큼 쏟아져 나왔다. 유달현이 말없이 담배 연기를 토해 내자, 이방근은 소주를 흘려 넣고 나서 입을 열었다.

"난 지금 자네를 책망하는 게 아니야. 그럴 생각도 없어. 하지만 자네가 말이지, 결단코 그 일은 박갑삼이 날조해 낸 말이라고 끝까지 고집을 피운다면 할 수 없네. 내가 박갑삼을 만난 사실을 알고 있기 때문에 하는 말이야. 그런 자네가 사실을 끝까지 부정한다면 방법이 없지 않는가. 행상인 박이 여기 있는 것도 아니고……. 더 이상 말할 필요가 없겠지. 특별히 내가 무슨 짜증을 내거나 하는 건 아니잖아. 그런 건 아니란 말일세. 미안하지만, 조금만 더 있다가 돌아가 주면 좋겠네. 지금 돌아가고 싶다면 물론 그렇게 해도 되고. 음, 유달현 동무, 안 그런가. 생각 좀 해 보게. 이건 시치미를 떼서 될 만한 성질의 문제가 아니야. 그렇게 생각하지 않나……."

"……"

유달현은 상대에게 이야기라도 걸려는 것처럼 일부러 상반신을 한 껏 내밀고, 탁자 모퉁이에 있는 재떨이에 담뱃재를 털었다. 조금 전까지 정색을 하고 부정하던 태도는 없었다. 둥근 유리 재떨이의 불을 끄기 위해 부은 맥주에 뜨다시피 한 꽁초의 잔해가 더러웠다. 액체에 잠긴 스무 개는 됨직한 꽁초의 풀린 종이와 담뱃잎이 짙은 적갈색으로 물들어 있었는데, 두 사람 모두 그다지 신경 쓰지 않고 아무렇게나 담배꽁초를 꽂아 넣었다.

"자넬 책망하려는 게 아니야. 내가 지하조직 지구에 다녀왔다는 소문이 이미 성내의 일부 사람들 사이에 알려져 있다는, 그 점에 대해 듣고 싶을 뿐이야. 자넨 그 얘길 행상인에게 했으니까, 그 소문이 퍼진 범위를 알고 있을 게 아닌가. 예를 들면, 입후보를 한 최상화라든가, 또 그 사촌인 최상규라든가……. 아마 최상규 씨는 자네가 맡고 있는 학생의 학부모가 될 것 같군. 게다가 O중학교 이사이기도 하고, 자네와는 상당히 깊은 관계겠지……."

이방근은 잠시 숨을 돌리듯이, 일부러 말을 끊고 소주잔을 입술에 댔다.

"최상규 씨는 학교의 이사이자, 그래, 학부형이기도 하지."

유달현은 굳은 표정으로 가볍게 고개를 끄덕였으나, 그 이상의 반응은 보이지 않았다. 이방근은 최상화라는 이름을 거론한 것으로 상대의 허를 찔렀다고 생각했으나, 상대는 더러워진 재떨이의 잔해 위에 흰 담배꽁초를 꽂았을 뿐이었다. 순식간에 녹슨 쇠 빛으로 물들며 허물어져 버렸다. 유달현은 잔을 손에 들고 맥주를 마신 뒤 조기의 부드러운 살을 크게 허물어 먹기 시작했다. 아무런 말도 하지 않았다.

"물론, 내 아버지 귀에 들어간 것은 말할 것도 없지. 유 동무, 최상규 씨는 알고 있겠지?"

이방근이 말했다. 이상하다, 혹시 내 추측이 빗나간 것일까. 아니, 그럴 리는 없다.

"……그렇게 하나하나 구체적인 것까지 내가 어떻게 알겠는가."

유달현이 입안에 머금은 음식물 사이로 새어 나오는 묘한 소리로 부정했다.

"그러니까, 자네가 박갑삼에게 말한 성내의 일부 사람들이라는 그 범위가 어디까지인가?"

"내가 박갑삼 동지에게 그런 이야기를 한 건 아냐."

"뭐라고!"

이방근은 울컥하는 분노가 치솟았다. 상체가 크게 흔들렸다.

"잠깐만 기다려 주게." 상대에게 뿜어져 나오는 분노의 바람을 피하기라도 하듯 한 손을 가볍게 들며 몸을 움직인 유달현은, 그러나 냉정한 태도를 잃지 않았다. 이방근은 담배를 입에 물었지만, 성냥을 그어 불을 붙이는 손끝이 가볍게 떨리는 것을 느꼈다. "오늘은 서로 간에 냉정하게 이야기하자구. 이 동무 말은 알겠어. 그러나 자넨 사람을 너무 몰아붙여. 완벽주의자란 말일세. 도망갈 길을 조금도 마련해 주질 않아. 만일 자네가 군대의 사령관이라도 됐더라면, 적병을 한 사람도 남김없이 섬멸하는 완전한 토벌작전을 세웠을 거야. 이 동무……." 유달현은 맥주를 한 모금 마시고 나서 호소하듯이 말했다. "그런데 이 동무, 한 가지 조건이 있네. 솔직히 털어놓자면, 박갑삼 동지가 한 말은 대체로 사실이야. 사실 내가 말했어. 그러나 성내 일부에 소문이 퍼져 있다는 말은 한 적이 없네. 그건 정말일세. 그에게 내가 말한 것은 사실이지만, 자네도 알다시피, 그와의 관계는 기밀에 속하는 일이라서, 설령 이방근 동무라 할지라도 함부로 이야기할 수가 없었네. 그 점을 이해해 주게."

"퍼져 있지는 않더라도, 몇 사람은 알고 있겠지?"

"그 일은 나중에 말하겠네."

"자네의 그 조건이라는 건 뭔가?"

이방근은 대충 짐작하고 있었다.

"자네가 이미 알고 있는 일이야. 박갑삼 동지와 만났을 때도 제기된 문제지만, 서울을 한번 다녀왔으면 하네. 자네가 그때, 승선 직전에 그 동지와 만나지만 않았어도 이런 말은 안 했을 거야. 부탁하네."

"내가 가서 어쩌라고? 서울에 간다는 것은 말이지, 이번 가을에 창간될 신문 건 따위의 문제가 제기되었지만, 거기 가서 당중앙의 그 요청을 받아들이라는 것이 아닌가. 안 그런가. 그렇다면 그건 불가능하다는 것을 자네가 잘 알고 있지 않은가."

"지금은 그 이야기를 되풀이할 입장이 아니야. 그 전 단계, 어쨌든 서울로 가서 행상인 박 동지와 만났으면 좋겠네. 그 뒷일은 나중에 결정하면 될 테니까."

"······" 이방근은 소파 등받이에 천천히 기대면서 눈을 감았다. 그리고 오른손 손가락을 벌려, 양쪽 안구를 눈두덩 위로 지그시 눌렀다. 잠시 침묵이 흘렀다. 칠흑 같은 우주 속에 수많은 별들이 깜박이며 날아다닌다. 숨을 죽였다. 어젯밤 전화로 여동생과도 이야기했듯이 서울에 가게 될 것이다. 아니, 서울에 갈 작정이다. 서울에 갈 때 아마도 박갑삼이 써서 건네준 그 남대문 시장의 주소를 가지고 갈 것이다. 가지고 가지 않아도, 그 간단한 주소, 남대문 자유시장 26호 신화상회는 이미 암기하고 있었다. 그곳으로 황이라는 별명을 지닌 인물을 만나러 갈지도 모른다고 생각하고 있었지만, 또 가지 않을지도 몰랐다. 아마도 황을 찾아갈 것이다. 지금 유달현에게 옆구리를 쿡쿡 찔린 탓에 반드시 황을 찾아가게 될 것이다. 그렇게 생각했다. 음, 박갑삼을 만난다······.

"음, 행상인을 만나 볼까." 이방근은 눈을 뜨고, 순간적으로 눈에 밝고 젖은 유리가 붙은 것처럼 눈부신 빛에 시선이 흐트러지면서 말했다. "생각해 보자구······. 생각해 보겠네."

"적극적으로 말인가?"

유달현이 재촉했다.

"음, 생각해 보자구."

"부탁하네, 이 동무, 부탁해……."

이방근은 부정하지 않았다. 그 순간 유달현의 얼굴에 희색이 넘치고, 자리에서 일어난 그는 손을 뻗더니 내밀지도 않은 이방근의 손을 잡고 악수를 했다.

유달현은 자리에 앉자마자 맥주병을 손에 들고 자신의 잔에 따랐지만, 맥주병은 거의 비어 있었다. 이방근은 탁자 옆에 놓여 있던 네 병째인 병을 들고 뚜껑을 딴 뒤 상대의 잔에 술을 채워 주었다. 아, 미안……, 유달현은 사양하지 않았다.

"그런데, 자네는 내가 '해방구'에 다녀왔다는 이야기를 누구한테서 들었나?"

"어? 으-음, 그게 그러니까, 그 전에 하고 싶은 말이 있네. ……자네가 '해방구'에 들어갔다는 이야기는, 이런 이야기는 해서는 안 되는 것이지만, 제주도위원회 멤버로부터 들었네. 이 동무는 강몽구의 선으로, 강몽구 동지의 선으로 해방구에 들어갈 수 있었지 않은가. 그랬을 거야. 자네가 나한테도 숨긴 채, 더구나 여동생인 유원 동무까지 동행해서 지하 지구에 들어간다는 게 이 유달현에 대해 어떠한 처사가 되는지 알고 있는가. 분명히 나에 대한 배신행위란 말일세. 거기까지 자네 생각이 미치지 못했다면 무서울 만큼 무신경한 인간이자 파렴치한이라고 나는 생각하네. 자네가 서울로 가기로 약속해 준 마당에 이런 이야기를 하는 것은 조금 마음이 내키지는 않지만, 최근 한 달 남짓한 사이에 있었던 일을 생각해 보면 알 걸세……." 유달현은 다시 자리에서 일어났다. 그리고는 이번에도 상어의 유영처럼 방 안을 돌기 시작했다. "안 그런가, 누가 들어도 말이야……, 후후후, 이런 얘길 아무에게나 할 수 있는 게 아니지만, 그랬다네. 난 정말로 자넬 잘못 봤다고 생각했네. 자네한테 얼마나 실망했는지 모른다구. 참으로 믿기 어려웠네, 자네가 그런 인간이라니……. 자넨 한 달 전까지만 해도 '두문불출', 문을 닫고 밖에 나오지 않는 칩거하는 거사였지. 자넨 동굴 속 주인이었고, 지금 앉아 있는 소파에서 엉덩이를 들어 본 적이 없는 인간이었어. 자넨 일체의 사회적 현실과 사회적 현상으로부터 눈을 돌리고 등을 돌린 채 굴속에서 생활하던 인간이란 말일세, 술을 벗 삼아서 말이지. 그런 자네가 다른 곳도 아닌 해방구까지 날개를 뻗쳐 간다는 걸 어느 누군들 상상이나 할 수 있겠나. 생각할 수 없지. 자넨 어떻게 그 동굴에서 빠져나왔나, 이 동무……." 그는 손짓을 섞어 가며 말을 하다가 멈춰 서서 이방근을 보았다. "어떻게 그 무거운 엉덩이를 소파에서 들어 올렸단 말인가? 물론 자네 자신이 빠져나온 것은 사실이야. 그러나 내가 산파 역을 한 것도 사실이었어." 그 말의 울림에는, 동굴로부터 이방근을 꺼낸 것이 자신이라는 자긍심마저 느껴졌다. 또한 거기에는 분명히 안으로부터 응어리진 분노의 감정이 엿보였다. 그는 다시 방 안을 돌기 시작했다. "아아, 나는 절대로 이방근을 용서할 수 없었네. 어떻게 용서할 수 있겠는가. 자네 앞에서 광대까지 되겠다고 하면서 자넬 동굴에서 꺼낸 나를 모욕하고 배신한 인간을……. 난 실컷 가지고 놀다가 버림받은 가련한 계집이나 마찬가지야. 나는 지금 마신 맥주로 취기가 약간 돌기 시작했지만, 우ㅡ, 이건 취해서 하는 말이 아냐…… 날 얕잡아 보지 말라구, 자넨 배신자야……."

"유 동무, 잠깐만 기다려 주지 않겠나……."

그때, 비바람 소리를 뚫고 분명히 문밖에서 자동차 경적 소리가 울리는 것을 이방근은 들었다. 이 시간에 집 앞 골목에 자동차를 세울

만한 사람은 달리 없있나. 불길한 생각이 이방근의 너덧속을 가득 채
웠다. 아버지가 또 졸도한 것은 아닐까.

이방근은 자리에서 일어나 미닫이문을 열었다. 비바람이 정면으로
들이치며 얼굴을 때리고 방 안으로 날아들었다. 부엌이의 그림자가
물로 철벅거리는 안뜰을 달려갔다.

"서방님, 서방님……."

바람에 날려가 버리는 소리를 남긴 부엌이는 대문 쪽으로 사라졌
다. 이방근은 젖은 툇마루로 나와 미닫이를 닫은 뒤, 신발장에서 고무
신을 꺼내 신고 안뜰로 뛰어내려 쪽문을 향해 달려갔다.

이방근이 쪽문 밖으로 나가기 전에 몸을 비스듬히 돌린 한 남자가,
아니 아버지가 들어왔다. 아버지 옆에는 계모가, 고개를 축 늘어뜨린
계모 선옥이, 아버지와 그리고 운전수와 막 교대한 부엌이가 양쪽에
서 안듯이 부축하며 들어왔던 것이다. 뒤쪽에서 운전수와 한 사람의
중년 여인이 뒤따라 들어왔다.

운전수가 우산을 펴려고 했지만, 바람에 날려 생각처럼 되지 않았
다. 아버지 일행은 비바람을 맞으며 안뜰을 지나 왼쪽 건물의 바람이
닿지 않는 툇마루로 가서 선옥을 조용히 눕혔다. 그녀는 몸을 가늘게
떨면서, 의미를 알 수 없는 말을 중얼거리고 있었다.

"전등을 켜."

빗물에 얼굴이 젖은 아버지가 부엌이에게 일렀다. 그리고 건너편
서재 앞 툇마루에 우뚝 선 유달현의 그림자를 보고 고함치듯 말했다.

"저건 누구냐."

"O중학교 유달현 선생입니다."

"……그랬군, 자네가 거기 있었나. 오랜만일세."

거실에 불이 켜지고, 선옥이 들려 들어갔다.

┃ 지은이

김석범(金石範)

  1925년 일본 오사카에서 태어났고, 교토대학을 졸업했다. 〈제주4·3〉을 테마로 한 대하소설『화산도』를 집필하고, 일본에서 4·3진상규명과 평화인권운동에 젊음을 바쳤다. 1957년『까마귀의 죽음』을 발표하여 최초로 국제사회에 제주4·3의 진상을 알렸다.

  대하소설『화산도』로 일본 아사히(朝日)신문의 〈오사라기지로(大佛次郎)상〉(1984), 〈마이니치(每日)예술상〉(1998), 제1회 〈제주4·3평화상〉(2015)을 수상했다. 1987년 〈제주4·3을 생각하는 모임 도쿄/오사카〉를 결성하여 4·3진상규명운동을 펼쳤다. 재일동포지문날인 철폐운동과 일본 과거사청산운동 등을 벌려 일본사회의 평화, 인권, 생명운동의 상징적인 인물로 추앙받고 있다. 주요 소설로서는『까마귀의 죽음』,『화산도』,『만월』,『말의 주박』,『죽은 자는 지상으로』,『과거로부터의 행진 상·하』 등이 있다.

┃ 옮긴이

김환기
동국대학교 일어일문학과 졸업
(현) 동국대학교 교수/동국대일본학연구소 소장
『시가 나오야』,『재일 디아스포라 문학』,『브라질(Brazil) 코리안 문학 선집』,
「코리안 디아스포라 문학의 '혼종성'과 초국가주의」 외 다수.

김학동
일본 호세이(法政)대학 일본문학과 졸업
(현) 동국대학교 일본학연구소 연구원/공주대학교 출강
『재일조선인문학과 민족』,『장혁주의 일본어작품과 민족』,
『한일 내셔널리즘의 해체』(역서),「김석범의 한글『화산도』론」 외 다수.

火山島 4

2015년 10월 16일 초판 1쇄
2016년 4월 29일 초판 2쇄
2019년 12월 16일 초판 3쇄

지은이 김석범
옮긴이 김환기·김학동
펴낸이 김흥국
펴낸곳 보고사

책임교열 유임하(문학평론가/한국체대 교수)
책임편집 황효은
편집 이경민·이순민·이소희
표지디자인 정보환
제작관리 조진수   **마케팅** 이성은
인쇄제본 영신사   **종이** 한서지업사   **코팅** IZI&B

등록 1990년 12월 13일 제6-0429호
주소 경기도 파주시 회동길 337-15 보고사 2층
전화 031-955-9797(대표)
       02-922-5120~1(편집), 02-922-2246(영업)
팩스 02-922-6990
메일 kanapub3@naver.com / bogosabooks@naver.com
http://www.bogosabooks.co.kr

ISBN 979-11-5516-464-8 04810
       979-11-5516-460-0 04810(세트)

정가 15,000원

이 도서의 국립중앙도서관 출판예정도서목록(CIP)은 서지정보유통지원시스템 홈페이지
(http://seoji.nl.go.kr)와 국가자료공동목록시스템(http://www.nl.go.kr/kolisnet)에서
이용하실 수 있습니다.(CIP제어번호 : CIP2015026803)